浪漫温馨的故事　灵动深邃的思想

友情　亲情　幸福　丰富　清新　哲理

好故事

大全集

石伟坤　主编

南海出版公司

2011・海口

图书在版编目（CIP）数据

好故事大全集／石伟坤主编．—海口：南海出版公司，2011.11（2015.4重印）

ISBN 978－7－5442－5624－7

Ⅰ．①好…　Ⅱ．①石…　Ⅲ．①故事－作品集－世界　Ⅳ．①I14

中国版本图书馆CIP数据核字（2011）第237698号

敬启

本书在编写过程中，参阅和使用了一些报刊、著述和图片。由于联系上的困难，和部分作品的作者（或译者）未能取得联系，对此谨致深深的歉意。敬请原作者（或译者）见到本书后，及时与本书编者联系，以便我们按照国家有关规定支付稿酬并赠送样书。联系电话：010－84853028　松雪。

HAO GUSHI DA QUANJI

好故事大全集

主　　编　石伟坤
总 策 划　杨建峰
责任编辑　张　媛　张　良
美术设计　松雪图文
出版发行　南海出版公司　电话：（0898）66568511（出版）　（0898）65350227（发行）
社　　址　海南省海口市海秀中路51号星华大厦五楼　邮编：570206
电子邮箱　nhpublishing@163.com
经　　销　新华书店
印　　刷　北京鹏润伟业印刷有限公司
开　　本　1020毫米×1200毫米　1/10
印　　张　44
字　　数　600千
版　　次　2011年11月第1版　2015年4月第4次印刷
书　　号　ISBN 978－7－5442－5624－7
定　　价　59.00元

前　言

有人说，每一个故事都是一面镜子，让我们重新认识自己；每一个故事都令人重新思索人生，探寻生命的高度；每一个故事都会让我们的情感不断升华。

有人说，好的故事，可以滋养、灌溉我们疲惫的心，让人拂去心灵的尘埃，从庸庸碌碌中醒来；可以让人感悟生命的意义，找到幸福和成功的答案；可以让人得到智慧的启迪，获得有益的人生经验。

还有人说，一粒沙里看出一个世界，一朵野花里有一座天堂。把无限放在你的手掌上，永恒在一刹那间收藏。

人生的脚步不止，人生的故事也不会停止。当您情绪低落时，那些激昂的故事会让您找到奋发的动力；当您遇到挫折时，那些百折不挠的故事会令您顿生披荆斩棘的豪气；当您怒发冲冠时，那些泰山崩于前而不改色的故事会给予您平静的阳光，令您闲看亭前花开花落，漫随天外云卷云舒；当您陷于感情纠结时，那些温暖的情感故事会抚平您内心的症结，令您重拾曾经的温馨与安然。

无论是声名显赫的成功人士，还是普通的教师家长，在讲述人生哲理时都喜欢运用一些经典的小故事，来辅证自己的观点。对于广大普通读者而言，与阅读那些枯燥单调的理论相比，一些蕴涵哲理的小故事更易于理解和接受。

在生活中，稍微转换一下思路，想人之所不能想，见人之所不能见，为人之所不能为，就显得智慧高人一筹，成功的道路就宽广了许多。人的智慧需要不断培养，才会成熟。有趣的经典故事能够充实人的心灵，改变人的行为方式，使一个人把自己从平庸的人群中分离出来，步入杰出人士的行列。

当您上班途中，打开背包，翻开书页，那一个个顽强拼搏的故事透人胸怀，随着前行的车轮，带您走进一个奋发向上的世界。当您茶余饭后，捧一杯热茶，翻开书页，那一个个思想深邃的故事扑面而来，随着清茶冒出的热气，引您走入一个充满哲理的智慧园。当您坐于床头，打开台灯，翻开书页，那一个个温馨浪漫的故事弥漫四周，伴着柔和的灯光，领您走进一个静谧宽广的海洋。当您一点点品读完这些故事的时候，希望能让您在人生道路上多一些温暖、多一些信心、多一些成功；希望能使您无论在生命的高度上，还是在心灵的深度上，都有极大的升华。果真如此的话，那不仅是您的幸福，也是我们莫大的欣慰。

本书精选了近600个丰富多彩的故事，既有让我们拥有力量之源和精神驿站的亲情情感故事，也有让我们的生活弥漫幸福气息的爱情婚姻故事，还有身边或熟悉或陌生的人们带给我们的点滴感动……每则故事的背后我们都可以总结出精辟的人生哲理，让我们明白如何才能拥有一颗健康的心灵，保持积极乐观的心态，创造幸福美好的人生。请打开这本书吧，相信你会得到及时的点拨、细心的呵护，带着一份真情和一颗温暖的心走进这个故事的世界，涓涓细流般的感动便会轻轻划过我们的心房，帮我们洗涤心灵的尘埃，我们的人生将因此不同凡响。

目 录

第一编 生命的滋味

第二编　命中有爱

第三编　幸福的秘密

第四编　是对手更是朋友

第五编　成语的智慧

第六编　不管路途多么崎岖

第七编　寓言的力量

第八编　生活到底是什么

第九编　花的颜色

第一编 生命的滋味

生命不能被透支

在印度洋海岛上，有一种红嘴的鸟，嘴的颜色深浅决定了它在异性眼里受欢迎的程度。那些一心想让自己变得更受异性欢迎的鸟，必须调整体内的胡萝卜素。研究表明，胡萝卜素是促使颜色变红的主要原因，同时也是鸟体内免疫能力不可或缺的重要元素。在异性鸟眼里，深度红嘴的鸟是鸟中精英，因为它有足够的胡萝卜素。尽管生物学家证明有很大一部分鸟是打肿脸充胖子，事实上把太多的胡萝卜素集中到嘴角的颜色装饰上会削弱体内正常的免疫能力。为了异于同类，在竞争中取胜，有些鸟甚至于红"嘴"薄命。

此外还有一个故事：一位中文专业的博士在某地找工作，他奔波多日却一无所获。万般无奈，他来到一家职业介绍所，没出示任何学位证件，以最低的身份做了登记。很快他被一家图书公司录用了，职位是文字校对。不久，老板发现这个小伙子的能力非一般校对人员可比。此时，他亮出了学士证书，老板给他换了相应的职位。又过了一段时间，老板发觉这位小伙子能提出许多有关选题策划、编辑方面的有独特见解的建议，其本领远比一般大学生高明，此时，他亮出了硕士证书，老板立刻提拔了他。又过了半年，老板发觉他能解决实际工作中遇到的所有选题策划方面的难题，在老板的再三盘问下，他才承认自己是中文专业博士，因为工作难找，就把博士学位瞒了下来。第二天一上班，他还没来得及出示博士证书，老板已宣布他就任公司副主编。

一个人要懂得生命的迂回，在没有机遇时要善于储蓄智慧，而不可把自己看得过重。生命不能被透支，适当地保存生命的价值非常重要。而那些红嘴鸟，只凭一时的勇气来展示自己，一不小心就透支了生命。

智慧·感悟·启迪

很多时候我们就像红嘴鸟一样，忽视了生命的能量正被我们的无知和幼稚一点点地消耗，过早地耗费了生命的资源。透支了生命，就会把整个人生输掉。

我们应该像一条河流一样，在遇到山石的阻挡时，懂得迂回而过，才能更好地生存与发展。

一辈子只要干好一件事

有一位女作家被邀请参加一个聚会,坐在她身边的是一位年轻的男作家。她衣着简朴,沉默寡言,态度谦和。男作家不知道她是谁,认为她只不过是一个不入流的作家而已。于是,他产生了一种居高临下的心态。

"请问小姐,你是专业作家吗?"

"是的,先生。"

"那么,你有什么大作发表吗?能否让我拜读一两部?"

"我只是写写小说而已,谈不上什么大作。"

男作家认为此话更加证实了自己的判断。

他说:"你也是写小说的?那我们算是同行了,我已经出版了339部小说。请问你出版了几部?"

"我只写了一部。"

男作家有些鄙夷地说:"噢,你只写了一部小说。那能否告诉我这部小说叫什么名字吗?"

"《飘》。"女作家平静地说。狂妄的男作家顿时目瞪口呆。

这位女作家名叫玛格丽特·米切尔,她一生只写了一部小说。现在,我们都知道她的名字,但那位自称出版过339部小说的作家的姓名,已经无从考查了。

智慧·感悟·启迪

一生只要干好一件事,这一辈子就没有白过,人们就会记住你,你干好的这件事也会成就你。一辈子如果干了许多可有可无的事,而不能专注于一件事,其实对于生命而言,那只不过是在原地转圈而已。正如我们不能简单地以篇幅的长短来衡量一则寓言的价值与分量,我们也不能以"数量"来简单地量化我们的人生价值。

思想决定人生

有一天,一位教授带着学生划船出游。当船行到湖中央时,他问学生:"有一种东西,跑得比光速还快,瞬间就能穿越银河系,到达遥远的地方……这是什么?"

学生们争着回答:"我知道,我知道,是思想!"

教授满意地点点头:"那么,有另外一种东西,跑得比乌龟还慢。当春花怒放时,它还停留在冬天;当头发雪白时,它仍然是个小孩子的模样。那又是什么?"

学生们一脸困惑,答不出来……

"还有,不前进也不后退、没有出生也没有死亡,始终漂浮在一个定点;谁能告诉我,这又是什么?"

学生们傻了眼,面面相觑……

"答案都是思想!它们是思想的三种表现,换个角度来看,也可比喻成三种人生。"教授望着聚精会神的学生,继续解释道:

"第一种是积极奋斗的人生。一个人不断力争上游,对明天永远充满希望信心,这种人的心灵不受时空限制,他就好比一只射出的箭矢,总有一天会超越光速,驾驭万物之上。

"第二种是懒惰的人生。他永远落在别人的屁股后面,捡拾他人丢弃的东西,这种人注定会被遗忘。

"第三种是醉生梦死的人生。当一个人放弃努力、苟且偷安时,他的命运是冰冻的,没有任何机会来敲门,不快乐也没有所谓的痛苦;这是一个注定悲哀的人,像水母的空壳漂浮于海中,不存在于现实世界,也不在梦境里……"

智慧·感悟·启迪

对懒惰的人来说,成功是可望而不可即的,失败就是他的写照;对积极上进的人来说,成功是上天对他的褒奖,幸福是他的归宿。

为生命点亮一束烛光

第二次世界大战期间,德军空袭伦敦,一位年仅10岁的英国少年不幸被炸死。少年的母亲怀着悲痛的心情,为自己的儿子做了一座墓,并立下了墓碑,上面写着这样一句话:"全世界的黑暗也不能使一支小蜡烛失去光辉!"

英国小说家罗伯斯听到这个故事后提笔疾书。很快,一篇感人至深的文章从他的笔尖流淌出来。

几天后,文章发表了。故事转瞬便流传开来,好像希望的火种,鼓舞着人们为胜利而执著前行。

许多年后一个大学生也读到了这篇文章,并从中得到了深刻的启示。这位大学生大学毕业后,放弃了几家企业的高薪聘请,毅然决定随一个科普小组去非洲扶贫。

"非洲那里闹传染病,怎么办?"

"那里万一发生战争,怎么办?"

面对亲友们苦口婆心的劝说,这位大学生坚定地回答:"如果黑暗笼罩了我,我绝不害怕,我会点亮自己心灵的蜡烛!"

大学生怀揣着希望去了非洲。在那里,大学生和同伴们不懈努力,用他们那点点烛光,终于照亮了一片天空,他们也因此被联合国授予"扶贫大使"的光荣称号。

智慧·感悟·启迪

为生命点亮一束烛光，这样我们就能在黑暗里找准人生的方向。生命的烛光总是在心灵之火开始燃烧的时段被引燃，生命也就开始发光了。

在挑战中见证生命价值

派蒂·威尔森在年幼时被诊断出患有癫痫病。她的父亲吉姆·威尔森有每天晨跑的习惯。有一天，戴着牙套的派蒂兴致勃勃地对父亲说："爸，我想每天跟你一起慢跑，但我担心病会中途发作。"

她父亲回答说："如果你发作，我也知道怎样应付。我们明天就开始跑吧。"

于是，十几岁的派蒂就这样与跑步结下了不解之缘。和父亲一起晨跑是她一天之中最快乐的时光。跑步时，派蒂的病一次也没发作过。

几个星期后的一天，她向父亲表达了自己的心愿："爸，我想打破女子长距离跑步的世界纪录。"父亲替她查阅吉尼斯世界纪录，发现女子长距离跑步的最高纪录是80英里(约128千米)。

当时，正读高一的派蒂为自己订立了一个长远的目标："今年我要从橘县跑到旧金山(640多千米)；高二时，要到达俄勒冈州的波特兰(2400多千米)；高三时的目标在圣路易市(3200多千米)；高四则要向白宫进发(4800多千米)。"

虽然派蒂的身体状况与他人不同，但她依旧满怀热情与理想。对她来说，癫痫只是偶尔给她带来不便的小毛病。她并不因此消极退缩，相反，她更加珍惜自己已经拥有的。

高一时，派蒂穿着上面写有"我爱癫痫"的衬衫，一路跑到了旧金山。她父亲陪她跑完了全程，母亲则开着旅行拖车尾随其后，照料父女两人。

高二时，她身后的支持者换成了班上的同学。他们拿着巨幅的海报为她加油打气，海报上写着："派蒂，跑啊！"但在这段前往波特兰的路上，她扭伤了脚踝。医生劝告她马上中止跑步："你的脚踝必须上石膏，否则会造成永久的伤害。"

她回答道："医生，跑步不是我一时的兴趣，而是我一辈子的至爱。我跑步不单是为了自己，同时也是要向所有人证明，病人同样可以跑马拉松。有什么方法能让我跑完这段路？"

医生表示可用黏合剂先将受损处接合，而不用上石膏。但他警告说，这样会起水泡，到时会十分疼痛。

派蒂毫不犹豫地点头答应了。

派蒂终于来到波特兰，俄勒冈州州长还陪她跑完最后1英里(约1.64千米)。一面写着红字的横幅早在终点等着她："超级长跑女将，派蒂·威尔森在17岁生日这天创造了辉煌的纪录。"

高中的最后一年，派蒂花了4个月的时间，由西海岸长跑到东海岸，最后抵达华盛顿，并接受总统召见。前后花了4个月的时间，她告诉总统："我想让人们明白，癫痫病患者与一般人无异，也能过正常的生活。"

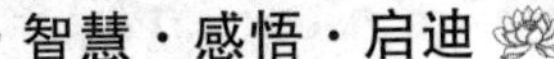

智慧·感悟·启迪

要想炼就真金，必经烈火熔炼；要想采得灵芝，须攀悬崖高峰；要想铸就宝剑，就得千锤百炼；要想见证生命的价值，抢占生命的制高点，就得勇敢地挑战生命。

生命的滋味

相信看过伊朗影片《樱桃的滋味》的人，都会被其情节深深打动。剧情大致是这样的：

巴迪先生驱车走在一条山间公路上，他神情从容镇静，稳稳地操纵着方向盘。他要寻找一个帮助埋掉他的人，并付给对方20万美元。一个士兵拒绝了，一个牧师也拒绝了，天色不早了，巴迪先生依然从容镇静地驱车在公路上寻觅。这时他遇到了一个胡子花白的老者，老者给他讲了一个故事："我年轻的时候也曾想过要自杀。一天早上，我的妻子和孩子还未睡醒，我拿了一根绳子来到树林里。在一棵樱桃树下，我想把绳子挂在树枝上，扔了几次也没有成功，于是我就爬上树去。那时，正是樱桃成熟的季节，树上挂满了玛瑙般晶莹饱满的樱桃。我摘了一颗放进嘴里，真甜啊！于是我又摘了一颗。我站在树上吃樱桃。太阳出来了，万丈金光洒在树林里。涂满金光的树叶在微风中摇摆，满眼细碎的亮点。我从未发现林子这么美丽。这时有几个上学的小学生来到树下，让我摘樱桃给他们吃。我摇动树枝，看他们欢快地在树下捡樱桃，然后高高兴兴地去上学。看着他们的背影远去，我收起绳子回家了。从那以后我再也不想自杀了。生命是一列向着一个叫死亡的终点疾驰的火车，沿途有许多美丽的风景值得我们留恋。"

夜幕降临了，巴迪先生披上外套，熄灭了手中的烟，走进黑暗中。夜色中，只看到车灯的一线亮光，然后是无边的、长久的黑暗……

天亮了，远处的城市和远处的村庄开始苏醒，巴迪先生从洞里爬出来，伸了个懒腰，站在高处远眺。

……

曾经有人问过欲放弃生命的人，问他体验死亡的感觉如何。他说一直在昏迷中，没觉得怎么痛苦。倒是出院的那天，看到阳光如此的明媚，外面的世界如此新鲜，大街上姑娘们穿着红格呢子裙，真是可爱。长这么大第一次发现世界是这样的美好。

世界还是那个世界，只是感受世界的那颗心不同而已。

智慧·感悟·启迪

生命的滋味如果不用心去品尝，到死都不会知道它是什么味道。其实，就算生命浸泡在苦难中，它的味道依然是美好清香的，我们不能让苦难的苦涩淹没了生命的芬芳。

超越生命的爱

在一群作为研究对象的小白鼠中,有一只雌性小白鼠,左前肢腋下长了一个绿豆大的硬块,便被淘汰下来。

十几天过去了,肿块越长越大,小白鼠腹部也逐渐大了起来,活动显得很吃力。这可能是肿瘤转移产生腹水的结果。一天,研究人员突然发现,小白鼠不吃不喝,焦躁不安起来。他们想,小白鼠大概寿数已尽,就转身去拿手术刀,准备解剖它,取些新鲜肿块组织进行培养观察。正当研究人员打开手术包时,被一幕景象惊呆了。小白鼠艰难地转过头,死死咬住自己拇指大的一块肿瘤,猛地一扯,皮肤裂开一条口子,鲜血汩汩而流。小白鼠疼得全身颤抖,令人不寒而栗,稍后它一口一口地吞食将要夺去它生命的肿块,每咬一下,都伴着身体的痉挛。就这样,一大半肿块被咬下吞食了。研究人员被小白鼠这种渴望生命的精神和乞求生存的方式深深感动了,收起了手术刀。

第二天一早,研究人员匆匆来到它面前,想看看它是否还活着。让他们吃惊的是,小白鼠身下,居然卧着一堆粉红色的小鼠仔,正拼命吮吸着乳汁,数了数,整整 10 只。小白鼠的伤口已经停止了流血,左前肢腋部由于扒掉了肿块,白骨外露,惨不忍睹,不过小白鼠精神明显好转,活动也多了起来。恶性肿瘤还在无情地折磨着小白鼠。研究人员担心的是这些可怜的小东西,母亲一旦离去,要不了几天它们就会饿死的。

这一天不幸来到了。在生下仔鼠 21 天后的早晨,小白鼠安然地卧在鼠盒中间,一动不动了,10 只仔鼠围满四周。研究人员突然想起,小白鼠的离乳期是 21 天,也就是说从今天起,仔鼠不再需要母鼠的乳汁,可以独立生活了。面对此景,他们被感动了。

智慧·感悟·启迪

母爱到底是什么呢?孟郊这样说:"慈母手中线,游子身上衣。临行密密缝,意恐迟迟归。谁言寸草心,报得三春晖。"从孟郊的诗中我们不难看出,母爱是博大的,她的博大足以和日月齐辉,同时母爱又是细微的,细微得犹如慈母手中那段纤纤丝线——博大与细微在母爱这里找到了最好的契合点。面对母爱,任何语言似乎都是苍白的;面对母爱,任何艰难困苦都是不堪一击的。

爱延续了生命

航行在大西洋的一艘客轮上,有一对普通的旅客:父亲正带着他的女儿去看望远在美国的妻子,一家人准备团聚了。

一个风平浪静的早上,父亲正一边欣赏海面上的风景,一边用腰刀给女儿削苹果。船突然剧烈地摇晃，男人摔倒了，刀子扎进他胸口，他全身都在颤，嘴唇变得乌青。

女儿被这意外的变故吓坏了，尖叫着扑过来想要扶住父亲，他却微笑着推开女儿的手：“没事，只是摔了一跤。”然后轻轻地拿开刀子，慢慢地爬了起来。

轮船还有两天就要到美国了，父亲照常每晚为女儿吹小口琴，清晨替她系好美丽的蝴蝶结，带她去看大海上飞翔的海鸥，仿佛一切如常。小女儿也并没有注意到父亲的脸色在渐渐地变得苍白，他看向海平线的眼光是那样的忧伤。

轮船靠岸的头天晚上，父亲来到女儿的房间里，轻轻地握着女儿的手说：“明天见到妈妈了，请告诉妈妈，我比任何时候都爱她。”

女儿眨着眼睛好奇地问：“可是我们明天就可以见到妈妈了，你为什么不自己亲口告诉她呢！”

他无声地笑了，俯身在女儿的额前深深地吻了一下。轮船终于靠岸了，女儿一眼就看见了正在岸边人群里等待着的母亲，她快乐地大喊大叫：“妈妈！妈妈！我们在这儿呢？”

女儿正准备回头招呼自己的父亲，却突然听见身后一片惊叫，她回头看见父亲已经仰面倒在地上，胸口喷出一股股鲜血……

后来，法医递交的尸检报告让所有的人都惊呆了：那把刀无比精确地洞穿了父亲的心脏，而他却多活了两天，这不能不说是一个奇迹。唯一的解释就是父亲不忍心让女儿一个人孤零零地度过余下的旅程，用爱的信念支撑着走过了生命中的最后两天！

智慧·感悟·启迪

父爱如山。他付出的爱不是狂风暴雨，不是撕心裂肺，而是流淌在胸中的涓涓细流，即使在生命中的最后两天里，仍然不放心留下女儿一个人去见她的妈妈，而是一直支撑到轮船抵岸的那一刻为止。

父爱如山，父亲的爱如山一般沉重，如山一般伟大。

两个人的生命拴在一起

男孩很喜欢女孩，但不知道怎样去追她。女孩有一次问他：“如果你只有一碗水，我和你妈妈都很渴，你会怎么办？”男孩说一半给母亲，一半给女孩。女孩感动了，她也开始喜欢男孩了。

有一年村里发大水，男孩忙着去救别人，而没有去救女孩，别人问他为什么，男孩说：“如果她死了，我也不会独自活在这个世上。”这一年女孩 20 岁，男孩 22 岁，女孩嫁给了男孩。

20 世纪五六十年代，两人只有一碗粥，他们互相谦让，都想让对方吃下去，结果一碗粥 3 天后发了霉。那时他们分别是 42 岁和 40 岁。

当他 52 岁那年，他因家庭成份不好被挂上牌子批斗，年已 50 岁的她心甘情愿地陪伴着他。她告诉他：“无论有多大的苦、多大的难，你是我生命中唯一的支流，我永远是你爱的源头。”

许多年过去了，他们成了七十多岁的老人。在一次坐公共汽车时，有一个年轻人给他们让座，他们都不肯自己坐下而让对方站着，于是两个人紧紧靠在一起抓着扶手。

这时车上所有的人都被这美丽而朴素的场景感染了，齐刷刷地站了起来，一双双充满无限敬意的眼睛，仿佛看到他们心中的玫瑰花正在盛开，醉人的温馨里浸润着浓浓的爱意。

智慧·感悟·启迪

爱情的鲜花，需要两个人一起精心浇灌，少了其中任何一人的照料，它都会日渐枯萎。真正的爱情是共同承受生活中的痛苦与幸福和一生一世的、相濡以沫的爱。

生死跳伞

库尔有一架自己的小型飞机。一天，库尔和好友汤姆及另外5个人乘飞机飞越一个人迹罕至的海峡。飞机已飞行了两个半小时，再有半个小时，就可到达目的地。

忽然，库尔发现仪表显示飞机上的油料不多了。库尔判断是油箱漏油了。因为起飞前，他给油箱加满了油。

库尔一将这消息传达下去，飞机上的人一阵惊慌。库尔安慰他们："没关系的，我们有降落伞！"说着，他将操纵杆交给也会开飞机的汤姆，走向机尾拿来了降落伞。库尔给每个人发了一顶降落伞后，也在汤姆身边放下一个装有降落伞的包。他说："汤姆，我的好兄弟，我带领着5个人先跳，你开好飞机，最后在适当时候再跳吧。"说完，他带领5个人跳了下去。

飞机上就剩汤姆一个人了。这时，仪表显示油料已尽，飞机依靠滑翔无声地向前飞。汤姆决定也跳下去。于是，他一手扳紧操纵杆，一手抓过来降落伞包。他一掏，大惊——包里没降落伞，而是一包库尔的旧衣服！

汤姆咬牙大骂库尔！没伞可跳！没油料，靠滑翔，飞机是飞不了多久的！汤姆急得浑身冒汗，只好使尽浑身解数，能往前开多远算多远。

飞机无声息地朝前飘着，同时往下降着，与海面距离越来越近……就在汤姆彻底绝望时，奇迹出现了——一片海岸出现在眼前。他大喜，用力猛拉操纵杆，飞机贴着海面冲过去，嗵的一声撞落在松软的海滩上，汤姆晕了过去。

半个月后，汤姆回到他和库尔所居住的小镇。

他拎着那个装着旧衣服的伞包来到库尔的家门外，发出狮子般的怒吼："库尔，你这个出卖朋友的家伙，给我滚出来！"

库尔的妻子和3个孩子跑出来，一起问他发生了什么事。汤姆很生气地讲了事情的经过，并抖动着那个包，大声地说："看，他就是用这东西骗我的！他没想到我没死吧，真是老天保佑！"

库尔的妻子说："他一直没有回来。"她认真翻查了那个包。旧衣服全被倒出来后，她从包底拿出一张纸片。她急切地看完，就放声大哭起来。

汤姆一愣，拿过纸片来看。纸上有两行极潦草的字，是库尔的笔迹，写的是：

"汤姆，我的好兄弟，飞机下面是鲨鱼区，跳下去必死无疑。不跳，没油的飞机不堪重负，会很快坠海的。我带他们跳下后，飞机减轻了重量，肯定能滑翔过去……你就大胆地向前开吧，祝你成功！"

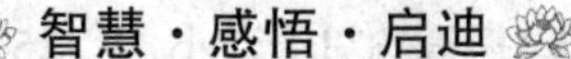

智慧·感悟·启迪

为了救朋友,连自己的生命都可以置之度外,如此大义凛然,这是一种人性的光辉和力量,友情在它的照耀下显得更加灿烂。

微笑可以救命

安东尼有一段不寻常的经历。

他是优秀的飞行员,曾参加过在西班牙打击法西斯的战斗,不幸被俘入狱。在狱中,安东尼翻遍口袋找出一根香烟,但是没有火柴。看守看起来凶神恶煞。安东尼鼓足勇气向他借火。看守打量了他一眼,冷漠地把火柴递给他。

安东尼回忆着当时的场景:

“当他帮我点火时,眼光无意中与我的眼睛接触,这时我下意识地冲着他微笑。

“我不知道自己为何有这般反应,在这一刹那,这抹微笑如鲜花般打破了我们心灵之间的隔阂。

“受到了我的感染,他的嘴角也不自觉地出现了笑容,我知道他原无此意。

“他点完火后并没有立刻离开,两眼盯着我瞧,脸上仍然带着微笑。我也以微笑回应,仿佛他是个朋友。他看着我的眼神也少了当初的凶恶。

“‘你有小孩吗?’他开口问道。

“‘有,你看。’我拿出皮夹,手忙脚乱地翻出了全家福照片。

“他也掏出照片,并且开始讲述他对家人的期望与计划。

“此时我的眼中充满泪水,我说我害怕再也见不到家人,我怕没有机会看到孩子长大……

“他听了以后流下了两行热泪。突然,他打开牢门,悄悄带我从后边的小路逃离监狱。他示意我尽快离去,之后便转身走了,不曾留下一句话。”

智慧·感悟·启迪

真诚的微笑如春风化雨,润人心田。微笑的人给别人的印象是热情、富于同情心和善解人意。如果你在出门前对镜子笑一下,就会获得好心情和动力。对于微笑的理解是:没有人富到不需要它;也没有人穷到给不出一个微笑。

梦想是人生最大的希望

如果一个人有足够的信念,那么他就能创造奇迹。

亨利从小家中就很穷,但是家里却充满了爱和关心,所以,他是快乐而有朝气的。他知道,不管一个人有多穷,他们仍然可以做自己的梦。

亨利的梦想就是运动。在他 16 岁的时候,他就能够压碎一只棒球,能够以每小时 145 千米的速度扔出一个快球,并且击中足球场上移动着的任何一件东西上。他的高中教练是奥利·贾维斯,他不仅相信亨利,而且还教他怎样自己相信自己。他教亨利知道:拥有一个梦想和足够的自信,会使自己的生活有怎样的不同。

贾维斯教练对亨利所做的一件特殊的事情,永远地改变了他的生活。

那是在亨利由低年级升入高年级的那个夏天,一个朋友推荐他去做一份暑期工。这是一个意味着他的口袋里可以有钱的机会。有钱就可以和女孩子约会了。当然,有钱还可以买一辆新自行车和新衣服,还意味着为他的母亲买一栋房子的储蓄的开始。这份夏日的工作对他来说是极具诱惑力的,这使他高兴得跳了起来。

紧接着他意识到,如果他去做这份工作,他就必须放弃暑假的棒球运动,那便意味着他必须得告诉贾维斯教练他不能去打球了。他害怕这一点。而当他把这件事告诉贾维斯教练的时候,教练真的像他预料的那样生气了。

"你还有一生的时间可以去工作,"教练说,"但是,你练球的日子是有限的,你根本浪费不起!"

亨利低着头站在他面前,努力想向他解释,为了那个替他妈妈买一座房子和口袋里有钱的梦想,即使让教练对他失望,他认为也是值得的。

"孩子,你做这份工作能挣多少钱?"教练问道。

"每小时 3.25 美元。"

教练继续问道:"你认为,一个梦想就值 1 小时 3.25 美元吗?"

那年暑假,亨利全身心地投入到运动中去,同一年,他被匹兹堡海盗队选去做了队员,并与他们签订了一份价值 2 万美元的合同。后来,他在亚利桑那州的州立大学里获得了足球奖学金,那使他获得了接受大学教育的机会;在全美国的后卫球员中,他两次被公众认可,并且在美国国家足球联盟队队员的选拔赛中,他排在了第 7 名。

1984 年,亨利与丹佛的野马队签署了 170 万美元的合同。他终于为他的母亲买了一栋房子,实现了他的梦想。

智慧·感悟·启迪

梦想是人生最大的希望,有了这个信仰的力量,它才会推动着人不断超越自我,向理想的殿堂迈进。梦想的实现要求每一个人必须具有高瞻远瞩的目光,因为一旦被眼前利益绊住双脚,人生就注定会落入平庸。

成长与变老之间的差异

开学第一天,教授自我介绍后,要求每位同学主动去结交一位新朋友。当约翰站起来环视四周时,有人轻轻拍约翰的肩膀。约翰转过头,看见一位满脸皱纹、个子矮小的老妇人正对他微笑,她说:"嗨,我叫凯蒂丝,今年 87 岁。我可以抱你一下吗?"约翰答道:"当然可以。"她果真紧紧地将他抱个满怀。约翰开玩笑地问她："你年纪这么小怎么就来上大学了？"

她也调皮地回答道："我准备来这里找个小伙子，生儿育女，然后退休去云游四海。""此话当真？"约翰明知故问。约翰很好奇到底是什么动机促使她年逾古稀还来上大学。她告诉约翰："我一直梦想要受大学教育，如今终于得偿所愿。"

下课后，他们散步到学生联合大楼，两人分享了巧克力奶昔。从此他们成了挚友。往后3个月的每一天，他们总是一起离开教室，并天南地北聊个没完。

她像一部"时光机器"，将智慧和经验与约翰分享，而他总是听得津津有味。一学年下来，凯蒂丝成了学校鼎鼎大名的人物。不论走到哪里，她总能轻易结交到新朋友。她经常打扮得漂漂亮亮的，陶醉在同学们对她的关注之中。学期结束时，凯蒂丝应邀到学校为足球队举办的晚宴中演讲。约翰永远难以忘怀当晚她赐予他们的珍贵礼物。

在主持人介绍之后，她迈步走向讲台，正当要开始演讲时，她手中的讲稿不慎掉落在地上。有几秒钟她显得有点懊恼和腼腆，不过立刻就幽默地说："抱歉，我最近老喜欢掉东西，刚刚我本想喝杯啤酒壮胆，却喝了威士忌，没想到那玩意儿差点要了我的命。看来我是记不得事先准备的东西了，那我就讲最熟悉的事情吧。"在大家的笑声中，她清了一下嗓子，然后开始说："我们不是因为年老而停止玩乐，我们是因停止玩乐才会变老。只有一种秘诀能使人青春永驻、快乐成功，那就是——你们必须笑口常开，幽默风趣；你们必须时时怀抱梦想，当你们失去梦想时，你们就形同死亡。我们的周围有许多人像行尸走肉，却不自觉。

"变老和长大之间有很大的差别。任何人都会变老，但不一定每个人都会长大。长大的意思是你必须不断在蜕变中找寻成长的机会而善加利用。要活得无怨无悔，上了年纪的人通常不会因做过的事后悔，却常因在年轻时未曾去做自己想做的事而遗憾。只有心怀悔恨的人会恐惧死亡。"

那年年底，凯蒂丝终于完成她的大学学业。毕业一星期后，她在睡梦中安详去世。超过2000名同学参加了她的葬礼。

智慧·感悟·启迪

在心灵中历经磨难的人，深刻但不轻松。经历像一个证明社会经验丰富的包袱，有分量却也使得你无法轻舞飞扬。阅历可以让人在面对各种不期而遇的困境时冷静镇定，阅历也能使人对外界麻木迟钝，如一位老者不以物喜不以己悲，泰然若定地面对一切。什么时候不再为一种梦想的实现与否欣喜若狂或黯然神伤，什么时候不再幼稚单纯地为阳光、白云喝彩，这个时候心灵已老。

与纯真自然的心态年轻者交往，可以使你心灵轻松，交往中可以让你放弃经验的标尺而用感受去体会生活。年轻的心让你像阳光般温暖而热情。

做一个慷慨、大度的人

慷慨、大度是一种美德，有利于己，有利于人，更有利于社会。

很久以前，有两个邻居，一个慷慨大度，而另一个却小气吝啬。有一回，他们一起出门，到了吃晚饭的时候，小气鬼满腹牢骚地说：

“真倒霉，我解不开装饼的口袋。”

“没关系，你吃我的饼吧！”大度者说。

于是两个人把大度者的饼吃个精光，然后躺下来睡着了。

第二天早上，那个小气鬼先醒来，他暗自说：

“昨天把邻居的饼吃光了，今天该轮到吃我的饼了。可是凭什么要我拿自己的饼去填饱邻居的肚子？不如收拾收拾赶紧一个人溜掉，这样饼就可以由我一个人独吞了。”

于是，小气鬼悄悄起来溜走了。

等那位慷慨大度的邻居一觉醒来，发现小气鬼邻居已经不辞而别。他不得不匆匆起床，饿着肚子一个人饥肠辘辘地赶路。

大度者穿过一座大森林，傍晚来到一所茅舍。他跨进门去，发现桌上有一大块面包。他切了一块吃掉之后，躺在条凳底下。

过了一会儿，狗熊、狐狸和老鼠进来了，它们悠闲地坐在条凳上。老鼠诡秘地说：

“你们知不知道，在这炉灶后面挂着一袋银币，我一躺到炉灶上就能听见银币清脆的响声。”

狐狸接着说：

“这没什么了不起的。你们知不知道，小茅舍后面的老橡树底下埋了一块大如羊头的银子。有人在那儿挖过，但没找到它。”

狗熊不以为然地说：

“这没什么了不起的。你们知不知道，小茅舍后面的路边埋了一块像马头一样大的金子。有人在那儿挖过，可是没找到它。”

随后，狗熊起来把面包分成3份。动物们吃饱之后就纷纷睡觉去了。

躺在条凳底下的大度者什么都听见了。

早上，等动物们走了之后，他便爬到炉灶后取下那袋银币，到屋后老橡树底下挖出那块大如羊头的银子，再走几步到路边挖出那块大如马头的金子，拿着这一堆金银珠宝回家了。

小气鬼听说大度者邻居一夜之间发了财，马上跑过来打听他是怎么得到这些财宝的。

大度者邻居老老实实地把全部情况向他交代了一遍。

小气鬼马上跑到森林中的小茅舍里去。他一进屋，也看见桌上放着一大块面包，他便把它吃了个精光，把剩下的一点儿残渣也吃干净了才躺到条凳底下去。过了一会儿，狗熊、狐狸和老鼠进来了。它们在条凳上坐下，狗熊小声说：

“你们知不知道，那块大如马头的金子已经被人挖走了。”

狐狸吞吞吐吐地说：

“那算得了什么，你们知不知道，那块大如羊头的银子也被人挖走了。”

老鼠在一旁跳起来，跑到炉灶上一看，便吱吱地大声叫了起来：

“这算得了什么，你们知不知道，有人把那袋银币也拿走了。准是有人在这儿偷听到了我们的话！”

随后，狗熊站起来想分面包，可是面包没了，它生气地吼了起来：

“谁把我们的面包吃掉了？快点儿，老鼠，你瞧瞧去，看是不是有人藏在我们这儿！”

老鼠找来找去，终于在条凳底下找到了小气鬼，它们把他拖出来吃掉了。

等它们吃饱之后，又各自睡觉去了。

智慧·感悟·启迪

海纳百川,有容乃大,壁立千尺,无欲则刚。法国著名诗人雨果认为:“世界上最宽阔的是海洋,比海洋更宽阔的是天空,比天空更宽阔的是人的胸怀。”为人只有胸襟宽阔,才能赢得友谊,增进团结;也只有度量恢弘的人,才能解人之难,谅人之短,补己之过,从而产生很大的感召力,使人更乐于亲近他。胸襟狭窄者则嫉人之才,妒人之能,讥人之短,从而在他的周围会产生一种无形的排斥力,使人对他敬而远之。

永远不要看低自己

由于智商偏低,在他16岁升入高中二年级那年,他的成绩与同学们拉开了很大的距离。因此,尽管他学习很努力,但校方还是没有同意他再留在学校里。

那天,他失望地走出了学校的门。

难道自己真的一无是处吗?他一边想着,一边走进了一个公园里。

他坐在长凳上,想着自己不如意的事,一种失落感袭上心头。

正在这时,一位白发苍苍的老者走到他面前,看到他一副无精打采的样子,于是问道:

“年轻人,怎么了?遇到什么困难事了吗?”

他抬眼望去,眼前这位老者装着一条假腿,少了一只胳膊,并且一只眼睛瞎了,好可怜的人啊!于是,他把自己所有的痛苦、愁绪都说给老者听了。他满以为老者会安慰他几句,或是向他诉说自己受过的苦。但老者只是看了看他,没有说什么,并开始吹起了口哨。

老者的口哨声非常动听,吸引了很多的鸟儿落到附近的树上……

良久,老人停了下来:

“虽然我们在很多方面比不上别人,但只要我们有一样比别人强就行了。”

此后,他开始变得积极起来。

半年后,他找到了一份替人整建园圃、修剪花草的活儿。虽然这份工作在别人看来非常简单,但他却勤勉、用心地做。

有一天,他路过一块满是污浊泥水和垃圾的场地,而这块肮脏场地的旁边就是已经绿化了的美景。多么不协调啊!于是,他决定把这里改造成一个美丽的花园。经过他的努力,不久以后,这块泥泞的污秽场地有了绿茸茸的草坪、幽幽的小径,真的变成了一个美丽的花园。

他就是加拿大风景园艺家琼尼·马汶。

智慧·感悟·启迪

不看低自己,人才能不断进步。看低自己,只会导致自己轻易放弃自己的追求,自甘落后,降低人生的目标。而只有不看低自己,一个人才能有拼搏的动力,才能让自己不断进步。

无论是贫穷还是富有,是貌若天仙还是相貌平平,只要你昂起头来,那么就没有人会把你看低。如果你自己看低自己,那么全世界都不会把你看高。

人的潜力是无穷的

他是一位厨师,可以说除了厨艺以外别无他技,但他却能找到很多乐趣。

这些日子,他看到儿子每天都抱怨个不停,很想给儿子提点意见。但他却没有想好怎样才能让儿子懂得生活的真谛。

一天,儿子又向爸爸抱怨对生活的不满意:“我真不知该怎样生活了,我觉得生活和学习的压力太大了。一个问题刚解决,另一个问题就又出现了,简直超出了我能承受的极限。”

他低着头想了想,然后叫儿子跟着他进入厨房。儿子不解其意,只看到父亲分别向三口锅里倒入几乎同样多的水,然后把它们放在火上烧。他拿了几根胡萝卜放入第一口锅中,取出几个鸡蛋放在第二口锅中,在第三口锅中倒入一些咖啡豆。

他没有说话,儿子也不便问,只能在旁边静静地看着。

不大一会儿,三个锅里的水都开了。又过了十几分钟,他把煮好的胡萝卜放在一个碗里,把鸡蛋放在另一个碗里,将咖啡放在一个杯子里。

儿子看着父亲做完这一切后,才不解地问父亲:“您这是做什么呢?”

他指着眼前的碗和杯子,转过身问儿子:“告诉我,你看见什么了?”

儿子满脸不屑地回答说:“您问的真是一个愚蠢的问题,那不是胡萝卜、鸡蛋、咖啡吗?”

他点了点头,然后让儿子去触摸胡萝卜。儿子告诉父亲胡萝卜变软了。

“那你去打碎那只鸡蛋看看。”儿子将鸡蛋壳剥掉后,看到的是只煮熟的鸡蛋。

“孩子,喝杯咖啡吧。”他看着儿子说。儿子端起杯子一饮而尽,好香甜的咖啡啊!

他笑着对儿子说:“为什么这三样东西同样在沸水里煮,其反应却各不相同呢?胡萝卜本是硬硬的,但经水煮后却变软、变弱了;鸡蛋原是易碎的,但煮后内脏却变硬了;而咖啡豆在进入沸水后则改变了水的颜色和味道。”

智慧·感悟·启迪

每个人都拥有巨大的潜力,它就如一个取之不尽、用之不竭的宝藏。一个人要想成功,就得懂得开发自己身上的潜能,不断提升自己、超越自己,使自己能胜任生活、工作上的要求。

每个人都有自己的天赋

漫画作品《双响炮》、《涩女郎》、《醋溜族》无人不知,不仅畅销还拍成了电视剧,而这些都是一个小时候是“差生”的学生创作的,他就是台湾著名漫画家朱德庸。

朱德庸天生对图形很敏感,但对文字类的东西接受起来却很困难。在十几年的学生时期,他一直被认为非常笨。读中学的时候，朱德庸完全没有办法接受刻板的“填鸭式”教育方式，他像个皮球一样被许多学校踢来踢去，就连最差的学校也不愿意接收他。

开始他也像老师们一样认为自己非常笨。直到十几岁以后才明白，自己不是笨，而是有学习障碍。他发现自己天生对文字反应迟钝，但对图形很敏感。

谈到求学时的痛苦经历，朱德庸说：“我的求学过程非常悲惨！学习障碍、自闭、自卑，只有画画使我快乐。”画画是唯一能让朱德庸感到轻松的事情。他说：“外面的世界我没法待下去，唯一的办法就是回到自己的世界，因为这个世界里有我的快乐。在学校里受了老师的打击，我敢怒不敢言，但一回到家我就画他，狠狠地画，让他死得非常惨，然后自己心情就会变好了。”

他的父母为此伤透了脑筋，也吃了很多苦头，他们动不动就被老师叫到学校去，听老师训话，还时常要带着小德庸到各个学校去看人家的脸色，求人家收留这个学生。幸运的是，朱德庸的父母从不给他施加压力，一直任他自由发展。他的爸爸会经常裁好白纸，整整齐齐订起来，给他做画本。

朱德庸后来回忆说：“如果我的父母也像学校老师一样逼我学习，那我肯定要死……每个人都有天赋，但是有些人的天赋被他们的家长或者被社会的习惯意识遮盖了，进而就丧失了。”在这一点上朱德庸很感谢自己的父亲，在他小时候非常想画画又总拿着笔画个不停的时候，他的父亲没有阻止他，反而支持了他。

关于天赋，朱德庸有非常精彩的见解：

“我相信，人和动物是一样的，每个人都有自己的天赋，比如老虎有锋利的牙齿，兔子有高超的奔跑、弹跳力，所以它们能在大自然中生存下来。人也是一样，不过是很多人在成长过程中把自己的天赋忘了，就像有的人被迫当了医生，而他可能是怕血的，那么他不会快乐。人们都希望成为老虎，而这其中有很多只能是兔子，久而久之，就成了四不像。我们为什么放着很优秀的兔子不当，而一定要当‘很烂的老虎’呢？社会就是很奇怪，本来兔子有兔子的本能、狮子有狮子的本能，但是社会强迫所有的人都去做狮子，结果出来一批‘烂狮子’。我还好，天赋或者说本能没有被掐死。”

智慧·感悟·启迪

每个人都有自己天赋。舒曼曾经说过：“一磅铁只值几文钱，可是经过锤炼就可制成几千根钟表发条，价值累万。”同样，你也要好好利用天赋给予你的“一磅铁”。如果你利用好了自己的天赋，相信你的命运将会灿烂无比。

告诉自己“我可以”

成功的字典里没有“我不能”。经常告诉自己“我可以”，就会在心里形成一种积极的暗示，很多看似超越自身能力所及的事情也可以迎刃而解。利娅老师深知这个道理。

利娅是密歇根州一个小镇上的小学老师。

那天，她给学生们上了生动的一节课。她让学生们在纸上写出自己不能做到的事。所有的学生都全神贯注地埋头在纸上写着。一个10岁的男孩，他在纸上写道：“我无法把球踢过第2

道底线”、“我不会做3位数以上的除法”、“我不知道如何让黛比喜欢我”等。他已经写完了半张纸,但却丝毫没有停下来的意思,仍旧很认真地继续写着。

每个学生都很认真地在纸上写下了一些句子,述说着他们做不到的事情。

利娅老师也正忙着在纸上写着她不能做到的事情,像“我不知道如何才能让约翰的母亲来参加家长会”、“除了体罚之外,我不能耐心劝说艾伦”等。

大约过了10分钟,大部分学生已经写满了一整张纸,有的已经开始写第2页了。“同学们,写完一张纸就行了,不要再写了。”

等所有学生的纸都投入纸鞋盒以后,利娅老师把自己写的纸也投了进去。然后,她把盒子盖上,夹在腋下,领着学生走出教室,沿着走廊向前走。

走着走着,队伍停了下来。利娅走进杂物室,找了一把铁锹。然后,她一只手拿着鞋盒,另一只手拿着铁锹,带着大家来到运动场最边远的角落里,开始挖起坑来。

学生们你一锹我一锹地轮流挖着,洞挖好后,他们把盒子放进去,然后又用泥土把盒子完全覆盖上。这样,每个人的所有“不能做到”的事情都被深深地埋在了这个“墓穴”里,埋在了1米深的泥土下面。

这时,利娅老师注视着围绕在这块小小的“墓地”周围的31个孩子,神情严肃地说:“孩子们,现在请你们手拉着手,低下头来,我们准备默哀。”

“朋友们,今天我很荣幸能够邀请你们前来参加‘我不能’先生的葬礼。”利娅老师庄重地念着悼词,“‘我不能’先生在世的时候,曾经与我们的生命朝夕相处,您影响着、改变着我们每一个人的生活,有时甚至比任何人对我们的影响都要深刻得多。您的名字几乎每天都要出现在各种场合,比如学校、市政府、议会,甚至是白宫。当然,这对于我们来说是非常不幸的。

“现在,我们已经把您安葬在这里,并且为您立下了墓碑,刻上了墓志铭。希望您能够安息。

“愿‘我不能’先生安息,也祝愿我们每一个人都能够振奋精神,勇往直前!阿门!”

接下来,利娅为“我不能”做了一个纸墓碑。

利娅老师把这个纸墓碑挂在教室里。每当有学生说“我不能……”的时候,她只要指着这个象征“我不能”死亡的标志,孩子们便会想起“我不能”先生已经死了,进而想出积极的解决方法。

智慧·感悟·启迪

“我不能”经常在我们的耳边响起,这是你对自己的宣判。听多了你对自己说的“我不能”,你很可能就会走进自卑的圈子,再也出不来。不要自己给自己宣判,沉浸在“我不能”的困境中,很多事情就真的无法去做了。一切皆有可能,只要相信“我可以”,便会有无限可能。

合理利用自己的优势

三个旅行者在同一家旅店住宿。

有一天早上出门时,天气不是太好。其中一个人带了一把伞,一个人拿了一根拐杖,另外一个人则什么也没带。

结果这天下了很大的雨。人们猜想，没带伞也没拿拐杖的那个人肯定满身是泥、浑身淋透了。

三个旅行者先后进了旅店。出乎人们的意料，什么也没带的那个人是境况最好的，而拿伞的那个人淋湿了衣服，拿拐杖的那个人则满身是泥。

不仅其他人觉得奇怪，带伞的和拿拐杖的人更觉得奇怪。于是人们问那个什么也没有带的人："你为什么没有淋到雨也没有摔倒呢？"

什么也没带的那个人没有回答，而是问拿伞的人："你为什么被淋湿而没有摔跤呢？"

"在下雨的时候，我觉得有伞，便大胆地在雨中走，所以衣服还是湿了不少。而因为没有拐杖，我每走一步都小心翼翼地，所以就没有摔跤了。"

拿拐杖的那个人不由得接话说道："因为没有伞，所以我就拣能躲雨的地方走。而因为有拐杖，自己就没有注意泥泞难行的地方，却反而摔了跤。"

"那就对了，我拣能躲雨的地方走，泥泞难走的地方我就加倍细心地走，所以我既没有淋着也没有摔着啊！"

为什么拿伞的旅行者被淋湿而没有摔跤，拿拐杖的旅行者摔了跤却没被淋湿，而什么也没带的旅行者却既没有淋湿也没有摔跤呢？原因就在于前两者都没有合理利用自己的优势。有伞的旅行者虽然有伞，但他因此而大胆地在雨中走，衣服自然免不了会被雨淋湿；拿拐杖的旅行者虽然有拐杖，但他却在泥泞的地方没有细心走，他自然也不免会摔跤。

智慧·感悟·启迪

一个人身上具有的优势是他成功的关键因素。一个人的生活、工作和事业发展只有建立在这个优势之上，方能成功。对于我们来说，不但要懂得找到自己的优势，而且要合理利用自己的长处，从而找到发展自己的道路，创造美好的人生。

最难认识的是自己

有一天，上帝来到尘世，对地球上的居民进行一番智慧调查。

上帝问大象："你是谁？"

大象回答说："我是学识渊博的学者。"

上帝问袋鼠："你是谁？"

袋鼠说："我是全球闻名的拳王。"

上帝又问鱼："你是谁？"

鱼儿游动着灵巧的身躯回答说："我是天地间的精灵。"

上帝又问鸟："你是谁？"

鸟回答道："我是风。"

上帝最后问人："你是谁？"

人回答道："我是谁？这个问题我还真没想过呢！"

上帝终于叹了口气，说道："唉！天地间，最难认识的是自己啊！"

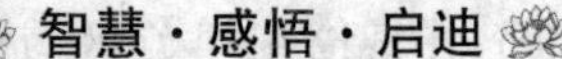

智慧·感悟·启迪

不管是从事何种职业的人,都必须认识自己的潜能,确定最适合自己的发展方向,否则就很可能会埋没了自己的才能。

千万不要忘了自己是谁

剑桥大学一位德高望重的老教授,在又一批学生临近毕业时,他忽然患了眼疾,自称失明了。非常敬仰他的学生们纷纷前来看望他,他问每一个来看望他的学生:“你是谁?告诉我你究竟是谁?从什么地方来?学什么专业?小时候幻想干什么?毕业以后准备到什么地方去?将来准备做什么……”

同学们感到老教授在眼睛失明之后居然仍这样关心他们,都很感动,就把各自的具体情况和想法如实地告诉老教授。老教授一边听一边连连点头,不时地说着“好”、“很好”、“再说一遍”、“你很了解自己了”、“你目标明确,好好实践吧”之类的话。

与同学们分手时,他又一一握着同学们的手,异常亲切而语重心长地说:“我知道你是谁了!不过,今后的漫长岁月里,你千万不要忘了自己是谁啊!”有的同学感觉怪怪的,偷偷地对其他同学说:“老人家的眼睛一瞎,思维也好像不太清晰了,有些唠叨了。”

谁知,在学生们毕业离校的前一天,老教授的眼睛又“奇迹般地”好了、复明了。他在送别会上对同学们说:“在我双目失明、意志消沉的时候,是同学们的关怀和激励让我重又心明眼亮了!我也给那些曾经看望我的同学精心制作了一件礼品——我们的谈话录音。在今后的人生旅程中,当你们失意的时候、迷茫的时候、不知所措的时候,就听听这盘录音带吧……”

直到这时,同学们才真正领悟到老教授的良苦用心。

智慧·感悟·启迪

世界上最难认识的是自己。在现实人生中,许多人一辈子也没真正关怀和关注过自己,甚至没弄清自己是谁、是干什么的。认清楚自己到底是谁,是一个非常重要的人生命题。

正确评估自己

战国时,齐国的相国邹忌长得相貌堂堂,身高八尺,体格魁梧,十分英俊,与邹忌同住一城的徐公也长得一表人才,是齐国有名的美男子。

一天早晨,邹忌起床后,穿好衣服、戴好帽子,信步走到镜子面前端详全身的装束和模样,他觉得自己长得的确与众不同,高人一等,于是,随口问妻子说:“你看,我跟城北的徐公比起来,谁更漂亮?”

他的妻子走上前去,一边帮他整理衣襟,一边回答说:“您长得多漂亮啊,那徐先生怎么能跟您比呢?”

邹忌心里不太相信,因为住在城北的徐公是大家公认的美男子,自己恐怕还比不上他,所以他又问他的妾:“我和城北徐公相比,谁更漂亮些呢?”

他的妾连忙说:“大人您比徐先生漂亮多了,他哪能和大人相比呢?”

第二天,有位客人来拜访,邹忌陪他坐着聊天,想起昨天的事,就顺便又问客人说:“您看我和城北徐公相比,谁更漂亮?”

客人毫不犹豫地说:“徐公当然比不上您,您比他漂亮多了。”

邹忌如此做了三次调查,大家一致都认为他比徐公漂亮。可是邹忌是个有头脑的人,并没有因此沾沾自喜,认为自己真的比徐公漂亮。

恰巧过了一天,城北徐公到邹忌家拜访。邹忌第一眼就为徐公那器宇轩昂、光彩照人的形象怔住了,两人交谈的时候,邹忌不住地打量徐公,他自觉自己长得不如徐公。为了证实这一结论,他偷偷从镜子里面看看自己,再转过头来瞧瞧徐公,结果认定自己比徐公确实要差一些。

晚上,邹忌躺在床上,反复地思考着这件事:既然自己长得不如徐公,为什么妻、妾和那个客人却都说自己比徐公漂亮呢?想到最后,他总算找到了问题的答案。邹忌自言自语地说:“原来这些人都是在恭维我啊!妻子说我美,是因为偏爱我;妾说我美,是因为害怕我;客人说我美,是因为有求于我。看起来,我是受了身边人的恭维赞扬而认不清真正的自我了。”

智慧·感悟·启迪

在别人的一片赞扬声中,一定要保持清醒的头脑。特别是居于领导地位的人,更要有自知之明,正确评价自己的能力和品行。

美丽的虎牙

从前有一位国王,他有一位非常美丽的妻子,他们非常相爱。

但是王后却整天闷闷不乐,每当她面对镜子的时候,就会觉得恐慌,她觉得她还不是天下最美丽的女人。

因为她长着一对尖尖的虎牙。

虽然国王从来不曾说过什么,但是她一直担心,生怕有朝一日国王会移情别恋。

王后悄悄找到全国最好的牙医,把虎牙拔掉了。

牙医给她镶了两枚假牙,假牙非常精致,任何人都看不出丝毫破绽。

她高兴地去找国王,然而令她大失所望的是,国王只是用看陌生人的眼神看了看她,冷淡地走了。

此后,国王很久都不和她同房。

半年后，国王把她打入冷宫，另娶了一位年轻貌美的姑娘做王后。

对于这位新王后，国王宠爱有加。

被打入冷宫的王后非常失落，她想那位新王后一定比自己美丽得多。

有一天，她在花园里看到了那位新王后，新王后冲她一笑，她这才看清楚了，这位新王后并不十分漂亮，而且，她也长着一对尖尖的虎牙！

原来国王最喜欢的就是有虎牙的女人！

智慧·感悟·启迪

我们常常是由于有自己的特色而不是优点才显得可爱的，何必要对自己身上那些无伤大雅的缺点耿耿于怀呢？勇敢地保留住我们的特色吧！

冲破束缚你的茧

有一个小孩，相貌丑陋，说话口吃，而且因为疾病导致左脸局部麻痹，嘴角畸形，讲话时嘴巴总是歪向一边，还有一只耳朵什么都听不见。

为了矫正自己的口吃，这孩子模仿古代一位有名的演说家，嘴里含着小石子讲话。看着嘴巴和舌头被石子磨烂的儿子，母亲心疼地抱着他流着眼泪说："不要练了，妈妈一辈子陪着你。"懂事的孩子替妈妈擦着眼泪说："妈妈，书上说，每一只漂亮的蝴蝶，都是自己冲破束缚它的茧之后才变成的。我要做一只美丽的蝴蝶。"

后来，他能流利地讲话了。因为他的勤奋和善良，他中学毕业时，不仅取得了优异成绩，还获得了良好的人缘。

1993 年 10 月，他参加全国总理大选。他的对手居心叵测地利用电视广告夸张他的脸部缺陷，然后写上这样的广告词："你要这样的人来当你的总理吗？"但是，这种极不道德的、带有人格侮辱的攻击招致大部分选民的愤怒和谴责。他的成长经历被人们知道后，更是赢得了选民极大的同情和尊敬。他说的"我要带领国家和人民成为一只美丽的蝴蝶"的竞选口号，使他以高票当选为总理，并在 1997 年再次获胜，连任总理，人们亲切地称他为"蝴蝶总理"。他就是加拿大第一位连任两届的总理让·克雷蒂安。

智慧·感悟·启迪

有些东西我们的确无法改变，比如低微的门第、丑陋的相貌等。但有些东西则是人人都可以选择的，比如自尊、自信、毅力、勇气等，它们是帮助我们穿破限制我们发展的"命运之茧"的利剑。

飞行员和大狗熊

在法国一个位于野外的军用飞机场上，一位名叫桑尼耳的飞行员正在专心致志地用自来水枪清洗战斗机。突然，他感到有人用手拍了一下他的后背。回头一看，他吓得大叫一声，拍他的哪里是人啊，一只硕大的狗熊正举着两只前爪站在他的背后！桑尼耳急中生智，迅速把自来水枪转向狗熊。也许是用力太猛，在这万分紧急的时刻，自来水枪竟从他的手上滑了下来，而狗熊已朝他扑了过来……他闭上双眼，用尽吃奶的力气纵身一跃，跳上了机翼，然后大声呼救。

警戒哨里的哨兵听见了呼救声，急忙端着冲锋枪跑了出来。两分钟后，狗熊被击毙了。

事后，许多人都大惑不解：机翼离地面最起码有2.5米的高度，桑尼耳在没有助跑的情况下居然跳了上去，这可能吗？如果真是这样，桑尼耳可以不必再当飞行员了，而应当去做一名跳高运动员，去创造世界纪录。

然而，事实确实如此。

后来，桑尼耳做了无数次试验，再也没能跳上机翼。

智慧·感悟·启迪

在日常生活中，一个绝境就是一次挑战、一次机遇，如果你不是被吓倒，而是奋力一搏，也许你会因此而创造超越自我的奇迹。

澳洲草原上的羊群

望春是澳大利亚一个草原的名字，那里的草儿都长得特别好，所以生长在那里的羊群规模越来越大。随着羊群不断发展壮大，就出现了一个非常奇怪的现象：走在前面的羊群总能够吃到草，而走在后面的羊群总是只能吃剩下的，于是后面的羊群在前面羊群吃草的时候就会跑到队伍前面。就这样，羊群为了争夺食物，都不愿意落在后面。羊群开始不断地往前奔跑。到最后，所有的羊都知道：只要想吃到草就要拼命跑在最前面。这样在草原上就形成了一个非常壮观的场面，羊群都朝一个方向不停地奔跑。

望春草原的尽头是一个悬崖，羊群跑到悬崖边缘也全然不予理会，于是整群的羊就往悬崖下跳……

智慧·感悟·启迪

我们在做任何事情的时候，不要忘记了我们做事情的目的。但是，在奔向目标的途中，还要注意不要顾此失彼，忽视了自身的安全问题。

印第安酋长和青年

传说以前有一位印第安酋长,惯于用比赛来考验部落中的年轻士兵。有一次,他选出 4 位杰出的青年,对他们说:“我要你们爬出去,爬到自己气力能承受的极点,然后从山上取来一样东西作为证物。”

第二天清晨,4 位强壮的印第安青年同时出发上山。半天过后,第一位归来的,手握针枞一枝,显示他爬到的高度。第二位带回一小枝松木。过了不久,第三位抱着一种生长于高山的灌木报到。

踏着皎洁的月色,第四位终于踉跄而归。他显然精疲力竭,双脚早被尖石划伤割裂。

“你带什么来了? 爬到多高?”酋长问道。

“我到达的地方,没有针枞,也没有松木可供遮阴;没有沿路的花儿可以驱逐长途跋涉的疲劳,只有石头、积雪和荒野。我的脚受伤而皮破,浑身疲惫不堪,我又最迟回来,但是——”年轻的战士双眼发亮起来,“我见到了大海!”

智慧·感悟·启迪

高瞻远瞩,不断向着更高的目标冲击的人,比只顾眼前利益者,能够领略更美的人生。

第一位黑人州长

罗杰·罗尔斯是美国纽约州历史上第一位黑人州长,他出生在纽约声名狼藉的大沙头贫民窟。这里环境肮脏,充满暴力,是偷渡者和流浪汉的聚集地。1941 年,皮尔·保罗被聘为诺必塔小学的董事校长,他发现,这所学校的学生表现非常糟糕,旷课、斗殴,甚至砸烂教室的黑板。皮尔·保罗想了很多办法来引导他们,可是没有一个是奏效的。后来他发现这些孩子都很迷信,于是他在上课时就多了一项内容——给学生看手相。他用这个办法来鼓励学生。

罗尔斯是一个很顽皮的学生,经常跳到窗台上。当听说老师要给自己看手相,便从窗台上跳下来,伸着小手走向讲台。皮尔·保罗说:“我一看你修长的拇指就知道,将来你是纽约的州长。”当时,罗尔斯大吃一惊,因为长这么大,只有他奶奶让他振奋过一次,说他可以成为一个船长。这一次皮尔先生竟说他可以成为纽约州的州长,着实出乎他的意料。他记下了这句话,时常回想着它。

从那天起,“纽约州长”就成为罗尔斯的一面人生旗帜,罗尔斯的衣服不再沾满泥土,开口闭口也不再是满嘴脏话。开始挺直腰杆走路,在以后的 40 多年里,他没有一天不按照州长的身份要求自己。51岁那年,他终于成了州长。在就职演说中,罗尔斯说:“信念值多少钱?信念是不值钱的,它有时甚至是一个善意的欺骗,然而你一旦坚持下去,它就会迅速升值。”

智慧·感悟·启迪

一位哲人说过,思想是行动的指南,思想有多远,路就能走多远。所有成功的人,最初都是从一个小小的信念开始的,信念是所有奇迹的萌发点。年轻人一定要树立“我必能成就大事”的思想。

奔走的蚂蚁

作家发现一只蚂蚁爬上了办公桌,急匆匆地向前奔走。

它黑黑的,小小的,奔走在偌大的办公桌上,越发显得单薄和纤小。作家不知道它从什么地方来,要奔赴到什么地方去。他所清楚的是,这只蚂蚁一定在匆忙之中走错了方向,毕竟,作家这里除了一张桌子的寂寞,什么也没有。他把手放在它奔走的前方,待它爬进自己的掌心后,轻轻地把它送归到地板上。

他不想让它在迷途中走得太远。

然而,没多久,它又从桌子的另一角出现了,依旧是一样的匆忙。作家笑了,重新把它送归到地板上,心想,如果再找不对路,它一天的时光可能就要荒废了。不料,他刚刚把它放在地板上,它顺势一扭身,竟然不屈不挠地从桌子的另一条桌腿攀了上来。

智慧·感悟·启迪

人总是习惯以自己的思维方式揣度其他人,很容易轻易评判别人的某种行为的得失成败。其实,生活的真谛并不在于表面的得或失,而在于能否真正感受到其中的乐趣。

每天钓上两小时的鱼

在一个美丽的海滩上,有一位不知从哪儿来的老翁,每天坐在固定的一块礁石上垂钓。无论运气怎样、钓多钓少,两个小时的时间一到,他便收起钓具,扬长而去。

老人的古怪行动引起了一位后生的好奇。一次,这位小伙子忍不住问:“当你运气好的时候,为什么不一鼓作气钓上一天?这样一来,就可以满载而归了!”

“钓更多的鱼用来干什么?”老者平淡地反问。

“可以卖钱呀!”小伙子觉得老者傻得可爱。

“得了钱用来干什么?”老者仍平淡地问。

“你可以买一张网,捕更多的鱼,卖更多的钱。”小伙子迫不及待地说。

“卖更多的钱又干什么?”老者还是那副无所谓的神态。

“买一条渔船,出海去,捕更多的鱼,再赚更多的钱。”小伙子认为有必要给老者制定一个规划。

“赚了钱再干什么?”老者仍是显出无所谓的样子。

“组建一支船队,赚更多的钱。”小伙子心里直笑老者的愚钝不化。

“赚了更多的钱再干什么?”老者已准备收竿了。

“开一家远洋公司,不光捕鱼,而且运货,浩浩荡荡地出入世界各大港口,赚更多更多的钱。”小伙子眉飞色舞地描述道。

“赚更多更多钱还干什么?”老者的口吻已经明显地带着嘲弄的意味。

小伙子被这位老者激怒了,没想到自己反倒成了被问者。“你不赚钱又干什么?”他反击道。

老人笑了:“我每天钓上两小时的鱼,其余的时候嘛,我可以看看朝霞,欣赏落日,种种花草蔬菜,会会亲戚朋友,优哉游哉,更多的钱于我何用?”说话间,老人已收拾好钓具走了。

智慧·感悟·启迪

你可以随时享受生活,而不是限定在有了一定数量的钱之后。抛弃功利思想,以一种悠闲的心态在海滩上垂钓,观朝霞,赏落日,该是一种多么令人神往的人生境界啊!

学会加长你的起跑线

记得很久之前的一天,我约了要好的朋友到外地去野营,体验大自然旖旎的风光。正在兴头上,突然间原本安静的湖面上出现了几对追逐嬉闹、时而徜徉自在的天鹅。但是奇怪的是,尽管没有绳网,也没有其他束缚来约束它们,但是它们却也只是在湖边徘徊,不会飞到别的地方去。这群天鹅为什么常年就待在这一方狭小的水域,而不会飞走呢?

我们几个人无法回答这个问题,于是去问了一下附近的居民。原来这些天鹅是被人驯养的,得到这个消息之后,我们又想去找饲养员。正在这时候一位饲养员走了过来,冲我们先是摇头一笑,接着饶有兴致地向我们解说起来。原来,在不破坏天鹅高贵优雅的观赏姿态的前提下,要剥夺它飞翔的权利,一个两全其美的办法便是尽量缩小水域的空间,因为天鹅在展翅高飞之前,必须有一段足够长的水面可供滑翔;如果助跑线的长度过短,天鹅就难以实现它拥抱蓝天的理想了。久而久之,这群天鹅便会丧失飞翔的信念,甚至没了飞翔的本能。

原来如此!再望着眼前这一群扑翼争鸣只为了向游人乞食的天鹅,我不禁为之悲哀。古人称天鹅为“鸿鹄”,一直以来就是志存高远的象征。然而,一旦失去了飞翔的能力,“鸿鹄”和“燕雀”又有什么区别呢?不过是一群寻常的鸟而已。

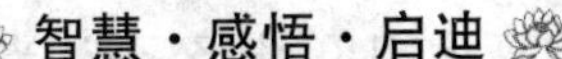

智慧·感悟·启迪

天鹅因为无法志存高远，放弃了在广阔的蓝天中翱翔的机会。为了领略更为亮丽的人生风景，我们必须不断地超越自我，我们应该时常提醒自己——你的助跑线够长吗？

无所适从的毛驴

14 世纪法国经院哲学家布利丹养了一头小毛驴，但是由于哲学家实在太忙，有时候他会无法照看这头毛驴，所以他每天都会让附近的农民送一堆草料放在驴的身边。

这天，送草的农民不知什么缘故额外多送了一堆草料，放在旁边。这下子，毛驴站在两堆干草之间，可为难了。在两堆数量、质量和与它的距离完全相等的干草之间，它虽然享有充分的选择自由，但由于两堆干草价值绝对相等，客观上无法分辨优劣，也就无法分清究竟选择哪一堆好。它左顾右盼，始终也无法作出抉择。终于，这头可怜的毛驴就这样在原地犹犹豫豫与无所适从中活活地饿死了。

布利丹毛驴的困惑和悲剧也常折磨着人们。那些缺乏社会阅历、初涉人世的人又何尝不是这样？在面对几种选择时无所适从，就如同这头毛驴一般，最后不但一事无成，甚至付出了沉重的代价。

智慧·感悟·启迪

在漫漫的人生旅途中，其实每个人都和布利丹的毛驴一样，时时面临着在两堆干草之间作出选择的问题，这时我们应该学会放弃一些东西，否则你将会一无所有。

超越身体的极限

1968 年，在墨西哥奥运会的百米赛道上，美国选手吉·海因斯撞线后，激动地看着运动场上的计时牌。当计时牌打出 9.9 秒的字样时，他张开双手，自言自语地说了一句话。这一情景通过电视转播，至少有上亿人看到。可是，由于身边没有话筒，海因斯到底说了什么，谁都不知道。

1984 年，洛杉矶奥运会前夕，一位叫戴维·帕尔的记者在办公室回放奥运会的资料片，再次看到了海因斯的镜头，这是人类历史上第一次在百米赛道上突破 10 秒大关。看到自己破纪录的那一瞬间，海因斯一定说了一句不同凡响的话，但这一新闻点，竟被现场的四百多位记者疏忽了，戴维·帕尔想。

戴维·帕尔决定采访海因斯,问问他当时到底说了一句什么话。

戴维·帕尔很快找到了海因斯,问起16年前的事,海因斯竟然毫无印象,甚至否认当时说过什么话。戴维·帕尔说:“你确实说了,有录像带为证。”

海因斯看完戴维·帕尔带去的录像带,笑了。他说:“难道你没听见吗?我说:‘上帝啊,那扇门是虚掩的。’”

谜底揭开后,戴维·帕尔对海因斯进行了深入采访。

自从欧文斯创造了10.3秒的成绩后,以詹姆斯·格拉森医生为代表的医学界便断言,人类的肌肉纤维所承载的运动极限,不会超过每秒10米。

海因斯说:“30年来,这一说法在田径场上非常流行,我也以为这是真理。但是,我想,自己至少应该跑出10.1秒的成绩。当我在墨西哥奥运会上看到自己9.9秒的纪录后,简直惊呆了。原来,10秒这个门不是紧锁的,而是虚掩的,就像终点那根横着的绳子一样。”

后来,戴维·帕尔撰写了一篇报道,填补了墨西哥奥运会留下的一个空白。不过,人们认为它的意义不限于此,海因斯的那句话,给世人留下的启迪更为重要。

智慧·感悟·启迪

在我们这个多彩的世间,除了牢门是紧锁的,其他的门都是虚掩的。打开心扉,大胆地伸出手,你会推门进入一个崭新的世界。

蚯蚓和蜜蜂的故事

据说在很久以前,蚯蚓和蜜蜂是好伙伴,它们都不是现在的这个样子,它们俩长得非常像。那时候,外面吃的东西非常多,很容易找到吃的。后来它们发现,光吃饭不干活,显然不是一个明智的选择。

有一天,下了一场大雨,蚯蚓和蜜蜂在一块石头底下躲雨。这时候,蜜蜂对蚯蚓说:“伙计,老这么下去也不是个办法,要不咱们在树上打个洞,不怕风又不怕雨。”蚯蚓说:“老弟呀!别想那些事儿了,先让我好好睡一觉再说吧!”雨停了,蜜蜂用腿和泥团,它想做房子,可是,试了好多次也不行。蚯蚓说:“我就说你做不成,你非要做。”蜜蜂没有回答,因为它还在想:怎么做房子呢?

有一天,它俩一块儿出去找吃的,在路上,丁香花向它们打招呼:“好朋友,我的树光开花,不结果,你们帮我个忙,帮我把花粉传播开,我的树就能结果了。你们帮助了我,我会报答你们的。”蚯蚓听了,粗声粗气地说:“我管你结果不结果,我要先去找吃的了。”这时候,蜜蜂说:“丁香花,可以让我来试一试吗?”蚯蚓回头就走了,蜜蜂一次一次地往上爬,好不容易爬上去,就掉下来了,因为它的脚太笨了。但它仍旧坚持一次一次地往上爬,爬一次,它背上的绒毛就颤抖一次,最后,绒毛变成了翅膀,小蜜蜂就会飞了,它很勤劳地传播花粉。这时候,蚯蚓找到了一片浆果林,大口吃起来。蜜蜂帮丁香花传播完花粉,丁香花把剩下的一点儿花粉和甜浆送给了蜜蜂。它也终于做成了自己想要的房子。

有一天,蜜蜂想起了蚯蚓,它想让蚯蚓尝尝它做的蜂蜜,想教蚯蚓做房子,让蚯蚓学会劳动。

蜜蜂边飞边喊“蚯蚓、蚯蚓”，它从蚯蚓上面飞来飞去了好几次，也没有看到蚯蚓，因为蚯蚓变样了：它光吃不动，腿没有了，嗓子变哑了。没有吃的东西，它就吃坏的东西，还吃土块儿。于是蚯蚓感觉没有颜面去见蜜蜂了，听见蜜蜂的召唤时，它看见旁边有一个洞，就钻进去哭了起来。丁香花说：“你别哭了，以后你只要劳动，别人就会喜欢你的。”蚯蚓想：以后我也要劳动。它努力把土翻松，给土施肥，可是白天还是不敢出来。

智慧 · 感悟 · 启迪

我们应该向蜜蜂学习，制订一个目标，坚持不懈地奋斗下去。屡战屡败，屡败屡战，直到成功为止。

时传祥的故事

时传祥，山东省齐河县人，20世纪五六十年代的全国著名劳动模范，发扬“宁肯一人臭，换来万户香”的毫不利己、专门利人的崇高精神，曾受到党和人民的高度赞扬。在2009年9月14日，他被评为100位新中国成立以来感动中国人物之一。

时传祥出生在一个贫苦农民家庭。他14岁逃荒流落到北京城郊宣武门一家私人粪场，因生活所迫当了一名淘粪工。在旧中国，淘粪工不仅受到社会的歧视，还受到行业内部一些粪霸的压榨和盘剥。时传祥在这些粪霸手下一干就是20年，受尽了压迫与欺凌。新中国成立后，建设社会主义的口号给了他很大的鼓舞。他把淘粪当成十分光荣的劳动，以身作则，以苦为乐，工作不计较分内分外，任劳任怨，努力提高技术水准。例如，时传祥合理计算工时，挖掘潜力，把过去7个人一班的大班改为5个人一班的小班。他带领全班同事由过去每人每班背50桶增加到80桶，他自己则每班背90桶，最多每班淘粪背粪达5吨。管区内居民享受到了清洁优美的环境，而他背粪的右肩却被磨出了一层厚厚的老茧，因而他赢得了人们的普遍尊敬，也赢得了很多荣誉。

他的先进事迹引起了社会上的强烈共鸣。1959年，时传祥受到时任国家主席的刘少奇同志接见。在人民大会堂湖南厅，刘少奇握着时传祥的手，亲切地说：“你淘大粪是人民勤务员，我当主席也是人民勤务员，这只是革命分工的不同。我们都是在为人民服务。”第二天，刘少奇与时传祥握手的照片就上了全国各大报纸的头版，从此，时传祥成为载誉全国的著名劳动模范。《人民日报》、中央人民广播电台等新闻单位都对他的事迹作了报道。1964年10月，刘少奇把自己13岁的女儿刘婷婷送到了时传祥的清洁队体验生活，参加淘粪劳动。这个举动在当时的社会上产生了巨大的反响，一时间，能去清洁大队跟时传祥一起劳动，成为一种流行的活动。就连当时的北京市副市长，也曾背起粪桶，跟着时传祥学习淘粪。

在接见时，刘少奇还从自己身上掏出一支英雄牌钢笔送给时传祥，勉励他学习文化知识，并让时传祥在新年时给自己写封信。这对于半文盲的时传祥来说可不是一件容易的事。他在工作之余，还专门跟由单位指派的一位老师学习文化课。后来，在三位老师的指导下，时传祥终于在快到新年的时候，给刘少奇写了封信，这封信被北京市委直接送到了刘少奇的办公室。刘少奇看后很激动，经常拿时传祥的例子教育身边的人。

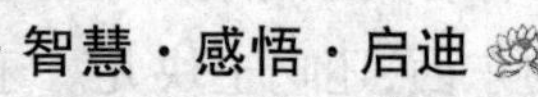

智慧·感悟·启迪

古人说："三百六十行，行行出状元。"只要坚持不懈，不管你的身份多么卑微，你的前途必然是光明的。

不为五斗米折腰

"不为五斗米折腰"，这句话用来比喻有骨气、比较清高。这个成语来源于我国古代著名的文学家陶渊明。他在一首诗里写道："吾不能为五斗米折腰，拳拳事乡里小人邪。"

陶渊明又名陶潜，是我国最早的田园诗人。他创作出许多以自然景物和农村生活为题材的作品。随着时间的推移，他安贫乐道，不与污浊社会同流合污的崇高品质以及文学创作上的伟大成就，愈来愈得到人们广泛的崇敬与赞赏。陶渊明的诗歌中一大部分是"田园诗"，它描绘了作者归隐后的农村生活，反映了作者讨厌官场宁愿归隐的思想感情，有美好的农村风光，有诗人鲜明的个性。这种描景抒情的写作方法对后世作家有广泛的影响，正如作者在他的诗中所说过的"不能为五斗米折腰"，在现实之中他也是这么做的。

当初陶渊明为了养家，来到离家乡不远的彭泽县当县令。这年冬天，郡的太守派出一名督邮，到彭泽县来督察。督邮虽品位很低，却有些权势。这次派来的督邮，是个粗俗而又傲慢的人，他一到彭泽县的旅舍，就差县吏去叫县令来见他。陶渊明平时蔑视功名富贵，不肯趋炎附势，对这种假借上司名义发号施令的人很瞧不起，但又不得不去见一见，于是他准备马上动身。

不料县吏却拦住陶渊明，告诫他说："参见督邮要穿官服，并且束上大带，不然有失体统，如果督邮乘机大做文章，会对大人不利的！"

这下，陶渊明再也忍受不了了。他长叹一声，道："我不能为五斗米向乡里小人折腰！"

说罢，陶渊明索性取出官印，把它封好，并且马上写了一封辞职信，随即离开只当了八十多天县令的彭泽县。

智慧·感悟·启迪

有时候为了生活，我们需要应付种种的俗事，但是我们不能因此舍弃了纯真的自我。因为这才是真正值得你去珍重的东西。

竹林七贤中的吝啬鬼

王戎是"竹林七贤"之一，也是"竹林七贤"中年龄最小、却最贪婪、小气的一个。据记载，此人看到女儿渐渐长大，心中愁得不得了。因为他觉得，他女儿一天天长大，饭量就不断增大，做衣服的布料也要增加，万一生病，还要花医药费。于是他急忙把女儿嫁了。后来没过几天，女儿带着女婿来家里借钱，王戎大怒，羞辱了女婿一番，心不甘、情不愿地借了两万钱。后来女儿想娘家了，回家探亲，但是王戎因为女儿借的钱没有还，就不给女儿好脸色看。女儿心知肚明是怎么一回事，于是回到家将首饰变卖了，将两万钱还回去。结果王戎的女儿回家后，和妈妈唠着家常却把还钱的事忘了。王戎以为是女儿回来蹭饭了，骂了起来。女儿连忙将钱掏了出来。王戎高兴得不得了，一边数钱，一边嘱咐妻子中午给女儿多加一个菜。

王戎的侄子结婚，他不知道送什么礼。他有一件外衣，是朋友送的，王戎觉得这是朋友送的，不是自己的钱，送给侄子也就不算是损失。侄子没想到一向抠门儿的王戎居然送了件外衣，自豪地穿在婚服里面。而婚礼当夜，王戎却没有睡着，因为他觉得自己有些失算。如果将衣服卖了当了，说不定值很多钱，比送礼的钱要多得多。这样一想，他就觉得自己就很亏。于是鸡一打鸣，王戎就来到了侄子家门外，蹲了两个时辰才见到侄子出来，他居然上前要回了自己送的衣服。

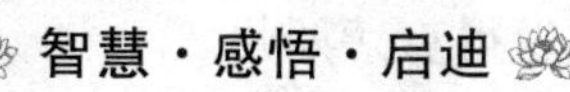

我们不应该暴殄天物，随便浪费东西，但也不能矫枉过正、过分吝啬，如果像王戎这样就有点儿过了。

积极地利用人性弱点

芝加哥有一位退休老人，在一所学校附近买了一处简朴的住宅，打算在那里安度晚年。

有三个无聊的年轻人，经常在闲着无事的时候用脚踢房屋周围的垃圾桶。附近的居民深受其害，多次阻止他们的恶作剧，却都无济于事。时间长了，也只好听之任之。这位老人也受不了这种噪声，决定想办法让他们停止。

有一天，当这几个年轻人又在狠狠地踢垃圾桶的时候，老人来到他们面前，对他们说："我特别喜欢听垃圾桶发出来的声音，你们能不能帮我一个忙——如果你们每天都来踢这些垃圾桶，我将天天给你们每人1美元的报酬。"

年轻人很高兴地同意了，于是他们更加使劲地踢垃圾桶。

过了几天，这位老人愁容满面地找到他们说："通货膨胀减少了我的收入，从现在起，我恐怕只能给你们每人30美分了。"

这三个年轻人有点不满意，但还是接受了老人的条件，每天下午继续踢垃圾桶，可是没有从前那么卖力了。几天以后，老人又来找他们。"瞧！"他说，"我最近没有收到养老金支票，所以每天只能给你们20美分，请你们千万谅解。"

"20美分！"一个年轻人大叫道，"你以为我们会为了区区20美分浪费我们的时间吗？不成，我们不干了！"

从此以后，老人和邻居都过上了安静的日子。

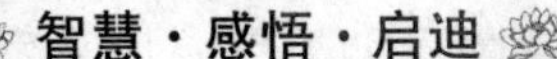

智慧·感悟·启迪

有的人在损害别人时，内心是快乐的；当觉得自己被损害时，就会痛苦。聪明的老人通过“给予”，让踢垃圾桶的人将“快事”转化成一种责任，然后又通过减少“支付”的方式让他们成为“受损害者”，于是问题也就迎刃而解了。

你本来就有一座金矿

美国得克萨斯州有一位墨西哥移民，在他的居住地拥有6公顷山林。当美国掀起西部淘金热时，他变卖家产举家西迁，在西部买了90公顷土地进行钻探，希望能找到金沙或铁矿，他一连干了5年，不仅没找到任何东西，最后连家底也折腾光了，不得不重返得克萨斯州。

当他回到故地时，发现那里机器轰鸣，工棚林立。原来，被他卖掉的那个山林里就有一座金矿，新主人正在挖山采金。如今这座金矿仍在开采，对此他一直懊悔不已。他丢掉了属于自己的东西——一座金矿。

智慧·感悟·启迪

在这个世界上，每个人都潜藏着独特的天赋，这种天赋就像金矿一样埋藏在我们平淡无奇的生命中。一个人是否能有幸挖到这座金矿，关键是看他能不能脚踏实地地发挥自己的长处，去经营自己的人生。那种整天羡慕别人的活法而“邯郸学步”的人，那种总认为财宝埋在别人家园子里的人，是挖不到金矿的。

吕剧名角和他的徒弟

记得小时候，身边的老人讲了这样一个故事，家乡流行吕剧，而这个故事就跟一位当地小有名气的艺术家有关。话说这位老艺术家演了一辈子的吕剧，也研究了一辈子的艺术，但是不论是什么演出，他都非常认真地准备，而且他还很喜欢提携和帮助年轻人。有一次，这位老艺术家参加一个演出，上场前，他的弟子告诉他鞋带松了。艺术家点头致谢，并夸奖了这个弟子：“你真细心，是一个唱戏的好材料。”随后他蹲下来把鞋带仔细系好。等到弟子转身后，他却又蹲下来将鞋带解松。

有个旁观者看到了这一切，不解地问：“老师，您为什么又要将鞋带解松呢？”这位老艺术家回答道：“因为我饰演的是一位劳累的旅者，长途跋涉让他的鞋带松开了，可以通过这个细节表现他的劳累憔悴，这样才更加地贴近生活的情景。”

“既然如此，那您为什么不直接告诉你的弟子呢？”

“他能细心地发现我的鞋带松了，并且热心地告诉我，我一定要保护他这种热情的积极性，及时地给他鼓励，千万不能打消他的热情。至于为什么要将鞋带解开，将来会有更多的机会教他表演，可以下一次再说啊。以后还有的是机会呢。”

智慧·感悟·启迪

学会善待别人的意见，哪怕这意见有时候是错误的。

乐观地活着

从前，有两个行人在沙漠中艰难地穿行，太阳如火球般炙烤着大地，他们的嘴唇因为干渴裂开了一道道口子。那个悲观者摇了摇水壶里仅剩的半壶水，喟然长叹：“只剩下半壶水了，怎么可能坚持到尽头呢！”望着渺茫的前路，他终于失去了前行的勇气，倒在了地上。而那个乐观者摇了摇水壶里的水，高兴地说：“啊！还剩下半壶水呢，有了它，足够支撑我走出这个大沙漠了。”他充满信心坚定地向前走着，终于走出了可怕的沙漠，到达目的地，此时他水壶里的水还没喝完呢。

原来在他们面前的沙漠只是一个巨大的沙丘，只要跨过了它，就会逃离困境。

智慧·感悟·启迪

我们要学会自信，让生命充满欢乐，充满希望。不自信的人总是先被自己打败，于是输给了生活；而自信的人，总是先战胜自己，然后积蓄力量战胜了生活。保持信心，脚踏实地地向自己的梦想努力，终究会“柳暗花明又一村”的。

生命没有过渡

唐代大才子王勃与杨炯、卢照邻、骆宾王以诗文齐名，并称“初唐四杰”。

王勃自幼聪慧好学，才华早露。他六岁善文辞；九岁读颜师古注解的《汉书》，对其中的一些注解不满，撰写了《汉书指瑕》十卷来纠正它；十岁熟读六经，尽览古人学问，被人称为神童。十二岁上书右相刘祥道，毛遂自荐，展示才学，刘祥道读信后，非常赏识，就上表朝廷，推荐这个年轻的人才。十四岁他应举及第，被授予朝散郎之职。他才华横溢，才思敏捷，朝廷每有庆典大事，都能写出精美颂文，献给皇帝，如《宸游东岳颂》、《乾元殿颂》等，文章绮丽，词美义深，就连唐高宗读了也惊叹不已，王勃一下子声名大震。沛王李贤闻王勃之名，召他为沛府修撰，十分信任爱护他。当时诸王经常以斗鸡为乐,王勃少年心性,一时动了童心,戏作《檄英王鸡》,不料竟因此闯了大祸。唐高宗读了此文,怒而叹道:“歪才,歪才!二王斗鸡,王勃身为博士,不行谏诤,反作檄文,有意虚构,夸大事态,此人应立即逐出王府。”离开沛王府后,王勃离开了长安,四处游历,出游巴蜀时,又弄到个虢州参军的小官,结果官奴曹达因犯了罪躲到他家,王勃私自将之藏匿,被同僚告发,这时曹达又阴差阳错地猝死在王勃府内,“擅杀官奴”的罪名便扣在了他头上,依唐律当诛,不久王勃被下狱候斩。后幸逢皇帝大赦,躲过一死,但其仕途却就此终结了。他也连累了其父王福峙,其被远谪南荒之外,还被贬为交趾(今越南北部)县令。唐高宗李治上元二年(675年),王勃远行到交趾去看望父亲,渡海溺水,惊悸而死,结束了他年轻的生命,死时年方二十七岁。

675年秋,王勃前往交趾看望父亲途中,路过南昌时,正赶上都督阎伯屿将滕王阁修缮一新,王勃前往拜见,阎都督早闻他的名气,便请他也参加宴会。阎都督此次宴客,是想让其女婿孟学士显露一下才华,因此早就示意女婿写好一篇《滕王阁序》,准备当做席间即兴之作。宴会上,阎都督假意请宾朋即席作序,谁知王勃竟不推辞,欣然命笔,当众挥笔而就。有道是:“勃欣然对客操觚,顷刻而就,文不加点,满座大惊。”阎都督心中起初非常不快,但等王勃写到“落霞与孤鹜齐飞,秋水共长天一色”时,却不禁拍案叫绝,大呼:“此真天才,当垂不朽矣!”然而,谁又能料到,就是这样一位满腹才华的天才作家,刚刚写出绝世华文,随后在前往交趾的途中就溺水而死呢?这一年冬天,长安城里到处传颂着王勃的《滕王阁序》,唐高宗读到了此文,感慨颇多,惊叹他的罕世才华,想重新起用。一问方知他已逝去,只得喟然长叹,久久不能释怀。

智慧·感悟·启迪

生命脆弱,人生无常,我们真的无法预测将来。花儿谢了明年还是一样地开,人一旦零落凋谢了,就会永远存贮于历史的陈迹之中了。因为生命没有过渡。

富翁与乞丐

南方有一个小商人,经过多年的打拼之后,终于成为富豪。然而,尽管有着万贯家财,他丝毫没有感到满足,反而一直认为自己努力得不够,没有取得更大的成就。他时常想到多年之前曾有几笔重要的生意,如果当时能够把握住那几个时机,现在早已是亿万富翁了。除此之外,在拥有万贯家财之后,他越来越感到不安全,对别人即使是自己的儿女也充满怀疑。

他对一双儿女所做的每一件事情都不放心。他总是担心他们在生意上,会犯下比他以前更大的错误,而导致他大半生的心血付诸东流。因此,事事必须由他亲自操办。

久而久之,富翁就患上了一种奇怪的病症。当他从人群中经过的时候,就会脸色苍白、浑身冒汗。他去过几家大医院检查,医生都诊断他身体没有毛病,并认为这只是一种心理作用。然而,富翁的疑心越来越重。他担心被人绑架,甚至不敢到外地去谈生意,每次出门,总要有一些熟人陪伴。于是富翁被怪症折磨得憔悴不堪。后来,家人陪他去看一位有名的心理医生,心理医生给他提出了不少建议,并约好几天后再去复查一下。

在回家的途中,富翁发现路边有一个乞丐,正在笑着跟行人乞讨。看到乞丐居然这么开心逍遥,富翁感到很好奇,便示意司机停车。而后,他摇下车窗,从衣兜里掏出一张百元大钞给那个乞丐。于是,乞丐便笑容可掬地接了过去。

乞丐刚要离开,富翁问了他一个问题:“你快乐吗?”

听了富翁的问话,乞丐毫不犹豫地点了点头。

富翁诧异地问:“你为什么会这么快乐呢?”

乞丐说:“尊敬的先生,因为今天,有幸遇到你这么一个好心人,所以我今天很快乐。而明天,也许还会遇到一个像你这样的人,因而明天也应该是快乐的!”

智慧·感悟·启迪

金钱的多少,并不一定意味着快乐的多寡。有些时候,面对透支一空的健康和快乐,纵使你付出所拥有财富的一百倍,恐怕也不会是物有所值。

黔驴技穷

有一天,森林外围的山坡上来了一头驴子,它生着一副陌生的面孔,长得威猛高大、耳长身壮,因此许多森林里的动物都很害怕,不敢靠近它。狮子也从来没有见过驴子,不知道它到底有多么大的本事,于是一直躲藏在大树后面偷偷观察。几天过后,狮子发现驴子并没有什么特别厉害的地方,平时也就吃吃青草,没有事就懒洋洋地趴着,似乎也没有上树的能耐。确信这头驴子没有多少攻击性后,狮子决定接近驴子,伺机把它咬死,一饱口福。狮子瞅准了驴子的咽喉部位猛地扑了过去,可是它这一动把在附近觅食的公鸡惊动了,公鸡大声地啼叫起来,狮子以为是驴子的声音,吃了一惊。

这时,受到惊吓的狮子掉头往回走,嘴里还不停地嘀咕着:“驴子的声音怎么会这样古怪呢?真不知道它是一个什么样的怪物!”这样一想越发觉得驴子不得了,于是撒腿就跑。驴子看见狮子惊慌失措的样子,以为它害怕自己。原来我有这么大的威力啊!驴子心里这样想着,便得意扬扬地追了上去。眼看着要被驴子追上了,狮子索性转过身子,准备和驴子决一死战。“你给我站住!”驴子大声喊道。原来驴子的声音这般地细弱,狮子听后心中一喜,估计驴子没有什么厉害的,鼓足勇气,一口咬了下去。驴子根本没有反抗的机会,倒地而亡了……

智慧·感悟·启迪

每一个人都有自己神秘的独到之处,这也是需要我们深入认识的地方,更需要适度地发掘运用。而妄自尊大的人想去打破自身特性的界限时,不是自取其辱就是自找苦吃。

离群的黑雁

在蔚蓝的天空中，活跃着各种各样的鸟儿，而最为壮观的非雁群莫属。一只黑雁从小生长在雁群中，但是后来它觉得自己和其他伙伴越来越格格不入。因为随着不断长大，黑雁的身躯变得比一般的伙伴都要庞大，而且最主要的是它一身黑色，与其他雁相比，它简直就是个异类。虽然同伴们并没有因为它的与众不同而排挤它，但是黑雁却瞧不起自己的同伴。“它们一个个那么瘦小，真是可悲，而且颜色还那么难看，哪有我这种黑色高贵！哦！生活在这样一个家庭里真是太不幸了，我本来应该和黑色的乌鸦生活在一起的……”黑雁觉得乌鸦的生活很有情调，就像一位高贵的黑衣妇人，可以整天什么都不干，闲的时候还可以唱唱歌，于是，它一心一意想要搬去和乌鸦同住。可是，乌鸦发现黑雁长得和自己不一样，而且声音也不一样，因此不想让它和自己一起住。

终于有一天乌鸦忍不住了，带着厌恶的口气对黑雁说：“难道你不知道吗？你和我根本就不是同一类，你再怎么高贵也只是一只大雁，我不会喜欢你的……”吃了闭门羹的黑雁只好无可奈何地回头去找它原来的伙伴。“你不是看不起我们吗？和我们在一起会给你丢脸的，你还是走吧，这里没有人欢迎你！”于是黑雁只好孤单地离开了雁群，时不时地在天空中发出凄凉的叫声。

智慧·感悟·启迪

平淡的生活才是最真实的，我们应该珍惜身边的每一个人，善待每一天。清楚地认识你自己，莫忘“物以类聚，人以群分”，否则你就会到处被人排斥。

动物音乐会

有一年，森林里要举行一场隆重的音乐会，许多动物都踊跃报名参加。淘气的小猴子、纠缠不清的山羊、智力低下的驴子和笨手笨脚的熊，准备表演一个伟大的四重奏。它们搞到了乐谱、中提琴、小提琴和两把大提琴，就坐在一棵菩提树下的草地上，想用它们的表演来震惊全世界。它们咿咿呀呀地拉着琴，却弄出一堆刺耳的嘈杂声，令人听了难以忍受。小猴子说道：“停奏吧，兄弟们，像这样是奏不好的，你们连位子也没有坐对！小熊，你奏的是大提琴，应该坐在中提琴的对面。我是第一把提琴，应该坐在第二把提琴的对面。我们掉换一下座位再来演奏，就能奏出截然不同的音乐，叫山岭和树林都高兴得跳起舞来。”它们按照小猴子的安排，掉换了位置，重新演奏起来，然而还是演奏不好。驴子叫道：“嗨，停一停，我找到窍门儿了！我们应该坐成一排。”

没有别的选择了，它们只好按照驴子的办法，规规矩矩地坐成一排。可是仍旧不管用，而且杂乱得一塌糊涂。于是它们围绕着应该怎么坐，争吵得更加厉害。这时碰巧飞来了一只夜莺，大家就向它请教演奏的窍门儿："劳驾，帮帮忙吧！我们正在搞一个四重奏，可是总也演奏不好。我们有乐谱、有乐器，你只要告诉我们怎样安排座位就行了！"夜莺思考了一下，回答道："要想成功地演奏四重奏，你们必须具备娴熟的演奏技术，光知道怎样的坐法是不够的。我的朋友们，你们的听觉也太不高明了，说到底，你们不适合搞音乐呀！"

智慧·感悟·启迪

在一个多元化的社会里，一定要找好自己的位置，发挥自己的优势解决问题。而对自己的认识则需要一个过程，要耐心地去发现。

虚荣的狐狸

一只狐狸跑进了一个贵族的院子里，想吃掉所有的牲畜。一只公鸡看到了狐狸，便发出了警报，于是所有的动物聚集在了一起，共同追逐狐狸。狐狸费尽九牛二虎之力才得以逃脱。它逃进荆棘丛里面，躲藏了很多天。一天，公鸡来到野外空地，恢复了精力的狐狸发现了它。它溜到一棵树附近，看到公鸡正好在那里栖息。

狐狸假装热情地问道："公鸡，你是来监视我的吧？"

公鸡回答："唉，狐狸大婶！我只是过来逛逛。"

狐狸眼珠一转，计上心来，道："公鸡，你不祷告，会死在这棵大树上的！你就下树祷告吧，你的心灵深处不是有许多罪过吗？"公鸡听了，很受感动，它从树上跳到地上。

就在这时候，狐狸突然扑到公鸡身上，用爪子紧紧地抓住公鸡，把公鸡的翅膀展开来，边撕扯边说："公鸡，在我极度潦倒的时候受了你太多的气，你要为你对我的不敬付出沉重的代价。"公鸡回答说："我是听从主人的差遣的，你做了对不起主人的事情，我不能坐视不理。""你这只可恶的公鸡，你还有理了！"它更厉害地撕扯起公鸡来了。公鸡又说："唉，狐狸大婶、公爵夫人！从现在起，我要忠心耿耿地为你效劳！你要烤制圣饼，我就去卖圣饼，还要唱赞美歌。让洪福降落到你头上吧……"狐狸听得动了心，徜徉在美丽的幻觉之中，爪子不觉有些稍稍松开了。公鸡乘机挣脱开："唉！狐狸大婶，哈哈，你做你的美梦去吧。"狐狸才发觉上当，只好认栽，悻悻地走了。

智慧·感悟·启迪

甜言蜜语、拍马吹捧等这一套是对付爱慕虚荣之人最好的手段。狡猾的对手就要用更有智慧的方法对付，因为在他们身上都是有弱点的。

豹子捕鼠的故事

从前，在一个大山脚下的河谷里有一个村庄，村里的人虽然不多，但都武艺非凡，而且都很善良。有一个有钱人叫和辟易，他听说有一个姓豸颈氏的人家饲养了一只豹，这只豹善于捕猎野兽。和辟易非常羡慕豸颈氏家养的豹子，他想：要是自己也养一只豹子那该多好啊！于是就用一双洁白无瑕的璧玉，把那只豹子换到了自己家。换回来以后，他把豹子精心饲养起来，每天都杀牲口喂豹。他还特意修建了挂满丝罗的豹房，打造了一条黄金绳索，把豹子系在了豹房里。而且他还在家里大摆酒宴，遍请亲朋好友来饮酒赏豹。他从豹房把豹子牵到院子里，向大家夸奖豹子的能耐。亲朋好友也都顺情说好话，异口同声地说："好豹！天下无双！"

然而没过多久，和辟易的家里突然有一只大老鼠从房檐下跑过去，和辟易急忙把豹子解开，想让豹子咬死老鼠。可是豹子无动于衷，好像没看见老鼠一样。和辟易十分生气，开口大骂豹子："你这无用的畜生！什么能耐也没有，真是白费我的一番苦心了。"又有一天，一只老鼠跑过去，他又解开豹子，放出去让它捉老鼠，豹子还是像没看见老鼠一样。和辟易更气愤了，他用鞭子抽打它，把豹子打得嗷嗷直叫。打了一阵以后，把黄金绳索改换成粗麻绳，把豹子从豹房牵到了牛棚里，每天只给它吃酒糟。豹子的待遇降低了，显得垂头丧气，每天都摆出一副哭相。和辟易的朋友智启听说了这件事，就责备他说："名叫巨阙的宝剑虽然锋利无比，可是用它来补鞋子还比不上锥子呢；有彩色花纹的绸缎虽然华丽无比，用它来擦脸还比不上一尺长的布呢；有斑纹的豹子虽然勇猛无比，用它捉老鼠还比不上猫呢。你怎么这么愚蠢啊！为什么不用猫去捉老鼠，放出豹子去捕野兽呢！"

"哦，原来是这样，谢谢您的开导。"和辟易听了朋友智启的话，明白了万物各有所长、各有所短的道理，心里很高兴，于是他就按照智启的话去做了。没过多久，猫把家里的老鼠差不多都捉光了；豹子捕获的獐、鹿、麂等野兽，数也数不清。

智慧·感悟·启迪

善待人才，因为人才是最宝贵的财富。人尽其才、物尽其用是我们在现实中处理问题应该把握的原则。尤其是在用人的问题上，如果不能用人的专长，就会造成人才的浪费。

人生如水

有一个人落魄不得志，灰心丧气到觉得自己已经无可救药了。他去找智者诉苦，智者默默地从水缸中舀起一瓢水，问："这水是什么形状？""水哪有什么形状？"智者又把水倒入杯子，这人说："我知道了，水的形状像杯子。"智者不说话，又把水倒进花瓶，这人说："水的形状像花瓶。”智者摇了摇头，又把水倒进了土里，水便一下融入沙土，不见了。这个人终于无话，陷入了思索中，半晌，他高兴地说：“我知道了，人就像水一样，而社会则像一个个容器，人进入社会，就像水盛进容器，进什么容器就是什么形状。可是，如果人就这样甘心在一个规则的容器中待着，有一天也会像容器中的水一样，被倒出，消逝得迅速、突然！”

“是这样，但又不是这样！”智者走到屋檐下，俯下身子，指着青石板台阶上的一个很小的凹坑，说，“一到雨天，雨水就会从屋檐落下，看这个凹处就是水落下的结果。”此人恍然大悟：“我明白了，人可能被装入规则的容器，但又应像这小小的水滴，改变着这坚硬的青石板，直到破坏容器，创造自己的人生。”

智慧·感悟·启迪

人要像水一样，在不改变自己心地纯净的本质的前提下，调整角度，柔顺万事，避免不必要的摩擦，随时随地保持平和心态，既要尽力适应环境，也要努力改变环境，于潜移默化之中改变自我。刚柔并济，方能战胜更多挫折。

因误会而催人上进

一天，建威的战友小王拿着一本《诗刊》兴冲冲地跑进宿舍，大声喊道：“建威，这上面有你的文章呢！”建威感到一头雾水，莫名其妙，自己并没有写文章啊！他接过一看，在名为“花季”的标题下，“刘建威”三字清楚明白地印着。这肯定是巧合！“不，这不是我写的。”

对方不信：“你别谦虚了，我的诗人，看你平常爱写爱画的，不是你才怪。”小王大声叫喊，全连的人都知道刘建威发表文章了。大家为他而高兴，指导员也鼓励他再接再厉，为连队争光。在人们心目中他好像就是一个诗人。在这种情况下，他有口难言，面对这突如其来的赞许，建威感到十分尴尬、无奈，于是违心地保持了沉默，年轻的虚荣心也使他没有勇气打破这从天而降的光环。可是，万一将来真的要他写诗，他这个“假诗人”该怎么办呢？

他萌生了一种不甘示弱的劲头，想到头上顶着诗人的桂冠，仅仅是沾了那位同名同姓的作者的光，心想：别人的名字能够印在书上，难道我就不能吗？也许这就是一次从反面催我上进的机会。从那以后，他一头扎进了书的世界里，用心读，用心写，在收到几十篇退稿之后，他的第一篇文章终于刊登在报刊上，他成功了。

从同姓同名的误会，到名副其实的作者，这一变化自然得益于那篇令人尴尬的同名作者的文章。从一定意义上说，是那篇文章为他提供了一次机会。

智慧·感悟·启迪

在我们的生活中，常常发生一些令人啼笑皆非的事情，这时，你切莫只是感到难堪，不妨把它看成是一次机会，找出正确处理办法，求得积极的结果，借机成就事业，这才是明智的选择。

苦难是人生的一部分

澳门大富豪何鸿燊出生在一个富商家中，算是出身名门。可是，在他很小的时候，家道突然中落，年纪轻轻的何鸿燊自然无法接受这个严酷的现实。想当初，他衣食无忧，衣来伸手、饭来张口，进出都有仆人侍候。可现在，家徒四壁，空空荡荡，整个生活仿佛从天堂掉进了地狱一般，如何让人承受？

当时，抚养一家老小的重任就落在了母亲的肩上，母亲常为柴米油盐的事忧虑。晚上睡在硬板床上，望着母亲忧郁的神色、简陋的家具，何鸿燊的脑海里就浮现出以前的美味佳肴、富丽堂皇的洋房。何鸿燊最不堪忍受的，是那些亲戚原先见何家财大势大，对何家人总是恭恭敬敬，而现在他们见何家落魄，就对何鸿燊等何家人摆架子，甚至百般嘲弄。有一次，何鸿燊的牙齿被虫蛀了，需要补牙。正好他家一个亲戚是牙医，过去一直走动，每次他到何家都要主动给何鸿燊检查牙齿。于是何鸿燊就去他的牙科诊所，那亲戚正闲着，跷着二郎腿坐在旋转椅上，见何鸿燊来了也没有起身，爱理不理的。“来这里做什么？”“牙坏了，想补牙。”“身上有钱吗？”“没有钱。”牙医亲戚笑起来。何鸿燊不懂世事，不知他为什么问这些。这时，牙医亲戚怪声怪气地说道：“没有钱，补什么牙？干脆把牙齿全部拔掉算了。”小何鸿燊自然想不到亲戚会变成这个样子！

这些世态炎凉给了何鸿燊很大的刺激，也使他从富家子弟的旧梦中彻底清醒过来。何鸿燊痛下决心要争一口气！父亲破产之前，何鸿燊在香港名校——皇仁书院读书。他是出名的公子哥，成绩则大为逊色，学业很差，被分在差生班D班。过去家中富有，成绩再差也可以读下去。现在家里朝不保夕，仅靠母亲打工赚取微薄的生活费，哪里还有余钱为儿子交学费？

何鸿燊开始明白，穷人只有靠读书方可出头。于是他发愤苦读，到了学期末，成绩居D班第一，这个成绩，在A班也能排中上水平。何鸿燊如愿以偿地获得了奖学金，开创了皇仁书院D班获奖学金的纪录。以后，他年年都获取奖学金。后来，他以优异的成绩考入了香港大学，并获得了奖学金。这为他今后的奋斗奠定了坚实的基础。

智慧·感悟·启迪

在漫长的人生旅途中，苦难并不可怕，受挫折也无须忧伤。只要心中的信念没有萎缩，人生的旅途就不会中断。总之，你要微笑着面对生活，不要抱怨生活中有太多的曲折，不要抱怨生活给了你太多的苦难，更不要抱怨生活中存在着不公。人是从苦难中成长起来的，唯有乐观奋斗，才是最好的办法。法国作家巴尔扎克曾经说过：“苦难对于天才是一块垫脚石，对能干的人是一笔财富，对弱者是一个万丈深渊。”或许，当你走过世间的繁华，阅尽世事，你会幡然醒悟：苦难是人生最珍贵的财富！

扼住命运的咽喉

史蒂芬·威廉·霍金,一个享誉全球的名字。1942 年 1 月 8 日,他出生于英国的牛津,17 岁时,考取了著名的牛津大学。但命运十分残酷,21 岁时,他患上了萎缩性脊髓侧索硬化症。医生“宣判”他至多能活两年半。当时风华正茂、正准备充分施展自己才华的霍金,听到这个消息,就像正要开放的花朵遭到严霜的打击,人生突然面临着重大的挑战。如果他在命运面前软弱一下,对自己说,“算了,反正一共只有两年半了”,他就可能痛苦地生活、平庸地消失。

但是,霍金心里想,命运的能耐再大,最坏也不过是死亡。他说:“时间只有两年半,我要努力做些有意义的事,让生命留下一点辉煌。”

然而疾病毫不在意他的豪言壮语,继续向他进攻。他的病渐渐地加重了,肌肉一天天地萎缩下去,走路越来越不稳,甚至连站也变得极为困难。终于,霍金再也站立不住,坐上了轮椅;他的手指大部分失去了活动的能力,十个手指中只有两个还能随心所欲地活动;他的发音器官也因肌肉萎缩而不能发音。1984 年,他说话已经相当困难,吐词不清,说几个字要花好长时间。1985 年,孱弱的他又得了肺炎,治疗时切开了气管,从此就再也不能发声了。后来,人们为他在轮椅上安装了一台电脑和语音合成器。他用仅有的两个完好的手指在键盘上敲出要说的单词,组成相应的句子,再经过语音合成器发出声音来。他就用这种办法,进行学术交流,作学术报告。在他的顽强面前,命运好像退却了,两年半过去了,他活着;又是几个两年半过去了,他还是坚强地活着。

霍金向命运的挑战不仅仅要活着,更要创造。他的身体没有离开过轮椅,但是,他的思维却不断地跳跃、飞翔,他在大脑中计算着、论证着、推理着、思考着宇宙从什么时候开始,时间有没有尽头。他发现了黑洞的蒸发性,推论出黑洞的大爆炸,他还建立了一种非常美的科学的宇宙模型。

如今,霍金已经成了爱因斯坦之后最伟大的天体物理学家。他写的科学著作《时间简史——从大爆炸到黑洞》风靡世界,发行量达 1000 万册。霍金不仅以他的科学业绩征服了科学界,也征服了世人的心。

智慧·感悟·启迪

霍金在一封信中说道:“无论生活多么糟糕,人总能有所作为。只要生命还在,希望就在。我的身体虽然残疾,但这并不影响我拥有丰富而充实的人生。我的建议是专注于力所能及的事,别让残疾成为阻碍,并因此后悔。”霍金是这样说的,也是这样做的。他是我们学习的榜样。

李广的“愤怒”

汉代大将军李广在声名显赫之前,有着鲜为人知的另一番遭遇。有一年,心高气傲的李广贸然出击,攻打匈奴惨遭失败,并被俘虏,后中途逃脱回了长安,理应被处斩,但他用钱赎了死罪，仅被削职为民，罢官闲居在家。有一天晚上他带了一名随从，和朋友在田间饮酒，回家时路过霸陵亭，恰好霸陵亭尉喝醉了酒，便呵斥李广不得前行。李广的随从说这是“故李将军”。霸陵亭尉不知是不是因为喝醉了的缘故，根本不买账，说道：“今将军尚不得夜行，何乃故也！”李广气愤无奈，只得在霸陵亭留宿了一晚。

不久，匈奴入侵，李广被汉武帝重新起用，于是他请求让霸陵亭尉和他一起去抗击匈奴，但到了军中就把霸陵亭尉处死了。

其实，这个故事反映的是很平常的人情世故。但“故李将军”这杯茶凉了，遭到冷遇了，被扫了面子了，就无端拿他人性命解气，实在有辱“飞将军”的名号。

智慧·感悟·启迪

“人走茶凉”是牢骚，是酸楚，是对势利市侩的极度憎恶，同时也是对社会现实的真实反映。对于“人走茶凉”这种社会现象，任谁都没有力量加以改变，但我们却可以通过改变自身的态度，来适应现实，从而把所谓的“人走茶凉”的失落与凄凉消化掉，重新寻找身心的愉悦，寻找生活的快乐。

受伤的小狗

有一天，一位年轻人在一条偏僻冷清的小径上走，忽然听见仿佛有哭泣的声音。他无法辨认那是什么声音，只感觉到来自桥底下。当他来到了桥底，声音变得更清晰了，一幅让他终生难忘的画面呈现在了他面前。

原来，一只才刚刚两个月左右大的小狗被人从桥上抛了下来，凄凉地躺在泥泞的桥墩上。这只小狗的头上有一道裂痕，且被污泥遮盖着。它的前腿肿起，还被细绳捆绑着。年轻人立刻动了恻隐之心，决心要帮助小狗。可是当他走上前，小狗立刻停止哭叫，龇牙露齿、目露凶光地咆哮着。年轻人并没有退却放弃，而是坐下来，开始平静和蔼地跟小狗说话，小狗虽然不知道年轻人在说什么，但很快便明白这个人并没有恶意。过了好长时间，小狗停止了想要攻击的架势，年轻人慢慢向前移动，终于用手碰到了小狗，替它解开绑在腿上的细绳，并把它带回了自己的家里，照料它的伤口，给它准备了食物、水和一个温暖的小窝。然而，小狗在渐渐康复的过程中，脾气也慢慢大了起来，每次年轻人要接近它时它仍有所戒备。但善良的年轻人没有放弃的打算，而是把它当做自己的一个家庭成员，呵护备至。

很快，几星期就过去了，这个年轻人仍然坚持照顾着这只桀骜不驯的小狗。终于有一天，小狗基本恢复了健康，而当年轻人再次想接近它时，小狗开始活泼地摇动起尾巴，用身体撒娇地蹭着年轻人的脚。年轻人持续的爱心赢得了另一个物种的友谊和信任，这不但是他自己，更是人类的胜利。

智慧·感悟·启迪

爱心是没有界限的，正如国界不能阻挡红十字会的天使们。俗话说：“我们行善，不可丧志。若不灰心，到了时候，就有收成。”爱心在时间的帮助下，可以软化一切。

王宝钏的等待

唐朝宰相王允有三个如花似玉的女儿。长女名宝金,嫁与兵部侍郎苏龙为妻;次女名宝银,也已许配九门提督魏虎;三女儿便是宝钏,她在三姐妹中最为出众,聪明伶俐,才貌双全,名闻京城。

王允一直想为待字闺中的小女寻觅一位佳偶,但宝钏择夫,一不慕权贵,二不贪虚名,只求未来夫婿德才兼备,所以许多权贵高门、纨绔子弟都被她拒之门外。最后王允决定为小女儿搭建彩楼,由她掷绣球择婿,可绣球偏偏没有砸中公子王孙、京城贵胄,却被一个毫无功名的落魄书生薛平贵接住。王允嫌贫爱富,心生悔婚之意,但王宝钏见薛平贵举止有礼,并非庸碌之辈,就和父亲据理力争,定要履行婚约嫁给他,王允坚决不同意,最后父女感情闹得决裂,以击掌三下为誓,表示永不相见。

王宝钏辞别父母,直奔城南去找薛平贵,两人途中相遇,就住进了寒窑。薛平贵为改变自己的命运、让王宝钏跟着自己过上幸福的日子,就前去投军以求建功立业。从军时他降服了一匹红鬃宝马,唐王大喜,封他为后军督抚。此时,西凉国玳瓒公主发兵侵略边境,唐王在全国招募人才,组建征讨西凉的大军,大军的统帅正好是苏龙和魏虎,薛平贵则担任马前先锋。魏虎在苏龙的示意下乘机陷害薛平贵,致使薛平贵被俘,但西凉公主爱惜薛平贵文武双全,并没有杀害他,而是把他招为驸马。魏虎班师回朝后,谎报说薛平贵已经阵亡,劝王宝钏改嫁,王允也到寒窑劝王宝钏回府,但都被拒绝了。王宝钏苦守寒窑,忍饥挨饿,艰难度日,却不改初衷,一心等待薛平贵归来。十八年后,西凉王死了,薛平贵继承了他的王位。一个月夜,他骑着红鬃烈马奔回大唐,与王宝钏在寒窑相聚,并以西凉王的名义封她为正宫娘娘。

王宝钏与丈夫离别十八年,在破旧的寒窑里过着贫病交迫的日子,这无数个日日夜夜的别离与等待终于以大圆满的结局收场。王宝钏苦守寒窑十八载的故事也被人们传为美谈,并搬上了戏曲舞台。

智慧·感悟·启迪

“但愿人长久,千里共婵娟。”即使相爱的人天各一方,无法相见,但他们抬头仰望的都是同一个星空,感受的也都是同一片月光的温柔。鼓起勇气,从悲伤失望中挣脱出来,健康快乐地过好每一天,总能等到重聚之时、相会之期。

姐姐和姐夫

20年前,姐姐和姐夫经人介绍,见过几次面后结了婚。姐姐说,那个时候没有爱情,两个人凑合着过日子而已。婚后,他们经常吵架,有时候还动手。这种吵吵闹闹的情况一直持续到姐姐怀孕，那时候他们已经结婚两年有余。姐姐临产时，我和父母都在医院。当然，姐夫也在。我和父母在医院走廊的长椅上坐着聊家常，时而看看产房的动静。姐夫则在那里坐立不安，不时地走来走去。

终于，室内传来一声婴儿清脆的啼哭。我们四个同时冲向产房门口。姐夫冲在最前面，他一把拉住刚出门的护士，焦急地问："大人怎么样？"护士说很好。他又问："孩子呢？"最后问的是："男孩还是女孩？"在得到大人孩子安好的消息后，他脸上露出欣慰的笑容，做了一个感谢上帝的动作。日后，我和姐姐聊到那天的情况，我说了姐夫问护士的几句话。姐姐惊喜地问："他真的是先问大人的情况吗？"我点头。我看到姐姐脸上飞起两朵红云。那以后，姐姐和姐夫的关系亲密起来。如今，我终于明白当年姐夫在产房外说的那三句话的顺序，给他们的感情带来怎样的促进。因为做护士的嫂子曾告诉我，绝大多数男人在那种情况下问话的顺序是"男孩还是女孩，孩子怎么样，大人怎么样"。

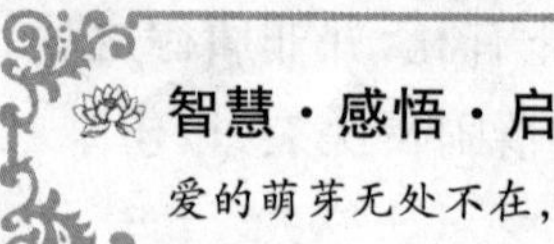

爱的萌芽无处不在，有时候，爱就隐藏在几句话的不同顺序中。

一个沉默的女孩

她有着音乐的天赋，但从小就是个沉默的女孩，喜欢一个人静静地坐着。没有人知道，她安静的时候，那满脑子灵动的思绪会像音符一样，跳动在她的脑海里。她这样的性格，就像冰山下的一粒火种。她从 6 岁开始学习小提琴，14 岁那年学到《化蝶》那一课。老师为了让她更深刻地理解曲子，声情并茂地给她讲述了梁山伯与祝英台的故事，她开始知道，爱情原来如此美丽，甚至可以超越生死。

18 岁那年夏天，她在房间里甩着水袖浅吟低唱："池塘旁边一支梅，树上喜鹊对打对……"母亲在厨房探出头来说："这丫头，怎么又喜欢上了越剧啊？"那么难懂的东西，而她一直沉浸在剧情中不能自拔，一颗心随着祝英台声声泣血、凄婉哀恸的唱腔起伏、跌落。坟墓裂开，就是山伯向心上人张开的怀抱吧，英台纵身而去。风停了，天晴了，和煦的阳光下，一对蝴蝶，如影随形，双双飞去。

她的泪终于落了下来，那时她可以用自己心爱的小提琴拉整场的《化蝶》了，她就这样，用两种不同的方式，去一遍又一遍地品味着那个流传了千百年的爱情神话。

谁又会知道呢，一个 16 岁额发初覆、情窦初开的女子，在那个夏日的傍晚，对着西下的红日，偷偷地许下一个小小的心愿：长大以后，她要嫁一个像梁山伯那样的博学、儒雅又仁厚的王子。

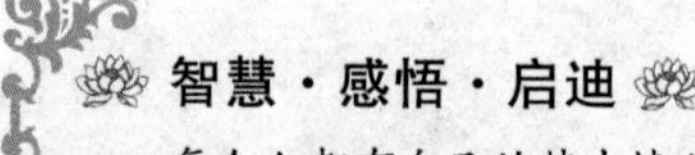

每个人都有自己的梦中情人，为了你美好的未来，大胆放飞你梦想的白鸽吧！

风雨六十年

60年前,他和她进入了同一所学校、同一个班,毕业以后他们成了恋人、夫妻。其实,她在一开始并不是他的最爱。他爱的是美丽优雅、出身名门的校花。可是,校花的父亲却因他家境清苦,将两个人阻隔在相思之外。他寝食难安,校花的父亲因为内疚,便把她介绍给他。她是银行家的女儿。母亲问她,他很穷,你不介意吗?她说,穷有什么关系?在心里,她早已喜欢他的才华和英俊。

很快,他被她的真诚所打动,与她进入了热恋。最后,他和她结婚的时候,他撕毁了结婚证,说,结婚证只有在离婚的时候才有用,我们用不着。他心里一直藏着校花,画画的时候,笔下的美女都是她的影子,有时,他会指着画说,看,晓华(校花)的头发就是这样梳的。她知道他的心思,但并不嫉妒,而是说,你还不是娶了我?有点儿得意。她相信他会好好待自己。他对她真的很好,她高兴的时候,他就跟着高兴;她生气的时候,他就去捏她好看的鼻子。他们一起过了和和美美的60年,羡煞神仙。

当他们结婚60周年到来时,他们进行了金婚纪念,他送给她一个手镯,手镯上刻着若艾利那首著名的《老情人》:

同心人牵挂,一缕情依依。
岁月如梭逝,银丝鬓已稀。
幽冥倘异路,仙府应凄凄。
若欲开口笑,除非相见时。
她潸然泪下,百感交集。

他就是林语堂,而她则是廖翠凤,他们就这样相爱了60年。有人问他们幸福的秘籍,他们只说了两个字:给,受。

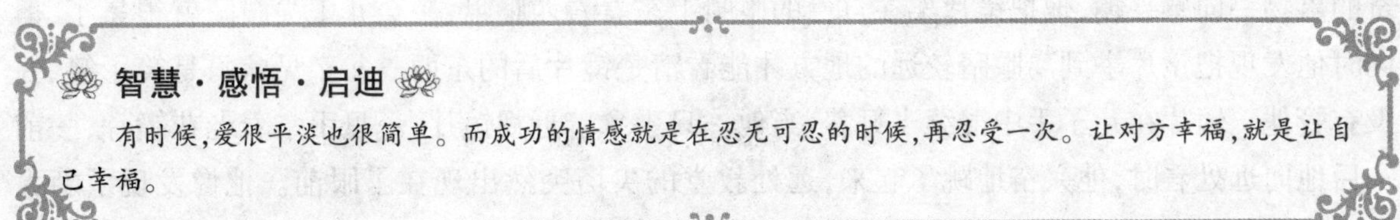

智慧·感悟·启迪

有时候,爱很平淡也很简单。而成功的情感就是在忍无可忍的时候,再忍受一次。让对方幸福,就是让自己幸福。

被误解的青春痘

16岁那年,王莹还是一个内敛羞涩的小女孩。王莹是在冒出第一颗痘痘的时候,突然哀伤地意识到,自己对黎平的爱恋,已如藤蔓一样,在心底疯狂地铺陈开来。王莹只能在上课的时候，看着黎平清瘦的脊背，红着脸发一会儿呆。而他则很少和王莹说话，回身交作业的时候，也是沉默的，他总是很快地将作业本放在王莹的面前，便转回身去，做自己的事。王莹总能准确地算出他要回身的时间，而后迅速地将头低下去，听见他的呼吸远了，这才敢抬头去看他的作业本是否像往昔一样，安静地躺在自己的面前。

但还是有一次，抬得早了，他的视线，恰好落在王莹的脸上。两个人尴尬地静默了片刻，他突然红着脸小声说道："我表姐用姗拉娜祛痘膏，很见效，你也可以试试。"王莹关注着他的所有，而他只记住了她脸上的痘痘。但王莹还是以一声冰冷的"谢谢"维护住了自己的骄傲与尊严。只是此后，王莹的视线再没有在黎平的身上停留过。曾经那么炽热的暗恋，就这样，因为一句话，因为王莹的自尊，戛然而止。

数年之后，经过自己的努力，王莹进入了大学，脸上的痘痘渐渐少了，年少时的那份自卑，亦因此慢慢消逝。已经快要将黎平忘记的时候，某一天在一本杂志上，王莹看到了他的文章，说，读书的时候，曾经喜欢过一个女孩，甚至因此连她脸上的痘痘都觉得美。后来有一次，在交作业的时候，不知道说什么好，开口便说出了一句后悔一生的话。其实，他只是期盼着她说想要，然后将早已买好的一瓶送给她。即便是她拒绝，他也会告诉她，其实那些痘痘是如此的可爱。但是，她却那么执拗地将对他的误解坚持到毕业……

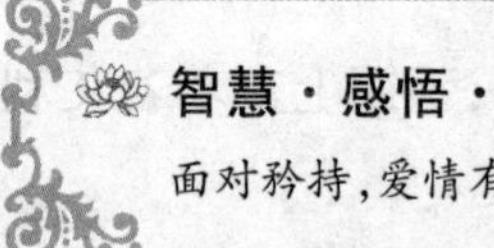

智慧·感悟·启迪

面对矜持，爱情有时候就像一层窗户纸，一捅即破，但就是这一下却需要一个人极大的勇气。

因儿子而改变

有一天，父亲外出工作，回来时给儿子买了几块眼镜片，有近视镜片、老花镜片。儿子对新奇的事物一向感兴趣，他把镜片架在自己的眼睛上东看看西瞅瞅，一会儿工夫眼睛就很累了，但同时他发现把镜片举到离眼睛较远的地方才能看清楚镜片后的东西。父亲见状只是笑了笑，并没有管他。镜片在儿子手中继续飞舞着，当他一只手拿着近视镜片，一只手拿着老花镜片，一前一后地向远处看时，他兴奋地跳了起来，远处教堂的尖塔突然出现在了眼前。他像发现了新大陆一样向爸爸喊道："爸爸，快过来，教堂的尖塔就在我跟前呢！"从此，经过多种途径他懂得了各类透镜的原理，并在屡次失败之后制作出了世界上的第一架望远镜。他就是伽利略。

虽然伽利略的父亲很疼爱他，但也经常发生意外。由于工作上的不顺利，伽利略的父亲脾气开始变坏，更糟糕的是他经常酗酒，在每天工作之前，他都会去镇上的酒馆喝上一盅。一天，天空下着鹅毛大雪，他穿戴完毕后，像平常一样哼着小曲向酒馆走去。走着走着，他总是觉得后面有人跟着他，回头一看，竟是儿子伽利略。伽利略顺着父亲的脚印走了过来，兴奋地喊道："爸爸，你看，这雪多厚啊，我正在踩你的脚印呢！"儿子的话令他心头一震，他想："如果我去酒馆，儿子顺着我的脚印走，也会找到酒馆的。"从那以后，父亲改掉了饮酒的习惯，再也没有去过酒馆。

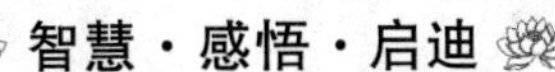

智慧·感悟·启迪

在生活中，父母的一举一动都对孩子有着示范意义。父母是孩子的领路人，父母的言行举止一定要起到表率作用，这样才不至于把孩子引向歧途。

吃苦的滋味

小彬彬是家中最小的一名成员，只有5岁大，备受家人疼爱，但由于家中并不富裕，饭菜总是很简单。小彬彬每次吃晚饭的时候总会闻到一股肉香，那是从对门邻居家飘来的，他都会使劲地吸气，将香气都吸到自己的鼻子里。时间一长，小彬彬就能够根据肉香断定邻居吃的是什么肉。小彬彬不明白邻居家的餐桌上为什么总会有那么多鱼肉，而自己家却每天只吃些蔬菜。小彬彬经常会情不自禁地站在门口看邻居一家吃鱼吃肉，看着看着，口水就会不知不觉地流出来。邻居常常会夹上一块肉给他，然后说："回去吧，叫你妈也买点肉吃。"

有一天，小彬彬终于忍不住问妈妈："为什么邻居家的餐桌上总会有鱼肉，而我们家却没有呢？"妈妈没有回答。

一个星期天，妈妈问："今晚你想不想吃肉？"

"当然想了，我都好久没吃肉了。"小彬彬高兴地说。

"既然这样，彬彬，你随我来吧。"妈妈说。

妈妈带着小彬彬来到一个工地，向工头要了一份搬砖的活，总共有1000块砖，都搬完了可得到100元。妈妈对小彬彬说："快搬吧，搬完了今晚就有肉吃了。"小彬彬搬了一段时间后，腿脚有些发麻，妈妈鼓励他："已经搬了100块，可以得10元了。搬吧，再努力又可以得10元了。"小彬彬又支撑了一会儿，终于搬不动了。"妈妈，干这事太辛苦了。"小彬彬伸伸胳膊说道。"彬彬，你歇一下吧，歇一会儿再搬。"妈妈一边说着一边搬着。

小彬彬就这样歇一会儿搬一会儿，而妈妈总是不停地搬。小彬彬记得那时天气非常热，妈妈的衣服被汗水浸得透湿，像刚淋过雨似的。真是太累了，小彬彬真想不干了。这时妈妈说："彬彬，你要记住，无论以后你干什么，不通过辛勤劳动，哪能够得到幸福？"到了傍晚，母子两个终于把活干完了。妈妈从工头那儿领了100元。这时候，小彬彬已累得直不起腰了。

晚上，餐桌上摆上了香喷喷的鱼和肉，小彬彬吃得非常香。妈妈夹了一块肉放在彬彬的碗里，说："孩子，我想你已经知道了邻居餐桌上为什么每餐都有肉了吧。有付出才会有回报，你知道吗？"小彬彬的心灵受到了震撼，面对餐桌上的鱼和肉，他哭了，这是为父母的艰辛而流的泪……

智慧·感悟·启迪

"吃得苦中苦，方为人上人。"母亲让孩子切身体验"苦"，就能够让孩子感受到"甜日子"的来之不易。

真正的勇敢

道格拉斯和哈里是在同一个班上学的好朋友。一天中午,他们一起放学回家。在路口的转弯处,他们看到有人在打架,似乎打得很激烈,旁边还有一大堆人在围观。道格拉斯非常好奇,便对哈里说:“走,我们也过去瞧瞧。”“我不!”哈里摇摇头说,“打架是会被我爸爸骂的,我们还是回家吧。我们不知道发生了什么事,去凑什么热闹呢,而且我们也有可能会被卷进去。”“你这个胆小鬼,还是我自己去吧。”道格拉斯说着自己过去了,哈里则回了家。

打这以后,道格拉斯在学校里到处宣传哈里是一个胆小鬼,并和别的同学一起嘲笑他,而哈里是个懂事的孩子,他心里很明白,用真正的勇气去做让别人责备的事是不值得的,他并不是胆小鬼,只是不想做错事而已。过了几天,道格拉斯、哈里和别的一些同学们一起去游泳。道格拉斯一不小心掉进了深水区,他非常害怕,拼命地喊救命。曾经称呼哈里为“胆小鬼”的那些男孩们都被吓坏了,没有一个人敢去帮道格拉斯。道格拉斯在大水池里呛了几口水,身体也忽沉忽浮,情势十分危急。这时,哈里二话没说,直接跳进了水里,快速游向深水区,在道格拉斯沉入水底的前一刻,抓住了他的手。哈里冒着生命危险,竭尽全力把道格拉斯拖到了岸上,道格拉斯终于得救了。

这件事过去之后,道格拉斯和那些曾经说哈里是胆小鬼的孩子们都觉得十分羞愧,因为他们没有一个人比哈里更勇敢。他们明白了真正的勇敢是与爱心、自我牺牲联系在一起的。从那以后,他们都以此作为自己行动的准则。

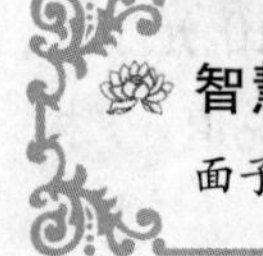

智慧·感悟·启迪

面子与虚荣心不能太多,尤其在孩子身上。要锻炼孩子的判断能力,要勇敢地做好事,不要去做坏事。

诚实是一笔财富

一位非常富有但脾气古怪的老绅士想要找一个年轻人来当他的管家,服侍他的饮食起居。他唯一的要求就是这个年轻人必须诚实、正直。他经常说这样的话:“向抽屉里偷看的孩子会试图从里面取出点东西,而在年轻时就偷窃过一分钱的人,长大后总有一天会偷窃一元钱。”

很快,老绅士就收到20多封求职信。但是他要对这些年轻人进行考核,只有符合要求的人才能得到这个工作。在截止的最后一天,同时来了四个俊朗的小伙子参加老绅士的面试。绅士提前准备了一间房子,他要求四个人逐一进入这个房子,只要在里面的椅子上安静地坐一会儿就行。

本杰明第一个进入房间。刚开始的时候他非常安静，过了一会儿，他看见桌子上摆放着一个罩子，好奇心促使他掀起了罩子，一堆非常轻的羽毛飞了起来。于是他又急忙把罩子放下，可是这下更乱了，其余的羽毛被气流吹得满房间都是。本杰明无法抵制诱惑，结果可想而知，本杰明落选了。

亨利是第二个进入房间的年轻人。他刚一走进去就被一盘诱人的、熟透的樱桃吸引了。“这么多樱桃，吃掉一个，别人是不会发现的。”亨利心想。于是他就拿起了一个最大的樱桃放进了嘴里，但是这个樱桃的滋味可不像他想象的那样甜，而是非常的辣，他忍不住喊了起来——其实这些樱桃都是假的，里面全是辣椒。亨利也被打发走了。

接下来的是鲁弗斯。他看到桌子上有个抽屉没有锁，其余的都锁着，于是他决定拉开那个抽屉看个究竟。但是他刚刚把手放在抽屉把手上，就响起了一阵铃声。老绅士气愤地把他赶出了房间。

最后一个进入房间的是哈里。他在房间的椅子上静静地坐了20分钟，什么也没有动。20分钟后哈里走了出来，老绅士非常高兴地与他握了握手，告诉他：“孩子你很诚实，你被录取了！”“屋里那么多新奇的东西，难道你不想动一下吗？”老绅士问。“不，先生，在没有得到允许之前我是不会动的。”哈里回答道，后来，哈里一直服侍老绅士终老。老人去世后，留给他很大一笔财产。

智慧·感悟·启迪

诚实是一笔可贵的财富，诚实是一种可贵的品质，它能向人们展现一个真实的自我。当孩子有不诚实的行为时，家长应该及时指出。

学会谅解

有一天，一个年轻的爸爸带着儿子去拜访朋友。在公共汽车上，一位背着大包的青年挤进了车厢，爸爸被大包撞到了一边。儿子瞪了那个人一眼，忙问爸爸：“怎么样，你没事吧？”接着，他恼怒地向那位惊慌的青年喊道：“你没长眼呀！”

爸爸站起身来，拍拍身上的尘土，看了儿子一眼，很不高兴地说：“你怎么能这样说，这位叔叔并不是故意的。”这时，那位青年也连连向他道歉。儿子听到这些，惭愧地低下了头。

几天以后，爸爸早早下了班，他骑着车子来到学校，准备接儿子回家，结果发现儿子的手破了皮，血一滴滴往下流。爸爸心疼极了，赶快找来一些纱布，将他的伤口包好，然后就去问老师是怎么回事。老师感到莫名其妙，因为他既没有看到儿子来报告，也没有听到别的学生说起过。

爸爸不解地问儿子：“你怎么弄伤的，为什么不告诉老师呢？”他笑着说道：“爸爸，小朋友不是有意弄伤我的呀！为这事，他已经深感不安了，如果我再去告诉老师，他会更加自责的。”爸爸听了非常高兴，摸着儿子的头说：“好孩子，你已经学会了谅解别人。”

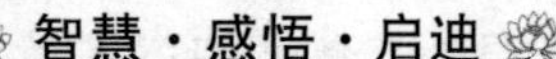

智慧·感悟·启迪

父母是孩子最好的导师，一些最基本的社会规范应由父母去教。与人相处最重要的是要学会谅解别人。谅解是良药，它能化解矛盾，使人和谐相处。

大卫的鼻子

举世公认的最伟大的雕像——大卫像，是意大利艺术家米开朗基罗的作品。鲜为人知的是，这个雕塑曾遭到责难。

在米开朗基罗刚刚雕好大卫像的时候，主管官员跑去看，竟然觉得不满意。米开朗基罗问："有什么地方不对吗？""鼻子太大了！"那位官员说。"是吗？"米开朗基罗站在雕像前看了看，好像也赞同他的观点，大叫一声："可不是吗！鼻子是大了一点。没关系，我马上改，等一会儿绝对让您觉得满意。"说着就拿起工具爬上架子，叮叮当当地修饰起来。

随着米开朗基罗的凿刀，掉下好多大理石粉，那官员不得不躲开。隔了一会儿，米开朗基罗就修好了雕像，他请那位官员到架子上去检查："您看，现在可以了吧！"那个官员爬上架子看了看，高兴地说："是啊，好极了！这样才对啊！"

一位在场的朋友问米开朗基罗："你现在怎么变得如此没有原则了！我觉得你雕刻得很好啊，为什么他说不好，你就马上修改？"米开朗基罗回答道："我刚才只是偷偷抓了一小块大理石和一把石粉，到上面做做样子，其实我根本没有改动原来的雕刻。他之所以觉得雕像有问题，就是因为刚开始他是在高高的架子下仰视。"

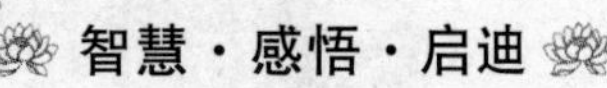

智慧·感悟·启迪

惊喜总是出现在你转换视角的时候，放下你的固执，换个角度看问题，你就会觉得豁然开朗。

奶奶走了

自晓芳记事开始，奶奶就一直在身边，照顾她、保护她。奶奶的身体里好像装了一只上了发条的闹钟，无论春夏寒暑，风雨雪霜，每天都会在凌晨4点准时醒来。起床后，奶奶就麻利地洗漱，打扫屋子，打理花草，然后拎着竹篮，步行去菜场买菜。大约6点半，她就会满载而归。奶奶一进门，第一件事，就是蹑手蹑脚，蹲在晓芳床边，轻轻唤醒睡梦中的晓芳，柔声细语、无比开心地说："乖乖，奶奶今儿买了你最爱吃的红菱角咧。"或者炫宝似的端个小盆，眉开眼笑地说："宝宝，看，活蹦乱跳的江虾哎，给晓芳买到了。晓芳宝宝真有口福。"

就这样，一年到头奶奶天天如此，让晓芳第一个分享她的得意收获和意外成果，期望给晓芳带来一天的欢愉和惊喜。然而，那一刻的晓芳，睡意正浓，梦境正香，非但没有半点儿兴奋和感激，而且满心的厌烦和不屑，甚至暗地里把奶奶比喻成夏日树梢上不眠不休、制造噪音的知了。可奶奶毫不介意，日日如故，将"聒噪"坚持了十几年，直到晓芳读高中，离家住校。

每当周末，晓芳离校回家，像猴子一样从车厢里跳出来，一抬头，就会瞥见离车站仅50米的自家有这样一道风景：五楼一户人家的一扇玻璃窗开着，窗台上，趴伏着一颗发如雪、鬓如霜的脑袋；那混浊、昏花的老眼，在陡一见到晓芳刹那，就变得像波斯猫一样熠熠发亮，咧开豁牙的嘴，远远地冲晓芳一笑，旋即转头冲着屋内大喊："快，晓芳回来了。"

在晓芳准备离家返校的半个小时内，耳朵像塞了MP3的耳塞一样，反反复复重复着一首"歌"："在学校要吃饱，晓得不？和同学好好相处，有人欺负你，就报告老师，晓得不？路上千万小心车，晓得不？一到学校，就给家里来个电话，晓得不？""哎呀，晓得，晓得啦。"晓芳有口没心，皱眉撅嘴，企图用应答作为阻止，阻止奶奶的重复和喋喋不休。那一道"风景"，这一首"歌"，重复了七八年，直到晓芳上班工作、有了孩子。然而，有一天，这重复的风景和叮咛，戛然而止。奶奶走了，只留下晓芳无尽的思念与懊悔。

智慧·感悟·启迪

要珍惜亲人对自己默默的爱。长辈的爱就是在无数个日子里，一个又一个平常、烦琐、絮叨的重复，以至于让我们觉得空洞、单调、无味而漠然视之。然而失去以后，才会恍然惊觉：这重复的种种，其实是人世间最无私、最深切、最伟大、最浓郁的爱。

挨饿的狐狸

一只年轻的狐狸向老狐狸诉苦："真是倒霉，我每次出去捕食，几乎都没成功。"

老狐狸说："捕食是需要聪明的头脑的，你以后应该聪明些，让我听听，你都是在什么时候出去捕食？"

"什么时候？当然是感到饥饿的时候了，除此之外，还能是什么时候呢？"

"这下我可知道了，饥饿的时候？你可知道，饥饿与深谋远虑永远是无法并举的，当你饥饿的时候，你只一门心思地要抓住猎物，但往往不会去认真地思考怎样才能捕到猎物。以后，当你饱的时候再去捕食，效果会好些。"

智慧·感悟·启迪

"凡事预则立，不预则废。"当我们做某件事情之前，应该有一个周密的计划和安排，这样成功的几率会更大。

嗟来之食

春秋时期，齐国有一年发生了大灾荒，百姓没有粮食吃，背井离乡，到处逃亡，有饿死在他乡的，有饿死在路上的。全国到处都是饿殍遍地的景象，情形十分凄惨。

有个名叫黔敖的富人，大发慈悲地派出去很多奴仆在路边摆些饭食，等待着饥饿的百姓来吃。

有一个一连几天也没有吃饭的饥民，用衣袖遮着脸，用绳子绑着鞋子，饿得眼睛都睁不开的样子，走上前来。

黔敖看见了他，就左手端着饭碗，右手提着水壶，高声吃喝他说："嗟！来食。"意思是："喂！来吃吧。"

黔敖认为在这么严重的荒年里，粮食比黄金还值钱，自己能施舍些食物给饥民，已经是了不起的义举了，所以他说话的声音就大了些，语言也不客气。

那个人一听，觉得黔敖很不礼貌，挫伤了自己的自尊心，就扬起眉毛，瞪起眼睛，看着黔敖，说："我就是因为不受这种侮辱，不吃'嗟来之食'，才饿到这种程度！"

黔敖也意识到自己的态度不对，遂向他道歉，但是他坚决不吃，不愿意接受这种侮辱性的怜悯和施舍。

最后，这个不接受"嗟来之食"的人终于饿死了。

智慧·感悟·启迪

一个人的气节往往比生命还重要，我们在给予别人帮助的时候更要尊重别人的人格。

孔子绝粮

春秋时期，孔子周游列国，途中穷困潦倒，在去陈国和蔡国的路上，甚至连野菜汤也喝不上，接连 7 天未吃到一粒米饭，饿得没有办法，只好白天睡大觉。

他的弟子颜回出去讨了一点米回来煮给他吃。等到快要煮熟的时候，孔子闻到饭香，正想起来，却无意中看见颜回从锅里抓起一把吃了。孔子假装没有看见。

过了一会儿，饭煮熟了，颜回端着饭送给孔子吃。孔子站起来说："今天我梦见我死去的父亲，饭要是干净的话，我来祭奠他。"

颜回说："不行，刚才有煤灰掉进锅里，我觉得扔掉可惜，就把它抓起来吃了，这饭不干净。"

孔子听了感叹地说，"我所信任的是眼睛呀，可是眼睛也不是完全可以信赖的；我所依靠的是心呀，可是心也还不足以完全依靠。弟子们要记住：认识了解一个人真是不容易啊！"

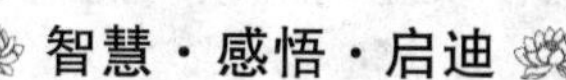

智慧·感悟·启迪

眼、耳、口、鼻等获得的感觉的信息，固然是认识事物的起点，但却是不能全信的。只有把感觉的信息经过去粗取精、去伪存真，认识才会正确。

叶公好龙

春秋时期，楚国有一位姓叶的员外，他在镇里很有人缘，很爱帮助穷苦的百姓，所以镇里的人们也非常尊敬他，大家都叫他叶公。

叶公有个奇怪的嗜好——喜欢龙，他认为龙这种动物是杰出人才的象征，它能呼风唤雨，上天入地，变幻无穷。叶公特意请来了各地的能工巧匠，在他房屋里的所有梁、柱、门、窗上都雕刻了龙的花纹，墙壁上绘着龙的生动形象，甚至衣服和被帐上也都绣上了龙。总之，他家里到处都是龙的标志。

叶公好龙远近闻名，最后被天上的龙知道了，大为感动。龙想：世界上从来没有如此喜欢我的人。他既然这么喜欢我们，那我就真应该现身去见见他。

于是有一天，天上的真龙便下降到叶公家里。真龙可不像柱子上雕刻的那般渺小，而是一个庞然大物。龙头从窗口伸进来，龙尾巴拖在客堂里，摇头摆尾，吞云吐雾。叶公一看见真龙，顿时吓得魂飞魄散，转身就拼命往外逃跑了。

真龙见到这种情况非常失望，才知道叶公喜欢的并不是真龙，而是假龙。

智慧·感悟·启迪

要真的还是假的，形式上的还是实质上的，是真心还是假意，二者是有天壤之别的。

一枕黄粱

从前，有个姓卢的青年，平时爱舞文弄墨，但却屡试不中，人们都叫他卢生。卢生家境非常贫寒，但他却总向往着荣华富贵。

有一次，他外出旅游经过邯郸，住在一家客店里。在客店里住着一位姓吕的老人，卢生见老人生得慈眉善目，谈吐不凡，于是便和他攀谈起来。谈话之间，卢生连连叹息自己穷困境遇，时时流露出不甘寂寞，向往荣华富贵的心情。

姓吕的老头知道了卢生的心愿，便从口袋里取出一个装饰着精致刺绣的漂亮枕头说："姓卢的这位后生，你枕着这个枕头睡一觉，就可以得到你所向往的荣华富贵了。"

卢生听了半信半疑，这时他看见店主人正在煮黄米饭，于是心想：“反正离吃饭时间还早，不妨就试试吧。”卢生躺下去，头刚挨到枕头，果然就立刻做起美梦来。

不一会儿，他梦见他娶了清河崔府的一位高贵美丽的小姐为妻，然后过着锦衣玉食的日子，崔府有钱有势，借着崔府的在城里的地位和名声，他便开始奋发读书，到了第二年考中了进士。

然后皇上召见他，并且还钦点了他。后来，他步步高升，青云直上，凭着他在朝中的关系，和皇帝对他的信赖，他不仅做了“节度使”、“御史大夫”这样的封疆大吏，还当了宰相，而且一当就是十年，后来，由于他的卓越成绩和对国家的贡献，被皇上封为“赵国公”。

他梦见自己有五个儿子，儿子个个都做了官，并且还都同名门望族结了亲。他还梦见自己有十几个孙子，孙子个个聪明过人。大小官员都和他来往，恭维他，称赞他，他觉得自己神气十足。他金银成堆，财宝无数，整天过着花天酒地的生活。他的年寿很高，一直活到八十多岁。

正当他沉浸在荣华富贵、纸醉金迷的生活之中，突然觉得枕头被人撤走了，于是立即从梦中醒来，睁开眼睛一看，店主人煮的那锅黄米饭还没熟呢。他感到非常惊异，几十年的富贵荣华，竟是短短的一枕黄粱。

姓吕的老头看见卢生有些醒悟，一边把枕头装在口袋里一边笑着说：“年轻后生，请记住，人生的荣华富贵就是一场梦。”

智慧·感悟·启迪

富贵荣华全是假，平平淡淡才是真。荣华富贵不过是一场梦，不值得羡慕。

望梅止渴

东汉末年，天下大乱。为了统一天下，平定不服从统治的诸侯，丞相曹操长年领兵讨伐诸侯。

这年，曹操准备讨伐张绣，可是又怕袁绍趁他出外讨伐，乘虚攻打许都；想攻打袁绍，又有张绣、刘表牵制，所以左思右想，举棋不定。这时谋士郭嘉献计：“主公不如命徐州刘备为左将军，吕布为车骑将军，然后下旨让二人北拒袁绍，主公再率兵南伐张绣、刘表。”曹操说：“好计，就按奉孝说的办。”

于是，曹操统兵15万讨伐张绣。时值盛夏三伏天，骄阳如火，天干气燥，行军路上都是荒山野岭，远离水源，找不到一滴水。兵士们个个都渴得有气无力，垂头丧气的，队伍渐渐七零八落，行军速度越来越慢。

曹操骑在马上，看到这种情景，心中忧虑，皱着眉头，忽然心生一计。只听他拿令旗指着前方说：“将士们，坚持一会儿，再往前面走一段路，就有一大片梅子林，绿荫荫的树上结满了青梅，又甜又酸，吃到嘴里可以解渴。快点走啊！”

兵士们一听，腮帮子都酸了，嘴里立刻涌出了唾沫，顿时个个精神抖擞，走得飞快，及时到达了战场。

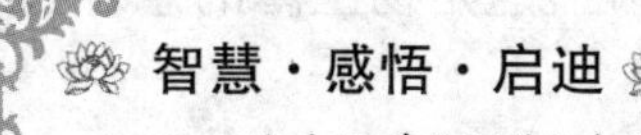

智慧·感悟·启迪

人不能永远靠“望梅”来“止渴”，正如空想暂时可以安慰人心，但终究不能代替现实一般。

人为财死

永州地方的人都很会游泳。有一天，江水暴涨。有五六个人划着一只小木船横渡湘江，船到中流，被激浪打翻，大家都落进水里，拼命向岸边游去。

其中有一位汉子在这些人当中的游泳水平是最高的，可是所有人都快游到岸上了，只见他却使出全身气力，也游不了几尺远。

同伴奇怪地问他：“平日你最会游水，怎么今天落到后面去了？”

他喘着粗气回答：“我腰上缠着一千枚大钱，重得很，所以游不动啦。”

同伴说：“那你怎么还不丢掉呢？”他不回答，只是摇着头。

不一会儿，他更加游不动了。已经上岸的同伴对他大声呼喊说：“你好愚蠢，你被金钱迷得太深了。命都顾不上，还要钱干什么？”他翻着白眼，还是摇着头。

最后，他冒了几个气泡，就沉到水底淹死了。

智慧·感悟·启迪

贪财好利的人，如果不猛醒回头，最终逃脱不了灭顶之灾。

鸡　肋

杨修是东汉末年的一个非常聪明的智者，他在年轻的时候就很有名气，后来曹操重金聘请他担任主簿，为自己出谋划策。

公元220年，刘备由于有诸葛亮的辅佐，经过几年的时间其势力发展得非常强大，在蜀中自称“汉中王”。曹操非常愤怒，于是就兴兵40万讨伐刘备，两军交战好几个月，曹操逢战必败，被刘备、诸葛亮杀得狼狈不堪。

曹操非常郁闷，这天晚上，曹操族弟夏侯敦进到曹操营中询问夜间口令。当时曹操正在喝鸡汤，看到碗里有一根鸡肋，于是有感而发说道：“鸡肋，鸡肋。”

夏侯敦听了有点莫名其妙，但是这是魏王的旨意，只好把“鸡肋”当做夜间口令传到各营寨。

没多久，只见一部分军士正在收拾行装，夏侯敦非常恼火，走过去说道：“你们竟敢当逃兵，来人，将他们斩首。”

那几个军士看到夏侯敦要斩他们,急忙喊道:“将军饶命,我等冤枉,这是杨主簿的意思,是他让我们收拾行装的,不信你问他。”

夏侯敦听说,气冲冲地向杨修的营寨走去。杨修看到夏侯敦来了,就招待他坐下。

夏侯敦也不客气,坐下后对杨修说:“主簿是什么意思?为什么叫兵士收拾行装?这不是惑乱军心吗?丞相知道后必定要杀你!”

杨修说:“将军别发怒,我自有我的道理。我从魏王夜间口令中得知大王不久即将退兵,为了避免到时候军士整理行装慌乱,所以我就叫他们提前收拾一下。”

夏侯敦问道:“主簿怎么知道大王要退兵?”

杨修说:“大王所说‘鸡肋’我便知道了。所谓‘鸡肋’,食之无肉,弃之可惜。如今大王进兵无益,退恐被天下耻笑,正如‘鸡肋’一般。由此可知魏王必定班师,故而,我就让军士们提前收拾行装,以免到时慌乱。”

夏侯敦一听,觉得很有道理,就说:“先生真是魏王心腹。”于是也高兴地吩咐所有军士都提前收拾行装。

正好当天晚上曹操因为心烦而睡不着觉,手里提着钢斧绕着营寨走,看到军士乱成一团,于是就问夏侯敦:“这是怎么回事?士兵为何如此慌乱?”

夏侯敦说:“回大王,主簿杨修解大王之意。”然后把鸡肋的事对曹操说了一遍。

曹操听后大怒,命令刀斧手以蛊惑军心之罪将杨修斩首。

可惜,年仅 38 岁的杨修就这样死了。

智慧·感悟·启迪

“功高盖主,其能久乎?”聪明的人,应该把自己的锋芒隐蔽起来,做一个聪明的愚者。

杞人忧天

春秋时,有个小国家叫杞国,那里有个人整天都在胡思乱想。

有一次,一群人聚在一起聊天。这个人突然说:“天随时可能崩塌下来,地也随时可能陷落下去,这样一来,我们到时候恐怕连安身的地方也没有了,这可怎么办呢?”大家听了他的话之后都很害怕,于是都在那里议论了起来,一直到晚上也没有什么结果。

这个人回到家后更是忧心忡忡,茶饭不进,睡眠不安。

有个热心人听说此事,暗暗好笑,跑来开导这个杞国人说:“天不过是一团积聚的气体,到处都是气,人运动呼吸也是在这气当中,怎么可能崩塌下来呢?”

杞国人将信将疑地说:“就算天是积气,可是难道太阳、月亮和星星不会掉下来吗?”

“不会,不会!”那人回答,“日月星宿也不过是一团团会发光的气体,就是掉下来打着头,也不会伤人。”

杞国人还不放心,又问:“那么地陷下去怎么办呢?”

热心人忙又回答:“地不过是堆积起来的土块罢了,到处都是这样的土地,它怎么会陷落下去呢?”

杞人听罢,豁然开朗,心头像放下千斤重担,那个热心人也很高兴。

智慧·感悟·启迪

一切毫无实际根据的忧虑都是不必要的,这只能使人们自寻烦恼,陷入颓废和混乱的精神状态。

老马识途

有一年春天,管仲和隰朋跟随齐桓公远征讨伐孤竹国。

战争相持了很久,一直到冬季才结束。当他们返回时,大军在茫茫无边的沙漠里迷失了道路。

管仲对桓公说:“老马是充满智慧的动物,它应该熟悉原来来时的路,不如让人找一匹老马给咱们带路。”

于是,他们挑了几匹老马走在前面,大军在后尾随,终于踏上了归路。

后来,人马走着走着,来到了一片荒山野岭中,几天都找不到一点水喝,兵士们渴得嗓子冒烟,走不动路了。隰朋说:“蚂蚁冬天居住在向阳坡,夏天居住在背阴坡,蚂蚁窝总是筑在水源上面的。”于是,兵士们奋力挖掘,果然在蚂蚁窝下面的土层里挖出水来,解决了大家的缺水危机。

智慧·感悟·启迪

遇到困难时,我们要向一切值得我们学习的人包括动物学习。从而,掌握一些经验,甚至获得生存的秘诀。

伤仲永

宋代时,抚州金溪地方有一户方姓人家,祖祖辈辈都是农民,一家人加起来也不认识几个斗大的字。后来他们生了个小孩,取名方仲永。

方仲永到了5岁那年,忽然哭着闹着要笔墨纸砚。他的父亲感到很奇怪,就到附近读书人家去借来一套。

小仲永趴在饭桌上,铺开大纸,挥笔写下了四句诗,还在下面署上了自己的名字。诗的大意是孝养父母和维护宗族。一家人看得目瞪口呆,连忙请来一位乡下秀才。

秀才将信将疑,又随便指着屋里一件东西,叫仲永当场赋诗。仲永歪着小脑袋想了想,便饱蘸浓墨,挥手立就,而且诗句贴切,文笔顺畅。

这一来,神童的名声便在四乡传扬开来。乡里人都想见识一下神童,于是他家经常是车马盈门。有些豪富人家重金迎请,让他当堂赋诗。他的父亲见有利可图,就成天牵着仲永走乡串寨,到处表演,而没有让他去读书。

王安石在京城做官，很早就听说了仲永的名声。

有一年，他回到娘舅家，看见仲永已经有十二三岁了。王安石很感兴趣，便叫他即景赋诗。仲永搔了许久后脑勺，才勉强写出一首，与从前相比，显然逊色了不少。

又过了七八年，王安石再次回到娘舅家，顺便问到仲永，娘舅对他说仲永已经不会作诗了，而且现在也不作诗了。王安石听到后，很替仲永感到惋惜。

智慧·感悟·启迪

天资只是给儿童提供了学习和实践的优越的物质条件，如果没有后天的培养和本人付出的艰苦努力，任何天才都是不能成功的。

杯弓蛇影

在夏至的一天，有位朋友到乐广家做客，回去以后没多久就生了一场大病。乐广感到很奇怪，便前去探望那个朋友。

进了屋，只见那位朋友面黄肌瘦，躺在床上，有气无力地看着乐广。乐广关切地问他生了什么病，他支支吾吾不愿回答。

乐广再三追问，他才说："上次在你家做客，你应该还记得你曾经给我斟了一杯酒，我端起酒杯正要喝时，隐隐约约看见酒杯里有一条青皮红花小蛇在游动。我很害怕，想不喝，又觉得这样会不尊敬主人，只好硬着头皮喝了下去。谁知我回到家里，总觉得那条小蛇在肚里爬，吐又吐不出，越想越恶心，妨碍了正常的饮食，身体逐渐虚弱，就生了一场大病。请来医生用各种办法治疗，都不能痊愈。"

乐广心想，酒杯是经过仔细清洗过的，里面是不会有什么青皮红花小蛇的。可是这位朋友又分明看见了，这是什么原因呢？回到家里，他就在客厅里踱来踱去，怎么也想不通酒杯里如何会出现青皮红花小蛇呢？真是百思不得其解，猛一抬头，忽然看见墙壁上挂着一张青漆红纹的雕弓。

他想，是不是这把弓在作怪呢？于是，他马上斟了一杯酒，放在案桌上，移了几个角度，就看见那张弓被日光反射到酒杯中，形状像一条蛇的样子。端起酒杯，酒在杯中浮动，那条蛇也随着酒在蠕动。

于是，乐广马上跑到那位朋友家，扶着他来到自己的客厅里。那位朋友病歪歪的，面黄肌瘦，来到客厅，坐在原来的座位上。他端起酒杯一看，就惊叫起来："就是那条小蛇啊！"乐广再指着墙壁上的雕弓叫他看。

朋友看看酒杯，再看看雕弓，立刻恍然大悟，知道杯中小蛇原来是墙上的弓影。他解除了疑惑，心情豁然开朗，重病也顿时痊愈了。

智慧·感悟·启迪

遇事如果不做深入分析，就会引起误解，甚至造成疑神疑鬼、妄自惊扰的后果。

第二编 命中有爱

因为爱你

一天放学时,班主任朱老师说本周星期六上午开家长会,每位家长都必须到会。每次期中考试之后,朱老师就要召开一次家长会。朱老师还说,这次会议很重要,能增进老师与家长的交流,准确掌握学生的思想动态。

家长会当然要公布每一位同学的成绩。但小琴怕开家长会,并不是她考得不好,而是这次家长会她爸爸不能来。

朱老师问:"谁的家长不能来,请举手。"没有举手的。小琴犹豫再三后,还是把手举了起来。老师问:"前几次你爸爸不是来了吗?为什么这次不能来?""我爸爸外出工作去了。""那叫你妈妈来吧!""不,不。"小琴有些急了,说,"我妈妈不能来,因为……她从未参加过这样的会议。"老师笑了,说:"这不是理由。叫你妈妈一定要来!"

小琴回到家,妈妈正在做晚饭,尽管她忙得不可开交,但还是向小琴做了个"我爱你"的手势。以前小琴会高兴地回妈妈一个吻,或者说:"我也爱你。"可是这时,小琴只看了妈妈一眼,目光就慌忙地躲开了,一句话也没有说,就低着头走进了自己的房间。

小琴的妈妈是个哑巴,所以每次都用手势来表示她很爱小琴。小琴是爱学习的女孩,平时只要坐下来就投入到课本中去。可是这天她一个字也看不进去,看见书上的字就像密密麻麻的蚂蚁,心里乱极了。咚咚,是妈妈在敲门,小琴忙收回心思,开门见妈妈做了个吃饭的手势,就跟她来到饭桌边。妈妈做了很多小琴喜欢吃的菜,可小琴一口也吃不下去。妈妈见状,摸了摸她的头,小琴忙说:"没事,只是心里有点不舒服。"妈妈没太在意。小琴看着妈妈,妈妈长得很漂亮。小琴听爸爸说,妈妈生下她后得了重病,之后就再也不能说话了。

小琴轻轻叹了口气,在心里对妈妈说:"过两天就要开家长会了。我多么想让你参加,可又不能让你去。如果同学们知道你是一个哑巴,会怎样看我呢?更重要的是,不能让你受到伤害——我们班的同学最会取笑人了。"

到了周六的上午,家长们按时来到教室,坐到自己孩子的座位上。规定的时间到了,朱老师走上讲台说:“各位家长,再耽误你们几分钟,还有一位家长没到。”小琴趁等待的时间数了一下,有49位家长到了,班上有50位同学。朱老师说的莫非是……小琴想到这儿不由得紧张起来。

就在她忐忑不安时,教室门口出现了一位漂亮的中年女子。妈妈!站在门口的是妈妈。她怎么会来?小琴压根儿就没告诉妈妈今天开家长会。“赵琴同学,请把你妈妈领到你的座位上去。”朱老师说道。小琴面红耳赤地向妈妈走去,妈妈向大家打了个手势。“赵琴,请把你妈妈的手语翻译一下。”小琴先是一愣,然后说:“我妈妈向大家问好并道歉。她迟到了一会儿。”

大家立即明白这是一位哑巴妈妈,都报以友好的微笑,还热烈地鼓掌欢迎。小琴走到妈妈面前,轻轻说:“您怎么来了?”妈妈脸一红,做了一套手语,意思是:“因为我爱你!”

小琴的眼眶一下子潮湿了,她怕自己流下泪来忙转过身去,牵着妈妈的手走向那唯一的空位。

智慧·感悟·启迪

有残缺的人,但没有残缺的爱。无论我们的妈妈是健康的还是不健康的,她们的爱永远是世界上最完美的。面对这种爱,我们没有拒绝的理由。

母爱并非溺爱

一天,吉恩在超市柜台工作时,被一位中年妇女叫住,有一个小男孩紧紧地依偎在她身边。那男孩儿紧闭双唇,眼睛只是向下看。

母亲以严厉的语气说:“快点儿,这位叔叔很忙!”吉恩感到空气骤然紧张起来,到底是什么事呢?吉恩一边猜想着,一边仔细观察着这母子俩。这时吉恩发现那男孩儿手中握着什么东西,他那双小手还有点颤抖——那是当时很受孩子们欢迎的玩具,这种玩具每次进货都被抢购一空,而且被盗窃的数量并不亚于销售量。

“怎么了,你说点什么呀!”他母亲很生气,眼眶里充满了泪水,这时男孩儿已经上气不接下气地哭了。

吉恩的心脏仿佛被猛戳了一下。他面向孩子,他想他必须要听孩子说句话,吉恩甚至感到这个瞬间可能会左右孩子今后的人生。

这时,孩子的手不自然地伸开,被揉搓得已经破了的包装中露出了玩具。

“我没想拿!”他费了很大力气才说出这句话。孩子最后泣不成声地说了一句:“对不起。”母亲那时的表情难以形容,吉恩感到她好像放心地深叹了一口气。

这时,吉恩被这位母亲的行为深深地感动了。

智慧·感悟·启迪

这位看似严厉的母亲,却又是深爱着孩子的。教育子女是非常不容易的。一次溺爱性的姑息容忍会毁掉孩子的一生。母爱是至真至纯的,她要将美好的种子埋进孩子的心灵,等待无数花朵的绽放。

一个母亲一生中所说的8个谎言

1. 儿时,小男孩家很穷,饭常常不够吃,吃饭时,母亲就把自己碗里的饭分给孩子吃。母亲说,孩子们,快吃吧,我不饿!

2. 男孩长身体的时候,母亲把肉都给孩子吃了。母亲说她不爱吃肉,太油腻!

3. 上初中了,为了交够男孩和哥哥姐姐的学费,当工人的母亲就去居委会领些火柴盒料拿回家来,晚上糊火柴盒挣点钱补贴家用。有个冬天,男孩半夜醒来,看到母亲还弓着身子在油灯下糊火柴盒。男孩说,母亲,睡吧,明早您还要上班呢。母亲笑笑,说,孩子,快睡吧,我不困!

4. 高考那年,母亲请了假天天站在考点门口为参加高考的男孩助阵。时逢盛夏,烈日当头,固执的母亲在烈日下一站就是几个小时。考试结束的铃声响了,母亲迎上去递过一杯用罐头瓶泡好的浓茶叮嘱孩子喝了。望着母亲干裂的嘴唇和满头的汗珠,男孩将手中的罐头瓶反递回去给母亲喝。母亲说,孩子,快喝吧,我不渴!

5. 父亲病逝之后,母亲又当爹又当娘,靠着自己在制衣厂里那点微薄收入含辛茹苦拉扯着几个孩子,供他们念书,日子过得苦不堪言。胡同路口电线杆下修表的李叔叔知道后,大事小事都抽时间过来打个帮手,搬搬煤,挑挑水,送些钱粮来帮补男孩的家里。人非草木,孰能无情。左邻右舍对此看在眼里,记在心里,都劝母亲再嫁,何必苦了自己。然而母亲多年来却守身如玉,始终不改嫁,别人再劝,母亲也断然不听,母亲说,我不爱!

6. 男孩和他的哥哥姐姐大学毕业参加工作后,下了岗的母亲就在附近的农贸市场摆了个小摊维持生活。身在外地工作的孩子们知道后就常常寄钱给母亲,母亲坚决不要,并将钱退了回去。母亲说,我有钱!

7. 男孩留校任教两年,后又考取了美国一所名牌大学的博士生,毕业后留在美国一家科研机构工作,待遇相当丰厚。条件好了,身在异国的男孩想把母亲接来享享清福,却被老人回绝了。母亲说,我不习惯!

8. 晚年,母亲患了重病,住进了医院,远在大西洋彼岸的男孩乘飞机赶回来时,手术后的母亲已是奄奄一息了。母亲老了,望着被病魔折磨得死去活来的母亲,男孩悲恸欲绝,潸然泪下。母亲却说,孩子,别哭,我不疼!

智慧·感悟·启迪

一个母亲一生中所说的8个谎言,无论内容如何,都是对"母爱"的具体诠释。相信任何一个母亲一生中都说过许多谎言,那是爱护我们的善意的谎言。年少的时候,还不能理解母亲,有时甚至误解母亲的良苦用心。她们的唠叨曾让我们心烦;她们的管束曾令我们气愤……然而,当有一日这些亲切的叮咛不再自耳边响起,我们的内心是否会充满悔恨?

妈妈,我以后再也不烦你了

早在三四岁的时候,儿子就从他奶奶那里得知他是从妈妈的肚子里生出来的,还看见了妈妈肚子上那一条像蜈蚣似的吓人的瘢痕。直到偶尔有一天从电视上看到做手术的真实场面时,他用他的小手把妈妈的脸从电视上扭转过来,很严肃地问妈妈:

“妈妈,你生我的时候肯定流了很多血吧!”

“嗯。”

“有多少你跟我说嘛。”

“好多呢,”妈妈原本只想尽快地把他搪塞过去,“喏,像电视里的那么多。”其实,电视里只是血淋淋的,并没显示有多少。

“到底有多少?”儿子很认真地问。

这下倒把妈妈给难住了,妈妈含含糊糊地说:

“我也记不清了,当时我都疼得昏过去了。”

“晕了几天?”

“7天。”妈妈脱口而出,显然太夸大其词了,妈妈赶紧更正并补充说,“昏了整整一天一夜,接着就发高热,躺在医院病床上整整打了3天吊针,一瓶接一瓶的。7天后刀口才拆线,在医院里住了10多天才回到家。”

儿子低垂着眼帘,很显然他在细细地咀嚼母亲所说的事实和有些略显夸张的表情及语气。

妈妈的目光还没来得及重新定格在电视机屏幕上,儿子的一双小手又把妈妈的脸扭转过来,一字一句地说:“妈妈,我以后再也不烦你了!”

心似乎被谁踢了一下,妈妈已泪眼模糊。

智慧·感悟·启迪

有时候孩子的问题很简单,简单得让大人只想搪塞过去,然而正是孩子简单的问题展示了他们明亮透彻的心,让我们为之感动。

孟母三迁

孟子幼年丧父,母亲带着他艰苦度日。最初,离他家不远的地方有块坟地,几乎天天都有人到那儿去上坟、烧纸、摆供品。年幼的孟子看到什么学什么,便和小朋友一起玩起了挖坟坑、抬棺材、埋死人一类的游戏。孟母觉得这样不行,于是将家搬到一个新的地方。他们住到了一个靠近集市的地方,那里都是些竞相牟利的商人,讨价还价地做买卖,邻居家是整天杀猪宰羊的屠户,街口上卖假货的小贩满嘴谎言……孟子逐渐又对商人那一套赚钱的办法有了兴趣,便学着商人的样子做起了经营买卖的游戏。孟母想这样下去不行,就又搬了家。这一次,他们的家靠近一所学堂。这次,看到的是读书人,听到的是读书声,孟子也开始学习礼仪,渐渐懂得礼貌并要求上进了。孟母觉得这才是正经路子,就在这里长住下来。

孟母对孟子的教育是晓之以理、动之以情,而不是暴力惩罚。有一天,还没到放学的时间,孟子就溜了回来。正在织布机前织布的孟母见到这种情形就停手问道:“怎么这么早就回来了?”“我在学堂里坐不住,老想出去玩一会儿!”孟子放下书册,转身就要往外跑。孟母大声叫住了他。她拿起剪刀,把已经织得很长的一匹布拦腰剪断了!孟子愣了,呆呆地看着母亲,觉得不可理解。孟母叹了一口气,缓缓对儿子说:“我织的布,一下子从中间剪断,不就没用了吗?你不好好读书,半途而废,不就相当于我把这匹没有织完的布剪断吗?没上完课就回来,是不能学有所成的,织布、读书都是一个道理!”望着断落下来的布丝以及母亲慈祥的面容,孟子明白了。从此以后,孟子不再逃学,而是专心致志地读书。

智慧·感悟·启迪

父母是孩子最好的启蒙老师,也是孩子最好的学习榜样。父母在给孩子提供一个好的环境的同时,也不能忽视自身对孩子的教育。

继母的夸奖

歇耳是一位非常著名的教育家,但他小时候被认定是一个坏孩子,如果家里出现了一些糟糕的事情,如母牛走失、树被砍了等等,都会认定是他做的。父亲和哥哥都没有办法管教他,更为不幸的是母亲在他 10 岁时去世了。这样看来,没有人管教是歇耳变坏的主要原因。既然大家都这么认为,他也就充分按自己的意愿行事了。

有一天,父亲告诉子女们,家里要来一位新妈妈。大家都非常担心新妈妈的脾气,不知会不会虐待他们。但是歇耳根本没把新妈妈放在眼里,他打定主意,要给她一个下马威。很快,陌生的女人走进了歇耳家,她走到每个房间,愉快地向每个人打招呼。当走到歇耳面前时,歇耳像枪杆一样站得笔直,双手交叉在胸前,冷漠地瞪着她,一丝欢迎的意思也没有。

陌生女人感到有些意外。“这就是歇耳,”父亲连忙介绍说,“全家最淘气的孩子。”继母走过来,摸了摸他的头,然后说了让歇耳永生难忘的话。她把手放在歇耳肩上,看着他,眼里闪烁着光芒:“最淘气的孩子?完全不对,他是全家最聪明的孩子,我们要把他的本性诱导出来。”

歇耳顿时有一种自我价值被肯定的感觉,并从心里消除了对新妈妈的疑虑。就是这样,继母造就了歇耳,因为她相信他是个好孩子。

智慧·感悟·启迪

对小孩子开导的最好方法就是扬其长处、略其短处。赏识导致成功,抱怨导致失败。不是好孩子需要赏识,而是赏识使他们变得越来越好;不是坏孩子需要抱怨,而是抱怨使他们变得越来越坏。

小詹姆斯与妈妈

小詹姆斯是一个很调皮、很爱玩的小男孩。一次，老师准备组织学生去郊游，不巧的是，天下雨了，因此活动被迫取消了。小詹姆斯感到很郁闷，他怒气冲冲地赶回家。一进门，他扔下书包，一头倒在床上，不说一句话。妈妈用手拍了一下小詹姆斯："这是谁惹我们的宝贝了？快跟妈妈说说。"于是，小詹姆斯就把郊游的事跟妈妈说了一遍。妈妈听他讲完后说道："这雨什么时候下不好，偏偏这个时候下。"小詹姆斯紧跟着说："是啊，为什么现在下呢？"母子俩沉默了一会儿后，小詹姆斯说："哦，这次不行，可以等到以后再去。"显然，他平静了许多。在下午余下的时间里，他再也没有发过脾气。通常，只要小詹姆斯气愤地跑回家，他的这种情绪就会影响全家人，使每个人都不开心。没想到，今天妈妈的一席话竟使小詹姆斯变得乖了起来。

又过了几天，小詹姆斯对妈妈说："妈妈，我想到公园去玩。"妈妈当时正在写一篇论文，就对儿子说："等妈妈把论文写完后再去。"

"不嘛，我现在就要去。"

"宝贝，这篇文章非常重要，妈妈必须写完它。你先玩一会儿玩具，等一会儿我一定带你去，好吗？"

过了一会儿，儿子又来催促："妈妈，还要等多久？"当妈妈告诉他还要再等一会儿时，小詹姆斯便一声不吭地走了出去。妈妈写完论文之后去叫儿子："我完成工作了，走吧，妈妈带你出去玩。"

"不，等一等，这个故事我正看了一半。"儿子捧着一本书，模仿着妈妈的口气说道。因为终于完成了论文，妈妈也很想放松一下，出去走走。但此时，妈妈却很有耐心，她坐在客厅的沙发上等着儿子。最后，直到小詹姆斯读完那个故事，母子俩才一起出门。

智慧·感悟·启迪

孩子有着一颗急于长大的心，所以要善于和孩子沟通，了解他们的内心世界。打骂孩子只会使情况变得越来越糟。有些父母只会让孩子等自己，而自己不能等孩子，这往往会使孩子觉得得不到尊重，从而不愿接受父母的要求。

妈妈的白发

有一个男孩性格很内向，总是喜欢把自己的想法写在日记里。但有一段时间，他发现自己的日记有被人翻动的痕迹。由于妈妈收拾过他的房间，他便怀疑是妈妈偷看了自己的日记。为了搜集证据他想到了一个妙计。

这天晚上，男孩坐在桌上开始写当天的日记："我发现妈妈头上的白头发又多了起来，其实这都是为我累的呀！妈妈，您一定要珍惜自己的身体啊！为了表达我对您的爱，我把您的一根白头发珍藏在日记本里了。"

当天晚上，趁儿子在客厅看电视，妈妈又去翻动儿子的日记，当她看到这一段文字时，感动得流下了眼泪。然而看完后，她发现本子里并没有白头发，以为是自己弄丢了，就从头上拔了一根白头发，夹在儿子的日记本里。

第二天早上，儿子拿出了日记本，发现了白头发，就对妈妈说："妈妈，昨天您又看了我的日记！""怎么会呢，那根白头发不就在你的日记本里吗？"妈妈说。

"哈哈，妈妈，你露馅了。那根白头发是您放的，我根本就没在本里放白头发。不过里面写的话是真的……"儿子的笑声中更多的是感激。

智慧·感悟·启迪

每个人都有自己的隐私，孩子也不例外。尊重孩子的隐私就能够赢得孩子的尊重。

陶母教子

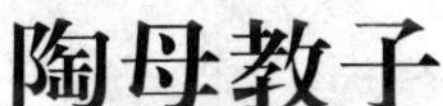

东晋人陶侃的母亲湛氏是一位贤淑仁慈、德行高尚的人。她经常告诫自己的儿子，一定要争取与品德高尚的人交朋友，以便学习他们的长处。陶侃谨记母亲的教诲，虚心向品德高尚的人学习。同郡的孝廉范逵是一位贤达之士，陶侃对他很仰慕，与他结成了好朋友。

有一年冬天，范逵因为有事要去洛阳，途中经过陶家时天色已晚，便想在陶家住下，但陶家房屋太小，又无粮米，范逵有仆从多人，还有马匹牲畜。一时间，陶侃感到十分为难，不知如何是好，就去问母亲。陶母听后，稍稍考虑了一会儿，就对他说："你只管到外面招呼客人，我自有办法。"等儿子出去后，陶母就开始准备。她的头发本来又长又美，很多人都很羡慕，但为了能够招待客人，她毫不犹豫地将它剪了下来，托邻人拿到市上卖掉，换了一些米和蔬菜佳肴。她又把房内的柱子从中间锯开，劈下半边当做烧柴，把床上铺的草苫子拿下来，切碎给马吃……就这样，饭菜马料以最快的速度准备好了，范逵及其仆从都受到了款待，马匹也吃得很饱。范逵知道内情后十分感动，他赞叹说："这样的母亲实在让我敬佩！"范逵到洛阳后，向一些亲友谈起此事，他们对陶母也都称赞不已。

不久，陶侃被征任为浔阳县县吏，做了个管理渔业的小官。有一次，鱼汛到来，陶侃指挥渔民连夜捕捞，捕获了很多鱼。陶侃看着那些活蹦乱跳的鱼，不由得想起了自己贫困的母亲，于是派人送了一罐腌鱼回家。管鱼的官员送点鱼回家，这在当时是一件再平常不过的小事，但没有想到，一天之后，腌鱼又被原封不动地退了回来。来人还带来了一封陶母的信，信中说："你身为一个官员，竟然拿公家的东西送给我，你这样做，并不是孝顺我，不但不能使我得到好处，反而增加了我的忧虑！希望你从这件事中吸取教训，以后一定要廉洁奉公，再也不要做这样的事了！"

后来，陶侃由一个小官吏，逐步升迁为武昌太守、荆州刺史及都督八州军事等高官。他时刻牢记母亲的教诲，克己奉公。他的军队，纪律严明、士气旺盛。在行军打仗时，他能够和兵士们同甘共苦，凡有所获，都分给士卒，自己绝不会私藏一点儿。

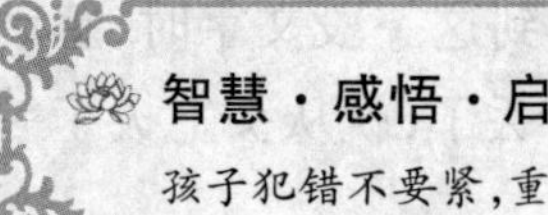

智慧·感悟·启迪

孩子犯错不要紧，重要的是及时纠正。父母绝不可包庇孩子，当发现孩子的过错时，应该立即予以指正。

买妈妈的报纸

张强是一位制药厂的工人。一天晚上，他在下班回家的路上，被一个十来岁的小女孩拦住了。小女孩说："叔叔，你能不能帮我在那个报摊买份晚报？"小女孩边说边将一枚硬币递了过来。

张强顺着她指的方向望去，前方50米开外有个报摊。张强有些惊讶，心想：你怎么自己不去呢？但他没好意思说出口，就拿着钱过去了，将一元钱递给那个卖报妇女，然后取了报纸，转身往回走。

那小女孩还是站在树底下，张强笑着问："你怎么站在树底下呢？"

小女孩不好意思地说："我怕被我妈看到。瞧，就是那个卖报纸的。"

张强更惊讶了："你怎么从你妈妈那儿买报纸呢？"

小女孩低头摩挲着手上的报纸，说："我晚上给妈妈送饭时，她还剩下一份晚报，说要是卖不掉，明天就没人买了。我在这里等她一个小时了。这份晚报，她肯定卖不掉的。"

张强心里一阵感动，再向报摊看去，发现小女孩的妈妈已在收拾摊位了。

这时，那小女孩把报纸往张强手里一塞，说："叔叔，给你看吧，我回家了。"说完，就从树底下跑开了。

智慧·感悟·启迪

亲情是剪不断的线，对父母的爱有时是不能用言语表达的。

父亲的爱里有片海

我从海边回到"金海岸"小屋的时候，已经是下午5点多钟。我是从海边回来的最后一拨人，其实昨天我就可以回来的，要不是为了多拍几张"海韵"图片，回去让我的还没见过海的学生们开开眼，我才不会在这海边多待一会儿呢。从前天开始，广播、电视、报纸等各媒体就发布消息，大后天将会有台风登陆。昨天就有大部分游玩的人返回了市区，今天只剩下少量游人，而且所有剩下的游人都手忙脚乱地在“金海岸”小屋收拾着行李，准备马上离开。

“金海岸”小屋是个前后左右上下六面都用厚铁皮包成的小屋子，只在朝海的那面开了个小门。这也许是经历风暴者对小屋的最佳设计吧。小屋里有些简单的生活设施，可以供人们将就着用。这小屋挺有特色，前天我还专门为它拍了几张特写照片呢。这小屋离海边最近，到海边游玩的人们常在这儿歇会儿脚。说它最近，其实走到海边也是要一个多小时的。

天，总是阴沉着脸，像随时要发怒似的。要不是“金海岸”的小老板响着一台收音机，这“金海岸”早就没有了一丝活力。要在旅游旺季，“金海岸”屋里屋外人山人海，比繁华的市区也毫不逊色。

“这铁板做成的‘金海岸’也不是金海岸了，大家快收拾东西去市中心，躲进结实的宾馆里去吧。”那小老板不停地大声叫着。

人们各顾各收拾着东西，少有人说话。我的东西很少，早已收拾停当。忽然，我看见两个人，估计是父子二人，父亲有40岁的样子，儿子不过10来岁。父子俩一动不动，孩子无力地倚在大人身边。父亲提着个纸袋子，好像只有条毛巾和一个瓶子。可是，他们一点也不惊慌，仿佛明天就要到来的台风与他们毫无关系。

“父子俩吧？”我走过去，搭了搭腔，那父亲模样的人点了点头，算是回答。

“收拾收拾，我们一起走吧。”我是耐不住寂寞的一个人，又说。

父子俩没有作声，40岁的父亲对我笑了笑，却没有回答。我想他们是对我有一种戒备心理吧。

“您说，明天真的有台风？”一会儿，那位父亲盯着我问。我重重地点了点头。他的脸上爬上了失望的神色。

还有一个多小时公共汽车才来接我们回市区，人们都拿出准备好的食物来对付早已咕咕叫的肚子。我也拿出了我的食物，一只全鸡，一袋饼干，两罐啤酒。

“一起吃吧。”我对他们两人说。

“不了。吃过了。”那父亲说，说着扬了扬他那纸袋子里的瓶子。是一瓶榨菜，吃得还有一小半。

我开始吃鸡腿，那父亲转过头去看远处的人们，儿子的喉结却开始上下动着，吞咽唾沫。我这才仔细地看了看孩子，瘦，瘦得皮包骨头一样，偎在父亲身旁，远看倒像是只猴子。我知道孩子肯定是饿了，撕下一只鸡腿，递给了孩子。父亲忙转过脸来对我说了声谢谢，我又递过一只鸡翅给那父亲，父亲这才不好意思地接在手里。等到儿子吃完了鸡腿，父亲又将鸡翅递给儿子。儿子没有说话，接过鸡翅往父亲嘴里送。父亲舔了下，算是吃了一口，儿子这才放心地去吃。

我忙又递给孩子父亲几块饼干，说：“吃吧，不吃身体会垮掉的。”父亲这才把饼干放进嘴里，满怀感激地看着我，开口了，又问：“您说，明天真的会有台风？”

“是呀，从前天开始，广播、电视和报纸就在说，你不知道？”我说。父亲不再做声了，脸上失望的阴云更浓了。

“你不想返回去了？”我问。

父亲长长地叹了一口气，说：“还怎么能回去呀？”他的眼角，有几颗清泪溢出。

“怎么了？”

“孩子最喜欢海，孩子要看海呀。”他拭去了眼角的泪。生怕我看见似的。

“这有什么问题，以后还可以来的。”我安慰说。

“您不知道，”父亲对我说，“这孩子今年16岁了，看上去只有10岁吧？他就是10岁那年检查出来得了白血病的，已经6年了。前两年我和他妈妈还可以四处借钱为他化疗，维持孩子的生命。可是，一个乡下人，又有多大的来路呢，该借的地方都借了，再也借不到钱了，只能让孩子就这样拖着。前年，他妈妈说出去打工挣钱为他治疗，可到现在却没有了下落。孩子就这样跟着我，我和他都知道，我们在一起的时日不会很长了。孩子就对我说，爸，我想去看看大海。父子的心是相连的。我感觉，孩子也就是这两天会离开我了，我卖掉家里的最后一点东西，凑了点路费，坐火车来到这座城市，又到了这海边小屋子，眼看就能看到海，满足孩子的心愿了，可是，可是……”父亲哭了起来，低沉的声音。

“不管怎么样，还是先返回去再说吧。”我劝道。

“不，我一定要让孩子看到海。”父亲坚定地说。

接游客的汽车来了，游人们争着上了汽车。我忙着去拉父子俩。父亲口里连声说着谢谢，却紧紧搂着儿子，一动不动。但是我不得不走了。我递给那父亲300元钱后，在汽车开动的刹那我也上了汽车。因为我想也许还有一班车，他们还能坐那班车返回。到了市区，我问起司机，司机说这就是最后一班车了。我后悔了，真该强迫父子俩上车返回的。但又想起父亲脸上的神情，我想那也是徒劳。给了300元钱，似乎心安理得了些，但那300元钱对于他们又有什么用呢？

当晚，我在宾馆的房间里坐卧不安，看着电视，我唯有祈祷：明天的风暴迟些来吧。

然而，水火总是无情的。第二天，风暴如期而至，听着房间外呼啸的风声，夹杂着树木的倒地声。我心里冷得厉害，总是惦着那父子俩。

台风过后，我要回到我的小城去上班了。回城之前，我查询到了“金海岸”小屋的电话号码，我想知道那父子俩到底怎么样了。到下午的时候，电话才接通。“金海岸”的小老板还记得我。我问起那父子，小老板说：“我也是刚回到小屋，那位父亲我前一会儿还看见了的。”我的心放松了些。他又说：“听那父亲说，风暴来的当天，父子俩还是去了海边，幸好及时地返回了我的金海岸小屋。我的天哪，这次的海水要再暴涨一点，淹没了我的小屋，那他还有命吗？就在台风来的时候，那瘦瘦的孩子永远地闭上了眼睛，躺在父亲的怀里，脸上漾着幸福的笑容……”

我拿着电话，怔怔地站着。窗外，云淡天高，被暴风雨洗礼之后的天空竟是如此的美丽！

（陈振林）

智慧·感悟·启迪

生命垂危的儿子，一贫如洗的父亲，一个看海的愿望，交织成一幅让人心酸垂泪的画。其实风暴能刮走什么呢？能刮走人的生命，却刮不走如山的父爱。最终那个生病的孩子在离开这个世界之前看到了海，并且是在父亲怀中欣慰地闭上眼睛的。这一切，如果没有强大的亲情支撑，没有父亲抵挡着，奇迹还会发生吗？父爱，就是那战无不胜的奇迹。

父亲的短信

父亲七十大寿时，我给远在乡下的老父，买了一部手机。

父亲拿着手机，这儿摸摸、那儿按按，像小孩似的，稀罕得不行。当看到自己的形象定格在屏幕上时,呵呵直乐的嘴里,一望无牙。

我知道勤俭一生的父亲,舍不得打电话。所以就给他办了个无月租的"神州行"手机卡,并教他学习发手机短信。父亲毕竟年岁已大,虽然他一直在"嗯嗯"地点头,可他那浑浊的眼睛里,分明写着茫然。

临走时候,我对父亲说:"爹,有事情就给我打电话啊。"

父亲却扬扬手机说:"我跟你发短信,嘿嘿,省钱些。"

我未置可否地笑了笑。

谁知我刚上火车,手机就响了。一看,竟然是父亲的短信。

我惊奇地打开,却发现是无字的空白。

我先是一笑,后又心头一热。我读懂了父亲的无字短信:儿子,上火车了吗?

我立即回道:爹,我已上车了,不要担心。

刚回到家,父亲的无字短信又到了。

于是,我又立即回道:爹,我已经到家了,请放心。

就这样,隔三差五,父亲的无字短信总是如约而至。

我知道父亲最关心的是什么,每次我都这样回答:

"我们全家挺好的。"

"工作非常顺利。"

"您孙子的学习又进步了。"

我想象着,坐在门前的老榆树下,老父亲看着儿子的平安短信,一定无声地笑了。

今年3月,是我40岁的生日。我和朋友、家人正在举杯相庆时,手机响了。我随手打开一看,是父亲的短信。再一看,我惊讶地发现,这次的短信竟然出现了两个数字:40。

我不知道父亲是怎样琢磨出这条数字短信的,但是我却在瞬间明白了父亲在数字背后,那无声地感慨和欣慰——

时间过得真快啊,转眼我的儿子已经40了……

儿子已经人到中年了,爹我也老了啊……

(朱道能)

智慧·感悟·启迪

父亲的短信是无字的空白,儿子却能从中读出一种又一种感受:出入平安!工作顺利!全家健康……但是,谁又能说,这空白的短信比那些冗长的叮嘱简单呢?想来,父亲的爱,从来都是如此简洁却又深厚的吧。

父子吧

一天,安在歌在电子信箱中收到一封信:如果你正在为人之父,欢迎光顾"父子吧"网站;如果你正在为父子之间的代沟烦恼,欢迎光顾"父子吧"网站;如果……更欢迎报名应聘该网站版副。信函后面便是"父子吧"网址。

安在歌马上打开该网站，并以网名"安哥"注册了。安在歌进入网站后看到无数有名有姓、无名无姓，甚至是匿名的网友留言，感动不已。那些是作为父亲的留言，都简直说到自己心里去了。

而且更让人难以相信的是这里的版主却是一个年仅十七八岁的小伙子，其思想乃至认知都远远超过了身为教授的安在歌。

"我要是有这样的儿子也就终生无悔了。"安在歌这样想着，便对这里的版副产生了兴趣，因为他想与这个孩子合作，到时也好把自己那不争气的孩子带进来让版主小伙子开导开导。

安在歌看到招聘广告后很为版主的创意折服。广告中说：之所以取名版副而不是副版主，其实是取其版主之"父"的谐音，是为了在这里进行模拟父子关系，为进入该网站的父母、儿女们搭建一个温馨的平台，为他们答疑解惑，以化解父子之间的误会和隔阂。

再看版副条件简直是比照自己的条件设的，所以安在歌一报名便被录用了。

成为"父子吧"版副之后，网站便成了安在歌的第二个家，一有时间便泡在这个网上，他的主要职责是以父亲的身份回答那些少男少女们的疑问。有时候也帮版主小伙子解答一些网友的提问，因为他知道版主一定是个在校学生，每天上网也只能在中午、晚上或周末。

就这样在网上工作了半年后，安在歌也就疏忽了对自己儿子的管教，直到有一天，孩子他妈对他说："你整天只知道上网，也不看看你儿子都在干些什么，每天早出晚归，甚至彻夜不回，成绩也下降了许多。"一提起那不争气的儿子安在歌就气不打一处来，决心今天晚上等儿子回来后让他好好向别人学习学习。

可今天晚上儿子不知干什么去了，一直等到夜深也不见回家，安在歌便一边上网一边等儿子，刚巧父子吧网站有一位女孩想轻生，正需要人劝阻。直到天快亮了，那女孩才被两位版主劝住，打消了轻生的念头。这时，安在歌便松了口气，坐下来专等自己那不争气的儿子。

大约又过了半小时，儿子才疲惫地回到家中，一下子躺在沙发上。安在歌看到儿子火气就来了，狠狠训了一顿后，把儿子叫到电脑前，让他学学父子吧网站的版主。

谁知儿子扫了一眼电脑后笑了笑："那有什么了不起的？"

儿子这么一说，安在歌怒气更大了，一巴掌打在儿子脸上。儿子生平第一次挨父亲的打，赌气摔门而去。

安在歌发现自己真的不理解儿子，便再次打开父子吧网站，想请教一下版主小伙子。等了一个多钟头，终于见到版主上线，安在歌为版主的充沛精力所感动。说实在的，两人从来没有单独交流过，今天趁其他网友都没有上线，安在歌便把自己做父亲的苦恼，以及与儿子的隔阂都一一向知心的年轻版主诉说。

只见版主沉默了很久都没有回答安在歌。最后才打出一行字："其实在家里，我也不是一个好儿子，常常惹父母生气，他们都希望我好好学习，将来考一个好大学，可我却对 IT 有浓厚的兴趣。其实我知道他们都是为我好，可他们不理解我啊！"

安在歌想不到在网上一向热情活泼的版主也有如此不快，便反过来安慰他："看来父子之间是很有必要沟通的，我相信你与你父亲会相互理解的。这样吧，你什么时候把你父亲叫到网上，我开导开导他。可我那儿子却对网络不感兴趣，今天晚上他很晚才回来，我叫他到网上向你学学，你猜他怎么说，他说没有什么了不起的。"

安在歌继续说："其实想想，我真的不是个好父亲，也有很多不对的地方，不该抬手打他，而应该心平气和地和儿子坐到一起，像我们在网上与众多不知名的孩子们一样，好好谈谈……"

"其实，他天天在网上，天天与你见面啊。只是你们没有单独谈话而已。"版主停了一会儿，又打了一行字，“现在他终于了解你了。父亲！”

安在歌很是惊讶，半天才醒悟过来：“原来你是版主！”

“是的，该网站就是我自己制作的免费网站，你不会忘记当初你是怎么进入网站的吧！我这样做就是想让你知道你儿子并不是你想象的那么无能。”

安在歌终于明白：原来那封邀请函就是儿子发出的。

（天　水）

智慧·感悟·启迪

父亲永远是爱儿子的，哪怕儿子理解不了父亲。两代人的“代沟”，因为时间、年龄、时代的差异，确实存在着。可父亲的心，永远是一座能主动延伸的桥梁，它会搭建在隔阂之河上，努力实现两个心灵的碰撞与交流。当隔阂遭遇亲情，也会被亲情的温暖所融化，而并非不可消除。

哑巴父亲

父亲哑了。当他二叔把这个事实告诉乡里人的时候，乡里人的嘴巴惊愕得半晌都没能合上。

那时，父亲在十里八村可是个大“名人”，谁不知道父亲有张油滑的嘴啊？

父亲的嘴灵巧如簧，舌唇之间翻云覆雨，上能入苍穹，下能探深海。古今中外事、千奇百怪物，父亲均能双唇狂搅。他逮到一个人能够说上老半天，哪怕是过路的陌生人。自从母亲去世后，父亲虽然少了最忠实的听众，可父亲喜欢高谈阔论的嗜好还是没有改变。大人没有空闲听他说，他就到上学的路上去和小朋友说。小朋友们上课去了，父亲对着门前那棵老槐树也得讲上几个时辰才罢休。

那年，他结婚了，接着孩子也有了。他把父亲从偏远落后的农村接到了繁华热闹的大城市。

在自己新开的公司上班，事务多、应酬多，他忙。

妻子也忙，但她忙的是选购新衣服、泡吧、美容、做瑜伽、逗猫遛狗……所以照看儿子小宝的重任就落到老父亲肩上。

那天，父亲对小宝说：“乖，孙子，爷爷给你讲个小人书上的故事。”小宝扶了扶眼镜，回了一句：“小人书上的故事有动画片里的故事精彩吗？”父亲不知道动画片是何物，他想城里孩子喜欢看的动画片一定比乡村孩子喜欢看的小人书更棒。

父亲哑然。

一个下雨的午后，父亲和小宝一起看电视剧，一部哑巴男人的电视剧，是李雪健主演的《搭错车》。手舞足蹈的小宝忽然觉得哑巴很好玩，可自己身边却没有一个哑巴。小宝说：“爷爷，哑巴真好玩，你装一次哑巴好吗？”

父亲认为很荒唐，不愿意，可小宝不依不饶，竟然号啕大哭。为了逗小宝开心，父亲勉强装了一回。父亲模仿哑巴“咿咿呀呀”比划着和小宝交流，小宝拍手叫好，欢天喜地。从这次后，小宝一不开心，就会想起爷爷装哑巴的可爱，也非得要爷爷装一回哑巴不可。任何时候，小宝见到“咿咿呀呀”比划着的爷爷都会破涕为笑。

日子久了,父亲就想:我是正常人,天天装哑巴和孙子交流成何体统?

那次,在吃晚餐时,父亲终于宣布自己不再装哑巴了。可儿媳和孙子却不答应。小宝竟然把餐桌上的碗筷掀翻在地,痛哭了起来。看着心爱的儿子哭了,儿媳训了父亲几句:“要你装就装,哑巴有什么不好,装一次哑巴能损失你什么?再说,你的普通话不标准,和小宝交流多了会影响他学习标准的语言……”

还愣着干什么!没看到小宝在哭?他瞪了父亲一眼。父亲于是又“咿咿呀呀”比划着和孙子交流了起来。

中秋节那天,乡下的他二叔捎上一些农产品到城里来看望父亲。一见面,父亲激动得“咿咿呀呀”比划着。

二叔说,大哥你比划干啥?说话啊。父亲张开双唇,可开阖的嘴唇只能发出“呜呜”的声音,犹如《二泉映月》般呜咽。他们似乎发现父亲哪里不对劲儿,赶紧把父亲送去市里最好的医院检查。

医生给父亲做了一个全身检查,任何一个部位都没有放过,但却没有查到父亲不能说话的病因。他们没有放弃,去了省城最好的医院,但结论却是一样。

父亲哑了,父亲真的哑了!

(刘会然)

智慧·感悟·启迪

为了儿孙,父亲可以从一个有名的“油嘴”大名人变成一个哑巴,这需要多深的爱和多少的忍耐才可以做到?而父亲做到了。父爱是深沉而伟大的,为了孩子的幸福,父亲可以放弃一切,哪怕是忍气吞声、委屈自己。这种润物细无声的疼爱,足以让儿女温暖一生。

直面现实,不失浪漫

爱情是一种浪漫的体验。这种体验使任何事物在恋爱者的眼中,都是一种美好。爱情中不能没有浪漫,没有浪漫,也就没有了爱情,爱情建立在因双方相互的好感而出现的良好氛围之上;然而,爱情的浪漫毕竟只是一种主观的、很缥缈的东西,总是依赖于一种现实的事情上,没有现实作为基础的爱情也是不牢固的,总有一天泡沫破了,梦也就醒了。

其实,真正的爱情,既不缺乏物质基础,又会让人感到精神满足。在爱情中,女孩往往比男孩更容易感情用事,更倾向于追求浪漫的情节而忽视现实因素。

浪漫女和现实男是一对恋人,他们两人如漆似胶地相爱着,真可以说是一日不见,如隔三秋。

一次,为了考察现实对自己的忠诚程度,浪漫问现实:“你到底爱不爱我?”

“我十二分地爱你!”现实回答。

“那假设我去世了,你会不会跟我一起走?”

“我想不会。”

“如果我这就去了，你会怎样？”

“我会好好活着！”

浪漫心灰意冷，深感现实靠不住，一气之下和现实分手了，去远方寻觅真爱。

浪漫首先遇到了甜言，接着又碰见蜜语，相处一段时间后，均感不合心意。过厌了流浪的日子，浪漫通过比较，觉得现实还是更出色一些，就又回到现实身边。

此时，现实已重病在床，奄奄一息。

浪漫痛心地问：“你要是去世了，我该怎么办呢？”

现实用尽最后的力气吐出一句话：“你要好好活着！”

浪漫猛然醒悟。

看看上面的小故事，我们无法不为之震撼。其实，真正的浪漫，来自对生活的真实面对，来自对爱人的真心付出。男孩不肯用虚华的甜言蜜语来欺骗女孩的感情，这正是发自心底的真爱，也是对女孩和自己人生的负责。

真正的浪漫不是浅薄的、程式化的甜言蜜语，也不是死去活来的心灵激荡；它应该是一种切实的温馨与美好，是一种真正地、全心全意为对方着想的相互关爱。彼此携手，互相扶持，共同面对现实生活的风雨，以一颗浪漫美好的心，认真地生活——这才是爱情的真谛！

智慧·感悟·启迪

赵咏华的歌里唱道：“我能想到最浪漫的事，就是和你一起慢慢变老；一路上收藏点点滴滴的欢笑，留到以后坐着摇椅慢慢聊……”其实真正的爱情只有蜕变成亲情才能永存，浪漫也只能是一时的风花雪月，再美丽的爱情到最后也要踏踏实实过日子。人生短暂，几十载光阴，如果能和自己心爱的人，在余晖下，相依携手看天边的浮云、看飘零的枫叶，这何尝不是人世间最大的幸福呢？

大声说出心中的“我爱你”

当你爱上一个人的时候，心里总是躁动不安，想让心中的她（他）知道却同时又害怕她（他）知道。该不该说出来，着实令你为难。开口表达爱意，最理想的结果当然是获得了爱情；但如果落花有意而流水无情，你要如何表达才能避免给你们原来的朋友关系带来尴尬，这也是摆在你面前的难题。因此，你得学会一些表达爱意的技巧，让心中的“我爱你”说得成功、说得艺术。陀思妥耶夫斯基的求爱方式，一直被奉为经典，再次回味，也许会给予我们很大的指导作用。

1866年，对陀思妥耶夫斯基而言是具有重要意义的一年，妻子玛丽亚和他的哥哥相继病逝。为了还债，他为出版商赶写小说《赌徒》，并聘请了速记员，她叫安娜·格利戈里耶夫娜，一个年仅20岁、心地异常善良和聪明活泼的少女。

安娜非常崇拜陀思妥耶夫斯基，她工作认真，一丝不苟。书稿《赌徒》完成后，作家已经爱上了他的速记员，但不知道安娜是否愿意做他的妻子，于是他便把安娜请到他的工作室，对安娜说：“我又在构思一部小说。”“是一部有趣的小说吗？”她问。“是的。只是小说的结尾部分还没有安排好，一个年轻姑娘的心理活动我把握不住，现在只有求助于你了。”他见安娜在仔细听，便继续说，“小说的主人公是个艺术家，已经不年轻了……”

安娜忍不住打断他的话：“你干什么折磨你的主人公呢？”“看来你好像同情他？”作家问安娜。

“我非常同情他。他有一颗善良的心，充满爱心；他遭受不幸，依然渴望爱情，热切期望获得幸福。”安娜有些激动。陀思妥耶夫斯基接着说：“主人公遇到的姑娘温柔、聪明、善良、通情达理，算不上美人，但也相当不错。主人公很喜欢她。”

“但他们很难结合在一起，因为两人性格、年龄相差悬殊。年轻的姑娘会爱上艺术家吗？这是不是心理上的失真？我想请你帮忙，听听你的意见。”作家征求安娜的意见。

“怎么不可能！如果两人情投意合，她为什么不能爱艺术家？难道只有相貌和财富才值得去爱吗？只要她真正爱他，她就是幸福的人，而且永远不会后悔。”

“你真的相信，她会爱他，而且爱一辈子？”作家有些激动，又有点犹豫不决，声音颤抖着，显得既窘迫又痛苦。

安娜怔住了，终于明白他们不仅仅是在谈文学，而且是在构思一个爱情绝唱的序曲。安娜的真实心理正如她自己所言，她非常同情主人公，即作家陀思妥耶夫斯基的遭遇，且从内心爱慕着这位伟大的作家，如果模棱两可地回答作家的话，对他的自尊将是可怕的打击。于是安娜激动地告诉作家：“我将回答——我爱你，并且，会爱一辈子。”

后来，作家同安娜结为伉俪。在安娜的帮助下，陀思妥耶夫斯基还清了全部债务，并写出了许多不朽之作。

智慧·感悟·启迪

只会欣赏却不敢去爱的人是可悲的。而面对朝夕相伴的爱人，吝啬说出爱的人是可恨的。其爱的激情会渐渐被岁月磨尽，身在咫尺，心隔天涯，不屑说爱的人不会懂得保鲜爱情，也不会珍惜生活。

当爱已成往事

一个清秀的女孩失恋了。她来到以前约会的公园，伤心地哭了起来。她哭得很悲戚，很多人看她伤心的样子，都耐心地劝她。可是，别人越是劝她，她越是觉得自己委屈，她不明白为什么男孩不再爱她了。渐渐地，她逐渐由伤心变成了不甘心，又由不甘心变成了怨恨，她不甘心自己的爱为什么不能换来同样的回报，她怨恨他太狠心、太无情。她越哭越悲伤，最后陷于强烈的失落、自卑和悔恨中不能自拔。

一位长者知道她为什么而哭之后，并没有安慰她，而是笑道：“你不过是损失了一个不爱你的人，而他损失的是一个爱他的人。他的损失比你大，你恨他做什么？不甘心的人应该是他呀。再说，他已经不爱你了，你还要伤心、怨恨，你要让这份失败的感情阻碍你今后的生活吗？”姑娘听了这话，忽然一愣，继而恍然大悟。她慢慢擦干眼泪，决心重新振作起来，投入到新的生活中。

是啊，当爱情离我们远去的时候，我们要尽力挽留；当我们无法挽留的时候，最好的处理方式，就是忘掉，忘掉以前的愉快和不愉快。因为任何好的或不好的回忆，对于失恋者都是一种心灵的刺痛。

当我们学会了忘记，才能真正解脱，才能学会宽容。有人说，经历了真正的爱之后，人才会成熟。不论结果如何，只要我们真心付出过、坦诚地对待过，也就没有什么可后悔的了。成熟的心智，才会产生成熟的感情。青春年华产生的爱情，单纯而无比美妙。但是，它通常很难经得起岁月的考验，很难历练成恒久、深沉的真爱。就让那些过去成为美好的回忆吧。

智慧·感悟·启迪

我们仍然年轻，还有很多时间和机会寻找爱，重新去爱。总有一份爱在未来的日子里期待着我们。因此，当爱搁浅时，试着放松你的手，也放松你的心灵吧。

一个女人与两个男人

有一个女人，她年轻漂亮，极其迷人。有两个年轻男人，他俩都爱上了这个女人，几乎同时向她求了婚。

两个男人的求婚使她心满意足，能够挑选总是让人高兴的事。但是她又左右为难，究竟选谁呢？于是她把他们两个人都叫了来，说："我把你俩都叫来是有原因的。你们都告诉我你们爱我，但我一直难以作出决定，你们俩都是非常棒的男子汉……"

两个男人分别倾身向她诉说衷肠，山盟海誓——

"没有人比我更爱你。如果可能的话，我可以掏出心来让你看看。"

"不！最爱你的人是我。为了你，我心甘情愿献出生命！"

"你夸下海口献出生命算什么？如果你真的这么想，那么我们来场决斗。如果你有勇气……"

"正合我意。我们进行公平决斗。除此之外，没其他办法了。"

他们四目相对，似乎真要决斗。女人插到他俩之间说："你们别犯傻，我不知道谁的爱更深，但决斗毕竟太野蛮。我们生活在一个文明的社会里，应该有更好的竞争方式，展示谁的能力更强。"

"同意！你说怎么办？"他俩说。

"我要你俩各自去做生意，我想看看从现在开始一年之后谁能赚取更大的利润。别误解我的意思，我可不是那种财迷心窍的女人。但是我觉得这是测试一个人在现代社会中能力强弱的最好的方法。"

"很好！我们就以这种方式一决胜负。我相信我会赢。你能发誓遵守诺言吗？"

她同意了，比赛规则也产生了。

两个男人都着手认真研究最有利可图的行当。他们订下计划开始工作，废寝忘食地工作。

一年期限到了，他俩回到女人那里，一个男人说："我竭尽全力地工作，但是遭到一场始料不及的灾难，所以我的生意很不如人意。我退出比赛。"

但另一个男人打断了他的话:“我的生意很好,但是如果他没有遭灾,他也可能会赢。我这么赢了心里也不是滋味,我愿将决斗推迟一年,那时会更公平些。”

这个建议合情合理,女人赞同,比赛继续。接下来的一年中,两个男人对自己的工作更认真,他们的生意都比以前好。

年底,他俩又回到女人那里,一个男人说:“我现在已在他之上,我似乎已赢了。但我并不为此感到高兴,因为他去年对我太大度了。作为回报,我请求再推迟一年。与此同时,我们都要多挣些钱,无论谁赢了,对你都更好。”

她又一次赞同了。两家企业的规模仍在扩大,虽然偶有失误,他们也能将损失控制在最小量,并能吸取教训,完善未来规划。

一年后,决定又一次推迟。以前他们只是在做梦,但现在他们开始理解什么是真正的商界。从现在开始,这场竞争变得认真了。他们在前期瞎闯的基础上继续努力,目标明确奔向未来。

他们热情饱满继续竞争,并乐在其中。他们在发展企业和扩大收益的过程中还找到了刺激和快乐。这使他们的生活更有价值,其他一切都无关紧要。

数年过去了。

女人不再年轻了。她把两个男人叫来,她说:“我看到你们俩都获得了极大的成功,这使我很高兴。但是我怎样呢?我们不是许下诺言了吗?我要求快些决定。”

两个男人耳语一番。

“是的,没错。当初曾经许诺过,我们现在的成功全归功于她。无论如何明年我们得作出决定,但是条件颠倒过来吧,输者娶她为妻……”

智慧·感悟·启迪

随着时间的发展,你自身的条件和身价也在不断发生变化,在进行自我评估的时候,千万不要忘了及时调整自己的思维。

难治的相思病

元代,有一个书生名叫王文举,他与官宦小姐张倩女本是指腹为婚的未婚夫妻。但张老夫人嫌王文举尚未取得功名,不许二人成婚。王文举被迫上京应试,倩女相思成疾,以致魂魄脱离肉体追随王文举而去。王文举起初认为与她私奔有伤风化,但见她一片情真意切,便带她一同赴京。家中的张倩女则终日昏昏沉沉。王文举状元及第后,偕夫人回家省亲,倩女的魂魄重新回归肉体,病也就痊愈了。

在现实生活中,灵魂脱离肉体独立存在的事情根本不可能发生,但见到日夜思念的人,相思病即愈却是真实的。就如张爱玲《倾城之恋》里,范柳原在细雨迷蒙的码头对白流苏说,她穿的绿色玻璃雨衣像一只药瓶,她就是医他的“药”。范柳原这话无异于在说他为她害了相思病,所以只有见到心爱的人的时才是最好的医治时机。

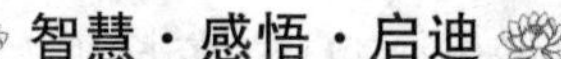

智慧·感悟·启迪

相思病其实是一种心理感应。医治相思病最好的药就是心里念着的那个人。所谓"心病还需心药医"，如能遂其所愿，见到心上人，则此病不治自愈。

牛郎与织女

传说，牛郎父母早逝，常常遭受哥嫂的虐待，只有一头老牛与他相依为命。

有一天，老牛忽然开口说话，教他如何迎娶下凡人间的织女做妻子。在老牛的指引下，牛郎趁下凡的仙女们在水中沐浴嬉戏的时候，偷偷地拿走了织女的衣裳，别的仙女都穿上衣裳飞走了，单单剩下没有衣裳的织女，在牛郎的恳求下，织女终于答应做他的妻子。婚后，他们男耕女织，相亲相爱，生有一儿一女，日子过得幸福美满。后来，老牛要死去的时候，叮嘱牛郎要把它的皮留下来，到急难时披上求救。老牛死后，夫妻俩忍痛剥下牛皮，把牛埋在山坡上。

织女私自和凡人结亲触犯了天条，不久，王母娘娘便派天兵天将抓回织女。牛郎见织女被抓走了，就急忙披上牛皮，担上两个小孩去追赶他们，眼看就要追上了，王母娘娘心中一急，拔下头上的簪子在天空中一划，一条波浪滚滚的大河就横亘在牛郎面前，他再也没法往前追了。从此，牛郎只能和织女泪眼汪汪，隔河相望。但是即使天长日久，二人的感情也没有丝毫减退，玉皇大帝和王母娘娘拗不过他们，就准许他们每年七月七日相会一次。相传，每逢七月初七这一天，人间的喜鹊就要飞上天去，在银河上为牛郎织女搭起鹊桥，让他们得以相聚。其实，爱情横遭阻隔，理应怨愤，但人间真爱之人并没有为牛郎织女悲伤，正所谓"两情若是久长时，又岂在朝朝暮暮"，这正是歌颂着他们不胶着于朝期暮暮的相守，只求感情天长地久的精神。

智慧·感悟·启迪

"两情若是久长时，又岂在朝朝暮暮。"不求一朝拥有，只求感情能天长地久，在天长地久的相伴中，既能让人享受令人心悸、战栗的时刻，品味到甘之如饴的甜蜜，在短暂的离别中饱饮相思，也能让人体味到波澜起伏后平淡的美妙滋味。

卡蜜儿的爱情

罗丹43岁时结识了卡蜜儿，卡蜜儿那时18岁，在罗丹的工作室担任助理、学生、模特儿，她拥有令人震惊的天赋，是罗丹艺术灵感的源泉。罗丹的许多著名的艺术作品其实都是他们二人共同合作完成的。

爱上了罗丹，是卡蜜儿一生不幸的开始。在与罗丹的感情里她迷失了自己，在长达15年的时间里，她把自己的情感、肉体、灵魂、雕塑的灵感以及满腹的才华都奉献给了他，但罗丹却总是犹豫、敷衍，不愿背弃陪伴他多年的露丝，不愿给予卡蜜儿期待已久的婚姻。在35岁那年，卡蜜儿终于难以忍受，下定决心离开了罗丹。为了摆脱罗丹的阴影，为了修补破碎的心，她用了整整一生来挣扎，但最终还是失败了，在49岁的时候被送进了疯人院，其生命最后的30年就在精神病院的漫长监禁中度过。

如果卡蜜儿能放开心胸的话，结局也不会这么残酷，哪怕她能把对罗丹的爱，分出一小部分来爱自己，都有可能成为名垂青史的艺术家，而不会成为一个可怜的精神病患者。

智慧·感悟·启迪

执著追求爱情是一种美德，是值得肯定的人生态度。但对爱情的追求应建立在理性的指导之下，在追求真爱的同时更要懂得爱惜自己，否则不但不会实现自己憧憬的美好愿望，反而会伤及爱人与自己。

自恋与失恋

在南方的一所大学里，有一个很自恋的女孩子，人长得很漂亮，也很有才气，身边从不乏追求者，在情场上无往不胜，而且一向都是她甩别人，搞得许多男生都痛不欲生。

不久，她爱上了一个外系的男生，并主动向他示爱。然而在相处了一段时间后，那个男生却提出与她分手，形势的逆转使这个女孩在半年多的时间里都萎靡不振，在失恋的痛苦中难以自拔。她在和最好的朋友谈心的时候，说她的痛苦主要是源于不甘心被别人否定，在她看来，她能看上他都是他莫大的福气，他居然还不珍惜，这才是她真正无法忍受的。

智慧·感悟·启迪

对待爱情要拿得起放得下，懂得做一个该放手时就放手的人，这样才不会“一叶障目，不见泰山”，才不会忽视周围的风景、忽视周围关心你的人。也只有这样才能摆脱自恋与失恋的恶性循环。

老和尚的牵挂

一位老和尚弥留之际，把自己最信任的弟子叫到床前，郑重地交给他一个包裹，叮嘱他在自己圆寂之后，一定要把这个包裹和自己一起焚化。小和尚忍不住好奇心，就偷偷打开包裹，发现里面只有一只绣花鞋，红缎金丝绣着戏水鸳鸯，颜色已经发暗了。弟子十分不解，就向老和尚询问，老和尚便以将死之身在佛祖前深痛忏悔。原来他在出家前曾与一女子两小无猜、青梅竹马，无奈恶霸地主垂涎那女子的美色，从中作梗，意欲强娶其为小妾，万般无奈之下她自刎而死以保清白。爱人殒命，他更是悲伤欲绝、万念俱灰，遂出家为僧。身在空门吃斋念佛几十年，他却始终无法参透情关，始终无法忘记她的音容笑貌，而当年的定情信物——那只鸳鸯绣花鞋他也一直带在身边，直至命薄西山。

智慧·感悟·启迪

俗话说："人如风后入江云，情似雨余粘地絮。"爱情是刻在心房的痕迹，爱过了就无法消除、无法忘怀，所以爱过之后那段经历就成为永恒了。不要痛苦地哀号为什么自己忘不掉，其实谁都无法忘记，因为发生过的永远无法从历史中消失。

向镐的偏招

宋代才子向镐，才华绝世，但是家境十分贫穷，他的老丈人嫌他贫穷，强迫自己的女儿改嫁他人。向镐没有去争执也没有加以阻拦，只是作了一首《卜算子》的词藏在了妻子的箱箧之中。后来妻子读到这首词，毅然决然地回到了他的身边，与他白头偕老。

向镐在词中是如何对妻子动之以情、晓之以理的呢？开始他还谆谆劝诱，说没必要争强好胜、凭一时意气用事，接着就以反问的语气说，同床共枕了十一年，怎么能没有感情呢？言外之意就是：这么多年的夫妻，你怎么说走就跟人走了呢？最后使出"杀手锏"，对妻子动以骨肉之情，说道："儿子四岁正牙牙学语，女儿七岁尚娇痴可爱，你这个做娘的怎么忍心抛弃他们呢！"

向镐劝诫妻子的两个重要武器就是爱情和子女，但爱情在十一年柴米油盐的琐碎、艰难困窘的折磨中，逐渐寡淡了，或许连向镐自己都没有十足的信心与把握说出这十一年间的"牵情处"，而且感情即便再好也都是虚空的、触摸不着的，何况是过往的感情，即使它曾经多么缠绵、浪漫，也敌不过一份新的感情。如果没有孩子作为十一年夫妻生活实实在在的证明，或许就会觉得这段时光就像一眨眼那样短暂，什么都没有发生。

智慧·感悟·启迪

婚姻如舟，爱情和孩子是这条小船的两块重要的压舱物。没有孩子的婚姻总会有空荡荡的感觉，轻飘飘地浮在大海上，一个风浪袭来就可能被大海吞没；有了孩子维系的婚姻，翻船的概率要小得多。孩子是婚姻的压舱物，在爱情过了保鲜期后更显得至关重要。

有孩子的第三者

薇薇和王远是大学同学，毕业后分别进了两家不同的外企，因为业务上的一些联系，二人时常碰面、吃饭、洽谈，一来二往就擦出了爱情的火花，步入了婚姻的殿堂。因为各自的事业都刚刚起步，不舍得中途放弃，加之二人性格都比较独立，所以他俩在要不要孩子的问题上意见一致，即都选择不要。他们希望感情是建立在志同道合、彼此了解信任的基础上，而不是以孩子为纽带生生联结在一起。

婚后二人感情平平淡淡，一路走来，还算稳定。不过后来薇薇在事业上比王远更出色，不到三年，她就被公司派往深圳任销售经理，而王远还在当地的那家公司，职位也没有什么升迁。夫妻二人感情本来就淡淡的，加上现在通信工具又很发达，所以彼此有什么事在电话里就讲清楚了，根本不常见面。

就这样转眼两年又过去了，王远像单身汉一样自由散漫地和他们公司的单身同事们混在一起，其中有一个刚毕业的女大学生，对他紧追不舍，和王远日久生情，终于二人感情战胜了理智，突破了最后一道防线。王远有了情人，更要命的是，那个女大学生不懂采取避孕措施，居然怀孕了。因为是自己深爱的人的孩子，她不舍得拿掉，所以坚决不同意堕胎，王远没办法只得瞒着妻子，让她偷偷把孩子生了下来。一边是千辛万苦为自己生育孩子的情人，一边是曾经山盟海誓的结发妻子，王远陷入了深深的矛盾之中。老实说，看着那个白白胖胖的小生命，他心里就有一种莫名的温暖，更有一种男人的自豪流淌而出，就连那吵得他难以入眠的洪亮的啼哭，王远都打心眼儿里喜欢。

当薇薇从朋友们的风言风语里得知老公的情况后，痛不欲生，然而一切都难以挽回。朋友们纷纷劝慰，有的劝她赶快也生一个拴住王远，有的则说这么没良心的人离了算了，这让薇薇六神无主，全然没有了商场上的意气飞扬与自信神采，职场上一路成功的她从来没有想到自己的婚姻会如此一败涂地。她怎么也没想到他们的爱情敌不过距离，更没料到一个黄毛丫头用孩子把她的老公抢走，并牢牢地系在了身边。经过痛苦的抉择，王远考虑不能让孩子没有父亲，最终决定与薇薇离婚，娶了已为他生子的情人为妻。

智慧·感悟·启迪

人们常说“时间会冲淡一切”，但更多的时候是“距离疏远一切”。婚姻也是如此，夫妻之间有了孩子，他们这两条直线就有了交点、有了纽带，势必会共同为孩子奔波而不会让感情渐渐流逝，而距离也会因为有爱情的寄托而渐渐接近。

婚姻的秘密

在一个不大也不小的城镇里，有一个刚刚毕业的男大学生林。林长得很英俊，富有才华，工作时间不长就屡获提拔。跟所有事业有成的男人一样，林的身边追随着不少女孩，其中有一个女孩爱他似海一样深，对他用尽心机，但就是得不到他的青睐。

一次，在一个酒吧里，这个女孩单刀直入地问他："我不明白，我一不图你的钱，二不图你的势，我要的只是一颗心，为什么你就不能给我呢？"林却淡然地说道："因为，我的心已经给了一个女人，不能再给别人了。""我知道，你说的这个女人不就是她（与林秘密结婚的妻子）吗？我比她年轻、美丽，更懂得爱，为什么你不喜欢我呢？"林严肃地看着她，一字一顿地说："因为我娶了她。"

因为娶了她，所以身上就担负责任，就有责任约束自己，拒绝一切诱惑，就有责任给她呵护，让她每天生活在关怀和欢笑中，就有责任无论风雨阴晴都对她不离不弃。

智慧·感悟·启迪

婚姻并不只是一个红本本，上面系着的也不只是爱情，还有自己的责任。婚姻中的双方都不能一味地向对方索取，不能无限制地放纵自己，伤害对方，都要时时刻刻想到婚姻的责任，想到为对方付出。

骄傲的小强

小强成长在一个美裔华人的家庭里。由于良好的家庭环境与父母的教育，小强聪明好学，进取心强，上小学三年级时才刚刚8岁，但他的父母从不对他娇生惯养。

有一天，他获得了班上朗诵比赛的第一名，得了一张奖状和一个小奖杯。回到家后，他把朗诵稿交给家里的女佣，得意扬扬地对她说："安妮，你念一段给我听听，怎么样？"敦厚朴实的女佣无奈地拿起稿子认认真真地看了一遍后，红着脸结结巴巴地说："小强，我不认识这些字。"小强这时都有些得意忘形了，他快速地冲进客厅，迫不及待地对父亲喊道："爸爸，安妮不识字，可是我这么小，就得了朗读第一名，我是不是很了不起呀？而安妮呢，那么大年纪居然还认不全字，我真想知道她现在心里是什么感觉。"

父亲听后，脸色变得比安妮还难看。他看了看小强，没有说一句话，走到书架旁，拿下一本书，递给他说："你看看这本书，就能体会到她心里的感觉了。"那本书是用阿拉伯文字写的，小强一个字也不认识。

此后，无论什么时候，只要想在别人面前吹嘘的时候，小强就马上提醒自己："记住，你不会念阿拉伯文。"

智慧·感悟·启迪

父母是孩子最好的平衡器。骄傲自满容易使孩子迷失自己，过度表扬更会让孩子忘乎所以。为了孩子的发展，家长应该适时诱导孩子走出这种误区。

一对不听话的兄妹

菲利普和露丝是一对兄妹，他们住在离城镇一英里远的地方，每天都要去镇里上学。无论春夏秋冬，他们总是穿过乡间的小径，再走过池塘边的小牧场，最后到达城里的学校。

这段路程不算太短，却相当有趣。他们既喜欢夏天，又喜欢冬天。夏天时，树木茂盛，处处鸟语花香，他们经常在路上捉蝴蝶、抓昆虫，要不就是采一些美味的野果吃。他们把这里的大自然当成了一个游玩的大公园。当冬天到来时，池塘里就会结下厚厚的一层冰，这样他们又多了一个可以游玩的项目：径直滑冰过池塘。不过，除非有人和他们一起去，否则他们的妈妈是不愿意让他们那样做的。

一天早上，兄妹俩又要出门上学了。"菲利普、露丝，听妈妈的话，今天不要从池塘上滑冰了。"妈妈对他们说了声再见，又叮嘱道，"今天的冰开始化了。""好吧。"菲利普不情愿地说，他可是最喜欢在冰上滑的了，那种自由自在的感觉好像鸟儿在天空中展翅飞翔。兄妹俩蹦蹦跳跳地走出了家门，不知不觉就来到了池塘边，冰看起来好像挺坚固，也很安全。

"看看这里，冰还是那么厚。"菲利普对妹妹说，"其实，我就知道冰还没开始化。妈妈其实是担心我们掉进冰窟窿里才那样说的，但是妈妈的担心看起来是多余的。。让我们痛痛快快地滑一阵子吧，现在离上课至少还有一个小时呢！""可是你都答应了妈妈你不滑的。"露丝说。"没有，我才没有呢，我只是说好吧，没有说'好吧，不去滑了'！""好吧，只当我什么都没说。现在我可以做我喜欢的事情了。"露丝说。他们走上了冰面，开始往里面行进，可是没滑出多远，冰就突然裂开了，他们毫无防备，都掉进了水里。兄妹俩害怕极了，拼命地呼救。

幸好有一个在附近施工的工人听到了他们的呼救声。工人冲到池塘边，用一条绳子把他俩拉了上来。当时，菲利普正在竭尽全力地往岸上爬，露丝却不会游泳，在那人赶到之前差一点就没命了。真是太危险了！菲利普回家后几乎冻僵了。他告诉了妈妈他不听话而做的错事。他会永远记得这次教训，以后再也不会做危险的事了！

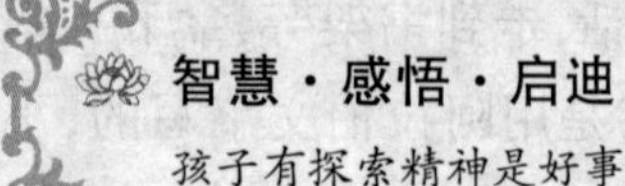

孩子有探索精神是好事，但在有危险的探索上则需要父母的指导与保护。

詹姆斯让梨

有一个叫詹姆斯的小孩子，他父母经常教育他要尊老爱幼。当家人每次买回梨后，父母都要教育詹姆斯，要把最大、最好的梨留给奶奶吃。詹姆斯领会了父母的意思，每次都会把最大的梨送到奶奶跟前。奶奶笑着夸奖孙子："詹姆斯真是个好孩子，奶奶牙不好，你吃吧。"接着，他又会把梨送到爸爸和妈妈面前，他们都有不吃梨的各种理由。最后，经过了一个轮回，梨又回到詹姆斯手中。于是，詹姆斯拿着那个最大的梨坐在椅子上独自享受。

有一天，爸爸的一个朋友来家做客，懂事的詹姆斯马上从装水果的盘子里挑出了一个大梨送给客人吃。家人见了都非常高兴。那个朋友高兴地说："你们家的孩子真懂事。"虽说这个朋友不是很喜欢吃梨，但出于对詹姆斯的尊重，还是接过了那只梨子。谁知，他刚咬了一口就惹来了麻烦。只见詹姆斯生气地冲着客人喊："你怎么这么贪吃呢？太不要脸了！"那位朋友感到很尴尬，咬在嘴里的梨咽也不是，吐出来也不是。他脸上露出了迷惑不解的神情：这孩子怎么这样啊！詹姆斯恼怒地坐在一旁，不停地盯着客人手中的梨。这最大的梨向来都是虚晃一枪，最终会回到他手上，这次他一点思想准备都没有，再说也没遇到过这种事，于是就跟客人急眼了。

詹姆斯的父母自然是尴尬万分，他们也没有想到会发生这样的事，于是赶紧向朋友解释，说这样的大梨在家中向来是谦让一番后，必定会回到詹姆斯的手中的。那位朋友终于明白了其中的缘由，于是赶紧起身告辞。父亲看着朋友离去的身影，无奈地叹了一口气。

智慧·感悟·启迪

内涵永远比形式重要。父母不能只教孩子在形式上做出某些动作，更重要的是让孩子知道为什么要这样做，这样做有什么意义。

唱歌的鸟儿

在一个小镇外面有一个小山丘，山丘上长满了各种树。树林中有一只美丽的小鸟，长着一身褐色的羽毛。它在树上唱着歌谣，歌声时而高亢，时而低缓，听起来非常美妙。从那里经过的人们，听到小鸟美妙动人的歌声，总会抬起头来找小鸟，竭力想把小鸟找到。可是再锐利的眼睛也是徒劳的，因为那只美丽的小鸟实在是太小了，当它穿上深褐色的外衣后，谁也无法找到它。

在一个星期天，一位父亲带着他的小女儿路过这片树林，也听到了小鸟美妙的歌声。小女孩非常高兴，停下脚步，仰着头想寻找到那只小鸟。可是她认真找了很久，还是一无所获。

小女孩用手揉着自己的眼睛以便能看得更清楚。"为什么会这样呢，爸爸？"小女孩不解地问，"小鸟在哪里呀？如果我唱出的歌儿也那样美妙，我是一定要让人知道的。"

这时，父亲慈爱地拍拍女儿的头，解释道："小鸟很满足，尽管它栖身于不被人发现的地方，它却从早到晚唱着甜美的赞歌。如果你能做到像那只小鸟一样，我亲爱的孩子，不论你的生命有多长，尽管人们会忘记你的容颜，却不会忘记你甜美的歌谣。"

智慧·感悟·启迪

只要是为别人服务、给别人创造了价值，其他人就不会忘记。父母应培养孩子奉献的精神。

面 试

在人才市场中，一家公司招聘职员，面试时主考官出了这样一道算术题：10减1等于多少？

一些应试者神神秘秘地趴在主考官的耳边说："你想让它等于几，它就等于几。"还有的人自作聪明地说："10减1等于9，就是消费；10减1等于12，那是经营；10减1等于15，那是贸易；10减1等于20，那是金融；10减1等于100，那就是赌博。"

只有一个应试者回答等于9，还有点犹犹豫豫。主考官问他为什么，这位应试者说："我怕照实说，会显得自己很愚蠢，智商低。"然后，他又小声地补充了一句，"妈妈从小就教育我，做人要诚实。在参加贵公司的招聘前，妈妈还对我说，对获得一份好工作来说，诚实可能是这个世界上最没用的武器。"

这个诚实的人最后被录用了。事后有人问主考官为什么会出这道题？主考官说："我们公司的宗旨就是不要把复杂的问题看得过于简单，也不要把简单的问题看得过于复杂。"

智慧·感悟·启迪

诚实不但是一种美德，更是一种资本，它会让自己更自信、更有魅力，而父母从小的教育则是诚实品质的起点。

寻人启事

李健从小是被爷爷和奶奶养大的。当他长大成人后，就在村公路边开了家饭店。一天，一辆小轿车载着几个衣冠楚楚的男人来到李健的饭店，提出要租饭店朝北的那面墙做广告。为啥？因为它的位置好啊！南来北往的人都能看到，比上报纸、电视的效果还好。李健听了眼睛一亮，可不知为何，谈到最后李健却婉言谢绝了。租墙做广告的商人悻悻地走了。

这件事很快就在村里传开了。人们惋惜地说，这个榆木脑袋的李健！人家一年花三万块钱租他一面墙做广告，他竟然拒绝了。三万块，那可是一般农户好几年的收入啊！过了几天，有两个提着油漆桶、拿着大刷子的人来到了这里，看架势是准备在墙上刷广告。人们都说，李健终于开窍了。

半个月之后，当人们向墙上望去时，惊讶地发现墙上写了一则寻人启事，白底蓝字，十分显眼。启事旁边还配了一张大照片，那是一位白发苍苍的老妇人。人们这才恍然大悟：李健的娘患有疯病，几年前她走失以后就再没回来，原来李健是要把这面墙留给他走失的疯娘啊！

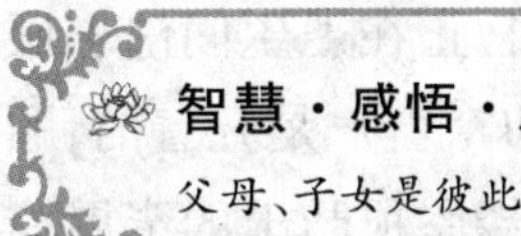

智慧·感悟·启迪

父母、子女是彼此永远的寄托，不论离开多远，双方都等待着相聚的一天。

马超的矿泉水

马超现在是一位大名鼎鼎的商业大腕，但在当年，他只不过是一名矿泉水推销员。为了推销罐装矿泉水，他每天骑着自行车奔波在城市的大街小巷、公司厂矿。因为当时桶装矿泉水刚刚推出，人们还都不是很认可，他的收获不大，最初的一个月，只推销出去16桶。他的月薪很低，只有象征性的300元，收入的主要部分是赚取效益提成，每推销出一桶矿泉水提成5角钱。第二个月，他新联络到32个用水客户。第三个月，他依然满怀信心地奔波着。

有一天，他骑着自行车驮着一桶矿泉水给5公里外的一家居民送货。用水居民家只有位坐在轮椅上的老妇人，在他帮助老妇人将水桶装到饮水机上的时候，老妇人家的电话响了。装好水桶，在等待老妇人签收的时候，他从电话中了解到老妇人家要来一位外地客人，客人因为不知道老妇人家的具体位置，请老妇人到汽车站接，而老妇人的儿子却出差去了外地，保姆又刚刚出去买菜了，老妇人很是为难。他试探着询问老妇人，在得到确认后，自告奋勇地表示他可以去车站帮老妇人接客人。他下了楼，到汽车站将老妇人的客人接了回来。

一周后，他不断接到老妇人居住的那幢楼住户的订水电话。两周后，老妇人的儿子打来电话，表示他所在的公司决定为每间办公室订水。此后，不断有新的订水电话打来，都是那些用水客户介绍来的。第三个月，他的推销成绩突增到600多桶他想到自己的成功应该感谢老妇人，便来到老妇人的家表示感谢。老妇人笑着对他说道："你应该感谢的是你自己。因为你帮助了我，我就将你介绍给了我的邻居和我做经理的儿子，建议他们都用你的水，因为像你这样的人，一定拥有许多美德和能力，是一个值得信任的人。而我的邻居和儿子又相继将你介绍给了别的人……"

马超找到了成功的钥匙。8个月之后，他已经拥有了5000多个用水客户，每个月都能够销售出去近万罐水，再以后马超开了一家属于自己的矿泉水公司……

智慧·感悟·启迪

商场就是人与人的交际场，在做事之前首先要学会做人。

半截手指

有一天下午，张何燕在卫生间里洗衣服，她的丈夫在公司上班还没回家，张何燕三岁的女儿正在婴儿床上睡觉，张何燕的母亲在厨房里为一家人准备晚餐。6点半左右，当张何燕的母亲偶然推开卧室的房门时，发现婴儿床竟是空着的，三岁的外孙女儿不见了！正在卫生间洗衣服的张何燕听到母亲的叫喊声后大吃一惊，急忙四处寻找。女儿的床挨着窗户，窗户是开着的，顺着窗户从四楼向下看时，两个人心痛欲碎，她们看到了从窗户失足摔到三楼屋顶凸出的窄屋檐上的女儿。此时，不懂事的女儿正啼哭着一点一点爬向屋檐的边缘，此时真是千钧一发。张何燕吓得愣住了。

怔了一会儿，看着爬向死亡边缘的女儿，只穿着拖鞋的张何燕不顾一切地就要从窗口跳下去。母亲拽住她的衣服，说："何燕，太高了，你可千万不能跳啊！"张何燕哭着说："妈，我要我闺女！"还没说完，这位年轻的母亲就如一只轻盈的蝴蝶飘然而下。

从四层跳下的张何燕一把拽住距离屋檐只有半米的女儿，把她搂在怀里。这是三楼与四楼之间的一块很狭窄的平台，前面是半空，后面是三楼居民设置的防盗铁栅栏。张何燕进退不得，只能抱着孩子蹲在那里。就在这时，她突然发现女儿的内外衣黏糊糊的都是血，但孩子并没有受伤，哪儿来的血？这一刻，她才突然发现自己的右手小拇指没了半截，一阵钻心的疼痛随之而来。搂着怀中哇哇大哭的孩子，张何燕也像个孩子似的对楼上的母亲大喊："妈，我的手指没了，怎么办啊？"这时她看到，三楼铁窗护栏上挂着半截血淋淋的手指头。妈妈在楼上哭着安慰她说："不怕，不怕，能接上，千万别慌。"

幸好在大约5分钟之后，三楼的一户居民闻讯赶回来了。这家的主人毫不犹豫地用斧头劈开自家铁窗栅栏，这对母女获救了。事后，张何燕说："当时没有时间想什么，听到女儿的哭声，我的心都要碎了，我就跳下去了。"

智慧·感悟·启迪

为了自己的孩子，母亲的勇敢不需要理由，因为这是她的本能。

晏子使楚的智慧

春秋时期，齐国宰相晏子出使楚国。楚王想羞辱齐国，于是抓住了晏子身材矮小的缺陷做文章，让他从一个在城墙上新开的五尺来高的洞里钻进楚国的都城。晏子一身傲骨，面对楚王对他人格的侮辱，毫不客气地回击道："这是狗洞，不是城门；只有访问狗国才从狗洞进去。"楚王本想侮辱晏子，不料却遭到晏子的反唇相讥，不得已只好打开城门让晏子从正门进去。

晏子进殿后以晋见大王的礼仪拜见楚王。楚王却说："齐国难道没有人了吗？怎么派你这样丑陋的人来呢？"晏子却不紧不慢地回答道："齐国的都城临淄有七千五百户人家，人们一起张开袖子，天就阴暗下来；一起挥洒汗水，就会汇成大雨；街上行人肩膀靠着肩膀，脚尖碰脚后跟。怎么能说没有人呢？"接着，晏子说道，"齐国要根据不同的对象派遣使臣，贤能的人被派遣出使到贤能的君王那里去，不贤能的人被派遣出使到不贤能的君王那里去。我晏婴是最没有才能的人，所以当然出使到楚国来了。"楚王一下子被气得哑口无言，没想到这样一个其貌不扬的人，口舌竟是如此厉害。

从此，楚国再也不敢小觑齐国。

智慧·感悟·启迪

俗话说："人不可有傲气，但不能无傲骨。"一个有气节的人绝不能低三下四，匍匐在地，求人怜悯，为了维护尊严即使丢失了性命也在所不惜。如果丧失尊严，苟活于世，将为人不齿，遭人嘲笑。

不断学习的坦途

有一个来自贫穷小山沟的姑娘，名叫小云。她家境贫寒，父母每天都辛苦地从土里刨食，只能解决温饱，根本没有供应四个子女上学的费用。小云作为长女只读到初一便不得不辍学，外出打工补贴家用。

来到北京，因为没有技术、没有文化，年龄又小，她找不到好的工作，只能在一家小饭店当服务员，起早贪黑地操劳，每月工资只有五百元。后来，通过一个家政公司的介绍，她来到海淀区一所高校的家属区给人当保姆，帮一位大学教授照料五岁的小外孙。小云细心又勤快，小孩子很喜欢她，寸步不离地跟着小云。教授一家人见小云为人处世善良真诚，慢慢地也放心把孩子交给她带了。为了让孙子能得到好的教育，教授为孙子请了英语家教，让他从小就学习外语。小云在带孩子的时候，也抓住机会和孩子一起学习，在一年多的时间里，她的英语水平提高很快。在教授的帮助下，她还系统地学习了电脑。

由于抓紧时间争取多学习知识和技能，这一切都为她日后找到好的工作、改写挣扎在社会底层的命运奠定了基础。结束保姆的工作后，小云通过一家外企服务公司的介绍，被一家美国咨询公司公关部录用，月薪是刚来北京时的十几倍。是勤奋学习开辟了小云广阔的人生道路，如果不学习，她的职业就将始终在服务员、保姆等层次徘徊。

智慧·感悟·启迪

学习改变命运，每个人都是如此。不学习就没有进步，就不会成功。这个世界没有天才，任何一个人都是通过艰苦的学习和努力才走向成功的。

大儿子和小儿子

从前，有一个财主生了两个儿子。时光如梭，两个儿子渐渐长大了。有一天，小儿子突然对父亲说："你看我们都长大了，你就把家业分给我们，让我们自己奋斗去吧。"财主便把产业分给了他们。

第二天,小儿子就迫不及待地收拾东西去往大城市了,在那里没人约束,他就每天吃喝玩乐。很快,他耗尽了一切资产,又遇上自然灾害,转眼间就穷得叮当响。不得已他投靠了一个当地人,那人打发他到田里去放猪,他饿得恨不得拿猪食充饥。最终他醒悟过来:父亲有许多雇工,口粮有余,我不能倒在这里饿死,我应该去向父亲道歉,至少可以当他的一个雇工吧。于是他回到父亲那里。父亲动了恻隐之心,接受了他。小儿子说:“父亲!我得罪了天,又得罪了你,从今以后,我不配称为你的儿子。”父亲却吩咐仆人:“把好袍子快拿出来给他穿上,把戒指给他戴上,把鞋穿在他脚上。我这个儿子失而复得,应该庆贺一下。”这时,大儿子正在田里,当他快到家时,听见跳舞作乐的声音,便叫过一个仆人来,问发生了什么事。仆人说:“你兄弟回来了,你父亲因为他无灾无病地回来了,把肥牛犊宰了。”大儿子很生气,不肯进屋去,他父亲就出来劝他。他对父亲说:“我服侍你这么多年,从来没有违背过你的命令,你连一只山羊羔都没有给过我,好叫我和朋友一同快乐。但是,老二侵吞尽了你的产业,他一回来,你倒为他宰了肥牛犊子来庆贺。这是为什么?”

父亲怔了一下,叹了口气对大儿子说:“你是最踏实的,我很放心。其实分家后,这里所有的一切都是你的。只是你这个兄弟,是死而复活、失而又得的,这是任何财产都不能换回来的。以前老二变坏,我们都是有责任的。所以我们应当再给他一个机会,也给我们自己一个机会。”大儿子完全明白了父亲的苦心,小儿子也重新振作起来。

智慧·感悟·启迪

奋斗往往是在真正品尝完失败和挫折的滋味以后才开始的。坎坷的经历会让人明白人生的真正意义,会让自己在行动中充满动力和朝气。

儿子的信

在第二次世界大战最激烈的1942年,在维多利亚·凯斯女士庆祝盟军北非获胜的那一天,收到了国防部的电报:她的独生子在战场上牺牲了。她无法接受这个突如其来的残酷事实,痛不欲生,决定放弃工作,远离家乡,然后默默地了此余生。

维多利亚·凯斯女士打定主意后,立即去整理她的行装,忽然发现了一封几年前儿子在到达前线后写的信:“请妈妈放心,我永远不会忘记你对我的教导,不论在哪里,也不论遇到什么灾难,都要勇敢地面对生活,做个真正的男子汉,能够用微笑承受一切不幸和痛苦。我永远以你为榜样,永远记着你的微笑。”她热泪盈眶,似乎看到儿子那双炽热的眼睛望着她,关切地问:“亲爱的妈妈,你为什么不照你教导我的那样去做呢?”

读完之后,维多利亚·凯斯女士打消了与世隔绝的念头,坚强地活了下来。

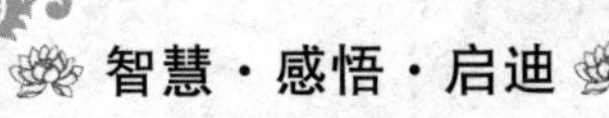

智慧·感悟·启迪

当灾难来临时，最难的就是面对。当我们面对不可能改变的残酷现实时，要勇敢地正视，用微笑把痛苦埋葬。有时候，生比死需要更大的勇气与魄力。

小男孩与金表

在美国西部的一个新兴的城镇里，一个农场主在巡视谷仓时不慎将一只名贵的金表遗失在谷仓里。他遍寻不获，便在农场门口贴了一张告示，要人们帮忙，悬赏500美元。人们面对重赏的诱惑，无不卖力地四处翻找。无奈谷仓内谷粒成山，还有成捆成捆的稻草，要想在其中找寻一块金表如同大海捞针。

那些急于求成的人们忙到太阳下山仍没有找到金表，他们不是抱怨金表太小，就是抱怨谷仓太大、谷粒太多，一个个放弃了500美元的诱惑。只有一个穿着破衣裳的小孩在众人离开之后仍不死心，努力寻找。他已整整一天没吃饭，希望在天黑之前找到金表，解决一家人的吃饭问题。

天越来越黑，留在谷仓里的人越来越少，谷仓里也变得越来越安静。小孩在谷仓内坚持寻找，突然他发现一切喧闹静下来后有一个奇特的声音"滴答、滴答"不停地响着。小孩当即停止寻找。谷仓内更加安静，"滴答"声十分清晰。小孩循声找到了金表，最终得到了500美元。

智慧·感悟·启迪

具备了勤奋坚持的精神与正确的方法，离成功就不远了。成功正如谷仓内的金表，早已存在于我们周围，散布于人生的每个角落，只要执著地去寻找，就一定能找到。

雾中的比赛

1992年亚特兰大奥运会赛场上，马拉松的比赛正在进行着。渐渐地，有两个人甩开了后面的选手，跑到了前面。长时间的奔跑使他们的体力消耗很大，但是他们依然坚持着。这时的天气很不好，雾很浓，几十米内几乎看不清东西，后来天空又飘起了小雨，给比赛增加了难度。

跑在最前面的一个人担心下雨地滑，始终注视着脚下不远的地方；而另外一个人却把头昂得高高的，注视着目标，心里不停地默念着：终点，终点，我就要到终点了。

当终点可以看得到的时候，两个人的体力都支持不住了，他们之间仅仅相差几米，跑在前面的人终于累倒在地上。第二个人也感觉要趴下了，但是透过迷雾，他隐约看见标志着终点的旗帜在前方几十米处摆动。他猛然又增添了一种动力,顽强地最先跑到了终点。

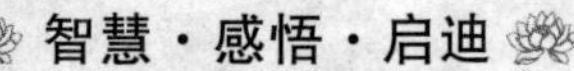

智慧·感悟·启迪

不要被面前的雾迷住了眼睛,即使出现再大的困难,也只是暂时的,以乐观的态度对待,成功就在雾的后面。

午夜的守候

老家在农村,是个群山包围的小山村,全村只有支书家里有个电话机。每次打电话回家,都要提前预约母亲才能接到。

走出大山去省城上大学,和家里联系主要就靠打电话了。虽然长途电话贵,但为了能听到我的声音,母亲还是和我作了一次约定:每个月的第一天晚上8点,一定要往家里挂电话。

那时我和母亲每次通话都是由我首先简单介绍一下大学生活的情况,然后母亲再介绍家里的家畜、禾苗等长势的情况。通话内容很简单,但母亲却把它当成一个盛大的节日似的。

我们村子小,读书的人也少,考上大学的更是凤毛麟角。母亲能够听到儿子从省城大学来的声音,自然把这个当做一种无限的荣耀。因为全村人只有她才有这个资格。邻居们家里的儿子基本上在外面帮人打工,漂泊流浪,是很少给家里挂电话的,更不要说他们能像我一样能给家里带来大学生活的各种新鲜事物了。

每到月初这天,母亲总是早早地吃过晚饭,穿上好看的衣服,迈着碎步,在邻居大妈们一路的羡慕中,兴高采烈地来到支书家守候我的电话。

大三那年,我恋爱了。那是一个寒冷的冬夜,我和女朋友相约去逛街,回来时已是晚上十点多了,我这才想起给家里的母亲挂电话。可转念一想,这么晚了,天气又这么冷,母亲肯定回去睡觉了吧?女友也劝说道:算了吧,你母亲一定回家了,你现在打过去你母亲也接不到了,还浪费钱。我想想也是,母亲不会因为没有接到儿子的电话,在支书家里傻傻守候吧?

回到宿舍,寒冷中,我马上钻进了温暖的被窝,逛街产生的疲惫使我很快进入梦乡。一觉醒来时,已是午夜12点多了,我发现自己再也无法入眠。我想起了远在家乡的母亲,在寒夜中,她是否也进入了梦乡,是否在怨怪自己儿子今天没有如约打电话回去?没有接到儿子从省城来的电话,母亲又是如何落寞地走出支书家的?……所有这一切都让我惴惴不安。母亲在孤灯下守候的身影既模糊又清晰,但却一直在我脑海里回旋。

辗转反侧中,一个激灵,我还是跳下了床,奔到寝室的电话机前,拨了这个最熟悉的电话号码。那边竟然传来母亲急切又兴奋的声音:娃啊,我就知道你会打电话回来的……

在母亲絮叨声中,我发现自己早已泪流满面。此时,窗外夜色苍茫,寒风正呼啸着。

(刘会然)

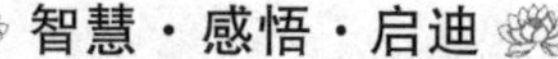

智慧·感悟·启迪

每个月第一天晚上的8点，从省城的学生宿舍到村支书家的电话机旁——这是一个多么温馨的距离，一个多么暖人的约定！电话的这头是儿子，电话那头是母亲。而一个迟到的电话，不仅牵出了儿子的眼泪和歉疚，更让我们在寒风呼啸的气氛中真切地看到了母爱所能达到的宽阔。

风吹不掉的红榜

在老师的心目中，我是一个差生。其实我不是天生就如此的。我读小学的时候成绩还蛮好的。只是升入初中后，由于爸爸的去世，我才失去了学习的兴趣。爸爸是镇中学的老师，一次，爸爸为了救一个落水的学生永远地离开了我和妈妈。妈妈是镇中学的临时工，专门负责打扫学校的教学楼。我们的家就住在镇中学。

按理说，住在学校，每天守着老师，我的学习成绩应该有所提高才对，但哪知却是越来越孬，到了初二，简直就是一塌糊涂。

每次考试拿到成绩后，我第一个觉得对不起的就是母亲，不敢拿回家面对母亲的眼神。母亲问考试情况，我只好含糊其词地说，考得不好。母亲往往会叹口气，说："康娃，你现在长大了，许多道理比我更明白，不需要我再说了。你爸走了这么多年了，妈现在只有你，妈的希望全部在你身上。"

说实话，母亲的这些话，常常压得我喘不过气来。看着母亲越来越憔悴的样子，我也知道母亲的不容易。我也想学好，考出好成绩来报答母亲，让母亲高兴高兴。

从此，我忘了那些不愉快的事情，一门心思地扑在了学习上。也是功夫不负有心人，几个月后，我终于考进了年级的前50名。我的名字终于上了学校的红榜。看着贴在教学楼前面墙壁上的红榜，我的心里比喝了蜜还甜。

放学回家，我告诉母亲我上了红榜，母亲的脸上立即就露出了灿烂的笑容。忙说，真的？快，马上带我去看看。说完，母亲不顾锅里正在炒菜，把火一关，拖着我就往教学楼跑。

看着红榜上我的名字，母亲的脸上满是喜悦的笑容。

那晚，母亲的笑意一直挂在脸上。母亲很久没有这样笑过了。看着母亲的笑容，我的心里也感到特别愉悦，不久就慢慢地进入了梦乡。

快到天亮的时候，我被外面的风雨声惊醒了。原来外面下起了大雨。

躺在床上，听着外面的风雨声，我有了一些尿意，忙起床往卫生间跑。走过母亲的房间，我发现门是开着的。往里一瞧，床上却没有母亲的身影。

我想母亲是不是也去了卫生间？我就在外面等。等了好长时间，没见母亲出来。我忙推开门，哪有母亲？我的心一下就慌了，在这大风大雨的夜晚，母亲一个人会到哪里去呢？我忙拿上手电筒出门去找。

走到教学楼的时候，我看见一个人影正站在那里用手扶着墙壁。我忙走了过去，发现是母亲。只见母亲两手紧紧地压着下午才贴上去的红榜。

看着母亲的样子，我十分不解。母亲看着我，说，你来干啥？快去睡，明天还要读书！

我问母亲那样压着红榜干啥?

母亲看着我,认真地说,我这样压着,它才不会被风吹掉。

听完母亲的话,我还是不理解,我想,即使吹掉了又怎样?

母亲看着我困惑的样子,说,我就是想让大家明天再看看我儿子也上了红榜。

母亲一说完,我的心竟猛地跳了一下。母亲,这就是我可亲可爱的母亲。此时,看着母亲在风雨中扶着红榜的样子,我的眼泪不自觉地流了出来,不一会儿就已经泪流满面。

我走上前,帮母亲压着红榜,心里暗暗地发誓,我要更加努力,一定要让全校都知道我母亲有个每次都上红榜的儿子。

(葛俊康)

智慧·感悟·启迪

在风雨之夜,一位母亲用双手紧紧捂着写有儿子名字的红榜,红榜给母亲带来的欣慰,可想而知。母亲的愿望如此简单,只要孩子努力,哪怕是取得一丁点儿的成绩,都足以让母亲为之骄傲。与其说母亲捂着的是儿子的荣耀,不如说她捂着的是那份殷切而滚烫的愿望:希望孩子一切安好,天天向上。

剩面条

小时候家里穷,我们兄妹又多,每年的粮食就老是不宽裕。每次吃捞面条,母亲总是最后一个吃饭。母亲擀的面条总是会剩下一些,等到下一顿,母亲担心生面条变馊,就会把前天甚至大前天剩下的面条煮煮吃掉,当天就会又剩下一些新鲜的面条。

我不懂母亲的做法,向母亲提建议:“妈妈,每次您擀的面条剩下的都差不多,为什么您不能少擀一些,别剩那么一点,每天都吃新鲜的不好吗?”

母亲慈祥地摸着我的头,没有说话。

下次母亲还照样吃前天剩下的,而又把当天新鲜的留下来。

一次吃饭,父亲见剩面条只有寥寥几根,就把自己碗里一直冷着的面条给母亲碗里分,母亲怕我们看见,不让父亲分,父亲却固执地把碗里的一半面条分给了母亲,母亲没有再说什么,只是又给父亲夹回了一些。

那天,我高兴地说:“妈妈今天不用吃剩面条了。”我还提醒妈妈:“明天少擀一些,就不会剩了。”

等下一次再吃面条,我发现母亲擀的面条真的少了些,可是等妈妈吃过了饭,面条还是剩了一些,我就奇怪,怎么不管妈妈擀多少面条,都会剩一些呢?

有一天,我吃过饭从外面玩回来,发现母亲在津津有味、大口大口地喝着面汤,我羡慕地说:“妈妈,面汤那么好喝?我也要喝!”

母亲一怔,瞬间慈祥的面庞上就漾起了微笑。母亲给我盛了半碗,我搂着碗“咕咚咕咚”贪婪地喝了两口,可是面汤并没有我想象的好喝,怎么母亲就喝得那么香呢?

我正端着碗疑惑着,大姐进来了,大姐看见我手里端着的面汤,厌恶地看了我一眼,没有说话……

晚上睡觉,半夜醒来时,我听见母亲在叹息。母亲说:“今年咱家的粮食又接不住了。”父亲也叹了一口气,说:“我明天就去想办法,老大老二正是长身体的时候,得叫他们吃饱啊。”母亲说:“明天我就做汤面条吧。”父亲担心地说:“你……”母亲说:“不要紧,我多添水就够了。”父亲长长叹了口气,对母亲说:“你也得吃啊,老喝汤,怎么顶得住?还干那么多的活……”母亲说:“别说了,别让孩子们听见了……”

第二天,父亲早早地就出去了。晌午,母亲果然做了汤面条,要吃饭了也没见父亲回来,母亲做好饭,又像往常一样去干些碎活,叫我们先吃。我发现哥哥姐姐盛饭的时候,盛进碗里的饭又用饭勺从碗里往锅里舀回一些,哥哥姐姐还像往常一样当着母亲的面吃了两碗,等母亲去吃饭的时候,母亲揭开锅盖,怔了一下,然后喊我们说:“你们几个过来,每个都再吃些,今天的饭做多了……”

原来母亲不管擀多少面条都会剩,是哥哥姐姐每次都悄悄地减小自己的饭量的结果,不然,母亲每顿就只有面汤喝了,吃剩面条总比光喝面汤强。而我小,不懂事,还和母亲争过那天母亲仅有的面汤,那天母亲一定是饿着肚子进行一天的劳作的,现在想起来,悔意顿生,心口隐隐作痛……

(尚庆海)

智慧·感悟·启迪

半碗剩面条能起到什么作用?它填不饱一个长身体的孩子的胃,提供不了让母亲劳作一天的能量,甚至都不能让“我”觉得味道好。但是,恰恰就是这半碗面条,在一个贫困的家庭,照亮了父亲和母亲的伟大,照亮了哥哥和姐姐的懂事,也照亮了一个少年通往善良的光明道路……

看望儿子的女人

这是一辆开往市区的客车,女人就坐在靠窗的位置。女人晕车,这个位置还是她跟一个小伙子调换来的。

窗外的田野已经绿起来了,暖暖的阳光透过车窗照进来,让车里的人都昏昏欲睡。女人没有,女人的眼睛一直盯着窗外,想着长长短短的心事。一个硕大的竹篮摆放在女人的腿上,竹篮上盖着一块洗得发白的布。看得出来,女人是个喜欢洁净的人。

“大姐,还是把篮子放在行李架上吧,这样怪累的。”对面座位上一个抱着孩子的年轻母亲说。

女人回过神来,感激地笑笑,说:“不了。”女人看见了年轻母亲怀里的孩子,是个女孩,三四岁的样子,两只澄澈的眼睛紧紧盯着自己的篮子。

女人把手伸进篮子,变戏法儿似的摸出一把花生来,塞到女孩的手里。车厢里很快就响起了噼噼啪啪的声音,女孩吃花生的样子让女人爬满皱纹的脸上泛起了鲜活的生机。

烟就是这个时候冒出来的。没有人看到它是怎么冒出来的,先是羞羞怯怯的一缕,很快就成了一股,一片。车厢里有了焦煳的气味,眨眼的工夫,气味就在小小的空间里横冲直撞。

"着火啦!"女人第一个叫起来,声音哨子般尖锐。沉睡中的乘客都被惊醒了,平静的车厢里一下子炸了锅。

司机在慌乱中把车停在了路边,大叫着:"快下车啊!"可火是从车门烧起来的,没有人能够从那里离开车厢。

"大家不要慌,来,从车窗跳下去!"女人大声招呼着,一边丢掉腿上的篮子,两只手用力把车窗扒开。人群疯了似的朝那扇小小的出口拥过来,有两个男人凭着力气越过了妇女和孩子的屏障,削尖了脑袋往外钻。

女人忽然伸开双臂挡在了窗前:"不要挤,不然谁也出不去!"女人的嗓门很大,完全没有了刚才的娴静,像是一头狮子。

两个男人愣了一下,不情愿地让开了身子,骚乱的车厢顿时安静了许多。女人先是招呼着对面那个年轻的母亲,帮着她跳了出去,又抱起吓得哇哇乱哭的小女孩,递了出去。然后是一个妇女,又一个孩子……

乘客们在女人的帮助下,争相跟着往外钻。车厢里的人在一个一个地减少,火势却在一点一点地变大,变猛,直至疯狂。小小的空间成了一个蒸笼,让人透不过气来。女人不停地咳嗽着,手却没有停下,一个个或肥或瘦或高或矮的身躯在她的推搡抬抱下,纷纷逃离了险境。

当最后一个人被女人推出窗口时,整个车厢已经成了一个火炉。车外的人们拼命喊着:"大姐,跳啊!快跳啊!"

女人的头刚刚探出窗外,又缩了回去。她的手在窜着火舌的车厢里摸索了一阵,然后递出来一只烧黑了的竹篮。两个男人一边接过篮子,一边把女人从窗口拽了出来。女人的头发已经烧焦,脸上像是抹了一层黑,衣服上还蹿着火苗。几个人冲上去,手忙脚乱地把女人身上的火扑灭。

女人大口喘了会儿气,忽然身子一软,昏了过去。

救护车很快就到了,女人和另外几名伤员被送进了医院。

女人醒来的时候,已经是第二天上午了。睁开眼,女人看见了洁白的墙壁、洁白的被单。不知名的鸟声啁啾着从窗外传进来,让女人恍惚间觉得漂浮在梦里。

第一个获准进入病房的是市报的记者。记者望着女人瘦小羸弱的身子、伤痕累累的脸,和那一头烧得不像样子的乱发,抿着嘴,深吸了口气,小心翼翼地问:"大姐,感觉好点了吗?"

女人点了点头。

"可以问您一个问题吗?"

女人又点了点头。

"据说,您当时就坐在窗边,本来可以第一个逃出来的,您为什么不逃?是什么让您坚持到了最后?您难道……就不害怕吗?"

女人咧开嘴,一朵笑花在她的唇边绽放开来。女人说:"是我儿子,我儿子让我坚持到最后的。"

"您儿子?"记者的眼里满是惊讶,"他在哪儿?做什么工作的?"

"他没有工作。"女人盯着天花板,像是回答又像是自言自语,"去年这个时候,为了救一场火,他再也没有回过家,一个人睡在了市郊的那面山坡上。这次,我就是去看他的。着火的时候,我满脑子都是儿子的身影。我想,要是给火烧死了,不是就能见到我的儿子了吗?我当时觉得儿子离我越来越近了,他还冲我招手了呢,真的。你说,去和儿子见面,我有什么好害怕的?"

(郑俊甫)

智慧·感悟·启迪

如果说失去儿子的痛苦可以用火来形容，那么这位母亲的悲痛之火和思念绝对压得过车厢里的火苗。所以，她强忍着烈火的灼烧，把一个又一个人送出了窗外，而她自己在最后一刻离开火海。当远去的儿子又在火焰中重现时，这位母亲的悲痛哪里是一场火能形容得了的呢？只能说，儿子英雄，母亲伟大。

花红胜血

连绵起伏的大青山山脉外有个叫青山镇的大镇子，镇子上有个后生叫启明。启明的父亲死得早，他全靠妈妈拉扯成人，生得英气勃勃浑身是胆。这天，启明对妈妈说要独自进山收购药材，好卖给镇上的药房赚点钱。妈妈一听脸上就变了颜色，说："这断然不行，明儿，你年纪还小，从未出过远门，妈哪能放你走？再加上如今世道险恶人心难测，而大山里人烟稀少、山高皇帝远，更是什么事都有可能发生！"启明一听就急了，说："可我今年都20岁了，总不能老是在妈的庇护下过日子吧？难道妈就愿意我永远长不成一个真正的男子汉吗？再说，您为我吃了那么多苦，我也该挣钱养活您了。"

妈妈见启明这么懂事既担心又高兴，她知道儿子的脾气，一旦拿定主意怕是九头牛也拉不回头了。沉吟了半晌后，她说："你要进山也可以，但一定得答应妈两个条件！"

启明说："妈，只要你肯让我进山，就是100个条件我也答应！"

妈妈竖起食指，缓缓说道："第一，你必须在深秋落第一层霜的时节才能进山！"

启明一听笑了起来，说："现在正是深秋，马上就要落霜了，妈，我答应你。那第二条呢？"

妈妈却不笑，而是神色格外庄重起来，转身从柜子深处掏出一样东西，却是个手帕包，打开，是三粒种子，黑乌乌暗沉沉的像生铁铸就一样。妈妈字字用力地说："第二，你把这三粒种子带上，记住，每到山里人家求宿时，必须趁主人不注意把这三粒种子播种在主人家屋前屋后，第二天一大早离开时再把这三粒种子挖出来带上，到下一家还是这样做一遍。启明，就算妈求你了，你做到做不到？"

启明虽然不知道这么做是什么意思，但见妈妈一副千叮咛万嘱咐的样子，便一拍胸脯，说："妈，你放心，我一定做到！"

第二天一大早陡觉寒气逼人，启明推门一看，哇，满地枯黄的草叶上、对门邻家的青瓦上白花花的全是霜！妈妈见了叹一口气，再无二话，当下在儿子脖子上套上一块绿色玉佩，说了声"老天保佑我儿"后就看着启明大步流星地出发了。启明走了老远，回头一瞧，看见妈妈依旧一动也不动地望着自己，任凭凌乱的头发在风中飘舞，心中顿时一阵酸楚。

一晃十多天过去了，再一晃一个多月了，儿子没有回来也不见让人捎个口信，妈妈开始变得沉默寡言，从早到晚木头人一般站在门口，朝大山的方向远眺。邻居们喊她也不应，上前一看个个惊讶极了，几天的工夫启明妈仿佛老了十岁，原本略微花白的头发不知何时竟变得白花花一片，瘦小衰弱的身子更是显得摇摇欲坠。大伙偷偷擦把泪，正要想出话来宽慰宽慰她，却见她收拾好一个包裹关上门，然后迈开步子竟朝大山走去！大伙这才明白年迈的启明妈妈是要进山找儿子，正要上前劝阻，却看到她一脸刚毅的笑，说："大家别拦我，是我放儿子进的山，我就一定得把儿子找回来!”

启明临行前曾跟妈妈说过进山的路线,妈妈就沿着那条路线找去。也不知道走了多远,终于见到了进山以来的第一个村子,妈妈也不歇一下脚,立即从随身包裹里拿出一幅画挂在村中的一棵大树上,然后就地坐下来一声不吭。村里人见来了这么一位奇怪的大娘,立即好奇地围上来看,却见画上色彩鲜明地画着一枝花株,枝头盛开一朵花,朵大如碗,花红胜血,花瓣层层叠叠地围着中间一柱娇嫩的花蕊。画的左下角还有一行字,写的是:求购救命药材“血里红”,一朵十两纹银。

大伙一下子惊叹开了,一朵花值十两银子啊!只是长这么大了却从没见过这么奇异的花。

大伙围观、咂嘴,却见启明妈一直不言不语,饿了就买两个馒头啃啃,渴了就讨一碗白开水喝喝,累了就坐靠在树上打个盹。众人看在眼里,便压低声音嘀咕道:“这位大娘莫不是个疯子吧?”

一晃过去两天了,没有人拿花来换银子,妈妈叹了口气,小心地卷好画就动身了,她没有回家去,而是向大山更深处走去。

从此以后妈妈每见到一个即使只有几十户人家的小村子,她也都要挂上画,然后坐在一旁等着有人来卖花给她。即使是下雨天也这样的,妈妈宁可自己被雨浇得湿透了,也不让一丁点雨星沾上画,但一直也没有人来卖花。

时间一天天过去了,妈妈也不知道自己走了多远,路过了多少村落,反正越往大山深处走,山势就越来越险恶,可越是这样就越激励妈妈要寻找儿子的信心,因为她知道越是险恶的山里越有珍贵的药材,浑身是胆的儿子就越有可能来过。她从不向人打听她儿子是否来过,因为打听也没用,山里地广人稀,没有人会注意到一个小小的陌生的身影的,更重要的是,她生怕儿子已遭了不测,一打听便会惊动了凶手。

这天,妈妈来到了一个更为偏僻险峻的小山村,说它偏僻险峻,因为仅有的十几户人家均依山势而建,房子忽上忽下,有的隐匿在山坡那一面,根本无法看见,家家户户彼此相距又极远。妈妈看到村头有一间小小的杂货店,显然这十几户人家的油盐酱醋就全指望这间小店了,她二话不说,当即在小店旁的树上挂上画,然后照例坐了下来。

一天过去了,两天过去了,妈妈看到十几户人家大概都来到小店买过东西了,个个也看过画了,可没有一家有画上的花。妈妈的心一点一点往下沉,看样子这回又落空了,还得走,只是自己的身体越来越差了,有时临水照一下,水里面出现的人哪像五十开外,倒像是个七八十岁的老太太!常常是坐下来时容易,再站起身可就千难万难了,头昏眼花老半天。这几天更是夜夜梦见儿子,儿子的眼睛一如既往地像天上的启明星一样明亮,可妈妈伸出手抱儿子入怀时才发现搂了个空。看样子自己跟儿子相见的日子不远了,这样也好,娘儿俩又可以相依为命了。

第三天,妈妈在心里对自己说:再没有人来卖花,就动身到下一个村子,来日无多,不能再耽误时间了。就在她费力地咽一口馒头就一口水时,耳边听到有个小孩说话了:“咦,这不是我家里长的花吗?”

妈妈浑身一抖,手中的半个馒头“噗”的一声掉在了地上,抬头一看,是个七八岁的小男孩正歪着头打量着那幅画。妈妈一愣之后忙颤着声音说:“娃儿,你家真有这样的花吗?你可别骗婆婆啊!”

小男孩听了贴近画看了又看,然后用力点点头说:“没看错,我家后院里的红花跟这花一模一样!”

小男孩走后,妈妈立即收起画,因为起身的时候太快了,竟“扑通”一声重重跌了一跤,脸都跌破了,可她顾不上擦血,只是直勾勾地盯着那小男孩的身影,直到小男孩走到山坡那一面,然后不见了。妈妈手脚并用地爬上高处一看,山坡后有一户人家,孤零零地只有一家。

三天后妈妈又回来了,跟她一同来的是几个强悍的捕快(捕快是捕役和快手的合称,他们负责缉捕罪犯、传唤被告和证人、调查罪证)。

妈妈带着捕快直奔山坡后那户人家,推开门,正看到这家一家三口吃中饭,其中的小孩正是上次那个小男孩。一见捕快来了,那两个大人脸色"刷"就变了。

妈妈也不言语,像疯了一样直奔后院,尽管百草肃杀,但一进后院门却迎面看到三朵艳红如血、朵大如碗的花,微风乍起,花儿突发出"呜呜"的声音,像个久违的游子要一头扎进妈妈的怀里呜咽一样。妈妈"哇"的一声号啕大哭起来,双手捧花像昔日捧住儿子的脸,顿足说:"启明、启明,妈妈终于找到你了!"

捕快连忙劝住她,问到底发生了什么?她的儿子又在哪里?妈妈竭力止住哭声,说:"请你们搜查这家,一定会搜到一块绿色的玉佩,上面刻着四个字'恒寿恒昌'。"

一言既出,只见这家粗壮的男主人"霍"地跳起身就要拿锄头,早被两个手疾眼快的捕快死死地摁倒在地。忽见那男孩的妈妈"扑通"一声瘫坐在地上,指着男人披头散发地大哭起来:"你这天杀的,我早就说过不要干伤天害理的事,你偏要干,现在害了我们娘儿俩了!"

捕快一听话里有话,立即动手搜查起来,果然搜到一块玉佩,形状颜色和上面刻的字跟启明妈妈说的分毫不差。妈妈一看伤心欲绝,说:"这就是我儿随身佩戴的玉,是他临动身前我在菩萨面前整整跪了一夜求来的护身符,不想玉还在,人却……我就知道他们杀了我儿子后肯定舍不得扔掉玉的。说,我儿子在哪儿?"原本衰弱得风吹即倒的妈妈突然像母狮一样暴怒起来,要不是捕快死死拉着,只怕那男人脸上早就开花了。

有个捕快忍不住问:"大娘,你是怎么知道你儿子在这家被杀的?"

妈妈心疼如绞,强撑着摇摇欲坠的身体哀哀地说:"我儿子临动身前,我给了他三粒花种子,那种子长成花后红艳胜血,所以叫'血里红',是我昔年从遥远的他乡携带而来,生命力极为顽强,此处山中绝无仅有;更奇特的是,别的花种只在春夏两季才能萌生,而这种子偏在深秋时节落下第一层霜后才会萌芽,又生长得极快,一月左右即可盛放。所以我让儿子深秋落霜后进山,并再三告诉他无论到哪家投宿时一定要偷偷地把这三粒种子种下,第二天再挖走。现在你们看见的这三朵花儿就是那三粒种子长出来的,我儿子没有挖走种子,肯定就是在这家被害了!"

那男人一听在地上挣扎着朝他女人咆哮起来:"我说这花来得怪异,可你这女人非说花好看,不肯铲,全怪你这死女人坏了大事!"

事已至此,男人无法隐瞒,捕快略一威吓便全招了,原来那天启明正是在他家住的宿,当他知道启明进山收购药材后便知道启明身上带了银子,当下起了杀心,在夜半时分用打柴的斧头砍死了熟睡中的启明,然后埋在了后院。他哪里知道启明早已遵照妈妈的嘱咐在后院悄悄埋下了三粒种子。

在这男人的指认下捕快只几锹就在那三朵红花的旁边挖出一具尸骸,尸骸还没有完全腐烂,身上的衣服鞋袜全在,他正是曾经生气勃勃地发誓要挣钱养活妈妈的启明!

妈妈一见尸骸万箭穿心,先咬牙狠命一摔,那块玉佩顿时碎得纷纷扬扬,然后嘴里只来得及说了声:"启明,我的儿,妈妈来了!"口角血沫喷涌,身子一歪就倒了下来,正倒在花上。

那鲜血一样红的花瓣突然间朵朵飘零下来,刹那间落红如雨,像一位年老母亲的血泪在飞。

(徐树建)

智慧·感悟·启迪

如果说花红胜血,那么母爱更胜过花红。无论发生了什么事情,母亲都会不顾一切地保护我们。也许苍老的是年龄,也许凶残的是凶手的利欲熏心,也许面临的是危险的困境,但当这些呈现在母亲的面前时,一切都会黯然失色,不再可怕。因为,母亲会用她的坚韧战胜一切困难。

孝顺频道

“最近电视真没意思。”老婆走进卧室,在他身边坐下,夺过他手里的杂志说。

“不会吧,80 个频道都没意思?”他问。

“是呀,个个频道都大谈孝道。新闻是关于孝道的,谈话节目是关于孝道的,电视剧是关于孝道的,就连动物世界也以孝道为主题。”

“奇了!真是这样?不会是开展大规模的孝道国民教育吧?”他将信将疑,到客厅里打开电视机。里面正在播放一部连续剧,名字叫《常回家看看》。他又调了个频道,是对一位 90 岁老人的专访,他再连调了几个频道,竟然真是那样——全都是如何关爱父母的内容。

他选定一个节目看起来。镜头里出现一位白发老人挑着担子浇菜的情景。老人已经七十来岁,却吃力地挑着百十斤重的木桶,上河岸,下河滩,步履维艰。蓦然间,他全身一震,发现那老人的身材面貌酷似自己的父亲,瞪大眼睛细看,却又觉得不太像。

他将电视机重重地一摁关上了。他不愿意想到父母,嫌他们脏。他更不愿意让他们到城里来居住,二老与这个装修得十分精美的家似乎格格不入。他有多久没有回家了?三年吧?是的,三年。

第二天,刚到单位,就听见人们议论纷纷,原来某国的总统来访,电视上一直跟踪报道,一时间人们津津乐道。他问:“总统来访?怎么昨天的《新闻联播》也不报道?”

“报道了呀,整整 10 分钟!”有人看着他说。

他吓一跳,播了 10 多分钟?没有呀!7 点到 7 点半我一直守在电视机前。

他试探着问:“那么,昨天晚上谁看了中央三台?7 点半开始的是不是《戈壁母亲》?”

美女同事小王睁大眼睛反驳:“你说的是什么呀?7 点半明明播的是韩剧《美人鱼》!”

“那么,谁又看了四川一台,8 点钟开始的是不是《常回家看看》?”

“乱说!应该是《笑傲江湖》才对,我就是看的这个频道。”小李是个武侠迷,很肯定地对他说。

他简直成了外星人!

他家的电视竟然播放完全不同的节目!

他还是不相信。回家后,他立即打开电视机,边看边用手机与朋友联系,问他们是不是播放一样的节目。朋友们对他的话感到莫名其妙,因为他报的节目全部不一样。有个朋友甚至问他是不是在发高烧,要不要上医院。这个朋友明显怀疑他在说胡话。

最后他瘫坐在沙发上。

他十分难过,开始对自己认真反思起来。也许是自己的电视中了什么病毒?或者就是自己太不孝顺，受到冥冥中什么力量的惩罚？用俗话说，就是“报应”！而且这“报应”还不知会怎么发展下去、会有多可怕！

几天来他食不甘味。他再也不敢去碰电视机，好像那上面有电，会电着他似的。父母的形象占据着他的整个脑子。从小时候开始，母亲如何为他洗尿布，父亲如何给他喂稀饭、如何送他上学、如何省吃俭用为他凑做生意的钱……一切记忆都浮上心头。

他深刻地认识到自己有愧于父母。

他无论如何也得回去一趟。第二天，他请了假，然后出发。傍晚时分他到了老家门边，看到整个河岸上只有父母破旧的草房子，显得孤零零的，河滩里是数不尽的石头，石头缝里有一小块菜地。他没有急着进去，而是在外面悄悄地听了听。

母亲的声音：“孩子他爸，快点，看《新闻联播》了！”他诧异，父母根本就没有电视，如何看《新闻联播》？

父亲的声音：“马上就来！唉，我这腰呀，疼得厉害。老了，不中用了，挑水浇菜也不行了！”

他有些歉然，的确不该那么对待父母。这时候他听见母亲又说：

“孩子他爸，这块石头真好，当个电视用！咱儿子一家每天晚上的情况都播。那道士真有法术，随便在河滩上捡两块石头，就满足了我们的愿望！”

父亲语气里满是钦佩地答道：“那道士是神仙！活神仙！人家帮人帮到底，还走那么远的路，到儿子城里去送石头。两块石头，那块在儿子家里录像，这块就在我们面前播放。绝了！人家还不是为了圆你想天天看儿子的梦？”

“你不想天天看儿子？想得比我还厉害，咋就只说我呢？”母亲嗔怪地打了父亲一下。

然后他们聚精会神地看起“新闻联播”来。

透过门缝，他看到一块平如镜面的石头上，显现着自己家里的生活情景，妻子在打毛线，女儿在做作业……

他在门外站着，并没有急着进去，因为满脸泪水不好收拾。他想起一个月前，有个道士在他家门外卖一块石头，那石头很精美，他便买下了，就放在家里的电视机旁边。

原来那是块神奇的石头！

（谢丰荣）

智慧·感悟·启迪

一块神奇的石头能转播生活，你信吗？很多人都不信，但是我们都希望它存在，因为它能照亮一个儿子回家的路。如果这样的石头不存在，那么我们就把故事里的石头当面镜子，照照我们那颗孝顺的心，有没有被自私遮盖。如果有，就应该守着这个频道，永不换台。

嘱　托

贺坦的父亲临终前把贺坦和妹妹叫到跟前，对他俩说，往后的路不管怎么难都要把车行撑下去，卖汽车是我们家的主业，不能砸了吃饭的饭碗。

贺坦伏在父亲床前,欷歔不已,不住地点着头。

贺坦的父亲交代完这些,又拉过贺坦妹妹的手,把一个什么东西塞在她手里,并让她出去,他要和她的哥哥单独说几句。贺坦的妹妹这年 17 岁。

贺坦的妹妹出去之后,父亲对贺坦说:帮你妹妹物色个对象,要忠诚老实、对你妹妹好、对车行好、日后能做你帮手的。贺坦父亲说完这话,就在这天夜里不声不响地撒手归西了,一代车商走完了他红红火火的人生历程。

贺坦的父亲去世后,贺坦操持起家业,车行在他的料理下,生意蒸蒸日上,仅一款国产车的年利润就比父亲在时多一倍。

车行的事刚刚见眉目,贺坦就张罗着给妹妹介绍对象。贺坦有个同学,和贺坦是莫逆之交。贺坦选择他,是经过了深思熟虑。他把所有熟悉的人都梳理和排查了一遍,觉得只有这个同学将来可做车行的顶梁柱,如果有一天自己真有个一差二错,不至于没人去撑车行的天。

可是贺坦的妹妹对这事并不感冒,不管哥哥怎么张罗,她就是爱理不理,对车行的事倒是出乎意料地上心,每天不管贺坦起得多早,都没能比她先到车行。

贺坦说,张逆这人不错,我们从小就是同学,他若不好,我能让他打进我们家内部?

贺坦的妹妹说,这我懂,我就是看不好他这个人。

贺坦一听看不好人,觉得这是大事,就只好另想办法。

事隔半年,贺坦去外省调车,回来后乐颠颠告诉妹妹,你猜我看见谁了?你童年的玩伴小鹏。小鹏现在可出息了,做了一家汽车企业的法人代表,人也出落得英俊,个头儿一米八。他还打听你呢,说哪天要专程来看你。

贺坦的妹妹看了看他,一副经过世事的样子,她说,童年的事你还信?我早就把他忘了,当心那小白脸啥时吞了咱家的财产。

贺坦看着妹妹,说你怎么谁都怀疑呀,是不是有病呀?小鹏你若不信,那你还信谁呀?贺坦真有点生妹妹的气了,他甚至怀疑,妹妹不嫁是不是有意想和他争夺车行?

妹妹说,我没病,可我谁也不信,就信自己。妹妹说完又去忙活车行的事了。贺坦预感到,妹妹为车行可以放弃一切。

一天,银行的经理找贺坦,想把自己的女儿嫁给他,贺坦思量再三,决定还是回家和妹妹商量。不料妹妹极力反对,妹妹说,怎么着,贷他点儿款还要把人给他,这事休想办到!妹妹此时酷像孙二娘,杏眼圆睁,柳眉倒立。贺坦当即就觉得这事没戏了,没办法,他太在意妹妹了。

时光荏苒,白驹过隙,一晃三年过去了。这年春天来临时,草木发芽,万物复苏,贺坦看到了这一年的第一只红蝴蝶。父亲活着的时候告诉他,每年看到的第一只蝴蝶是红色的,就预示着这一年有好运气。果然贺坦遇到一个深爱着他的女孩。这女孩是车行的雇工,长得漂亮可爱,艳丽迷人。贺坦对她也有意,他们就开始了第一次约会。

约会那天他们选择了看电影。电影现在已经没有人愿意看了,但是女孩爱看,女孩的父亲早年做过放映员,和她母亲离异后,女孩就再也没有看见过父亲,她的心里只有电影,只要一看电影,女孩就觉得见到了父亲。

可是当贺坦陪着女孩来到电影院时,发现他们座位的左边也坐着两个人。因为电影还没开演,在明亮的灯光下,贺坦一眼就认出其中那女孩是自己的妹妹。就在他吃惊时,爱着贺坦的女孩也叫出了声,原来是她的弟弟和贺坦的妹妹,正手拉着手说笑着。女孩猜测,她的弟弟也和她一样没有忘记父亲。

女孩从那一天起就再也没有和贺坦来往,她很注重名声,她决定用自己的一生去校正滥情的父亲。而贺坦对这件事也有准备,他怎么也不能和妹妹成亲于一家。天涯何处无芳草？加之他的心思都在车行上,对婚姻也没投入太大的热望。

可是这一年太不平常了,秋季来临时,贺坦出事了。他试车时,为躲避从小路上冲出来的一辆农用车,而将自己的车翻到了深沟里,造成严重的左腿粉碎性骨折。

养病的时候,贺坦对一直守候在身边尽心尽力照顾他的妹妹说,非常对不起,父亲嘱咐我的事,我没办好,让你至今未嫁。

妹妹正喂他粥喝,听了他的话说,是我对不起你,我和那男孩并没有在一起,是我耽搁了你的青春。

贺坦很惊讶,问,为什么？妹妹回答,是我太自私。贺坦说,你从不自私,你把所有的精力都用在了这个家上。妹妹没说话,把一张纸条递给哥哥,走了。

这是贺坦的父亲临终前,塞给女儿的那张纸条。

贺坦看到上面写着这样一行字:贺坦不是我亲生的儿子,却是我最信赖的儿子,可以做你的丈夫。

（陈力娇）

智慧·感悟·启迪

父亲临终前的嘱托,通过一个纸条,改变了两个人的命运。哥哥是爱妹妹的,妹妹也是爱哥哥的。可是,当兄妹之爱与父爱放在一起时,我们一定会为父亲的良苦用心而欷歔感动。父亲的爱总是这么不动声色,是润物细无声的,即使父亲要离开,也会为孩子铺设一条温暖的前路。这种爱,唯父亲独有。

你愿做谁的儿子

他在单位里是个出了名的勤快人,这是局长对他的评价。只要是局长开口说的事,他必定全力以赴。局长家的窗子坏了,是他去修;局长家的煤气罐空了,是他扛着去换;局长家的老人病了,是他陪着去医院。这不,今天,他又听说局长的公子放学没人接,就自告奋勇跑来了。

这是家贵族学校。等见了局长的公子,可把他看呆了。局长的公子长得像只皮球,整个身体都成了圆的,局长的公子跟着他走了没几步,就嚷着要他背。他哄着这位小公子,说一会儿就能坐上车了。公子不依,他只好弓下身,把一百多斤重的“圆球”扛在身上,犹如一座大山压在了背上。

可他还是屁颠儿屁颠儿地往前小跑着赶路,他知道自己的前途还在人家局长的手里攥着呢!

偏偏他的这次自告奋勇被自己的儿子看见了。儿子和局长的公子不在一个学校,儿子在附近一家专门给农民工子女办的学校里读书。儿子看见他背着这个“圆球”,开始觉得滑稽,后来心里就不平衡起来。

儿子一直等他把局长的公子背到车里,才冷不丁地跑过来,对他说:爸,你也得背我一回。

他对儿子左看看右瞅瞅,心想今天怎么了？平时,儿子挺体谅自己的。但他说出口的话却异常严厉:上车,少招我烦!

等他把局长的公子送到家里，对他家里的保姆又是点头又是哈腰，人家爱理不理地打发了他们两个。

回家的路上，儿子想坐出租车，他扬了扬手，没打在儿子脸上，只是说：那是咱能坐的吗？

儿子对他说：给当官的人当儿子真好啊！又是车接，又是人背的，还有人给他送礼，吃得圆滚滚的。

他笑了，算是同意儿子的观点。不过，心里掠过一丝苦涩。

他心里有一个愿望，就是能成为局里一名合同制员工，这样他的各项待遇才会有保障，才能让儿子过上好日子。他对这点很有信心。

他再也不愿让儿子重蹈他的覆辙。自己当年学习一直拔尖，可后来因为家里生活困难，就辍了学。但他一直不死心，凭着对文学的爱好，应聘到局里当了临时工。自己出人头地的心早没了，他把希望寄托在了儿子身上。他要让儿子成为人上人，自己就必须为他铺好路，他把赌注都押在了局长的身上。

局长喜欢的就是他喜欢的，局长的一个眼神对他来说就是命令。

局长没事总是找他闲聊，这让他很感动。有意无意地，局长暗示要瞅准机会让他转正。当然，更多的时候，局长会有意无意地说些家务活，然后，他就像局长的两条腿一样把那些事情办得妥妥帖帖。

然而好景不长，局长犯了事儿，被停了职。

他懊恼不已。不过他很快就想开了，“人的命，天注定”，这是无法更改的。

他决定用现实与儿子进行一次对话。

他对儿子说：“你还记得我们局长的公子吗？”儿子回答得很干脆：“打死我都不会忘的。”他说：“我们局长被停职了。也就是说，他那个公子也没有好日子享受了。”

他又说：“不要羡慕那个公子哥儿了，你看你老爸没本事，可咱不是也生活得好好的！”

儿子憋了半天，才嗫嚅着说：“瘦死的骆驼比马大，他终究享受过荣华富贵了，那‘圆球’也不枉来人世一遭。”

这孩子怎么啦?！他突然怅然若失，鼻子酸酸的，蹲下身子来，想哭。

（孙智慧）

智慧·感悟·启迪

无论孩子是瘦弱还是健壮，无论父亲是局长还是普通职工，父亲永远会为儿子的美好生活努力付出，持续打拼。孩子是父亲奋斗的理由、动力和起点。儿子是父亲的希望、责任和未来。为了孩子，父亲吃多少苦、受多少累都能微笑面对，于是我们会释然一笑：拥有温暖的父爱，这种幸福又岂是物质所能替代的？

我替老爸上大学

从同学文涛家的别墅走出来，康沅的心就再也没平静过。

三百多平方米的楼中楼，康沅跟着同学拾级而上。到每一个房间，康沅都要停下来慢慢欣赏一番。同学家格调高雅,布置精巧,让康沅看得眼花缭乱,同时心里有一股隐隐的痛。

同学小学都没毕业,今天却拥有了上百万家产。而他,一个本科毕业生,至今还一无所有,属于他的,只是教室里的三尺讲台。

夜已深了,康沅才跌跌撞撞地回到家里。他打开门,看到父亲的房间透出一丝淡淡的光亮。康沅透过门缝往里面看,只见父亲手捧着一个木盒仔细端详着。那里面装着什么,康沅从没去关心过。从小时候,家里就一贫如洗,没什么值钱的东西,所以,对于父亲的东西,他从不去过问。

"你回来了。"父亲听到外面的响声,收起盒子走了出来。看到康沅醉醺醺的样子,父亲不禁责怪地说:"看你醉成什么样了,下次别喝那么多了。"

"你,你不懂。要不是你一直要我考大学,今天,说不定我也成百万富翁了。"想起同学现在的样子,康沅的心里就特别难受。要不是没钱,他心爱的女朋友也不会跟他分手。康沅的眼前,又浮现出小时候父亲对他严厉的样子。

从小学到初中,康沅的学习成绩在班里都是名列前茅。到高中以后,母亲去世了,康沅到离家十几公里的一中学习,因为离家远,康沅就在学校宿舍住了下来。同时,他也结交了班上一些不三不四的同学,在那些同学的带领下,他学会了迟到、旷课,学习成绩一落千丈。父亲知道这件事以后,连夜赶到了学校,在外面的桌球室里找到了康沅。父亲手拿一根棍棒,当着那么多同学的面,狠狠地抽打着康沅,边抽打边嘶喊着:"叫你逃课,叫你逃课!"长这么大,康沅从没见父亲发那么大的脾气,康沅被吓坏了。从那以后,父亲扔下家里的农活,在学校附近租了间民房,又去找了份扫街道的工作,陪着康沅上学。父亲对康沅非常严厉,经常板着脸说:"你考不上大学,我就当没你这个儿子。"在父亲严厉的管教下,康沅终于如愿考上了大学。康沅还清清楚楚地记得,拿到录取通知单的那天,父亲买了串很长的鞭炮来放,烟花绽放出一片片彩花,听着乡亲们的赞扬,父亲的脸上露出了少有的笑容。

"就你们这些老头子认死理,非得考上大学才有出路。你去看看文涛,就知道什么叫'百无一用是书生'。"想到以前发生的事,康沅冷冷地笑了笑,对父亲讥讽道。

"唉!阿沅,或许父亲错了。你不知道,父亲没机会上大学,所以就把这个大学梦寄托在了你的身上。不过,并不是每个人都那么幸运,都有机会成为百万富翁的。所有的东西都不属于你,只有你的知识,才是你最大的财富。"父亲顿了顿,目视着前方,眼神悠远而宁静。

"你自己没考上,是你自己没本事,干吗非要把你的意愿强加在我身上?"康沅今晚发这么大脾气,还在于文涛要康沅到他公司上班,答应给他8000元月薪,可父亲就是不同意,父亲说他不适合那样的生活。想到这,他就更加来气,父亲为何什么事都要拦着他呢?

"阿沅,你还记得父亲带你去参加高考的情景吗?"父亲看到康沅对他发那么大脾气,并不生气,淡淡地开了口。

怎么会不记得呢!在康沅3岁的时候,高考恢复了,父亲很早以前就念叨着要去上大学,他本来在农场上班,知道这个消息以后,父亲连夜赶回来,对母亲说他要参加高考。

第二天,父亲推出自行车,车的后架载着康沅,要去县城参加高考。康沅高高兴兴地坐在后面,他看到父亲走在路上的时候,只要看到一些可以卖钱的纸皮铁屑之类的东西,父亲都会停下车,上前捡起来,并对康沅说:"捡了回去卖钱。"到了县城,父亲进去考试,康沅则在外面看着自行车,直到父亲考完试带着他回家。

一天晚上,康沅听到母亲在问父亲:"对了,你去参加高考有消息吗?都这么久了。"

"呵呵,没考上。算了,去经历一次考试我就满足了,还上什么大学呢。"康沅听到父亲跟母亲说道。

从那以后，父亲再不提上大学的事。只是当夜深人静的时候，康沅几次看到父亲偷偷背着他和母亲打开一个木盒仔细端详着……

第二天，文涛又打电话给康沅，问康沅要不要去他那儿工作，去的话就搭他的车一起走。康沅有点动心，但又担心父亲不答应，于是偷偷办了个停薪留职手续，跟父亲撒了个谎，说要到外面出差，就跟着文涛来到了深圳。

可惜好景不长，康沅在文涛的公司才待了两个月，公司就因为涉嫌非法传销被查处了。康沅正打算回老家，这时，同村的人刚好打电话过来，说他父亲去世了，康沅赶紧回家办理丧事。

在整理父亲的遗物时，康沅看到了那个盒子。出于好奇，康沅打开了盒子，里面有一张纸条，是父亲的笔迹，康沅拿起来一看，只见上面写着："阿沅，这里装的是我的大学录取通知书。你不知道，我非常想能有机会去上大学，但那时候家里没钱，你母亲又体弱多病。我想了想，对你们隐瞒了考上大学的事实。阿沅，父亲把自己的梦想强加在你身上，是我不对。我走后，你就可以自由地左右自己的思想了。还有，我去世之后，你把通知书焚烧在我的坟前。今生上不了大学，我相信，来世可以实现我这份梦想的。"看着看着，康沅的鼻子一酸，他"扑通"一声在父亲的遗像前跪了下来，声嘶力竭地大声喊着："爸——"

（海棠依旧）

智慧·感悟·启迪

对一位把大学录取通知书藏了二十几年的父亲来说，上大学的梦想是被贫困打碎的。但是父亲没有后悔过，他为了孩子愿意用一生保守秘密。父亲总是这样的，孩子的未来可以代替自己的梦想。于是，为了孩子，父亲的生活无论多么辛酸、苦楚和艰难，他从来都不求回报，为了孩子，父亲付出再多也愿意。

镜言如诗

滩头村的学文和学武兄弟俩今年都参加了高考，一估分，都在500分以上，老师说这个分数能上本科线。这本该是高兴的事，而王兴礼却高兴不起来。王兴礼的老婆三十来岁就去世了，王兴礼身体又不太好，不敢到城里打工，只会在土里刨食，把两个孩子拉扯大读上高中头发就累白了。现在两个孩子同时考上了大学，就是把家产卖光也凑不够他们的学费呀！孩子上了大学，吃什么花什么呀？王兴礼是个老实巴交的庄稼汉，没有办法可想，只会坐在那儿掉泪。

两个孩子都懂事，学文说爹你别难过，我去外面打工，你在家种地，让学武一个人上大学吧。学武说我的身体棒，还是我去打工让哥去上大学吧。学文说你估的分数高，你有前途你去上吧。学武说要是不上大学你的女朋友就和你吹了，还是你去吧。兄弟俩让来让去的，谁也不松口，这可让王兴礼为了难，最后王兴礼说那就抓阄吧，谁运气好谁去吧。学文进屋写了两个纸条，团起来让学武先抓。学武把两个纸条都抓起来了，展开一看，上面写的都是"上"。学武要重新写，学文不让，说这样吧，咱俩谁的通知书先下谁去上。

学文去了村里的砖瓦厂干临时工，学武跟着村里的建筑队干活。一天，邮递员把学文的大学录取通知书送到了砖瓦厂。学文买了十来块冰糕给一起干活的同伴，要他们替自己保密，他想让弟弟去上大学。回到家，学武就问，听说你的通知书下了，这回，你没啥说的了吧？学文说没有的事儿，你听谁说的？学武要搜学文的身，学文不让。学武让爹说话，王兴礼让学文把通知书拿出来，学文却哭了起来。学文一哭，王兴礼和学武也哭了。正哭着，支书大林来了。大林说都别哭了，你们家的事儿乡里知道了，乡领导说了，兄弟俩都得去上大学，有困难乡里给解决。他这一说，这爷儿仨都不哭了。学文把通知书拿出来，王兴礼双手捧着通知书，激动得又哭了起来。学文要学武留点儿心，估计他的通知书也快下了。学武不好意思起来，说我的通知书昨天就下了，我是在路上碰到邮递员的。学文使劲儿擂了学武一拳，又使劲儿抱住了学武。

临到开学的时候，乡里的王乡长才送来5000块钱，说是乡里的财政很困难，干部的工资都发不下来，这5000块钱也是乡里的几个领导给凑的。此外，支书大林给了2000，亲戚朋友们凑了2000，王兴礼把粮食几乎全卖光了，总算是把学费凑齐了。

最后，学文并没有去上学，而是到南方去打工了。学武的学校在南方一座大城市，消费水平很高，学武拿的钱缴完学费就剩下不多了，以后的日子怎么过呢？学文想自己是哥哥，应该做出牺牲，让弟弟体体面面地上完大学。学文打了一个月工，估计弟弟的钱快花完了，就给学武写了一封长信，给他寄去了1000块钱。过了几天，钱和信都被退了回来，原因是查无此人。学文赶紧去了学武考上的那个大学，找到学武报的那个系的负责人一问，才知道学武根本就没有来报到。学文如同傻了一般，半天也没有说出一句话。

（张晓枫）

智慧·感悟·启迪

人生中，总有太多的无奈摆在我们面前。梦想在和贫苦相遇时，总会经历一番痛苦地挣扎。于是，这些善良的谎言让人心头涌起了一丝丝的温暖。好在，文中的兄弟俩并没有被贫苦击倒，他们用善良写出了一首歌颂兄弟情谊的诗，用浓浓的爱让我们品尝到了亲情的味道。

一只让人流泪的水缸

朋友乔迁之喜，我们前去祝贺，在她100多平方米的房子里，摆放着许多新潮的家居用品。忽然，我发现在卧室里有一样东西极不适宜地立在那儿，那是一只高一米多的缸，很旧的颜色，缸口处还有许多裂痕。就因为这只缸，整个房间的布局和格调全被破坏掉了。

我们围着那只缸看，很普通的那种，绝没有什么收藏价值，真想不通她为什么把它放在这里。这时朋友走过来，说：“我搬了几次家，许多东西都送人或扔掉了，只有这只缸我一直带着！”我们静静地看着她，知道这只缸一定有着令人难忘的故事。她沉默了片刻，便开始给我们讲述起来：

那是20年前的事了。当时，这座林区城市还很闭塞，楼房少，都是大片大片的平房。每家的院墙都是用木板搭成的，院子里的小棚子什么的也都是木制，林区里就是不缺木头。那时她家住在一片平房区的中间位置，父母都是普通工人，家里只有她这么一个孩子，那一年她只有

6岁。

那是一个周日的午后，正是炎热的夏天，几乎每家每户都在午睡。忽然就起火了，由于木头多，火势的蔓延快得吓人。她从睡梦中被父母推醒时，外面已是一片红彤彤的火海。这种居住区房屋很密集，狭窄的巷弄消防车根本无法开进来，所以火越烧越大。父亲抱起她冲出院门，烈焰飞腾，浓烟滚滚，已经没有路可以冲出去。周围都是绝望的哭喊声，她看到这个情景，吓得都不会哭了。

父亲观望了一下，把她递到母亲怀里，然后冲向院子里的那只水缸。他用水桶拎出一桶水来，从她们母女二人头上浇下去，她被父亲这突如其来的举动吓得叫起来。父亲又把一桶水浇在自己身上，然后把缸推倒，水都淌了出来。父亲抱过她，将她塞进缸里，说："怎么难受都不要出来！"她蜷缩在缸里，忽然觉得缸滚动起来，她随着缸的滚动翻转着，一时有些眩晕，赶紧闭上眼睛，用脚死死地抵住缸壁。

过了一会儿，她觉得越来越热，缸壁也慢慢变得烫起来，她身上的水都变成了白白的蒸汽。她睁开眼从缸口望出去，所见之处都是大火。她吓得又闭上眼睛，觉得缸滚动得越来越慢，她快坚持不住了，大声喊着爸爸妈妈，却听不到回答。不知过了多久，她被人从缸里拽出来，空气清凉了许多，她清醒过来，哭喊着爸爸妈妈。她忽然看到了令她终生难忘的一幕，那只缸仍在那里，大火仍在不远处燃烧着，而她的爸爸妈妈，仍躬身站在缸后，四只手放在缸上，保持着推缸的姿势！原来他们已经死了，全身烧得黑糊糊的，可她还是一眼认出了他们。面对这一幕，在场的人无不落下泪来！

说到这里，朋友的眼泪淌下来，她用手轻轻抚摸着那只缸，说："我可以想象得出，爸爸妈妈是怎样忍受着大火烧身的剧痛，一路把缸推了出来，是他们，用自己的生命换来了我的平安……"她已泣不成声。

我们的眼泪也都落了下来，看着这只缸，我仿佛看到了火海中那惊心动魄的一幕。这就是世界上最伟大的亲情啊，在最危急的时刻，把生的希望留给我们、甚至不惜付出自己生命的，只有我们的父亲母亲！

（包利民）

智慧·感悟·启迪

父母总是能调动起他们所有的爱来保护孩子，即使灾难来临，即使危险光顾，即使要付出生命，他们也会毫不犹豫地为孩子撑起一片天。我们会质疑苦难，质疑挫折，质疑生活，但是我们从来不会质疑父母。因为父母为我们所做的一切，都是出于真心的。父母永远希望孩子比自己好，这是父母的天性。

洗手间里的晚宴

女佣住在主人家附近，那是一片破旧平房中的一间。她是单身母亲，独自带着一个4岁的男孩。每天她早早帮主人收拾完毕，然后返回自己的家。主人也曾留她住下，却总是被她拒绝。因为她是女佣，她非常自卑。

那天主人要请很多客人吃饭。客人们个个出身上流社会，光彩照人。主人对女佣说：今天您能不能辛苦一点儿，晚一些回家？女佣说：当然可以，不过我儿子见不到我，会害怕的。主人说：那您把他也带过来吧……不好意思今天情况有些特殊。那时已是黄昏，客人们马上就到。女佣急匆匆赶回家，拉起自己的儿子往主人家赶。儿子问：我们要去哪里？女佣说：带你参加一个晚宴。

4岁的儿子并不知道，自己的母亲是一位佣人。

女佣把儿子关进主人家的书房。她说你先待在这里，现在晚宴还没有开始。然后女佣进了厨房，做菜、切水果、煮咖啡，忙个不停。不断有客人按响门铃，主人或者女佣便跑过去开门。有时女佣进书房看看，她的儿子正安静地坐在那里。儿子问晚宴什么时间开始？女佣说不急，你悄悄在这里待着，别出声。

可是不断有客人光临主人的书房。或许他们知道男孩是女佣的儿子，或许并不知道。他们亲切地拍拍男孩的头，然后自顾自地翻看着主人书架上的书，并对墙上的挂画赞不绝口。男孩始终安静地坐在一旁。他在急切地等待着晚宴的开始。

女佣有些不安。到处都是客人，她的儿子无处可藏。她不想让儿子破坏聚会的快乐气氛。更不想让年幼的儿子知道主人和佣人的区别、富有和贫穷的区别。后来她把儿子叫出书房，并将他关进主人的洗手间。主人的豪宅有两个洗手间，一个主人用，一个客人用。她看看儿子，指指洗手间里的马桶。这是单独给你准备的房间，她说，这是一个凳子。然后她再指指大理石的洗漱台，这是一张桌子。她从怀里掏出两根香肠，放进一个盘子里。这是属于你的，母亲说，现在晚宴开始了。

盘子是从主人的厨房里拿来的。香肠是她在回家的路上买的。她已经很久没有给自己的儿子买过香肠了。女佣说这些时，努力抑制着泪水。没办法，主人的洗手间是房子里唯一安静的地方。

男孩在贫困中长大。他从没见过这么豪华的房子，更没有见过洗手间。他不认识抽水马桶，不认识漂亮的大理石洗漱台。他闻着洗涤液和香皂的淡淡香气，幸福得不能自拔。他坐在地上，将盘子放在马桶盖上。他盯着盘子里的香肠和面包，为自己唱起快乐的歌。

晚宴开始的时候，主人突然想起女佣的儿子。他去厨房问女佣，女佣说她也不知道，也许是跑出去玩了吧。主人看女佣躲闪着目光，就悄悄地在房子里寻找。终于他顺着歌声找到了洗手间里的男孩。那时男孩正将一块香肠放进嘴里。他愣住了。他问你躲在这里干什么？男孩说我是来这里参加晚宴的，现在我正在吃晚餐。他问你知道你是在什么地方吗？男孩说我当然知道，这是晚宴的主人单独为我准备的房间。他说是你妈妈这样告诉你的吧？男孩说是……其实不用妈妈说，我也知道。晚宴的主人一定会为我准备最好的房间。不过，男孩指了指盘子里的香肠，我希望能有个人陪我吃这些东西。

主人的鼻子有些发酸。用不着再问，他已经明白了眼前的一切。他默默走回餐桌前，对所有的客人说：对不起，今天我不能陪你们共进晚餐了，我得陪一位特殊的客人。然后他从餐桌上端走两个盘子。他来到洗手间的门口，礼貌地敲门。得到男孩的允许后，他推开门，把两个盘子放到马桶盖上。他说这么好的房间，当然不能让你一个人独享……我们将一起共进晚餐。

那天他和男孩聊了很多。他让男孩坚信洗手间是整栋房子里最好的房间。他们在洗手间里吃了很多东西，唱了很多歌。不断有客人敲门进来，他们向主人和男孩问好，他们递给男孩美味的苹果汁和烤得金黄的鸡翅，他们露出夸张和羡慕的表情。后来他们干脆一起挤到小小的洗手间里，给男孩唱起了歌。每个人都很认真，没有一个人认为这是一场闹剧。

多年后，男孩长大了。他有了自己的公司，有了带两个洗手间的房子。他步入上流社会，成为富人。每年他都要拿出很大一笔钱救助一些穷人，可是他从不举行捐赠仪式，更不让那些穷人知道他的名字。有朋友问及理由，他说：我始终记得多年前，有一天，有一位富人，还有很多人，小心地维系了一个4岁男孩的自尊。

（周海亮）

智慧·感悟·启迪

文中的男孩长大之后，用他所收获到的善良放大了几百倍来回报大家，这正是善良的魔力，心手传递，生生不息。而那一份微小的自尊，是在卫生间里呵护而成的，只因为善良的关爱像极了空气、阳光和水，善良的种子生根、发芽、开花、结果，在几乎倍增的回报中遍布天下。

帮你的梦想插上翅膀

放了学，艾新拿着还没看完的漫画书走出校门。他又看见了那个在路边讨钱的小女孩。艾新是一周前注意到这个小女孩的，她穿着脏兮兮的不合时令的衣服，右边的那只袖筒里空荡荡地随风摆动，小脸也黑黝黝、脏兮兮的。艾新发现这个女孩跟街边很多讨钱的乞丐不一样，她不主动伸手，也不抱行人的腿，更不拿着碗喊“可怜可怜吧”；她只是站在那里，有过路的人给她钱她就伸出左手接上，并小声而真诚地说声“谢谢”。而且艾新还发现，每次一到放学时间，女孩就跑到学校门口，静静地看着三五成群的孩子背着书包打闹着回家，一看就半个多小时，直到学生们都走光了，她还愣在那里。

艾新想：该到回家吃晚饭的时间了，她怎么还站在这里呢？他走过去，问小女孩：“你怎么不回家呢？该吃饭了！”他的突然出现，令女孩有些意外，过了半天才怯怯地说：“我没有家！”

艾新很奇怪：“没有家？怎么会没有家呢！你爸爸妈妈呢？”

“我没有爸爸妈妈。我很小的时候因为残疾就被他们遗弃了，是个捡破烂儿的爷爷收养了我，可是一周前的那个晚上，爷爷在桥墩下悄悄去世了，我醒来时，就又成了一个孤儿！”

艾新的心好像被什么扎了一下，有点难受，他在口袋里掏出10元零花钱递给女孩，说：“买点东西吃吧！”

“你怎么会有这么多钱？”女孩问。艾新说：“老爸给的呀！”女孩就直摇头，说：“我不想要你的钱，如果你愿意，就把你手里的那本漫画书借我看看，明天我在这儿还你！”艾新抬手问：“是这本《三毛流浪记》吗，你也喜欢？”女孩不好意思地说：“我认识封面上那三根毛，是在爷爷收的破烂儿里看到的，可惜只剩半本了！”

艾新爽快地把书递给女孩，问：“你还要吗？我书包里还有《一千零一夜》、《安徒生童话》，多着呢！反正我背着也沉，多给你几本！”

女孩说：“不要，我就要这本，其他的我也看不懂，我不认识字！”女孩边低头翻看着漫画书，边自言自语地说，“真羡慕你能有大书包压着呀！”

艾新回到家，一晚上都没睡着。

第二天，放学后的艾新又看见了女孩，她手里拿着那本《三毛流浪记》，站在昨天艾新借她书的地方。艾新走过去问："好看吗？"

女孩高兴地对艾新说："好看。我过去看的那半本是黑白的，你这本是彩色的，可好看了！"说着说着，女孩声音又低了，"只是漫画上的字不认识！"

艾新说："今天给你一本能看懂的书！"说着艾新就从书包里掏出一本电子有声书，说，"看不懂的地方你就用手指点一下，书就出声了，你总该会听吧？"

女孩眼睛睁得大大的："什么？还有会说话的书呀！"她接过书，用手试探着轻轻点了一下，书里真发出了声，女孩咯咯地笑了！

艾新拉着还在笑的女孩走到旁边一家银行门口前的大理石台阶上坐下，说："你慢慢看书，我帮你要钱！"

女孩笑他："你会要钱！别逗了，你这样子，谁会相信你没钱？"艾新做了个鬼脸，从大书包里拿出一张纸，是一大张折起来的，艾新把纸拆开摆到台阶下的路面上，又掏出文具盒压在纸上，以防被风吹了起来。弄好后，艾新面对着铺开的纸紧挨着女孩也坐在了大理石台阶上。

那张纸上写了一串大字，女孩一个也不认识，问艾新，艾新只笑不说，她就把书放在并起的膝盖上，用仅有的左手翻起了那本有声图书，她用那小手点一下，书里有声传出，女孩就天真地笑一下。风把那只空袖筒吹得摆啊摆啊。

有很多人围了上来，看了看那张大纸，就有人 5 块 10 块地把钱放在艾新的脚下。女孩问艾新："你到底写的什么呀，那些人怎么给那么多钱？"艾新说："不多，还差得远呢！你不用管，抓紧看书吧，一会儿天黑就看不见了！"

那张纸是艾新昨晚一晚上的杰作，上面那些歪歪扭扭的字是艾新用水彩笔写的。上面写着：有爱心的叔叔阿姨们，我什么都不缺，因为我有疼我的爸爸妈妈。但我身旁这个小女孩却缺很多东西，我帮不了她什么大忙，但我可以帮她对那些愿意献爱心的叔叔阿姨们说声："谢谢！"我不想为这些客套的小事情而打扰她，让她静静地看会儿书吧！你们放心，这些钱她绝不会用于买衣服、吃汉堡上，因为她现在最需要的是坐在宽敞明亮、无风无雨的教室里看这些书！

不知谁给电视台打了电话，两个记者也赶了过来，他们认为这肯定是两个小骗子在作秀，变着法儿地骗钱。他们准备为此在那档招牌栏目——《出门就上当，当当不一样》上做个专题，他们把摄像机藏在包里，打算暗暗做个采访，暗访的结果令记者们很是为他们的猜测而惭愧，他们觉得自己在小艾新面前显得丑陋而矮小，小艾新却如同一个天使般鲜活而高大。

一直不见艾新回家的爸爸妈妈也来了，他们看见了一切。

电视台真的播出了艾新和小女孩的故事，但不是在《出门就上当，当当不一样》栏目播出的，他们新开了个栏目——《天使在人间》，并把艾新和女孩的故事做了一个叫"我帮你给梦想装上翅膀"的专题，作为《天使在人间》的开栏节目播出了。节目播出后，给小女孩的捐款源源不断地飞向了电视台专设的爱心账号里。

艾新的爸爸妈妈告诉艾新："你以后不用偷偷去帮那小女孩了，因为我们已办理了领养手续，从明天开始，她就是你妹妹了！"

艾新笑了。

艾新每天和妹妹背着书包，手拉手进出于学校的大门。妹妹认识的头两个字就是：艾新。但她发音不准，艾新总要帮妹妹纠正："笨蛋，不是'爱心'，是'艾新'！"

（吴宏博）

智慧·感悟·启迪

一个绝妙的谐音,"艾新"和"爱心"。无论是艾新,还是爱心,他们都是天使派出的爱的使者。于是,残疾小女孩和那些需要帮助的人,只要有梦想,都可以得到充满爱的帮助。爱是需要相互往来的,在我们接受帮助的时候也要适时地向别人伸出援手。这样,我们也会成为传递"爱心"的使者。有梦想,有爱,就会有翅膀。

每个相爱的人都有自己的圣诞节

12月25日这天早晨,我收到囡囡发来的一条手机短信:圣诞快乐!

没隔一年,准确一点说还在9月中旬,我也往囡囡手机发了一条信息:圣诞快乐!

傍晚见面时,囡囡笑道:"真让公事忙晕了头吧,圣诞节在哪一天也忘了呢。呵呵,想过圣诞也不要太性急。"

"不,今天就是圣诞节!"

我乐颠颠地把一束鲜花献给她。

她接过花,抬起眼看看我,又抬手摸摸我的额头。我得意地说:"放心,即便发高烧也烧不坏我这脑壳。今天,确实是我的圣诞节!"

"怎么今天会是圣诞节呢?"她问。

"我觉得今天就是圣诞节!"

于是,我给她讲了几个理由。

第一个理由,一个女孩爱上了我。那天,我被几个朋友扯起去KTV包厢唱歌。我这人天生患有音乐细胞缺乏症,没熬过半个小时,我便借故离开了包厢。过了一会儿,我有点突然地收到女孩这样一条手机信息:"你在哪儿呢?"原来,这个女孩跟其中一个朋友通话时得知我在那KTV包厢里唱歌,便说也过去凑凑热闹,只是她进了包厢却找不见我的身影,就偷偷发了这条信息给我。看完这信息,我抬起脚又回到KTV包厢。一见面,这女孩笑眯眯地说,还以为人家骗我哪。从这条信息和这句话中,我感到一种心动:她是为我而来!这个平日与我友好相处的女孩已经悄悄爱上了自己。我才知道,自己幸福地遭遇了爱情。那晚,我一连唱了好几首歌。呵呵呵,朋友都说我这个五音不全的人破了一回天荒,竟然也有这么好的雅兴。看看她那笑脸,她已经懂得了我的心思。

第二个理由,这个女孩爱惜着我。每一次外出应酬时,这女孩都会提醒我:"少喝酒,多吃菜。"平日,她很在乎我的身体。不过,她还开过一个玩笑:"这科学够发达了,喝坏胃还可以换掉一个呐。"说这话前,我刚刚喜滋滋地告诉她,有人托我办事,这事对于我来说并不难办,便收下了人家一个信封,里面有酬金五千块钱。她觉得这钱不能收,还是退给人家。捏了捏信封,我有些犹犹豫豫的。当听了她这句类似玩笑又根本不是玩笑的话,我的心猛地一紧:她爱惜我的身体,更爱惜我的前途和生命。所以这种爱惜才叫真爱!对啦,顺便说一声,这次我又要升职了。

第三个理由,这个女孩还爱管紧我。有一次我读书时看到一道挺有意思的爱情算术题:两人都只各爱一半,即$0.5\times0.5=0.25$,结果这爱的成分竟然变得比原来还少了一半。我才明白:

她前段日子塞给我一份“黑名单”，就是不想让我们的爱情演变成这么一道算术题。她曾经竭力反对我跟另外几个女孩交往过于密切。我曾经问她：“你怎么会这样想呢，我可没有这一脚踏几条船的想法！”她很生气地说：“可她们会慢慢让你产生这种想法。知道吗，我有一个女人应有的直觉！”看完这道奇异的算术题，这时我终于弄明白了，平日说她爱管紧我，倒不如说她想管好我的爱。从内心来讲，我也不想做成这一道爱情算术题。只是在爱情面前，她比我更加纯真、更加纯粹。说实话，眼前这种女孩算得上是“稀有宝贝”了。我已经感悟到！

我讲这些理由时，囡囡的眼睛一会儿火辣辣、一会儿又湿润润地看着我。她问：“凭这几个理由就让你把今天当成圣诞节吗？噢，我还是有点闹不明白。”

我突然有点顽皮地歪歪下巴，又耸耸肩膀。这是我幸福的表露。我说：“这个女孩同天使一样会让我一辈子幸福和快乐；还有，她又是一个守护神，会让我一生平安。这天底下，只有她能为我做到这点。在我心里，她是我的至爱。至爱即情圣，至高无上的爱情圣者。她的生日就是情圣诞生之日，简称圣诞日。所以说，每年这一天就是我的圣诞节。我相信，每个相爱的人都有自己的圣诞节。”

我的圣诞节在9月14日，即今天。

这一天是囡囡的生日。

（王琼华）

智慧·感悟·启迪

夏天过圣诞节？当然可以，因为那天是心爱的人的生日。原来，爱还有这个功能，能让每一天都变成节日。当然，前提是这爱是善良的、向上的、甜蜜的，能让两个人共同进步的。让我们相信爱，相信温暖，相信这世界上只要有爱，一切都会光明而感动，幸福而快乐！

八十一步的爱情

单位里的陈思楠是个十分漂亮的女孩子，清纯而浪漫。她对爱情的幻想就像天空中飘逸的云彩。单位有好些男孩子都追她，可她嫌这样直白着追没意思。她的爱情应该来得富有诗意，应该像是五彩缤纷的梦幻。这样才够浪漫。

这天，同单位的周春雨在闲聊时忽然说，“咱登城来了个看相的‘半仙’呢。昨天我从他前面走过，他硬是说我将来遇到的爱情，第一是浪漫，第二，还是浪漫。我不相信，那‘半仙’却一副胸有成竹的样子，说你就等着看好了。你们说，像我这样的人，怎么能够浪漫起来呢？”

要是照着周春雨现在的表现来看，他的确不是个会浪漫的人。他二十六七岁，老实积极肯干，对个人的事情好像从来也没有过考虑。这陈思楠最清楚不过了。来单位两年多，陈思楠收到了单位里差不多所有男孩子写的求爱信，可就是没有一封署名周春雨。面对像她这样的女孩子，周春雨竟然不动心，陈思楠想不明白。这会儿听说城里的“半仙”说周春雨一是浪漫二还是浪漫，不由得“哧哧”地笑了。

周春雨一副懵懂相，问道，“你笑什么？莫非你也觉得那‘半仙’是在胡说八道？如果你真这么以为,下回再见了他,我就把一口口水吐到他衣服上去,再在他那‘半仙’的招牌后面续上两个字,‘个屁’。就这两个字,你以为如何?”

“半仙”后面若加上“个屁”,那不就成“半仙个屁”了吗?陈思楠忍不住又笑了起来。不过呢,周春雨的话却也引起了她的好奇心。她倒很想见见这个睁着眼睛瞎说周春雨浪漫的“半仙”了。她觉得能够这样看人的“半仙”说不准也能给她看出点旁门左道来呢。

单位里的其他人也都不相信那“半仙”说得对,都说他是在糊弄周春雨呢,还说要是周春雨也能浪漫得起来的话,那天底下只怕是连石头也都是浪漫的了。

那天的闲话也就到此为止了。陈思楠的看法和大伙儿的一样,她当然也不相信周春雨能够浪漫。不过这“半仙”却时不时地闪现在她的心里。这个星期天,她真的去找那“半仙”了。

周春雨上回说“半仙”总是坐在钟楼边。说他给人看相,有些守株待兔的意思。陈思楠走到那里时,果然看见一个快六十岁的男人坐在一只石凳上,面前摆放着一张 16 开大小的白纸,上面写着“半仙”两个字。再看这男人,瘦瘦的脸上隐隐约约有着一股子“仙气”。

陈思楠还没走到他面前,他就把目光迎了上来,慢慢说:“姑娘你是想问你的爱情吧?如果你相信这个世界上有‘缘分’二字的话,今天你就能找到你的真爱。”

陈思楠暗暗称奇,她还什么也没说呢,甚至她还连请这“半仙”看看的表示都没有做出来呢,她仅仅只是走到这里,这“半仙”竟然就一下子知道了她的心事。那么,他说的周春雨的爱情除了浪漫还是浪漫,也许不是空穴来风吧?当然了,那周春雨不关她的事情,她想问的是她的爱情。

她蹲在“半仙”面前,望着他,表情里带着一丝诚恳,说道:“老人家,您不是信口开河吧?您说的这话是不是蒙我,企图坑我几张人民币,自已找个地方去进行高消费吧?”

这“半仙”静静地笑了一下说,“我说的都写在你脸上呢。不信的话,你也不用蹲下来了。”停了停,他又说,“你心里刚才有个男孩子一闪吧?他像一道闪电一样照亮了你吧?如果我说错了,你可以把我写在这张纸上的‘半仙’两个字踩到脚下,蹂成一堆破烂儿。”

陈思楠怔了怔,她刚才是想起周春雨了。想不到连她心里想谁他都知道,看来这“半仙”还真是有些仙气。她不由得就相信他了:“老人家,那你说我的真爱去哪里寻找呢?”

“半仙”伸手向前面指了指,说:“姑娘,你往那边走。走出九九八十一步,站住,你会看到一个你认识的男孩子。如果看到他时你感觉到自己的心动了,那他就是你的真爱了。如果你的心没动,你就回来撕了我的招牌。古往今来,爱情对任何一个人来说,都是一个缘分。得相信才行啊。”

陈思楠想不相信他的话,可又有些蠢蠢欲动。她点点头,嘴里默默数着数,一步一步往前走。她倒要看看这“半仙”是不是在骗人。

这是一条街道,陈思楠走了八十步正好走到了尽头,然后是一左一右分成了两条街。她站住了,一时不知该往哪边走。她想男左女右,还是往右吧。往右走出了一步,抬眼一看,陈思楠的脸马上红了。她真的看见了一个她一点也不陌生的男孩子,一个正向这边走来的男孩子。

是周春雨。

周春雨见了陈思楠,也怔了一下。好像他根本就想不到会在这里遇见她。他冲她招了一下手,说:“陈思楠,你在这里干什么呀?”

“周……春雨,真的是你吗?”

“不是我会是谁?”

“那……你干什么去呀?”

“没事儿。我想呀人家都说我不会浪漫,趁着星期天,我想这就浪漫一回去。”

“浪漫?你怎么个浪漫法儿?”

“听说现在有一部好电影。我去电影院里浪漫浪漫。”

“就你一个人,怎么能浪漫起来呢?”

“这不是正好碰上了你吗?”周春雨笑了笑,“思楠啊,我请你看一场电影如何?”

陈思楠犹豫了一下,心想,这也许就是缘分了吧?是的话不妨就看看能有多深。再说周春雨不是只知道工作吗,我倒要看看他到底会不会浪漫。于是她也笑了,说,“行啊,有人请客我再不去,不是让人过意不去吗,我可不想让别人尴尬。”

周春雨跟着她笑,“你看我的脸,像是尴尬的样子吗?”

电影票是周春雨买的。同时他还买了一堆零食和饮料。两个人坐进座位,陈思楠侧脸看周春雨,才发现他竟然是个很英俊的男孩子。想想听了那“半仙”的话,在看见了他的第一眼自己的心真的怦然而动,她不禁心想,这就是我的真爱吗?

电影放到三分之一时,周春雨果断地抓紧了她的一只手。她挣了一下,他抓得那么紧,根本就不容她挣脱。她也就不挣了,竟慢慢地把头靠在了他的肩上。那一刻,她莫名其妙地感到了一种充实和安慰。

电影散了场,他还是抓着她的手。他对她说:“你知道我今天抓着了我的什么吗?是爱情,是幸福,是我一生的最爱。”

她对他说:“你知道你从什么时候开始浪漫起来的吗?就是在你抓紧了我的手那一刻。我认识了那么多男孩子,但没有一个人敢像你这么紧地抓着我的手。”

他说:“其实这更叫执著。浪漫不过是一个人的表象,而执著,却是一个好男人应该拥有的。以后咱们在浪漫里再增加些执著好吗?”

陈思楠这时想到了那个“半仙”,就对周春雨说:“你陪我去看一个人吧。另外你再替我出几张人民币,请那位老人家找个酒店喝几杯。好吗?”

周春雨说声“行啊”,陈思楠就往钟楼那边去了。可那里这时已经不见了老人,空空荡荡的好像他从来也没有在那里出现过似的。陈思楠暗暗想,真是神了,这人!

他们就是从这一天开始相爱的。以后的事情就简单多了,等到两个人登记结婚,进入洞房花烛夜时,他们早已把对方爱得要死了。

结婚典礼上,周春雨向陈思楠介绍了一个人:“他是我们的媒人。如果没有他,也许我还真浪漫不了那么一回呢。”

这人陈思楠认识,就是那个她没找到的“半仙”。一看见他,陈思楠就笑了,说:“我还以为你真是个不食人间烟火的神仙呢,想不到你也参加凡人的婚礼呢。”

那人脸上也是一片笑容:“我要是不来,你怎么会相信神仙也是凡人做的道理呢?”他递了一张名片给陈思楠。陈思楠接过一看,哇呀呀,竟然是著名作家黄秋风先生。黄先生的小说陈思楠读了不少,尤其是那些描写爱情的小说她更是喜欢得不得了。如今他出现在她和周春雨的婚礼上,陈思楠感到无比的惊喜,同时也觉得有些意外。

黄秋风看出了她的心思,笑了笑,说:“有什么弄不明白的,以后问问春雨吧。他会给你一个崭新的谜底的。今天呢,我只想祝福你们的爱情和婚姻浪漫到永远。”

夜深时分,客人都散尽后,洞房里只剩下了他们这一对新人。周春雨望着陈思楠,满脸含笑地说:“思楠,你一定想早些知道谜底吧?我先得跟你说,‘半仙’是我的舅舅。他是一个喜欢浪漫的人。我呢,因为偷偷地爱着你,可又找不到一个更好的方式来表达,一时间也好生苦恼。正好那段日子我舅舅来登城小住，我就请他老人家装成‘半仙’，先用了那一席话来引诱你，果然你上当了。其实舅舅早就从咱们单位的一张合影上认识了你，他也觉得你是一个难得的好女孩，就帮了我一个忙。也就是说，我和舅舅一起骗了你，把你骗成了我周春雨的媳妇儿。现在我得向你检讨，同时也请你处罚我。为了爱情，打和罚我都认了。”

陈思楠也笑，说：“其实我早就看出来那‘半仙’不是个一般的人。我也能感觉出来那是你为我挖出的一个陷阱。只是我没想到‘半仙’会是大名鼎鼎的黄秋风。你设计出来的八十一步的爱情的本身就够浪漫的了。为了爱情，你能这样用心，这就是你对爱情对缘分的最好的解释。春雨啊，你想，我会怪你吗？打你罚你倒可以，怪你就不必了。以后你就好好地爱我吧。天长地久、海枯石烂都不许变！”

当然周春雨是不会变的。这样费尽心机得来的爱情，这样的爱情结出来的婚姻之果，难道会是不幸福的吗？

（凌可新）

智慧·感悟·启迪

八十步到街头，下一步往左还是往右？不左不右，是往爱情的方向走。其实，爱情是没有什么对和错、强和弱、先和后的，只要真诚，只要真挚，即使用点手段、用点智慧，也没什么不好。锦上添花的好事需要缘分，更需要制造缘分。而第八十一步的爱情，就看我们的脚啦。

你到底爱不爱我

他们是高研班同学，再有20天就要毕业了，可是他们的恋情还没有结果，主要是她总想考验他，把自己交给一个人不是草率的事，必须看出点真谛才能彻底付出芳心。

这天他们去草原采风，全班三十几个人一路高歌，向着风吹草低现牛羊的地方挺进。他和她都在队伍里，由于她不准备公开关系，他俩就不能走在一起，他们若即若离，眼光却不离左右，他有时帮她拎包，她也让他拎，他拎起来就匆匆同别人一起前行，她则落在队伍后面和其他同学说说笑笑。

著名的天池有三个：天山天池、长白山天池和阿尔山天池。登阿尔山天池是这次旅行的一个重要活动，大家都跃跃欲试。但是从山脚上去要四百多级台阶，之前曾有人来过这里，在天池旁留过许多影，就同大家说，这是最差的一个天池，不及长白山天池让人流连忘返，说白了就是个水泡子。

他从小在水边长大，对水本来就不感兴趣，此时一听要登四百多级台阶去看水泡子，就转身下来了。他下来时正逢她上去，她一个人，因为在车上换衣服而落在了队伍后面，他看她走上来，就对她说，别上去了，没什么意思，都说是个水泡子。她听了则摇摇头，说，不，我要上去，你也要上去，来一回不上去，就等于什么也没带回去。

她说着继续往前走，她以为他会跟上来，当她发觉他没有跟上来而是下去了时，深深地吃了一惊。她的身体很弱，正怀着他的孩子，登四百多级台阶对她是个考验，他就是怕她吃不消才让她别上去,但他却没有跟她上去,他本应该跟她上去并一路照顾她的呀。

他一个人下山了。

她一个人上山了。

到达山顶时,大家正准备下来,她手忙脚乱地把天池留在自己的相机里。她是最后一个和天池合影的人。她的内心百感交集,一阵阵激动,她感慨地对天池说,你太不容易了,到底把自己举在了最高处。

从天池下来坐了一小时的车,然后他们要登玫瑰峰,这一个小时她想了很多,首先她想他不应该不陪她上去,不为自己也要为他的孩子。其次她想他是个什么样的人,高山确实让人望而却步,但爱护自己却是他的唯一准则。

玫瑰峰到了,玫瑰峰以挺拔著称,如同一把利剑直插天空,如果说登天池很难,那登玫瑰峰就难上加难,因为它陡峭崎岖,蜿蜒险峻,怪石嶙峋。它的引人入胜之处,就在于它在平常中毕现峥嵘。

天池他都没上,玫瑰峰他就更不想上了。她不明白他此行是来干什么的呢?

没有了他,登山时少了不少乐趣,她的心明显地同他一起留在了山下。登到半山腰时,她的腿开始发抖,她想打电话让他上来,但回头往山下望时,看见的是蚂蚁般的人群,分辨不出哪一个是他,她立刻打消了这个念头。

玫瑰峰是塑造她生命内核的一次冲击。她到山顶时,一览众山小,心情的怡然与骄傲,是她重新规范自己的开始。上帝在造人时,不小心把女人的另一半给了男人,她想把她找回来以便还原。她曾以为那会是他,现在看来不是。

一天中的最后一个景点是成吉思汗庙,高大的庙宇给了她无尽的想象。就在她登上第一个台阶时,问题出现了,她的小腹一阵剧烈地疼痛,其实登玫瑰峰时就已经开始疼痛,只是她坚持着不去理会。

而现在不理会不行了,她再也迈不动脚步了,并且一汪水已经从她的下体江河俱下。她做过母亲,知道这是怎么回事,就把自己的外衣脱下来,扎在了腰间,挡住了她的秘密,之后没事人一样,潇洒而从容地回到旅游车上。

同学们游完成吉思汗庙,带着当年戎马倥偬的意境再上车时,发现她换了座位,坐在了一个靠窗的位置。这不是她的位置,是同学小肖的位置。小肖看到她坐在了自己的座位上,当然就去坐她的座位。

这样她很容易地坐在了他的身旁。他回来时看到她坐在了自己的座位旁,吃了一惊,但马上对她笑了笑,她也笑了笑,之后她看到了一个奇景,他脖子上的黑丝线变成了红丝线,她立即明白了,那是他原来的那个“兔”的饰物,换成了其他饰物,那一定是他在成吉思汗庙买到了一个令他更称心的。

再看他的手腕,也戴着一串褐色的天珠,一排人造天珠鬼模鬼样地闪着贼光,她的心里顿感失落,她附在他的耳边说,没少买呀。他不知道她不高兴了,继续美滋滋地欣赏着自己的手镯。从他表情上看,她明白他只给自己买了,没有买她的那份儿。她断定这绝不是他的疏忽,而是本性。

车子开动了,她坐在他的身旁,没再对他说任何话,她只对着自己的体内,像祷告一样默念:孩子,最后一次见见你的父亲,到别处投胎去吧。

然后他真真切切地看到,她苍白的面颊上,挂出两行清泪,再然后他听到她给她丈夫打了个电话,让他速速开车来接她,一刻都不能耽误。

(陈力娇)

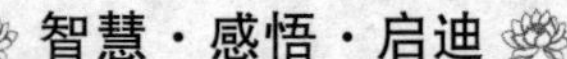

智慧·感悟·启迪

迷途很可怕吗？是比较可怕，因为走在错误的道路上，速度越快，就离幸福越远。而文中的“她”无疑是比较智慧的，一次登山，就把“他”考验出原形。那么在错误的道路上，停止就是进步。所以，让我们为“她”庆幸并且高兴吧，只要奔向幸福，亡羊补牢永远都来得及。

一粒纽扣定姻缘

我从来不曾料到，一粒纽扣竟然定下了我的一世姻缘。

事情还得从五年前的第一次相亲说起。那时，我刚大学毕业参加工作不到两年。急着抱孙子的母亲看着和我一起分配的同事们相继都成双成对地出入就再也坐不住了，便成天催促着我早些谈个女朋友。没办法，我只得一边应承着，一边找各种各样的借口拖延着。可这又怎么能应付得过精明固执的母亲呢？

有一天，母亲突然带着一位阿姨来到了我的单位。火急火燎的母亲没来得及让阿姨进屋喝口水，就拉起我往外走，不明就里的我就这样被母亲生拉硬扯地拽上了车。临近“缘中缘”茶坊时，透过落地玻璃窗，我远远地看到了坐在里面的一位女孩儿正朝着阿姨和母亲招手。此时，我才知道母亲是带我相亲来了。碍于阿姨的面子，我也没好意思再说什么。

女孩长得挺清秀：白皙的脸庞略施粉黛，乌黑的长发柔顺地散落双肩，浑身散发着一种难以说出的青春气息。阿姨和女孩礼貌地打过招呼后，我们便坐了下来。刚聊了一会儿，我的手机突然响了。电话是单位领导打来的，让我回去有紧急的工作要做。于是，我笑着站起来向女孩儿和阿姨表示了歉意，便匆忙离开了。晚上，母亲问我：“女孩儿咋样儿？”毫无恋爱心思的我漫不经心地说：“就那样呗！”母亲听我说这话，显得有些不高兴，那就算了吧！迟些我再托人帮你介绍一个！

两个月过后，母亲果然又托人帮我介绍了第二个女孩儿。这次的相亲依然像上次那样，被母亲生拉硬扯地匆匆带去匆匆而归。就这样，短短的几年时间里，我像木头一样被母亲带着辗转南北陆续相了五次亲。渐渐地，我被搞得身心疲惫，人也有些麻木了。谁让我打小就那么懦弱呢，生活总是要过下去的，我努力安慰着自己。

可就在我对此事麻木不仁的时候，一个叫红艳的女孩儿却无意中走进了我的心灵，也走进了母亲的心中，最终成了我的“预备”妻子。现在想来，这完全要归功于一粒纽扣。

去年深秋的一天，我从办公室下班准备回家。刚走出门口，新调来的同事红艳却叫住了我：“哎，小吴弟弟，能帮我修一下电灯吗？”我扭头，红艳一脸灿烂地看着我，眼中充满期待。

我笑着答应了。回到家，我和母亲说了一声，从工具箱里拿了手钳、电笔、电胶布等工具便直奔红艳寝室。

红艳的寝室布置的典雅而不失大气。墙壁上悬挂着的山水画、床头上摆放的布娃娃、梳妆台上的化妆品，这一切都让人感受到浓厚的文化氛围和女孩儿闺房那种特有的温馨。当我检修完线路准备从椅子上下来时，却发现自己衣服上刚刚还在的纽扣不知什么时候不见了一粒。我低头一看，原来是自己不小心给蹭掉了，而那粒纽扣就在椅子的不远处。红艳拾起纽扣，满脸歉意:“真是不好意思,害你把扣子也弄掉了!”我拍了拍手上的灰尘,笑着说:“没关系,回去让我妈给钉上就行了!”说着,我收拾好工具往门外走去。

红艳拦住了我,坚持要帮我钉好纽扣。拗不过她,我只得脱下上衣坐了下来。看着她从抽屉里拿出顶针儿,串上针线,熟练地上下翻飞着,我的心不由得怦然动了一下。忽然,门开了,是母亲,叫我回去吃饭。临走时,我从母亲的眼中读出了惊喜。一个月后,按捺不住的母亲又开始为我的事儿活跃起来。

我有一种感觉,或许这次相亲的事儿能成。后来的事实更加印证了我的预感。相亲那天,当我看到那熟悉的身影时,我知道,我的相亲生涯将从此画上句号。再过一个月,我就将和红艳踏上红地毯。前不久,母亲笑着问我:“你知道我为什么相中红艳吗?”我摇头。母亲笑得更灿烂了:“因为她会钉纽扣,是个持家的好女孩儿呀!”

那么多次的相亲无果而终,一粒纽扣却定了一世姻缘。这或许在别人看来多多少少有些离奇,甚至是母亲过于挑剔,可在我看来,那却是母亲对儿子一片深深的爱。

（吴　强）

智慧·感悟·启迪

一段姻缘的形成有太多因素,可是如果起因是一枚扣子,就有了新奇的意味。不过,这个故事的背景是母亲的多方操劳,一次又一次相亲,母亲和儿子的目光终于聚焦到一个人身上,幸福的婚姻水到渠成。可是我们都看出来了,儿子的幸福源泉,来自母亲的操劳。

嫁给身后那只狼

2000 年,我 22 岁,从石油学校毕业,分配到了新疆塔里木盆地里一个叫博望的采油区。这个采油区在塔克拉玛干沙漠的腹地,四周都是一望无际的黄沙大漠,走几十里地也见不到一户人家。我们的几十个采油点就星罗棋布在博望的周围。

那天,我和多吉乘着越野吉普检查输油线路。说实话,和多吉一起工作我觉得有点不舒服,我挺讨厌多吉这个人,刚到采油区不久他就缠着要和我处朋友。看到他整天胡子拉碴、一副不修边幅的样子,我每次都严厉地拒绝了。

我们从博望采油区以北 50 多公里的 1 号采油点开始检查,到黄昏时查完了三个采油点,本来原计划赶到 4 号采油点过夜,谁知在 3 号采油点和 4 号采油点之间吉普车突然抛锚了,司机怎么努力都无济于事,那辆破车说什么也不动弹了。偏偏这地方又是手机信号的盲区,和外面联系不上。

司机说现在唯一的办法就是去 4 号采油点找车来帮忙,于是我和多吉一起上路了,向 4 号采油点走去。

这里离 4 号采油点大约有三四个小时的路程,满眼都是滚滚的黄沙,根本找不到路。天越来越暗了下来,我们只好摸索着前进。多吉不时地扶我一下,每次都被我甩开了。走了一个多小时后,沙漠里忽然刮起了大风,转眼间沙尘弥漫。多吉说沙漠里的风暴来了,催着我要快走,我已经累得双腿发软,咬着牙硬挺着往前走。天色更暗了,四周一团漆黑,伸手不见五指。我们借着多吉打着手电的一点光线继续向前移动。

在一个大沙丘上我站立不稳,一下子滚了下去。身体顺着沙坡像雪球似的,一直滚到坡底才停下来。多吉扶我站起来时,我感觉左脚钻心地疼,看来是扭着了,现在不让他扶也不行了。多吉一只手打着手电,另一只手扶着我,我们慢慢吞吞地向前走着。最后我实在走不动了,一赌气坐在了地上。

多吉说现在要是不往前走只有死路一条,强行把我架起来又重新上路了。走了一会儿我又一次倒在了地上哭着喊:“我就算是死在沙漠里也不往前走了。”多吉望望我二话不说,拉起我的胳膊,把我背到了后背上,我在他的身上扭来扭去,让他背我还不如死在沙漠里呢!多吉向前走了几步一下子火了,“扑通”一声把我扔在地上,大声地喊:“你到底还走不走?!”我也发了脾气冲着他喊道:“不走了,就算死我也不走了。”多吉冷笑一声:“好,你不走,我走,留下你自己,等着喂狼吧!”我以为他是吓唬我呢,没想到他话一说完拔腿就走,转眼间就在黑暗中消失了。

我坐在地上大声地哭了起来,边哭边骂着多吉这个家伙,还口口声声说要和我处朋友呢,遇到点儿困难自己就先溜了。沙漠里的风越来越大了,卷起的黄沙迷得我睁不开眼睛。左脚钻心地疼起来,浑身上下一点力气也没有了。我勉强挣扎着站了起来,一点一点地往前挪着,走出几十米后,扭伤的脚疼得更厉害了,我索性坐在地上,放声大哭,委屈的泪水不停地流了下来。心里想,我真的是一步也走不动了。

就在这时,我忽然听到身后传来了一阵让人毛骨悚然的声音,开始是一声,紧接着叫声连成了一片,我吓得头发根都竖了起来。不会搞错,我身后跟上了一群狼。我刚来时就听老师傅们说过,沙漠里的野狼非常凶狠,而且经常是一群一群地一起行动。我几乎是下意识地从地上跳了起来,顾不上脚疼,冲着前面拔腿就跑。

身后,那群狼一直也没有放开我,不断地发出一声声凄厉的长嚎。我似乎听到狼跑动时踩在地上的沙沙声离我已经越来越近了。我不敢回头,一直拼命地向前跑着,我知道现在只要我停下来,就一定会葬身狼腹了。

我不停地向前跑着,狼群在后面不停地追着,我分不清东南西北,也顾不了身上的伤痛了,只想着快跑,快跑。有几次我正向前跑着时,狼嚎声从我的前面传了过来,我赶紧扭头向另一个方向跑,不知道跑了多长时间,慢慢地我有些支持不住了。但身后的狼还在穷追不舍,嚎叫声一直在耳边响着,我不敢停下来,用着最后的力气努力坚持着。就在我感觉自己越来越迈不动步子时,猛然间一抬头,看到了前方不远处的灯火。心里一阵惊喜,我一鼓作气向灯光跑去。

我的手刚举起来敲了一扇屋门,整个人就一下子倒在了地上。再醒来时,我一眼看见了站在面前的多吉,我生气地把头扭开了,下定决心再也不理他了。多吉看着我笑了笑,声音哑哑地说:“你总算是走回来了。”我不理他,用鼻子哼了一声。

这时,有一个人走了过来,大声地笑着说:“小姑娘,你应该感谢人家多吉才对呀!要不是他,昨晚的那场沙暴准把你埋喽!”我一看说话的人正是4号采油点的组长老赵。我委屈地反驳:“干吗要感谢他,他把我一个人扔在了沙漠里不管我的死活,害得我差点儿就被狼吃掉。”老赵看了一眼多吉,放声大笑起来:“你说,是狼跑得快还是你跑得快?”我说:“当然是狼跑得快。”老赵说:“那为什么昨晚狼一直也没追上你呢?”听了他的话我也有些疑惑不解了。老赵指着多吉说:“告诉你,狼就是他。他是用这种特殊的方法逼着你跑回来的。学了一夜狼叫,人家的嗓子都哑了。”

多吉直着脖子,冲我叫了一声。我一听,昨晚的狼不是他还会是谁呢!我跳起来,用力在他的后背上打了一拳:“真坏,这种鬼主意你也想得出来。”

不久,我和多吉相爱了。一年以后,我和他在大漠深处举行了婚礼。新婚之夜,多吉冲我笑着说:“你刚来的时候那么讨厌我,现在怎么同意嫁给我了?”我打了他一拳:“谁说我嫁给了你,我嫁的是那晚跟在我身后的那只狼。”多吉一把抱住我:“从现在开始,那只狼要跟你一辈子了。”

(安 勇)

智慧·感悟·启迪

爱情总是甜蜜的,但是如果我们详加追究,就会发现爱情的开端都微小得不值一提,有的是一枚扣子,有的竟然是狼嚎——多吉用狼嚎不仅获得了他的爱情,更帮“我”夺回了珍贵的生命。这样一来,“我”嫁给多吉这个“狼”,反倒是一桩无比甜蜜的事情了。

山水一家亲

庆祥娶来那个漂亮女子的时候,正是地头油菜花黄灿灿的日子,养蜂人放的蜂成天嗡嗡地沉浸在那大好的春光里围着黄灿灿的油菜花吮吸着,而庆祥也春光满面地用船把邻镇那个羞答答的姑娘载进了新房。

山也挤在看热闹的人群里,当那个薄施脂粉的女子一靠岸,山的心头就一阵狂奔,那一团火红的美丽哟,如何却近在眼前而又远在天边?羞答答将为人妇的少女,眼角的余光也在人群里轻轻瞥过,一头撞进魁梧英俊的山的目光里,她的心里从此也装进了小鹿。

她挥挥手,喊一声“山”,火红的衣袖在空中停留,一段新藕般的玉手便露在眼前。山慌慌张张挤出人群。山辈分小,小得只能管仅大他一岁的庆祥叫叔。

新媳妇莞尔一笑,山的眼睛里憋下一颗滚烫烫的泪珠。山叫:

“婶——”兴奋的人堆里便爆出炒栗子般的笑声。

庆祥也就是那命,碰上了一段桃花运,却偏偏没福享用。到了秋凉的时候,庆祥也像成熟的庄稼一样悄无声息地陨落了。都说庆祥这一辈子值,水这样的女子,对自家男人那份踏踏实实的爱,谁又能承受得住。你见过水一口一口给庆祥吸那满身的脓疮吗?

于是村子里就多了一个整天一袭素裙的女子,裙裾随风而动,宛如秋天里最凄凉的风景。

山对爹说:“好歹同我一个班上读了两年,她一个女人,那几亩稻子……”

爹抽口烟:“也是,就怕遭了闲话呢!”

山口气铿锵:“我心里有底。”

山的肩膀就扛起了黎明的太阳,露珠打在山沉甸甸的眼皮上,那稻子已经齐唰唰躺倒在地里。村里的女人数落自家男人:“看看水吧,一个女人家,把稻子收拾得齐齐整整,你一个大老爷们儿还赖在被窝里。”男人发一声吼,日上三竿,村里飞舞的镰刀开始了一秋的丰收。

水家三亩六分地的稻子全部齐刷刷躺倒在地头的时候,水那白花花的身子也躺进了山宽广厚实的胸前。水如葱的纤手在山赤裸的身上凌波微步的时候,山一把抱住了她:

“那年,你怎么就不来读书了?”

水眼皮一垂,幽幽地说:“爹死了,娘病了,弟妹还小。是庆祥拿来了三千块钱,才帮我们过了那个难关。”

山就想着法子要把水娶过门。爹全看在眼里,他也不拦着,他只瞅人多的时候,冲水亲热地喊:“他婶哩,给山说房媳妇吧!”说多了,水就成了村长的女人。水做村长女人前的一个晚上告诉山:“山,我是你婶哩! 村长也是真对我好,他是村长呢!”水的脸上荡漾着一种幸福的表情。

从此山看见水,叫一声声的“婶”,水就一声声地“哎”。

水的肚子慢慢隆起来,七个月的时候水生下一个女婴,此后再也没有从床上爬起来。山听说水要去了的消息,跑去村长家。山哭着叫:“婶——”水涣散的眼神慢慢聚拢起来,她挣扎着撑起来,幽幽地叹一声:“山哎,你叫我婶,是要折我的寿呢!”

山再叫:“婶、婶、婶——”水看着自己的孩子:“山哎,你抱抱我的闺女,你看她长得多好啊。”

山把孩子抱起来,都说水生下的女孩像是和水一个模子里刻出来的,山却依稀在眉眼间看见了自己的痕迹。山回头看水,不知什么时候水已经去了,村长木木地坐在床沿。水的掌心一口血慢慢干涸,那枚上学时送她的铜皮戒指,水把它戴在无名指上,明晃晃,刺痛了他的心。

山一把抱紧孩子,小女孩终于响亮地哭出了声。

(邵孤城)

智慧·感悟·启迪

山的强壮,水的温婉,山水却终于没能一家亲。悲伤的爱情故事总是有太多的无奈,但现实总是在无奈中若隐若现。谁能说山不够深爱?谁能说水不够痴情?阴差阳错,山走山的方向,水流水的航道。只是那早产的女婴,让我们看到一个温暖而又欣喜的未来……

轮椅上的女友

郭川是一家咖啡店的服务生。他所负责的服务区,正好处于靠窗的位置,透过宽敞、洁净的透明玻璃,大街上的行人、车辆尽收眼底,悄无声息地前行着,好像在放映一部无声电影。

来这家咖啡店喝咖啡的客人很多,漂亮而且时尚的女孩更多,但留给郭川印象最深的,还是那个叫许云的女孩。许云每次来这里喝咖啡,都是独自一人,而且总是喜欢选择一个靠窗的位置。郭川送来咖啡后,她轻轻地啜饮着,修长的身影与眼前的咖啡桌、身边的玻璃窗诗意地形成了一幅天然的非常富有时代感的素描画作。郭川自从见到许云的第一天起,就深深地爱上了这个容貌秀美、举止优雅而又透着点狡黠的女孩。

这些日子里,许云的身影,像一片美丽、轻盈的云朵,在郭川的眼前飘过来,又飘过去。郭川的思绪,也随之不停地飞扬,他太想捉住许云这片青春的云朵了!

虽然真心喜欢许云,但郭川并没有同许云进行过真正的交流。终于有一天,他做出了一个大胆的举动:在给许云上咖啡的时候,他很自然地把一封火辣辣的情书,随同咖啡杯一起放在了许云面前的咖啡桌上,然后不动声色地躲到了一边,偷偷地观察许云的反应。奇怪的是,许云把情书展开读了以后,仍然是一幅波澜不惊的样子,好像这封情书不是写给自己的一样。不过,这次她却加快了速度,很快就喝完了咖啡,然后轻轻地站起身来,青春飞扬的身影在郭川眼前一闪,像一只美丽的蝴蝶飞出了咖啡店。

还好,没有被判“斩立决”!郭川悬着的心稍微得到了一丝宽慰,细心的他在收拾咖啡桌时发现,那封情书不见了,肯定是许云把它带走了。同时,他在咖啡桌上发现了两个水写的大字:许云。郭川惊喜万分,这是他第一次知道许云的名字!

郭川期盼着能够尽快得到许云的答复。但是,在接下来的日子里,许云好像失踪了似的,再也没有来过咖啡店。许云去了哪儿呢?郭川深深地陷入了“无期徒刑”般的煎熬之中。

三个多月后的一天,总台小姐忽然喊郭川过去接电话。接过电话后,郭川一下子愣住了,电话里传来的是一位女孩略带疲惫的沙哑的嗓音:“是郭川吗?我是许云。你能不能到我这里来一趟?我有话要对你说……”

许云终于露面了!郭川掩饰不住惊喜,马上向主管请了假,搭乘一辆出租车,急匆匆地按照许云所提供的地址追寻了过去。

等气喘吁吁地爬上楼梯,充满期待地敲开许云的房门后,郭川惊呆了:给他开门的许云,竟然坐在轮椅上!

原来,许云也暗暗地喜欢着郭川。她经常到咖啡店去喝咖啡的目的,无非是想多看一眼郭川。但是,许云收到郭川的情书后,女孩子特有的矜持,使她控制住了自己的感情,没有立即表态。当许云走出咖啡店后,她欢快的情绪终于忍不住爆发了出来。怀着对初恋的憧憬,许云骑着自行车走了一里多路后,没想到在过十字路口时,意外地被一辆急转弯的小轿车拦腰撞了出去,连人带车飞出了四五米远。许云醒来的时候,发现自己正躺在医院的急救室里……

许云望了郭川一眼,神情黯淡地说:“我目前的状况你都看到了,医生说我可能永远也站不起来了,这就是我三个多月没有露面的原因……今天,我之所以麻烦你到这里来,一是因为我毕竟喜欢过你,想见你最后的一面;二是想借这个机会,给你一个答复:造化弄人,看来我们是有缘无分了,你还是去找其他喜欢你的女孩吧,我不会怪你的……”

说完这些话后,许云熟练地掉转轮椅,给了郭川一个背影:“你可以走了!我们的缘分已尽……”

许云这是不想拖累自己啊!多么善良的女孩呀!望着许云憔悴不堪、楚楚可怜的背影,郭川禁不住热血翻滚,两行热泪倏地流了下来。他大步走上前去,一把握住了许云的小手,哽咽着说:“山无棱,江水为竭,冬雷震震,夏雨雪,天地合,乃敢与许云绝……你要相信我对你的真诚,也要相信你自己,以后再也不要说‘缘分已尽’这样的傻话了!我愿意和你相守你一辈子,陪你去看海、去看山,直至终老……”

压抑、堆积在许云内心的情感终于决堤而出!许云将头深深地埋在了郭川宽大的怀抱中,“哇”的一声大哭了起来。

从那一天起,郭川在工作之余,经常去看望许云。时间久了,他们对彼此的了解更加深入,感情也更加浓厚,俨然成了一对亲密无间的情侣。郭川始终牵挂着许云的病情。他曾经动员许云去北京的大医院看看,许云犹豫再三后,还是拒绝了。她乐呵呵地说:“治我这病需要花掉很多钱的,治好治不好也难说,说不定是白白浪费精力,我看还是不要抱什么希望了!这样挺好的,结婚以后我们吵架的时候,至少你不会被我追得满房间里跑不是?”

郭川被许云的幽默逗笑了!可是,他并没有放弃,甚至还从网络上搜寻了一些医疗保健措施,来配合许云加以治疗,期待着奇迹能够在许云身上发生。不过,郭川的努力并没有收到奇效。出乎预料的是,在郭川的帮助下,许云驾驭轮椅的技术倒是越来越精妙。她坐在轮椅上,不仅能够灵巧地穿行,甚至还时不时地做出一些高难度的动作来。有一次,许云要把郭川送出门外,郭川不让。许云抢先一步,轮椅快速跃出了门槛,眼看就要冲下楼梯,她一个漂亮的后转,轮椅的两个后轮牢牢地支撑在地上,两个前轮翻转过来,腾空而起,在郭川的惊叫声中稳稳地落到了地面上。这哪是坐轮椅啊,简直是在耍杂技啊!郭川摇了摇头,嗔怪地瞪了许云一眼。

转眼又过去了一个多月。农历7月7日那天,郭川请了假,来找许云,却发现许云不在,紧闭的防盗门上留了一张纸条:"郭川:今天是中国的情人节,我知道你一定会来。我和朋友外出了!请你于中午10时左右,打开电视,调到本地的体育频道,我将给你一个意外的惊喜!爱你的许云。"

郭川在路上堵了车。回到单身宿舍后,看了看表,时针已经指向了11时。他火急火燎地打开电视,拿起遥控器,调到了体育频道,电视里正在举行盛大的颁奖仪式。漂亮的女主持人面带微笑地解说着:"下面,有请市长先生为本次轮椅展示大赛第一名获得者、有情轮椅厂的首席设计师——许云小姐颁发荣誉证书……据许小姐介绍,为了参加这次比赛,有情轮椅厂专门给了她半年的假期。在这半年的时间里,她把自己关在家中,切身体会残疾人的感受,不断改良轮椅性能,终于在比赛中脱颖而出……"

轮椅展示大赛第一名,看来这就是许云所说的"意外的惊喜"了。郭川一边思索着,一边替许云由衷地感到高兴。

就在这时,电视屏幕上出现了许云的镜头。郭川的眼睛忽地亮了一下,他发现许云微笑着从轮椅上站了起来,充满自信地走向了领奖台。这才是许云在中国的情人节送给自己的"意外的惊喜"啊!郭川这才明白,许云压根儿就没有被车撞过。为了检验他们的爱情,聪慧的许云跟自己玩了一个小小的游戏。

(刘克升)

智慧·感悟·启迪

对于一段即将发生的甜美爱情,无论主人公是坐在轮椅上还是站在大街上,都不影响爱情的美丽。无论爱情之路多么曲折,都应该坚持并珍惜。爱情可能会有甜有辣,但是当我们收获结果的甜蜜时,我们就欣赏和品尝好了。春夏的青涩考验是有必要的,因为经过考验的爱情是最真的。

美丽的约定

蓉蓉的家在边远山区,自幼家境比较贫寒,9岁那年爸爸就过世了,为了不让女儿受委屈,妈妈林萍就一直没有改嫁,含辛茹苦地将她拉扯大。蓉蓉也是个非常懂事的孩子,从小到大几乎没让妈妈操过什么心。大学毕业以后,蓉蓉凭着自己的聪明能干当上了一家公司的部门经理,虽然收入不高,但母女俩的日子过得比以前好多了,她们对生活充满了新的希望。

可命运偏偏爱捉弄命苦之人,就在她们向往着美好生活之际,一场令人意想不到的灾难竟突然降临到她们的头上，蓉蓉患上了白血病！拿到医院诊断书的那一刻，蓉蓉差点儿晕了过去。

住院时间不长，蓉蓉的病情就开始恶化了，多次的化疗使她的头发几乎掉光。此时，她对生活已完全失去了信心，她想一死了之，可一想到母亲为她吃了那么多的苦，受过那么多的累，从没享过一天福，她的心就不停地滴血，她暗暗下决心一定要战胜病魔！

就在这时，一个年龄与她相差不多的小伙子闯进了她的生活，并给她带来了许多欢乐，同时也带来了希望。他叫杰，也是个白血病患者，他的病房离蓉蓉的病房不远，只隔一扇门。每天下午，俩人都到医院的小花园里散步。蓉蓉把自己的身世告诉了他，他也向蓉蓉讲述了与她极为相似的经历：母亲在他刚出生几个月的时候就离开了人世，是父亲既当爹又当妈、吃苦受累好不容易才把他拉扯大。

相同的命运使两颗年轻的心越走越近，他们谈理想、谈事业，还有那个令他们都十分向往的话题——爱情。可一谈到眼前那该死的白血病时，他们又茫然起来，他们不知道自己的生命到底还能支撑多久，但他们没有绝望，互相鼓励勇敢地活下去！为自己，为亲人，也为对方。

终于有一天，杰大胆地向她提出了一个请求，那是一个美丽的约定，那是一个让两个灵魂都能够安宁的约定。经过慎重考虑，蓉蓉也认为这是一个很好的办法。他们让家人借来了录音机，把要说的话全都录了下来，两人各留了一份。

时间一天天过去，蓉蓉的病情越来越重。为了救女儿，林萍听从了医院的建议，把女儿转到省里一家最好的医院。临走的前一天，蓉蓉找到了杰，他们的眼里都噙满了泪水，但都强忍着不让眼泪流下来，他们互相握着对方的手，久久没有说话。最后他们都不约而同地说出了同一句话：别忘了我们美丽的约定！然后便给对方留下了联系的电话号码。

虽然转了院，可面对无情的病魔，医生们也都束手无策。没过多久，蓉蓉的生命就走到了尽头。临终前，她艰难地给妈妈讲述了她和杰的故事。她说他们有一个美丽的约定，就是好好地活下去！可现在她不能了，她希望妈妈能帮她办一件事，那就是每天模仿她的声音给杰打一个电话，鼓励他坚定信心，战胜病魔！接着她又拿出一盘录音带交给妈妈，让她等杰的病好以后再听。交代完这些，蓉蓉就微笑着离开了人世。

听了女儿的话，林萍沉默了好长一段时间，她早就打算随女儿一起走。可现在她犹豫了，这是女儿最后的心愿，她一定要帮助女儿完成这最后的心愿，她要坚强地活下去！

就在她准备给杰打电话的时候，电话却响了起来。话筒里传出一个陌生男人的声音，他说：“你是蓉蓉吗？我是杰。你的病现在怎么样了，好些了吗？今天医生说我的病情已经有所好转，过段时间就可以出院了！”听到这，林萍已是泪流满面了，她沉默了好长一会儿，才装出惊喜的样子说：“我的病也快好了！”接着他们互相说了许多关心鼓励的话。

办完女儿的后事，林萍就一心一意地翻阅各种资料，找一些积极向上的人生格言和故事去激发杰生活的勇气。而杰误把林萍当做了蓉蓉，他也想尽各种办法来增强蓉蓉战胜病魔的信心。在谈话中，林萍看出杰是一个温柔体贴、细心热情、善解人意的好小伙儿，难怪自己的女儿会喜欢上他。唉！只可惜……想到这儿，她的眼泪又止不住流下来了。不过一直让她困惑的是女儿为什么会给她留下一盘录音带，那上面到底录的是什么呢？有好几次，她都想听听，可最后她又放弃了这个想法。

转眼间一年过去了，杰在林萍的热心鼓励下，终于战胜了病魔。林萍模仿蓉蓉的声音告诉杰自己已经康复出院了。杰听了十分高兴，他提出要见见蓉蓉，并嘱咐她带上录音带。林萍犹豫了好久，终于答应了在市凌河公园见面。她决定把事情的真相告诉杰，让他知道蓉蓉的良苦用心，使他更加热爱生活，不辜负蓉蓉对他的希望。

第二天，林萍带着录音带早早地来到凌河公园，她坐在长条的石凳上等了好长时间，整个公园除了一个中年男人在转悠外，哪儿有什么小伙子的影子？最后实在等急了，林萍就准备离开，经过那个中年男人的身边时，她听到他自言自语地说："这个蓉蓉真不守时，怎么到现在还不来？"林萍不由得停了下来，仔细打量了那个中年男人一下，说："这位大哥，你是在等蓉蓉吗？"那个男人上下打量了她一番，点了点头。霎时，林萍明白了，她小心地问："你是杰的爸爸吗？"那个中年男人疑惑地点了点头。于是，林萍说出了事情的真相。

谁知林萍还没说完，那个中年男人的脸色就变得煞白，他紧紧地咬住自己的嘴唇，好一会儿才说出了一句话："杰在蓉蓉离开后没几天就走了，他在临走前要我模仿他的声音每天给蓉蓉打电话，鼓励她好好地活下去！没想到这一年来，我们都在努力编织着一个虚幻的故事。"

什么?！林萍无论如何都不能接受这个残酷的现实，她一下子就晕了过去……

当她醒来的时候，已经躺在了医院的病床上，旁边坐着杰的爸爸。看到她醒了，他非常高兴，拿出一盘录音带，接着他又掏出微型录音机说："现在是听这个的时候了，让我们看看这两个孩子到底玩的是什么把戏！"说着他把录音带放进了录音机里。

随着磁带的转动，传出蓉蓉和杰的声音："爸爸，妈妈，当你们听到这些的时候，我们也许都不在人世了。我们知道我们患的是不治之症，治愈的希望非常小。在我们离开人世之前，最放不下的就是你们！你们累死累活地把我们养大，没有享过一天清福，我们对不起你们！所以在我们走后，希望你们能够结合，互相照顾，白头偕老，这是我们唯一的愿望，也是我们最后的约定。同时为了让你们能互相了解，我们故意这样安排，望你们不要见怪，最后衷心祝你们二老生活幸福！"

听完这些，林萍泪眼模糊，蒙眬中，她看到了蓉蓉和杰深情的目光和含泪的微笑，这时她百感交集，一头扑进了杰的爸爸的怀中……

（文　思）

智慧·感悟·启迪

大爱无声，亲情有魂。这是一对相爱的子女和多灾多难的家长，这是一个催人泪下的故事。可是我们除了悲伤，看到的更多的却是爱，父爱、母爱、子女对父母的爱、人间的大爱。于是被爱包容的悲剧，却给予我们更多的温暖。

往爱里加把糖

这是一个普通家庭，男人、女人和儿子是这个家庭的所有成员。

日子在平淡而琐碎的生活中过着。随着时间的推移，儿子入托、进入小学、读完初中、升入高中，继而到北京的一所全国知名的大学深造。其间，男人和女人的工作也先后发生了变化，女人因单位效益不好，下了岗，男人的单位又破了产。男人除了依靠自己在厂里练就的手艺找了一份电焊工的工作外，还买了一辆三轮车，利用一早一晚的时间在城市的街头巷尾靠载客增加点微薄的收入。

每天晚饭的时间是夫妻俩最快乐的时光,这个时刻两口子坐在饭桌前,男人对女人的厨艺赞赏有加,他感觉自己这辈子找了这么一个女人不仅找到了自己的幸福,而且还找到了自己的口福。

但在他们婚后的第19个年头,男人却不得不亲自下厨了。女人得的是急性阑尾炎,刚刚做完手术。大夫嘱咐男人说,目前最主要的是要给患者增加营养,多吃点好吃的。男人原本打算给女人买那些昂贵的补品,可被女人阻拦了。女人说,那些东西我不想吃,再说我也吃不惯。男人知道女人是心疼钱。男人问,那你想吃什么?女人想了想说,要不就像我们平常吃晚饭时那样来盘清炒土豆丝吧。男人佯怒,你现在病着呢!需要增加营养,土豆丝有啥营养?要不,女人迟疑了一下说,我就想喝点鱼汤。男人说,没问题,我这就去饭店让他们炖上一锅鲜鱼汤!女人出声止住了男人,说,你到集市上买条草鱼,给我炖点鱼汤喝就行了。

男人欣然答应了。

男人买好鱼回到家准备做菜的时候,发现盐没了。于是,他又急匆匆地下了楼,来到小区的小卖部前嚷着,来包盐!柜台后的老人,笑眯眯地看着他说,瞧你这满头大汗,急个啥呀?男人心急火燎地说,大爷,快,来包盐,我做菜正等着用呢!男人扔下钱,拿起柜台上的盐,又急匆匆地回到厨房,按照女人的嘱咐开始做菜。

做菜真不是个好差事,男人边手忙脚乱地忙着边想,女人这么多年来一直无怨无悔地做菜——那个啥,一时竟想不到一个词可以形容此刻的心情,总而言之辛苦着呢!准备好了各道工序,男人把鱼放进锅内滚开的水里。趁着炖鱼的空当,男人从菜橱里拿出剩下的一点菜水倒进碗里又倒上一碗白开水,掰了个硬馒头,开始了他今天的第一餐。

当男人提着小饭桶里的鱼汤走进病房时,迎接他的是女人熟悉的笑容。男人用调羹舀了一汤匙鱼汤用嘴吹了吹后,送到女人嘴边。男人有些不安地说,第一次做,只怕味道做得不好,你凑合着吃吧。女人咂了咂嘴才把鱼汤咽了下去,笑着对男人说,没想到你是个天生做厨师的料,第一次做的菜就这么好吃!

男人的脸上盛开出一朵莲花。

一个星期后,儿子从北京放暑假归来,到医院里照顾母亲。这一餐,男人特意多做了两个菜,兴冲冲地送到医院。女人像往常一样边吃菜边称赞男人的厨艺。男人微笑着望着女人品尝他做的菜,脸上满是幸福的感觉。接着,他又让儿子也尝尝自己的手艺。儿子夹了一筷子菜,放进嘴里,继而面带难色又吐了出来,嚷着说,老爸,你这是做的什么菜呀!咋了?男人问儿子。你尝尝呀!儿子笑着丢下筷子,走出病房。男人拿起儿子放下的筷子夹了菜放进嘴里,立刻品出了自己所做的菜还真不是味儿。原来,那天他买盐时,小卖部的老人错把一包糖当做盐给了他,而他匆忙间也没有在意,就撕烂了包装袋,一股脑儿全部倒进了盛盐的瓷罐内。男人真后悔自己做出来的菜没先尝尝。

男人苦笑着问女人,这么多天来我把糖错当成了盐,你咋不说呢?

女人微笑着说,这是我今生吃到的最好吃的菜!

男人说,你就别宽我的心了!我刚尝过了,用糖做出来的菜吃起来的确不是个味儿。

女人看着面容憔悴的男人意味深长地说,可你别忘了,糖吃到肚里是甜甜的味道呀!

那一刻,男人的眼里噙着幸福的泪水。

(吴保成)

智慧·感悟·启迪

炒菜放糖是个小小的失误，可不是有句古诗吗：无心插柳柳成荫。正是这一错，一个普通而平凡的家庭里，发生了温馨而温暖的一幕，而在他们贫瘠的物质生活里，对彼此的爱不正是饭菜里的一勺糖吗？只要品尝的人说好吃，那么吃到嘴里的无论是什么，都幸福。

我们的老式婚姻

我和老伴都已年过古稀，我们的婚姻是那种“父母之名，媒妁之言”的老式婚姻，那时，时兴找大媳妇，我的老伴就比我大六岁。

10岁那年，我正在街上疯玩，娘把我拽回家，家里聚了许多人，不过年不过节的，却张灯结彩，门上贴着火红的对联，娘给我换上一身新衣服，命令我说：“不要弄脏了，今天给你娶媳妇！”唢呐声、鞭炮声响起，有人高叫：“花轿来了！”邻居家的二大爷把我引到花轿旁，让我掀开轿帘，将蒙着盖头的新娘搀扶下来，又把系着同心结的红绸子，一头塞进新娘手里，一头塞进我手里，我引着新娘，踏着红地毯，向堂屋走去。父母端坐在八仙桌两旁，二大爷扯开大嗓门叫道：“吉时已到，新郎新娘拜堂！”外面响起密集的鞭炮声，小伙伴们一阵欢呼，我知道他们在抢落在地上没响的哑炮，便扭头往外跑，也要去抢哑炮。二大爷紧跑几步，将我抱回去，按着我的头，指挥着我，匆忙结束了拜堂仪式。

进了洞房，新娘坐在床上，床上满是花生、栗子和大红枣，我眼前一亮，抓了一大把，爬上椅子，趴在桌子上吃起来。“哎！过来！”她叫我。我从椅子上跳下来，跑过去，问她：“你也想吃？”她说：“把盖头给我揭下来！”她个子高，我够不着，只好爬上床去，跪着把盖头拽下来。她乌黑的头发，两只大眼睛忽闪忽闪的，高高的鼻梁，红红的嘴唇，我惊呼道：“姑姑！你真漂亮！”她扑哧笑了：“我叫山花，以后在别人面前你叫我山花，没人的时候，你叫我姐姐！”

我闲得无聊，要出去玩，她拽住我，说：“我给你剥栗子吃！”我乖乖地坐下。吃完栗子，她又用红纸给我折叠小鸽子、小青蛙。我打个哈欠，“姐姐！你回家吧！我找我娘睡觉去！”那时的我，把那场婚礼当成了好玩的游戏。山花说：“娶媳妇了，以后就在这屋里睡！”我不愿意，硬往外跑，她拽住我不放，急得我大哭。娘跑过来，对她说：“先在我屋里睡吧！等睡着了再说。”半夜里，有人掀动我，我揉揉双眼一看，却是山花，她责备道：“小祖宗，你还有这个本事！”屁股底下湿乎乎的，我尿炕了！

儿时的我，十分顽皮，和小伙伴们玩捉迷藏，钻进了麦秸垛里，伙伴们找不到我，就回家了，我蹦蹦跳跳地玩了一天，十分劳累，竟然不知不觉地在麦秸垛里睡着了。半夜里，山花好不容易找到我，背着我回家，我睁开蒙眬的双眼，看着满天的繁星，那星星不住地眨眼睛，我好奇地问道：“姐！月亮藏到哪儿去了，它是不是也在和星星们捉迷藏？星星找不到它，急得直眨巴眼睛！”她在我屁股上扭一把，“找不到你，快急死我了，你还有这份闲心！”

我经常在外面惹祸，给她造成了不少的难堪。打麦场老槐树上有一个大马蜂窝，槐树下有一口大水缸，是用来防火的。我跳进水缸，拉开弹弓，一“弹”击中，马蜂窝应声坠地，那群马蜂疯狂地寻找作恶者，我慌忙盖上了缸盖。二大爷家的一头老母猪，正带着一群小猪在槐树下游逛,马蜂向它们发起了进攻,蜇得那群猪嗷嗷怪叫。二大爷闻声从家里出来,也成为马蜂的进攻对象,二大爷捂着头慌忙逃跑,透过缸盖缝隙看到这一切,我忍不住哈哈大笑。二大娘找上门来告状,对山花说:"二蛋他媳妇,二蛋这孩子太调皮了,你得好好管教他!"娘拿着笤帚疙瘩出来要打我,山花拉着娘说:"娘,我来教训他吧!"命令我说,"在这里给我站两个时辰!"二大娘添油加醋地向娘痛诉我的罪状,正是夏日的中午,骄阳似火,我咧嘴向山花求情,山花悄声说:"小祖宗!二大娘走了你再进屋!"

二大娘前脚刚迈出大门,山花就牵着我的手回屋,我回过头来,看到大杈旁落的母亲,呆呆地站在那里,一脸落寞的神情。山花把我按到脸盆前,一边给我洗脸,一边训斥道:"你什么时候才长大啊?"洗完脸,又给我切西瓜吃,看着我狼吞虎咽的样子,右手给我扇着扇子,左手指着我的眉头,好气又好笑地说:"你真有功劳!"

傍晚,小伙伴们来喊我去玩,山花说:"俺们家二蛋要读书哩!"在洋油灯下,我看书、做先生布置的作业。山花纳鞋底儿,她将针锥在发间抹一下,在鞋底上使劲一锥,然后刺啦刺啦地拉线,动作十分优美,我常常看着她、看着她映在墙上的影子发呆,她莞尔一笑,督促我:"快念书!"

20 岁那年,我考上了山东师范学院。一天,有人在楼下叫我:"你娘来看你了!"跑下去一看,竟然是山花,那位同学还"大娘、大娘"地叫个不停,山花满脸通红。此时,我已是三个儿子的父亲,山花伺候父母、照顾 3 个孩子,还要忙于田间劳动,苍老了许多。看着她,我有些心酸,同学走后,见我窘迫,她调侃地给我宽怀:"你长辈分儿了,同学叫我大娘,你岂不成大爷了!"我凄然地笑了。

来到宿舍,山花脱下鞋,满脚的血泡,为了节省车费,她步行八十里地,赶到火车站,下了火车,又步行来到学校。那时,我的不少同学,以反对包办婚姻为由,抛弃了结发妻子。山花泪眼婆娑地说:"我和三个孩子都离不开你!"山花一向性格刚强,从没在我面前流过泪,此时却如梨花带雨一般,我信誓旦旦地说:"我绝不会做陈世美!"她破涕为笑,将一个包袱递给我,说:"这是衣服和吃的,你赶快上课去吧!"我目送着她一瘸一拐地渐渐远行。

我的同桌是教务处长的女儿,她常常向我请教功课。一次,教室里只有我们两个人,她幽幽地说:"我真想让你做我一生的先生!"我内心一震,其实,她对我的那份情愫我早有觉察,但山花对我朴素而浓厚的情感,早已占据我的心灵,已容不得其他情感的渗透。我委婉地说:"我毕业后,要先当好我三个儿子的先生!"她捂着脸跑出教室。毕业时,她到火车站送我,一身的素衣,汽笛一声愁肠断,她几乎将手儿挥断,那一幕,永远地刻在了我的脑海里。为了忠诚于结发妻子的爱,而拒绝另一个女人的爱,幸福而又痛苦。

毕业后,我在县城教学,山花在家担负着养老抚小的责任。我虽身为老师,繁重的教学任务,离家又远,却让我无暇顾及自己孩子的学习,但三个孩子在山花的调教下,学习成绩却是出奇的优秀,先后考上了大学,找到了理想的工作岗位,这一切都是山花的功劳。

退休后,我常常陪着她,冬天在墙根下晒太阳,夏日在树荫下纳凉,回忆着陈年往事,任凭时光静静流过。说着说着,就打起了盹儿,她忽然满脸惊慌地坐起来,我拍拍她,安慰道:"又做噩梦了?"她猛地陷进躺椅里说:"咳!我又梦见你尿炕了!"

(杨修峰)

智慧·感悟·启迪

一句“咳！我又梦见你尿炕了！”让人幸福得想笑，又让人辛酸得想哭。我们只知道老式婚姻的明媒正娶，却不知道老式婚姻是怎样一路辛苦磨合又点滴深厚丰盈。家庭的幸福靠女人的操持，当然也靠男人的抵抗诱惑，如此和谐顺畅，幸福只会塞满全家，并且无处不充盈。

最后一次晚餐

结婚整整10年了，夫妻间已经没有任何冲动与情趣，刘永和越来越觉得自己对老婆金少茹几乎就是一种程序与义务，他开始厌烦起了老婆。尤其是单位新调来的一个年轻活泼的女孩，对他发起了疯狂的进攻，让他突然觉得她是自己的第二春。经过再三考虑，他决定和老婆离婚。金少茹似乎也麻木了与他的关系，很平静地答应了他，两个人一起走进了民政部门。

手续办得很顺利，出门后，两个人已经是各自独立的自由人了。不知为什么，刘永和的心里突然有了一种空落落的感觉，他看了看金少茹：“天已经晚了，一起去吃点儿饭吧。”

金少茹看了看他：“好吧。听说新开了一家‘离婚酒店’，专门为离婚夫妇提供最后一顿晚餐，要不咱们到那儿去看看。”

刘永和点了点头，两人一前一后默默地走进了离婚酒店。

“先生、女士晚上好。”在包间刚坐下，服务小姐便走了进来，“请问两位想吃点儿什么？”

刘永和看了看金少茹：“你点吧。”

金少茹摇了摇头：“我不常出来，不太清楚这些，还是你点吧。”

“对不起，先生、女士，我们离婚酒店有个规矩，这顿饭必须要由女士点先生平时最爱吃的菜，由先生点女士平时最爱吃的菜，这叫最后的记忆。”

“那好吧，”金少茹理了理头发，“清蒸鱼、熘蘑菇、拌木耳，记住，都不要放葱、姜、蒜，我爱人……这位先生他不吃这些。”

“先生呢？”服务小姐看了看刘永和。

刘永和愣住了。结婚10年，他真的不知道老婆喜欢吃什么。他张着嘴，尴尬地愣在了那儿。“就这些吧，其实这是我们两个人都爱吃的。”金少茹连忙打起了圆场。

服务小姐笑了笑：“说实话，到我们离婚酒店来吃这最后一顿晚餐，所有的先生和女士其实都吃不下去什么，所以这‘最后的记忆’咱们还是不要吃了吧。就喝我们酒店特意为所有离婚人士准备的晚餐——冷饮吧，这也是所有来的人都不拒绝的选择。”

刘永和与金少茹都点了点头：“那就来冷饮吧。”

很快，服务小姐送来了两份冷饮。两份饮料中一份淡蓝一片，全是冰碴；一份满杯红润，冒着热气。

“这份晚餐名叫一半是火焰一半是海水，两位慢用。”服务小姐介绍完退了下去。

包房里静悄悄的，两个人相对而坐，一时竟不知道该说什么好。

“笃笃笃！”一阵轻轻的敲门声，服务小姐走了进来，托盘里托着一枝鲜艳的红玫瑰：“先生，还记得您第一次给这位女士送花的情景吗？现在一切都结束了，夫妻不成就做朋友吧，朋友要好聚好散,最后为女士送朵玫瑰吧。”

金少茹浑身一抖,眼前又浮现出了10年前刘永和给她送花的情景。那时,他们刚刚来到这座举目无亲的省城,什么都没有,一切从零开始。白天,他们四处找工作,努力拼搏;晚上,为了增加收入,她去晚市出小摊,他去给人家刷盘子。很晚很晚,他们才一起回到租住在地下室里那不足10平方米的小屋。日子很苦,可他们却很幸福。到省城的第一个情人节那天,他为她买了第一朵红玫瑰,她幸福得流下了眼泪。10年了,一切都好起来了,可两个人却走向了分离。金少茹想着想着,泪水盈满了双眼,她摆了摆手:“不用了。”

刘永和也想起了过去的10年,他这才记起,自己已经有五六年没有给金少茹买过一枝玫瑰了。他摆了摆手:“不,要买。”

服务小姐却拿起了玫瑰,“刷刷”两下撕成了两半,分别扔进了两个人的饮料杯里,玫瑰竟然溶解在了饮料里。

“这是我们酒店特意用糯米制成的红玫瑰,也是送给你们的第三道菜,名叫‘曾经的美丽’。先生女士慢用,有什么需要直接叫我。”服务小姐说完,转身走了出去。

“少茹,我……”刘永和一把握住金少茹的手,有些说不出话来。

金少茹抽了抽手,没有抽动,便不再动弹。两个人静静地对视着,什么也说不出来。

“啪!”突然,灯熄了,整个包房里漆黑一片,外面警铃大作,一股烟味儿飘了进来。

“怎么了?”两个人急忙站了起来。

“店起火了,大家马上从安全通道走!快!”外面,有人声嘶力竭地喊了起来。

“老公!”金少茹一下扑进了刘永和的怀里,“我怕!”

“别怕!”刘永和紧紧搂住金少茹,“亲爱的,有我呢。走,往外冲!”

包房外面灯光通明,秩序井然,什么都没有发生。

服务小姐走了过来:“对不起,先生、女士,让两位受惊了。酒店并没有失火,烟味儿也是特意往包房里放的一点点,这是我们的第四道菜,名叫‘内心的选择’。请回包房。”

刘永和与金少茹回到了包房,灯光依旧。刘永和一把拉住金少茹:“亲爱的,服务小姐说得对,刚才那才是你我内心真正的选择。其实,我们谁都离不开谁,明天咱们复婚吧?”

金少茹咬了咬嘴唇:“你愿意吗?”

“我愿意。我现在什么都明白了,明天一早咱就去复婚。小姐,买单。”刘永和说着喊了起来。

服务小姐走了进来,递给两人一人一张精致的红色清单:“先生、女士好,这是两位的账单,也是本酒店的最后一道赠品,名叫‘永远的账单’,请两位永远保存吧。”

刘永和看着账单,眼泪淌了下来。

“你怎么了?”金少茹连忙问道。

刘永和把账单递给了金少茹:“亲爱的,我错了,我对不起你。”

金少茹打开账单一看,只见上面写着:一个温暖的家;两只操劳的手;三更不熄等您归家的灯;四季注意身体的叮嘱;五(无)微不至的关怀;六旬婆母的微笑;七(起)早贪黑对孩子的照顾;八方维护您的威信;九(久)下厨房为了您爱吃的一道菜;十年为您逝去的青春……这就是您的妻子。

“老公,您辛苦了,这些年也是我冷漠了你。”金少茹也把自己的那份账单递给了刘永和。刘永和打开账单,只见上面写着:一个男人的责任;两肩挑起的重担;三更半夜的劳累;四处奔波的匆忙;五(无)法倾诉的委屈;六(留)在脸上的沧桑;七姑八姨的义务;八上八下的波折;九优一疵的凡人;十十(时时)对家对子的真情……这就是您的丈夫。

两个人抱在一起,放声痛哭。

结完账,刘永和与金少茹对经理千恩万谢,手牵手走回了家。看着他们幸福的背影,经理微笑着点了点头:"真幸福,咱离婚酒店又挽救了一个家!"

(赵守玉)

智慧·感悟·启迪

离婚夫妻最后的一次晚餐往往很凄凉,可"离婚餐厅"上演了一出如此精彩的戏,让分手变成了复合,让分裂变成了重圆。俗话说,有爱的人慈眉善目,这对夫妻当然是有爱的,所以泪水之后有复婚的欢乐。而餐厅的老板更是有大爱,他们不仅挽救婚姻,更挽救人心,让幸福失而复得。

最后的歌声

在伦敦儿童医院这间小小的病室里,住着我的儿子艾德里安和其他6个孩子。艾德里安最小,只有4岁,最大的是12岁的弗雷迪,其次是卡罗琳、伊丽莎白、约瑟夫、赫米尔、米丽雅姆·莎丽。

这些小病人,除10岁的伊丽莎白之外,都是白血病的牺牲品,他们活不了多久了。伊丽莎白天真可爱,一有一双蓝色的大眼睛,一头闪闪发亮的金发,人们都很喜欢她。同时,又对她满怀真挚的同情:原来伊丽莎白的耳朵后面做了一次复杂的手术,再过大约一个月,听力就会完全消失,再也听不见声音了。

伊丽莎白热爱音乐,热爱唱歌,她的歌声甜美舒缓、婉转动听,显示出在音乐上的超常天赋,而这些将令她失去听力的前景更加悲惨。不过,在同伴们面前,她从不唉声叹气,只是偶尔地、当她以为没人看见她时,沉默的泪水才会渐渐地充满她的眼眶,缓缓流过她苍白的脸蛋。那段时间,每当我去看望儿子时,她总是示意我去儿童游戏室。经过一天的活动,空荡荡的游戏室显得格外安静。伊丽莎白坐在一张宽大的椅子上,紧紧拉着我的手,声音颤抖地恳求:"给我唱首歌吧!"

我怎么忍心拒绝这样的请求呢?我们面对面坐着,她能够看见我嘴唇的开合,我尽可能准确地唱上两首歌。她着迷似的听着,脸上透出专注喜悦的神情。我一唱完,她就在我的额头上亲吻一下,表示感谢。

小伙伴们也为伊丽莎白的境况深感不安,他们决定要做一些事情使她快乐。在12岁的弗雷迪倡议下,孩子们做出了一个决定,并带着这个决定去见他们认识的朋友柯尔比护士阿姨。

最初,柯尔比护士听了他们的打算吃了一惊:"你们想为伊丽莎白的11岁生日举行一次音乐会?而且只有三周时间准备!你们是发疯了吗?"这时,她看见了孩子们渴望的神情,不由得被感动了,便想了想,补充道,"你们真是全疯啦!不过,让我来帮助你们吧!"

柯尔比护士一下班就乘出租车去了一所音乐学校,拜访她的老朋友玛丽·约瑟芬修女,她是音乐和唱诗班的教师。在柯尔比含泪的叙说中,玛丽·约瑟芬马上答应了她的请求:每天免费教孩子们唱歌。这一切当然是在伊丽莎白接受治疗的时候。

在玛丽·约瑟芬修女娴熟的指导下,孩子们唱歌进步神速。然而每当其他孩子全都安排在各自唱歌的位置上时,玛丽注意到动过手术、再也不能使用声带的约瑟夫却总是神色悲哀地望着她,这令她十分心酸。终于有一天,玛丽说:“约瑟夫,你过来,坐在我的身边,我弹钢琴,你翻乐谱,好吗?”一阵惊愕的沉默之后,约瑟夫的两眼炯炯发光,随即喜悦的泪水夺眶而出。他迅速在纸上写下一行字:“修女阿姨,我不会识谱。”

玛丽低下头微笑地看着这个失望的小男孩儿,向他保证道:“约瑟夫,不要担心,你一定能识谱的。”

真是不可思议,仅仅3周时间,玛丽修女和柯尔比护士就把6个快要死去的孩子组成了一个优秀的合唱队,尽管他们中没有一个人具有出色的音乐才能,就连那个既不能唱歌也不能说话的小男孩儿也变成了一个信心十足的翻乐谱者。

同样出色的是,这个秘密保守得也十分成功。

在伊丽莎白生日的这天下午,当她被领进医院的小教堂里,坐在一个“宝座”(手摇车)上时,她的惊奇显而易见。激动使她苍白、漂亮的面庞涨得绯红,她身体前倾,一动不动,聚精会神地听着。

尽管所有听众——伊丽莎白、10位父母和3位护士——坐在仅离舞台3米远的地方,我们仍然难以清晰地看见每个孩子的面孔,因为泪水模糊了我们的眼睛。但是,我们仍能毫不费力地听见他们的歌唱。因为在演出开始前,玛丽告诉孩子们:“你们知道,伊丽莎白的听力已是非常非常的微弱,因此,你们必须尽力大声地唱。”

音乐会获得了成功,伊丽莎白欣喜若狂,一阵浓浓的、娇媚的红晕飘荡在她苍白的脸上,眼里闪耀出奇异的光彩。她大声说,这是她最最快乐的生日!合唱队十分自豪地欢呼起来,乐得又蹦又跳的约瑟夫眉飞色舞、喜悦异常。而这时候,我们这些女人流的眼泪更多。

这次最令人难忘、最值得纪念的音乐会,没有打印节目表,然而,我有生以来从没有听过比这更动人心弦的音乐。即使到了今天,倘若我闭上眼睛仍能够听见那一个个震撼人心的音符。

如今,幼稚的歌喉已经静默多年,合唱队的成员正在地下安睡长眠。但我敢保证,那个已经结婚、有了一个金发碧眼女儿的伊丽莎白,在她记忆的耳朵里,仍然能够听见那幼稚的声音、欢乐的声音、生命的声音、给人力量的声音,因为那是她此生曾经听见过的最后最美的声音啊!

(〔英〕A·艾德里安　文军/译)

智慧·感悟·启迪

在绝境中能让人充满希望,在黑暗中能让人忘记恐惧,在挫败的时候能让人走出痛苦的深渊,产生这些神奇效果的都是同一样东西——爱。

睡莲花开的声音

杰夫瑞医生是位非常著名的耳科专家,多年来,他一直致力于让失聪者恢复听觉的耳蜗研究。在他的帮助下,许多生活在静寂里的失聪者重新获得了聆听世界的机会,其中有些失聪者的听力甚至从零恢复到了正常的程度。

有一年,6 个十三四岁的少年从山区来到杰夫瑞医生的诊所,他们是得到慈善机构的捐助前来接受治疗的失聪孤儿。负责照顾孩子们的领队是个叫露茜的年轻修女,她生得瘦小单薄,但性格温和开朗。杰夫瑞医生分别为 6 个孩子进行了耳蜗手术,其中的三个听力恢复迅速;另外两个经过配合治疗,也逐渐有了进步。只剩下一个叫丹的男孩儿,杰夫瑞医生先后为他做了 3 次手术,尽了最大的努力,但丹始终不见有丝毫的起色。

冬天过去,春天也过去了,到夏天来临的时候,杰夫瑞医生只得带着深深的遗憾告诉露茜修女:"非常抱歉,丹恐怕就属于那 30% 永远都无法恢复听力的失聪者。"

露茜修女也很难过,因为每个孩子都是怀着同样的希望而来,现在却有一个失望而归。

很快,那个叫丹的男孩儿也似乎意识到了自己不妙的境况。他开始郁郁寡欢,时常把自己关在病房里,并且有意回避另外 5 个已经跟自己"不一样了"的同伴。

小男孩儿的状况让杰夫瑞医生的内心备受煎熬,他能理解丹的痛苦,却又无能为力。而且,出于医生的职责,他还必须把残酷的事实告诉丹。

宣布治疗结果前夕,善良的露茜修女跟杰夫瑞医生商量:"是不是可以换一个方式告诉他呢,也许在一个适当的场合说出来,孩子会容易接受一些。"杰夫瑞医生点点头,问道:"什么场合告诉他比较好一些呢?"露茜修女想了想,提出了一个地方——梦茵湖。

梦茵湖是一个美丽的湖泊,地处阿尔卑斯山中,四周山林环抱,湖水宁静清澈,而且,每到夏天,湖中会开放一片一片美丽的睡莲。

在一个晴朗的清晨,杰夫瑞医生和露茜修女带着 6 个孩子前往梦茵湖。

夏天的清晨,站在湖边,能看见微红的晨曦从天边一点儿一点儿泛起来。湛蓝的湖水里逐渐呈现出岸边树林的倒影,偶尔有几只早起的鸟儿掠过水面,啾啾的叫声在空明的水天之间格外清脆。

露茜修女选了一片临岸的睡莲,那些圆圆的绿叶贴着湖水,上面还带着晶莹剔透的露珠。而一朵朵白色的花蕾俏皮地点缀其间。六个孩子依次排开蹲下,露茜修女让每个孩子将手轻轻抚在花蕾上,她自己也挑选了一个能抚摸花蕾的位置,然后向孩子们做了几个手势——指指心、指指耳朵、闭上眼睛。于是,六个孩子顺从地照露茜修女的吩咐,安静地合上眼睛,抚着睡莲花蕾。

不一会儿,太阳升起来了。一旁的杰夫瑞医生这才惊讶地发现,原来那些睡莲花竟是在阳光照耀的瞬间绽开的。在静谧的环境里,他甚至能听见花瓣开时的"叭"、"叭"声,那是一种很轻微的震动的声音。如果不用心去听,即使正常人也可能忽略掉。

孩子们抚摸着的花蕾一朵一朵地在阳光里绽放开来,虽然闭着眼睛,但杰夫瑞医生肯定他们都能清晰地感觉到花开的瞬间。果然,那些孩子们惊喜极了,他们先是睁开眼睛仔细端详那些盛开的花朵,然后抑制不住内心的激动争相打着手语欢快地交流,连丹也不例外。

这时,露茜修女站起来,微笑着朝孩子们打着手语,语重心长地告诉他们:"其实,这个世界上有许多美妙的声音,只要我们有一颗对生活永不绝望的心就一定可以听见。"比划完,她特别用眼睛盯着丹。

丹回应了露茜修女一个热烈的手势,激动地扑过去和她拥抱。接着,另外 5 个孩子也围拢过去,抱成一团。

目睹这一切的杰夫瑞医生静静地站在一边,许久都没有动。作为医生,他已经看惯了太多的伤心、无助乃至绝望,但现在,他却感慨得泪流满面。人们习惯于把他看做奇迹创造者,而实际上，这位平凡的露茜修女才是创造奇迹者，她创造出生理医学无法达到的奇迹。

从那天以后，杰夫瑞医生在自己的诊疗院里开辟出一个种着睡莲的池塘。每年夏天，他都会让一些内心失落茫然的患者去亲身体验一下睡莲花开；而对于每一个新来的医生或护士，他都会给他们讲关于露茜修女和6个孩子的故事。

（子　苕）

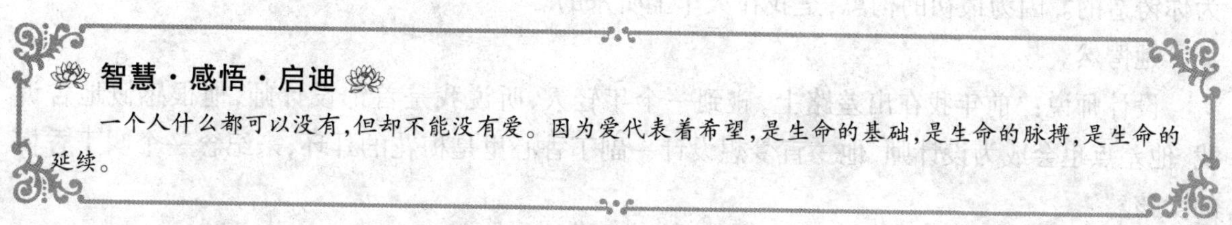

智慧·感悟·启迪

一个人什么都可以没有，但却不能没有爱。因为爱代表着希望，是生命的基础，是生命的脉搏，是生命的延续。

丁香梅

快结婚了。他陪她去选首饰，一间一间的店走过来，一方一方的柜台看过去，蓦然间，她如遭电击，目光定格，手扶玻璃，生生要将台面按碎的样子。他惊讶地问："怎么？喜欢什么就买下吧。"她急急指点小姐将柜台里的一对耳饰取出："就是那个，对，那个，链子上坠着一只丁香花的。"

上午他们已经选了一套项链耳环，白金，镶嵌蓝宝石，配着她白皙的皮肤，端庄优雅，一看就是好人妻。而这副耳环不过是银饰品，百余元而已。但好在做工精细，一弯月钩上垂一线银丝，坠着一只银造的丁香花，若戴在娇小玲珑的耳上，一摇一荡，十足的江南韵味。她并不试戴，却急忙地摊在掌心里审视，看到了丁香花心镂刻成一朵五瓣梅花，外层是丁香花萼……

他凑近来看，也赞叹说："看起来蛮精致，买下吧。"说着便让小姐开票。她牢牢地攥住那一对耳环，神色似悲似喜，小姐连唤几次，才从她手里要回耳环包装起来。他要去付钱，她决然止住他，自己走去收银台。

他说："我们去选戒指吧。"她恹恹地摆摆手："我忽然想起来，还有件事要办，明天再买吧。"

一回到家，她便取出发票、产品回执单，找了银饰品的厂家电话号码，打过去。

"我要找一对耳环的设计师。"对方的客户服务中心吃了一惊，这还是第一次有人提出这样的要求。

被婉拒之后，她索性搭了飞机，一直赶到那厂，拿着耳环，一定要找寻耳环的设计者。厂子生怕是对手公司挖墙脚或者是别的什么诡计，坚持不透露设计师的姓名。

她急了，在接待室里一屋子陈列的银饰中落下泪来："7年前他离开我的时候，唯一的约定就是，有一天他如果成功，会为我制作一对耳环，把我的名字做成首饰。"

她取出自己的身份证，名字竟是：丁香梅。青梅竹马的爱人因为家境贫困辍学，去浙江学金饰打造手艺，与她分别。两人都知道，以后的境遇会落差越来越大，再见已经无期。心有不甘，男孩子安慰女孩子说："我不会只做一个普通的金银匠，有天我会成为首饰设计师。如果有天我能成为设计师，我设计的第一件饰品就是打造一朵丁香梅，把你的名字嵌进去。"

她念了大学，离开家乡。而他辗转多地，两人的音信在4年前已经断绝。有时她经过南方小镇，看到街头巷尾挂着“金”字标志的小店铺，总要忍不住进去看上一看，盼望那工作台后能抬起一张熟悉的脸。听她说完往事，接待小姐站起来，出去打了几个电话。小姐回来告诉她，设计师一会儿就来。

片刻之后，设计师终于出现了。她只看了一眼，一颗头就失望地垂了下去。那已经是个40出头的中年男人。她拿起手袋，忍着泪告辞。设计师赶紧叫住她：“这个设计，应该是你的爱人为你铸造的。因为最初的构思，是我在火车上听来的。”

她愕然。

设计师说：“前年我在出差路上，碰到一个年轻人，听说我是首饰设计师，他很感慨地告诉我，他差点也会成为设计师，他一直梦想设计一副丁香心里是梅花的耳环，来纪念一个叫丁香梅的女孩。”

她的泪水一下冲出眼眶：“他看起来还好吗？”

设计师点点头：“很好呢，他似乎一直在做服装生意，很有钱的样子，是陪新婚妻子去旅游的。算起来，也该有孩子了吧。”

她的脸黯淡了一瞬，手掌握紧了那对耳环。

她离去之后，接待小姐忍不住问设计师：“这个设计真的是从火车上听来的吗？”

年逾不惑的设计师微笑不语。

她且悲且喜地回到自己的城市。未婚夫已经在她的屋子里等得发昏，一见面就叫起来：“失踪了3天！你要把人吓死啊！”

听着这声音，看他惶急的脸，她竟觉出一缕温暖。

他狠狠地说：“戒指没等你回来再挑，我挑好了！不满意就算了！”掏出小盒，塞到她手里。

她笑着打开，柔柔地说：“款式是什么都已经不重要了。”低头一看，愣住，泪水再次模糊了眼睛：一只白金指环状若花茎环绕，接点处是一朵丁香，花心里以碎钻环成梅花心，衬托出中间的美钻。

（岚　子）

智慧·感悟·启迪

爱情埋在心灵深处，并不是住在双唇之间。

笼中的拼图

大学的一个冬夜，赶制一份设计图，我在教室里通宵达旦。通宵达旦的还有另一个男孩，不是画图，而是在拼一幅图，姹紫嫣红的花，作为生日礼物送给另一个女生。

炽白的灯光下偷偷瞄他，看他仔仔细细地替那些不规则的小碎块找到既定的归宿。那张平日里并不起眼的脸因为那份认真和专注，竟焕发出异常的光彩。

莫名地对那个不知名的女生心生羡慕，莫名地开始迷上拼图，努力寻找一个肯陪我认真拼完一幅图的男生。终究失败。跳跃的青春活力过剩,偌大的校园,愿意沉寂下来为心爱的人专心拼图的,想来,只剩他一个。

毕业的时候,那大大小小的十几幅拼图成了我最大的心病,带不走,留不下,最终还是送给了别人。转身的刹那,那个男孩全神贯注拼图的样子飞快从心头扫过,淡成一幅山水画。

三年后我遇到另一个擅长玩拼图的男子,他允诺给我万千宠爱和衣食无忧的生活,只是,不会有婚姻。对一个被现实捉弄得焦头烂额的女人来说,这实在是一种很大的诱惑。需要很艰难的挣扎,我才能下定决心转身走开。

不管是无意或者是刻意,以后的日子总是过得忙碌,再没有闲情安安静静地坐下来,为自己,或者为别人,将离散拼成一幅团圆的图。

直到某天,去探访一位嫁得很风光的女友,发现她屋里大大小小挂了十来幅拼图,而且都是些高难度的,不由得大为赞叹:“你真有耐心,这都拼得出来!”低眉敛首间,她的声音空空地飘了过来:“闲着,没事做,他没空陪我,也不许我出去工作,只能用拼图来打发时间,否则,日子难过。”

不由得悚然心惊:当你将人生交由别人去安排的时候,你自己就只能做金丝雀,于笼中拼图了。咯噔一声,经过三年的时间,曾经让我心有犹疑的那块名叫“拒绝”的拼图,终于稳当落在了它该放下的位置。

(寒江雪)

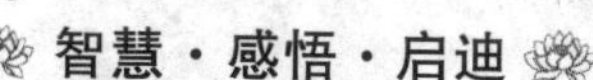

智慧·感悟·启迪

当你将人生交由别人去安排的时候,你自己就只能做金丝雀,于笼中拼图了。

青涩岁月里的蝴蝶胸针

那时候,我在英国一个名叫马斯福的小镇上读书,只有13岁,是诗人们所说的那种青苹果般甜蜜却带着一丝淡淡涩味的年纪。我凶狠好斗、桀骜不驯,成绩自然是班上的倒数第一了。我之所以如此顽劣是有原因的:我的父亲是一位海员,在一次远航时遭遇风暴掉进了惊涛骇浪中,连尸首都没有捞到;我的母亲则抛下我和妹妹奥德丽到利物浦找她的情人去了。我和奥德丽与祖父相依为命,因为缺乏管教,我经常逃学旷课东游西荡;为了不受人欺负,我模仿电视中拳王阿里的样子,每天早晨在沙包上苦练拳头,我信奉一条不记得从哪本书上看来的真理:要想自己不害怕别人,我必须让别人害怕自己!

老师都对我非常头疼,当然,他们也不会去关心一个失去父母的孩子需要怎样的温暖。我在老师的眼里是愚蠢的小丑,将来注定是没有出息的坏蛋。我习惯了老师的奚落和同学的嘲讽,我也承认自己是一个不可救药的家伙,但是,只要一有机会我就会报复得罪过我的人,那个肥得像只企鹅的物理老师就被我躲在树林里用西红柿砸烂了眼镜。还有,镇长的儿子海勒姆,有一次竟敢骂我妹妹,被我用皮鞋敲破了额头。

那个学期，一位叫尤金妮娅的新老师到我们班来教音乐。她身材窈窕、漂亮迷人，我敢说我们班上的每一个男生都在暗恋她。当然也包括我。尤金妮娅常常坐在钢琴前弹唱苏格兰抒情民歌，我认为那是我曾经听过的世界上最美妙的音乐，就像天使吟唱一般，比教堂里的赞美诗还要动人一百倍！尤金妮娅从不歧视差生，她不像有的老师那样上课提问总叫那些成绩好的学生，我就曾被她叫起来唱过一首《马儿在雪地里奔跑》，“简直棒极了，乔塞，你真的很有音乐天赋，说不定你长大后会成为又一个列侬（一位著名的摇滚歌手）的！”尤金妮娅由衷地赞叹道。这时候，教室里传来一片叽叽喳喳的议论声，同学们似乎不满老师对我这个“大笨蛋”的表扬。尤金妮娅显得有些生气，她说：“你们等着瞧吧，乔塞一定会在音乐上取得杰出成绩的！”

从此以后，每逢上音乐课，尤金妮娅总是叫我领唱。同学们由最初的不服气到慢慢地习惯了，我教会了他们《欢快的雪橇》、《游击队长》和《三个美丽的小公主》等一大批脍炙人口的歌。事先尤金妮娅会让我跟着她把这些歌唱上几遍。我的自信心渐渐地树立起来了，不管上什么课都很少捣蛋，同学们看我的眼神也不再充满了鄙视，圣诞节那天，我竟然收到了 5 张贺卡，其中还有两张是女孩子送的！

我狂热地爱上了尤金妮娅，尽管她比我大了至少 10 岁，我仍幻想有朝一日把她娶回家来，像王子迎娶公主一样用一辆漂亮的水晶马车。我还开始阅读拜伦和雪莱的情诗，并把它们工工整整地抄下来，我打算抄到 100 首时就把情诗寄给尤金妮娅。

13 岁的孩子已经有了青春躁动，对性充满了神秘和好奇。我喜欢偷偷地盯着尤金妮娅饱满的胸部。有一次，我的异常举动被她发现了，她走过来问我：“乔塞，你在看什么呢？”我的脸一下子涨得通红，我撒谎说我在看她胸前别着的那枚蝴蝶状胸针。“哦，那是我母亲送的，很漂亮，是吗？”她微笑着问。我忙不迭地点头。

夏天的最后一节音乐课，尤金妮娅要我们默写五线谱。10 分钟后，尤金妮娅叫我走上前去和她一起给学生记分。那天她穿着一件低领开口的衬衣，蝴蝶胸针就别在让我心惊肉跳的部位，起初我还能够认真地记分，但很快我就心不在焉起来。尤金妮娅的两只胳膊都伏在讲台上，整个雪白的胸部通过低低的领口全暴露在我的眼前，我开始了很没有道德的偷窥。我是如此痴迷，以至于忘记了这是在课堂上，尤其要命的是讲台下还有几十双眼睛在看着我们，而且我的右手甚至不由自主地伸向她的胸部。教室里突然涌起了一阵骚动，有人开始阴阳怪气地吹口哨，但该死的我竟然没有听见！

尤金妮娅条件反射地握住了我已经触摸到她胸部的手，我看见她的眼里有一丝诧异也有一丝愤怒。刹那间，我醒悟了过来，我触电似的抽出手，羞愧得无地自容。尤金妮娅很快就恢复了她的微笑，她摸了摸蝴蝶胸针，然后将拇指和食指捏在一起朝空中扬了扬，对大家笑着说：“蚂蚁怎么爬到我的胸针上来了！乔塞，谢谢你帮我捉掉了一只，你没发现还有一只吗？”教室里的骚动顿时平息了，同学们都以为是真的，他们根本看不清老师的手里其实什么也没有！

上完这一节音乐课后，我再也没有看见尤金妮娅，据说她到伦敦的一所贵族中学任教去了。尤金妮娅走的那天，许多学生都去送她，但是我因为心虚没有去。令我吃惊和欣喜的是，尤金妮娅托一位女孩转交给我一个包裹，里面是几本讲述青春期生理健康的书，还有一封信：

亲爱的乔塞：

你是我教过的最聪明的学生之一！当我知道你的不幸身世以后，我就下决心帮你重新树立起奋斗的信心，你没有让我失望，我很满意。那天，你有一个很傻的举动，不过这并不要紧，青春懵懂的时候谁都可能犯错误，我知道你并没有邪念，但是，你应该好好读一读我送你的这几本书。尊严无价！一个优秀的老师应该懂得如何体面地维护一个少年的自尊，而不是粗暴地摧毁它,因为尊严是我们充满信心笑对生活的强大动力。另外,我将那枚蝴蝶胸针送给你,希望你能喜欢。

你永远的尤金妮娅!

我翻开包裹里的一本书,那枚美丽的蝴蝶胸针赫然在目!

很多年后,我终于没有辜负尤金妮娅的期望成了一名作曲家,我创作的《青涩岁月里的蝴蝶胸针》连续数周在流行音乐榜上排名第一,许多少男少女听后都流泪了,因为它讲述的是一个真实的故事,那就是青春的尊严永远无价!

(青衣江/译)

智慧·感悟·启迪

青春的尊严永远无价!

疼 惜

自小他们就认识,一起考上大学,同一年毕业后又分到了同一座城市。生命中好像总有那么一些人和事,不容选择地如影相随。

他含蓄、木讷,不是她喜欢的类型。但他温良敦厚的体贴却带给了她最温情的实惠:上学时帮她搜集复习资料;上班后雨天接送她上下班;逢她休班时,便围着碎花围裙在厨房里为她做一碗热辣的泡菜鱼。

酸嫩的泡菜、柔滑的鱼片,还有那细小的青绿尖椒,她用筷子打捞着,吃得头顶热气腾腾。那是她最爱吃的一道家乡菜,舌尖冒火、鼻头出汗时,心头也热得一塌糊涂。巴蜀老家的风物人情一并涌来。而他,更是通往亲切回忆里的一道关联……

再热辣的感觉,放在一日三餐的家常日子里,色也变淡,味亦变寡。那天,他们吵架后,她坐到那家著名的川菜馆里,品着那正宗的川味泡菜鱼,忽然无比疲倦。窗外,花童提着一大篮红玫瑰,甜甜地向路人兜售——正是情人节。

多么娇艳欲滴的花朵啊,而他却从没有送给自己过,哪怕一枝。除了做一大碗泡菜鱼,他还能带给自己什么呢?而这个城市里任何一家川菜馆都比他做得手法正宗,味道香浓。

回到家,他果然在灯下等她。盛放泡菜鱼的青花细瓷汤碗上倒扣了一只花碟。借了吵架的底子,她冷倦地说:我们还是算了吧。

他半天没说话,拉把椅子到她跟前坐下了。他粗厚的手掌握住她细长的手指,自嘲地苦笑着:"我竟还指望握一辈子呢!"

她心一酸。最后,他下定决心似的说:"这样吧——握着你的手,如果你挣得开,我们就分手——肯定有比我更适合的人握它……"

她犹豫着,最后咬牙将手放进他的手里。虽然他只是轻轻一握,那双手却像铁篱笆一样结实,难以挣脱。她憋红了脸,使劲扭转手腕。这时,他将手轻轻松开:"如果攥得你痛了,再喜欢,我也会放手的……”

她愣怔在那里。世间的爱，各有各的路径，可是最终最深的走向，也不外两个字：疼惜。因为爱，心才变得敏锐；因为疼，才知道珍惜。爱你怎么会舍得让你痛？

他掀开碗碟，热气氤氲。有泪滴在里面，她拿汤勺尝了一口，细嫩滑爽的温热里，揉进了爱人彻骨铭心的疼惜。一碗再寻常普通的汤，也变得回味悠长。

（苏小蝉）

智慧·感悟·启迪

世间的爱，各有各的路径，可是最终最深的走向，也不外两个字：疼惜。

永远的木马

如果不是初一时的那次考试，我考了全年级的第一名，我想我也许真的会嫁给他的。

我比别人早两年入学，班里的同学都比我大。看着女同学长长的腿、男生嘴唇上茸茸的胡须，我感觉到了孤单。成长仿佛永远不肯来临，班里很少有人和我玩。我与他们之间，仿佛有代沟。

偶然的一天，我看到老师办公室里的花名册，竟然有人和我是同一年生的，只比我大一个月。他叫杜耀耀。我开始留意起他，他坐在我前排的前排，看上去一点也不像和我同龄的人，他挺像样儿的，个子高高的，喜欢穿运动服。他长着一头很细的头发，是男生少有的那种细发。头发又常常剪得极短，脖子后面剃出一个小小的尖儿，像小狗。

有一天，我被外语老师叫到办公室帮忙改卷子，回来时路过足球场。那时正好是课间，一群男生在踢球。忽然，一个球疾速飞过来，我吓坏了，抱住头，没处躲，这时，一个人冲了过来，扑住了球，是杜耀耀。

他回过身说了一句：“笨啊！”然后就跑远了，我看到他在绿色的球场上，把球踢得老高。

我慢慢走回教室，上课铃响了，男生们也纷纷回来。杜耀耀进教室时，我正巧抬起头看到他，他也正好看着我，那几秒钟之后，我们都知道有一些事情发生了，在我们年少的、稚气的心里。

后来每天课间，我都盼着外语老师让我帮忙改卷子。有好几次没有卷子可改，我也跑到教师楼。回来的路上都看到杜耀耀在球场，但是球再没有踢到我这边来。

奇怪的是，我和杜耀耀一直都没有说话，开学已经3个月了。

期中考试，班里有人在传说外校已经先考完了语文，要是搞到他们的题就美死了。那天，杜耀耀在大家的怂恿下逃了下午的课，第二天，他便成了班里的红人，因为据说他拿回了一张语文考卷

大家都围着他，他矜持地不肯说，却用眼睛瞟着人群外面的我。我想如果我问他，他一定会告诉我的，但是，有一种奇异的自尊心，使我不能开口。

放学后，我一个人走在回家的路上，已是秋天了，沿路的每一株小树下团团围着一小堆绿色的落叶，好像它们自己的倒影。忽然有人叫我，是杜耀耀，他不叫我的名字，只说："哎！"我回过头去，他便像背书一样把题目说给我听。他站的地势高，我站的地势低，我须仰头才能看清他的脸。明知他这样做不对，但是那一刻我还是觉得他像一个英雄。

我考了那次期中考试的第一名。

这不怎么光彩的第一名，给了我很大的压力。我本是一个智力平常的女孩子，最大的理想就是考卫校，或者其他的中专。但是，我却考了第一名。那天发下成绩，我呆呆的，心里却像排山倒海，无法平静。我不想让大家以为我的第一名只有靠投机才能得来，我更不想让杜耀耀觉得我是一个很差劲的人。于是，我对自己说：努力吧。

冬天期末考试，我考了全班第一、全年级第二。好好学习其实是一件需要很大决心和力气的事，我要守住那个位置。

就这样，三年过去了，我考上了重点高中，而杜耀耀的成绩不是很好，他的家人把他送到一个球队去踢球了。

在重点高中，我收到过他寄来的卡片。卡片里没有我期待的句子，只是祝我学业有成。后来，我考上了一所医大，毕业后可直升本校研究生院。我的人生至此已经成形，我感谢初中的那一场期中考试和杜耀耀这个人。

大一的寒假，初中同学聚会。我去了。聚会上，见到了杜耀耀，我们竟然能够很自在地说话了。他告诉我，他早就不踢球了，现在没有工作，就盘了个小店子，卖影碟和杂志。他的语气里总有微微的叹息，说自己没什么出息，但是我实在没有觉得他与从前有什么不同，他仍然是我眼中的英雄。我给了他大学的地址，让他找我玩。

那次分开后，我忽然非常非常想念他，后来，我撒谎说我病了，让他来看我，他竟真的来了。看到我健康地出现在他面前，他只是微微地笑了，说，我就知道你是装的。我带他去吃加州牛肉面，他只喝啤酒，抽烟，看着我。我们又到城外的海边玩，在路上，有几次都可以顺理成章地牵着手了，但他躲开了。那晚，我们坐在学校外面一个幼儿园里，绿杨树下有一个木马，我坐上去，他推我晃来晃去，我忽然问他说："我想和你在一起，可以吗？"

他却把脸沉下来，说："绝对不可能。"

"你会后悔的。"我大声说，心里有了轻轻的委屈。

"我早就后悔了！"他的声音也大起来，"你知不知道，一个男的，要是想让一个女的做他女朋友，就不要让她学习太好！"

那一刻，我怔住了，我终于知道，是我不经意的成功，使杜耀耀远离了我。

他慢慢松开了推着木马的手，转身走了，我没有追上去。也许就在当夜，他坐上了火车决定不再见我，后来，他再没有和我联系。

现在，我已经远离了家乡的城市，有时我会想起他，是他背给我的那一张语文试卷，成就了我现在的幸福。而他的离开，也让我明白了一个很简单的道理：如果爱一个人，就要站在与他平等的位置，否则是不会快乐的。

爱永远是一个平衡的木马，稍有偏斜，就会失去原来的稳定，不是一方被骄傲摧毁，便是另一方被自卑压倒。这都不是相爱的人想看到的结果。

（孙　丽）

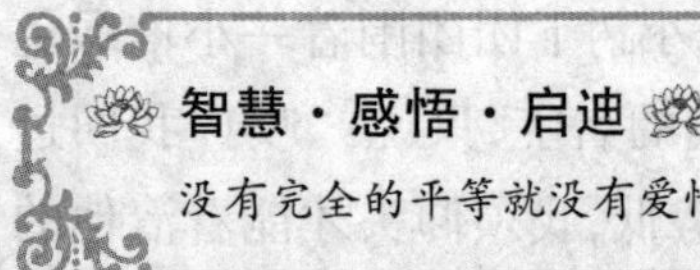

智慧·感悟·启迪

没有完全的平等就没有爱情。

跨越太平洋的温暖诉说

曾经认识一个女孩子,家世很好,又难得地不骄矜。每次文艺晚会上她弹琵琶,雪白的手指在琵琶上一抹一跳,长发披垂在面颊上,只露出一个尖尖的下颌。我纵然是同性,也觉得真有活色生香这回事。

爱慕她的人自然是不计其数,其中有一个老实的男生。别人都会些小伎俩,他只勤勤恳恳地替她抄笔记。她有时去学琵琶,他就远远地跟着。送她到了楼下,就靠在一棵树上,看本《围棋》杂志,从头看到尾,再从尾看到头,一等就是三四个小时。

那时她也不在意,青春太美好了,有人肯跑遍整个城市只为给她买一张 CD,也有人肯为她抄完厚厚一本乐谱。我们都以为,这男生的心意,不过就是春天的第一片树叶,很快会有新的枝叶生长出来,代替它的位置。

女孩儿留学去了美国,写信回来,总是说彼处如何苦寒、如何枯燥、如何艰难。她那只琵琶,恐怕也是闲置已久了。偶尔会想起那个等在楼下看一本《围棋》杂志的男生,不知道他后来是否找到了一棵新的树呢?

去年冬天接到女孩的电话,说回国来完婚,一问之下,新郎竟然是那看《围棋》杂志的小子。

隔着一整个太平洋的国度,连昼夜都是颠倒的。她每日里上课、打工,能闲下来接一个越洋电话,只有下午四五点钟那一段闲暇。12 个小时的时差,就成为一条分水岭,昔日那些热情的追逐者,纷纷流向了别处。距离太遥远,美色和吸引也都成了虚空。只有他,每回都是凌晨四点,站在街边的电话亭里,一次一次拨她的电话。

智慧·感悟·启迪

真正的爱情,就跟闪电一样打进心坎里,也跟闪电一样没有声音。

她爱他

她爱他吗?她自问,答案是肯定的。虽然她从来没有说出口。

他爱她吗?没问过,也不想问,答案似乎也不是很重要。

因为她可以感受得到。

他们总是离得很远，见面的次数也是算得出来的。

但是有一天他问她："我们认识多久了？"

她回答："不是太久。"

他说："怎么感觉很久了？"

她说："因为记得的东西很多。"

他说："而且很深，很久……"

他们总是这样彼此深爱着对方，惦记着对方。别人看不出来，但他们自己很明白。

她说她相信这个世界上只有他可以完全懂她，他也为此沾沾自喜。他甚至奇怪这世界上怎么有两个人是一样的。往往她心里才起一个念头，他已经脱口而出。又或者，大部分的时候，他们之间是无声的。因为一切对他们彼此而言都是多余的。每一次难得的相见，他都会送一个礼物给她，而这些礼物都不是用钱能买得到的，一如他们的感情也不是世俗的眼光可以理解的。

一天，很凑巧，他们来到同一个城市。本来约好了见面，可是因为工作时间总是凑不到一块儿。终于在她要离开的那个清晨，她接到他的电话，让她等他。时间一点一滴地过去，如同电影情节，男主角总会在最紧要的关头遇上塞车。她终于要走了，一如以往，她没有生气或是难过。因为在这一段感情里，最宝贵的就是彼此的包容及谅解。她戴上了墨镜，让世界的颜色跟上她的心情。上了车，在雾茫茫的清晨，她的脸显得苍白。

当引擎发动时，坐在车里的她突然有预感似的回头，看见了他。她猛地冲下车，把车上所有人都吓了一跳。他缓缓地走向她，手里握着一瓶善存维他命，因为一路赶时间而紧张的神情渐渐地缓和下来。他笑着说："这段日子，这个瓶子一直搁在我的书桌前，里头装着的是我每天闻到的味道，或许已经有些腐朽了，但是我还是决定送给你。"

她将瓶子握在手里，一时之间，先前准备好的一大堆话，竟不知从何说起……车上的催促声却打断了他们的静默。

"你要好好的。"她说完转身就跑上了车。一路上，她紧紧地握着那个还留着他手上余温的瓶子。

她没有回头，因为她知道若一回头，眼泪就不仅仅只是落下而已……她虽没有回头，但她知道，这一路，他的车紧跟着她。

车子进入了车队中，突然间，她的电话响了，手机上显示他的号码。她深呼一口气，接起电话，她还没出声，就听到另一头传来他们曾经一起听过的音乐。谁也没有开口。就这样，两个人耳边听着的是车外同一个场景的嘈杂声，配着他们共有的一个生命片段的乐章。

但是两人却停留在不同的两辆车上，如同他们的命运一般。

渐渐地，耳边的声音不同了，她像是受了惊吓的孩子一样猛地回头，眼看着他的车被挤在车队后面慢慢变小，慢慢消失在她眼中。突然他开口了："我见不到你了……"

他们总是这样错过，胆怯的不是彼此，而是自己。

坐上飞机，她以为整理好了情绪。望着那个同时依偎着两人眷恋温度的瓶子，她慢慢打开了瓶盖。瓶子里是一堆桂花。扑鼻的味道有些酸楚，如同他们对于彼此的思念。那香味，就像经过时间的酝酿，哪怕有些变质，却还是如此的珍贵及熟悉。里面藏了一张纸条，上面写着："我一直在想，见面的时候该送你什么呢？临走前，我看到了窗外的桂花树，我决定走到它跟前，在树下捡些落在地上的桂花，这是我想念时闻到的气味。"

有一些人，这一辈子都不会在一起，但是有一种感觉却可以藏在心里，守一辈子。

（刘若英）

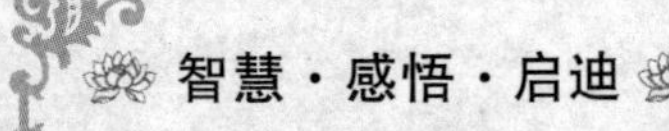

有一些人，这一辈子都不会在一起，但是有一种感觉却可以藏在心里，守一辈子。

错过的舞会

"你愿意在后备军官训练队舞会上做我的舞伴吗?"里克问道。我不敢相信他在邀请我。我的两个最要好的朋友几周前就收到了邀请，所以我早就不指望会有后备军官训练队的人邀请我去训练队舞会上跳舞了。里克是俱乐部最可爱的小伙子！他想要约我一起去？"你是认真的吗?""这是半正式舞会，所以你需要一件连衣裙，而我的父母会付门票钱和车钱。"他回答说。一辆马车将把白马王子和我送到舞会上——我还能有何奢求？我的心兴奋得狂跳不已，嘴里吐出"愿意"两个字。我以前从没有参加过这种半正式的舞会，这次可是我的机会。这会是我一生中最美好的夜晚！

我一回到家就告诉妈妈里克邀请我跳舞的事。她立刻带我去买了一件合身又得体的连衣裙。我们还去了发廊，预约了周五舞会前的时间去美发并且修剪指甲。我想让里克看到我时惊得目瞪口呆。我想让他看我一眼就坠入爱河。这能发生吗？会发生吗？我能成为美丽的公主吗？在我知道答案前，日子已经一天天过去了。我根本无法入睡，紧张得直恶心，头部也剧烈胀痛。周五早晨醒来我觉得整个世界都在旋转。我想把头从枕头上抬起，但根本动不了。

"宝贝，你今天上学要迟到了，你怎么啦?"妈妈走进我的卧室。她伸手摸我的前额。"哦，糟糕！你发烧了。"我不感觉热，我感觉冷，非常冷。妈妈帮我穿上衣服，开车送我去看医生。到诊所没待几分钟，大夫就叫了辆急救车。我不明白大夫对我说的话，只听到他闷声闷气地说："104度(华氏)高烧。"

医院明亮的灯光很刺眼，一位留有深色长发的护士在我的胳膊上打了两针。我记不得她进房间的情形，只记得身上被人盖了一条毯子。"冷，很冷。"我说。"这毯子里装满了冰，"她解释说，"你得了严重的感染。大夫在给你输液和注射抗生素。好好休息。"我闭上眼睛。

好像仅仅几分钟以后，我听到有人说："早上好。"大夫来叫醒我。"你这一夜睡得很安稳。很幸运，我们把你的热度降下来了。你是个特殊的小女孩。你患了严重的耳、鼻、喉感染，不过现在看来我们已经将感染控制住了。""妈!"我喘着气叫道。"爸!""我在这儿。"妈妈抓住我的手。我抬眼看，我的父母都在我身边。"我错过舞会了吗?"我妈妈笑了。"我打电话给里克了。我在你的电话号码本里找到了他的电话号码，告诉他你生病住院了。""哦，真糟糕!"我喊道。"以后还有别的舞会，"大夫说，"将来还会有许多舞会等你去参加，对此你要心存感激。"日子一天天过去了。

我的身体逐渐康复，而且不再发烧了。他们发现我得了非常严重的链球菌感染，要用抗生素进行治疗。我没有听到一点里克的消息，这使我很着急。我担心他生气了。不仅仅是因为我没去参加舞会，更重要的是他父母已经花了钱租车——我辜负了他们所有的人。如果他永远不再理我，谁又能责备他呢？我太注重外表好看，把自己累倒了。给我输液的那位护士进了房间又拿来一件病号服。“请反穿这件衣服。”她说。

“为什么让我反穿病号服？我不是今天要出院了吗？我已经穿着一件了。”她走了，关上门。虽然我不想再套上一件，但我还是照她说的做了。或许在我出院之前，我的大夫还需要为我照一次X光片或做其他检查。突然，门被推开了，在我面前站着我的父母，手里拿着气球和录音机，以及我的两个最要好的朋友，都身着礼服，带着她们的舞伴，还有穿着小礼服的里克。

“可以请你跳舞吗？”里克问道，“错过那次后备军官训练队舞会并不意味着我们不能在这里举行我们自己的舞会——现在就开始。”我的眼睛湿润了。“当然可以。”我结结巴巴地说。那位护士拉上窗帘，仅留着浴室的灯没关。里克搂着我的腰，开始随着音乐婆娑起舞，我的朋友们也成双成对地跳了起来。“我非常高兴，你康复了。”他说，“我每天晚上打电话给你的父母询问你的情况。”“他们没告诉我。”我理了理头发，使其整齐点。“别担心，”他笑着说，“你看上去很美丽。”

我和朋友们好像一起跳了几个小时。我们不介意走廊里的人们看着我们，也不介意我的父母在我们旁边跳着舞。我穿着两件病号服，实在太不正式，但我不在乎。当磁带放完后，里克扶我坐入轮椅，把我推到楼下，扶我坐进正在等着接我回家的轿车。我一生都忘不了那个下午。我没有别致的发型，甚至也没有穿一件漂亮的连衣裙，可是我领略了真正美丽的感觉——被爱的感觉。

（大　江/译）

智慧·感悟·启迪

爱情能使一个女孩完全除去装假和矫饰的态度，变得简朴、自然，出落得更加美丽。

荧光衣

他和她，只是那么普通的一对夫妻，他们的家坐落在一条匆忙的国道边上。

一天晚上，正在做饭的她听说又发生了车祸，死去的是一个骑车的男子，女人的心一紧。第二天，她给丈夫买了一件新衣，那是一件很普通的衣服，在衣背上镶着几道荧光彩条，一到暗处便会闪光的那种。她让他穿上，男人笑而不语，开始穿着衣服去上班。

日子就这样平淡如水地继续着，没有任何风生水起的东西。直到有一天，男人又很晚回家，他骑车走在国道的一个拐角时，忽然有一辆车从他身边迅速地刮过，斜插到路边的草丛里，而他也被刮倒在路边的田地里，司机惶恐地走了过来，扶起他，再三询问是否受伤之后，才深深地吸了一口气。司机说：“幸好看到你背上的荧光，要不就撞到你了。”

而他也惊魂甫定，脱下那件沾满泥土的外衣，看着那闪亮的荧光，豁然明白了妻子的用意。原来妻子是为了他的安全才特地买了一件荧光衣。

当他走到楼下的时候，他抬头向上看，忽然发现一个黑色人影居然站在窗台上凝望着黑暗的路口。他的心忽然又是一颤，原来妻子只是关了灯，却并没睡，仍然在翘望着自己带着一身荧光回家来。

于是,他又拐了出去,重新穿上荧光衣,在妻子的凝望下从路口赶回家。到家的时候,妻子假装睡着了,而他也假装什么都没有发生。当然,他也没有告诉妻子他的遭遇。

只是从那天起,他总爱穿那种镶带荧光的外衣。而每晚走在回家的路上,他总是分外地小心翼翼,因为他知道有一个女人始终在沉沉的黑夜里,期盼着自己安全回家的身影。

日子久了,他身边的邻居居然都喜欢起穿荧光衣,因为无论在多黑的夜里,它总能闪动着无比温暖的爱意。

（张 翔）

智慧·感悟·启迪

被人爱和爱别人是同样的幸福,而且一旦得到它,就够受用一辈子。

命中有爱

当我还是个小姑娘的时候,我就知道总有一天我的如意王子会不期而至。我常常想象他骑着一匹雪白的骏马,把我抱上马背带往他的城池。我相信这个世界上的某个地方有一位特别的意中人在找我,就像我正在苦苦寻觅他一样。这种事肯定会发生,命中注定。

那年我17岁,他终于出现了。这小伙子名叫特德·本宁顿,是新来的一位邻居。妈妈在我生日那天给了我一个挂在项链上的小金盒。金盒并不新,却是她多年的珍藏,而且妈妈总是把这个小盒子跟爸爸送妈妈的几样纪念品放在一起。

“妈妈,你真要把盒子送给我吗?这可是属于你的呀!”我说。

“真的!”妈妈说,“它对我意义重大。不过我说过,到我女儿17岁时,就归她。”妈妈眼中闪过一丝令人捉摸不透的神情。我疑惑地看了她一眼。爸爸和妈妈的婚姻可谓美满幸福。爸爸热情体贴,妈妈跟他在一起好像总有无限的快乐,直到两年前。他不幸逝世。我暗自好笑,真不懂妈妈会有什么伤心的事儿。但我的确喜欢这个盒子,它小巧玲珑,呈鸡心状,系着一根细小的金链,叫人爱不释手。可最让我心跳的还是特德·本宁顿送给我的一条朴素却饰有金边的蓝头巾。我喜爱特德送给我的礼物,但我更爱他本人。我喜欢他那淡黄色的鬈发垂在前领上的可爱劲儿,清亮的诚实的蓝眼睛和好看的方方的下颌。而且他腼腆、讨人喜欢、做事认真,跟我们高年级那帮油腔滑调、自以为是的家伙相比,他显得如此不同寻常。

大概是在两个月前,我就开始注意上特德了,那时他来我们班才一个月。他是个文静的男孩,从不参加学校里的任何球队。课后或是周末,别的同学在闲逛玩乐时,他却不得不去一家杂货店打工。当时正值一次校友舞会,作为一名高三女生,你不可能有太多的选择,因为本年级的男生大都把心掏给了高一和高二的女孩子。我只得把剩下的男生列了一个名单,把太矮的几个划去,结果只剩下4个人。可其中3个要么身材太胖,要么与我合不来,再不就是说话时唾沫四溅。特德成了最后唯一的人选。下课后当他走出教室,我早已抢先一步恭候在那儿,装着无意中碰到了一块儿。我搭讪说:“南希这个周末要举办家庭舞会,特德,这可是女邀男的活动。你想去吗?”

“去?你是说同你一道去?”他问。“是的。”我说。“这个,这个,一定去,谢谢!我很乐意去。”他有点受宠若惊,真不知道他长这么大是否曾带过女孩子去过什么地方。我不禁想,邀他去也许是个错误,大伙儿会不会喜欢他?参加舞会的可都是学校里的主流人物,特德合群吗?然而晚会上一切都叫人感到愉快。特德尽力适应其中,跳舞、参加游戏、跟人交谈,倒真像是个游刃有余的社交高手。

晚会后他送我回家的路上,我们聊起了彼此毕业后的打算,我说我将读文秘专业。他则告诉我他正在努力争取杜莱恩学院的奖学金,准备去那儿学医。月光朦胧而优美,叫人有一股莫名的冲动。突然间我清楚地意识到我那空着的小手正在身体的一侧晃动,他的手也是。也不知什么时候,两只手或多或少地碰到了一起。一路上我俩不再说话,在月光下默默地走着,彼此的手慢慢牵在了一起。

特德带我去参加校友舞会,这事看来如此自然。一阵心颤的感觉让我突然了悟,特德就是我自小在冥冥中期待的那个特别的意中人!我们的感情随着时光的流淌而越发显得月久年深,我俩一块儿散步,出门远足,在蔚蓝的天空下参加大伙的野餐聚会。特德在野餐的过程中弹起悦耳的吉他,我们一起忘情地放声歌唱。都是些诗情无限而又令人幸福的日子。接着有一天,特德带来好消息,他已经获得了杜莱恩学院的奖学金。“别人会称我本宁顿医生,你感觉怎么样?”“妙极了!”我说,“不过我会想你的。”“我也是,”他说,“真希望你能跟我一起去。”

“别担心,”我安慰他,“我就在这儿等你。也许你毕业之前,我能在那所学院里找个工作。”

“那太棒了,不过我怕。”

“怕什么?”我问道。

“哦,一切都这样完美,我真害怕会失去你。”

“瞎操心,”我对他说,“你不会失去这命中注定的爱情的!”可是我错了。特德离开我上学去了。起初的日子我们彼此还比较勤快地写信。可渐渐地,我们的信越来越少。大概这就是结局的开始。他不能回家过感恩节,而到圣诞节他回来时,我却在出麻疹。终于特德有了新女朋友,她是他们学校的一名同学。特德来信说,他对此感到很抱歉,又说他知道我会理解的。

收到信的那天正下着雨。我躺在床上倾听淅沥的雨声。我并不恨特德,我甚至也不恨那个女孩。只是我无法相信所发生的一切。这时妈妈走了进来。我知道她要说什么。“还有别的小伙子,你可能现在不相信,但总会有的。”她开口说。“也许吧,不过特德是我唯一的至爱,我以后再也不会爱了!”妈妈沉默了一会儿,然后说:“我给你的那个挂在项链上的小金盒还在吗?”“小金盒?哦,当然在。就在梳妆台最顶格的那个抽屉里。”妈妈拿出小金盒,让我戴上。“你看,”她说,“这是那个特别的意中人,在我17岁时送给我的。”我珍爱地把小金盒捧起来,想起了去世的爸爸。他曾经和妈妈有过多么幸福的生活啊!

“他心好,讨人喜欢,与众不同。我当时确信他就是我命中注定的那个人。”妈妈陷入了沉思,缓慢地说,“可在我们订婚之后没几天,他就丧生于一次火车事故。”“你说什么?”我惊叫起来,“我还以为……你是说在爸爸之前,你曾爱过别人?另一个你曾认为是最特别的那个意中人?”“是的,事情就是这样的,我想如果我嫁给了他,我肯定自己会非常幸福。但结果是三年后我同你爸爸结了婚。我们也彼此相爱,并且跟他在一起我也非常幸福。”

“我搞不懂。”我说。

“宝贝,我想告诉你的是,这世上并非只有一个特别的人才会让我们幸福,而是有许许多多这样的好人,特德只是其中之一。只是他来得太早了些。”妈妈静静地望着我。我几乎哭了起来,因为我感到我童年的梦想正被击得粉碎。妈妈轻声说:“总有一天,会有一个好男人在恰当的时候来到,他才是你命中注定的那个人。”

她走了出去,轻轻把门关上,留下我独自一人,倾听雨点的声音。我望着妈妈出去时关上的那扇门,心里却想到另一扇门,那就是她刚才为我开启的另一扇希望之门。

([美]洛伊丝·邓肯 明延雄/译)

智慧·感悟·启迪

一刹真情,不能说那是假的,爱情永恒,不能说只有那一刹。

一间有爱情的阁楼

谈恋爱的时候,他住集体宿舍,每每她大老远地坐车来看他,只能在他的床上,在室友吆五喝六的划拳声中,用笔和眼神在这小小的方寸之地上默默交流,倒也觉得有无限的幸福和温情,在紧握的掌心里,畅通无阻地穿行。

有一次他们坐在床上看窗外流转的灯火,见那美丽皎洁的月光下,一扇扇透着温暖光芒的窗子,她便不觉伤感起来,不知这个城市里的哪一扇门和窗,是为她和他这样收入不高的打工一族准备的。正出神时,一旁的他递过来一张纸,纸上画了一座绿树环绕、鲜花满园的别墅。她知道他的意思,是让她放心,总会有一天,他会给她一座漂亮的房子,她却只是笑了笑,拿起笔在一间小小的阁楼上画一个圈,又在这狭小局促的阁楼里,画了两颗紧紧偎着的心,含笑递给他。他看了,当着嘈杂宿舍里来往的人,一把将她搂在怀里,低声向她呢喃:宝贝放心,我不管多苦多累,都会给你一间能遮风避雨的房子。

以后的日子里,两个人便拼命地工作,为在这个寸土寸金的城市里有个温暖栖息的小家,而节衣缩食地攒钱。有时候她在饭菜或衣服首饰上对自己苛刻,被女伴们撞见了,就会遭受她们一通不轻不重的嘲讽,说她有这样好的头脑,不如省下来算计个有车有房的老公,说不定连她这个穷男友也能接济一下呢!这样的冷嘲热讽,她每每听了,都是无声地咽下去,并不说与他听。也不是没有羡慕过那些因为嫁了有钱的老公,而无须自己费力拼搏的姐妹们。也有富贵子弟看上她的天生丽质,百般地追求。但是想起那个有月亮的晚上两个人的誓言,这样的诱惑和躁动,对于她便都无足轻重、不值一提了。

等他们终于攒够了一笔钱,可以买一间像他住的集体宿舍那样的房子时,他却在看房回来的路上,触动了商机,说不如先把这笔钱拿出来,在繁华地带盘个小店做生意,做得好怕是一两年便可挣出一笔买更大房子的钱。她听了没吱声,抬头看看远处居民楼上那些温暖柔和的灯光,想着自己小小的梦想又要晚两年方能实现,不免有些失落;但看看身边兴奋得不知所措的他,还是轻扬起下巴,给了他一个鼓励的微笑。

接下来的两年里,她依旧过着节俭的日子。而他,辞了职后自己经营一家音像店,竟是如鱼得水,生意很快红火起来,一年后便连本带息全部收回,而且将店面扩大了一倍。她有时候坐车过来帮他打理,看他忙得一天见不着踪影,便将一些话悄悄咽回去,不再给他添烦。临走还会把自己刚发的工资,偷偷放进他的抽屉里,以便助他将生意做得更大。

偶尔他会陪她在站牌下等车,和她谈起自己的宏伟志向,说要把这个城市一半的音像店都兼并了,让她做人见人羡的老板娘。她听了只是握握他的手,看车过来了,与他说再见,一直等车开启,看不见他了,才会拿出已是发暗的纸来,对着上面那个被圈起来的小小的阁楼,看得流下泪来。

转眼又是一年,他的店面扩展得更大了,但效益却在日渐降低。他的才智终于在经营如此大的店面上,失了效。又过了半年,竟是入不敷出。最后,他的全部资金,只够经营一家十几平方米的音像店。

她过来安慰他,说只不过是一切从头再来;人,终究还是远比钱财更重要得多。他听了,却依然伤心。又说早知道这样,当初用钱置购一座上等的房子就好了,也不至于像如今,钱财散尽,连个安身之处都没有得到。

她默然无声,伸手从兜里拿出一张纸来给他看。他看见那座被他描绘得富丽堂皇的别墅里,轻轻圈起来的小小的阁楼,还有里面,两颗亲密相偎着的心,突然间明白,这些年来,她想要的,亦是他应该给她的,只不过是一间有爱情的阁楼。

(安　宁)

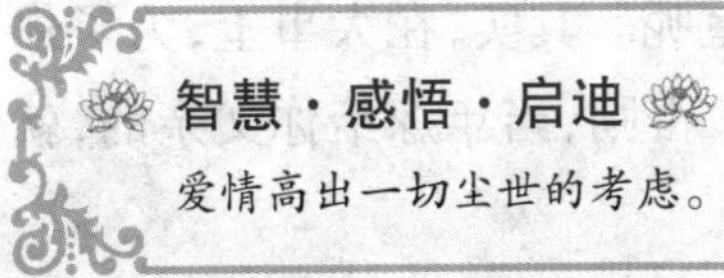

智慧·感悟·启迪

爱情高出一切尘世的考虑。

用什么尺子量爱情

她一直对母亲把一颗心都掏出来给父亲的活法,颇有微词。

她不怎么喜欢父亲,过半百的人了,还像个孩子似的任性顽固。脾气暴躁不说,对母亲讨好他做的一切事,向来都要横挑鼻子竖挑眼地发几句评论。每每母亲都温顺地站在一旁,洗耳恭听着,眼里,竟是含着笑的。她当然看不过去,总会像儿时那样,英勇无畏地站到他们中间去,怒目直视着父亲。做父亲的,倒是有几分怯她,但也抹不下面子求饶,或是说几句温柔的玩笑话,将这场小小的争吵敷衍过去,他总是愤愤地"哼!"一声,转身就往门外走。

接下来,便是最让她气愤不过的场面。母亲不顾一切地追上去,拉住父亲的胳膊,当着她的面,几乎低声下气般地求他:"又疯跑到哪儿去?说好了中午给你和真儿做喜欢吃的红烧鱼,怎么又给忘了?"父亲倒是不再往外迈步,却也不会低头看母亲一眼,而是背着手又气哼哼地钻到书房里去,半天也不出来,直到母亲忙活完了,又亲自把他拉出来为止。

她一点都不明白,为什么母亲会这么纵容着父亲。她觉得父亲的坏毛病几乎都是母亲一点点惯出来的,因为父亲知道有人永远会跟在身后为他叠被洗衣收拾书桌,把他将要穿的衣服整整齐齐地摆在面前，甚至母亲偶尔出门不回家，都会为他提前做好了饭，温在锅里。

她几次三番地“教育”母亲，不要“助纣为虐”，否则哪一天等她这个女儿嫁出去了，就没有人保护她了。母亲每次都眯眼笑望着她，不言语，一副很知足很幸福的恬淡模样。这样的神情让她知道，如此多的口舌，又白费了，下次母亲照样是又要去哄生了气的父亲的。

所以她在自己找男友的时候，便格外地留了心，凡是男孩子身上有一丁点父亲影子的，一律Pass掉。这样挑来挑去的，便一晃过了28岁，浪费掉了青春里最美好的时光，连一向对她的婚姻不管不问的父亲都生了气，亲自在家设宴，帮她考察一个老战友介绍过来见面的优秀军官。

军官言行举止确实都很得体，事业上也是百里挑一的出色。却在最后与父亲下象棋时，犯了她心目中完美爱人的大忌，竟在未来岳父面前逞英雄，连个小卒子都不肯让。父亲当然也是不肯相让。看着这样两个臭味相投的军人，她微微一笑，便在心里，又像以往一样，轻轻将他Pass掉了。

这一次，父亲真的发了火，说你自己都不完美，有什么资格苛求别人?！即便是有完美的人，被你心里那把尺度刻错了的尺子一量，也甭想再完美了！

她一赌气，搬到姨妈家去住。晚上躺在被窝里向姨妈控诉父亲的劣行，没想到姨妈却是微微叹一口气，说：你不知道当年多少姐妹嫉妒你母亲找了这么一位好丈夫呢。你父亲和他的顶头上司都看上了你母亲，而且当时又是你父亲提拔上尉的考察期。结果他却是宁肯不当上尉，也要把你母亲抢过来呢。他的不肯让，不仅感动了你母亲，还赢得了那位领导的赞赏。有一年他执行任务，一失足从山崖上摔了下来，全身没一块好骨头，在送往手术室的路上，怕你母亲担心，他还咬紧了牙，非得让别人给你母亲谎报了平安，才肯进手术室呢。其实，在大事上，为了你母亲，他是坚决不肯对别人忍让半步的。你母亲，其实亦是如此。否则，当年嫁给你父亲的，就是我，而不是她了。

她竟是觉得有些陌生，像在听别人的故事，故事里痴恋着的男女主人公，为了彼此，既会忍让，亦会执拗地坚守，不让别人一兵一卒。让与不让，其实都是为了能够一生厮守。

在父亲“没好气”地打电话来请她回去的那一刻，她才终于明白，原来一辈子的幸福，不在于是否有一个完美的爱人，而是，两颗心，在让与不让组合成的圆里，能否用自己的爱与温柔，宽容地将对方的棱角，环住，永不松手。

（安　宁）

智慧·感悟·启迪

能维持长远的爱情，其中定有很多的宽容与原谅。

那一夜我们生死相依

我问陈初：“你的心像切开的蛋糕，一块给学业，一块给足球，一块给社会工作，一块给那些随时准备叫你为他们两肋插刀的朋友，给我的，还剩多少呢?”

陈初简明地回答我："我的心不是蛋糕。"

与陈初的恋情，始于大二的秋天，在电影院看《闻香识女人》。他们大队人马，我却形只影单，坐在最后一排。他频频回头，招呼我过去坐，我只是微微一笑。过半场，突然觉得有人碰我，我侧头一看，是陈初，他递过一罐饮料，怀里还抱着好几罐，我下意识地接过来，他对我笑一笑，回到原来的位置上。

散场，经过我身边，他停一停："一起走吧。"我不为所动："我还有点事。"他仿佛想说什么，但人如潮涌，他站不住脚，很快就走过去了。人都走光了，我才起身。从灯火阑珊的大路转入漆黑的小径，我迟疑了一下，正准备硬着头皮走进去，听见旁边有个声音："别怕，是我。"是陈初，他淡淡地说："我刚刚走过，发现这儿路灯坏了，想你一个人走挺危险的。"

在夜色里，看着他挺拔的肩，我愣住了。我不是一个美丽的女子，跟他并不熟识，又骄傲地拒绝了他的好意，他却仍然记挂着我的安危。我不禁怦然心动。

一路走着，我们随意地聊着电影里的人物，忽然发现，我们的意见竟是惊人地一致，我脱口而出："真看不出，我还一直以为……"蓦地一顿。

他若无其事地接口："你还一直以为，我是一个哗众取宠、头脑简单、只知道踢足球的笨蛋。"我随即道："彼此彼此。你还不是一直以为，我是一个自命清高、装腔作势、只会死读书的家伙。"

我们相视大笑。在夜里，他的黑黝黝的眼睛深深地看着我，我的脸慢慢烧了起来。

此后，他会在上大课时给我占好座位；会在我胃口不好的时候，骑车飞快地买来我喜欢的牛肉面；我对他说的每一个小小的请求，他都记得。那年的圣诞夜，同学们起哄着问我们是不是在谈朋友，我面红耳赤，而他从容地环住我的肩，大声道："是。"

几乎所有的人都说我好福气，而我则在后来才知道，原来是有福也有气。

寒假过后，回到学校，就是情人节了。这所北方城市正大雪纷飞。每天走在雪里，都想为陈初选一件心爱的礼物，陈初却吞吞吐吐地告诉我，他有几个朋友想跟我们一起过情人节。

"什么？"我怀疑自己听错了，"情人节哎，他们跟我们一起过？"

陈初笑得很尴尬："他们有些刚跟女友分手，有些一直没有交朋友，这种日子特别寂寞，我想把我们的快乐分给他们一点，你觉得怎么样？再说，我已经答应了。"

结果那天来了七个男孩、八个女孩，醉倒了两个，而且酒终人散时，问谁愿意送一个住得最远的女生，竟没人回答。最后陈初叹口气："还是我送吧。叶青，你一个人回去，行吧？"

那天晚上，我一个人走在白雪覆盖的大操场，觉得寒彻肺腑。我生命中最重要的情人节，却是与一大群人共同度过的，而最后，我的情人却送别的女孩回家。陈初的热心肠和好脾气，曾是最让我动心的，然而此刻，我却突然发现同样的原因使我深深地悲伤。

我和陈初的疏远便是从那天开始的吧。一天又一天，当我与他的约会内容变成替失恋的小女孩出谋划策；当他因为要复习功课没有时间陪我去逛商场；当他倾尽生活费为同学捐款而无法为我买一朵玫瑰……我的疑问便像青藤一样暗暗滋长：在他生命中，我到底占什么样的位置？

陈初显然也察觉了。不久，我 20 岁生日那天，我们相约再去看一遍《闻香识女人》，并好好地谈一谈。还没有走出房门，就听见人声喧哗。

是一个感情上受到挫折的男孩，正在猛敲女友的房门，求她出来。那段日子，保定周围地震了好几次，虽然震级很小，却闹得人心惶惶。那男孩就一直叫着："地震来了，大家一起死，可是你让我死也死个明白！"

陈初低声问我："我过去看一下好吗？"他和另外几个人拉住了男孩，连劝带说地把他向楼梯拉去。在楼梯口，他向我投来抱歉的眼光。

而我，其实真的没有生气，我了解陈初就好像了解我自己。像他这样的男人，或许天生就是应该当大哥的，保护人、帮助人，在保护和帮助中得到快乐，可是我却希望我爱的那个人只爱我一个。

隔了很久，陈初才回来，笑笑说："哎，现在我们走吧。"我听见自己喑哑的声音："我不想去了。"我低下头，"我知道你不是不在乎我，我相信你真的喜欢我。可是，你的生命中，总有更重要的事、更亲爱的人，已经没有空间来容纳我，"我轻轻地说，"我们还是分手吧。"

所有的表情都从陈初脸上滑落，他面如白纸，却一言不发。当我抽身离去，他没有阻拦。

只是，沿着长长的小路，我觉得他的目光一直在我背后追着，火一样烫，伤口一样疼。我，没有回头。

子夜，我才睡去，忽然一声呐喊惊醒了寂静的夜："地震了——！"

起初的瞬间是奇异的宁静，突然间，杂沓的脚步声、哭喊声、狂叫声混杂在一起，像海潮一般汹涌扑来。我呆坐在床上，半晌没有明白发生了什么，猛然间赤着脚就往外冲。所有的人都冲出了房门，在漆黑的楼道里，大家推挤着、挣扎着、尖叫着，陈年的地板在我们脚下摇晃着，好像整幢楼都摇摇欲坠。

楼门口挤了不知道多少人，每个人都拼命地向外挤，但是铁门是关着的！挤在最前面的人用力摇撼着铁门："开门哪！开门哪！"没有人来开门，而人群还在不断地涌上来。这一处弹丸之地，霎时呈现一片凄惨的景象。

这时门外已满是人，大声喊着："窗子！"我转身冲进一间寝室，但是窗上有铁栅！我听见陈初在外面喊："叶青！叶青"我大叫："我在这里！"他跑过来，双手用力扳住铁条，使尽全身力气向两边拉，而铁条只微微弯了一点。他又捡起一块砖头，可是只砸了一下，砖头就断开了。忽然有人惊叫："楼要塌下来了！""呼啦"一下窗外的人群纷纷向后面退去，我拍着窗栅撕心裂肺地叫："陈初，你快走！你走……"陈初瞪着窗子，两眼发红，眼里有种我从未见过的痛楚与绝望。突然，他扑上来，手臂从栅栏的间隙里伸过来，用力环住了我。我惊呆了。隔着栅栏，隔着生死我们紧紧相拥。这一夜我才明白，原来爱情，就是不仅愿意和那个深爱的人一起生，也愿意和他一起死。

那幢楼没有塌。

那天晚上根本就没有地震。

那夜，在大操场上，陈初一直用力地搂住我，他的手指箍痛了我的背，而我紧紧地伏在他怀里，听见他的心在胸中跳动。我轻轻地问他："你的心，究竟是什么？"

很久很久，他才慢慢地回答我："我想，是一棵树吧，春天有花，夏天有荫，秋天有果，四季都有不同的美丽，每一个瞬间都可以为他人奉献些什么。而你，你是一棵长头发的树，我是一棵短头发的树，各自枝丫都有各自的方向。可是，在地下，根须是紧紧交缠的，谁也不能把我们分开。"

（曹　飞）

智慧·感悟·启迪

爱情，就是不仅愿意和那个深爱的人一起生，也愿意和他一起死。

徒留花红

七年前的一个黄昏,在上海一条临街的弄堂边上,他与她初次相遇。

那时,她是一个卖花红的女子。他从小就爱吃那种水果,只是,在北方它叫海棠。离开故乡之前,他从来没有想过温润的江南也有这种果实。刚从北方来到上海不久的他难免孤独,经常独自走在人群中倾听自己的声音。那天,她推的一小车海棠,在泛着潮气的微雨黄昏里,满目的黄红相间令他眼前一亮。或许是刚刚采摘下,香韵依然婉约。她一只手扶着小车,另一只手撑着一把油纸伞。生意寥落,她伫立在微雨中的样子,仿佛是一抹寂寞的水彩,深深打动他的心。他上前说称些海棠,她讶然地看着他以北方人的豪迈买下了整整五斤。双眸碰撞,浓情流转。她无话,只是在伞下微笑,唇红齿白。他惊觉时,内心早已暗香浮动,爱意不可收。全然不想,与她不过是惊鸿一瞥,外加一笔海棠生意,如此而已。他暗笑自己的痴迷。然而,看着她为自己精挑细选的海棠,个个饱满丰润,不禁又去暗暗揣摩她的心意。抬头看去,她湖水般的眼眸正迅速避开他灼热的眼神。但,暮色里,他仍然感觉到她面颊上泛起的一丝不易觉察的绯红。

他微笑,道过谢,转身离去的瞬间,听到她在身后对他开口说话的声音:在这儿,它叫花红。吴侬软语,仿佛南方八月的空气里晕染着桂花香的风。深深浅浅,令他恍惚不已:娶上这样的女子,该是此生最大的幸福吧。

多年以前萌生的爱念,于多年之后,他早已淡忘。殊不知,多年以前,他,真的这样想过。

此后的日日夜夜,他的脑海里所执著的念头,便止于此。痴心于这份美丽的情感,丝毫没有探究过他与她的不同。而爱,总该是有动机的吧?那时,他孤身异乡,形单影只,事业无成,一个女子的情爱,足以令他动容,那种温暖,是他那时唯一的欲求。以至于,完全忘记自己终究会改变。譬如,会成功,会不再孤单,一切会好起来。但,爱情里浸淫的男女,怎会考虑得如此细致?那时,他根本没有想过,她不过是一个淳朴而聪慧的乡间女子。

因此,他和她后来的故事,便有了这般结局——

半年后,他娶了她。婚后,她再也没有去卖过花红,习惯了他养着她。他在外奔忙,她在家做着温柔的后盾。毕竟是淳朴的乡间女子,虽然整日周游在柴米油盐中,却没有丝毫的怨气。能够为他煮饭,是她一辈子的幸福。然而,他的事业越来越大,朋友越来越多。晚归或者干脆不归的时候也越来越多。夜夜笙歌,只道寻常。然而,她从不言语,每次夜归,她依然精心地侍候他。直到他背对着她呼呼睡去,方觉出一丝惆怅和寂寞来。她不禁想起,多年以前那个微雨的黄昏,在弄堂口,初见他的样子。玉树临风、翩然而至,令她年轻的心,意乱情迷。

不过,只是一念的惆怅和寂寞,第二天她依然为他温柔地做着一切。就这样,悲欢岁月,一路而来,她用自己的方式将心意一一付上。然而,又能如何?爱一个人的理由和不再爱一个人的措辞,同样可以轻而易举。

终是无法再继续。离婚,发生在他和她相遇五年之后的一个上午。没有大的波澜,倒也平静。在物质上,他没有亏欠她。而她只留了些许,说,只要可以开间水果店就已足够。离开时,看着他头也不回的身影,一如当年的翩然,无非是去留不同。泪如雨下时,他已淡出她的视线。

上海,以十里洋场的繁华,蛊惑着身处其中的红男绿女,连忧伤和欢乐也是日新月异。没有多少时日，与她离婚的情节，便只成了他生命里怀旧的一幕戏。他忙碌于事业，也忙碌于周旋在不同的女子间。同在一座城市，说不见也就不见了。况且，上海太大。他只晓得，她在漕宝路上开了一间水果店。然而，他整日奔走在上海的繁华之间，为了各种生意，为了各种女子，却从来没有机会路过她的水果店。

又过了两年，一个雨夜，他突然想起了她。便开着私家车，沿着漕宝路遍寻。微雨敲着车窗，使他在车内看周遭的视线变得迷离恍惚。街上的灯火和人群，仿佛晕染在一幅浓重而忧伤的水彩画里。他突然想起七年前那个微雨的黄昏，他举步维艰时与她的初次相遇。周旋过太多的女子，终是有些倦怠。想起她的这一刻，竟然涌起一种从未有过的暖意。这些许暖意使他潜伏在心底还残留着却久已不觉的一点爱意，居然，居然如微雨，荡漾开来。连他自己都惊诧不已。

终于在漕宝路的尽头，看到了她的水果店，已是夜里 10 点多，地段又不好，没有一个顾客。在昏黄的灯下，她撑着一把淡绿色的油纸伞，轻轻地四处顾盼，眼里透着淡淡的寂寞，宛如当年。隔着雾般的微雨，他在车内远远看着她伫立雨中的样子，突然想流泪。

他关掉车灯，安静地坐在里面，打量着她的水果店。店内的各色水果，装在各种精致的果篮里，个个透亮。这时的上海，正是花红上市的旺季。但她的店里，举目望去，几乎样样都有，独独少了他曾经深深迷恋过的那一片红黄相间的颜色。和对她的爱一样，都留在了回忆里。

他看着她疲倦地收起雨伞，退回店里。稍后，一个身材壮实看去却憨厚的男人走了出来，与她一起将放置在店门口的那一筐筐水果搬回店内。是该打烊了，他在车内暗暗地想。看着她和那个男人，来来回回，很有默契地搬动着水果的样子，不禁又落寞起来。

算是重逢了吧，但，他却没有下车。眼前的这一切，已经没有让他下车的理由。

相对于朱颜易改、人生易老，最易变的大概还是人心。她守着他五年，心都不为他人所动。离开不过两年，便心又有所属。他没有资格怪她，是他自己错过。因为心随境动，所以徒留花红。不管各自的身份若何，红尘俗世里，人同此理。

这该是爱意中的人生吧：爱随心动，心随境动，莫过于此。

（江　航）

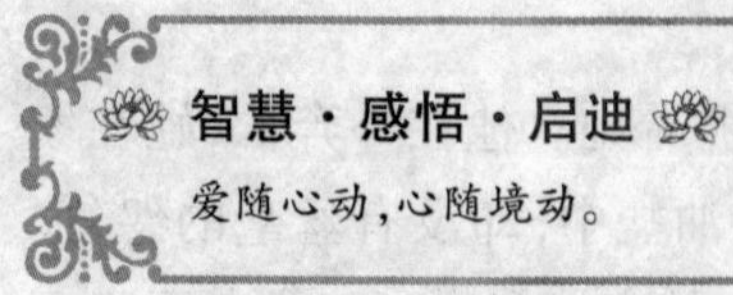

智慧·感悟·启迪

爱随心动，心随境动。

日行一善

他父亲是位大庄园主。

7 岁之前，他过着钟鸣鼎食的生活。上世纪 60 年代，他所生活的那个岛国，突然掀起一场革命，他失去了一切。

当家人带着他在美国的迈阿密登陆时，全家所有的家当，是他父亲口袋里的一沓已被宣布废止流通的纸币。

为了能在异国他乡生存下来，从15岁起，他就跟随父亲打工。每次出门前，父亲都这样告诫他：只要有人答应教你英语，并给一顿饭吃，你就留在那儿给人家干活。

他的第一份工作是在海边小饭馆里做服务生。由于他勤快、好学，很快得到老板的赏识。为了能让他学好英语，老板甚至把他带到家里，让他和他的孩子们一起玩耍。

一天，老板告诉他，给饭店供货的食品公司将招收营销人员，假若乐意的话，他愿意帮助引荐。于是，他获得了第二份工作，在一家食品公司做推销员兼货车司机。

临去上班时，父亲告诉他："我们祖上有一遗训，叫'日行一善'。在家乡时，父辈们之所以成就了那么大的家业，都得益于这四个字。现在你到外面去闯荡了，最好能记着。"

也许就是因为那四个字吧！当他开着货车把燕麦片送到大街小巷的夫妻店时，他总是做一些力所能及的善事，比如帮店主把一封信带到另一个城市；让放学的孩子顺便搭一下他的车。就这样，他乐呵呵地干了四年。

第五年，他接到总部的一份通知，要他去墨西哥，统管拉丁美洲的营销业务，理由据说是这样的：该职员在过去的四年中，个人的推销量占佛罗里达州总销售量的百分之四十，应予重用。

后来的事，似乎有点顺理成章了。他打开拉丁美洲的市场后，又被派到加拿大和亚太地区；1999年，他被调回了美国总部，任首席执行官。

就在他被美国猎头公司列入可口可乐、高露洁等世界性大公司首席执行官的候选人时，美国总统布什在竞选连任成功后宣布，提名卡罗斯·古铁雷斯出任下一届政府的商务部部长。这正是他的名字。

现在，卡罗斯·古铁雷斯这个名字已成为"美国梦"的代名词，然而，世人很少知道古铁雷斯成功背后的故事。前不久，《华盛顿邮报》的一位记者去采访古铁雷斯，就个人命运让他谈点看法。古铁雷斯说了这么一句话：一个人的命运，并不一定取决于某一次大的行动，我认为，更多的时候，取决于他在日常生活中的一些小小的善举。

后来，《华盛顿邮报》以"凡真心助人者，最后没有不帮到自己的"为题，对古铁雷斯做了一次长篇报道。在这篇报道中，记者说，古铁雷斯发现了改变自己命运的简单的武器，那就是"日行一善"。

（刘燕敏）

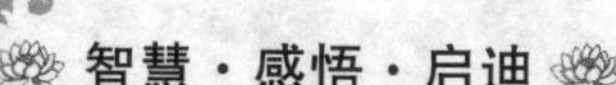

智慧·感悟·启迪

一个人的命运，并不一定取决于某一次大的行动，更多的时候，取决于他在日常生活中的一些小小的善举。

"热爱"的魔力

被誉为"钻石之王"的哈里·温斯顿，除了拥有精湛的技艺和高超的欣赏水平外，还是一位成功的商人。他创立的哈里·温斯顿公司，从一个小作坊发展成世界闻名的珠宝连锁店。在他的众多传奇中,有这样一则耐人寻味的小故事。

一次,温斯顿听说有个荷兰富商正在收集某种钻石。温斯顿打电话给这位富商,说哈里·温斯顿公司刚好有这样的钻石,并邀请他来纽约面谈。

于是荷兰富商应邀飞到美国。双方见面后,温斯顿让公司的一名专家为富商介绍一颗昂贵的钻石。专家详细地讲解了钻石一流的质地、高科技的切割工艺以及各种珠宝鉴定指数……富商听了,只是点点头。等专家介绍结束后,他站起身说:"谢谢你,这确实是很棒的钻石,但不是我想要的。"

一直坐在后排的温斯顿上前拦住富商:"让我再给您介绍一下这颗钻石,可以吗?"客人再次坐下。温斯顿从专家手里接过那颗钻石,他没有用任何术语,而是抒发了自己对这颗钻石的热爱:它在阳光下是多么璀璨夺目,它是多么晶莹剔透,它的美是多么令人怦然心动。寥寥数语就打动了荷兰富商,他马上说:"请把它卖给我。"

后来,一个助手问温斯顿:"为什么顾客已经拒绝了专家,可您几句话就让他改变了主意呢?"

温斯顿说:"那位专家是钻石界为数不多的几个权威之一,他对钻石的知识远胜于我,我为此付给他高额的薪水。但有种本事,他没有,我有。如果他能学会那本事,我会毫不犹豫地给他开双倍工资。"

"什么本事?"助手问。

"他了解自己卖的每颗钻石,而我热爱自己卖的每颗钻石。"

说服别人接受一个计划、一种理论,也和推销钻石的道理相同。你本人要先热衷于这个计划、先坚信这个理论,才能打动他人。发自内心的信心和情感,比学识和大道理更有感召力。

(〔加拿大〕迈克·利波夫　荣素礼/译)

智慧·感悟·启迪

发自内心的信心和情感,比学识和大道理更有感召力。

微　笑

一个朋友让我猜谜。他问:在台湾的博物馆和超市,你会看到这样的标牌:本馆(或本店)有摄像监视,请问后面的一句话是什么?

按照我们的视野范围,能想到的是"如偷盗,罚款×元"等,全是让人望而生畏、冷冰冰的祈使语。可是,我朋友的回答却是:请你保持微笑!

出乎意料的答案,让我们不禁赞叹这从容而有风度、充满善意的忠告。

恶传染恶,善传染善。所以,请你们保持微笑,并衷心希望经过摄像头前的人们不会因为大意在你们的空间里丢失什么。我深信当我们因一时的糊涂冲动得到什么而被抓住把柄的时候,更多的人会丢失什么。我更相信，当我们大家都保持微笑的时候，周围的世界就像一面明亮的镜子，也保持着微笑，正对着我们。

（马国福）

智慧·感悟·启迪

当我们大家都保持微笑的时候，周围的世界就像一面明亮的镜子，也保持着微笑，正对着我们。

爱之一物多用

有一位勤劳的农人，养了十几箱蜜蜂。

他最惬意的事情，就是坐在田间地头，噙着烟斗，看那些蜜蜂在金黄金黄的油菜花地里，嗡嗡嘤嘤地飞翔。

每到收蜜的时候，就会有一群调皮的孩子守在附近。他们用一种贪婪的眼神凝视着那些亮晶晶的液体，从农人的手中划过，而后，落入透明的玻璃器皿里。

当农人收完蜜，他就会随手从地上采摘几片鲜绿的“野筐箩菜”的叶子，然后将每一片叶子都放入盛蜜的器皿里蘸一下。

他微笑着将那些沾满蜂蜜的“野筐箩菜”叶子，递给那些围观的孩子们。此时，那些孩子们就会如获至宝般地捧着绿叶，愉悦地吮吸着绿叶上那些亮晶晶的蜜液。

农人便蹲在一旁，笑眯眯地瞅着那些孩子们。他们小脸蛋上绽开的笑容，像夕阳一样红润可爱。

他见有的孩子将吮吸净的绿叶扔在地上，便微笑着说：“你们把那一些叶子，扔到羊圈去吧。”

那些孩子们都很听话地从地上拾起那些叶子，然后跑到远处的羊圈前，将手中的叶子扔到羊圈里。

有些孩子不解地问：“爷爷，你为什么要我们把那些叶子扔到羊圈去呢？”

农人朗声笑了，然后用慈祥的眼神看着那些孩子，回答道：“这样，那些羊儿，也会从你们手中的叶子上品尝到残留的蜜液。它们会感激你们的。”

以后，那一群调皮的孩子，仍时常会收到农人送给他们的、上面沾满蜂蜜的叶子。他们再也不用老人提醒，待吮吸完叶子上的蜜液，便会不约而同地将手中的叶子，扔到羊圈里去。有的孩子，还故意使叶子上多残留一些蜜液，让那些可爱的羊儿，与他们一起品尝蜜液的甜美。

后来，农人搬走了。但是田野里，那一片片绿油油的“野筐箩菜”的叶子，在那些孩子们心中，却成为一道永远抹不去的、最亮丽的风景。

因为，我就是那群孩子中的一个。

现在想来，那位农人当时送给我们的，不仅仅是一片片沾满蜜液的绿叶，其实是一片片盛满爱心的叶子啊!

那一片片叶子,使我明白了:“分享是一种最美丽的行为。”

(矫友田)

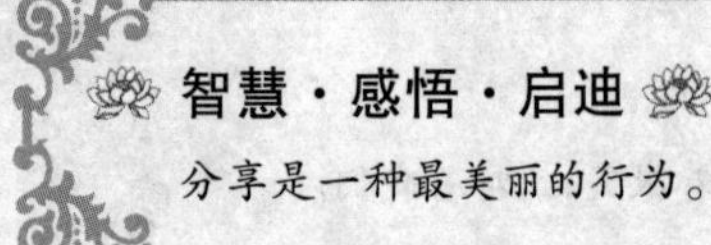

智慧·感悟·启迪

分享是一种最美丽的行为。

生活的红发卡

河北诗人大解,和我谈过一首他忘不了的诗。

说的是三个拾荒者,都是女的,正在一堆垃圾中寻找废塑料、汽水瓶、易拉罐。突然,一大堆灰旧里面,跃出了一点红,是一枚红发卡。那位年老的拾荒者,用黑色的手把发卡捡起来,夹在大拇指和食指之间,看了又看。有什么可看的呢?发卡样式非常普通,还染上了来历不明的汤汁,脏兮兮的。何况对于她的年龄,红色实在太耀眼。很显然,这是哪个时髦女孩丢弃的,虽然没坏,可是,她却把它扔了,兴许正戴着更漂亮的新发卡,走在大街上呢。年老的拾荒者拿着发卡,跑到垃圾场附近的小商店,谨慎地抽出皱巴巴的一元钱(对她也是奢侈的价格),买了包最便宜的纸巾。

回到垃圾场,她小心翼翼地抽出一张纸巾,背对着风,开始一丝不苟地擦拭那枚发卡。那种认真劲儿,仿佛擦的是祖传的玉器。发卡渐渐在她手里燃烧起来,像灶里的火,像刚出的朝霞,像女儿冻红的小脸……她又给同伴一人一张纸巾,说,把手擦干净!两人都小心翼翼地擦完手,小心翼翼地接过发卡,笑着低声地说着什么,仿佛在商议。

过了一会儿,年纪最大的拾荒者,动作生硬地把红发卡别在了头发上。多少年没有别发卡了吧?红发卡把她的白发,衬得越发地白了,而那张满是皱纹的脸,有些害羞,有些满足地微笑着。一会儿,她把红发卡递给了中间的女人。她的头发黑白相间,这枚红发卡,像一只飞舞的蝴蝶,让她沧桑的面容添了些许生动。没多会儿,她也把红发卡拿了下来,恋恋不舍地递给最小的那位。原来,她们在轮流试戴,谁戴着好看,红发卡就归谁。

最小的拾荒者有一头浓密的黑发,红发卡一戴上去,犹如漆黑的夜晚倏地升起了一轮红月亮。那头长发,和长发下的脸庞,都变得如此迷人、如此美丽,让另外两个拾荒者都始料不及,看着她呆住了。这个年龄最小的拾荒者,低下头笑了,笑得含蓄又开心,笑成了一朵晴空下的棉花……过了一会儿,她把这枚发卡摘下来,还给了年老的女人。对方则以五指为梳,梳理完女孩儿的长发,就把发卡轻轻地别在了上面。三个人都笑了。因为一枚别人遗弃的红发卡,她们感受到真切的幸福、青春的美好、人性的温暖。一个下午,她们都特别高兴。回家时女孩儿有些羞涩,但没有摘下发卡,走了。

当然,诗不可能这么啰唆——但,生活的细节肯定是这样的,甚至比这更真实、更精彩。谁能想到三个拾荒的女人,会如此容易满足、容易幸福呢?

我不想从这三个拾荒者身上，得出什么伟大生活要旨，只想说，和这三个拾荒者相比，我十分羞愧，我的灵魂早就麻木成了一根铜丝，而我常常自鸣得意于，这根铜丝可以在我与生活之间作某一种连接，像一根超级保险丝，其实，也正是这种“铜丝”，让我的灵魂麻木了许多。生活中，很难再有什么事让我心动，更甭说兴奋了。这三个拾荒者，岂止是于平凡的事物中发现美，简直让我觉得，生活就是为她们准备的，她们可以把垃圾当成宝贝，而我们却常常把宝贝当成了垃圾。

或许，在生活面前，她们比我们更具备热爱生活的能力。

（大 卫）

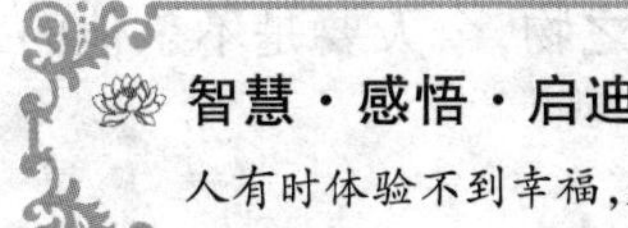

智慧·感悟·启迪

人有时体验不到幸福，是因为坐在幸福之车上太久了的缘故。

一个男人和他的两个妻子

以前，一夫多妻是合法的。一个中年男人，尽管头发已经花白，还热烈地追求着两个女人，并很快地把她们娶回了家。

年轻的妻子正值青春年华，当然希望丈夫能显得和她同样年轻。另一个年长些的妻子则常常唯恐丈夫与自己的年龄不般配。于是，年轻的妻子见到丈夫的白头发就立即拔掉，年长的妻子则无法忍受丈夫的每一根黑发。

男人每天生活在这样的关爱和呵护之中，直到一天清晨，他发现他的头发一根也不剩了。

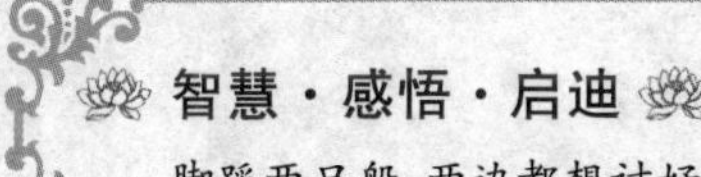

智慧·感悟·启迪

脚踩两只船，两边都想讨好的人，往往不会有好下场。

七步成诗

东汉建安二十六年，曹操身死，其子曹丕继承父亲的魏王之位，文武百官都来朝贺，只有三弟临淄侯曹植和四弟萧怀侯曹熊没来。

曹丕大怒，令御前虎卫军统领许褚领三千虎卫军即刻前去捉拿，活要见人，死要见尸。

萧怀侯曹熊听说这个消息，就畏罪上吊自杀了。

许褚领兵来到曹植的府邸，只见曹植和他手下的几个谋士都已经醉倒在院子里，许褚命士兵将他们全部绑起来放在车内运到王宫的大殿。

曹丕和曹植是同一个母亲生的,她的母亲听说曹植被曹丕抓了起来,生怕曹丕会把曹植斩首,就跑到大殿对曹丕说道:“你们两个都是一母同胞,你弟弟因为胸中有些才华,所以不免有些放纵、爱喝些酒,这也是情有可原,你可千万不能把你亲生弟弟杀死啊!”说着,眼泪就流了出来。

曹丕看到,心中也有一丝不忍,于是就说道:“母亲放心,便是他有再大的错,他也是父王生前宠爱的儿子,孩儿怎么能杀他呢?不过是想教训一下他,让他以后不敢再放纵自己了。”

他母亲听到后,就放心地走了。魏王曹丕手下有一个叫华歆的大臣,对魏王曹丕说:“刚才太后来这里是不是劝大王不要杀子建?”(曹植,字子建——编者注。)

曹丕说:“是。”

华歆说道:“当初先王在世时,很是喜欢子建,而且子建并非池中之物,今天要是不杀他的话,恐怕以后会是祸患,请大王三思。”

曹丕说:“但是母命不能违!”

华歆道:“这简单,素闻子建才华出众、出口成章,大王可以考他,如果在很短的时间内他能作出诗来,就贬低他的职位,要是作不出来,就杀了他,以绝后患。”

曹丕说:“好,看来只有这样了。”

于是曹丕就宣曹植上殿。

曹植到了大殿上,还没下拜。曹丕就说:“你我虽是兄弟,但义属君臣。你怎敢抗拒国法?”

曹植下拜叩首道:“臣弟昨日因饮酒误事,还请王兄恕罪。”

曹丕说:“先王在世的时候,常夸你的文章写得好,今天我就考考你,如果在七步之内能够作出一首诗来,孤王就免你一死,否则推出去斩首。”

曹植说:“请赐题目。”

当时,大殿的墙上有一幅画,画着两头牛在山上决斗,后来一头牛掉入土坑的情景。曹丕指着那幅画对曹植说:“就以这幅画为题目,诗中不准出现‘一牛坠井死’的字样。”

曹植便开始在大殿内踱步,七步走完,诗已做成:

两肉齐道行,头上戴凹骨。
相遇块下山,砉起相唐突。
二敌不俱刚,一肉卧土窟。
非是力不如,盛气不泄毕。

曹丕及文武百官大惊,曹丕说:“你这么短的时间里就能作出诗来,孤王有点怀疑,你能应声再作一首吗?”

曹植说:“请赐题目。”

曹丕说:“你和我是兄弟,就以兄弟为题,诗中也不许有‘兄弟’字样。”

曹植略加思索,其诗已成:

煮豆燃豆萁,豆在釜中泣。
本是同根生,相煎何太急?

曹丕听了,潸然泪下,他的母亲也从屏风后面走了出来,厉声对曹丕说道:“都是一母所生,哥哥何必逼弟弟这么厉害?”

曹丕只好说:“国法不可废。”随即下旨贬曹植为安乡侯。

曹植拜谢而去。

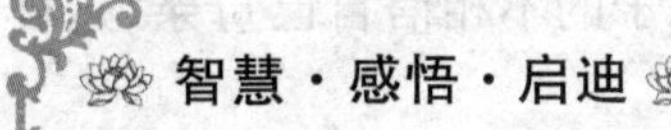

智慧·感悟·启迪

有时候你会遇到意想不到的事情，也许是危及生命的事，只要你肯动用脑筋，就可以转危为安。

黄公嫁女

从前，齐国有一位姓黄的老相公，为人很讲究谦让，也喜欢大家称道他谦卑的美名。

黄公有两个妙龄女儿，养在深闺，双双长得容貌艳丽，体态娴雅，堪称天姿国色。

有人听说了，就向黄公拱手道喜说："相公好福气，养的女儿才貌超群。"

"哪里，哪里！"黄公总是连连摇头，"小女质陋貌丑，粗俗蠢笨，不足挂齿，不足挂齿！"

长此以往，众人都信以为真。于是，黄公二女的丑恶名声便远播乡里，以至于她们早就过了婚嫁年龄，却没有一个人来上门求聘。

卫国有个无赖汉子，早死了老婆，一直无钱再娶，便跑到黄公门上求婚。等婚礼完毕，揭开头巾一看，竟是一个绝代佳人，无赖汉像拾到金元宝一样高兴。

消息很快传开了，人们这才知道原来是黄公过于谦虚，存心把自己女儿说丑的，于是，许多名门望族都竞相聘他的第二个女儿。一时间，黄公家门庭若市。

智慧·感悟·启迪

谦虚本来是一种美德，但过分谦虚也会变成虚伪。要正确地认识客观事物，一定要实事求是，恰如其分。

杀猪教子

春秋时期，大圣人孔子有一个徒弟名叫曾子。曾子注重道德修养，严于律己。曾子不仅在社会交往中注重诚信，在家庭教育中也注重诚信。

一天，曾子的妻子准备上街。小儿子扯着娘的衣襟，又哭又闹，要跟着去玩。

曾子的妻子被闹得没有法子，就弯下腰哄他说："小乖乖回去吧，妈妈回家来就杀猪给你吃。"小儿子咽着口水，方才罢休。

妻子从街上回来，只见曾子正拿着绳索在捆肥猪，旁边还插着一把雪亮的尖刀。

妻子慌了，连忙跑上去拉住他说："你疯啦！你这是在干吗？"

曾子说："你走的时候是不是曾许诺：等你回来给孩子杀猪吃吗？我这是在履行诺言。"

妻子说："我是嫌他老缠着我，所以故意骗骗小孩子的，你怎么当真起来了呢？"

曾子严肃地说："你怎么能欺骗孩子呢？小孩子什么也不懂，只会学着父母的样子，现在你欺骗孩子,就是在教孩子去欺骗别人。做母亲的欺骗自己儿子,做儿子的不相信自己母亲,这样还有家教吗?"

曾子说完,就一刀戳进猪的喉咙里。

智慧·感悟·启迪

凡事要言而有信,言行一致。教育子女为人诚信,家长必须做到以身作则。

第三编 幸福的秘密

学习幸福

人们终其一生都在追逐幸福，可是幸福也是需要学习的。

他是一位著名作家，30岁时已经得到了台湾文学讲坛的所有奖项。他应该是幸福的吧，但是只有他知道自己并不幸福。为了追寻心中的幸福，他辞掉了工作，独自一人到山区去居住。一天他到山下采购，在一个水果摊挑选苹果时，突然有个人跑过来，问他水果的价钱。他十分生气，自己怎么说也是一位作家，具有文人的气质，怎么能被人当作是卖水果的呢！然后他又去买肉，又有人跑过来，问他猪肉多少钱一斤？开始他还是十分生气，但是回到住处，细细地回味之后，却得到了很好的启发：任何人都是一样的，自己也不例外，但是内在是不一样的，而幸福的感受就取决于你的内心。“在红尘中有独处的心，在独处时要有红尘的怀抱。”生活中用一颗平常心去看世界，虽平常但不平凡，虽单纯但不简单，达到这种境界后，内心的焦虑和忧愁自然会减少，那么就会离幸福近一些。

有个禅家弟子问师父：“您如何修行？”师父说很简单，就是该吃饭的时候吃饭，该睡觉的时候睡觉，该劳作的时候劳作，该打坐的时候打坐。一句话，好好地把握现在。

一位老先生在自己年轻的时候说，要找一个最完美的女子结婚，结果60年过去了，他已经两鬓斑白，却仍在寻找心目中那个完美的女子。老先生说30岁时曾找到一个，但那个女子说自己也在寻觅最完美的男人！所以，老先生至今孤独一人。其实，哪有完美的人生呢？有了许多的不完美，你才能体会到其中的快乐。换言之，尽力就好。

法国画家雷诺阿，在80岁的时候仍坚持作画。尽管他得了很严重的风湿性关节炎，动起来疼得要命，但是他让家人用两个木板把自己的手绑起来，依然坚持作画。他说，痛苦是暂时的，可是流传下来的美好将是永恒的。生命的病痛都是对人们的考验，要保持一颗坚毅而勇敢的心，这样就会不断走向智慧，走向幸福。

读过伟人、名人传记的人都会发现这样一个现象，伟人和名人都热衷于散步。一来是可以锻炼身体；二来是可以培养自己一种从容、平和的心态，从而你会发现自己的价值与生命的价值。

智慧·感悟·启迪

如何获得幸福？第一，要有一颗平常的心；第二，要有欢喜的心理，一是活在当下，一是尽力即是完美；第三，要有一颗柔和而又坚毅的心，培养自己一种从容的态度。

追逐幸福

追逐幸福可能是人的本性使然。

曾经有一个男人，从十七八岁开始学做生意。他从学徒做起，最终做到了一个大型集团的总裁，获得了很多的财富与荣誉。同时，人们也送给他“拼命三郎”的称号，他就像是一台工作的机器，不分昼夜地工作着。年复一年，日复一日，他身心疲惫，厌倦了这种机械式的生活，完全不知幸福是何种滋味。于是，他决定追逐自己的幸福。

最初，他举办各种各样的宴会与舞会，希望从大家那里获得快乐与幸福，但是不久，他就产生了一种厌倦与无聊的感觉，而幸福还是毫无踪影。之后，他与一个美丽、善良、能使所有男人都为之倾倒的女人相爱了，他们爱得轰轰烈烈，手牵着手步入了婚姻的殿堂。但是婚后的日子让他失望，他与妻子的感情被时间一点一点地冲淡，曾经的那一点幸福好像也不存在了。这时，女儿的降生让他重燃对幸福的希望。他满心欢喜地想：新生命的来临一定会给自己带来快乐与幸福吧。但是，年幼的孩子需要父母的照顾，需要无微不至的关怀与呵护，而他呢，整日忙于工作和应酬，根本没有时间照顾孩子，反而因此多了一份对孩子的亏欠。这不是他要的幸福，太多的工作，太多的应酬，太多的责任，让他觉得快要窒息。于是，他固执地抛弃了自己苦心经营的公司，离开了曾经深爱的妻子与女儿，独自一人来到了一个偏僻的小山村过起了隐居的生活。

故事的结局是：这个本以为过着闲云野鹤般生活的男人，依然没有找到幸福的踪影。于是，他离开那个小山村继续寻找属于他的幸福。他甚至还考虑过重新经营一个公司，重新结交一些新的朋友，重新谈一场恋爱，重新组建一个家庭。

如此看来，这个苦苦追逐幸福的男人可能永远都不会得到幸福。因为他不知道幸福究竟在何处，他不知道幸福只能在自己的身上找到，幸福就隐藏在自己的心中。坐拥繁华，也许心中已经荒芜；朴实无华，也许心中却是春意盎然。拥有成功的事业，长存的友谊，深爱的妻子，可爱的女儿，这还不应该感觉到幸福吗？

智慧·感悟·启迪

人们总说：“知足者常乐。”人不知足，就永远不会品尝到幸福的滋味。幸福是一种感觉，是来源于心灵的体验。幸福就在你我心中，用心灵去寻找幸福，感受幸福吧！

幸福的春天

仔细想想,在这个世界上,有谁是绝对的幸福,又有谁是处于绝对的不幸之中?幸福与否,在于你用一种什么眼光来审视它,用一种什么心态对待它。

屋外,飞舞着鹅毛般的大雪,一家人围坐在烧得红彤彤的火炉旁,津津有味地吃着烤红薯。姐姐叹了口气,不满地说道:“这该死的天气,又阴又冷,还下了这么一场大雪,明天连出门都困难。我最讨厌冬天了!春天到底什么时候才能到啊?”一旁正在欣赏雪景的小妹妹,扭过头来,咧着小嘴对姐姐说:“瞧,外面下了这么大的雪,明天我们可以出去打雪仗、堆雪人了!我要堆一个最大的雪人!我们老师说,瑞雪兆丰年。那么,明年咱家一定是个丰收年了,对吗?姐姐,还有几天就过年了,等过了年,春天就要到了,我要种好多好多美丽的花儿,把咱家打扮成一个大花园!”

在这个纷繁的世界中,一种人虽然生活在春光明媚、姹紫嫣红的春天,但是他们哀叹春天的短暂,认为“好花不常开,好景不常在”。再美丽的春天,也终有落叶飘零的一天,也终将被寒冷的冬天所取代。所以,他们患得患失,整日生活在对未来的担忧之中。而另一种人,即使他们生活在冰天雪地之中,依然保持着乐观的心态。因为春、夏、秋、冬,四季交替,这是大自然的规律,没有人可以改变它。冬天过后必然是百花争艳的春天,寒冷的冰霜过后必然会是温暖的阳光。冬天已经来了,春天还会远吗?

这两种人,哪一种更加快乐幸福呢?

智慧·感悟·启迪

幸福,与心境有关,而好的心境是自己创造的。坏的生活不在于恶劣的环境,不在于别人的罪恶,而在于自己越来越恶劣的心境。能让生活变得美好,能使自己获得幸福的钥匙,就在你我的心中。放弃对生活的怨恨和叹息,努力发现生活的舒适与美好,那么即使身处寒冬,也能体会到春天的温暖。

幸福就在你手中

一个年轻人,总是哀叹自己生不逢时,命运不济,觉得生活没有希望,也没有幸福可言。于是,他经常去找人为自己“算命”,希望从“大师”、智者那里得到一些启迪。一次偶然的机会,他听说附近山上的寺庙里住着一位远道而来的禅师,能够预知未来。他仿佛看到了生活的希望,急忙跑到山上,向禅师请教:“我想请问您,世界上真的有命运之说吗?”“有的。”禅师闭目轻声答道。“真的吗?那您能不能告诉我,我这一生中能否获得幸福呢?我总感觉自己与幸福无缘。”禅师听完年轻人的话,慢慢地睁开了眼睛,深深地吸了口气:“年轻人,把你的左手伸出来。”年轻人伸出了左手,一脸的紧张。只见禅师的目光凝聚在他的手掌之上,指着手掌上的几条纹路,说道:“年轻人,看到了吗?这是生命线,这是爱情线,另外一条是事业线。”年轻人没等禅师说完,就急忙问道:“那么,禅师,我的爱情、事业都顺利吗?我能找到我要的幸福吗?”禅师没有马上回答他,只是让他把手紧紧地握起来,然后问道:“年轻人,现在你来告诉我,你的爱情线、事业线和生命线都在哪里?”“在我的手里啊。”年轻人一脸的疑惑。“呵呵,那么,你的幸福呢?”禅师意味深长地问道。此时的年轻人才恍然大悟,原来幸福就掌握在自己的手里。

智慧·感悟·启迪

千江有水千江月,万里无云万里天。幸福,只需要有一颗时时敞开的、无须上锁的心灵,不为曾经痛苦的悔恨而丧失生活的信心,不为明日不可预知的未来而惶惶不可终日。相信自己是幸福的,因为幸福掌握在自己的手里。

放弃也是一种幸福

在非洲的一个地处荒僻的原始部落中,居住着很多的黑人。与现代文明截然不同,这个部落落后、愚昧,与世隔绝,但是这里的人们却生活得快乐而幸福。一个雨夜,一个年轻力壮的黑人打猎归来,在树丛中发现了一个从来没有见过的喝水用的器皿,于是兴高采烈地将它带回了部落。对于这个从天而降的“怪物”,部落中的人既欣喜又好奇。这个东西颜色厚重,质地坚硬,造型奇特,既能用来喝水,又能吹奏出美妙的声音。部落里的老者一致认为,这是上天赐予他们的礼物,是一件神物。于是,每个人都对这件器皿充满了敬意,都希望自己能得到这件珍贵的礼物。不久,部落里就失去了昔日的平静。人们为了抢夺这件器皿而相互打斗,人与人之间充满了不满与仇恨。而剥夺了人们美好和谐生活的罪魁祸首,就是这件被整个部落奉为神物的器皿。部落里的智者感觉到这件器皿充满了邪恶,所以他决定将它送到天边,把它交还给上天。

还有这样一则故事:一个樵夫上山砍柴,因为天黑路滑,不慎跌落山崖,命悬一线之时,他抓住了长在半山腰的一棵老松树的一根很细的枝干,得以保命。但是,这时的他被吊在半空之中,上面是垂直的山崖,下面是深不见底的万丈深渊,四周空空如也,单凭樵夫一个人,是不可能爬上去的。尽管如此,樵夫还是拼尽全力地抓住那根树枝,焦急而又无奈地等待着援救。此时,一位云游四海的僧人恰巧路过,僧人年老体衰,根本无法搭救樵夫。无奈之下,僧人只得对樵夫说:“放手吧!”“你说什么?放手?那我不就掉下去了吗?你可以不救我,但是不能害我啊!”樵夫气愤地说道。“凭我们两个人的力量,你是不可能上来的,那么唯一活命的机会就没有了。与其被吊在半空中,一点点地耗尽体力,活活等死,莫不如纵身一跳,也许下面的山势会缓和一些,也许下面还有比这根树枝还粗大的树干,也许你还会抓到大石头,这样你都会活命。即便没有,你掉到山谷中被摔死,结果和你被吊在这里不还是一样的吗?但是,跳下去,就意味着还有一种很大的可能,就是你会活命。”僧人淡淡地说道。有了这份舍弃,生命之花也许会再次盛开;有了这份舍弃,生活会回归宁静安详。

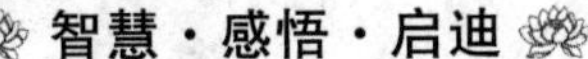

智慧·感悟·启迪

“尽吾志而不能至者，无悔也。”当我们面对纷繁杂乱的事情时，只要懂得适当地舍弃，只要尽力而为，那么就可以满足了，至于成败得失，大可不必介怀于心。这样才能摆脱无谓的牵扯与羁绊，生活才能过得洒脱，心灵才能回归轻松，幸福才会离你越来越近。

凡事多往好处想

小王还是单身汉的时候，和几个朋友一起住在一间不到10平方米的小屋里。尽管生活非常不便，但是，他一天到晚总是乐呵呵的。

有人问他：“那么多人挤在一起，连转个身都困难，有什么可乐的？”

小王说：“朋友们在一起，随时都可以交流思想、交流感情，这难道不是很值得高兴的事吗？”

过了一段时间，朋友们一个个相继成家了，陆续搬了出去。屋子里只剩下了小王一个人，但是他每天仍然很快活。

那人又问：“你一个人孤孤单单的，有什么好高兴的？”

“我有很多书啊！一本书就是一个老师。和这么多老师在一起，时时刻刻都可以向它们请教，这怎能不令人高兴呢？”

几年后，小王也成了家，搬进了一座大楼里。这座大楼有7层，他的家在最底层。底层在这座楼里环境是最差的，上面老是往下面泼污水，丢死老鼠、破鞋子、臭袜子和杂七杂八的脏东西。那人见他还是一副自得其乐的样子，好奇地问：“你住这样的房间，也感到高兴吗？”

“是呀！你不知道住一楼有多少妙处啊！比如，进门就是家，不用爬很高的楼梯；搬东西方便，不必费很大的力气；朋友来访容易，用不着一层楼一层楼去敲门询问……特别让我满意的是，可以在空地上养一丛一丛的花、种一畦一畦的菜，这些乐趣呀，数之不尽啊！”小王情不自禁地说。

过了一年，小王把一层的房间转让给了一位朋友，因为这位朋友家中有一位偏瘫的老人，上下楼很不方便。小王则搬到了楼房的最高层——第7层，可是他每天仍是快快乐乐的。

那人揶揄地问：“先生，住7层楼是不是也有许多好处呀？”

小王说：“是啊，好处可真不少呢！举几个例子吧：每天上下几次，这是很好的锻炼机会，有利于身体健康；光线好，看书写文章不伤眼睛；没有人在头顶干扰，白天黑夜都非常安静。”

智慧·感悟·启迪

生活中不如意的事很多，如果总是因为这些事情而担忧的话，那么你永远也不会有快乐的时候。因此，当自己的处境不好的时候，不妨学学小王的做法，凡事多往好处想想，或许你就会轻松快乐起来。

收藏家的惊喜

收藏家到乡下旅游。有一天,他来到了一家农舍前,眼睛突然一亮:他看见了一个非常别致的碟子!凭他对于古玩高超的鉴别能力,立即看出这碟子是几世纪以前的好东西,价值极高。而他看到乡下人对它的价值一无所知,因为他居然拿这个碟子去喂养一只小猫。

收藏家抑制住自己心中的狂喜,与小猫的主人闲聊起来,表示对这只小猫十分感兴趣,还编造了一个动听的故事:

收藏家说他的太太如何如何喜欢小动物,前不久因为一只小猫死去了,令她伤心不已,而眼前的这只小猫,看上去又太像他太太的那只小猫了。

说着说着,他竟为自己的故事感动得热泪盈眶,连那位看起来木讷的乡下人也陪着他长吁短叹起来。

然后,收藏家故意随口问了一句:"您的小猫卖不卖呀?"

"当然卖啦,"乡下人爽快地回答说,"既然您的太太喜欢小猫,我就卖给你吧!"

收藏家非常激动,居然出了两倍的价钱买下了这只小猫。最后,他故意试探性地问一句:

"你一直是用这个碟子喂小猫的吧?那就顺便把这个碟子送给我,怎么样?"

收藏家心想,乡下人一定会同意的。

没想到一直不吭声的乡下人这时露出灿烂的笑容:"对不起,我不能送给你,因为每天我都要靠它卖掉家里的小猫!"

智慧·感悟·启迪

一个平常的人,由平凡变得聪明,一点也不出人意料。他只不过是在别人尚不觉察的时候及时调整了自己的思考角度,改变了自己的思维和行为方式,并且积极地采取了行动。

学会放弃

两个贫苦的樵夫靠着上山捡柴糊口,有一天在山里发现两大包棉花。两人喜出望外,棉花的价格高过柴薪数倍,将这两包棉花卖掉,足以让家人一个月衣食无虑。当下两人各自背了一包棉花,便赶路回家。

走着走着,其中一名樵夫眼尖,看到山路边放着一大捆布,走近细看,竟是上等的细麻布,有十多匹之多。他欣喜之余,和同伴商量,一同放下所背的棉花,改背麻布回家。

他的同伴却有不同的想法,认为自己背着棉花已走了一大段路,到了这里才丢下棉花,岂不枉费自己先前的辛苦?因而坚持不愿换麻布。率先发现麻布的樵夫屡劝同伴不听,只得自己放下棉花并竭尽所能地背起麻布，继续前行。

又走了一段路后，背麻布的樵夫望见林中闪闪发光，待近前一看，地上竟然散落着数坛黄金，心想这下真的发财了，赶忙邀同伴放下肩头的麻布及棉花，改用挑柴的扁担来挑黄金。

他的同伴仍是那套不愿丢下棉花以免枉费辛苦的想法，并且怀疑那些黄金不是真的，反劝他不要白费力气，免得到头来空欢喜一场。

发现黄金的樵夫只好自己挑了两坛黄金，和背棉花的伙伴赶路回家。走到山下时，突然下了一场大雨，两人在空旷处被淋了个湿透。更不幸的是，背棉花的樵夫肩上的大包棉花，吸饱了雨水，重得完全无法背动。那个樵夫不得已，只能丢下一路舍不得放弃的棉花，空着手和挑着黄金的同伴回家去了。

智慧·感悟·启迪

只有放弃眼前小的利益，才能获得长远的大利益——要想成功，就要学会放弃。只有勇于舍弃的人才是智慧的人，成功者永远是具备高瞻远瞩眼光的人。

不为过去的错误懊悔

卡维琪经常为很多事情发愁。他常常为自己犯过的错误自怨自艾：他总是回想那些做过的事，希望当初没有这样做；总是回想那些说过的话，后悔当初没有将话说得更好。

一天早上，全班同学来到了科学实验室。老师温斯顿博士把一瓶牛奶放在水槽边上。大家都坐了下来，望着那瓶牛奶，不知道它和这堂生理卫生课有什么关系。

过了一会儿，温斯顿博士突然站了起来，一下把那牛奶瓶打碎在水槽里，同时大声叫道："不要为打翻的牛奶而哭泣。"

然后，他让所有的人都到水槽旁边，好好看看那瓶打翻的牛奶。

"好好地看一看，"他对大家说，"我希望大家能一辈子记住这一课，这瓶牛奶已经没有了，你们可以看到。无论你怎么着急、怎么抱怨，都没有办法再救回一滴。只要先用一点思想，加以预防，那瓶牛奶就可以保住。可是现在已经太迟了，我们现在所能做到的，只是把它忘掉、丢开这件事情，转而去注意下一件事。"

卡维琪对这堂课感触颇深，他终于明白了自己的苦恼都来自何处了。

做错了事，总后悔和自责是没有用的，重要的是事先应尽量避免错误，并且在做错事情后好好地自我反省、吸取教训。也不要太在意他人的批评，任何人都有批评你的权利。你要把握的则是：哪些是不需要听取的批评，哪些是真正对你有益的。

如果你的每一天都在对你做错的事悔恨不已，那你只能终日生活在错误和苦恼之中。

智慧·感悟·启迪

生活有自己的进程，是无数个事变的组合，事情的变化有时很难笼统地说是好是坏，自寻烦恼显然毫无价值。为了避免一味责怪自己，减少烦恼情绪，应该想到，自己的能力毕竟有限，虽经努力，这事也只能达到这个程度；纵然奋斗，一时也难以完全改观；同时，还要懂得社会和人生变化的辩证关系，懂得万事称心如意是不大可能的道理。只要不懈努力，出路总是有的。常言说："车到山前必有路。"不要把一时的困难看成永久的困难，不要把局部的困难看成总体的困难，这样，很多烦恼就烟消云散了，许多问题就迎刃而解。

陶罐里的鲜花

约翰和汉斯是好朋友。有一次他们合伙做卖米的生意。那天晚上他们把米堆在商店外面，第二天早上发现米少了许多。约翰记得汉斯起了好几次夜，很可能是他把米转移到其他地方想独吞，因此约翰认为汉斯占了自己的便宜，心中大为不悦。汉斯说他没有看见那些米，约翰不相信，两人吵了起来，从此便成为仇人，发誓不再往来。

第三天，约翰一大早外出做生意，推开门发现门口放着一个陶罐，罐里装着几根骨头。按照风俗这是很不吉利的象征。约翰想，肯定是汉斯诅咒他，他非常生气地将陶罐扔到花园里，就出门了，结果那天他的生意很不顺利。回到家中，他给院子里的花松土施肥时，无意中看到那个破陶罐，就顺便移了几株花栽了进去。

过了几天，约翰的邻居打来电话对他说：前一段时间自家的小孩夜里在外面玩，把一个准备泡药用的陶罐和一副兽骨药给弄丢了，不知他看见了没有。约翰回家去找陶罐，他惊喜地发现，破陶罐里开满了鲜花。这让他很高兴，没想到用来出气的陶罐竟给他带来了意想不到的欢乐。

他把陶罐和兽骨还给了邻居。邻居给了他几袋米，并解释说：就在他们把米放在外面的那天夜里，淘气的小孩偷偷拿走了一些米，很抱歉，现在才还给他。

约翰意识到自己错怪了汉斯，他为自己的狭隘心胸感到脸红，觉得自己当初不应该迁怒于汉斯，而应该心平气和地向他解释。他决定主动向汉斯道歉，并带上了从陶罐里采摘的鲜花。后来约翰与汉斯重新成为好朋友。

智慧·感悟·启迪

没有猜疑，就没有了那么多的忧伤；没有猜疑，就没有了那么多的悔恨；没有猜疑，就没有了那么多的无奈。

猜疑心理既伤害了别人，同时也囚禁了原本美好和谐的心灵。不了解人，不了解世界，缺乏判断力是造成容易猜疑、神经过敏、误会产生的主要原因。

幸福的秘密

古时候,有位商人,只有一个儿子。商人将儿子视若珍宝,想尽一切办法想让他幸福。在一次经商的途中,商人听说有一位智者知道幸福的秘密,于是他让儿子去讨教。少年跋山涉水,历尽千辛万苦,终于来到了位于山顶的一座神秘而又美丽的宫殿。少年欣喜地走进了宫殿。这是一间宽敞无比的大厅,装修得富丽堂皇,美轮美奂,而且热闹非凡。房间里的每个角落都有人在轻声地交谈,空气中弥漫着轻柔缓慢的音乐,桌子旁边的人们正在享用着珍馐美味。仆人告诉少年,两个小时后,他才能见到智者。在这两个小时里,少年可以四处参观一下,同时,还要帮智者办一件事情。仆人将一个汤匙递给少年,并在里面滴了两滴橄榄油。仆人对少年说:"智者希望你在走路的时候,能拿好这个汤匙,千万不要让这两滴油洒出来。"

少年虽然满心疑惑,但还是按照智者的意思去做了。他的目光始终未离开过汤匙,生怕会把两滴油弄洒,仅凭着感觉沿着宫殿里的路走去。不知道过了多长时间,少年才小心翼翼地拿着汤匙,慢慢地来到了智者的面前。"为什么这么晚才回到这里?"智者问道。这时少年才猛然想起他与智者两个小时的约定,羞愧地低下了头。"好吧。你在我的宫殿里参观了这么长时间,那么你看到墙壁上那些精美绝伦的壁画了吗?看到园丁们辛勤培育出来的牡丹园了吗?看到我的图书馆里珍藏的那些史书了吗?"智者又问道。"我只顾着汤匙里的这两滴橄榄油了,什么……什么也没看见。"少年红着脸说道。"你做得很好。没关系,现在你可以去好好地欣赏一下我的宫殿了。"

此时的少年仿佛如释重负,拿着汤匙再一次回到宫殿里。这时,他被自己眼睛所看到的惊呆了。墙壁上的壁画是如此的美轮美奂;牡丹园令人叹为观止;图书馆中的书真可谓是浩如烟海……少年沉醉了。

又不知过了多长时间,智者来到了少年的面前。这一次,少年向他绘声绘色地描述了自己的所见所闻,兴奋异常。智者耐心地听完少年的描述,然后笑着问道:"那么,我交给你的两滴油在何处呢?"这时,少年才猛然想起自己手中还有一个盛着两滴油的汤匙,他低头一看,油早已经洒光了。

看着满脸疑惑的少年,智者慢慢地说道:"孩子,这就是幸福的秘密所在。欣赏这个纷繁世界的所有珍奇异景时,不要忘记手中汤匙里还有两滴油。切记!切记!"

智慧·感悟·启迪

在生活之中,使得幸福遥不可及的,莫过于刻意地去追逐幸福。虽然你错过了那么多的珍奇异景,但是手中的汤匙里面还有你苦心保存的两滴油;即使在某一刻,你丢失了它们,你依旧是幸福的,因为你看尽了世界上的美景。幸福,由心使然。

也许生活并没有痛苦

法国纪录片《微观世界》中有这样一个场景：一只屎壳郎，推着一个粪球，在并不平坦的山路上奔走着，路上有许许多多的沙砾和土块，然而，它推行的速度并不慢。

在路正前方的不远处，一根植物的刺，直挺挺地斜长在路面上，根部粗大，顶端尖锐，格外显眼。也许是冥冥之中的安排，屎壳郎偏偏奔这个方向来了，它推的那个粪球，一下子扎在了这根"巨刺"上。

然而屎壳郎似乎并没有发现自己已经陷入困境。它正着推了一会儿，不见动静。它又倒着往前顶，还是不见效，它又推走了周边的土块，试图从侧边使劲儿——该想的办法它都想到了。但粪球依旧深深地扎在那根刺上，没有任何出来的迹象。

观众不禁为它的锲而不舍感到好笑，因为对于这样一只卑小而智力低微的动物来说，实在是不会解决好这么大的一个"难题"的。就在观众暗自嘲笑它并等着看它失败之后如何沮丧离去时，它却突然绕到了粪球的另一面，只轻轻一顶，咕噜——顽固的粪球便从那根刺里"脱身"出来。

它赢了。

没有胜利之后的欢呼，也没有冲出困境后的长吁短叹。赢了之后的屎壳郎，就像刚才什么也没有发生过一样，它几乎没有任何停留，就推着粪球急匆匆地向前去了。只留下观众们，在这个场景前痴痴发呆。

也许在生活的道路上，它已经习惯了这样的场景；也许它活着，根本不需要像人一样，需要许许多多的"智慧"；也许在它的生命概念中，根本就不懂得输赢。推得过去，是生活；推不过去，也是一样的生活。

智慧·感悟·启迪

幸福只是一种感觉，痛苦也是一种感觉。也许生活原本就没有痛苦。许多人竟比动物痛苦很多，就是因为不能抵制计较得失的思想。

狭小的广阔幸福

一间又破又小的房子，面积只有13.2平方米，造价不过5000元。房子里的陈设简单至极，一张铁板床、一个破旧的收音机、一个残破的衣柜，人在里面转个身都困难。住在里面，夏天漏雨，冬天透风。但就在这样简陋的小房子里，却住着幸福的一家人。

男主人年过半百，经营一家小吃店，每日收入颇有盈余，但是他却带着妻儿挤在这间小房子里,吃最便宜的饭菜,穿最廉价的衣服,连洗澡都要去最廉价的澡堂。他从来没有领着儿子去过游乐园,没有给妻子买过一件化妆品。大家都说他是铁公鸡,害得妻儿跟着他受穷。而事实是:他并不是吝啬的葛朗台,他的钱几乎全部都捐出去了,只给家里留点基本的生活费。十几年之间,他竟然捐出了几百万。有人说他是疯子,有人说他是沽名钓誉。尽管他心里难受,但还是将口袋里的最后一分钱也捐了出去。他的事迹引起了当地一家报社的注意,在采访中,他讲述了10多年前的一段往事。

十多年前,他生活很艰苦,为了改善生活条件,他向朋友借了4000块钱,去山东采购苹果。在和第一个农户谈价格的时候,忽然从门外冲进来一个少年,手里挥舞着一张纸,兴奋地喊着:"娘,娘,我考上了!我考上大学了!"这本是一件喜事,谁知那个女人却红着眼睛发怒道:"考上也没有用!我到哪儿去给你弄学费!不念了!"说完,娘儿俩抱在一起默默地流着泪。他百感交集,竟把自己仅有的4000元钱拿了出来,说:"拿去供孩子读书!他的所有费用,我都包了!"少年在那一刻放声大哭。此后的十多年里,他资助了山东七百多个孩子和十多个辍学的大学生,创建了三所希望小学。在资助过程中,他的心变得日益开阔、通透。当他去希望小学,怀里塞满了孩子们送给他的写有祝福的各色水果和自制的小礼物时,他认为这就是他最幸福的时刻。这个小人物,凭着一己之力,改变着他人的命运,也提升着自己的幸福度。再后来,他经营起了这个小吃店,收入稳定。他不顾朋友的劝说,宁可不买房子和车子,也要继续资助这些孩子。对于那些曾经接受过他帮助的人的回报,他一概婉言谢绝。

最后,他有些羞涩地告诉记者:"我跟妻子商量好了,等我们老了,就不捐了,买个大房子,过好日子。"又转脸对身旁的妻子说:"我要带你旅游,买漂亮衣服,住豪华宾馆,咱也好好享受一下。你是全中国最好的老婆!没有你的支持,我帮不了这么多的人啊!"一番朴实的甜言蜜语,让在一旁沉默寡言的妻子抿嘴笑了。在这个只有13.2平方米的房间里,他们的心灵得到了层层的舒展,得到了世界上最广阔的幸福。

智慧·感悟·启迪

也许,生活中的幸福就是这么简单。别人无助时,你伸出双手的那一瞬间,即是幸福。谁都有过这样的瞬间,只是这个很幸福的人,也许就在内心留住了瞬间,并把它化作了永恒。

平凡的幸福

他在南郊的建筑工地当工人,她在北郊的一家超市打工。为了方便她上班,他们在北郊租了一间房子。从北郊到南郊,坐公交车来回只要两元钱,可是因为他们的收入都很微薄,所以他选择骑自行车。同事们嘲笑他小气,他笑着说:"我这样省下来,两个月下来就能给妻子买点衣服。"

没有人理解他的这种行为,他完全可以不回家的,单位有宿舍,而且工作那么累,一个星期回去一次也就够了,不用两头来回奔波。但是他依旧执拗地我行我素,无论刮风下雨都是如此。大家都猜测他一定有个美艳的娇妻,真是艳福不浅。

一天，妻子来工地找他，因为他忘了带感冒药，她的样子看起来很焦急。他不好意思地挠挠头，一个劲儿傻笑。她的外貌再普通不过，齐耳短发，瘦小的身材。她走后，同事纷纷起哄，说他怕老婆，但是他依旧傻傻地笑着，而且很陶醉的样子。他说："我常年在外面跑，没有一个女人愿意跟着咱受这份罪。可她说，一家人不能分开。她心甘情愿地跟着我，背井离乡，漂泊在外。这样无论走到哪里，我们都在一起，彼此依靠，她给我洗衣做饭，陪我说话解闷……我干活儿伤了腰，每天晚上她都会给我按摩；我有汗脚，一到夏天味道很冲，但她从不嫌弃，天天给我洗脚；我有胃病，吃不了太硬的东西，她就把食物煮得烂烂的……这样的事太多了。有一次干活儿，我不小心把手腕砸肿了，她捧着我受伤的手，流了一晚上的泪……"

讲起她的好，他滔滔不绝，神采飞扬："夏天，人在屋里热得受不了，门窗都得打开，她自己在家，我不放心，怕她遇上坏人；冬天，屋里生着火炉，她睡觉太沉，我怕她煤气中毒；雨天，她怕打雷闪电；晚上她怕黑，我得陪在她身边啊……"

这也许是世间最平凡的爱情吧，但也是世间最甜蜜的爱情。她爱他，以一个妻子体贴的心给他温暖和陪伴；他爱她，以一个丈夫温柔的心给她呵护和怜惜。至于幸福与否，甘苦自知，无须解释。

智慧·感悟·启迪

幸福掌握在我们自己手中，不同的人生，不同的起点，人们对幸福的界定也自然会不同。最普通的，也许是最珍贵的；最平凡的，也许是最幸福的。懂得了这一点，你的幸福就一定会茂盛得如同春天那漫山遍野的花儿了。

疼痛也是一种幸福

老人年约七旬，鹤发鸡皮，喜欢躺在公园里最通风、最凉爽的假山旁边的长椅上乘凉。也许是因为寂寞，老人很乐意有人陪他聊天儿，见到有人坐到他的身边，抱怨天气太热的时候，老人接过话茬儿，"热过这一宿就好了，明天就会下雨的。我比天气预报还准呢！我这里就是天气预报呢！"老人指了指他的右膝盖说，"痛了两天了，准要变天。"

老人的右膝有伤，阴天下雨时就会犯病，疼起来要人命。很多人劝他去医院好好地治疗一下，但他却不以为然，总是笑笑，说："不痛了，就不习惯了。偶尔痛痛，就会想起她来，挺好。"

老人所指的那个她，就是他的老伴，去世已经整整一年零七个半月了。老人膝盖上的伤，就是在认识他老伴的那一天落下的。当时老人和她分别在不同的学校当老师。一次，老人到她所在的学校监考，因为路远，借了一辆自行车去，在那所学校的门口遇到了她。老人刚刚学会骑自行车，骑得还不熟练，车子直直地朝她而去，老人怕伤着她，就将身体倒向一边，结果摔伤了膝盖。老人到医院治伤的时候，她就去看他，这样一来二去，两个人就好上了。在老人的心里，他为保护了自己的爱人而自豪，而得意。

在老人看来，膝盖上的伤，是他和妻子爱情的见证，所以，这伤处的疼痛，也被他看做是上天的恩赐，是开启怀念闸门的源泉。这种回忆，于他来说，是一种幸福。

智慧·感悟·启迪

疼痛,对于常人来说是一种苦难,而对于有些人来说,却是一种幸福。它能让人怀念起曾经的幸福。疼痛也是一种幸福,幸福的不是疼痛本身,而是由疼痛引发的怀念和当时的心情。这是情到深处后的错觉,幸福的错觉。

有了感觉就幸福

一个四十多岁的农村妇女,到城里当保姆。当她第一次来到大城市时,兴奋得不得了,犹如刘姥姥进了大观园,她从来没有见过那么高的大楼、那么多的汽车……当天晚上她就到公用电话亭给老公打了一个电话,像个孩子似的兴高采烈地把看到的、听到的,一股脑儿地全都讲给老公听。那近乎小孩子般欢呼雀跃的语气,透露着她内心无比的幸福与满足。

她在城里干得很好,这家雇主也很满意,打算长久地雇用她,工钱也比一般的保姆要高得多。可是,半年之后,她还是谢绝了雇主一家人的挽留,固执地要回农村老家去。很多人不理解,家里那么穷,回去干什么呢?能过得幸福吗?她满足地说:"穷是穷,但是我过得很幸福啊!你看吧,我们家里有四个姐妹,我是最小的孩子,父母疼我,愿意供我读到小学毕业,还有,我和我老公打小儿就认识,你知道在农村,想要自由恋爱多难,不过他还是把我给娶回家啦,我咋能不幸福呢?再有,我生的第一个孩子就是个儿子,公婆对我也高看一眼,对我也很好;这几年农民的种地税给免了,粮食收成也好;我和老公打完架后,他总是千方百计哄我回家呢;儿子现在也懂事了,暑假里还能帮我做买卖赚钱了……说起来高兴的事情很多很多哦,我哪能一下子说得完呢?"

她的幸福就是这么简单和不可思议,但是她眼神里飘浮着的幸福和远望着窗外回忆时的专注,都表明了她真的很幸福,幸福是真实存在的!

智慧·感悟·启迪

所谓幸福,就是内心的一种感觉——相信自己是幸福的,珍惜自己所拥有的,不羡慕那些已经无法追逐的或者是注定要失去的。幸福就是活在当下,珍惜此时此刻,了解世间万物都可能给你带来快乐与满足。

站在幸福的甲板上

一位成功的商人带着儿子到一家高级餐厅用餐,餐厅里富丽堂皇、豪华优雅。一位琴师正在专心地演奏着世界名曲,客人们都陶醉于这美妙的音乐之中,只有这位商人哀伤地叹着气,他遗憾地对儿子说:"儿子,爸爸当年也练过琴,而且练得很好。但后来由于一些原因,我选择了经商。想想看，如果爸爸当初选择了练琴，那么我今天就可以坐在钢琴边为大家演奏了。”年幼的儿子笑着对商人说：“爸爸，如果当年您选择了练琴，那么您今天就没有机会坐在这么好的餐厅里欣赏这么美妙的音乐了，不是吗？”

也许那位琴师当时心中也会这样想：他当初要是选择经商该有多好，现在自己就可以悠闲地坐在桌前，一边享受美餐，一边聆听音乐了。

智慧·感悟·启迪

人们曾对幸福有过这样的经典诠释：“心安便是福，知足常乐。”可人们往往在幸福面前无法让自己“心安”和“知足”。人们常常眯着眼睛望着前方一望无际的海洋自问：幸福到底离我们还有多远？却忘记了自己就站在幸福的甲板上。

最幸福的人，不必问人生意义

一位中国记者在采访的途中拍下了下面这组画面——

车远离市区，行至荒野，人烟稀少，在一座开满莲花的小湖旁，有六个五六岁大的孩子，光着身子，很有节拍地在小湖中划着小船。所谓的小船，只是用竹子做成的简陋的竹筏子。他们划得非常非常用力，笑得非常非常开心。孩子们齐心协力地一起往前划，一直划到小湖中心，然后又划回湖边，像在进行一种乐趣无穷的游戏。愉快的笑声伴随着小船在小湖中荡漾，久久不能消散。

当记者举起相机之时，孩子们也默契地举起了手，没有任何的羞涩和拘谨，似乎想以这样特别的方式欢迎这位罕见的“不速之客”。“扑通”一声，其中的一个孩子像箭一般地跳进了水里，湖面溅起了一人多高的、白色的水花，孩子像鱼儿一样地在小湖之中游来游去，一会儿钻进湖中，与船上的孩子们玩捉迷藏；一会儿，又猛地从船边冒了出来，溅了其他孩子一身的水；一会儿又跳上竹筏，躺着晒太阳……

孩子们无忧无虑地玩耍着，如花儿一般的笑容，如歌一般的笑声，都表露着他们的满足与幸福。他们绝对是穷人家的孩子，他们没有玩具熊，也没吃过肯德基，甚至连一件可以蔽体的衣服都没有。但是他们却是那么富有，那么令人羡慕。他们笑得那么灿烂，那么纯真，那么自然，那么富有活力。孩子们美丽的笑容如同莲花，在温暖的阳光下，和千百朵莲花一起嫣然盛开。

智慧·感悟·启迪

人们常常会有这样的疑问：怎样的人生才有意义？回答是：忙碌的生活才能让人生富有意义，苦心追逐的幸福才是真正的幸福。但是却忘记了人们最本能地获得幸福的方式：让自己的心自在一些，让笑容自然一些，让生活自由一些。也许心里从没浮现这个疑问的人，才是最幸福的人吧！

平淡的幸福

女孩名叫小敏，大学刚刚毕业，是一家私营企业的会计。她生活简单，却又处处洋溢着幸福。

女孩为一朵水仙开花而高兴；为窗外第一缕阳光而惊呼；她浇灌花盆里的花，发现夜里长出一片嫩叶，她会高兴地打电话告诉远在他乡的男朋友；她没有昂贵的衣服和化妆品；她不会节衣缩食地买汽车，她要走路，因为走路既舒服又健康。每天单位里有做不完的账，她一边抱怨，一边快乐地去做。因为她会这样想：干几年不干了，到海边住着，出国旅行。

她喜欢看书，没有什么社交活动，很少出去吃饭。她喜欢一本书里的话："少与社会杂染，则清冽单纯。"大学毕业前，她不会做饭，现在居然也学会了做好多的菜肴：红烧肉、糖醋鱼和葱爆羊肉，都堪称一绝。她对小事很感兴趣，什么东西都要试着学学，学会了，她就兴高采烈地炫耀一下，学不会，顶多也就是小小地失落一下，然后继续努力。周末的时候她喜欢睡觉，有时能睡到中午，睡得精气十足，起来拉开窗帘，为进入房间里的第一缕阳光而欢呼。然后扎起头发，一边唱歌，一边煮饭，一会儿，香味就会弥漫整个房间。下午，她喜欢到街上乱走，见到一只小哈巴狗，走上前去蹲下来，温柔地摸摸它的头。她喜欢沥青的路面，喜欢雪白的斑马线。她对居住的城市环境不是很满意，可城市中的每一点小小的变化都能让她高兴半天。一幢楼刚建，她就会走近看看是多少层楼、何时竣工。电视上说哪条路开通了，她一定会到那条新铺的道路上走一走、瞧一瞧。走累了就进到附近的一家小书店，在一堆书里走来走去，看见喜欢的，就会买下几本。

她平静地对待每一天，认真地收获着幸福。

智慧·感悟·启迪

活着本来就是幸福，快乐地活着，更是幸福。读书是幸福，行走是幸福，工作是幸福，睡觉也是幸福。幸福只是心中的那一种感觉罢了。知足常乐，就是天大的幸福。幸福在你身边，幸福也在你手中。

不一样的幸福

地铁出口处，人来人往，川流不息，仿佛这个城市里的人都聚集到了这里。这里展现了人生百态。

不远处传来悠扬的乐声，人们循着声音找过去，一个很高很瘦的年轻人，在吹萨克斯。年轻人穿着磨得很旧的、上面有补丁的牛仔裤，上身是浅灰色的棉布短袖，头发又长又密，把清秀的脸遮住了半边，嘴角带有浅浅的笑意。他旁若无人地微闭着眼睛，忘我地吹奏着萨克斯，沉醉于自己的世界中。他的音乐在空中回响盘旋。一串串的音符,丝丝缕缕地漫过心底,在风中纠缠、飞舞、飘远。在他的面前,有一个用细竹藤编成的、做工很精致的圆形小筐,里面有一些零碎的硬币和一角、两角的纸币。年轻人每天傍晚都会来这里吹萨克斯,每天他的旁边也会围着不少的旁观者。有人在同情年轻人的生活,有人在质疑他是个骗子,有人只是单纯地觉得他的音乐很好听,一边和着节拍摇摆击掌,一边轻声地哼着曲调。

人群里有两位老太太,在低低地议论着。一个说:"这孩子,肯定是遇到什么难事了,这么年轻就出来卖艺,多不容易啊!"另一个则叹了一口气,说:"看样子应该是个大学生,是想挣点儿学费,勤工俭学吧。"说着,两个人便从人群中挤到了年轻人的面前,每个人往圆筐里丢了一元钱。

人们也许是听到了两个老太太的对话,于是也陆续地往那个小圆筐里丢了一些钱。年轻人恭敬地对旁观者深深地鞠了一躬。

有眼尖的人看出了年轻人身上穿的是范思哲,那可是要好几千块钱一件呢。所以,年轻人不是落难的孩子,也不是卖艺为生的街头艺人,更不是贫困的大学生。那么,只有一种可能:男孩儿喜欢在这样的环境下,演奏这样的音乐,品味这样的人生

也许人们不能理解男孩儿的做法,但至少可以肯定的是,男孩儿喜欢这样的生活,感觉到了幸福的滋味。

智慧·感悟·启迪

不必费心揣测别人的幸福是怎样的,因为幸福是上帝的奇思妙想,它在每个人身上幻化出不同的模样,有些幸福,你无法想象。只因为幸福取决于那个人的心灵,他认为是幸福的,就够了。

十年的幸福

网上流传着这样一个真实的故事,故事的主人公是一对年轻的夫妻。

妻子患有红斑狼疮,十年里不停地做化疗、活体检查、肾脏穿刺、脊椎穿刺……曾经的她是多么温柔甜美的女孩儿,拥有花一样的青春与人生,期盼童话一样的爱情,对未来的生活充满了憧憬。可是,命运总是无情地与人们开着玩笑。现在的她,瘦骨嶙峋,面黄肌瘦,长时间的化疗使她的头发全部掉光了,生命必须依靠药物才能得以延续。而且,长时间地注射激素,造成她的两侧股骨头坏死,只能依靠轮椅行走。

因为身体的原因,她只能常年地卧床休息,所以她在网上做了一个博客,用来记录生活中的点点滴滴。她说,不知道自己哪一天就会离开这个美丽的世界,她热爱这个世界,热爱生活,所以要将一点一滴都记录下来,作为自己人生的纪念。博客中,记录着她的快乐、忧伤、痛苦、挣扎。偶尔,她的丈夫也会露面,他是个英俊而又温文尔雅的男人。照片上记录着丈夫陪她一起做家务时的样子,丈夫包饺子时沾满面粉的双手,或者是推着她外出看风景时温和而幸福的脸庞。她写道:丈夫是一家外国银行的部门经理,他们结婚已经整整十个年头了,而在这十年里,丈夫不仅承载了她对爱情的寄托,更是她生命的支柱。无论冬夏,丈夫总是陪着她看病,吃药,

病危，恢复，再发作，再看病，再吃药……丈夫一夜一夜地守在她的床前，怕她因为接受不了坐轮椅的现实而轻生；抱着她在医院楼上楼下地跑；低声下气地请求护士给她扎针时轻一些……一路上，丈夫默默地陪着她、守着她，从未抱怨，也从未放弃。

一个健全的男人，十年如一日地照顾一个被病痛反复折磨的人。人们在她的身后，看到了一个男人的付出、牺牲和对爱情的坚守。对于常人来说，这样的生活与其说是苦役，不如说是煎熬，对生命的煎熬。但是男人却淡淡地说："不，那都是爱，不是牺牲，我们很幸福。"

智慧·感悟·启迪

幸福的关键是自己的心灵，它在那一瞬间冲破肉体的层层屏障，直接接受那极度欣悦之感，并且把那欣悦之感攫取回来种植在我们的感觉之中，然后，就有一股甘泉开始在我们的血管里缓缓流淌，长久不衰地滋润着我们的生命：无论在我们人生的哪一个阶段，只要想起它，它就会流淌和滋润、这才是幸福。

幸福在每个人的心中

这是一个关于罗素的真实故事。罗素，是20世纪最具影响力的英国思想家之一，他曾于20世纪20年代初来到中国的四川。

当时正值夏天，四川的天气十分闷热，尽管罗素感觉不是很舒服，但还是想一睹峨眉山的风貌。于是，罗素和同行的几个人坐着竹轿上峨眉山。峨眉山山路异常险峻陡峭，要想上山，除了步行，就只能依靠这种两个人抬的竹轿了。山路陡峭，天气又炎热至极，几位轿夫累得大汗淋漓，筋疲力尽。罗素见此情景，心生不忍，上峨眉山观景的兴致也随之大减，而是思考起这几位轿夫此时此刻的心情来。他想，这几位轿夫肯定会痛恨自己和同行的人，这样酷热的天气，这样崎岖的山路，还要抬着他们上山。或许他们多希望自己不是抬轿的人，而是舒舒服服地坐在竹轿上的人。

正当罗素陷入深思的时候，他们一行人来到了山腰的一个小平台，罗素下了竹轿，让轿夫们停下来休息一下。他想借这个机会好好地观察一下轿夫们的表情，也宽慰一下辛苦的轿夫们。

但是，令他感到奇怪的是，轿夫们围坐在一起，抽着烟袋，有说有笑，互相讲述着开心的事情，从他们的脸上，根本看不到任何对命运的抱怨与不满。更让罗素意想不到的是，几位轿夫还津津有味地给罗素讲起了自己家乡的笑话，并且给这位大哲学家出了一道智力题："罗素先生，你能只用十一画，就写出两个中国人的名字吗？"罗素笑着说不能。轿夫笑呵呵地告诉罗素："这个很简单啊，王一、王二，哈哈哈。"轿夫们爽朗的笑声久久回荡在罗素的耳边和心间。这时，罗素恍然大悟，陡然心生一丝惭愧和自责："我有什么理由去宽慰他们呢？我又凭什么认为他们是不幸福的呢？"

通过这次四川之行，罗素得出了一个著名的人生观点：用自以为是的眼光看待别人的幸福是错误的。是的，坐轿子的人未必是幸福的，抬轿子的人未必是不幸福的。

智慧·感悟·启迪

真正找到人生幸福的人,不是因为升了官、发了财,而是因为他们拥有健康乐观的心灵,他们会用这样的心灵去体验幸福,让生活充满喜悦。人生幸福,原本就在我们每一个人的心中。

寻常幸福

一对中年夫妻住在一间狭小、阴暗、潮湿的房子里,从他们结婚到现在,一直住在这里,已经20年了。身边的人大都已经住进了宽敞、明亮、舒适的新房子。每每妻子都很羡慕地看着别人搬家。于是丈夫开始盘算着贷款买一套新房子。终于有一天,丈夫领着妻子去看房子,三室一厅,阳光充足,妻子最喜欢那扇大大的落地窗。妻子满心欢喜,这就是她一直梦寐以求想要住上的房子啊!可是丈夫知道,这样的房子对于他们来说,实在太贵了,他们承担不了。可是看到妻子那欣喜和期盼的眼神,丈夫终于决定将房子买下。当他们拿到钥匙的时候,两个人兴奋地站在宽敞明亮的阳台上,享受着幸福和喜悦。他们好像顿时回到了刚结婚的时候,丈夫仿佛年轻了20岁,正在兴奋地迎娶他的新娘,并发誓要给她一辈子的幸福。

理想和现实毕竟是有差距的。他们憧憬着美好的未来,可是毕竟口袋里的钱不多,所以,丈夫每天都在想方设法地节省开支。为了省40块钱的运费,丈夫硬是自己把瓷砖全部搬了回来;为了省点钱,他扛回两扇旧门,自己重新刷漆。女人心疼得要命,男人说:"没事儿,我身体棒着呢!"还差一个壁橱,丈夫买了复合板,将沉重的板子背在背上,像一只爬行的甲壳虫。最后一块板终于背进屋,男人环顾一下房间,突然就倒在地上。

以后的日子,妻子天天以泪洗面,丈夫不肯动手术,妻子告诉他:"不用担心,这么多年我攒了一些私房钱,本想我们老了再用,现在急用,就取出来了。"丈夫这才同意住院治疗,舒了一口气,笑着说:"你居然敢藏私房钱啊!"妻子笑了,但是眼里含着泪。

丈夫做完手术后,身体很虚弱。回家后,他就张罗着要去新房看看。正在做饭的妻子轻轻地说:"那房子我已经卖了,咱们还是住在这儿吧。"丈夫张大了嘴,呆立在原地。他什么都明白了,住院的费用都是这卖房的钱啊!妻子笑着说:"我是喜欢那房子,可是我不能因为房子而失去你啊,你健健康康的,比什么都强。"丈夫一把将妻子搂在怀里,眼角流下了晶莹的泪。

他们依旧住在狭小、阴暗、潮湿的房子里,却感觉生活更加幸福温暖。一杯水、一句关心、一个拥抱,他们生活得开心满足,幸福在这个房子里随处可见。他们依旧过着寻常的日子,但是,谁能说寻常不也是一种幸福呢!

智慧·感悟·启迪

何谓幸福?每个人自有不同的思量和标准,虽然幸福的结局都是那样地皆大欢喜。幸福可以漾在脸上,幸福也可以写在心里,在寻常的生活中更是可以找到幸福的影子,只要我们拥有健康、乐观的心态,愿意真诚地体验和品味人生,那么,幸福就在离你不远的地方。

捉蜻蜓的乐趣

莱格的爸爸是一位富商,但不幸患了绝症。临终前,见窗外的市民广场上有一群孩子在捉蜻蜓,就对他四个未成年的儿子说:"你们到那儿给我捉几只蜻蜓来吧,我许多年没见过蜻蜓了。"

不一会儿,莱格的大哥就带了一只蜻蜓回来。富商问:"怎么这么快就捉了一只?"

大儿子说:"我用你送给我的遥控赛车换的。"

富商点点头。

又过了一会儿,莱格的二哥也回来了,他带来两只蜻蜓。富商问:"你这么快就捉了两只蜻蜓?"二儿子说:"我把你送给我的遥控赛车租给了一位小朋友,他给我3分钱;这两只是我用2分钱向另一位有蜻蜓的小朋友租来的。爸,你看这是那多出来的1分钱。"富商微笑着点点头。

不久老三也回来了,他带来10只蜻蜓。富商问:"你怎么捉到这么多蜻蜓?"三儿子说:"我把你送给我的遥控赛车在广场上举起来,问:'谁愿玩赛车1小时?愿玩的只需交1只蜻蜓就可以了。'爸,要不是怕你着急,我至少可以收到20只蜻蜓。"富商拍了拍三儿子的头。

最后回来的是莱格。他满头大汗,两手空空,衣服上沾满尘土。富商问:"孩子,你怎么搞的?"莱格说:"我捉了半天,也没捉到一只,就在地上玩赛车,要不是见哥哥们都回来了,说不定我的赛车能撞上一只落在地上的蜻蜓。"富商笑了,笑得满眼是泪,他抚摸着莱格挂满汗珠的脸蛋,把他搂在了怀里。

第二天,富商死了。他的孩子们在床头发现一张小纸条,上面写着:孩子,我并不需要蜻蜓,我需要的是你们捉蜻蜓的乐趣。

智慧·感悟·启迪

幸福与快乐与否,不在于目的的达到,而在于追求的本身及其过程。你在匆忙实现一个又一个目标的时候,是否偶尔停下来,享受一下生活的乐趣呢?

保留一份好心情

一位疲惫的诗人去旅行,出发没多久,他就听到路边传来一阵悠扬的歌声。

那是一个快乐男人的声音。

他的歌声实在太快乐了,像秋日的晴空一样明朗,如夏日的泉水一样甘甜,任何人听到这样的歌声,都会被马上感染,让快乐把自己紧紧地包裹起来。

诗人驻足聆听。

歌声停了下来,一个男人走了出来,他的微笑甚至比他本人出来得更早。

诗人从来没有见过一个人笑得这样灿烂，只有一个从来没有经历过任何艰难困苦的人，才能笑得这样灿烂、这样纯洁。

诗人上前问候道："你好，先生，从你的笑容就可以看得出来，你是一个与生俱来的乐天派，你的生命一尘不染，你既没有尝过风霜的侵袭，更没有受过失败的打击，烦恼和忧愁也没有叩过你的家门……"

男人摇摇头："不，你错了，其实就在今天早晨，我还丢了一匹马呢，那是我唯一的一匹马。"

"最心爱的马都丢了，你还能唱得出歌来？"

"我当然要唱歌了，我已经失去了一匹好马，如果再失去一份好心情，我岂不是要蒙受双重的损失吗？"

智慧·感悟·启迪

在很多时候，得失成败并不会如我们所期望的那样可以选择。但是，生活中的苦乐全在于我们的感觉，以更率真的态度对待发生的一切吧！

碗发出的声音

一个人去买碗，他懂得一些识别瓷器质量的方法，即用一只碗轻撞其他碗，发出清脆声音的碗肯定是质地好的。但来到店里，他却发现每一只碗发出的声音都不够清脆。最后店员拿出价格高昂的工艺碗，结果还是让他不甚满意。店员最后不解地问："你为什么拿着碗轻撞它呢？"那人说这是一种辨别瓷器质量的方法。

店员一听，立即将一只质量上好的碗递给他："你用这只碗去试试。"他换了碗，再去轻撞其他的碗，声音变得铿锵起来。

原来他先前手中拿着的是一只质地很差的碗，它去轻碰每一只碗，都会发出混浊之音。

智慧·感悟·启迪

要以客观、平静的心来看待生活，看待世界。如果你的参照标准错了，那么你眼中的整个世界也就很难如意。

以苦为乐

有一个屡战屡败的青年去算命。

坐在算命摊的小板凳上，他跟算命老人聊了起来："人生就是一场苦难，亲情不可靠，友情不可靠,爱情也不可靠,做什么事情都难于上青天。这种日子什么时候才是个头啊?”

算命老人仔细看了半天他的面相,然后不紧不慢地说:“不要急,到三十岁你的情况就会好转了。”

青年面露喜色:“那么,是不是三十岁以后,我就会苦尽甘来呢?”

算命先生说:“估计情形不会有太大的变化,不过你的心态会有很大变化,因为三十岁以后你就学会以苦为乐了。”

智慧·感悟·启迪

生活中的苦和乐常常都是主观的。关键是你以什么样的心态去面对。长期的幸福或痛苦都会使人麻木和感觉迟钝。

天堂与地狱的区别

但丁一生著作甚丰,其中最有价值的无疑是《神曲》。在这部《神曲》中,他记载了这样的一个故事:

有一位行善的基督徒,心目中一直有一个愿望,那就是在死后,能分别到一次天堂和地狱,看一下天堂与地狱究竟有何差异。他的这个信念感动了上帝,于是上帝就派一个天使来满足他的这个愿望。

天使先是带他到地狱去。到了这个地狱之后,这个基督徒发现地狱并没有想象的那么差,生活设施还是比较完善的。给他留下很深印象的是,每当餐饮的时间,就会在地狱中人们的面前出现一张很大的餐桌,桌上摆满了丰盛的佳肴,有鸡、鸭、鱼之类,还有一些比较稀有的菜肴。看来地狱的生活蛮不错嘛!比在人间的生活条件强多了。天使看了一下这个基督徒后说道:“先别忙着赞美,你再仔细地看一下。”当他继续看的时候,只见一群骨瘦如柴的饿鬼鱼贯入座。每个人手上拿着一双长十几尺的叉子。可是由于叉子实在是太长了,每个人都忙着往自己的嘴里送东西,但是最后每个人都够不到东西吃。于是天使说道:“尽管佳肴就在眼前,你却吃不到东西,你难道不觉得地狱很悲惨吗?我再带你到天堂看看。”

到了天堂之后,几乎是同样的情景、同样的满桌佳肴,但是天堂中的人们都显得很和善也很有气度。到吃饭的时候,围着餐桌吃饭的人们也用同样的叉子用餐,不同的是,他们喂对面的人吃菜,而对方也喂他们吃,因此每个人都吃得很愉快。

智慧·感悟·启迪

其实生活是相似的,但是有的人活得很幸福,有的人却活得很劳累也很痛苦,其实这两种人的不同在很大程度上是因为他们看待生活的方式上的不同。

幸福生活的三个要素

一次,亚历山大大帝为了表示他的慷慨,向每一位臣民赠送礼物。他给了甲一座城堡,封了乙一个高官,给了丙一箱黄金。他的朋友听到这件事情之后,对他说道:“如果你一直这样赠送下去,迟早有一天,你会变成乞丐,一贫如洗。”亚历山大大帝摇了摇头,笑着说道:“朋友,我不会变成乞丐,更不会一贫如洗。我将所有的东西都送出去,但是我为自己留下了一份最珍贵的东西,那就是我的希望。回忆只能让人们逃避,并不能鼓舞人们生活下去的信心,只有希望才能重启生命的大门,赋予人们生活的勇气。”

一位身患重病的老妇人,在自己生命快要终结之际,写下了这样的诗句:“不要怜悯我,永远也不要怜悯我,我将不再工作,永远不再工作。很多人都有过没有事情做的时候,那时会觉得生活空虚无聊,日子过得很慢。所以,我们都应该知道,有工作是一件多么幸福的事情啊!”

大诗人白朗宁曾写道:“他望了她一眼,她对他回眸一笑,生命突然苏醒。”正因为生命中有了爱的存在,我们才会变得精神焕发,有生气,有活力,新的希望才会油然而生,仿佛美好的生活正等待着我们去开创。有了彼此之间的爱,生命就有了春天,世界也变得姹紫嫣红。所以,让我们都用爱去帮助别人吧!

智慧·感悟·启迪

幸福生活不可或缺的三个因素:一是有希望;二是有事做;三是能爱人。保持一份积极向上的心情,让希望赋予自己力量,去寻觅属于自己的幸福,当然,在路上,不要忘记伸出你的双手,关爱一下那些需要你帮助的人。

幸福的粥

熬粥看似简单,实则蕴涵着深深的生活哲理。这不仅仅是时间问题,也不仅仅是米和豆子的问题,需要的是一份心情。

水开之后,你小心翼翼地把淘好的米放到锅里,盖好盖子。这时的你,虽然心里明明知道不会这么快就沸腾,还是一次次掀起锅盖。左等右等,锅里总算翻滚起来了,中心是盛开的旋涡,边缘的水波美如浪花。刚才频掀锅盖时的烦躁、干硬的心态就在这时发生了变化。

年轻人认为开锅之后,大火改小火,就可以坐享其成了。其实不然,熬粥和慢跑、散步一样,只有中年之后,才能懂得其中的奥妙。那是因为生活的课堂教会了你如何用心地去做这些事。

一个年轻人说,他的妈妈这辈子就喜欢喝粥,总是挖空心思、变着花样地熬粥,而且这辈子一直在熬粥。他说:“妈妈总是站在洁净的、到处都是白色小苫布的厨房里,手里握着饭勺,轻轻地、慢慢地、均匀地搅着锅里的粥,一会儿深一会儿浅地画着圈儿。从锅里飘出来的热气如薄雾般罩在妈妈头顶,好像在云里一般,真有恍如仙境的感觉。”这个熬了一辈子粥的女人,浑身散发着幸福的味道,而且显得很年轻。不是每个人都有这种福分的,如果内心不能聚集起熬粥所需要的那份恬淡自然、那份健康乐观的心情,你的生活中就会缺少幸福的味道。

粥就是这么熬出来的,它从来就不是一种漫不经心的食物。当你能静静地熬一锅粥而不单单为了果腹的时候,你就拥有了恬淡的心情和发现幸福的心灵。

智慧·感悟·启迪

幸福感由心灵的热量冶炼而成。卢梭道出了人类的一个幸福观——幸福是人的内心长期的、深刻的精神满足,幸福超越一切物质、财富和欲望,幸福决定于自由快乐的心境和没有负累的肉身与灵魂。

用真诚的心感悟生活

有一个年轻人,他生长在贫穷的农村家庭,老实巴交的父亲辛辛苦苦地耕种着11亩薄田,一年到头赚不了多少钱,省吃俭用还得供他念书。他尝遍了生活的辛酸苦辣,也正因为此,他愈加珍惜许多来之不易的机会。

高考时,他考上了吉林农业大学动物科学畜牧专业,然而一贫如洗的家却拿不出并不算高的学费,但他不想放弃,就一边给一家饭店打工,一边上学。一天45元的端盘子的工作虽然很苦很累,但善良的老板让他感到并不是所有的有钱人都唯利是图。在他的心里一直憋着一股劲儿,他不光要念好书,还要挣大钱。他知道,尽管自己没有资金、没有经验,但自己不怕吃苦,可以一切从头开始、从小做起,不管尝遍多少辛辣、遭多大的罪,也要挣钱,圆一个发财梦。

毕业了,他虽然成绩优秀,可形势严峻,工作实在难找。在毕业洽谈会上,几家中专学校争着要他。可是,不是他不想当老师,而是他太喜欢养殖业了,于是他决定自己去联系工作。在人才交流市场上,他与一家一家的单位洽谈,却又失望而归,不是用人单位名不副实,就是专业难以对口。好不容易有一家大型养殖场录用了他,他便以实习生的身份开始上班了。然而临近毕业之时,老场长突然找他谈话,无奈地告诉他:“上级主管部门所属的一家公司刚刚解散,多余的闲人都想在本场落脚,所以也就不好再招新人。”突如其来的炒鱿鱼令他措手不及,他付出了那么大的代价,却连个工作也没找到。

在深刻体味这份辛辣之后,他只能不情愿地被分回到家乡的畜牧站。然而,不肯向命运低头、不甘贫穷的激情在他心中冲撞,无论到哪里,他都不放弃致富的梦想!

没想到,当他回到家乡的时候,家乡广袤的土地重新激起了他大干一场的渴望。还在念中学的时候,他就对饲料的神奇作用产生了浓厚的兴趣,喂过科技饲料的猪、鸡和没喂过饲料的猪、鸡就是不一样,仅仅几包饲料就可以增加更多的肉和蛋。少年时的好奇心在大学里得到了延续,他一直盼望能办一个饲料公司,养好多的猪、鸡、牛、羊。回到家乡后,他经过多方努力,从联系中国畜牧兽医学会动物营养学分会技术部引进先进饲料配方,到市场调查、进货、选料、称量、混合、搅拌、包装,他都倾尽心力,几经周折,终于打破了原有老牌饲料的垄断,把自己的饲料推广了出去,获得了巨大成功。

智慧·感悟·启迪

成功是需要人们真诚地体验生活才能获得的。在艰难的滋味中,最能刺激人的莫过于辛辣之味了。成功的机会是美好的,自然惹人爱,可是,其中的辛辣滋味也确实会让人望而却步。谁敢于接受,又能顶得住,成功也就归属于谁。

逆来顺受

韩信年轻时,家里很穷,后来父母双亡,他自己不会谋生,苦于生计无着,时常四处漂泊,不得已的时候,就在熟人家里混口饭吃,偶尔也到淮水边上钓鱼换钱,屡屡遭到周围人的歧视和冷遇,但他仍刻苦读书,熟读兵法,胸怀安邦定国之抱负。

一天,韩信在街上游逛,恰巧被一个屠夫的儿子看见了,因见韩信一副寒酸相,一贯骄纵跋扈的他就想存心欺侮韩信。于是,他来到韩信面前,故意挑衅地说:“你长得如此高大,腰里还挎着刀啊剑的,到底有多大能耐啊!我看你是表面强壮,实际上不堪一击!你的胆子还比不上兔子!”这小子这么一吵嚷,大街上很多人都围了过来,想看看热闹。他更来劲儿了,就当众对韩信说:“你要是真有本事,不怕死,就用你那宝剑把我杀了吧。你要是胆小怕死,就得从我胯下钻过去!”说完,他叉开双腿,摆出一副街头小流氓的无赖相。韩信看看这小子,摇摇头,叹口气,就俯下身子,从他胯下爬了过去。围观的人哄堂大笑,都以为韩信没出息,是个十足的胆小鬼。

公元前209年,陈胜、吴广揭竿而起。韩信参加了起义军,他先在项羽军中任职,但是一直没有受到项羽重用,不甘心的他愤然逃出楚营,投奔汉王刘邦。刘邦初始也没把他当将才使用,丞相萧何却知道韩信的才华,在萧何的帮助下,韩信后来终于得到刘邦的重用,被拜为大将军。

韩信屡建战功,被刘邦封为齐王,后又封为楚王。后来,路过家乡时,韩信派人把那个杀猪佬的儿子找来,那小子吓得战战兢兢,心想自己这回死定了。然而,韩信并没有杀他,对手下的将官说:“我不但现在可以杀这个人,当年我也可以杀死他。但我想,杀了他只能逞我一时之勇,如此怎么建立大丈夫的功业呢?我决不能因小失大,所以就忍下了这口气。不然,我也不会有今天。”

智慧·感悟·启迪

来者为逆,受者为顺。鸿鹄志在千里,大可不必与麻雀一般见识,一比胜负。古来成大事者,往往能够对恶劣的环境、不公的世道先采取忍耐态度。忍,有时是大智慧、大勇敢。只要你的心没有消沉,你就会拥有一股超强的反弹力,最后的赢家还是属于你,你一定会迎来好运。

无与伦比的乐观心态

日本著名跨国电气公司松下电器的创始人松下幸之助先生,可以说是一个传奇人物,被人称为“经营之神”。

少年时代的松下幸之助只受过4年小学教育，因父亲生意失败，不得不离家去到大阪当学徒。后来，他到一家电器工厂去谋职。矮小瘦弱的他走进这家工厂的人事部，向一位负责人说明了来意，请求给他安排一个哪怕最辛苦的工作。这位负责人看到松下衣着肮脏，又瘦又小，觉得很不理想，但又不能直说，于是就找了一个理由："我们现在暂时不缺人，你一个月后再来看看吧。"这仅是个托辞，但没想到一个月后松下真的来了，那位负责人又推脱说此刻有事，过几天再说吧，隔了几天松下又来了。如此反复多次，这位负责人干脆说出了真正的理由："你这样脏兮兮的是进不了我们工厂的。"于是，松下幸之助回去借了一些钱，买了一身整齐的衣服穿上又返回来。这位负责人一看实在没有办法，便告诉松下："关于电器方面的知识你知道得太少了，我们不能要你。"两个月后，松下幸之助再次来到这家企业的人事部，对负责人说："我已经学了不少有关电器方面的知识，您看我哪方面还有差距，我一项项来弥补。"这位人事主管盯着他看了半天才说："我干这行几十年了，头一次遇到像你这样找工作的。我真佩服你的耐心和韧性。"松下幸之助的毅力打动了主管，他终于进了那家工厂。

后来，23岁的松下在大阪建立了"松下电气器具制作所"，接连推出了先进的配线器具、炮弹形电池灯、电熨斗、无故障收音机、晶体管等一个又一个成功的产品。7年之后，松下幸之助成了日本收入最高的人，从那时起，直到1988年的63年中，有10年他的收入居日本第一位，有6年居第二位，1989年他逝世时，留下了15亿多美元的遗产。松下以其超人的毅力使自己成为一个非凡的人物。

智慧·感悟·启迪

拿破仑·希尔曾说："我们怎样对待生活，生活就怎样对待我们。我们怎样对待别人，别人就怎样对待我们；我们在一项任务刚开始时的心态决定了最后有多大的成功，这比任何其他因素都重要；人们在任何重要组织中地位越高，就越能找到最佳的心态。"积极的心态会让人有一种奋发向上的信念，而悲观消极的心态则会造成整个人身心的瘫痪。在失败和被拒绝面前永远都保持一种积极的人生态度，保持对自己的充分信心，我们才能够应对生活和事业中的各种挑战和困难。

小狗寻找的幸福

从前，有一只无忧无虑的小狗，在狗妈妈的呵护下过着安逸自在的生活。一天，这只小狗问妈妈："妈妈，你说幸福到底在哪儿呀？"妈妈微笑着对他说："幸福呀，它一直就在你的尾巴上啊！"于是，小狗就转着圈去抓尾巴上的幸福，可无论如何都抓不到，最后垂头丧气地来到妈妈身旁，问道："妈妈，为什么我抓不到我的幸福呢？"狗妈妈抚摸着他的头说："傻孩子，只要你大胆地向前走，幸福其实就一直跟在你的身后啊！"当小狗按妈妈的指示做的时候，心中仍充满着疑惑，但当他偷偷地回头看时，却发现妈妈一直跟在自己的尾巴后面。小狗仿佛一下子明白了什么，流着泪扑向妈妈怀里。

智慧·感悟·启迪

在生活中不要抱怨幸福难觅，其实它一直跟在你的身后，只是你一直专注前方，没有回头看过罢了。先回头看，再往前走，不仅会在你转身之时不经意间发现一直在找的东西，还会在对走过的路的审视中，寻找到克服困难的信心和勇气。

被烫死的青蛙

美国著名的康奈尔大学有许多世界闻名的实验室，做过很多震惊学术界的实验。其中，青蛙实验就是一次有名的实验。经过精心的策划与安排，实验室的人们把一只青蛙丢进煮沸的油锅里，这只反应灵敏的青蛙在千钧一发的生死关头，用尽全力跃出了滚滚油锅，跳到地面安然逃生。隔了半小时，他们使用一个同样大小的铁锅，在锅里放满冷水，然后把那只死里逃生的青蛙放进去。这只青蛙在水里不时地来回游动。接着，实验人员偷偷在锅底下用炭火慢慢加热，锅底开始出现一些小气泡。

此时此刻青蛙并不知道发生了什么事情，仍然在微温的水中快活地游来游去，仿佛在享受着太阳浴。时间一分一秒地过去了，水温也在不停地升高。等青蛙意识到锅中的水温已经使它熬受不住，必须奋力跳出才能活命时，一切为时已晚。它欲跃乏力，全身瘫软，呆呆地躺在水里，终于葬身在沸水四溢的铁锅之中。

智慧·感悟·启迪

“生于忧患，死于安乐。”这是一个亘古不变的规律。危机意识可以使我们在面对突如其来的灾难时，化险为夷、再现生机与活力。在安逸与享乐的环境中，我们则会在不经意间遭遇危险的浸透而无所作为、一败涂地。

一只贪嘴的乌鸦

大地回春，许多鸟儿从南方飞回北方。这时早春的樱桃都熟得差不多了，引得许多鸟儿垂涎三尺。有一天，一群乌鸦准备飞到樱桃园里偷吃樱桃。临飞前，领头的乌鸦说：“大家一定要记住，樱桃虽然好吃，但我们不能太贪，因为在樱桃园里待久了，就会被守园人发现，那时我们就有性命之忧了。”一只叫花花的乌鸦在底下轻声嘀咕道：“这么啰唆，谁不知道这个道理，真讨厌！”其余的乌鸦都保持沉默，以示同意。

很快，它们就飞到了樱桃园的外围，在空中窥探着樱桃园里的一切。趁看园人打盹儿的时候，领头的乌鸦带领大家偷偷地溜进了园里，一个个贪婪地偷吃起樱桃来。吃了一会儿，领头的乌鸦轻拍了一下翅膀，示意大家该走了。于是，乌鸦们恋恋不舍地飞出了樱桃园。只有那只叫花花的乌鸦还在埋头大吃，因为樱桃实在是太好吃了，以至于它无视其他伙伴们都已飞走，仍决定留在园里，想吃个痛快后再走。不久守园人醒来，发现了正在偷吃樱桃的乌鸦花花，就用捕鸟网逮住了它。乌鸦花花在临死前感叹道："我真蠢啊，为了一点儿口福，竟然把性命都搭上了。"

智慧·感悟·启迪

其实，大道理许多人都懂，就是在遇到诱惑时常常把这些道理抛于脑后。贪欲的最终结果是葬送自己。为蝇头小利铤而走险，最终葬送了生命的大有人在。因此，要活得长久快乐，最好戒除自己的私心与贪婪。

寻宝的苏丹人

从前，在非洲东部游荡着一个苏丹人，他整天梦想着如何发财。一天夜里，他梦见神对他说："想发财，你就得去伊塞丝，在那里能找到金币。""天哪！伊塞丝远在波斯啊，必须穿越阿拉伯半岛，经波斯湾，再攀上扎格罗斯山，才能到达那山巅之城，可能还没到就客死他乡了。到底去不去呢？"苏丹人想，"但是，如果不去，这辈子恐怕难以发财了。"最后他还是决定前行。

苏丹人千里跋涉，历经艰难险阻，风尘仆仆地到达了"山巅之城"伊塞丝，但是现实令他大失所望。当地兵荒马乱，连他随身带的一点值钱的东西都被土匪抢走了。在走投无路的时候，一位当地人收留了他，并给他饭吃。

"听口音，你不是本地人？"当地人问他。

"我从苏丹来。"这位苏丹人说。

"什么？苏丹？你从那么远、那么富有的地方到我们这鸟不生蛋的伊塞丝来干什么？"

无奈，苏丹人只好如实把自己的遭遇告诉了救命恩人："因为我梦见神对我启示，到这里来可以找到成千上万的金币。"那人大笑了起来："真是个笑话。我还经常做梦，我在苏丹有个房子，后面有7棵无花果树和一个日晷，日晷旁边有个水池，池底藏着好多金币呢！回到苏丹去吧，别做白日梦了。"苏丹人衣衫褴褛、一无所有地回到了苏丹。

但是，没过多久，他就变成了苏丹最有钱的人，因为那位伊塞丝人所说的7棵无花果树和水池，正在他家的后院。他在水池底下，真的挖出了成千上万的金币。有人说，苏丹人白去了一趟伊塞丝，因为金币就在自己家后院。但是如果他没去伊塞丝，也许永远不会知道这个结果，也永远不会实现自己的梦想。

智慧·感悟·启迪

人最大的财富其实就是自己的人生经历。任何一个意外的发现，都要经过一段艰苦甚至漫长的寻找过程。没有了过程，你的发现也很难是"金币"。

快乐的猩猩

在非洲南部的大森林里，动物王国的成员在不断发展壮大。很快地，它们现有的家园已无法供它们生养栖息了。为此，狮王颁布法令，准备组织一支探险队，去没有同类足迹、没有人类生存的地方寻找新的生存环境。骆驼被任命为探险队队长，探险队其他成员包括猩猩、长颈鹿、大象、狐狸。大伙收拾一番后，便踏上了寻找新家园的探险征途。

一路上，队员们在骆驼队长的带领下，蹚河流，过草地，翻大山，穿沙漠，历尽千辛万苦，还是没有找到理想的家园。有的队员已心灰意冷，有的队员不停地抱怨：路有多难走、食物有多难吃……一路上只有猩猩始终很愉快。其他动物都很羡慕它，但又都不好意思去问。不知不觉中3个月过去了，动物们都累得走不动路了。

一天早上，猩猩起床去河边洗脸，当它回到营地时，其他队员才刚刚起床。“早上好，伙计们。”猩猩愉快地向其他队员打着招呼。可是，它们一个个都没有反应。“嗨，伙计们，今天的天气多好啊！”猩猩再一次向同伴们打招呼，并轻轻地哼起歌来。猩猩的举动让其他队员很是不解。“喂，你好像很得意的样子，捡到什么宝贝了吗？”狐狸带着讽刺的口吻问猩猩。“是的，你说得没错。”猩猩说，“正如你所说的，我是很得意，我真的觉得很愉快。不过，我只是把使自己觉得幸福当成一种习惯罢了。”其他动物终于找到了猩猩活泼快乐的原因了，但又发现自己因为没养成这一习惯，在困难时总是快乐不起来。

智慧·感悟·启迪

幸福是一种心态，更是一种习惯。如果我们养成一种幸福的习惯，那么我们的生活将是一连串的欢乐。让我们从现在开始培养自己愉快的感觉，并逐渐养成幸福的习惯吧！

晏子妙招化逼婚

齐景公有个女儿，从小就生得乖巧可爱，特别惹人喜欢，齐景公对她更是爱如掌上明珠。齐景公从宫中挑选出品学兼优的女官，对女儿进行辅导和培养。随着时间一天一天过去，女儿长大了，不仅相貌漂亮，而且知书达理、落落大方，成了朝野皆知的绝代佳人。渐渐地，女儿到了谈婚论嫁的年龄，这可把齐景公愁坏了。许多上卿、大夫都想让自己的儿子娶到这位佳人，一来可以跟国君联姻，即使以后有什么做得不对的地方，也不至于遭到砍头、抄家的惩罚；再者，百官知道后都会来巴结自己，说不定能捞到很多的好处。但是当时有个规矩，就是诸侯之女嫁给诸侯之子，可景公担心把女儿嫁到别的国家去，父女就难以见面了，而且一旦两国交战，女儿的处境就更难了，他放弃了这种想法。

没过多久，他打算把女儿下嫁给国内的臣民，这样离女儿近一些，可以常见到女儿，但他又担心门不当户不对，被人笑话，便也放弃了这种想法。他想来想去想到了晏子，晏子身为齐国的相国，女儿嫁过去，做一位相国夫人，也不算辱没门庭。但他不知道晏子是否同意，不能贸然行事，必须亲自听听晏子的意见。

这一天，齐景公坐车来到相国晏府。晏子见国君到来，慌忙出来拜见，说道："不知君侯光临，有失远迎，臣罪该万死！"齐景公说："相国不必客气，寡人在宫中待腻了，来到相府与相国唠唠家常，不必大惊小怪。"晏子吩咐家人赶快摆酒，为君侯接风。既然是家宴，晏子也就不拘礼了，唤出相国夫人来给齐景公斟酒。齐景公问："这是相国夫人吗？"晏子回答："对，这是臣的糟糠之妻。"齐景公见过之后，暗暗高兴。

齐景公等相国夫人退下后，说："唉！真是又老又丑啊。寡人有个女儿，既年轻又漂亮，就把她嫁给相国做妻子吧！"晏子离开座位，对着齐景公恭敬地回答说："现在她是又老又丑，可我与她生活在一起已经多年了，也见过她既年轻又漂亮的年华。况且人都是在年轻时把将来的年老时托付给对方，在漂亮时把将来的丑陋时托付给对方，我已接受了她的托付，对她作出终身的承诺了。君侯想赏赐给我一个年轻美貌的女子，难道是想让我背弃妻子的托付而抛弃她，另寻新欢吗？"晏子说完，向景公拜了两拜，婉言拒绝了这件婚事。

智慧·感悟·启迪

婚姻其实是人一辈子最大的承诺，它代表着信任和承诺。夫妻之间应信守对爱情的庄严承诺，不可因对方年老色衰而喜新厌旧。

路易丝的新娘公司

路易丝大学毕业后，凭着自己的才能和容貌被一个航空公司录用了。就这样，她成了一位年轻的空中小姐。有一天，她应邀为一个朋友张罗婚礼。她的朋友和大多数即将出嫁的新娘一样，面对着没完没了的琐事不知所措：找教堂和举行婚礼的大厅，安排饮食，租豪华轿车，选婚纱，为伴娘挑选服饰，选花，筹划蜜月之旅，发请柬……看着好友焦头烂额，路易丝突然产生了一个想法：为什么不向新娘提供一系列婚礼策划服务呢？很快，在路易丝的主持下，英国最大的婚礼服务中心问世了，这家新企业就是后来大名鼎鼎的"新娘公司"。公司成立后，生意异常红火，并走出了英国，在世界上许多国家开办了分公司。路易丝小姐忽然间成为一位跨国的大投资人。

其实，路易丝只是把自己的亲身经历进行了类推，却把自己从空中小姐提升到一种行业的创始人、一位令人仰视的富商。路易丝因为替别人着想，所以成就了自己，也成就了一个非常紧俏的社会行业。

智慧·感悟·启迪

我们身处于一个充满机遇和挑战的年代，自信和爱心都是不可缺少的。抱怨没有机会的人，是那些不懂得发现的人；获取成功的人，是心中永远有爱的人。让心中充满爱，就能够让自己保持不败。

车祸的启示

德国有一家建筑公司,由于生意不好,所以一直拖延一些工程款项。工程公司的经理辛尼加是犹太移民工,他很不高兴,收不到这些款项,已经严重影响到公司的财务调度。

当辛尼加气势汹汹地开车去建筑公司的途中,竟然发生了连环车祸。还好,他的车子是最后一辆,只是受到了轻微的摩擦,并没有太大的问题。但是前面四辆车却各有损伤。

第二辆车的车主在发生事故之后,一直待在车里,不肯下去,于是第一辆车的车主生气了,跑过去评理,两人闹得不可开交。

而第四辆车的车主在发生事故之后,马上下车前去察看第三辆车的毁坏情况,他的脸上充满歉意的表情,并且询问第三辆车的车主是否受伤。辛尼加也下车来关注双方的谈话。

很快,第四辆车车主得到了第三辆车车主的谅解,早早将车开走了,只剩下前面三辆车还在那里不停地争吵。

看了这种场面,辛尼加陷入了沉思。到了建筑公司之后,他将开始的一脸怒容换上了笑脸,在建筑公司老板的办公室坐了下来。

“让我们来分析一下情况吧。以您的能力来说,不可能会出现周转上的问题,我猜应该是银行在作怪吧!现在的银行只有在晴天才会借伞哩!”辛尼加温和地对建筑公司老板说。

建筑公司老板有一肚子苦水,听到辛尼加这么说,就对着他大叹银行的无情。

于是,两人就大声评论着银行的政策。一时间,两人站在了同一战线。

过了许久,谈话又转入了正题,辛尼加坐直身体,诚恳地对建筑公司老板说:“请您一定要帮我这个忙,否则我们连薪水都发不出来了。”

谈话结束之后,辛尼加摸摸口袋里的支票,感到十分满意。在开车回公司的路上,他自言自语地说:“还好,让我碰上了那场车祸。”

他想起连环车祸中的第四辆车车主,与第三辆车车主一起指责前面车的情景,他的嘴角露出了一丝微笑。心想:“今天收获真是很大啊。将双方的矛头一起转向第三者,以此表明双方是站在同一条战线上来说服对方,真是很好使啊!”

智慧·感悟·启迪

靠智慧能赢得财产,但没人能用财产换来智慧。

让人高兴做你想做的事

1915年,正值第一次世界大战时期,欧洲各国彼此残杀,规模之大,在人类史上从未有过。美国政府极为惊骇。人们渴望的和平能够得以实现吗?没有人知道这一点,但总统威尔逊决意尝试,他要派遣一位私人代表作为和平特使,与欧洲军方进行磋商。

主张和平的国务卿勃拉恩很想获得这次机会,他知道这是使自己立功并名垂青史的一个机会。但威尔逊却委派了另一个人——他的挚友赫斯上校。赫斯上校当然很荣幸,但他还有一个麻烦,他得将这一不受人欢迎的消息告知勃拉恩并且不能触犯他。

赫斯上校在他的日记中写道:“当听说我要到欧洲去做和平特使时,勃拉恩显然很失望,他说他曾打算他自己去干这事。”

我回答说:“总统认为,任何人正式地去干这事都不大适宜,因为派他去会引起注意,人们会觉得奇怪,为什么他到那里去?”

从赫斯上校的话中我们可以看出其中的暗示,赫斯无异于告诉勃拉恩,他太重要了,不适宜这一工作——这样便使勃拉恩获得了一种满意。

赫斯上校十分精明且饱经世故,他在处理这一事情的过程中遵守了人际关系的一个重要准则:永远使对方乐于做你所提议的事。

我还认识一个人,他必须推辞许多演讲邀请,有来自朋友的邀请,或来自情所难却者的邀请。但他做得巧妙,他既推辞了对方,也令对方满意。那么他是怎样做的呢?他没有只是说太忙,太这个或那个,而是在表示对邀请的感谢与不能接受而感到抱歉以后,再提议另一个人去代替他。

也就是说,他不给对方一些时间对这推辞感到不快,他立刻使对方想到了可以得到另一些演讲者。

当拿破仑创立荣誉队时,共颁发了1500枚十字徽章给他的兵士,提升他的18位将军为“法国大将”,称他的部队为“大军”,人们都说他孩子气。

拿破仑被人批评给老练的精兵一些“玩物”,而拿破仑回答说:“人们本来就受着玩物的统治。”这种给人授衔和权威的办法对拿破仑有效,对你也同样有效。

我的一位朋友,纽约斯卡斯戴尔的琴德夫人,她向我提起过孩子们在她的草地上乱跑,踏坏了青草,她为此事烦恼。她试过批评的办法,也试过利诱的手段,但都没有效果。后来,她想到了一个绝妙的办法,她试着给孩子群中最坏的一个人授予一个头衔,让他获得一种权威,叫他做她的“侦探”,让他管理草地,不准有人侵入她的草地,谁知这样问题就解决了。她的“侦探”在后院生了一把火,把一根铁条烧得红热,恫吓要烫任何践踏草地的孩子。

获得权威,这是人类的一种天性,当你使用这一原则时,他人更容易喜欢做你想做的事情。

智慧·感悟·启迪

永远使对方乐于做你所提议的事。

排在第二也不错

在强者愈强、弱者愈弱的商场竞争中,人人要争第一。

美国有一家租车公司,长期以来却以第二自居,赢得好评。

这家租车公司原本经营不善，由于冗员太多，员工工作态度又散漫，车子交到租车者的手中，单就表面肮脏的程度，就会被讥消是“逃犯开的车子”，名声到此地步，怎能不面临倒闭的边缘。

尽管如此，这家租车公司的市场占有率仍有一席之地，屈居第二，只是离市场占有率第一名的租车公司，有好长一段距离，而第三名的公司正在奋起直追，已是相差不远。

其后来了一位“经营之神”奚得先生，在内部采取重罚重赏的方式，要求员工对服务品质加以改善。另外一方面，找寻广告公司做形象广告。

负责广告的“创意大师”彭巴克先生，在两个星期后告诉奚得先生：广告就坦白直率地告诉大家——我在租车业中，排名第二。

奚得先生深感怀疑：“我们第二，为什么人家还是租我们的车子？”

答案是：“我们更努力。”

奚得先生接受了这则广告，之后公布于众，坦坦白白毫不讳言“自己差，但我们更努力”。这样不仅对内部员工有所警惕，对顾客而言，他们看到了一个努力向上的团体，也看到了它的改变。不久之后，业绩急速上升，市场占有率愈来愈接近第一名，但是第一名的业绩也无衰退，受害者是第三名。

延续这则经典广告的金句有：“其实当老二也不错，我们有更努力的空间。”

在所有的车子上，都贴了奚得先生的电话，如果租车者发现车子不清洁、有烟蒂等等情况，可以直接打电话给他。因为：“我们第二，所以要更努力。”

有一段时间，他们自认逼近了第一，便放弃了第二的主张，结果业绩下滑，因为大家认为他们不想再努力了，这是始料未及的事。

至今美国租车市场的占有率排行榜，第一仍是第一，第二仍是第二，可见对手绝非弱者，也在加倍努力。

谁是赢家？顾客。

（沈吕百）

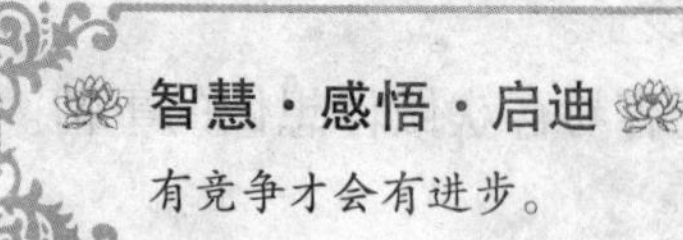

智慧·感悟·启迪

有竞争才会有进步。

维他命的奇效

啤酒厂要倒闭了，老板急得团团转，但是不论怎么改进品质，业务还是难有起色。

“在啤酒里加入维他命，并于瓶上标明。”老板的朋友建议。

老板照做了，果然生意大为改善，没有多久，不但渡过难关而且扩厂生产了汽水，只是汽水与以前的啤酒一样，打不开市场。

“在汽水里加入维他命，并于瓶上标明。”老板的朋友建议。

果然汽水也大为畅销。

“为什么维他命有这么神妙呢？说实在的，我加进去的量，根本微不足道。”老板问他的朋友。

“这还不简单吗？当人想喝酒，却又内心矛盾时，他会告诉自己喝的不只是酒，更补充了有益健康的维他命，于是矛盾消失，啤酒畅销。至于汽水，当孩子要喝时，父亲常会说何不喝较有营养的果汁，灌些糖水有什么用，这时孩子则可以回答说，这里面有维他命，跟果汁一样，于是阻力减弱，汽水畅销。”老板的朋友说，“人们做事，常爱找个借口或堂而皇之的理由，以求心安，我只是教你先帮他们找好借口罢了！”

（刘　墉）

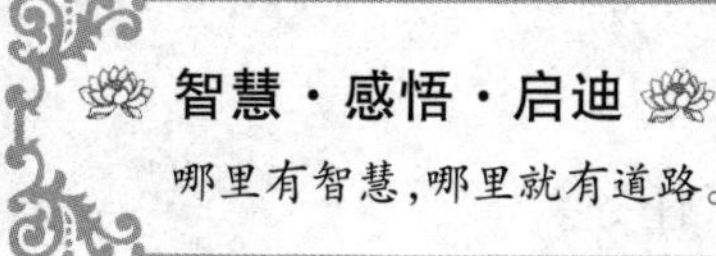

智慧·感悟·启迪

哪里有智慧，哪里就有道路。

囚徒困境

两个囚徒一起做坏事，结果被警察发现抓了起来，并把他们分别关在两个独立的不能互通信息的牢房里进行审讯。两个囚犯都可以作出自己的选择：或者供出他的同伙，或者保持沉默。这两个囚犯都知道，如果他俩都能保持沉默的话，就都会被释放，因为只要他们拒不承认，警方无法给他们定罪。

警方也明白这一点，所以他们就给了这两个囚犯一点儿刺激：如果他们中的一个人告发他的同伙，那么他就可以被无罪释放，同时还可以得到一笔奖金。而他的同伙就会被按照最重的罪来判刑，还要对他施以罚款，作为对告发者的奖赏。

那么，这两个囚犯该怎么办呢？从表面上看，他们应该互相合作，保持沉默，因为这样他们俩都能得到最好的结果：自由。但他们不得不仔细考虑对方可能采取什么选择。

A犯不是个傻子，他马上意识到，他无法保证他的同伙不会向警方提供对他不利的证据，然后带着一笔丰厚的奖赏出狱而去，让他独自坐牢。但他也意识到，他的同伙也不是傻子，也会这样来设想他。所以A犯的结论是，唯一理性的选择就是背叛同伙，把一切都告诉警方，因为如果他的同伙笨得只会保持沉默，那么他就会是那个带奖出狱的幸运者了。而如果他的同伙也根据这个逻辑向警方交代了，那么，A犯反正也得服刑，起码他不必在这之上再被罚款。所以，这两个囚犯互相背叛了，向警方供出对方，结果两个人都得到了最终的报应，被判处应有的刑罚，谁也没有得到奖赏。

上面的小故事就是在心理学研究界颇让人寻味的“囚徒困境心理”，当然，该方法运用到事业或商业谋略时亦有实效。

一个商人到国外采购货物，遇到甲乙两个供货商，两个供货商达成协议，共同提价然后再卖给商人，这样两个人都能获得最高的利润。

商人想了想，分别通知甲乙两人，推说由于公司计划变动，此次只能买原计划一半的货，并告诉他们谁的价钱公道就买谁的，如果谁有意向就请尽快回电话。

那么，这两个人该怎么办呢？从表面上看，他们应该互相合作，不降价，各自拿出货的一半，因为这样他们俩都能得到最大化的利润。但他们不得不仔细考虑对方可能会怎么想。

甲不是个傻子，他马上意识到，他不敢保证他的伙伴不会打电话告诉商人说要降价，然后把货物卖给商人，拥有丰厚的酬金，而他得独自对着堆积成山的货物发愁。同时他也想到，他的伙伴也不是傻子，也会这样来设想他。所以甲的结论是，唯一理性的选择就是先下手为强，马上调价把货物卖给商人，因为如果他的同伙笨得不降价的话，那么他就是卖完全部的货物取得高额利润的幸运者了。

甲立刻打电话给商人，说愿意降价做成这笔生意。

商人说，乙刚刚已经降价，正准备和乙签协议。

甲忙不迭地说，我的价格会比乙降得更低些……

结果商人以极低的价格成功购买了两人的货物，顺利地完成了任务。

（赤　心）

智慧·感悟·启迪

一致是强有力的，而纷争易于被征服。

生活的代价

在非洲，有一种叫黑鹭的鸟，它捕食的方法很特别。它的特别之处在它的翅膀，站在水中，它翅膀张开来，围成一圈，围成伞的形状，然后头蜷缩在伞当中，而尖锐的喙静等猎物的出现。

开始，我很为黑鹭这种掩耳盗铃的捕猎方式而好笑。恰好是那些小鱼和小虾，喜欢往岸边水浅而又阴凉的地方去，比如树荫下或者高大水生植物的阴影里。

于是，这些黑鹭静静地等着，一条小鱼来了，又是一条，钻进它的“阴凉”之下。它用这种几近守株待兔的方式就能“坐等”着猎物送上门来。那些小鱼于是便只有死路一条了。生活中，有些习惯常常是致命的。有时候我们失败了，甚至败得一塌糊涂，也并不是败给了谁，而是败给了我们某种习惯的思维方式或者性格中的某种习惯倾向。

还有一种叫剪嘴鸥的鸟，它的喙上边的一半短些，下面的一半长些，像一把剪刀。

捕鱼的时候，它一边贴近水面飞翔，一边把下面的一半喙伸到水中。如果碰到或者看到鱼，它便迅捷地合下上面的一半喙。

但这样常常是很危险的。如果不幸撞上隐在水下的礁石或其他的硬物，高速飞行的它会因为来不及收回，而使下面的一段喙生生折断。

但剪嘴鸥的家族没有因此而放弃自己的捕猎方式。或许它们明白，生活中注定是要付出代价或者做出牺牲的，没有谁能够毫不付出地把一生走完。

生活的法则永远都是:想得到必须首先付出。

(冬月之轩)

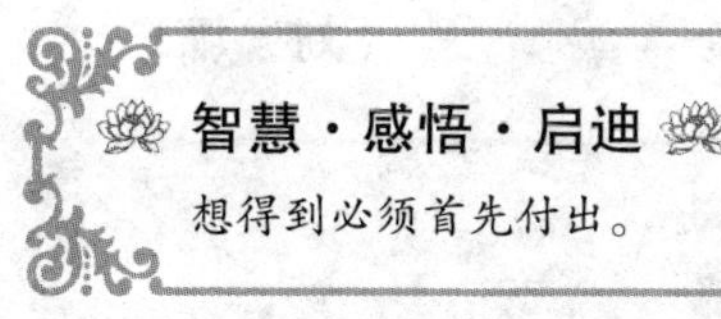

智慧·感悟·启迪

想得到必须首先付出。

人人可以一石二鸟

我发现大多数时间不够用的人,都因为他们不懂怎样在同一时间做两件事。

有一天,晚上十二点半,儿子史蒂文森说功课少,能早一点睡觉。

我听了很高兴,因为史蒂文森高中的功课压力很大,常搞到两三点才能上床,他实在需要抓紧时间,补充一点睡眠。

跟着我听到他开微波炉的声音,隔两分钟又听到他切东西,刀叉在瓷盘上的声音,又隔了好一阵,听见放洗澡水的响声。

再隔了半天,听见他开收音机的声音。

又隔大约20分钟,突然听见"砰"的一声。

我一再地被吵醒,看看钟,已经接近两点了,很不高兴地出去骂他。

儿子居然理直气壮地说他一点都没浪费时间。开微波炉是为了热火腿,用刀叉是为了把芝士切成小块,后来水声很吵是因为白天上体育课,身上痒,要放缸洗澡水泡一泡,开收音机是因为外面已经下了好几个钟头的雪,要听听明天停不停课。后来发现不停,于是收拾书包。收拾完书包扔在地板上,所以发出"砰"的一声。

乍听,他说得一点没错。问题是,碰上懂得"一时两用",甚至"一时三用"的人,可能只要一半的时间,就能完成同样的事。

他按好微波炉之后,如果不站在旁边等,而立刻切芝士,东西切好,火腿不是也热了吗?

然后,他可以先去开洗澡水,再打开收音机一边听广播,一边吃东西。再不然,他可以坐在浴缸里听音机,并想想第二天要带到学校的东西。

因为先想过一遍,收拾书包的时间必定可以缩短。

整个算起来,由于在同一时间都做了两件事。甚至是三件事,是不是能节省一半的时间?

昨天晚上太太也问我为什么做事那么快。

当时我对她说:我是这样掌握时间的,当电视广告开始时,我烧上咖啡,同时按一下笔记型计算机的启动键,接着去传真机上放好文件,拨台北号码,立即按发送,并且头也不回地赶到电视前看新闻。这时计算机已经"无线上网",我一边看电视,一边看邮件,并在下一次广告时发出短信,同时把咖啡端到椅子旁边。

广告完了,我继续看新闻,并且在不重要的新闻时,将几篇稿子转发出去,同时啜几口咖啡,看一看股市。直到新闻完了,我才回到传真机前,看看东西传出去没有,如果没有,再按"重拨"。于是在短短50分钟的新闻时段,我既没错过新闻,也没误了工作。

我绝不站在计算机或传真机前等它激活或拨通。也绝不守在咖啡器前,等它把水烧开往下凝结成浓缩咖啡。

(刘　墉)

智慧·感悟·启迪

合理安排时间,就等于节约时间。

玩　笑

他8岁那年在一个公园里遇到一个18岁的吉卜赛算命女郎。她收到了他的铜板,偷偷告诉他,他将来只有到世界尽头,才能找到影响他一生的最重要的女人!

从此他每分钟都在思索到底世界尽头在哪里,是世界最深的海沟吗?那里恐怕没有人类存活。那是最高的山峰吧?他开始训练自己的体能,18岁那年登顶时,却只发现毫无边际的荒凉。

他安慰自己,事情怎么可能如此简单。既然知道了自己的命运,便无法不追寻!他在心里描写了无数次她可能的模样,或许她住在北极圈内,是脸色白里透红的爱斯基摩少女。他天资聪颖,触类旁通,顺利地被派驻北极做研究,却在几年后不声不响地离开了那个苦寒之地。

这时候其实他还很年轻也很英俊,有优美的气质与体格,可是他一直非常孤独,将自己自8岁以来所有的爱情、微笑与眼泪,皆保留给心里那位美丽如末日的影像。他后来转向考古,在世界各地的博物馆与图书馆之间流浪,想在某块世人已经遗忘的碎片中读出世界尽头的秘密。

然后他总是逃避现实中那些女人,那些聪明美好让他动心的女人。这是为了对三方面负责:她们,他自己,还有那个唯一的她。而他就在一次次的拒绝和漫长的追寻中,逐渐老去。多年来的奔波辗转,消耗了他的健康。最后他一个人躺在异乡的贫民医院里等待死亡。

躺在床上的他仍不放弃,还在苦苦思索关于世界尽头的事情。这里是个华丽的大城市,绝不是世界的尽头,但他没有办法起身继续追寻了。

不久,隔壁病床住进来一个更衰老的女人,他一眼看到她肮脏的脸上还有艳丽的余光:正是当年他在公园里遇到的那个吉卜赛女郎。他这一生首次流下眼泪,求她指引世界尽头的方向。

她呆呆地想了一个礼拜,才在星期二的早晨小声对他说:"我终于想起来你是谁了。可是我对你说的那些话只是个玩笑啊!"

她没有想到这个玩笑竟成了她一生唯一准确的预言。当天下午,他的生命终于油尽灯枯,到达了尽头。而他的眼睛无法闭上,直直地看着那个影响他一生的最重要的女人。

(九　九)

智慧·感悟·启迪

人应当像人,不要成为傀儡,尽受反复无常的命运的支配。

快乐的距离

有位乡人告诉我一个故事。

一个农民,一直想去一次北京。30 多年前,杭州到北京的火车票要 30 多元,这笔钱需要他在田地里劳作一年,他无法成行。

30 年后,他老了,依靠打零工每年有 600 元的节余,而杭州到北京的硬座车票涨到了 200 元,他又无法成行。

去年,他突觉身体不适,到医院检查却是癌症晚期。家人借钱给他治病。

他说:“别给我治病了,那些钱让我去一次北京行吗?”

家人同意了。于是大家凑了 2000 元钱,并让人陪着去。临行前,他又不愿意去了,他说 2000 多块,我打零工需要 3 年时间啊。

今年五一前夕,他死了。弥留之际,他喃喃自语:“怪了,都这么多年了,北京好像越来越远了。”

我听这个故事的时候,心间十分酸涩,问乡人那个人是谁,乡人说那老人是他的舅舅。杭州离北京仍然是那样的距离,如果从火车的速度来看,不是远了,反而近了。那位老者为北京梦追逐了半辈子,但北京仍在无法可及的遥远北方。

其实,老人的悲哀也发生在我们身上。我读小学的时候,梦想着自己长大了,要进城,要娶城里穿着裙子的姑娘。现在,我如愿以偿,但是我发现,我仍然被快乐远远地抛在后面。在城里,我仍然就像当年那个走在田埂路上的无助的小孩。还有一位同学告诉我,参加工作的时候,希望自己 5 年之内成为万元户。5 年后,他成了“万元户”,但他发现别人的钱比他多得多。参加工作的第六年,他想在城里拥有一套房,70 平方米的房子花了 7 万元钱,等到把债还清,别人早已住上 100 多平方米的住房,像他们这样的户型早已淘汰了。同学现在最大的梦想是住上 120 平方米的小区房,代价是 40 万,他们夫妻俩正千方百计地赚钱。

快乐是什么?快乐有时候总是和我们捉迷藏,它永远与我们若即若离,保持着一段距离。快乐也像骡子前方挂着一把草,它永远在前面,但永远都无法得到。有时候,我们要感谢那份若即若离的快乐,让我们还有梦,还有痛,还能让我们把生活继续进行下去。

（柳　君）

智慧·感悟·启迪

快乐像骡子前方挂着一把草,它永远在前面,但永远都无法得到。

偷食的狗

某人养了一条淘气狗,它本来吃喝都不愁,换了其他狗定会乐悠悠,绝不会想到去偷偷摸摸!可是这条狗有一种坏习惯:只要看见肉,转眼间就偷去。主人对它毫无办法,不管怎样打骂，坏毛病也无法丢弃。

有一天主人的朋友来做客，帮主人出了一个主意。

朋友说："老兄，你看起来仿佛很严厉，其实正是你促成了小狗偷东西的习气。因为你姑息它，它偷去的东西，你总是留给它吃。你今后宁可少打它，但是一定要把被偷的东西从它那里夺回去。"

这个聪明的办法在小狗身上付诸实践，那条狗偷食的毛病果然不再重犯。

智慧·感悟·启迪

若想帮助别人彻底改掉偷盗的恶习，就不能纵容别人，避免制造犯罪的机会。

会唱歌的蛇

蛇向朱庇特苦苦恳求，请求赐给他夜莺般的歌喉。

蛇说："我实在是无法忍受了，我的生活使我十分忧愁。不管我走到什么地方，比我弱的见了我就溜，有时碰上了比我强的，我又得为保全性命担忧。如果我能像夜莺那样唱歌的话，我就能完全改变我现在的生活：大家将对我很尊重，相爱相亲，我将是愉快交谈的核心。"

朱庇特满足了蛇的愿望，蛇不再咝咝沙沙作响。它爬上树枝放声歌唱，声音婉转动听，鸟儿听到这美妙的声音，从四面飞来，落到它的近旁。

忽而一见是蛇在这里，大伙倏地飞开，都不愿和它在一起。

蛇十分懊恼地向鸟儿们提出疑问：

"难道你们不喜欢我的歌声吗？"

一只椋鸟回答了它：

"不，歌声自是十分动听，你唱得绝不亚于夜莺。不过老实说，一见你的牙齿，就吓得我们胆战心惊。你的歌声我们还是很爱听，但你最好站远一点儿，别和我们接近。"

智慧·感悟·启迪

如果一个人一贯品行恶劣，即使他再怎么标榜自己仁善，也不会有人相信他的。

仓库里的黄鼠狼

一场重病后，黄鼠狼小姐瘦得皮包骨头。一个小小的墙洞连接着仓库，那里面有很多好吃的，她毫不费力气就钻了进去。这里的生活真是非常优越，衣食无忧，没过多长时间，她就已经很胖了。

可是人无远虑，必有近忧，没想到覆灭的日子会来得这么快。

这一天，刚饱餐了一顿的黄鼠狼小姐听到了外面有了动静，她感觉到危险的来临。她要赶快逃出去，慌张中她回到了那个洞口，但是却没钻过去。她慌了，以为弄错了地方。老鼠看到了她，说："小姐，现在你这个样子是出不去的，来的时候因为你还瘦着，所以能顺利出入，而现在你想要减肥才能出去。你当初要是居安思危，就不会有今天的危险了。"

智慧·感悟·启迪

黄鼠狼的下场就是贪图享受没有居安思危的结果。

乳燕藏食

一只燕子看到一群蚂蚁正在忙忙碌碌，于是飞过去问："你们这是在做什么？"

蚂蚁们回答："我们在储存过冬的食物。"

燕子说："这真聪明，我也要这么做。"于是它马上找了一堆死蜘蛛和苍蝇，将它们送回窝去。

燕子妈妈见状，很不理解，忍不住问道："你弄来这些东西，这是要干什么？"

"干什么？亲爱的妈妈，当然是为讨厌的冬天储存食物呀！你也去找吧！是蚂蚁们教了我这个稳妥的办法。"

"啊，让地下的蚂蚁们去运用这种小聪明吧！孩子，你知道吗？对它们来说适当的办法，并不适用于我们优秀的燕子。因为善良的大自然已经给我们安排下更加仁慈的命运。当食物丰富的秋天结束了，我们就将这里离开，在旅途中，我们可以慢慢安心地休养，然后迎接我们的是另一块温暖的沼泽。我们将会在那里歇脚，那里将会有丰富的食物，直到一个新的春天呼唤我们，飞向新的生活。"

智慧·感悟·启迪

每个人的生活方式与习惯是不同的，不要随波逐流，步别人的后尘。

不喜高帽

通常，把当面恭维人叫做"戴高帽子"。

从前，有一个德高望重的老师，老师因为在全国的知名度都很高，有很多人都想来做他的学生，但是他都不肯收，最后也只收了两个资质较高的学生。这两个学生一直都很听老师的话，从学以来，经常是有什么不懂的问题，他们就去向老师讨教，而老师也一一给他们解答。

这天，朝廷听说这个老师有两个关门弟子资质很高，而且跟那位老师已经学了十几年了，所以冲着老师的知名度，国王准备聘用他们来辅佐自己。

于是国王就派使者带着厚重的聘礼来到了那位老师的家里，向他说明了来意。老师说："这个我没什么问题，但是我希望使者还是征求一下他们的意见。"

使者又找来两个学生，当学生听说要去当官时，想都没想立刻应允下来。

他们决定临行之前，一同去拜辞老师。

老师问："你们到了外地，准备怎样待人接物？"

学生回答："老师放心，我们准备逢人送上一顶高帽子，保管叫地方上人人高兴。"

老师严厉地告诫说："不行，这种丑事坚决不能做。虽然如今世风日下，老实人吃不开，但是我希望你们一定要严守情操，为人正直。"

一个学生连忙拜道："老师的话对学生教育极大，如今社会上像老师这样不爱戴高帽子的人能有几个啊。"

老师微笑颔首说："正因为如此，所以我教你们一定要为人正直。"

辞别出来，两个学生相视而笑说："瞧，高帽子已经送出去一顶啦。"

智慧·感悟·启迪

恭维人也是学问，高明者可于无形中置人于云霓之上，言者不显劣，闻者浑然不觉。

东施效颦

西施是战国时期越国有名的美女。她经常患心痛的毛病，病发作时总是用手按住胸口，紧紧地皱着眉头。人家看到她这副病态的表情，觉得比平日另有一种妩媚的风姿，显得可爱。

邻居有一位东施，虽然奇丑无比，却不甘示弱，她看到西施的动作很美，也照样模仿西施的病态表情：用手按住胸口，紧紧地皱着眉头，就自以为同西施一样美丽了。

可是看见东施这副怪模样的人，几乎没有一个不作呕的。

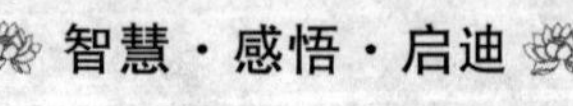

智慧·感悟·启迪

不知别人好在哪里，不顾自身条件如何，只在形式上模仿，往往会弄巧成拙，适得其反。

友情是最好的药方

麦迪12岁那年因为吃东西不小心染上了绝症，伙伴们全都躲着他，只有大他4岁的霍华德依旧像以前一样和他玩耍。距麦迪家后院不远，有一条通往大海的小河，河边开满了五颜六色的花朵。霍华德告诉麦迪，把这些花草熬成汤，说不定能治他的病。

麦迪喝了霍华德煮的汤，身体并不见好转，谁也不知道他还能活多久。霍华德的妈妈再也不让霍华德去找麦迪了，她生怕一家人都染上这可怕的病毒。但这并不能阻止两个孩子的友情。

一个偶然的机会，霍华德在杂志上看见一则消息，说纽约的费医生找到了能治疗这病的药物，这让他兴奋不已。

于是，在一个太阳刚刚升起的清晨，他带着麦迪，悄悄地踏上了去纽约的路。他们是沿着那条小河出发的。霍华德用木板和轮胎做了个很结实的船，他们躺在小船上，听着流水的哗哗声，看着满天闪烁的星星。霍华德告诉麦迪，到了纽约，找到费医生，他就可以像别人一样快乐地生活了。

不知漂了多远，船进水了，孩子们不得不改搭顺路汽车。为了省钱，他们晚上就睡在随身带的帐篷里。麦迪咳得很厉害，从家里带的药也快吃完了。一天夜里，麦迪冷得直哆嗦，他用微弱的声音告诉霍华德，他梦见200亿年前的宇宙了，宇宙中是那么暗那么黑，他一个人待在那里，找不到回来的路。霍华德把自己的球鞋塞到麦迪的手上说："以后睡觉，就抱着我的鞋，想想我的臭鞋还在你的手上，我肯定就在附近。"

他们身上的钱差不多用完了，可离纽约还有三天三夜的路。麦迪的身体越来越弱，霍华德不得不放弃了计划，带着麦迪又回到了家乡。不久，麦迪就住进了医院。霍华德依旧常常去病房看他，两个好朋友在一起时病房便充满了快乐。他们有时还会合伙玩装死游戏吓医院的护士，看见护士们上当的样子，两个人都忍不住大笑。霍华德给那家杂志写了信，希望能帮助他们找到费医生，结果却杳无音讯。

冬天的一个下午，麦迪的妈妈上街去买东西了，霍华德在病房陪着麦迪，夕阳照着麦迪苍白的脸，霍华德问他想不想再玩装死的游戏，麦迪点点头。然而这回麦迪却没有在医生为他摸脉时忽然睁开眼笑起来，他真的死了。

那天，霍华德陪着麦迪的妈妈回家。两人一路无语，直到分别的时候，霍华德才抽泣着说："我很难过，没能为麦迪找到治病的药。"

麦迪的妈妈泪如泉涌："不，霍华德，你找到了。"她紧紧地搂着霍华德，"麦迪一生最大的病其实是孤独，而你给了他快乐、给了他友情，他一直为有你这个朋友而感到满足……"

3 天后，麦迪静静地躺在了长满青草的地下，双手抱着霍华德穿过的那只球鞋。

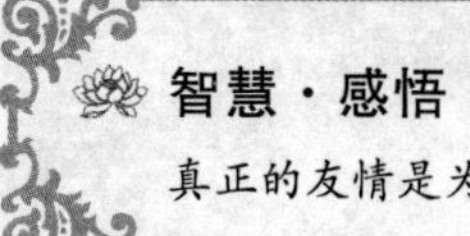

智慧·感悟·启迪

真正的友情是为朋友的快乐而快乐，为朋友的痛苦而痛苦，只有真心相待，才能收获真正的友情。

是对手更是朋友

多年前的一场 NBA 比赛中，NBA 中的另一位新秀皮彭独得 33 分超过乔丹 3 分，成为公牛队比赛得分首次超过乔丹的球员。比赛结束后，乔丹与皮彭紧紧拥抱着，两人泪光闪闪。

其实乔丹和皮彭之间有一个鲜为人知的故事。当年乔丹在公牛队时，皮彭是公牛队最有希望超越乔丹的新秀，他时常流露出一种对乔丹不屑一顾的神情，还经常说乔丹某方面不如自己、自己一定会把乔丹推倒一类的话。但乔丹没有把皮彭当做潜在的威胁而排挤他，反而处处对皮彭加以鼓励。

有一次乔丹对皮彭说："我俩的 3 分球谁投得好？"皮彭有点心不在焉地回答："你明知故问什么，当然是你。"因为那时乔丹的 3 分球成功率是 28.6%，而皮彭是 26.4%。但乔丹微笑着纠正："不，是你！你投 3 分球的动作规范、自然，很有天赋，以后一定会投得更好，而我投 3 分球还有很多弱点。"接着又对他说，"我扣篮多用右手，习惯地用左手帮一下；而你，左右手都行。"这一细节连皮彭自己都不知道。他深深地为乔丹的无私所感动。

从那以后，皮彭和乔丹成了最好的朋友，皮彭也成为公牛队 17 场比赛得分首次超过乔丹的球员。而乔丹这种无私的品质则为公牛队注入了难以击破的凝聚力，从而使公牛队创造了一个又一个神话。乔丹不仅以球艺，更以他那坦然无私的广阔胸襟赢得了所有人的拥护和尊重，包括他的对手。

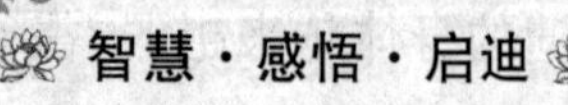

智慧·感悟·启迪

为对手叫好是一种境界，把赞美送给别人，收获的是友谊，同时也完善和提升了自己。

高山流水遇知音

春秋时候,俞伯牙是楚国一位著名的乐师,俞伯牙从小就非常聪明,天赋极高,又很喜欢音乐,拜当时很有名气的琴师连成为老师。

3 年苦学,俞伯牙琴艺大长,成了当地有名的琴师。但是俞伯牙常常感到苦恼,因为在艺术上还达不到更高的境界。老师连成知道了他的心思后,便对他说:“我已经把自己的全部技艺都教给了你,而且你学习得很好。至于音乐的悟性方面,我自己也没学好,不能再教你什么。我的老师方子春是一代宗师,他琴艺高超,对音乐有独特的感受力。他现住在东海的一个岛上,我带你去拜见他,跟他继续深造。”俞伯牙闻之大喜,连声说好。

他们准备了充足的干粮,乘船往东海进发。一天,船行到东海的蓬莱山,连成对伯牙说:“你先在蓬莱山稍候,我去接老师,马上就回来。”说完,连成划船离开了。

过了许多天,老师没回来,俞伯牙很担心。他抬头望大海,大海波涛汹涌;回首望岛内,山林一片寂静,只有鸟儿在啼鸣,像在唱忧伤的歌。俞伯牙不禁触景生情,仰天长叹,即兴弹了一首曲子,曲中充满了忧伤之情。从这时起,俞伯牙的琴艺大进。其实,连成老师就是要让俞伯牙独自在大自然中寻找音乐的灵感。

俞伯牙身处孤岛,整日与海为伴,与树林飞鸟交流,陶冶了心灵,真正体会到了艺术的本质,创作出了不朽的传世之作。但是真正能听懂他的曲子的人却不多,这也使他倍感苦恼。

有一次,俞伯牙乘船沿江游历,船行到一座高山旁时,突然下起大雨,便将船停在山崖边避雨。伯牙耳听淅沥的雨声,眼望雨打江面的生动景象,琴兴大发。俞伯牙正弹到兴头上,突然感到琴弦上有异样的颤抖,这是琴师的心灵感应,说明附近有人在听琴。俞伯牙走出船外,果然看见岸上的树林边坐着一个樵夫。

俞伯牙把那个樵夫请到船上,两人互通了姓名,方知樵夫叫钟子期。俞伯牙说:“我为你弹一首曲子,好吗?”钟子期立即表示愿意洗耳恭听。俞伯牙即兴弹奏了一曲《高山》,钟子期赞叹道:“多么巍峨的高山啊!”俞伯牙又弹奏了一曲《流水》,钟子期称赞道:“多么浩荡的江水啊!”俞伯牙激动不已,对钟子期说:“这个世界上只有你才听得懂我的琴音,你真是我的知音啊!”于是两个人结拜为生死之交。

俞伯牙与钟子期约定,待周游完毕要前往他家去拜访他。后来俞伯牙如约前来钟子期家拜访他,但是钟子期却不幸已因病去世了。俞伯牙悲痛欲绝,奔到钟子期墓前为他弹奏了一首充满怀念和悲伤的曲子,然后站起身来,将自己宝贵的琴砸碎了。从此,俞伯牙再也没有弹过琴。

智慧·感悟·启迪

人生在世,知音难觅,友谊应该就是这样:可以知道彼此的心意,能够欣赏彼此的才华,达到心有灵犀的境界!

朋友应该做的事

这是一个真实的故事。

杰克把建议书扔到我的书桌上——当他瞪着眼睛看着我的时候，他的眉毛几乎连成了一条直线。

“怎么了？”我问。

他用一根手指戳着建议书。“下一次，你想要做某些改动的时候，得先问问我。”说完就转身走了，把我独自留在那里生闷气。

他怎么敢这样对待我？我想，我不过是改动了一个长句子，纠正了语法上的错误——这些都是我认为我有责任去做的。

并不是没有人警告过我会发生这样的事情。我的前任——那些在我之前在这个职位上工作的女人们，用来称呼他的字眼儿都是我无法张口重复的。在我上班的第一天，一位同事就把我拉到一边，低声告诉我：“他本人要对另两位秘书离开公司的事情负责。”

几个星期过去了，我越来越轻视杰克。我一向信奉这样一个原则：当敌人打你的左脸时，把你的右脸也凑上去，并且爱你的敌人。可是，这个原则根本不适用于杰克。他很快会把侮辱人的话掷在转向他的任何一张脸上。我为他的行为祈祷，可是说心里话，我真想随他去，不理他。

一天，他又做了一件令我十分难堪的事，我独自流了很多眼泪，然后，我像一阵风似的冲进他的办公室。我准备如果需要的话就立即辞职，但必须得让这个男人知道我的想法。我推开门，杰克抬起眼睛匆匆地扫视了我一眼。“什么事？”他生硬地问。我突然知道我必须得做些什么了。毕竟，他是应该知道原因的。

我在他对面的一把椅子里坐下来，“杰克，你对待我的态度是错误的。从来没有人用那种态度对我说话。作为一名专业人员，这是错误的，而我允许这种情况继续下去也是错误的。”我说。

杰克不安地、有些僵硬地笑了笑，同时把身体向后斜靠在椅背上。我把眼睛闭上一秒钟，上帝保佑我，我在心里默默地祈祷着。“我想向你做出承诺——我将会是你的朋友。”我说，“我将会用尊重和友善来对待你，因为这是你应该受到的待遇。你应该得到那样的对待，而每个人都应该得到同样的对待。”我轻轻地从椅子里站起来，然后轻轻地把门在身后关上。

那个星期余下的时间里，杰克一直都避免见到我。建议书、说明书和信件都是在我吃午餐的时候出现在我的书桌上的，而我修改过的文件也同时都被取走了。一天，我买了一些饼干带到办公室里，留了一些放在杰克的书桌上。另一天，我在杰克的书桌上留下了一张字条，上面写着：“希望你今天愉快。”

接下来的几个星期里，杰克又重新在我面前出现了。他的态度依然冷淡，但却不再随意发脾气了。在休息室里，同事们把我逼至一隅。

“看看你对杰克的影响，”他们说，“你一定狠狠责备了他一通。”

我摇了摇头。“杰克和我现在成为朋友了。”我真诚地说，我拒绝谈论他。其后，每一次在大厅里看见杰克时，我都会先向他露出微笑。

因为，那是朋友应该做的事情。

在我们之间的那次“谈话”过去1年之后，我被查出患了乳腺癌。当时我只有32岁，有着3个漂亮聪明的孩子，我很害怕。很快癌细胞转移到了我的淋巴结，有统计数字表明，患病到这种程度的病人不会活很长时间了。手术之后，我与那些一心想找到合适的话来说的朋友们聊天。没有人知道应该说什么，许多人说话语无伦次、颠三倒四，还有一些人忍不住地哭泣。我尽量鼓励他们。我固守着希望。

住院的最后一天，门口出现了一个身影，原来是杰克。他正笨拙地站在那里，我微笑着朝他招了招手。他走到我的床边，没有说话，只是把一个小包裹放在我身边，里面是一些植物的球茎。“郁金香。”他说。我微笑着，一时之间没有明白他的意思。

他清了清喉咙说：“你回到家里之后，把它们种到泥土里，到明年春天，它们就会发芽了。”他的脚在地上蹭来蹭去，“我只是想让你知道，当它们发芽的时候，你会看到它们。”

我的眼睛里升起一团泪雾。我向他伸出手去，轻声说：“谢谢你！”

杰克握住我的手，粗声粗气地回答：“不用谢。你现在还看不出来，不过，到明年春天，你将会看到我为你选择的颜色。”他转过身，没说再见就离开了病房。

现在，那些每年春天都能看到的红色和白色的郁金香已经让我看了10多年。今年9月，医生就要宣布我的病已经被治愈了。我也已经看到了我的孩子们从中学里毕了业，走进了大学的校门。

在我最希望听到鼓励的话的时候，一个沉默寡言的男人说出来了。

毕竟，那是朋友应该做的事情。

智慧·感悟·启迪

拥有朋友是一件快乐的事。朋友之间只是真情的付出，从不苛求刻意的回报；朋友之间大多保留的是无私，因为心中都珍藏着那份友情。

别把对手不当回事

吸引了几乎全世界人眼球的拳坛世纪之战，当时正如日中天的泰森根本没有把已年近40岁的霍利菲尔德放在眼里，自负地认为可以毫不费力地击败对手。同时，几乎所有的媒体也都认为泰森将是最后的胜利者。美国博彩公司开出的是22赔1的悬殊赔率，人们也都将大把的赌注押在了泰森身上。

在这种情况下，认为已经稳操胜券的泰森对赛前的准备工作——观看对手的录像、预测可能出现的情况及应对措施、保证自己充足的睡眠和科学地饮食等方面都敷衍了事。

但是，比赛开始后，泰森惊讶地发现，自己竟然找不到对手的破绽，而对方的攻击却往往能突破自己的防线。于是，气急败坏的泰森做出了一个令全世界的人都感到震惊的举动：一口咬掉了霍利菲尔德的半只耳朵！

世纪大战的最后结局当然是：泰森成了一位可耻的输家，还被内华达州体育委员会罚款600万美元。

泰森输在轻视对手、准备不足。当霍利菲尔德认真研究比赛录像、分析泰森的技术特点和漏洞时,泰森却将教练帮他准备的资料扔在了一边;当对手在比赛前拼命热身、提前进入搏击状态时,他却正在和朋友一起狂欢。虽然泰森的实力确实比对手高出一筹,在年龄上也占尽了优势,但他最后却一败涂地。

智慧·感悟·启迪

对手对自己的折磨往往是无形的,但正是这种折磨往往能成就自己,关键是自己如何对待这种折磨。谨慎对待,或许你能抓住胜利的一丝希望;如果轻视对待,最后你也就只能一败涂地。

战争中的人类精神

在第二次世界大战的一次大战役中,盟军的一队伞兵因飞机偏航而误投绝境。他们被捕了。

在德军的刺刀下,俘虏们做着苦役,面容憔悴,支撑他们的是盟军一定会打过来的信念。

枪炮声一天天近了,德军脸上的乌云也越来越重了。一天黄昏,一阵急促的号声把俘虏们赶成一长排,周边是荷枪实弹的德国士兵,伞兵们一下子就明白了将要发生的事情。一位年轻伞兵的手剧烈颤抖着。他想起了爸爸妈妈,还有可爱的未婚妻。他的眼睛湿润了。一位老兵紧紧抓住了他的手:“兄弟,我们不哭!”

一瞬间,所有的伞兵一个接一个地把手拉在了一起。

天地无声,枪炮声突然响了。万分巧合的是盟军在这一刻发动了进攻,正义的枪炮压过了屠杀的子弹,一些伞兵幸免于难,其中就有那位年轻的伞兵。后来,他随盟军攻克了柏林,当他回首凝望被纳粹杀害的兄弟时,他噙着泪喃喃自语:“兄弟,我们不哭!”

反法西斯战争胜利60多年了,那种闪耀着友情光辉的精神,依然撼人心魄。

智慧·感悟·启迪

人类之所以延续,是因为有了人性中的善良和光明。正义和真理的热血涤尽黑暗和阴霾,铸就了一片幸福、光明的人间乐土。

孩子的想法很简单,但出乎意料

有一位教授,在一个周末的早晨,准备下周讲课的内容,他的妻子出去买东西了。那天在下雨,他的儿子吵闹不休,令他难以静下心来。最后,这位教授在失望中捡起一本旧杂志,一页一页地翻阅,直到翻到一幅色彩鲜艳的大图画——一幅世界地图。他就从那本杂志上撕下这一页,再把它撕成碎片,丢在地上,说着:“小圣路易斯,如果你能拼好这些碎片,我就给你2角5分钱。”

可是,不一会儿,小圣路易斯就把碎片拼好了。

“孩子,你是怎样把这件事做得这样快的?”

小圣路易斯说:“这很容易。在另一面有一个人的照片。我就把这个人的照片拼到一起,然后把它翻过来。”

教授微笑起来,给了他的儿子2角5分钱。他说:“如果一个人是正确的,他的世界也就会是正确的。”

智慧·感悟·启迪

如果你是正确的,你的世界也会是正确的。当你像孩子一样抱着这种积极的心理和态度对待人生时,你所遇到的一些问题便不是问题了。

坏学生也有最棒的时候

著名演员和主持人王刚从小就是个顽皮的孩子。在读小学的时候,他是老师和同学们心中的坏学生,因为他总是在课堂上搞一些恶作剧,使老师“出丑”,课下又常常欺负同学。所有的家长都叮嘱自己的孩子不要和他玩,生怕自己的孩子会学坏;王刚的父母也害怕到学校参加家长会,不敢面对学校老师和其他家长的指责,学校甚至准备通知他的父母让他们把孩子转走。

后来,王刚就开始逃学,常常在古旧市场、火车站游荡。长时间的逃学也是很无聊的,在学校里,他受不了同学们那孤立自己的目光,对家人说,又害怕会遭到一顿暴打。王刚有些受不了了,他一直想找一个人诉说。有一天晚上,他突发奇想,给敬爱的毛主席写了一封信。在信中他说了自己的情况,还画了两幅画,同时放进了一张他和妹妹的合影。第二天一早,他就把写着“北京毛主席收”的信投进了信箱。

没过多久,王刚的一个同学找到他,说老师要他到学校里去一趟。见到班主任,班主任就对他笑,他反而有些不习惯。班主任领王刚到教导主任那儿,教导主任也对他笑,王刚有些害怕了。在去校长办公室的路上,王刚的腿开始发抖了。见到校长,校长也对他笑,王刚心想:“这下完了,学校要正式开除我了。”

只见校长拿出了一个牛皮纸信封,上面写着“吉林省长春市北安路小学四年级二班,王刚小朋友收”,下面落款是中国共产党中央委员会办公厅。信中写道:“王刚小朋友:你6月24日写给毛主席的信还有图画、照片都收到了,谢谢你。今寄去毛主席照片一张,请留作纪念。希望你努力学习,注意锻炼身体,准备将来为祖国服务。”日期是1959年7月3日。

“这不仅是你的光荣,也是我们全校的光荣啊!快,快去广播室,向全校师生广播。”校长激动得有些结巴地说。接下来,王刚在老师和同学们的心目中由一个令人讨厌的坏学生变成了一个聪明、有出息的好学生了。而老师又将自己的这一认知转变通过自己的情感、语言和行动传染给王刚，使他变得更加自尊、自爱、自信、自强。学校还编了一出《他转变了》的两幕话剧进行演出和宣传。后来，王刚也就真的变好了，变成了人见人夸的好学生。

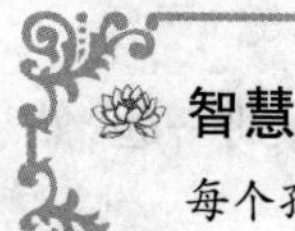

智慧·感悟·启迪

每个孩子都具有成为名人的天赋，不要轻易扼杀他们的这种天赋，要永远相信他们是最棒的、最优秀的。

真正的朋友

一位母亲给儿子讲了一个故事——

年轻的父亲和他的好朋友都是建筑工人，他们正在尚未竣工的大楼外面的护栏上干活，护栏离地面有几十米高。

突然，他们站立的木板断裂了。一刹那，两个人同时从几十米的高空落下。他们都认为自己完了。

幸运的是，一根防护杆拯救了他们。但两个人实在太重了，脆弱的防护杆只能承受一个人的重量，他们中间必须有一个人放开手，然而求生的本能让他们都紧紧地抓住了防护杆。时间一点点过去，防护杆吱吱作响，眼看马上就要断了。

这时，年轻的父亲含着眼泪对好朋友说："我还有孩子！"

未婚的好朋友只是静静地说了一句："那好吧！"然后就松开了手，像一片树叶一样落向了水泥地面，把生的希望留给了年轻的父亲……

"妈妈，我希望有这样的事情，但它只是个故事。"儿子不以为然地说。

"孩子，那个得救的人就是你的爸爸，而他所说的孩子就是你。"母亲眼里含着眼泪。

空气顿时凝固了，儿子望着母亲，声音颤抖地说："叔叔一定是空中飘着的最美丽的树叶，是吗？妈妈。"

"是的，那片美丽的树叶现在一定飞上了天堂。"母亲默默地闭上了眼睛，一滴泪水悄然滑落。

智慧·感悟·启迪

既不请求别人也不答应别人去做卑鄙的事情，一心只想着为对方尽一点绵薄之力，让别人能从自己的放弃中寻找到人生的希望，这是友谊的基本要求。友谊是生命的旋律，是无比美丽的青春赞歌。

母亲与妻子

很久之前,南方的一个地方发生了几十年不遇的大洪水,在这场大洪水之中,发生了一件非常经典的事情:当地的一个农民从大洪水中救起了他的妻子,但是很遗憾,他的母亲却被洪水冲走了。

这个事件发生后,人们议论纷纷。有的说他做得不对,因为妻子没了,还可以再娶一个,而养育自己一生的母亲就这么去了,却不能死而复活。有的说他做对了,因为妻子可以继续生孩子,为人类的生命延续作贡献,而母亲已经年纪大了,无法为社会作出更大的贡献了。

有一个记者为此专门去采访这个人,并把人们的议论和自己的疑惑向这个人说了出来:如果只能救活一人,究竟应该救妻子呢,还是救自己母亲?

这个农民沉吟了一会儿,说道:“我什么也没想,当时头脑一片空白。洪水袭来时,妻子在我身旁,我抓住她就往附近的山坡游。当我救了妻子返回时,母亲已经被洪水冲走了。”

智慧·感悟·启迪

人生的处境有时候是我们无法选择的,生活中的这种不确定性是我们必须要认真面对的。所谓人生的抉择便是如此。顺自然而为吧,不要想太多了。

两个和尚挑水的故事

从前,有两个和尚住在相邻两座山上的庙里,这两座山中间是一条潺潺的小溪,每天早上这两个和尚都会下山到溪边挑水喝,久而久之他们就成了好朋友。时光荏苒,转眼五年过去了。有一天早上一座山上的和尚下山挑水,没见到另一个和尚,他以为老朋友一定是睡过了头,就没有在意。结果第二天,第三天……接连一个月都没见到那个和尚,他心里想:我的朋友可能生病了,我要过去拜访他,看看能帮上什么忙。他爬上了另一座山,看到老朋友正在庙前打罗汉拳,一点也不像一个月没喝水的人,他好奇地问道:“你已经一个月没下山挑水了,难道你现在不用喝水了吗?”老朋友见到他高兴地说:“来来来,我带你去看。”在寺庙的后院,老朋友指着一口井说道:“这五年来,每天做完功课我都会抽空挖这口井,很忙的时候就能挖多少算多少,如今终于让我挖出水来,我再也用不着下山挑水了,这样省出不少时间就可以练我喜欢的罗汉拳了。”

智慧·感悟·启迪

俗话说:“功名机会,须闲暇先备。”成功更多的时候需要循序渐进,做任何事,我们都需要对其进行全面的了解、缜密的思考、全盘的打算、充足的准备,这样当机会来临时,抓住它便是一个成功的契机。

老师与弟子的歌声

在春秋战国时期，无论是大国还是小国都进行着激烈的竞争，甚至是战争。有一年，宋国与齐国结下仇怨。宋国弱小，齐国强大，宋国不得不防备齐国的入侵。于是，宋王决定加强军事训练，提高宋军的战斗力，以备将来抵抗齐军的入侵。进行军事训练，必须建筑一座训练武士的大型武馆。在建筑大型武馆时，因为工程浩大、工作繁重，为了活跃气氛，宋王请来一名叫癸的歌手在施工现场唱歌。歌手癸引吭高歌，歌声嘹亮，穿云破雾。走路的人都停下脚步，观看歌手的形象，倾听悦耳的歌声；筑墙的人受到歌声的感染，纷纷抖擞精神，干起活来分外带劲儿，也不觉得疲劳。

这种场景正好被监工的官员看到了，赶忙向宋王报告。宋王听后很高兴，就把歌手癸召来，夸奖一番，并给了他丰厚的赏赐。歌手癸向宋王谢恩说："谢谢大王的奖励和赏赐。我唱歌的技巧和水平，离我老师还差得远呢，我只是跟我老师学了一些皮毛，我的老师射稽唱得比我还好。"宋王听了，就派人把射稽召来。射稽问："大王，召我来有什么事吗？"宋王说："你的弟子推荐你，说你唱歌唱得比他还好。你到建筑工地上一展歌喉吧！"射稽说："遵命。"

射稽来到建筑工地，高声歌唱，唱得也很好。宋王观察了一下周围的反应，发现走路的人一边走路，一边听歌，并不停止脚步；干活的人在不停地干活，却露出疲倦的面容。这些都同歌手癸唱歌时的景象截然不同。宋王说："射稽唱歌的时候，走路的人不停步听歌，干活的人觉得疲倦。这样看来，射稽唱歌的水平不如癸，究竟为什么老师不如弟子呢？"歌手癸说："请大王测算一下各自唱歌的时候，筑墙的劳动功效。"经检查发现：歌手癸唱歌的时候，干活的人共筑了四板墙；射稽唱歌的时候，干活的人共筑了八板墙。再检验墙体的硬度，歌手射稽唱歌时，所筑的墙体可砸进五寸深；而歌手癸唱歌时，所筑的墙体只能砸进两寸深。两相比较，筑墙的劳动功效明显可知。

智慧·感悟·启迪

善待生命中的每一天，就需要我们能够透过现象看本质。凡事不能只看表面现象，应透过现象看本质，如此才能得出正确的结论。

有对手不一定是件坏事

在非洲大草原的奥兰治河两岸生活着许多羚羊。一位动物学家发现，生活在东岸的羚羊群要比西岸的羚羊有更强的繁殖力，奔跑速度也比西岸的羚羊快，每分钟快 13 米。面对这些差别，动物学家百思不得其解，因为这些羚羊的生存环境是相同的。

为了解开其中的奥秘，动物学家就在东、西两岸各捕捉了10只羚羊，然后把它们分别送到对岸生活。一年后，送到西岸的10只繁殖到了14只，而送到东岸的10只却仅剩下了3只，而另外7只羚羊全被狼吃掉了。原来，东岸的羚羊之所以更强健、更有生命力，是因为它们的附近生活着一个狼群，由于狼群的存在，羚羊在长期生活中不得不使自身的身体素质和繁殖能力提高；而西岸羚羊之所以弱小，正是由于缺少天敌，长期养尊处优，导致体质下降，一旦到了存在天敌的环境中，就会马上面临灭顶之灾。

人往往在对手的督促下，才能谨小慎微，少犯许多错误。相反，如果没有对手的监督，一意孤行，往往会落于失败的陷阱之中。

在很久很久以前，有一只小老鼠住在一个树洞中。而在树洞外面不远的地方，居住着一只想捕食它的鼬鼠。所以，每一次小老鼠出去寻找食物时都会非常小心，也全靠如此，才多次逃得性命。

有一天早晨，它正准备出去时，发现那只可怕的鼬鼠正在不远处行走。突然，一只灰猫跳了出来，一下子就咬住了鼬鼠，开始吞食起来。惊魂初定的小老鼠，不禁得意起来。“哇，今天我真走运，现在危险已经过去，可以大摇大摆地出去觅食了。”开心的小老鼠还没有在森林中自由玩耍多大一会儿，就在贪婪的灰猫口中丧了命。像小老鼠这样，因为失去了对手，就开始忘乎所以，放松警惕，自然容易遭受灾难。

同样的现象也发生在动物园中。在美国阿拉斯加动物园的鹿苑中，有3000多只鹿生活在自然环境中，但由于狼的光临，每年都有400多只鹿死于狼口，动物园便采取措施，将狼消灭了。可是，鹿没有了狼患，很快因一场疾病损失了2000多只。这是怎么回事呢？原来，狼对鹿有着天然的“优育”作用。狼的袭击，使鹿群中的老弱病残都落入了狼口，这样，健壮的鹿就活了下来，从而保持了鹿群的健康。

智慧·感悟·启迪

有时候，决定你成功与否的一大因素其实就是你的对手。当你的对手是一个劲敌时，你才会感到压力，才会激发上进的动力，并且不断努力去战胜他，这时你才会感觉出你真正的力量。而当雨过天晴，回首张望时，你会发现，是对手让你进步，激你冲刺。人生不能没有对手，让对手激发你无尽的潜能，唤醒你不服输的斗志，从而为自己创造一个可以高飞的平台，让心灵去感受生命的精彩。

两个裁缝的故事

在一个安静的小城里，活跃着两个手艺非常好的裁缝，他们都是单身，却是一穷一富。

这两个裁缝面向的客户有很大的不同。穷裁缝每日都开开心心地工作，精心地裁剪出美丽的衣裳，乐此不疲，他做的衣服每个人都很喜欢，因为他从不挑剔布料的好坏，再廉价的布料到了他手上也可以变成一件艺术品。而那个有钱的富裁缝却过着完全不同的生活，他每日都有很多抱怨，常常为别人拿来的布料而烦恼，“这是什么布料？能做出好的衣服吗？做不好可别怪我手艺不好。”他最喜欢给有钱人做衣裳，有钱人拿来的布料，既精细又漂亮。慢慢地他只做有钱人的生意,做衣服的价钱越来越高,穷人根本做不起,于是都纷纷到穷裁缝那里做衣服了。这样穷裁缝的生意一天天忙碌起来,尽管他的收入并不高。而富裁缝呢?因为他在乎的只是布料,生意渐渐少了,而他的手艺也渐渐生疏了,找他做衣服的人也越来越少。

有一天,上帝看到这两个裁缝太孤独了,就把两个女子的灵魂分别寄存在两块布料里,送到他们面前,让他们选择。富裁缝当仁不让地选择了华贵的布料,而穷裁缝收下了剩下的一块粗布。穷裁缝并没有不高兴,而富裁缝却沾沾自喜。上帝交代给他们的任务是,要裁出他们自认为最好的衣裳,如果做得到他们就可以获得幸福。

心如止水的穷裁缝拿到布料后像往常一样,开始认真地剪裁,每个针脚都非常细致。而富裁缝呢?拿到布料后整日发呆,做白日梦,等到期限快到的时候他才慌起来,匆忙裁剪,把这块上好的布料做得一塌糊涂,结果根本不能穿,衣服上还有残留着没有锁紧的线头。期限到时,他们如约来到上帝的面前。看着二人手中的衣服,上帝给了穷裁缝恩赐,因为他的勤劳、认真,上帝把穷裁缝做的那件衣裳变成了一个美丽的女人,这个女人很爱他,因为当穷裁缝精心裁剪缝制这件衣服的时候,她感到了他的用心,女人深深地爱上了他,此后他们过上了美满幸福的生活。而富裁缝也得到了一个老婆,可是老婆对他却没有感情。因为仓促间的缝制,他的老婆变得十分丑陋,也没有好脾气。富裁缝后来变得一无所有了,那个女人也弃他而去。

其实,穷裁缝的成功并没有什么灵丹妙药,他只是把自身的价值孕育于平时的普通生活里,并将其当做了自己生命的一部分,而不像富裁缝拼命地追求物质享受。

智慧·感悟·启迪

热爱生活,全心对待他人的人才能得到他人的尊重,才能得到回报;游戏人生、不尊重他人的人注定要成为社会的弃儿。

商鞅与公子卬的交情

战国初期,群雄并起,各地文人术士也纷纷蠢蠢欲动,寻找自己栖身之所。公孙鞅,即后来成名的商鞅,进入秦国后为秦王赏识,拜为相,辅佐秦孝公变法,使秦国很快富强起来。

秦孝公22年(公元前340),秦国趁着魏国刚被齐国打败国内不稳之时,派公孙鞅率大军伐魏。魏国任命公子卬统领军队应战,公孙鞅以前曾与公子卬有些旧交情,于是修书一封,主动与公子卬套近乎,说:“以前我们交情很好,虽然现在各为其主,但我也不忍心咱们互相残杀,破坏感情,我们还是见个面,谈谈罢兵,订个盟誓吧。”念旧之情,溢于言表。魏公子卬信以为真,就去赴了公孙鞅的约会,结果喝酒的时候,公孙鞅事先设下埋伏,生擒了公子卬。然后公孙鞅利用其被俘的随从,大举攻破了魏军。魏惠王在与齐国和秦国的数次较量中屡屡失败,国内空虚,不得不割让河西之地献给秦国求和。公孙鞅胜利还师后,获得了封地的奖赏。

公孙鞅以外表的温和谦恭、言语的真诚和善,打动了旧日朋友公子卬的心,并赢得了他的信任。可怜公子卬被公孙鞅伪装善意的假象所迷惑,却并没有看到公孙鞅内心正在酝酿的阴险狠毒的计划,所以在这场战争中他尚未开战就受制于人,让国家蒙受耻辱,实在是输得惨痛。

智慧·感悟·启迪

人心险恶,世事难料,不要轻信他人,以免祸及自身。要知道即使自己再才华绝代、无与伦比,也经不起被人背后捅刀子。日常生活中真诚待人的确是一种美德,但是如果你真诚对待的是一个披着羊皮的狼,是一个伺机整垮你的伪善之徒,那无异于自取灭亡,自己往火坑里跳。

佛在心境

佛印禅师与苏东坡是好朋友。有一次,两人正在打坐时,苏东坡忽然问佛印说:"佛印,你觉得我看起来像什么?"佛印禅师随即回答说:"我看居士像一尊佛。"接着,苏东坡又问佛印禅师说:"那么,你知道我看你像什么吗?"佛印禅师回答说不知道。

苏东坡很高兴地说:"哈哈!我看你像一堆牛粪。"佛印笑了笑,也不言语。苏东坡心里很得意,以为他这一回总算赢了佛印禅师,回家之后立刻就把这件事情的经过告诉苏小妹。不料苏小妹兜头给苏东坡泼了一瓢冷水,语重心长地告诉他:"其实,真正输的人是你啊!佛印禅师心中有佛,所以看你就像是一尊佛;而你心中只有牛粪,才会看佛印禅师像一堆牛粪!"苏东坡恍然大悟,非常懊悔,第二天就亲自登门向佛印禅师道歉。

智慧·感悟·启迪

心境的力量不可低估,有什么样的心境就会有什么样的言行。当你有愉快的心境时,世界在你眼里是美好的,你的精神状态也是热情饱满、朝气蓬勃的,工作积极振奋,即使遇到再大的困难,也会以超人的耐心和信心予以克服。

两个赶考的秀才

有一年,两个秀才一起去赶考,路上遇到了一支出殡的队伍。看到那口黑糊糊的棺材,一个秀才心里立即"咯噔"一下,凉了半截儿,心想:"完了,活见鬼,赶考的日子居然碰到这个倒霉的棺材,看来今年我恐怕没什么希望了。"这个秀才的心情一落千丈,走进考场后,那口黑糊糊的棺材还一直在他的眼前晃来晃去,结果精神恍惚,文思枯竭,果然名落孙山。

相反,与他同行的另一个秀才也看到了那口黑糊糊的棺材,刚开始他的心里也"咯噔"一下沉了下去，但转念一想："棺材，棺材，那不是有'官'又有'财'吗？好兆头呀！看来这次我必定要好运当头，必定高中。"心里这么一想，秀才变得十分兴奋，情绪高涨，走进考场后文思泉涌，佳句信手拈来，果然一举高中。后来这两个秀才对各自的亲戚朋友谈及此事，都说道："那口'棺材'真的好灵。"

智慧·感悟·启迪

现实生活中，人们对事物有着不同的看法，这没有对错之分，但不同的看法却能产生不同效果。积极、良好的心境可以使人振奋，助人战胜困难，取得成功；消极、不良的心境则使人意志消沉，精神倦怠，影响事业的成功。

第五编 成语的智慧

画龙点睛

张僧繇是五代时期梁代的大画家。当时梁武帝崇尚佛教，到处兴建寺庙，命令他饰画墙壁。

有一次，张僧繇奉命到金陵安乐寺去作画，一时兴起，在壁上画了四条龙，那些龙都张牙舞爪，十分逼真，好像随时都会从墙壁上腾空飞起一般，但是张僧繇都没有给龙画上眼睛。人们看了觉得很奇怪，问他什么缘故。

他回答说："如果我画上了眼睛，这些龙马上就会飞去。"人们以为他在吹牛，越发要求他画上去。他便在两条龙上画上了眼睛。

没过一会儿，天气突然变了，大雨倾盆，雷电交加，伴随着一阵巨大的声响和浓密的烟雾，那两条龙脱离了寺壁，穿过乌云，飞到天上去了。只剩下两条没有画上眼睛的龙，仍旧留在壁上。

智慧·感悟·启迪

我们对待工作，不能不分轻重缓急，应该抓住关键，突破要害，以此带动其他一般工作。画龙点睛使龙腾空而起，工作中抓住了重点，就能够更好地前进。

掩耳盗铃

战国时候，晋国有一个姓范的，他们家比较富裕，一年到头不用去种粮食，但是却有饭吃。

他们家的大门上挂着一只非常漂亮的门铃，有个村里的无赖见到后，就想把它偷到手。

可是不管是谁只要用手一触门铃，它就会发出"叮叮当当"的声音，所以要偷它是很不容易的。

这个想偷门铃的人也很懂得这点，站在门外踱来踱去，一直想不到一个好办法能在偷铃的时候不让它响。

忽然，他想出一个办法来了：铃响所以会惹出祸来，只因为耳朵听得见，假如把耳朵掩起来，事情不就好办了吗？

想到就做，他先把自己的耳朵掩起来，就放大胆子去偷那门铃。

可是他刚一动手，门内就有人跑出来大喊捉贼，因为门内的人并没有掩耳朵，还是听得见铃声的。

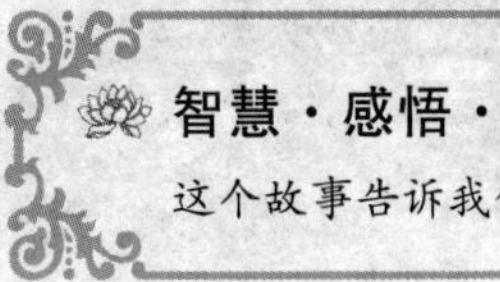

智慧·感悟·启迪

这个故事告诉我们不要做自欺欺人的傻事。

毛遂自荐

公元前260年，秦、赵长平一战，赵国40万人马全军覆没。主将赵括也被乱箭射死，强悍的秦军长驱直入，公元前257年秦军又率兵重重包围赵国首都邯郸。

赵国危在旦夕，赵孝成王焦急万分，慌忙委派他弟弟平原君到楚国去商讨救兵。赵国存亡，在此一举。

事关重大，平原君准备带20个最精干的文武官员同往。他在自己的数千名门客中横挑竖拣，只选中19名，还差一人，却再也挑不出来了。

这时候，有个名叫毛遂的门客站出来，对平原君说："请让我跟您同去吧。"

平原君对这张面孔很陌生，问："先生来我门下几年了？"

"三年了。"毛遂回答。

"三年？"平原君摇摇头说，"不行。一个有才能的人处在世上，就好比把锥子装进口袋，立刻可以看到锥尖从袋里钻出来。你来了已经三年，可是我从来没有听见有人称赞过你，可见你不够优秀，没有什么本事。你不能去。"

"不对！"毛遂争辩道，"我从来就没有能够像锥子那样放进您的口袋里。要是早就放进口袋的话，我敢说，不光是锥尖露出口袋，就连整个锥子都会像禾穗一般挺出来。"

平原君想了想，觉得毛遂的话也有道理，就决定带他去了。同行的19个门客，一开始都很轻视毛遂，但在一路的交谈中，他们才发觉毛遂是一个不平凡的人。

果然，当赵、楚谈判陷入僵局的时候，毛遂冒着生命危险，手按宝剑，挺身而出，在盛气凌人的楚王面前慷慨陈词，申明大义。他凛然的正气使楚王受到震慑，精辟深刻的分析使满朝王臣莫不叹服。就这样毛遂在谈判中打开了新的局面，促使楚王和平原君当场缔结盟约。不久，楚国和魏国的援军两路夹击，终于解了邯郸之围。

事后，平原君感慨地说："毛遂以三寸之舌，胜百万军队，他一到楚国，我们赵国的威望就大大提高。我观察的人才不算少了，但竟然错看了毛先生。"

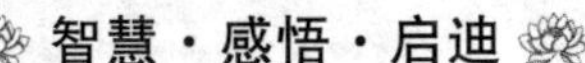

智慧·感悟·启迪

人才，即是指在某一专业领域有着超越一般的研究和创造能力的人。这种能力，只有放在与之相适应的环境条件下，才能脱颖而出，充分发挥作用。

纸上谈兵

战国时，赵国有两位非常有名的将军，一个就是老将廉颇，另一个就是大将赵奢。赵奢有一个儿子名叫赵括。

赵括从小熟读兵法，谈起用兵之策滔滔不绝，有时候和他父亲讨论兵法、阵法，就连赵奢也对答不上，因此赵括十分自大，认为天下没有人可以与他匹敌。

但是赵奢十分了解自己的儿子，从来就不认为儿子是一个大将之才，也从来没有赞扬过儿子一句，并且常常担心地说："将来国家不叫赵括带兵就罢了。如果叫他带兵打仗，那么赵国的万里江山将不复存在，葬送赵国的一定是他。"

公元前二六二年，秦军大举进攻赵国，两军在长平对垒，战云密布。当时赵奢已死，蔺相如重病，赵国只好派老将廉颇坐镇。

初战几次，赵军稍有失利。但是廉颇毕竟在沙场上拼搏多年，经验老到，他看到首战失利，于是就改变了战略，坚壁不出。

于是与秦军的战争拖了三年，秦军的粮草供应日见困难，却仍然拿不下赵国一寸土地，秦国军士们心里都非常焦急，并且由于长时间地背井离乡，一个个都归心似箭。将领们害怕再这样下去，军心将散，锐气将尽，那时候，恐怕要攻下赵国就只能是做梦了，这三年的时间和心血也算是白白浪费了，于是主将就召集众将和谋士商议。

一谋士对秦军主将说道："我听说，大将赵奢有个儿子叫赵括，此人自幼熟读兵法，可惜从未历经战场，只懂得纸上谈兵，没什么才能。如果，我们派人到赵国境内散布谣言，使赵国撤掉大将廉颇，换成赵括，那我们就胜券在握了。"

于是，秦军主将便派遣间谍潜入赵国散布流言说："秦军谁都不怕，就怕赵奢之子赵括担任大将。"

谣言传入宫廷，赵孝成王正为战事毫无进展而愁眉不展，便准备起用赵括。蔺相如在病中听说，连忙劝谏赵王切勿委赵括以重任，甚至赵括母亲也上书赵王，告诉他赵括只会空谈，难胜重任。但赵王固执不听，果然撤回廉颇，任命赵括做了大将。

赵括一到前线，立刻摆出一副整军经武的架势，改变了战略，撤换了不少将官，一时间弄得人心惶惶，军心涣散。秦将白起探明这些情况，深夜派出一支奇兵偷袭赵营，随后佯装败走，趁机切断了赵军的粮道。赵括不知秦兵败退有诈，挥师追赶，只听一声锣鼓，斜刺里杀出一路秦军，把赵军拦腰切成两半。就这样，赵军被围困四十多天，树皮草根都吃光了，军心大乱。

赵括眼看熬下去也是活活饿死，便率军突围。但见旌旗蔽野，秦军四面掩杀过来，赵括被乱箭射死，40 万兵将全军覆没。接着，秦军包围了赵国首都邯郸。后因魏国信陵君率军相救，赵国才没有亡国。

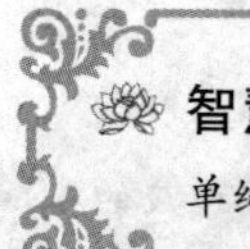

智慧·感悟·启迪

单纯地追求熟悉理论知识却不加以实践,是不能成功的,甚至会带来严重的后果。

刻舟求剑

春秋战国时期,有一个楚国人外出,搭乘一条船渡江。

他随身佩带一口宝剑上了船。这口宝剑是他家祖传之物,传到他手中已是第五代了,至今还崭新锃亮、寒光闪闪、剑刃锋利、削铁如泥。因此他十分珍爱这把宝剑,常常剑不离身。

他在船中无事,便拔出这口宝剑,在手里摆弄来摆弄去。玩赏间,由于行船随着水浪在不停地颠簸,他一不小心,宝剑脱手掉到江水里。

祖传宝剑掉到江水里,他急出一身冷汗,立刻掏出一把随身携带的小刀来,在船舷上刻了一个记号,还自言自语地说:“我的祖传宝剑就是从这里掉下去的!”

他心中暗想:等船到岸后,我就从这个记号处下水,把祖传宝剑捞上来,紧紧地佩带在身上,再也不拿出来玩赏了。除非遇到紧急情况,否则决不会再把宝剑拔出鞘来。

他想着想着,不知不觉船已经靠岸了。船一靠岸,他就立即从自己刻的记号处跳到江水里去捞宝剑。

同船的乘客看到了,非常好奇,问他说:“先生,你在江水里捞什么呢?”

他回答说:“捞我的祖传宝剑。”

乘客更加奇怪了,接着问:“你的宝剑不是在江中心掉下去的吗?为什么到岸边来找呢?”

他指着记号说:“这是我亲自刻的记号,宝剑分明是从这里掉下去的嘛!”

乘客笑笑说:“船已经走得好远了,宝剑掉到水里是不会随船前进的,像你这样寻找宝剑不是太糊涂了吗?”

智慧·感悟·启迪

做什么事情,都要考虑客观环境的发展变化,因循守旧,就会停滞不前。

拔苗助长

战国时期,在宋国有一个农民,在乡下种了几亩田地,他的性格很急躁,自从春耕播种以后,就天天到地里去看秧苗。有一天他去地里锄草,看到自己家的秧苗比别人的都稍微矮一些。他心想:这秧苗长得太慢了,我得想办法帮它长得快一些。

但是怎样才能使秧苗长高呢？当时科学不发达，不用说没有化学肥料，就连施用农家肥料的方法也没有传到宋国的穷乡僻壤。为这事，他愁得吃不好饭、睡不好觉。终于，他想出了办法，不如把秧苗往上拔一拔，让它快点长高呢！说干就干，他就下田去把秧苗一棵一棵拔高，拔完一垅又一垅，累得汗流浃背，腰酸腿疼。回到家里，疲劳不堪，躺在炕上长吁了一口气，兴奋地对刚回家的儿子说："今天可把我累坏了，我帮助秧苗长高了好几寸。"说完，脸上还带着非常自豪的表情。

他的儿子听到父亲这么一说，心里有点犯迷糊：怎么会让秧苗无缘无故长高呢？真是奇怪，不行，我得去看一下。

他看到父亲已经睡着了，于是拔腿就往田里跑，等跑到田边一看，秧苗全都枯死了。

智慧·感悟·启迪

凡事都应该遵守大自然的规律，急于求成，只会弄巧成拙，欲速则不达。

列子射箭

列御寇，是战国时期的郑国人，人们都尊称他为列子。

列子很喜欢射箭，自己练习了好长时间，对射箭的方法、要领掌握得很纯熟，也想让别人观赏一下自己的射箭技术。

有一天，一个名叫伯昏无人的人来拜访列子。列子也知道他会射箭，就把他引为同行知己，要给他表演一下射箭技术。

列子对伯昏无人说："朋友，听说您是位射箭高手。我给您表演一下射技，希望得到您的批评指正。"

伯昏无人说："很高兴您给我这样一个观赏射箭绝技的好机会，就请表演吧！"

列子操起弓箭，拉满了弓弦，把一杯水放在手臂上，然后把箭射出去，一箭箭都射中靶心，重叠在一起。一箭刚刚射出，另一箭迅速扣在弦上。在这个时候，由于精神镇定，身体不动，他像个木偶人一样。

列子本想伯昏无人会报以热烈的掌声，可是伯昏无人不但没有鼓掌，反而说："你这是为表演而射箭，还不是忘怀之射。假如我与你一起登上高山，踏上悬崖绝壁，面临百仞深渊的时候，你能射箭吗？"

列子虽然心里没底，却也不甘示弱，便说："那就试试吧。"

于是他们二人一同前去。伯昏无人登上高山，走到悬崖绝壁上，面对着百仞深渊。转过身来，让后背对着深渊，向后退步，脚的十分之二悬空，请列子到他这里来。列子吓得趴在地上，惊出一身冷汗，汗水流到了脚后跟。

伯昏无人说："在这里能百发百中，才算举世无双的绝技。"

列子说："你看我吓得都爬不起来了，怎么能够射箭呢。"

伯昏无人说："思想修养达到最高境界的人，向上可以窥见青天，向下可以深入黄泉，思想放纵到八方，神情自得，脸不变色心不跳。现在你恐惧得直眨眼，心情不放松，要射中靶心，恐怕太困难了吧！"

智慧·感悟·启迪

任何技艺，必须经过高难度的考验，才能判定其优劣高下，面对高难度的考验，如果不能克服畏惧心理，即使技艺再高也得不到充分发挥。

一鸣惊人

春秋时期，楚国的储君也就是楚庄王在登基后，为了观察朝野的动态，也为了让别国对他放松警惕，当政三年以来，没有发布一项政令，在处理朝政方面没有任何作为，朝廷百官都为楚国的前途担忧。

楚庄王不理政务，每天不是出宫打猎游玩，就是在后宫里和妃子们喝酒取乐，并且不允许任何人劝谏，他通令全国："有敢于劝谏的人，就处以死罪！"

楚国主管军政的官职是右司马。当时，有一个担任右司马官职的人，看到天下大国争霸的形势对楚国很不利，他就想劝谏楚庄王放弃荒诞的生活，励精图治，使楚国成为继齐桓公、晋文公之后的诸侯霸主。然而，他又不敢触犯楚庄王的禁令，去直接劝谏；他绞尽脑汁也没有想出使楚庄王清醒过来的办法。

有一天，他看见楚庄王和妃子们做猜谜游戏，楚庄王玩得十分高兴。他灵机一动，决定用猜谜语的办法，在游戏欢乐中暗示楚庄王。

第二天上朝，楚庄王还是一言不发，这位右司马陪侍在旁。就在庄王准备宣布退朝的时候，他给楚庄王出了个谜语，说："启奏王上，臣在南方时，见到过一种鸟，它落在南方的土岗上，三年不展翅、不飞翔，也不鸣叫，沉默无声，这只鸟叫什么名呢？"

楚庄王知道右司马是在暗示自己，就说："三年不展翅，是在生长羽翼；不飞翔、不鸣叫，是在观察民众的态度。虽然没飞翔，但是一旦飞翔起来就能高冲云天；虽然没鸣叫，但是一旦鸣叫起来，那声音一定惊人。我知道你的意思了。"

楚庄王觉得大臣们要求富国强兵的心情十分迫切，自己整顿朝纲、重振君威的时机已经到来，半个月以后，楚庄王上朝，亲自处理政务，废除十项不利于楚国发展的刑法，兴办了九项有利于楚国发展的事，诛杀了五个贪赃枉法的大臣，起用了六位有才干的读书人做官参政，把楚国治理得很好。

国内政局好转，于是楚国便发兵讨伐齐国，在徐州战败了齐国。又出兵讨伐晋国，在河雍地区，同晋军交战，楚军取得胜利。

最后，在宋国召集诸侯国开会，于是楚国便代替了齐、晋两国，成为天下诸侯的霸主。

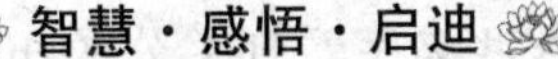

智慧·感悟·启迪

不是非要滔滔不绝才能显出自己的本事，那些平时不露声色、大智若愚的人在关键时刻却能做出惊人之举。

望洋兴叹

秋天来到，天降大雨，无数细小的水流，汇入黄河。只见波涛汹涌，河水暴涨，淹没了河心的沙洲，浸灌了岸边的洼地，河面陡然变宽，隔水远望，连河对岸牛马之类的大牲畜也分辨不清了。

眼前的景象多么壮观啊，河伯以为天下的水都汇集到他这里来了，不禁洋洋得意。他随着流水向东走去，一边走一边观赏水景。

他来到北海，向东一望，不禁大吃一惊，但见水天相连，不知道哪里是水的尽头。

河伯呆呆地看了一阵子，才对着大海感慨地说："俗话说：'道理懂得多一点的人，便以为自己比谁都强。'我就是这样的人啦！"

智慧·感悟·启迪

人的认识是有限的，学问是无穷无尽的，人们永远不应该骄傲自满。

刮骨疗毒

公元220年，刘备占领了西、东两川和汉中、荆州等地区，有了一定的势力，正式称"汉中王。"

由于当时曹操弄权，鸩杀董皇后及两位年幼的王子，又逼迫汉献帝封自己为魏王。

身为皇叔的刘备听到曹操的这些欺君的行为之后，气愤不已，生怕有一天曹操会篡位，汉家江山不保。

为了不让曹操的奸计得逞，刘备就下旨敕封"五虎大将"之首的关羽为假节钺、持黄金斧领荆州牧，克日率兵讨伐曹操。

关羽叩首谢恩后，即刻命令点军官点兵五万，三日后出兵讨贼。

荆州兵马浩浩荡荡向樊城开来，一路上打了好几场大胜仗，还夺了一个城池，关羽心里也渐渐有点高兴：总算是不负兄长所托，只要樊城一破，许昌就指日可待了，操贼就能擒下了。（当时的首都是许昌。）

但是在攻打樊城的战争中，关羽的手臂被毒箭射伤了，幸亏左右将士拼死才护着关公返回营寨。

回到营寨,部将们到处寻找名医,希望能够治好主将的伤。但这些名医看到关公的伤势后,都摇摇头,纷纷表示无能为力。

正在大家绝望的时候,有位白发老人来到寨门前,对守寨的军士说道:"我是医生,快开门让我进去给你家主公疗伤。"

守寨的军士听说是医生就赶紧将老人放了进来,接待医生的是关羽的义子关平。关平问道:"敢问先生姓甚名谁?"

医生答道:"老朽姓华名佗字元化,听说你家主公中了毒箭,特地赶来医治。"

关平大惊道:"莫非是以前给江东周泰治病的神医华佗?"

华佗答到:"正是。请少将军带老朽去见关将军。"

于是,关平就把华佗带到了关羽的帐内,并向关羽说明了情况。关羽大喜,问道:"请问先生,准备怎么医治我的箭伤?"

华佗说:"虽然有毒,但是不难治,只是担心君侯害怕。"

关羽说:"关某纵横天下三十余年,大小数百战,视死如归。驰骋于沙场之上,几十万的兵马我都不怕,还怕这小小的箭伤吗?"

华佗说:"步骤是这样的:首先将一根木头插到地面上,然后把一个大铁环挂在柱子上,再将君侯的手臂套在环子里,在伤口处涂上麻药,就可以进行手术了,但是最麻烦的是要把腐肉切开,用刀把骨头上的毒刮去才能根治,只是担心君侯害怕。"

关羽说:"这样啊,容易,何必用铁环?更不用柱子和麻药,你只管动你的手术,其他的什么都不用管。"说完,就把自己的胳膊伸到了华佗面前。

华佗说:"老朽现在就开始了,请君侯忍耐。"

关羽说:"你尽管做,我怎么能跟世间的凡夫俗子一样怕痛?"接着又吩咐军士,"拿酒肉上来。"

于是,华佗就开始给关羽做手术,而关羽呢?他一边吃肉喝酒,一边跟参军马良下棋聊天、谈笑风生。

此时华佗已经剖开肉,见到关公中箭部位的骨头都已经成黑色的了,就取出随身带的手术刀开始刮骨,刮骨时发出"嗞嗞"的声音,周围的将士们都吓得面无血色了,可是再看关公,他还是谈笑自若。

不一会儿,手术做完了,华佗脸上全是汗水,却见关羽伸了伸受伤的胳膊,哈哈大笑几声,对华佗说道:"这条胳膊已经和以前一样了,并没有什么痛楚,先生真是神医呀!"

华佗说道:"小人行医一生,从来没碰到过像君侯这样的人,君侯真是天神啊!"

智慧·感悟·启迪

勇敢的人不是天生的,需要你经过很多的磨炼。但是在磨炼的过程中你能不能变得勇敢,那就取决于你的决心了。

朝三暮四

古时候,宋国有一个老头儿,很喜欢猴子,在家里养了一大群。

日子一长,他对猴子的性情就了如指掌,而猴子好像也懂得了主人的心意似的,经常做一些奇怪的动作来逗老头开心。

于是老头儿对猴子就越发喜欢了,宁可让家里人饿着肚子,也要让那些贪心的猴子顿顿吃饱。

不久,家里的粮食快要吃光了,他想把猴子的饭量减少些来节省粮食,但是又怕猴子们不肯答应,怎么办呢?一晚上也没想出个好办法,害得老头整夜都没睡好觉。

第二天一大早,老头就起了床,走到猴群面前,对它们说道:“从今天起,我给你们吃橡子,每天早上三升,晚上四升,你们看这样够不够?”猴子们一听,都乱蹦乱跳,龇牙咧嘴地表示不满。

“好吧,好吧,”老头儿连忙又说,“增加一点儿,给你们早上四升,晚上三升,总该满意了吧?”猴子们听了,都摇头摆尾地趴在地上,十分满意。

智慧·感悟·启迪

只知道盲目计较,其实无知的人,最容易上当受骗。

马价十倍

古时候,有一个人牵着一匹骏马到集市上卖。第一天早晨,有两个富贵人家打扮的公子来看了一会儿,第二天和第三天早晨,整整站了两个早晨,都没有人来光顾一下,就连上来问个价的人都没有。

这个卖马的人就有点犯愁:再这么下去,用不了多长时间,我身上的盘缠就用完了,到时候别说在这里卖马,恐怕连站起来的力气都没有了。这可怎么是好?绞尽脑汁也没想到一个好办法。

晚上他回到酒店里连饭都没吃就早早睡觉了,一晚上翻来覆去怎么也睡不着,突然见他从床上霍然而起,眼睛里显出很高兴的样子。他终于想到办法了:能知马的人天下只有伯乐,而伯乐就住在这个城里,我如果能让他在我的马前站一会儿,只要一小会儿的时间我肯定能够把马卖出去,并且还能卖个好价钱。

于是第二天他就起了个大早去求见伯乐,他对伯乐说:“我有一匹骏马,卖了三天都没人要。麻烦您老帮个忙,只消在我的马旁边站一站、看一看,就行了。小人定有酬谢。”

伯乐竟然很爽快地答应了他的要求,这令卖马人感到吃惊,他原想没有厚礼伯乐是不会答应的,这使他非常高兴。

于是，他先到集市上卖马，还是像以前一样，没有一个人过来看他的马，可是没等一会儿，伯乐就踱到集市上，经过马身边的时候瞟了两眼，又往前走，没两步，又回头看了一会儿。

人们互相传话，说伯乐看了那匹马好几眼，好像是匹千里良驹，结果人们加油添醋，越说越神。没一会儿的工夫就引来好多人来观看，买马的人也是蜂拥而来，抢着要买这匹马，并且马的价格立刻提高了十倍。

智慧·感悟·启迪

好的东西不但要有真材实料，还要有懂得鉴别的人去发掘。

屠夫遇狼

从前有一个屠户在市场卖肉。有一天天色渐黑，屠夫挑着担子从市场回家。肉都卖光了，竹筐里只剩下一堆骨头。

在经过一片荒丘的时候，他听见背后有沙沙的声音，回头一看，有两只饿狼瞪着绿眼睛，龇着白牙，不紧不慢地跟着他。屠户走，狼也走；屠户停，狼也停。

屠夫吓得心惊肉跳，连忙从竹筐里丢出几根肉骨头，想把饿狼打发走。谁知一只狼啃着骨头停下来，另一只狼仍然尾随不舍。屠夫又丢出一根骨头，这只狼低头大啃，后面那只狼又舔着嘴巴追上来。可是没过一会儿，骨头就丢完了，两只狼看见屠户不再扔骨头了，又并肩紧跟在他的后面。

屠夫急得浑身冒汗，唯恐狼从两面夹攻，腹背受敌，自己可能就没命了。他急忙向四周打量，远远看见田野上有个打麦场，场上堆着高高的麦垛，像小山一样。他慌忙奔过去，背靠麦垛，扔下担子，手里举起明晃晃的割肉刀。

这一下，狼不敢轻举妄动，只好鼓着凶贪的眼睛盯着屠夫。相持了好一阵，有一只狼仿佛等不下去了，调转屁股远远地走开了。另一只狼蹲在地上，好像疲倦似的，慢慢合上眼睛，神态悠闲，打起瞌睡来了。说时迟，那时快，屠夫看到狼没有防备，刷地跳起来，冲到狼的跟前，一刀劈中狼头，又接连几刀，结束了这只狼的性命。

屠夫松了口气，转身回去拿起担子刚要走，忽然发现麦垛里面有东西在轻轻动弹。他悄悄绕到麦垛后面定睛一看，原来是先前走开的那只狼正悄悄地拱进麦垛，身子已经进去一半了，只露出半截屁股在外。屠夫放下担子，急忙上前，奋起一刀，将狼劈做两截。

屠户这时才醒悟过来：原来一只狼佯装瞌睡，诱他麻痹，为另一只狼做掩护；另一只狼则假装远去，其实想拱进麦垛，从背后咬住他，多么狡诈啊！

智慧·感悟·启迪

敌人是凶恶而狡猾的，与坏人周旋，必须万分机警，不可掉以轻心。

鹬蚌相争

有一天，天气晴朗，阳光普照，一只大蚌慢慢爬上河滩，展开两扇甲壳，十分惬意地晒着太阳。

这时候，从空中沿河飞来一只鹬鸟，它看见河蚌裸露出肥白的身体，又馋又喜，用长而尖的嘴猛地啄去。

大蚌吃了一惊，“啪”的一声合拢甲壳，便像铁钳一样，紧紧地钳住了鹬的尖嘴巴。

鹬死死地拉着蚌肉，蚌想回到河里去，却无法脱身；蚌紧紧地钳着鹬嘴，鹬鸟想拔出嘴飞走，可是使出全身力气也拔不出来。它俩谁也不肯让谁。鹬发怒地威胁说：“今天不下雨，明天不下雨，你就会晒死在河滩上！哼，等着瞧吧！”

蚌也不甘示弱地说：“你的嘴今天拔不出，明天拔不出，你就会饿死在这里！你等着看吧！”

鹬蚌越吵越厉害，相持不下，越钳越紧，争得精疲力竭。

这时，有个渔翁提着渔网沿河走来，看见鹬蚌相持不下，便毫不费力地把它们塞进鱼篓里，高高兴兴地带回家，做成了一顿美餐。

智慧·感悟·启迪

大敌当前，内部斗争应该让位于敌我斗争，只有相互容让，一致对外，才能保存自己，克敌制胜。局部的利益要服从全局的利益，小利益要服从大利益。

围魏救赵

公元前353年，魏国大元帅庞涓率数十万重兵包围了赵国首都邯郸，赵国陷入了战火之中，赵王升朝向文武百官问计，有位大臣向赵王献计：不如由大王写一封求救信，再备上金银，然后派使者向齐国求救。

赵王想了想，也只能这样了，于是急忙派使者向齐国求救。齐国国王接到信和财物后就派大将军田忌和军师孙膑率军赶去赵国解围，田忌随即点兵准备来日向赵国进军，军师孙膑劝阻说：“要解开杂乱纠纷，不能握拳不放，要解救相斗之人，不可舞刀弄枪。避实就虚，给敌人造成威胁，邯郸之围便可自解。如今魏军全力攻赵，精兵锐卒势必倾巢而出，国内一定只剩下老弱兵丁。将军不如轻装疾奔魏都大梁，占据险要，击其虚处。敌人必然放弃赵国，回兵自救，这样，我们便能一举解除邯郸之围，又可乘魏军疲惫之际，一举歼之。”

田忌立刻按照孙膑的布置进行。果然，魏军得悉大梁被围，慌忙回师。人马行到桂陵地面，齐军蜂拥杀出，将魏军打得丢盔弃甲，横尸遍野。

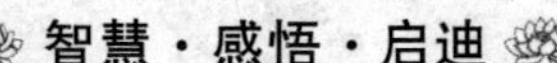

智慧·感悟·启迪

事物之间存在着普遍的相互联系、相互制约和相互影响。如能抓住这种联系的主要关节点,便可牵一发而动全身。

乡人藏虱

有个乡下人,偶然经过一棵大树,便坐下歇脚。他觉得肩胛上隐隐作痒,伸手探去,摸出来一只虱子。他看到这小虫子拼命挣扎,心生怜悯,就用纸裹起来,塞进一个树洞里。

过了二三年以后,这个乡下人到城里办事,回来的时候又经过这棵树下,忽然想起那只虱子,就看看树洞,发现纸包还好好地放着。

他不觉好奇心动,打开纸包一看,那只虱子竟然奇迹般地活着,但是虱子又枯又瘪,像一片薄薄的麸皮。

于是,他起了恻隐之心,他把虱子又放在手掌心上,仔细地看着它会不会醒转过来。不一会儿,只觉得掌心奇痒难忍,而虱子则吸饱了血,又开始爬了起来。

乡下人回到家中,掌心痒处隆起一颗硬核,渐渐地又肿又痛,没过几天,就不治身亡了。

智慧·感悟·启迪

恻隐之心是人道的,但若是怜悯害人的东西,就伤害了人道。

千万买邻

季雅被罢免南康郡守的官职以后,买了一处宅院,在僧珍住宅的旁边。

僧珍询问宅院的价格。

季雅回答说:“一千一百万。”

僧珍惊讶地说:“这么贵呀!”

季雅说:“我用一百万买房屋,而用一千万买邻居啊!”

智慧·感悟·启迪

好的环境远比物质更重要。生活如此,工作也如此。

五十步笑百步

战国时期,魏惠王为了掠夺别国的财富,经常在跟别国军队交战时,把自己的百姓驱上战场,弄得当时的老百姓怨声载道,惠王也因为此事十分烦恼。

一天,孟子来到他的国家,惠王素闻孟子的大名,喜出望外,想趁着这个机会想向他请教一下。

于是他问孟子:“对于国家,寡人总算尽心了吧!河内荒年的时候,我就把河内的灾民移到河东去,把河东的粮食调到河内来。河东荒年的时候也是这样。我看邻国的君王还没有像我这样尽心地爱护百姓。可是,邻国的百姓并未减少,我的百姓也未加多,这是什么缘故呢?’

孟子知道其实惠王和其他国家的君主一样都好战而不关心百姓的死活,他们的本质是一样的,只是程度不同罢了。于是回答说:“大王喜欢打仗,我就拿打仗来作比喻吧,打仗的双方,在战鼓一响,兵器一接触以后,一方败了,就丢掉兵器逃命。假如有的逃了一百步不跑了,有的逃了五十步不跑了。这时候,这个逃了五十步的人就嘲笑那个逃了一百步的人,说他胆小怕死,你看对不对呢?”

惠王说,“当然不对,那人只不过没有逃到一百步,但也同样是逃跑呀!”

孟子说:“大王既然知道这个道理,怎么能希望你的百姓比邻国多呢?”

智慧·感悟·启迪

错误的情节有轻重的不同,但是错误的性质都是一样的。

对牛弹琴

战国时期,有一个大音乐家名叫公明仪,弹得一手好琴。他无论走到哪里,总是琴不离身,闲下来时,弹奏一曲,便觉得心神舒畅。

有一天,他独自一个人在郊外散布。他走着走着,看见一头牛在那里吃草。他觉得这头牛很寂寞,就对牛说道:“老黄牛啊老黄牛,你真可怜啊,独自在这里,也没人理你。不过,你不用怕,我给你弹一首曲子,给你解解闷儿。”

于是他就放下琴,先弹了一支《清角之操》。牛仍是低着头只管吃草,一点也不理会。公明仪失败了。他想了想就明白了:那支曲调太高深了,不是牛听不到琴声,而是琴声不适合它的耳朵啊!于是他又另外弹了几支曲调,一会儿好像蚊子嗡嗡地叫,一会儿又好像小牛哞哞地叫。这样一弹,那头牛就摇着尾巴,竖起耳朵,草也不吃了,回转身子踱着小步,慢慢地走来,留心地倾听。

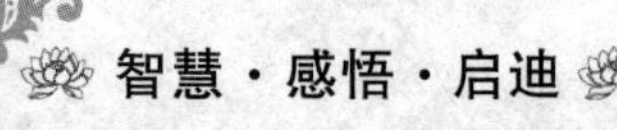

智慧·感悟·启迪

做任何事情都应该有的放矢,看清对象,这样才能收到应有的效果。

亡羊补牢

从前,有个人养了一圈羊。一天早上他准备出去放羊,发现少了一只。原来羊圈破了个窟窿。夜间狼从窟窿里钻进来,把羊叼走了。

邻居劝告他说:“赶快把羊圈修一修,堵上那个窟窿吧!”

他说:“羊已经丢了,还修羊圈干什么呢?”没有接受邻居的劝告。

第二天早上,他准备出去放羊,到羊圈里一看,发现又少了一只羊。原来狼又从窟窿里钻进来,把羊叼走了。

他很后悔,当初不该不听邻居的劝告。于是他赶快堵上那个窟窿,把羊圈修补得结结实实。从此,他的羊再也没有被狼叼走了。

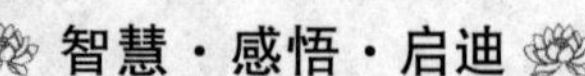

智慧·感悟·启迪

人犯错之后要及时纠正,才能避免更多的损失。

东郭先生

春秋时期,有个东郭先生要到中山国去。

他早晨起来赶着瘸驴驮着图书在路上走。突然有一只狼跑到他面前,伸长脖子可怜地望着东郭先生,哀求他说:“先生,现在赵简子打猎正在追赶我,我眼看就要没命了。如果您肯把我藏到口袋里,救我一命,您的恩德就好像让死者复生,使白骨生肉了,我一定会报答您。”

东郭先生说:“啊呀!若是私藏你这只狼,触怒了赵简子我是要犯死罪的,他可是赵国的相国。到时候,我连我自己的命都保不住,哪里还能保得住你的性命呢?更不敢指望你报恩!不过,看你怪可怜的,即使有祸我也在所不辞。”

于是东郭先生就倒出袋子里的书,把狼小心翼翼地往袋子里装,前边怕碰了狼的下巴,后边怕窝了狼的尾巴,装了三次才装好。然后把口袋放到驴背上,牵着驴躲到路边。

不一会儿,赵简子带着一群武士追来了,他看见狼突然失踪了就有些怀疑,愤怒地拔出剑来砍断车辕一头,对着东郭先生骂道:“谁隐瞒狼逃跑的方向,就让他和这车辕一样。”

东郭先生急忙跪在地上说:“我早晨起来迷了路,怎么会知道狼的踪迹呢?您位高权重,我再愚蠢也不会隐瞒狼逃跑的方向。狼的本性贪婪狠毒,作恶多端,您除掉它是大快人心的事呀!再说大路岔道很多,谁知狼从哪条路逃走了?"

赵简子听了觉得东郭先生的话很有道理,便掉转车头走了。

过了一会儿,见赵简子走远了,东郭先生便把狼从口袋里放出来,让它赶快逃命。

狼得救了,却一点也没有像它承诺的那样报答救命恩人,反而咆哮着对东郭先生说:"现在我饿极了,如果吃不到东西饿死,那还不如死在猎人手里呢。既然你救了我,那就救到底,请把你的身躯献给我填饱肚子吧!"狼说着便扑向东郭先生。

东郭先生和狼一边搏斗一边骂道:"你这个忘恩负义的狼,真是丧尽天良,我救了你一命,你不报答我就算了,竟然还恩将仇报!"眼看着东郭先生就快支撑不住了,满头大汗。狼很得意,因为它知道,东郭先生马上就会成为它的腹中餐。

这时有个砍柴的老人经过,他看到这种情形,他立即劝住了狼,问狼:"你为什么要吃东郭先生?"

狼狡辩说:"是他想把我装到口袋里闷死。"

老人又问东郭先生:"你为什么要把狼装进口袋里? 这好像就是你的不是了。"

东郭先生把刚才事情的经过对老人讲了一遍,老人这才明白了一切,就对狼说:"我不信。这么小的口袋怎么会装下你这么大的狼?"

狼为了证明自己有理,又钻进口袋让老人看。

老人连忙把口袋用绳系住,然后拿起手中砍柴的斧头将狼砍死,并对东郭先生说:"对害人的禽兽决不能手软。"

智慧·感悟·启迪

绝不能怜惜像狼一样的恶人,因为他们害人的本性是不会改变的。

姜从树生

楚国有个人一辈子没见过生姜。

有一次上街看见有人在卖姜,感到很新奇,便托着下巴在一旁端详了好半天,然后对别人说:"这东西一定是在树上结出来的。"

别人告诉他:"错啦,生姜是从土里生成的。"

"不可能!"这个人坚决地摇摇头,"你瞧这东西的模样,非树上不能结成。"

结果两人争论起来。"好吧!"这个人气呼呼地说,"我们打个赌,找十个人来问,拿乘坐的毛驴作赌注。"

这个楚国人说:"好,打就打,就按照你的方法。"

最后他们问了十个人,个个都说生姜是从土里生成的。这个人哑口无言,愣了半天,对别人说:"毛驴让你牵走,可生姜还是从树上生出来的!"

智慧·感悟·启迪

在事实和真相面前，仍然固执地坚持不正确的观点，只能贻笑大方。

目不见睫

春秋时期，继齐桓公、晋文公称霸诸侯以后，楚庄王取得了诸侯霸主的地位。

但是他不满足，想要趁着越国衰弱之机，出兵讨伐，进一步实现统一天下的野心，楚国的文武百官感到现在楚国的国力已经和以前相差得太远了：对外连年不断发兵征讨，军队疲劳，百姓困倦，这与庄王初为诸侯霸主的时候相比，已经相差很远了；国内各地的百姓不满楚庄王的统治，纷纷揭竿而起，官府已无力镇压。在这种自顾不暇、束手无策之际，再去攻打越国，是很危险的。但是文武百官怕得罪楚庄王，怕丢掉乌纱帽，谁都不敢对楚庄王进谏。

这时，有一位姓杜的大夫，国人都很尊敬他，因为他在国人眼里是一位聪明的有识之士，都称他为杜子。他为了楚国的长远利益，不顾个人安危，挺身而出，上朝去劝谏楚庄王。

杜子对楚庄王说："大王要发兵讨伐越国，这是为什么呢？"

楚庄王说："越国是我国的邻国，我们不主动出兵攻打他们，他们也要出兵攻打我们。所以寡人决定讨伐越国。"

杜子又问："为什么选择在这个时候发兵讨伐呢？"

楚庄王说："现在越国政治昏乱，兵力疲弱。"

杜子说："我很愚昧，对这件事很担心。"

楚庄王说："你担心什么？"

杜子说："智慧就像人的眼睛一样，能看到百步以外的东西，却看不见自己的眼睫毛。"

楚庄王问："这话怎么讲？"

杜子回答说："大王的军队，自从被秦国、晋国打败，丧失了几百里地的国土，这说明楚国的兵力疲弱；庄跻在国内造反，官府却无力平乱，这说明楚国的政治昏乱。大王的政治昏乱、兵力疲弱，并不在越国之下。可是大王却要讨伐越国。这不正说明智慧像眼睛看不见睫毛一样，看不见自己的弱点。大王您说是不是？"

楚庄王听了"目不见睫"的道理，就放弃了讨伐越国的打算。

智慧·感悟·启迪

人都是容易看见别人的弱点，却忽视自己的弱点。

翠鸟移巢

翠鸟做窝的时候，最初把它做在很高的地方，为的是躲避灾祸。

后来小鸟孵出来了，翠鸟非常疼爱自己的小宝贝，生怕它从窝摔出来，就把窝移到低一些的地方。慢慢地，小鸟长出毛来了，毛茸茸的，十分可爱。

翠鸟更加喜欢自己的孩子了，又把窝移得更低一些。然而，灾难也因此发生了，人们把它们都捉走了。

智慧·感悟·启迪

事情往往有利有弊，我们要准备做的时候不能光看事情会给你带来什么利益，而且还应该注意到有什么害处。

白马非马

公孙龙是战国时名家的代表人物，他最有名的名辩命题是“白马非马”论。

他说：“马是指马的形状，白是指马的颜色，颜色既然不等于形状，所以白马也就不等于马。”

他怕别人还不明白，又举例说：“买马，当然买什么马都可以，黄马、黑马、枣红马都不拘泥于颜色，只要好看就行了，但是买白马那就不同了，非买白马不可，可见白马非马。”

智慧·感悟·启迪

过分夸大这两个概念的差异，看不到“一般”和“个别”的辩证关系，会导致违反客观事实的错误结论。

黎丘老人

战国时期，魏国北部有座山，名字叫黎丘山。山上有个奇怪的鬼，名字叫黎丘鬼。这个黎丘鬼的最大的特点是最喜欢装做别人的儿子、侄子、兄弟或什么人的模样，去捉弄人。

城中有位老人叫黎丘老人。有一天，黎丘老人到市场上的酒店去喝酒，他遇到了老朋友，分外高兴，不知不觉间喝了很多，直到喝得酩酊大醉后才往家走。黎丘鬼看见之后，便摇身一变，装成他儿子的模样，前来搀扶他回家。

这个黎丘鬼十分顽皮，借搀扶老人之机，在道上百般地折磨他。黎丘鬼一会儿把老人推倒，一会儿在老人脚下使绊，一会儿捅老人的腰，一会儿抓老人的背。老人感到十分难受，但因喝醉了酒，浑身疲乏无力，也只好默默地忍受了。

这位老人终于回到了家里，迷迷糊糊地倒在了床上，酣睡了一夜。第二天早上酒醒之后老人就责骂他的儿子说："我作为你的父亲，难道对你不够慈爱吗？有什么地方对不起你吗？我昨天喝醉了酒，在回家的路上你那样折磨我，究竟是为什么呀？"

儿子听了一愣，自己并没有这样做却遭到父亲的责怪，感到非常委屈。于是他跪在地上一边磕头一边哭着说："这是从何说起呢？我真的没有做过此事。昨天我到城东去要债了，怎么会在路上折磨您呢？如果你不相信，就问问家里人。再不相信，就去问问借债的人。"

家里人看见这种情况都纷纷作证，又把收来的债款拿给老人看，老人相信了。但是老人依然十分困惑，经过仔细思索，终于恍然大悟地说："哦！我明白了，一定是黎丘山上那个鬼在捉弄我。过去我常听说有这样的事。明天我特意到市上去喝酒，如果他再来，我一定杀了他。"

第二天，老人准备好了一把剑放在腰里，又到市上的酒馆里去喝酒。当他喝得大醉往家走时，他的儿子因为前一天的遭遇，担心父亲再遇上黎丘鬼，受到捉弄，就急忙跑到半路上去迎接他。

老人看见儿子上来搀扶他，又以为是黎丘鬼前来捣乱。便趁其不备，拔出剑来，一剑将儿子刺死。这位自以为聪明的黎丘老人，因为被狡猾的黎丘鬼的假象所迷惑，结果误杀了自己的亲生儿子。

智慧·感悟·启迪

对于表面很相似的事物，一定要详察。如果粗心大意，就会铸成无可挽回的大错。

安知鱼乐

战国时期，庄子是一位很有名的思想家、政治家。有一天，庄子和惠施二人外出散步，走到濠水的一座桥上。俯身向水里望去，庄子看见一条条鱼在水里自由自在地游来游去，就说："你看，鱼在里面游来游去，多么快乐！"

惠施回答说："真奇怪，你又不是鱼，你怎么知道鱼很快乐呢？"

庄子反问道："你又不是我，你怎么知道我不知道鱼的快乐呢？"

惠施回答："我不是你，固然不知道你的感觉如何，可是你也不是鱼呀，你怎么知道鱼快乐不快乐呢？"

庄子微微地笑了笑，解释说："让我们把道理详细地谈一谈吧。刚才你问我怎么知道鱼的快乐，可见你已经知道我是晓得鱼的快乐的。至于我为什么会知道？那是因为我到了濠水桥上，看见鱼在水中游来游去，自由自在，所以觉得鱼很快乐。”

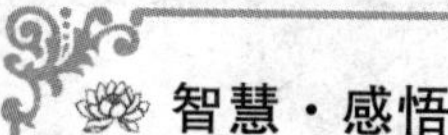

智慧·感悟·启迪

人的认识可以正确地反映客观事物，世界上有些事物暂时还没有被认识，但是却不存在不能被认识的事物。

二桃杀三士

春秋时期，齐景公养了三个大力士，因为他们不懂得君臣大义和朝廷礼仪，以至于让众大臣及景公对他们产生了反感，所以齐景公想除掉他们，但是他们力大无比，而且武艺很好，没有人能够近他们的身，所以一直也没有好办法。

晏子给齐景公出了个计策，赐给三个大力士两个鲜桃，让他们比功劳。谁的功劳大谁吃，晏子的意思就是想让他们自相残杀。

于是，景公把他们三个叫上来，然后叫奴仆用盘子端出两个仙桃给他们，并对他们说：“三位爱卿，你们都是寡人深爱的大力士，寡人想奖赏你们。可是今日奴仆们在后花园里摘桃子，只有两颗，寡人想把它们奖赏给你们三个中功劳最大的两个人，你们比一比自己的功劳吧！”

大力士公孙接说：“当年主公在狩猎时遇到两只猛虎，我一一将它们擒杀，才救得主公一命，像我这样的功劳，完全可以独自吃一个鲜桃，不与别人分吃一个！”说着抓起一个鲜桃，站起身来就要吃。

大力士田开疆说：“当年主公被敌军围困，我一人手持兵器两次打退敌军，才救出主公。像我这样的功劳，也可以独自吃一个鲜桃，不与别人分吃一个！”他也抓起一个鲜桃站起身来就要吃。

两个鲜桃都被人抓走了，另外一个大力士古冶子说：“我曾经跟随君王渡过黄河，一只鼋鱼咬住左骖马，把它拖进砥柱山下的旋涡里，我就潜入河水下面，逆流追出百步远，又顺流追赶了几里远，擒获鼋鱼而杀死它。左手抓住左骖马的尾巴，右手提着鼋鱼头，像仙鹤一样跃出水面。渡口的船夫都说：‘黄河水神出来了！’他们仔细一看，原来是我举起的鼋鱼头。像我这样中流砥柱的功劳，也可以单独吃一个鲜桃，不与别人分吃一个！你们两个人为何不把鲜桃放回到原处！”古冶子说着抽出剑来，拉开决斗的架势。

大力士公孙接、田开疆说：“我们的勇武不如你，功劳赶不上你。我们毫不谦让地抓起鲜桃，是贪婪的表现。既然都这样了，如果我们还不死，是太不知羞耻了！”

于是公孙接、田开疆就把两个鲜桃放回原处，然后拔剑自刎了。

看到这种惨烈的场面，最后一位大力士古冶子说：“你们两位都死了，唯独我还活着，这是不仁爱；用语言羞辱人家而夸耀自己，这是不道义；悔恨自己的行为而不去死，这是没有勇气。你们两位都送回鲜桃，为保持气节而自杀了，难道我会单独享受两个鲜桃吗？”

于是，古冶子也自杀了。

智慧·感悟·启迪

运用智慧，看准对方弱点，利用对方的矛盾，可以斗败有勇无谋的对手。

杨布打狗

战国时，有个人叫杨布，在他们州里也算是小有名气。

有一天早晨，杨布穿着一件白布褂子上街买东西。天忽然下起阵雨，杨布就脱下外衣，穿着里面的黑布衣回来了。

走到家门口，他养的一只大狗仿佛看见陌生人似的，对他龇牙咧嘴，汪汪狂吠。杨布见了无名火起，拾起一根烧柴的棍子，追上去要揍它。

他的哥哥杨朱从里屋跑出来一看，忙说道："不要打它，你怎么能怪狗呢？如果让你的狗出去时一身白毛，回来时变成了一身黑毛，你能够不奇怪吗？"

智慧·感悟·启迪

如果被假象迷惑，就会做出错误的判断，人们要学会识别假象，不要上当受骗。

床头捉刀人

东汉末年时，匈奴使者远道来到洛阳。魏王曹操准备接见他，但是他觉得自己生得又矮又丑，不足以令来使威服。于是在朝中挑选了堂堂一表的崔季硅，让他穿戴自己的衣冠，假充魏王，高坐大堂之上，自己则打扮成一个卫兵，按着腰刀，立在床头的一旁。

会见很顺利地完毕了。曹操便派密探去打听使者对魏王的印象。匈奴使者惊叹地说："魏王气宇轩昂，果然是名不虚传。可是他背后手执利刀立在床头的侍卫，依我看，那才是一个了不起的英雄！"

曹操听说，大吃一惊，立刻派人在半路上刺杀了那个使者。

智慧·感悟·启迪

仅从外表和气度来判断一个人是远远不够的，应该通过一贯的行为举动来洞察内在实质。

点石成金

有个人家境贫困潦倒。尽管这家人连香烛都买不起，但他还是日日供奉着道仙吕祖洞宾的神位。

后来，吕洞宾听说了这件事，非常感动。为了感谢他的虔诚，吕洞宾便驾着一朵云彩，飘落在他家的庭院中。

吕洞宾看见他家破瓮残灶，心生怜悯，便伸出一根指头，指定树下半截磨盘，咄的一声，只见金光万道，磨盘瞬洞宾变成了黄金。

吕洞宾转过脸问他道："这块黄金赠送给你，要不要？"

这个人受宠若惊，倒头就拜道："不要，不要！"

吕洞宾喜出望外，说："你这般不爱钱财，倒可以传授给你真道。"

这个人慌忙答道："不，不，我也不要学道。"

吕洞宾很奇怪，便问他："那么，你到底想要什么呢？"

那个人支支吾吾了半天，憋红了脸说："我是想要你这根点石成金的手指头。"

智慧·感悟·启迪

本性这东西，藏是藏不住的，早晚要露出来。

八哥学舌

八哥是一种很精巧的鸟类，它的模仿能力非常强，这种鸟类出产在南方。南方人用网把它捕捉住后，训练调教，教它说话。

日久天长，它就会模仿人说话了，可是它只能学说几句，一天到晚说来说去，还是那么几句话。

蝉在院子里叫，八哥听见了，便嘲笑它。

而蝉对此于八哥的嘲笑并没有在意，而是对八哥说道："你会模仿人说话，这很好；可是你所说的那些话，其实等于没有说，哪里比得上我能叫出自己的意思呢！"

八哥听了这话，惭愧地低下了头。从此以后，它一辈子再也不跟人学舌了。

智慧·感悟·启迪

每个人都有自己的优点和缺点。我们在评价别人的时候，不要总是找别人的缺点。

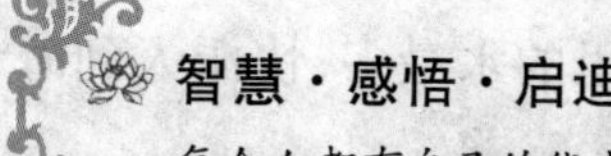

自相矛盾

矛和盾是古时候两种武器，矛是用来刺人的，盾是用来挡矛和箭的，这两者功用恰恰相反，是互不相容的。

春秋战国时期，天下大乱，几乎每一天都在发生大大小小的战争，因此矛和盾这两种武器是非常紧缺的。楚国有一个商人，看准了这个商机，心想既然人们都需要矛和盾这两种武器，那么卖这个肯定能发财。于是，他带着一把矛和一个盾来到街上叫卖。刚开始时没有人过问，他有点着急，看到旁边卖东西的人都在夸耀自己的东西好，于是他也举起盾牌向人吹嘘说："我这盾牌呀，坚固极了，无论怎样锋利的矛枪也刺不穿它。大家快来买吧，不然可就没有了！"

大家听完他的话，都争先看他的盾，甚至有的都掏出钱袋准备购买。

还没等买家开口问价，商人放下盾牌，又举起他的矛枪向人夸耀说："我这矛枪呀，锋利极了，无论怎样坚固的盾牌，它都刺得穿。大家快来买吧，不然可就没有了！"

这时候，旁边的人听了，不禁发笑，就问他说："照你这样说，你的矛是最锋利的，什么东西都能刺穿，你的盾十分坚固，什么东西都刺不透。那么就用你的矛枪来刺你的盾牌，结果会怎样呢？"

这个商人被问得目瞪口呆，窘得答不出话来。众人哄笑起来，都纷纷走散了。

智慧·感悟·启迪

如果不实事求是，过分强调绝对的一面，前后互相抵触，势必造成思维混乱，陷入不能自圆其说的尴尬局面。

远水不救近火

齐国是鲁国的邻邦，鲁穆公不但不去同齐国结盟，反而把自己的王子和公主纷纷送到远离鲁国的晋国和楚国去结亲和做官，想在鲁国遭难时，得到晋、楚两国的援助。

有个叫犁钮的大臣对鲁穆公说："假如这儿有人掉进大河里马上就要淹死了，岸上的人都说：'越国人最善于游泳，快派人去越国求救吧。'大王，您说这人救得活吗？"

鲁穆公笑着说，"真傻啊，越国那么远，越人再善游水，这个人也别想活命。"

"那么，"犁钮又问，"如果鲁国京城发生大火灾，有人对您说：'海里的水最多，快派人到海边运水来救火。'大王认为能行吗？"

"不行，不行，"鲁穆公说，"等海水运到，京城早就烧成灰烬了。"

"是呀，"犁钮说，"这就叫做'远水不救近火'。现在晋、楚两国虽很强盛，但远离鲁国，倘若鲁国一旦有难，就会像远水救不了近火一样。而齐、鲁相邻，不同齐国结交，实在危险啊！”

智慧·感悟·启迪

在解决问题时，需要客观地分析，理智地寻找最便捷最有效的解决方法。

郑人买鞋

从前，有个郑国人，想到市上去买一双鞋子。他本来应该到集市上按自己的脚的大小买鞋，穿上合适就买，不合适就继续换着试，直到合适为止。但是他却先用一根稻草量了量自己的脚，作为尺码。但是他做好尺码后，就随手放在座位上了。临走时，却把尺码丢在家里，忘记带去。

他到了市上，市上很热闹，他走进一家鞋店，店主把一双双鞋子摆在郑人面前供他挑选。他看见一双鞋子，觉得很中意，于是便准备把尺码拿出来比，可是一摸口袋，发现尺码没有带来，忙对店主说：“对不起，我忘记了带尺码来，不知道该买多大的鞋子，让我赶回去把尺码拿来再买。”说罢，拔脚就跑。

他的家离集市很远，这样一来一往，宝贵的时间都浪费在了路上。等他从家里拿了尺码再到市上时，鞋店已关门打烊了。结果他白忙活了一天，也没有买到鞋子。他埋怨鞋店不为顾客着想，又着急又失望，独自在路边唉声叹气。

有路人从旁边经过，知道了这事后，就提醒他：“你为自己买鞋子，可以直接穿上试试大小，还要什么尺码呢？”

买鞋的人回答说；“我宁肯相信尺码，也不相信自己的脚！”

路人听到他的话，都忍不住笑了起来。

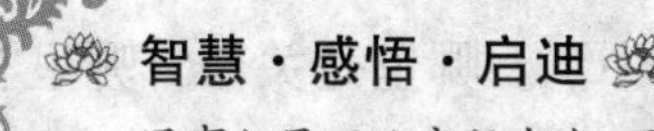

智慧·感悟·启迪

遇事如果不从实际出发，思想僵化，迷信教条，是十分愚蠢可笑的。

齿亡舌存

相传老子的恩师叫常摐。

有一年，常摐老了、快病死了，老子赶去探望。老子扶着常摐的手问：“先生怕是快要归天了，有没有遗教可以告诉学生呢？”

常摐缓缓回答：“你就是不问，我也要告诉你的。”他歇了口气问，“经过故乡要下车，你知道吗？”

“知道了。”老子回答，“过故乡而下车，不就是说不要忘记故旧吗？”

常摐微笑着说：“对了。那么，经过高大的乔木要小步而行，你知道吗？”

“知道了。”老子回答，“过乔木小步而行，不就是说要敬老尊贤吗？”

“对呀。”常摐又微笑着点点头。想了一会儿，常摐张开嘴问老子：“你看看，我的舌头还在不？”

“在啊。”老子回答道：“您为什么这么问？”

常摐没有回答他的问题又继续问道：“那你看我的牙齿还在不？”

“一颗也没有了。”

常摐问：“你知道是什么意思吗？”

老子想了想，答道：“知道了。舌头还能存在，不就是因为它柔软吗？牙齿之所以全掉了，不就是因为它太刚强了吗？”

常摐摸着老子的手背，感慨地说：“对啊。天下的事情、处世待人的道理都在这里面了，我再也没有什么可告诉你了。”

智慧·感悟·启迪

如果从发展的观点看问题，则新生的幼弱的东西能战胜陈旧的强大的东西。同时，还包含着以退为进、后发制人和“胜人者力，自胜者强”等军事战略思想。

庖丁解牛

梁惠王看到庖丁正在分割一头牛，但见他手起刀落，既快又好，连声夸奖他的好技术。

庖丁答道：“我之所以能干得这样，主要是因为我已经熟悉了牛的全部生理结构。开始，我眼中所看见的，都是一头一头的全牛，现在，我看到的却没有一头全牛了。哪里是关节？哪里有经络？从哪里下刀？需要用多大的力？全都心中有数。因此，我这把刀虽然已经用了19年，解剖了几千头牛，但是还同新刀一样锋利。不过，如果碰到错综复杂的结构，我还是兢兢业业，不敢怠慢，动作很慢，下刀很轻，聚精会神，小心翼翼的。”

梁惠王说：“好呀！我从庖丁这番话里，学到了养生的大道理。”

智慧·感悟·启迪

只要掌握事物的内在规律，复杂性问题也可以迎刃而解。

痴人说梦

从前有一个姓戚的大户人家，戚家有一个少爷，这个戚家公子一直都过着衣来伸手、饭来张口的日子，虽然从小喜爱读书，但生性痴笨，而且本身也非常愚钝。

一天早上，他从床上爬起来，懵懵懂懂，到处张望，忽然一把拖住进来收拾房间的婢女，问道："昨天夜里你梦见我没有？"

婢女莫名其妙，回答："没有。"

"什么？"公子气得破口大骂，"我明明在梦中看见你，你为何要当面耍赖？"顿时在房间里闹得一塌糊涂。

老夫人赶来询问究竟，公子扯着她的衣襟大喊大叫说："这个痴婢真该打，我明明梦见她，她却说没梦见我，存心欺主，这还了得！"

智慧·感悟·启迪

如果把虚幻的东西当做真实，还要把这种虚幻的主观感觉强加给别人，实在是违反常识的愚蠢。

一叶障目

楚国有个人家境破落，生活贫困。妻妾都劝他读书考取功名，但是他嫌读书太累，不想读；妻妾又劝他去地里干活，待秋后丰收也可以用来赚钱，可是他又害怕辛苦，不肯去好好劳动，整天躺在床上就想着能发一笔横财。

有一天，他闲来无事，就拿起一本叫《淮南子》的书看。据说那是一本很神奇的书，它可以让人成仙，他翻着翻着，就在书里翻到这样一段话：螳螂捕蝉，全靠有树叶给它遮身，人要是得到那片树叶，就可以用来隐蔽身形，谁都看不见你。

这短短几句话很让他心动，他心想：如果真的让我找到这片树叶的话，那我就可以去偷银子，而且别人也发现不了我，到时候，我就能发大财了。

于是，他丢下书，跑到树林里仰头张望，想要找到一个螳螂隐身的树叶。找了好半天，总算给他发现有一只大螳螂躲在一片树叶背后，举起双臂朝蝉扑去。他急忙攀上树杈，伸手去摘那片树叶。可是由于心慌，树叶落到地上。地上原来就铺着厚厚一层落叶，他无法分辨，只好干脆把地上的树叶通通扫回家，竟装了满满几大斗。

他回到家以后一片一片地试验。他举起一片树叶遮住自己的眼睛，问他的妻子说："你看得见我吗？"

妻子正忙着织布，回头说："看得见。你这是干吗？"妻子被他这奇怪的举动搞得莫名其妙。

"不要你多管，"他换了一片树叶又问，"还看得见我吗？"

"看得见。"

从正午一直到日头偏西,楚人不停地捡起树叶问妻子。到最后,妻子实在厌倦不堪了,只好随口回答:"看不见了。"

这一下,楚人信以为真,认为自己真的找到了螳螂隐身的那片树叶,高兴极了,连忙拿着这片树叶,径直朝市场跑去。市场上车水马龙,十分热闹,各种各样的货物,应有尽有。他一手举着树叶挡住自己的眼睛,一手在店铺上挑好东西,伸手就抓。手还没有来得及缩回来,别人就怒喊着朝他扑来,将他扭送到县衙门去了。

智慧·感悟·启迪

人的目光如果为眼前细小的事物所遮蔽,就会看不到全局或整体。

呆若木鸡

从前,有一种名叫斗鸡的赌博游戏,这种游戏在各国的宫廷里十分流行。帝王将相们在酒足饭饱以后,无所事事,常常用斗鸡来消磨时光,比赛输赢,从中取乐。

春秋战国时期,齐国的国王特别爱好斗鸡的赌博游戏,他虽然也饲养一些斗鸡,却因为驯养得不好,总是失败。于是齐王便下令张榜招募驯养斗鸡的能手,纪沽子是一个专职驯养斗鸡的专家,远近闻名,他应招去给齐王驯养斗鸡。

纪沽子驯养斗鸡十天,齐王便迫不及待地催问说:"驯养成了吗?"

纪沽子回答说:"还不行。这鸡没有什么本领却很骄傲,仗着傲气,跃跃欲试。"

又过了十天,齐王又问:"怎么样? 现在成了吧?"

纪沽子说:"还不行啊! 它听到其他鸡的叫声,见到其他鸡的影子,反应得特别迅速。"

齐王说:"怎么,反应迅速还不好吗?"

纪沽子说:"反应迅速,说明它取胜心切,火气还没有消除。"

又过了十天,齐王再一次问道:"怎么样了? 现在难道还不成吗?"

纪沽子说:"现在差不多了。别的鸡虽然鸣叫着向它挑衅,它好像没听到似的,神态自若,毫无变化。不论遇到什么突发情况,它都不惊不慌,一副呆头呆脑的样子,好像木头做的鸡,它已具备了斗鸡的一切特性了! 别的鸡看到它这副模样,没有敢与它斗架的,遇到它转身就逃跑。"

齐王把这只斗鸡带到斗鸡场上,果然每斗必胜。

智慧·感悟·启迪

有的时候,大智若愚,将胜负置之度外恰恰可以取胜,成功之道在于养成良好的心理素质。

狐假虎威

在战国七雄中，楚国是一个相当强盛的国家，不仅疆土广大，军事力量也非常强大。

有一次，楚宣王问左右大臣："我听说北方的国家都很怕我们国家的昭奚恤将军，果真如此吗？"

大臣们面面相觑，不敢出声，生怕答得不好，冒犯了大王或得罪了大将军昭奚恤。

这时，有个名叫江乙的大臣趋前答道："我有一个故事，不知大王爱不爱听？"

楚王点点头，说道："江爱卿有话请讲。"

江乙于是缓缓道来："从前有一只老虎在森林里到处觅食，它已经好几天不曾进食了，看到森林里有一只狐狸，于是它迅速扑上去，不费吹灰之力就捉住了狐狸。只见它得意地对狐狸说道：'我看你这下往哪里跑？终于有肉可以吃了。'边说着，嘴边已经忍不住流下口水了。

"狐狸虽然被抓，眼看就成为老虎的腹中物了，只见它一点都不慌张，并且在虎爪下叫道：'你竟然敢吃我！我是上帝派下来管理百兽的。你吃我就是违忤天意，大逆不道！'

"老虎听了不相信地说道：'你以为我是傻瓜啊，你让我放了你，我吃什么？再说了，我才是百兽之王，你一只小小的狐狸怎么能管理百兽呢？凭什么要我相信你，能不能拿出证据？'

"狐狸忙说：'你不相信？好，我带你到百兽面前走一趟，看看它们怕不怕我！'

"老虎答应了，就跟在狐狸后面走。于是，狐狸神气活现地走在前面，老虎东张西望地跟在后面。

"林中百兽远远看见老虎来了，吓得一片惊叫，纷纷逃窜。老虎不知道百兽其实是畏惧自己，还以为真的是害怕狐狸，果然对狐狸佩服得五体投地，就放走了狐狸。"

说到这儿，江乙话锋一转："如今大王把千里国土、百万精兵都交给昭奚恤统辖，北方国家怕昭奚恤，实在只是怕大王您的雄厚实力，正如百兽只是怕老虎一样。"

智慧·感悟·启迪

凡事要透过现象看本质，凭借他人权势吓唬人的骗子是可怜又可笑的。

曹刿论战

公元前684年春天，齐国重兵进犯鲁国。

当时，齐强鲁弱，鲁国大将曹刿与鲁庄公同坐一辆战车来到长勺迎战，到了长勺安营扎寨。

第二天，探子回报：齐军旌旗森严，刀戟如林，一派杀气腾腾，准备厮杀。

齐将首先下令进军。刹那间，鼓声动地，杀声四起。鲁庄公正准备擂鼓出营迎战，曹刿拦住他说："主公且少安毋躁，时机未到。"

齐军数万大军冲到鲁营寨前，见鲁营没有反应，好像没有要出兵的意思，于是便平静下来。稍过一阵，齐军又战鼓大作，可是曹刿仍阻止鲁军出战。

待齐军三鼓擂过，曹刿才回头对庄公说："时机已到，可以出击了！"

庄公下令擂战鼓出寨迎敌，方才鲁国兵将一直看着齐军骄横的气焰，早就憋着满腔怒火，此时一听战鼓擂响，便如同下山猛虎一般，呐喊着掩杀过去。齐军猝不及防，顿时大乱，漫山遍野地溃逃。

鲁庄公大喜，便下令追击，曹刿又拦住说："不行。"

说完后他跳下战车，仔细地观察着泥地上齐军脚印和车辙，又站在车栏上远眺一番，随后说："可以追击了！"战役结束，鲁国大获全胜。

班师回朝的路上，鲁庄公向曹刿询问得胜的原因。

曹刿回答："打仗依靠士兵的勇气，齐军擂一鼓的时候，士气正旺，第二鼓有所低落，第三鼓则精疲力竭，而我军严阵以待，士气却逐渐充盈，所以能够战胜齐军。同时，齐国是大国，狡诈多端，我们要防备他们佯装败走，埋下伏兵，因此我要先观察一番，发现齐军车辙狼藉、旌旗靡乱，这是真正败逃的迹象，所以才能下令追击。"

智慧·感悟·启迪

做什么事情都有个时机，选择最佳时机去做，就增加了成功的系数。

草船借箭

东汉末年，刘备被曹操一路追杀，逼得无路可走，最后到江夏投靠了刘表的儿子刘琦，曹操率兵继续追赶。

为抵抗曹操，刘备就让军师诸葛亮到江东说服孙权联合共同对抗曹操。当时孙权手下有一员大将，姓周名瑜字公谨，他是一个很有才华的军事家。同时，孙权也很依赖他。

当孙权同意了孙、刘联军共同对抗曹操以后，就封周瑜为大都督，让诸葛亮到大都督的营里出谋划策。

两军之间只隔一条大江，江这边是曹操所率领的 83 万大军，江那边是周瑜的 5 万军士，两军力量很悬殊，不过谁也不敢先动一步。曹操虽然兵多，但是都是北方人，不会水，坐到船上就晕船，曹操只能先练兵。

于是，两军就这么相持了将近两个月。

原来周瑜心胸狭隘，容不得比自己强的人。他经过多次与诸葛亮的接触，认为诸葛亮的智谋深不可测，觉得他有一天会妨碍到自己的利益，于是他总想找机会杀诸葛亮。

有一天，周瑜对副将鲁肃说："诸葛亮是人中之龙，其试略在我江东恐怕无人能及，若不为我所用，日后恐怕会影响到主公。为除后患，我应该先斩掉他。”

鲁肃说：“现在大敌当前，如果先斩了孔明的话，恐怕刘备会和曹操联手对付我们。”

周瑜笑着说：“我自有办法，你不用多管。”

第二天，周瑜邀请诸葛亮到他寨中商议事情，诸葛亮坐定后，周瑜问道：“有件事情想向军师请教，敢问大江之上当用什么兵器？”

诸葛亮说：“大江之上，当然是弓箭为先。”

周瑜又说：“现在军中缺少箭，敢烦军师督造10万支箭，此系军务，请勿推辞！”

诸葛亮说：“既然是军务，我当竭尽全力督办此事，但不知什么时候要用？”

周瑜说：“十天之内，能完成吗？”

诸葛亮说：“两军相对，怎么能等那么长时间呢？到时候，岂不是延误军机了？”

周瑜一听，心想：这可是他自己寻死。

于是问道：“那依军师之见，几天可以办完？”

诸葛亮说道：“今日不算，从明日开始，三日内就可以办完。都督要是不相信，我可以跟都督立下军令状。”

周瑜大喜，就叫鲁肃取来笔纸立下了军令状。

周瑜不知道诸葛亮搞什么名堂，就叫鲁肃去诸葛亮的营中再探消息。

鲁肃来了以后，诸葛亮先发话：“子敬，今天可得帮我，要不然我就死定了。”

鲁肃说：“你自己取祸，为什么叫我帮你？”

诸葛亮说：“公谨要让我督办造箭，材料肯定都不齐全，这分明是想让我送死。我只希望子敬能够借我20只船，每只船要50个草人和30名军士。但是有一点，这件事无论如何也不能让公谨知道。”

鲁肃不知道他什么意思，就说：“好，既然这样，那我就帮你一把。”

鲁肃回见周瑜，果然没对周瑜说诸葛亮借船一事，只说，他不用翎毛、竹竿、油漆等工具就可以造成箭，周瑜大惊，说道：“好，那看他三天后怎么交差！”

第一天，不见诸葛亮有什么动静；第二天也不见他有什么动静；直到第三天晚上，诸葛亮才邀请鲁肃到船中喝酒。

鲁肃被他这些莫名其妙的举动给弄懵了，就问道：“先生这是带我到哪里去？”

诸葛亮说：“去取箭，子敬别问那么多，到了你就知道了。”

于是他们坐着船一直走，江上起了大雾，又走了一段，诸葛亮命令停船，并让所有军士击鼓呐喊。

鲁肃伸出头去看，只见他们离曹操的水营已经不远了，吓得他喊道：“这可是曹军水营，万一曹军出来，你我的脑袋还不得搬家？”

诸葛亮胸有成竹地说：“你放心吧，大雾之中，他们肯定不会出兵的。”

于是他一边和鲁肃喝酒，一边命军士继续呐喊。

这时已经是凌晨了，曹操正在熟睡当中，突然有两员大将进入帐内，说道：“起禀丞相，吴兵来偷袭我军水营，我们怎么办？”

曹操说：“外面情况怎么样？”

二人说：“江上一片大雾，不知道对方有多少人马，请丞相定夺。”

曹操说：“迅速调集两万弓箭手往呐喊处放箭。”

于是，曹军都在水寨边上向诸葛亮的船放箭，一会儿的工夫，船上的草人身上插满了箭，诸葛亮又令军士把船调过头来，让箭往船另一侧射。又过了一会儿，箭又满了，诸葛亮就令军士齐声喊:“谢曹丞相箭!”

于是六百军士齐声喊道:“谢曹丞相箭!谢曹丞相箭!”

曹操听到后,后悔不已,想派人追赶,可是对方的船凭借顺风已经行出几十里地了。

在回去的路上,鲁肃问诸葛亮:“先生真是神机妙算,可是您怎么知道今天有雾呢?”

诸葛亮说:“为将之人,不懂得天时、地利、人和,不明八卦,不晓天文,不知奇门遁甲,那是庸才。我命系于天,周公瑾怎么能害得了我?”说罢,哈哈大笑。

两人一同到江东,命令军士把插在草人身上的箭全部取下来,每只船上约有6000支箭,20只船就有十几万支箭。

周瑜听到这件事之后,暗暗惭愧。

智慧·感悟·启迪

“害人之心不可有,防人之心不可无。”遇到比我们强的人,比我们懂得多的人,我们应该虚心向别人请教,而不是千方百计地算计人家。

塞翁失马

古时候,有个地方叫塞上,这个地方离匈奴很近。在离塞上不远的地方,住着一个爱好养马的人,人们都称他为塞翁。

有一天,塞翁的马忽然逃到塞外去了,邻人们都替他惋惜。

塞翁却说:“跑丢了马这件事,看似是坏事,怎知这不会成为一件好事呢?”邻人们听了都感到塞翁为人很豁达。

过了几个月,那匹马又跑回来了,并且还带来了一匹匈奴的骏马。邻人们知道了这个消息,又都来庆贺。

塞翁并没有表现出特别高兴的神情,反而说:“多得了一匹马,看似是好事,怎么知道这不会变成一件坏事呢?”

家里有了良马,塞翁的儿子又非常喜好骑马,但技术却不甚高明。自从得到这匹匈奴的骏马,他的心里就一直痒痒的,总想骑着马去兜风。他实在按捺不住好奇心,就背着父亲去骑这匹马,这可就闯出祸来了——儿子坠马摔断了腿,邻人们都来慰问。塞翁却并不特别伤感,又说:“我儿子摔断了腿,看似是坏事,这未必就是一件坏事。”邻人们都感到不甚理解。

过了一年,匈奴兵大举入侵,附近的青壮年几乎都被官府抓去当兵了,而且大多都在战争中牺牲了。而塞翁的儿子却因跛脚未能出征,和父亲一起保全了性命。

智慧·感悟·启迪

生活中可能暂时有所失,但后来却会因此而有所得,好事和坏事是可以互相转化的。

把困难踩在脚下

一个农夫的驴子不小心掉进一口枯井里,农夫绞尽脑汁想救它出来,但几个小时过去了,驴子还在井里痛苦地哀号着。

最后,这位农夫决定放弃了,他想这头驴子已经老了,不值得大费周折把它救出来。于是他便请来邻居帮忙,打算将井中的驴子埋葬了,以免除它的痛苦。

农夫的邻居们人手一把铲子,开始将泥土铲进枯井中。这头驴子似乎意识到自己的处境,刚开始叫得很凄惨,但出人意料的是,过了一会儿这头驴子就安静下来了。农夫好奇地探头往井底一看,出现在眼前的景象令他大吃一惊!

当泥土落在驴子的背上时,它竟然将泥土抖落在一旁,然后站在泥土上面!就这样,驴子一层层地踩着要埋葬它的泥土,慢慢升到了井口!

最后,它在众人惊讶的注视下默默地跑开了。

智慧·感悟·启迪

水声亦作琴声听,黄连可当蜂蜜品。换个角度想,我们可以让生活化弊为利,让苦变甜,让恨生爱,让单调变得丰富,让呆板变得活泼。困难对人是一种打击,更是一种磨炼,关键是要把困难踩在脚下当做垫脚石。

拥抱痛苦,笑对坎坷的命运

有一个男孩子,刚出生时只有可乐罐那么大,躺在医院的观察室里奄奄一息。他的腿是畸形的,没有肛门,医生只好给他割了道深口,让他能痛苦地排便,而且他的膀胱和肠道也不正常。

医生断言,孩子几乎不可能活过24小时!然而,他挣扎着,活过了一周,又是一周……他居然顽强地活了下来。

他实在太小了,周围的一切对他来说都像庞然大物。胆怯的他对任何比他大的东西都充满恐惧,甚至家里的狗也经常欺负他。父亲经常对他说:"孩子,你必须自己面对一切恐惧,勇敢起来!"

当他背着比他个头还大的书包,坐在轮椅上开始憧憬新的生活时,他压根儿也没有想到迎接自己的却是噩梦。个头矮小的他成了学校里调皮学生的玩偶:他们掀翻他的轮椅,弄坏他轮椅上的刹车让他从走廊直接"飞"进老师办公室;最恶劣的一次是几个同学用绳子绑住他的手,用胶纸封住他的嘴,把他扔进垃圾箱里,接着在垃圾箱外点起了火,滚滚浓烟令他几乎窒息,他恐惧极了,直到一位老师将他解救出来……

他终于无法忍受了,回到家,想着自己一次次被折磨、被侮辱的遭遇,他放声大哭。他想到了自杀,但他还是舍不得疼爱他的双亲……

高中毕业后,他决定给自己找个工作。每天早上,他趴在滑板上,敲开一家又一家的店门,询问店主是否愿意雇用他。可等人家打开门时,根本就没有发现几乎趴在地上的他,于是又把门关上了。

经过无数次应聘失败后,他终于找到自己的第一份工作。他每天凌晨4点半起床,赶火车到镇上,然后爬上他的滑板,从车站赶到几千米外的工厂。尽管生活艰辛,但是能够自食其力,他勇敢而快乐地生活着。

从12岁起,他就开始打室内板球,后来还喜欢上了举重与轮椅橄榄球。他对运动的执著热爱,使他取得了一系列好成绩,相继获得了1994年澳大利亚残疾人网球赛的冠军以及2000年全国健康举重比赛第二名。他就是约翰·库缇斯。

后来,常有人追问他的种种故事;终于,在一次午餐会上,约翰应邀做了简短的演讲。他的经历与现状让在场的观众热泪盈眶,赢得了热烈的掌声。那次经历让约翰猛然发现了一个最适合自己的职业——在讲台上,讲出自己的挣扎与拼搏,讲出自己的恐惧与忧伤,讲出自己的渴望与梦想!

如今,约翰已在一百九十多个国家做了八百多场演讲,他用自己的亲身经历,激励和影响了无数听众……

智慧·感悟·启迪

任何苦难我们都必须勇敢面对,如果输了就会输掉一切,如果赢了则赢得了好运。一切皆有可能,永远都不要放弃信念。面对坎坷的命运,我们应当拥抱痛苦、笑对人生。

没有理由可以绝望

杰克逊进入军队服役,并且奉命参加以色列和阿拉伯之间的战争。他在一次战斗中受了严重的眼伤,眼睛因此看不见东西。虽然他遭受了这么大的伤痛和苦楚,但他的个性仍然十分乐观。他常常与其他病人开玩笑，把自己的东西分给病友。

医师们都尽心尽力想恢复杰克逊的视力。一天，主治大夫亲自走进杰克逊的房间对他说道：

“先生，我必须把一个不好的消息告诉您，您的视力恢复不了了。”

时间似乎凝滞了，房间里呈现出可怕的静默。

最终，杰克逊打破了沉寂，平静地回答道：“其实，我一直都知道会有这个结果。非常感谢你为我费了这么多心力。”

几分钟之后，杰克逊对他的朋友说道：“我觉得我没有任何理由可以绝望。不错，我的眼睛瞎了，但我还可以听得很好、讲得很好呢！我的身体强壮，不但可以行走，双手也十分灵敏。何况，就我所知，政府可以协助我学得一技之长，好让我维持生计。我现在所需要的，就是适应一种新生活罢了。”

智慧·感悟·启迪

不因幸运而故步自封，不因厄运而一蹶不振。真正的强者，善于从顺境中找到阴影，从逆境中找到光亮，时时找准自己前进的目标。在不幸中，最大的幸福就是能找到不幸中的幸运。

做不到最好也要尽最大的努力

美国的一个州被洪水淹没了，一个 8 岁的黑人小男孩的家被冲毁，在洪水即将吞噬他的一刹那，母亲用力把他拉上了堤岸。

后来，男孩小学毕业了，因为阿肯色的中学不招收黑人，他只能到芝加哥读中学。家里没有那么多钱，这时，母亲做出了一个惊人的决定——让男孩复读一年。而她则为整整 80 名工人洗衣、熨衣和做饭，给孩子攒钱上学。

第二年秋天，拿着这笔好不容易凑足的血汗钱，母亲带着男孩踏上了火车，奔向陌生的芝加哥。在芝加哥，母亲靠给人当佣人谋生。而男孩则以优异的成绩中学毕业，后来又顺利地读完大学。此后，他创办了一份杂志，但最后一道障碍，是缺少 300 美元的邮费，因而不能给订户发函。一家信贷公司愿意借贷，但有个条件：须有一笔财产抵押。母亲曾分期付款好长时间买了一批新家具，这是她一生最心爱的东西，但她最后还是同意将家具做了抵押。

最后，那份杂志获得了巨大成功。男孩终于能做自己梦想多年的事情了：将母亲列入他的工资花名册，并告诉她算是退休工人，再不用工作了。那天，母亲哭了，那个男孩也哭了。

后来，在一段反常的日子里，男孩经营的一切仿佛都坠入谷底。面对巨大的困难和障碍，男孩感到已然无力回天。他心情忧郁地告诉母亲：“妈妈，看来这次我真要失败了。”

“儿子，”她说，“你努力试过了吗？”

“试过了。”

“非常努力吗？”

“是的。”

"很好。"母亲果断地结束了谈话,"无论何时,只要努力尝试,就不会失败。"

智慧·感悟·启迪

命运好比是你在快速前进的道路上横亘的一堵墙,你飞快地冲过去,其结果就只有两种可能:要么破墙而过,要么头破血流,但总有一半成功的机会。如果你试图躲避,不去面对命运的挑战,那么你连一半成功的机会也没有。努力过的失败并不可怕,而放弃的失败则可能毁掉你的一生。胜利者与失败者的区别就在于:胜利者屡败屡战,绝不轻言放弃!

目标引领成功

伟大的目标才能产生伟大的动力。

康拉德·希尔顿开始涉足旅馆业时,手头只有 5000 美元。"我如何创业?"希尔顿向母亲请教。

这是一位伟大的母亲,她严肃而又坚定地告诫儿子:"你必须找到你自己的世界。与你父亲一起创业的老友曾经说过:'要放大船,必须先找到水深的地方。'"于是,希尔顿来到了当时因发现石油而聚集了无数冒险家的得克萨斯州。一天,希尔顿来到马路对面的一家名为"莫布利"的旅馆想住上一晚,谁知旅馆却客满了。

而后,一个铁青着脸的先生开始清理客厅,驱赶人群。他口气生硬地对希尔顿说:"请快点离开,8 小时后再来碰运气,看有没有腾空的床位,因为我们这里是每天 24 小时做三轮生意的。"希尔顿正想发火,忽然灵机一动,问:"你是这家旅馆的主人吗?"

对方却诉起苦来,说想把旅馆转让了。

"你的意思是,"希尔顿压抑住内心的兴奋,故意满不在乎地问,"这家旅馆准备出售?"

"只要有人出 5 万美元,今晚就可以拥有这儿的一切,包括我的床。"旅馆老板转让的决心已定。希尔顿在仔细查阅了莫布利旅馆账簿的基础上,决定买下这家旅馆。经过一番讨价还价,卖主最后同意以 4 万美元出售。希尔顿立即四处筹措现金,终于在一星期期限截止前几分钟将 4 万美元全部送到。希尔顿成了莫布利旅馆的主人。

当晚,莫布利旅馆全部客满,连希尔顿的床也让给客人住了。随着莫布利旅馆的经营成功,雄心勃勃的希尔顿又与人合伙买下了华斯堡的梅尔巴旅馆、达拉斯的华尔道夫旅馆。希尔顿的旅馆业开始蒸蒸日上。但他并不满足,他决定要建造自己的新旅馆。

1925 年 8 月 4 日,"达拉斯希尔顿大酒店"终于落成,并举行了隆重的揭幕典礼。在阿比林、韦科、马林、普莱思维尤、圣安吉诺和拉伯克等地相继建起了希尔顿酒店。希尔顿的事业越做越大。他成立了希尔顿酒店公司,把所有的连锁店统一起来。他决心向更广阔的世界扩展。

1937 年夏天,希尔顿看上了旧金山一家名为"德雷克爵士"的旅馆。这家旅馆有 450 个房间,高 22 层,还有一个价值数十万美元的豪华夜总会。老板正急于将这家旅馆转让。希尔顿不失时机地筹集资金,在 1938 年 1 月将"德雷克爵士"旅馆买了下来。1939 年,他又买下了长堤的"布雷克尔斯酒店"。这几次收购均告成功,希尔顿并没有因此满足,反而更加激发了他的野心。

希尔顿又把目光瞄向当时世界上最大的酒店——芝加哥的史蒂文斯大酒店。他特地在1939年年底亲自去调查了该酒店。它可谓酒店中的“巨无霸”，拥有3000个带卫生间的客房，宴会厅一次可接待8000位来宾。1945年，机会来了，希尔顿与史蒂文斯酒店老板经过几个回合的讨价还价，终于以150万美元买下了这家酒店。不久，他又以1940万美元的巨款买下芝加哥另一家最豪华的酒店——帕尔默酒店。

永不满足的希尔顿又把下一个目标瞄向了被誉为“世界旅馆皇后”的华尔道夫大酒店。

1954年10月，希尔顿创造了他一生中最辉煌的一页，用1.1亿美元的巨资买下了有“世界旅馆皇帝”美称的“斯塔特拉旅馆系列”，这是一个拥有10家一流酒店的连锁旅馆。

希尔顿终于登上了美国旅馆业大王的宝座。他没有止步，而是放眼世界旅馆事业，成立了国际希尔顿旅馆有限公司，将他的旅馆王国扩展到世界各地。希尔顿的事业跃上了新的巅峰，成了世界旅馆之王。

智慧·感悟·启迪

的确，树立明确的目标，能使人燃起追求成功的欲望。希尔顿在成长的阶段不断地给自己树立目标，实现一个再定下一个，永不停止地奋斗，放眼世界，将征服世界作为他的终极目标，经过奋力拼搏而获胜。

不同的目标，不同的人生

不要把安逸和快乐看做是生活目的本身——这种理论，被称为猪栏的理想。

有两个从农场外出谋生的年轻人，他们一个人买了去纽约的票，一个人买了去波士顿的票。他们到了车站，一打听才知道纽约人很冷漠，指个路都想收钱；波士顿的人特别质朴，见了露宿街头的人会心生同情。

去纽约的人想，还是波士顿好，挣不到钱也饿不死，幸亏车还没到，不然真掉进火坑了。去波士顿的人想，还是纽约好，给人带路都能挣钱，幸亏还没上车，不然真失去致富的机会了。最后，两个人在换票处相遇了，原来要去纽约的去了波士顿，打算去波士顿的去了纽约。去波士顿的人发现，这里果然好，他初到那里的一个月，什么都没干，大商场里有欢迎免费品尝的点心可以任由他白吃。

去纽约的人发现，纽约到处都可以发财。只要想点办法，再花点力气就可以衣食无忧。凭着乡下人对泥土的感情和认识，第二天，他在建筑工地装了10包含有沙子和树叶的土，以“花盆土”的名义，向找不见泥土而又爱花的纽约人兜售。当天他在城郊往返6次，净赚了50块钱。一年后，他竟然凭着“花盆土”拥有了一间小小的门面。

在常年的走街串巷中，他又有了一个新的发现：一些商店楼面亮丽而招牌较黑，一打听才知道这是清洗公司只负责洗楼不负责洗招牌的结果。他立即抓住这一机会，买了人字梯、水桶和抹布，办起了一家清洗公司，专门负责擦洗招牌。如今他的公司拥有150多个员工，业务还发展到了附近的几个城市。

有一次，他坐火车去波士顿旅游。在路边，一个捡破烂的人伸手向他乞讨，两个人都愣住了，因为5年前，他们曾换过一次票。

智慧·感悟·启迪

一位名人曾经说过，要想拥有高质量的人生，就要敢冒更大的风险。两张车票带来两种人生。不同目标的人做出不同的选择，不同的选择决定不同的命运，老板和乞丐在这里有了分水岭。

魏文侯改过

师经弹琴，魏文侯随着乐曲跳起了舞，并且高声说道："我的话别人不能违背。"

师经拿起琴去打魏文侯，没有打中，却把帽子上甲穗子撞断了。魏文侯大惊，气愤地问道："寡人有何过失，你打寡人？"

师经没有回答问题，在一旁沉默不语。

魏文侯接着问手下的人：

"身为臣下却去打他的国君，应该处以什么样的刑罚呢？"

"应该处以死刑。"左右答道。

师经说："我想在死之前说一句话，可以吗？"

魏文侯说："可以。"

师经说："以前尧舜做国君时，只怕他讲的话没有人反对；桀纣做国君时，只怕他讲的话遭到别人的反对。我打的是桀纣，不是打我的国君。"

魏文侯听罢说："放了他吧！是我的过错，把琴挂在城门上，用它做我的符信；不要修补帽子上的穗子，用它来时常告诫我自己。"

智慧·感悟·启迪

必须善于倾听逆耳之言，不要害怕别人反对你，因为这才是对你的另一种关心与爱护，深刻的道理往往就存在于这些逆耳之言中。

争雁

从前，在一个很高的山上生活着两个猎人，他们的狩猎技术都很高明。

有一次，两个猎人正在狩猎的途中聊天，忽然抬头看见头顶的天空中有一群大雁飞过，于是就张弓搭箭，准备把它们射下来。

忽然，一个猎人说："这一群大雁肥得很，打下来煮了吃，滋味一定不错。"

“还是烤了吃好,烤了吃又香又酥。”另一个猎人固执地说。

两人各持各的理由,争论不休。后来还请人来评理,那人提出了一个折中的办法:射下来的大雁,一半煮,一半烤。

他们觉得这种办法不错,于是就同意了。

但是,等到他们再去射大雁的时候,那群大雁早已飞得不知去向了。

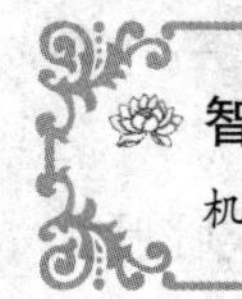

智慧·感悟·启迪

机不可失,时不再来。做一切事情都应该抓住时机,当机立断,说干就干。

擅长计谋的人

从前,在震泽地方有个擅长计谋的人。谁如果和他一起种庄稼,那么庄稼的收入就加倍;如果跟他一起养蚕,蚕丝的收入就加倍;如果跟他一起做买卖经营店铺,那么赚的利润就会加倍。

有一天,他去城里,从一个富贵人家门前经过。他看见富贵人家手下做事的人,出出进进都戴着貂皮帽子,穿着狐狸皮袄,特别神气。他非常羡慕,不禁心想:我住在乡下,跟我交往的,都是那些用斗和升量粮食的穷人;跟我一起做生意的都是那些卖鱼卖盐的小商贩,我会有什么出息呢?假如我能到这样的富贵人家做事,又有幸被主人重用,让我替他主管事务、出谋划策,我一定会如愿以偿,何必在乡下徒劳无益呢?

想到这里,他就托人引荐,做了富贵人家的下人。他回到家中向邻人们告别,邻人劝他说:“你错了,那富贵人家所用的不一定是你所擅长的,你还是不去为好。”这个擅长计谋的人十分向往富贵人家的生活,没有听邻人的劝告,便到富贵人家去做事了。

一年之后,邻人外出办事,偶然从富贵人家门前经过,就想顺便看一下那个在富人家做下人的邻居现在怎么样。可当看到他之后,都不敢认了,那个擅长计谋的人面黄肌瘦、满脸病态,和从前判若两人。于是邻人就拉他到了僻静的地方,关心地问道:“你怎么变成这副模样了?”

擅长计谋的人懊丧地说:“主人没有什么地方能用到我,我的计谋也没有地方用,心里憋闷,所以才变成了这样。”

邻人笑着说:“你怎么没早看到这一步呢?这些富贵人家聚敛财物发家致富,不是靠经营店铺所得;他们所吃的粮食,不靠种庄稼获得;他们所穿的绸缎,也不是靠养蚕获得;他们所使用的各种器物,也不是从市场上买的。你想用你的计谋去为他做事,那又有什么用呢?我早就知道你会困在这里,所以来看看你。”那个擅长计谋的人这次听了邻人的劝告,于是便向富贵人家辞了差事,跟着邻人回家了。

智慧·感悟·启迪

发挥计谋必须有相应的客观条件和环境,否则再好的计谋也发挥不出来。

只要你想做，你就能成功

甘泉代表的不仅仅是希望，还有一个小男孩的信念。正是因为他的信念而成就了一个梦想，并给人们带来了希望。

电视上正在播放非洲孩子因为没有水喝而渴死的报道，主持人在节目结束的时候呼吁大家："只要捐出70美元就能给这些非洲孩子挖出一口水井，请大家热心地帮助这些可怜的人吧！"电视机前的小男孩看到这里伤心地哭了。他拉着妈妈的手央求道："妈妈，我要捐70美元给非洲的孩子挖一口井。"面对他的请求，妈妈根本就没当回事，小男孩只好沮丧地走开了。可是一整天，他的脑子里都在想着这一件事。

晚饭时，小男孩又向爸爸妈妈提起了这件事。"不，"妈妈说，"光是70美元并不能解决问题。况且你也是个孩子，你没有这个能力！"小男孩把求助的目光投向了爸爸。

"这是个可笑的想法，我的孩子……"爸爸还想说下去，小男孩哭着叫道："你们根本就不明白！那里的人们没有干净的水喝，孩子们正在死去，他们需要这笔钱！"

小男孩每天都要向父母请求，小男孩的爸爸妈妈不得不认真地讨论这件事，然后，他们告诉小男孩："如果你真的想要，你可以通过自己的劳动凑齐这一笔钱，比如，打扫房间、清理垃圾，我们会给你报酬。"

小男孩的第一份"工作"就是帮助妈妈打扫客厅的卫生，最后，他从妈妈那里得到了2美元。

祖父知道了这件事情之后，有些心疼自己的孙子，就对孩子的爸爸说："你们为什么不直接给他这一笔钱呢？用得着这样来对待自己的孩子吗？"小男孩的爸爸说："这样做，主要是锻炼他的劳动能力。他很快就会厌烦的。"妈妈也附和道："一个6岁小孩的想法太可笑了，根本就有些不可思议……谁会认真对待这种胡思乱想呢？"

然而一年过去了，小男孩非但没有放弃，反而干得更加卖力了。每当爸爸妈妈劝他放弃时，小男孩就说："我一定要赚到足够的钱，为非洲的孩子挖一口水井！"

小男孩每天睡觉前都要祈祷一次：让非洲的每一个孩子都喝上洁净的水。

附近居住的人知道了小男孩的梦想，他们被小男孩的执著感动了，纷纷帮助他。不久，小男孩的故事上了报纸和电视台，他的名字也传遍了整个国家。

一个月后，在小男孩家的邮筒里出现了一封陌生的来信，里面有一张30万元的支票，还有一张便条："但愿我可以为你和非洲的孩子们做得更多。"

在不到两个月的时间里，就有上千万元的汇款来支持小男孩的梦想。四年过去了，这个梦想竟成为有上万人参加进来的一项事业。如今，他的梦想已基本实现：在缺水最严重的非洲乌干达地区，有56%的人能够喝上纯净的井水了。

有人问他："你为什么要这样做呢？"

小男孩说："这是我的梦想。我坚信这个世界上没有什么事情是不可能的，只要你想做，你就能成功！"

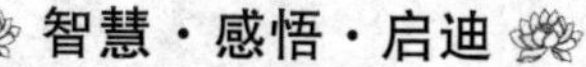

智慧·感悟·启迪

在成长的路途上,首先应该给自己一个梦想。有些人不能成功就是因为他们过分地夸大了自己与成功的距离,自己给自己的前进之路设置了障碍,连一个想法都不曾拥有过,就把自己隔离在成功的大门外。只要你敢想,就比别人离成功又近了一步。

保存儿时的梦想

梦想是放飞在蓝天上自由翱翔的风筝,它的命运掌握在人的手里。在人的手中,握住的就是梦想的根。

一位老教师就要退休了,他开始整理自己办公室里的文件。他翻出一个抽屉,被里面的一沓小学生作文吸引住了,作文的题目是《我的梦想》,孩子们都在作文本上写下了自己的梦想。

一个学生写道:“我以后一定要当一艘超级轮船的船长。因为有一次在海里游泳时,我喝了3升海水都没被淹死。”一个学生说:“我将来必定是法国的总统。因为我能背出29个法国城市的名字,而同班的其他同学最多只能背出9个……”最让老教师觉得不可思议的是一个叫戴维的学生,他说他一定要成为英国的一位内阁大臣,因为在英国还没有一个盲人进入过内阁。

总之,孩子们都在作文中认真地描绘着自己的未来,五花八门、各种各样的想法都有。

老教师读着这些作文,突然有一种冲动:他想写信给这些孩子们,看看25年后的现在他们是否都实现了自己最初的梦想。

很快,他就收到了学生们的回信,他们都向老教师致谢,感谢老教师仍然保存着他们年幼时的梦想,并且他们希望得到那本作文本,重温儿时的梦想。这中间有商人、学者及政府官员,更多的是普普通通的人。

老教师满足了他们的愿望。但他觉得奇怪的是:只有那个叫戴维的盲学生没有回信。

一年过去了,老教师仍然没有收到戴维的回信。老教师想,或许那个叫戴维的人已经不在人世了——毕竟25年了,在25年间是什么事都会发生的。

就在老师准备把这个作文本送给一家私人收藏馆时,内阁教育大臣寄来了一封信:“我是您当年的学生戴维,感谢您还为我们保存着儿时的梦想。不过我已经不需要那个本子了,因为从那时起,我的梦想就一直在我的脑子里。我现在已经实现了那个梦想。我一直相信只要不让年轻时的梦想随着岁月飘逝,成功总有一天会出现在你的面前。”

作为英国第一位盲人大臣,戴维用自己的行动证明了一个真理:假如谁能把儿时想当总统的愿望保持30年,那么他现在一定已经是总统了。

智慧·感悟·启迪

有一位名人曾经说过这样的一句话:终生去做一件事,便可成功。梦想也是一样,只要你咬定青山不放松,坚持自己当初的梦想不放弃,不因为面临各种压力而轻言放弃,始终坚持到最后,你就可以拥有一个精彩的人生。

终于圆了足球梦

梦想是心中盛开的一朵永不凋谢的花。

在里约的一个贫民区里,曾经有一个很喜欢足球的男孩。但是,由于家境清寒,这个男孩只能从垃圾箱中捡来椰子壳、汽水罐等,用以学习踢足球的技巧。

有一天,男孩来到一个已经干涸的水塘中玩耍,在他的脚下,正要玩着一个大猪蹄。这时,恰巧有个足球教练经过,他发现男孩踢猪蹄的脚力很强,便好奇地问男孩为什么要踢这个猪蹄。男孩瞪大了眼说:“我在踢足球,不是踢猪蹄!”

教练听完,笑了笑说:“猪蹄不适合你,我送你一个足球吧!”

男孩开心地拿到了足球,每天更卖力地练习,渐渐地,已经能够精准地把球踢进 10 米外的水桶中。

到了圣诞节的那天,男孩对妈妈说:“妈,我们没有钱买圣诞礼物给那位送我足球的好心人。不如这样,今天晚上祈祷的时候,我们一起为他祷告吧!”

男孩与妈妈祷告完毕后,向妈妈要了一个铲子,便跑了出去。

男孩来到教练所住的别墅的花圃中,用力挖出一个凹洞,就在他快要完成时,教练走过来,问他在做什么。

男孩抬起红彤彤的脸,甩了甩脸上的汗珠,开心地说:“教练,圣诞节我没有礼物送给您,只好帮您挖一个放圣诞树的坑。”

教练哈哈大笑地看着男孩,说:“孩子,这是我今天得到的世界上最好的礼物,你明天到我的训练场来吧!”

3 年后,这位 17 岁的男孩在第 6 届世界杯足球赛上,一人独进 21 个球,为巴西捧回了第一个金杯。他就是球王贝利。

智慧·感悟·启迪

没有梦想的人注定只会浑浑噩噩地生活,没有目标,一切都显得很糟糕。

梦想不会有卑微和高贵的区别,只要自己心中抱定一个值得坚定的信念,最终就会如球王贝利一样获得属于自己的那一份荣耀。

坚持你的自信

发明家全靠一股了不起的信心支持,才有勇气在不可知的天地中前进。

他是英国一位年轻的建筑设计师,很幸运地被邀请参加了温泽市政府大厅的设计。他运用工程力学的知识，根据自己的经验，很巧妙地设计了只用一根柱子支撑大厅天顶的方案。一年后，市政府请权威人士进行验收时，对他设计的一根支柱提出了异议。他们认为，用一根柱子支撑天花板太危险了，要求他再多加几根柱子。

年轻的设计师十分自信，他说："只要用一根柱子便足以保证大厅的稳固。"他详细地通过计算和列举相关实例加以说明，拒绝了工程验收专家们的建议。

他的固执惹恼了市政官员，年轻的设计师险些因此被送上法庭。

在万不得已的情况下，他只好在大厅四周增加了 4 根柱子。不过，这 4 根柱子全部都没有接触到天花板，其间相隔了无法察觉的 2 毫米。

时光如梭，岁月更迭，一晃就是 300 年。

300 年的时间里，市政官员换了一批又一批，市政府大厅坚固如初。直到 20 世纪后期，市政府准备修缮大厅的天顶时，才发现了这个秘密。

消息传出，世界各国的建筑师和游客慕名前来，观赏这几根神奇的柱子，并把这个市政大厅称作"嘲笑无知的建筑"。最令人们称奇的是这位建筑师当年刻在中央圆柱顶端的一行字：自信和真理只需要一根支柱。

这位年轻的设计师就是克里斯托·莱伊恩，一个很陌生的名字。今天，能够找到的有关他的资料实在是微乎其微了，但在仅存的一点资料中，记录了他当时说过的一句话："我很自信。至少 100 年后，当你们面对这根柱子时，只能哑口无言，甚至瞠目结舌。我要说明的是，你们看到的不是什么奇迹，而是我对自信的一点坚持。"

智慧·感悟·启迪

坚持己见源于对自己有足够的信心，真理往往掌握在少数人手中。因此，正确的事情需要你毫不动摇地坚持下去，总有一天，你一定会成功的。

不要太在意别人的看法

凡是有点干劲的、有点能力的、有点主见的人，他总是相信自己。

阿瑟刚当上军官时，心里很高兴。

每当行军时，阿瑟总是喜欢走在队伍的后面。

一次在行军过程中，他的敌人取笑他说："你们看，阿瑟哪像一个军官，倒像一个放牧的。"

阿瑟听后，便走在了队伍的中间。他的敌人又讥讽他说："你们看，阿瑟哪像一个军官，简直是一个十足的胆小鬼，居然躲到队伍中间去了。"

阿瑟听后，又走到了队伍的最前面。他的敌人又说："你们瞧，阿瑟带兵打仗还没打过一个胜仗，他就高傲地走在队伍的最前边，真不害臊！"

阿瑟听后，心想：如果什么事都得听别人的话，就连路都不会走了。从那以后，他想怎么走就怎么走了。

智慧·感悟·启迪

"走自己的路，让别人说去吧!"自己的路自己走，与人何干？谁能代替你走路吗？谁能代替你做决定吗？谁能站在你的立场角度去看问题吗？答案当然是否定的。每个人都必须明白，自己的人生要自己做主，自己的命运需要自己主宰。人，要有自己的主见，不能总被他人的意见所左右。不是说要一意孤行、不接受他人意见，但关键的时候，能够依靠的只有自己。

永远坐在前排

凡是能冲上去、能散发出来的焰火，都是美丽的。

20 世纪 30 年代，英国一个不出名的小镇里，有一个叫玛格丽特的小姑娘，自小就受到严格的家庭教育。父亲经常对她说："孩子，永远都要坐在前排。"父亲极力向她灌输这样的观点：无论做什么事情都要力争一流，永远走在别人前头，而不能落后于人。"即使是坐公共汽车，你也要永远坐在前排。"父亲从来不允许她说"我不能"或者"太难了"之类的话。

对年幼的孩子来说，他的要求可能太高了，但他的教育在以后的年代里被证明是非常宝贵的。正是因为从小就受到父亲的"残酷"教育，才培养了玛格丽特积极向上的决心和信心。在以后的学习、生活或工作中，她时时牢记父亲的教导，总是抱着一往无前的精神和必胜的信念，尽自己最大的努力克服一切困难，做好每一件事情，事事必争一流，以自己的行动实践着"永远坐在前排"。

玛格丽特在学校永远是最勤恳的学生，是学生中的佼佼者之一。她以出类拔萃的成绩顺利地升入当时像她那样出身的学生绝少奢望进入的文法中学。

在玛格丽特年满 17 岁的时候，她开始明确了自己的人生追求——从政。然而，那个时候，进入英国政坛要有一定的党派背景。她出生于保守党派氛围浓厚的家庭，但要想从政，还必须要有正式的保守党关系，而当时的牛津大学就是保守党员最大俱乐部的所在地。由于她从小受化学老师的影响很大，同时又想到大学学习化学专业的女孩子比其他任何学科都少得多，如果选择某个文科专业，那么竞争就会很激烈。

于是，有一天，她终于勇敢地走进校长吉利斯小姐的办公室，说："校长，我想现在就报考牛津大学的萨默维尔学院。"

女校长难以置信地说："什么？你是不是欠缺考虑？你现在连一节课的拉丁语都没学过，怎么去考牛津？"

"拉丁语我可以学习并掌握!"

"你才 17 岁，而且你还差 1 年才能毕业，你必须毕业后再考虑这件事。"

"我可以申请跳级!"

"绝对不可能，而且，我也不会同意。"

"你在阻挠我的理想!"玛格丽特头也不回地冲出校长办公室。

回家后她取得了父亲的支持，就开始了艰苦的备考工作。这样在她提前几个月得到了高年级学校的合格证书后，就参加了大学考试并如愿以偿地收到了牛津大学萨默维尔学院的入学通知书。玛格丽特离开家乡到牛津大学去了。

上大学时，学校要求学 5 年的拉丁文课程。她凭着自己顽强的毅力和拼搏精神，在 1 年内就全部学完了，并取得了相当优异的考试成绩。其实，玛格丽特不光是学业上出类拔萃，她在体育、音乐、演讲及学校活动方面也颇具才艺。所以，她所在学校的校长也这样评价她说："她无疑是我们建校以来最优秀的学生，她总是雄心勃勃，每件事情都做得很出色。"

40 多年以后，这个当年对人生理想孜孜以求的姑娘终于得偿所愿，成为英国乃至整个欧洲政坛上一颗耀眼的明星，她就是连续 4 年当选保守党党魁，并于 1979 年成为英国第一位女首相，雄踞政坛长达 11 年之久，被世界政坛誉为"铁娘子"的玛格丽特·撒切尔夫人。

智慧·感悟·启迪

很多人正值大好的青春年华，有如人生的早春季节，正是适合为未来做好打算的时节，何不趁早认真思考一下？

立志当要存高远，崇高的理想能激发人们崇高的信念与动机。

不服输的精神

无论做什么事情，只要肯努力奋斗，就没有不成功的。

这是一位现在在某名牌大学就读的本科生讲述的故事——

上高中的时候，我们班只是个普通班，比起由尖子生组成的 6 个实验班来说，考上大学的机会并不多。因此除了几个学习好的同学很努力外，大多数人都等着混个文凭，然后找份工作。

我们的班主任兼英语老师是个刚从师范学院毕业的学生，他非常敬业，每日催着我们学习学习再学习、作业作业再作业。但是说归说，由于抱着破罐破摔的想法，我们的成绩仍然上不去，在全校各科考试中屡屡落败。

高二的一次英语联考，我们班的成绩竟破天荒地超过了几个实验班的学生，这让我们接连兴奋了好几天。

发卷的时候到了，老师平静地把卷子发给我们。我们正欣喜地看着自己几乎从没得过的高分，老师说："请同学们自己计算一下分数。"数着数着，我发现自己卷子上的分数竟比实际分数高出 20 分！

同学们也纷纷喊了起来："老师怎么给我们多算了 20 分！"课堂上顿时乱了起来。

老师摆了摆手，班上静了下来。他沉重地说："是的，我给每位同学都多加了 20 分，是我为自己的脸面也是为你们的脸面多加的 20 分。老师拼命地教你们，就是希望你们给老师争口气，让我不要在别的老师面前始终低着头，也希望你们不要在别班同学的面前总是低着头。"

老师接着说："我来自山村，我的父母去世都很早。上中学时我连红薯、土豆都吃不起，大学放暑假，我每天到建筑工地拉砖，曾因饥饿而晕倒过，但我就是凭着一股要强的精神上完师院的。生活教会我在任何时候都不能服输，而你们只不过因为被分在普通班就丧失了信心，我很替你们难过。”

这时候教室里安静极了，同学们都低下了头。老师继续说：“我希望我的学生也做要强的人，任何时候都不服输！现在还只是高二，离高考还有一年多的时间，努力还来得及。愿你们不用靠老师弄虚作假就能拿到足够的分数，让老师能把头抬起来，继续要强下去。”

“同学们，拜托了！”说完，老师低下头，竟给我们深深地鞠了一躬。当他抬起头的时候，我们看到他的眼睛流出了泪水。

“老师！”班里的女生们都哭了起来，男生的眼里也含满了泪水。

那一节课，我们什么也没有学。但一年后的高考，我们以普通班的身份夺得了全校高考第一名。据校长讲，这在学校的历史上是从未有过的。

我们每一个学生都记住了老师的眼泪。

智慧·感悟·启迪

没有哪一种人天生就是弱者，没有哪一种生活是原本就该如此的。每个人在成长的时期都应具有永不放弃和自信的精神，这就是战胜一切的武器。

坚强可以创造奇迹

这是生命的奇迹，也是信心的奇迹，更是钢铁般意志所创造的奇迹。精神的力量到底有多大，谁也说不清楚，但有一点可以肯定，那就是：精诚所至，金石为开。

1917年10月的一天，在美国堪萨斯州洛拉镇，一家小农舍的炉灶突然发生爆炸。当时，屋里有一个8岁的小男孩，很不幸的是，他没有逃过这次劫难，孩子的身体被严重灼伤。

虽然父母迅速将孩子送进医院，伤势得到了及时的控制，但医生最终表示无能为力，他无奈地告诉孩子的父母：“孩子的双腿伤势太严重，恐怕以后再也无法走路了。”

医生的话宛如晴天霹雳，父母伤心欲绝，他们不敢面对这个事实，也不敢将这个坏消息告诉儿子，但是，能隐瞒多久呢？随着双腿越来越没有知觉，小男孩终于知道了自己将要面对的悲惨现实。

男孩没有哭，也没有就此消沉，他暗暗下定决心：一定要再站起来。

男孩在病床上一直躺了好几个月，终于可以下床了。他拒绝坐轮椅，坚持要自己走，但是，他连站起来的力气都没有，怎么可能走路呢？男孩试了一次又一次，都没有成功。

看着男孩倔强的样子，医生劝他：“还是坐在轮椅上吧！以你现在的身体状况，是绝对不可能站起来的。”听到这话，母亲忍不住大声痛哭起来。

男孩颓然地倒在床上，他一动不动地盯着天花板，脸上没有任何表情，谁也不知道他在想什么。

在以后的日子里，父母看见儿子终日试图伸直双腿，不管在床上，还是在轮椅上，累了就歇一会儿，然后接着练。就这样足足坚持了两年多，男孩终于可以伸直右腿了，这一下，家人对他都有了信心，只要有机会，大家都会帮着男孩练习。一段时间后，男孩竟然可以下地了，但他只能一瘸一拐地走路，很难保持平衡，走几步就会摔倒。又过了几个月，男孩能正常走路了，虽然拉伸的肌肉让他疼得说不出话来。

这时，男孩想起医生曾说过自己再也不可能走路，也曾劝阻过他，让他不要这么倔强，但现在自己做到了，他不由得脸上露出笑容，进而做出一个大胆而伟大的决定：从明天开始，每天跟着农场上的小朋友跑步，直到追上他们为止。经过努力的锻炼，男孩腿上松弛的肌肉终于再次变得健康了，多年之后，他的腿和从前一样强壮，仿佛从来没有发生过那次意外。

男孩进入大学后，参加了学校的田径赛，他的项目是2千米赛跑，因为他立志成为一名长跑选手。

从此以后，男孩的一生都和长跑运动紧密相连。这个被医生判定永远不能再走路的男孩，就是美国最伟大的长跑选手之一——格连·康宁罕。

智慧·感悟·启迪

在成长的某个阶段，也许命运会对我们不公，会让我们陷入许多难以预料的困境，但是，同样是困难，人们所收获的结果有时却大相径庭。那些被困难压倒的人，其失败的真正原因，不是因为遇到的阻力或障碍太大，而是因为自己过早地放弃或屈服；那些不畏困难而取得胜利的人总是能忍受不幸，进而战胜不幸，因为他们相信困难是有限的，人的潜力是无限的，只要有坚定的意志，就一定能渡过难关，将最初的“不可能”战胜的困难变成最终的“可能”收获的成就。

磨难成就天才

上帝像精明的生意人，给你一分天赋，就搭配几倍于前者的苦难。

小提琴家帕格尼尼就是一位同时接受两种馈赠又善于用苦难的琴弦把音乐演奏到极致的人。

他是一位苦难者。4岁时一场麻疹和强直昏厥症，险些使他被白布裹尸装入棺材。7岁险些死于猩红热。13岁患上严重肺炎，不得不大量放血治疗。40岁牙床突然长满脓疮，只好拔掉大部分的牙齿；牙病刚愈，又染上了可怕的眼疾，幼小的儿子成了手中拐杖。50岁后，关节炎、肠道炎、喉结核等多种疾病吞噬着他的肌体；后来声带也坏了，靠儿子凭他的口形翻译他的意思。他活到57岁时口吐鲜血而亡。死后尸体也备受磨难，被先后搬迁了8次。

但帕格尼尼似乎觉得这还不够深重，又给生活设置了各种障碍和旋涡。他长期把自己囚禁起来，每天练琴10～12个小时，忘记了饥饿和死亡。13岁起，他就周游各地，过着流浪生活。他一生和5个女人发生过感情纠葛，其中有拿破仑的遗孀和两个妹妹。姑嫂间为他展开激烈争夺，但他不齿于上流社会的生活，认定人应该受苦受难。在他眼中这也不是爱情，而只是他练琴的教场和获得唯一一个儿子的公平交易。除了儿子和小提琴，他几乎没有一个家和其他亲人。

他也是一位天才。3岁学琴，12岁就举办首场音乐会，并一举成功，轰动舆论界。之后他的琴声遍及法、意、奥、德、英、捷等国。他的演奏使帕尔玛首席提琴家罗拉惊异得从病榻上跳下来,木然而立,自感无颜收他为徒。他的琴声使卢卡观众欣喜若狂,宣布他为共和国首席小提琴家。在意大利巡回演出产生神奇效果,人们到处传说他的琴弦是用情妇的肠子制作的,魔鬼又暗授妖术,所以他的琴声才魔力无穷。歌德评价他"在琴弦上展现了火一样的灵魂"。

智慧·感悟·启迪

在成长的早期,经历一些失败,实际有着极大的好处。因为人的生命似洪水在奔流,不遇到岛屿、暗礁,难以激起美丽的浪花。不因幸运而故步自封,不因厄运而一蹶不振,真正的强者,善于从顺境中找到阴影,从逆境中找到光亮,时时校准自己前进的目标。

像牛一样活着

红卫兵年代,他,一位老教授被下放到农村放牛。

"运动"来了,他就得上台,被人骂被人斗。折磨够了,再被押往牛棚。

这种非人的生活使很多人都想到了死。老教授也是,他想以死来与这疯狂的世界进行抗争。

但是,牛救了他,是牛的眼神让他的心灵感到了一种无声的震撼。他对着牛哭,牛只是看着他,很平静很安详地看着他。这种眼神,像是在质问他:"你为什么要这样做?"又好像是在取笑他:"你太懦弱了。"

挂在牛棚上用来上吊的绳子被他解下来扔了。在那个时代活着,是要付出代价的。

以当时的政策,牛是不能被屠杀的。但那个时候,一年到头,村人难得见到油腥。年关将近,为了能吃到肉,他们想到了一个办法,就是弄死一头牛。

最终,他们想到了老教授。大队长命令老教授把一头老牛牵到一处悬崖边,然后把牛推到悬崖下,这样会让人以为牛是失足摔死的。

老教授在队长的威逼下这样做了。老牛在滑向悬崖的时候,用前腿拼命扒住了一块石头,眼神里仍然平静,但奇怪的是,牛的眼眶里满是泪水。

牛坚持不了多长时间,就摔下悬崖……那个年关,全村的人都吃到了牛肉。

不久,厄运降临了。有人告发了这件事,一切的罪责都落到了老教授的身上。他以破坏生产罪被判了15年徒刑。

在北大荒的15年,他受尽非人的待遇,但每当想到自杀的时候,总是想起那头牛摔落悬崖时的眼神。

他要活着,像牛一样地活着,终于,老教授坚强地活下来了。因为只有活着才会感觉这世界上的一切——痛苦与欢乐。

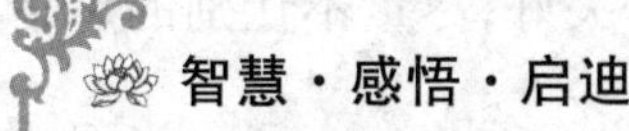

智慧·感悟·启迪

“困难与折磨对于人来说,是一把打向坯料的锤,打掉的应是脆弱的铁屑,锻成的将是锋利的钢刀。”活着就是一种幸福,再苦再难都要珍惜难得的生命。

在学习中解决疑问

经常不断地学习,你就什么都知道。你知道得越多,你就越有力量。

大家都知道伟大的富兰克林,但是谁都不会想到他在幼年的时候也不喜欢学习。他有时候拿起书来想看,但是只要外面有伙伴叫他去玩或者街道上发生了什么事情,他就会把书一扔,第一个飞快地跑出去。

他家里虽然经济条件不是很好,但是父母还是为孩子买了很多有意思的书籍,并把这些书籍放在很显眼的地方。

有一天,小富兰克林跑了进来,对他母亲说:“妈妈,你能告诉我埃及金字塔是怎么一回事吗?我的一个伙伴考我。”

他母亲就给他讲解起来:“这个埃及金字塔其实就是埃及法老的坟墓,但是它的样子很是奇特……”

他母亲把关于金字塔的各种知识都仔仔细细地告诉了他。

小富兰克林听得很入神,心里想:“哇,原来世界上还有这么有趣的东西啊!我以前怎么不知道呢?”

他对母亲说:“妈妈,你真是太厉害了!你怎么什么都知道啊?我希望以后变得像你这么聪明,有这么多渊博的知识。”

“孩子,妈妈不是什么都知道,这些也都是妈妈从书上看来的。其实书上的知识很丰富,而且很多都是很有意思的,只要你去看、去发掘,就能变得和妈妈一样懂得这么多,甚至比妈妈懂得还要多。”

“是吗?”小富兰克林更加不解了。

“当然了,妈妈没有去过埃及,本来根本就不知道这些事情,是书籍给了我知识。孩子,刚才你说你希望成为像我这样的人,那么你就要从现在开始多多地看书,汲取里面的精华,把它变为自己的东西,这样你就一定会比妈妈还厉害。”母亲继续引导他。

“好的,妈妈,我知道了。以后我一定要好好地看书,把这些知识都学到我的脑子里去。”小富兰克林高兴地回答。

从此,小富兰克林就对书籍有了兴趣,经常捧着书籍翻阅,津津有味地学习里面的内容。

他母亲看到这些,心里很是安慰。但是小富兰克林还是有点缺乏自制力,有时还会被别的事情分散注意力。

所以,他母亲经常在他看书的时候对他说:“孩子,你现在看书,不要去管别的事情,你看完了再去和小伙伴们玩,好吗?”

“好的,妈妈。我喜欢看书。”小富兰克林大声地回应着。

然后母亲就会把他的玩具放到别的屋子里去，同时把房间的窗户关好，尽量不让别的事情来影响孩子学习。

就这样，慢慢地，小富兰克林能够很好地控制自己了。他不再受外界影响，所以才有了后来的辉煌。

智慧·感悟·启迪

如今，人类社会迈入了以信息化为标志的知识经济时代，生产的信息化使劳动也具有鲜明的智能化特征。“知识经济是以学习为基础的经济，与之相适应的社会是学习型社会。”面对信息爆炸的时代和科学技术日新月异的飞速发展，只有坚持不懈地学习，才能使用日新月异的劳动工具；也只有不断学习新的生存技能，才能在生存竞争中立于不败之地。

未来掌控在自己手中

在美国新泽西州市郊的一座小镇上，一个由26个孩子组成的班级被安排在教学楼最里面一间光线昏暗的教室里。他们中所有的人都曾有过不光彩的历史：有人吸过毒，有人进过管教所，有一个女孩子甚至在一年之内堕过3次胎。家长拿他们没办法，老师和学校也几乎放弃了他们。

就在这个时候，一个叫菲拉的女教师担任了这个班的辅导老师。新学期开始的第一天，菲拉没有像以前的老师那样，首先对这些孩子进行一顿训斥，给他们一个下马威，而是给大家出了一道题：有3个候选人，他们分别是——A. 笃信巫医，有两个情妇，有多年的吸烟史，而且嗜酒如命；B. 曾经两次被赶出办公室，每天要到中午才起床，每晚都要喝大约1升的白兰地，而且曾经有过吸食鸦片的记录；C. 曾是国家的战斗英雄，一直保持素食习惯，热爱艺术，偶尔喝点儿酒，年轻时从未做过违法的事。

菲拉给孩子们的问题是：“如果我告诉你们，在这3个人中，有一位会成为众人敬仰的伟人，你们认为会是谁？猜想一下，这3个人将来各自会有什么样的命运？”

对于第一个问题，毋庸置疑，孩子们都选择了C。对于第二个问题，大家的推论也几乎一致：A和B将来的命运肯定不妙，要么成为罪犯，要么就是需要社会照顾的废物；而C呢，一定是一个品德高尚的人，注定会成为社会精英。

然而，菲拉的答案却让他们大吃一惊。“孩子们，你们的结论也许符合一般的判断，但事实是，你们都错了。这3个人大家都很熟悉，他们是二战时期的3个著名的人物——A是富兰克林·罗斯福，他身残志坚，连任四届美国总统；B是温斯顿·丘吉尔，英国历史上最著名的首相；C的名字大家也很熟悉，他叫阿道夫·希特勒，一个夺去了几千万无辜生命的法西斯。”

学生们都呆呆地看着菲拉，他们简直不敢相信自己的耳朵。“孩子们，”菲拉接着说，“你们的人生才刚刚开始，以往的过错和耻辱只能代表过去，真正能代表一个人一生的，是他现在和将来的所作所为。每个人都不是完人，连伟人也有过错。从过去的阴影里走出来吧，从现在开始，努力做自己最想做的事情，你们都将成为了不起的优秀人才……”

菲拉的这番话，改变了26个孩子一生的命运。如今这些孩子都已长大成人，他们之中有的做了心理医生，有的做了法官，有的做了飞机驾驶员。值得一提的是，当年班里那个个子最矮也最爱捣乱的学生罗伯特·哈里森，后来成为华尔街上最年轻的基金经理人。

"原来我们都觉得自己已经无可救药，因为所有的人都这么认为。是菲拉老师第一次让我们觉醒：过去并不重要，我们还有可以把握的现在和将来。"孩子们长大后这样说。

智慧·感悟·启迪

我们每个人都有一扇"改变之门"，除了自己，没有人能为你找到。只要你愿意敞开心扉，抛弃旧的观念，将良好准则转化为习惯，成功就尽在你的掌握之中。从现在开始，重新探索自我，由里而外地全面造就一个崭新的自我吧！

没有比脚更长的路

古老的阿拉比国坐落在大漠深处，多年的风尘肆虐，使城堡变得满目疮痍。国王对4个王子说，他打算将国都迁往美丽而富饶的卡伦。

卡伦离这里很远很远，要翻过许多崇山峻岭，要穿过草地、沼泽，还要涉过很多的大河，但究竟有多远，没有人知道。

于是，国王决定让4个儿子分头前去探路。

大王子乘车走了7天，翻过三座大山，来到一望无际的草地边，一问当地人，得知过了草地，还要过沼泽，还要过大河、雪山……便马上往回走。

二王子策马穿过一片沼泽后，被一条宽阔的大河挡了回去。

三王子渡过了那条大河，又被那一望无际的大漠吓退了。

一个月后，三个王子陆陆续续回到国王那里，将各自沿途所见报告给国王，并都再三强调，他们在路上问过很多人，都告诉他们去卡伦的路很远很远。又过了5天，小王子风尘仆仆地回来了，兴奋地告诉父亲到卡伦只需18天的路程。

国王满意地笑了："孩子，你说得很对，其实我早就去过卡伦了。"

几个王子不解地望着国王：那为什么还要派他们去探路？

国王一脸郑重道："我只想告诉你们4个，脚比路长。"

智慧·感悟·启迪

相信脚比路长时，你就会对生活充满希望，无论你在人生的旅途中遭遇多大的困难，都不会悲观沮丧，只会信心百倍地投入生活。

自我控制的力量

有一名矿工在塌方的矿井下待了 8 天后被人们救了上来。与他一起被困的 5 个同伴均没有他的处境艰难,却都没有生存下来。

其实这名生还的矿工并不知道自己在矿井里待了多久。他后来回忆说,当时发现塌方,心中十分慌乱、绝望,但他很快控制住情绪,安慰自己说:“不要紧,井上面的人肯定会下来救我们。”正好那天他很累,就躺在木板上睡着了。醒来后,他在坑道里来回走动,仔细听有没有外面传来的声音。

这样的情形不知过了多长时间,除了水滴声,坑道里静得出奇。他害怕时,就唱歌给自己听,然后给自己鼓掌喝彩。然后他就笑了,觉得挺好玩的。唱累了,他又躺在木板上睡觉,幻想着他喜欢的女子、爱吃的食物,希望能在梦中看见这些。

再次醒来时,他又竖起耳朵听,渐渐地,一些声音出现了,他高兴地向发出声音的地方跑去,大喊大叫,希望引起注意。但是,这些声音有点儿怪,只要他发出什么声音,那边很快就能出现同样的声音,原来是回声。时而恐惧,时而平静,时而绝望,时而欣慰……他一直在与自己的内心作斗争。为了控制住自己的情绪,他想方设法,除了唱歌、讲故事、幻想美好食物,他还坚持在坑道里玩射击游戏——将一片木板插在壁上,然后在黑暗中向它扔煤块,如果听到“啪”的一声,就是打中了。他规定自己:只有打中 100 次才允许睡觉。

他不知道有多长时间没吃饭了,口袋里有个拳头大的糯米团是他的精神寄托。他每次都是数着米粒吃它,获救前已经吃了 367 粒。他在回忆时说:“坑道里有水,口袋里有糯米团,更重要的是,我坚信人们会来救我,我绝不能害怕,绝不能发疯,绝不能自杀,我一定要控制住自己……”

他是在梦中听见响动的,然后他就看见洞口射进刺眼的光芒。他紧紧地捂住眼睛,但仍然感觉光是那么强。当他确信自己得救时,身体一下子就软了下来。

智慧·感悟·启迪

这名矿工以他绝境求生的事迹告诉我们,当我们身处困境时,仅仅依靠外界的救助是远远不够的,最重要的是我们的自救。我们虽无法控制灾难,但我们能控制自己;我们虽无法预料事情的开始,却能控制事态的结束——从某种意义上看,人是通过控制自己,才控制了他的整个世界。

《思想者》的诞生

如果你确定了值得你一生追求的理想,就不必在意他人的意见,而且无论遇到多大的挫折,都不要放弃,那么最终定能收获喜悦。

奥古斯特·罗丹,19 世纪法国伟大的雕塑家,西方近代雕塑史上继往开来的一代大师,他的雕塑作品《思想者》是世界最著名的现代塑像之一。

罗丹出生于巴黎拉丁区的一个公务员家庭。父亲一直希望罗丹能掌握一门手艺,过上殷实的生活。但是罗丹从小醉心于美术,为此,父亲曾撕毁罗丹的画、将他的铅笔投入火炉。罗丹的功课很差,上课时也在画画,老师曾用戒尺狠狠打他的手,使他有一个星期不能握笔。在姐姐的资助下,罗丹上了一所工艺美校,在此,他学习了绘画和雕塑的一些基本知识,并立下志向要当一名雕塑家,并把雕塑作为自己的使命。

罗丹去报考著名的巴黎美专,可能是由于他的作品太不合主考者的品味,一连三次都没有被录取。罗丹遭到如此挫折,决心再也不报考官方的艺术学校了。不久,一直资助他的姐姐病逝,罗丹心灰意冷,决心进修道院去赎罪。后来,在修道院院长的鼓励下,罗丹重新树立起从事艺术的志愿,于半年后离开了修道院。

在罗丹几乎丧失信心的时候,他在工艺美校时的老师勒考克一直鼓励着他。同时他遇到了他的模特儿兼伴侣罗丝,开始了他的创作生涯。

罗丹创作的头像《塌鼻人》遭到了学院派的轻视,但罗丹仍夜以继日地工作着。他曾在比利时和雕塑家范·拉斯堡合作,稍稍有了一点积蓄。利用这点钱,罗丹访问了意大利的佛罗伦萨、罗马等地,研究了那里保存的各个时期的艺术大师的作品。这次游历使罗丹获得极大的收获,回到布鲁塞尔后他就创作出了精心构制的作品《青铜时代》。

由于雕像过于逼真,罗丹竟被指控从尸身上模印。罗丹百般申辩,官方经过长时间的调查,才证明这确系罗丹的艺术创作,一场风波就此平息,而罗丹的名声也由此传开了。

从比利时回到法国,罗丹的创作已开始受到上流社会的承认。1880 年,他接受政府的委托,为筹建实用美术博物馆设计大门。罗丹以意大利诗人但丁《神曲》中的《地狱篇》为题材,构思了规模宏大的《地狱之门》。这件作品的整个创作前后费时达 20 年,最后也没有正式完成,但部分构思却在别的作品中有了体现。

1891 年,罗丹受法国文学协会之托制作的巴尔扎克纪念像再一次遭到非议,一些人认为作品太粗陋草率,像一个裹着麻袋片的醉汉。文学协会迫于舆论的压力,拒绝接受这个纪念像。

但是在 1900 年巴黎三国博览会上,一个专设的展厅陈列了罗丹的 171 件作品,成为艺术界的盛举。成千上万的人前来观看《地狱之门》、《巴尔扎克》、《雨果》,来自世界各国的艺术家和社会名流纷纷向罗丹表示祝贺和敬意。罗丹在法国之外的地方获得了极大的声誉,各国博物馆争相收藏他的作品,以至于能得到罗丹的作品成为当时的时髦事。罗丹终于获得了成功。

1904 年,罗丹被设在伦敦的国际美术家协会聘为会长,罗丹的荣誉达到了一生的顶点。

光环之下的罗丹并未就此止步,他唯一的生命便是雕塑。罗丹开始雕塑比真人还大一倍的《思想者》。罗丹亲身感受到脱离了兽类之后的思想者承受的压力,他通过塑像来表现这种拼搏的伟大。这是罗丹最后一部史诗性的作品,当塑像完成后,他也筋疲力尽了。

罗丹的成功得益于他的坚毅与执著,他没有因为“权威们”的否定而动摇自己对雕塑的梦想。成功的道路上从来都是鲜花与荆棘并存,没有谁会一帆风顺,即使是我们眼中的“幸运儿”,也不会总是在“幸运”中度过一生。《思想者》的诞生是对挫折与嘲讽的反抗,如果当初罗丹没有坚持自己的奋斗,而是在多数人的否定下也自我否定,那就不会有今日的伟大作品的诞生!

因此说,《思想者》是关于坚毅和梦想的传奇。

智慧·感悟·启迪

冰心说过："成功的花，人们只惊羡它现时的明艳，然而当初它的芽儿，却浸透着奋斗的泪泉，洒遍了牺牲的血雨。"风风雨雨是生活的必然，坠落低谷总是难免，每当这种关头，需要的是你独自咬牙拼搏，而当你吃尽苦头的时候，你也会看到硕果累累的辉煌盛景。

拿破仑最大的失败

失败有时会使人清醒、冷静，使人重新估量自己的存在；成功有时会使人昏昏然、陶醉，使人过高地估计自己的价值。驾驭好这两者，就能把握住自己的人生之舵。

根据历史上的记载，滑铁卢战役的失败是拿破仑一生最后的失败，但有人说其实不是这样，因为拿破仑的最后失败，是败在一颗棋子上。

据说，拿破仑在滑铁卢之役失败之后，被判流放到圣赫勒拿岛监禁，终身不得离开。

他在岛上过着十分艰苦而无聊的生活。后来，拿破仑的一位密友通过秘密方式赠给他一件珍贵的礼物，这是一副象牙和软玉制成的棋子。拿破仑对这副精致而珍贵的棋子爱不释手，他经常一个人默默地下棋，多少减轻了被流放的孤独和寂寞。

这位有名的囚犯在岛上用那副棋子打发着时光，最终慢慢地死去。

拿破仑死后，那副棋子多次转手。最终棋子的所有者在一次偶然的机会中发现，其中一个棋子的底部可以打开，当那人打开后，发现里面竟密密麻麻地写着如何从这个岛上逃出的详细计划。在当时，这是一则轰动世界的重大新闻。

可惜，拿破仑没有在玩乐中发现这个秘密，所以，他到死都没有逃出圣赫勒拿岛。

这恐怕才是拿破仑一生中最大的失败。

智慧·感悟·启迪

拿破仑自己曾说过："避免失败的最稳当办法，就是要下决心获得成功。"只可惜，本来他可以让这句话非常地圆满、完善，然而由于他的疏忽大意以及放弃自我，所以才有了人生的最后败笔。

因此，无论何时何地，无论我们身处何种境地，都要抱着必定胜利的信心。

苦难是所最好的学校

正当贝多芬充满热情地献身于他所钟爱的音乐事业时，不幸的事情发生了，由于患了耳病，贝多芬渐渐失去了听觉。一天，他和朋友们到野外散步，朋友们听到从远处传来一阵悠扬的笛声，赞叹道："这笛声多么优美呀！"贝多芬侧耳倾听，可他什么声音也没有听到。他们继续往前走，朋友们又听到牧童清脆的歌声，赞美道："这歌声多么动听！"贝多芬全神贯注地倾听，仍然什么也没听到。贝多芬这才知道自己的耳朵完全聋了。

对于音乐家来说，世界上还有什么能比耳朵更宝贵呢？音乐家要用耳朵去辨别音的高、低、强、弱，要用耳朵去欣赏优美的旋律、丰富的和声和多变的节奏，音乐就是声音的艺术啊！这个打击对年轻的贝多芬来说，实在太沉重了。

贝多芬陷入了极大的痛苦之中。他绝望了，甚至想到了自杀，连遗嘱都写好了。但是，经过一番激烈的思想斗争后，贝多芬还是坚强地活了下来，因为他热爱生活、热爱音乐。他对别人说："是艺术，只是艺术挽留了我，在我尚未把我的使命完成之前，我不能离开这个世界。"

贝多芬勇敢地向命运展开了挑战，他在给朋友的信中豪迈地写道：

"我要扼住命运的咽喉，它休想使我屈服！"

这句话成为贝多芬一生的座右铭。

贝多芬比以前更加勤奋、努力。尽管他的耳病越来越严重，他听不到鸟儿的鸣叫、小溪的歌唱，也听不到雷鸣、风吼，世界上的任何声音他都听不到了。但是，贝多芬没有灰心，也没有气馁，他坚忍不拔地与命运搏斗。贝多芬与命运艰苦搏斗的时期，正是他一生中创作力最旺盛、成就最辉煌的时期。他的大部分成功之作都是耳聋以后创作的。他一生成就最卓著的 9 部交响乐都是在他患了耳疾、听力渐退的情况下完成的。贝多芬以他惊人的毅力、辉煌的成就掀开了欧洲音乐史上崭新的一页。这个时期，他创作的几部具有代表性的交响乐，一直享誉全球。

苦难是一笔巨大的财富，苦难缔造了强者健康有力的品格，丰富了强者的斗争经验，锻炼了强者非凡的才干。总之，"苦难是成功之母"。不经历风雨怎么见彩虹？如果你想摘玫瑰，就不要怕刺！人的一生不可能只有成功的喜悦而没有遭受挫折的痛苦，一个人如果能在失望中与绝望中看到希望，那么他就已经有了成功的可能。

智慧·感悟·启迪

苦难，在不屈的人面前会化成一份礼物，这份珍贵的礼物会成为真正滋润你生命的甘泉，让你在人生的任何时刻，都不会轻易被击倒！

妙手生花，让钱生钱

真正能挣到钱的人对金钱有着独特的理解：他们赚钱是为了花出去，他们花钱是为了赚更多的钱。洛克菲勒王朝的创始人约翰·戴维森·洛克菲勒的童年时光是在一个叫摩拉维亚的小镇上度过的。每当黑夜降临，约翰常常和父亲点着蜡烛，相对而坐，一边煮着咖啡，一边天南地北地聊着，话题又总是离不开怎样做生意赚钱。约翰·洛克菲勒从小就在脑子里装满了父亲传授给他的生意经。

7 岁那年，一个偶然的机会，约翰在树林中玩耍时，发现了一个火鸡窝。他想火鸡是大家都喜欢吃的肉食品，如果他把小火鸡养大后卖出去，一定能赚到不少钱。于是，洛克菲勒此后每天都早早来到树林中,耐心地等到火鸡孵出小火鸡后暂时离开窝巢的间隙,飞快地抱走小火鸡,把它们养在自己的房间里,悉心照料。

到了感恩节,小火鸡已经长大了,他便把它们卖给附近的农庄。

于是,洛克菲勒的存钱罐里,镍币和银币逐渐增多,随后变成了一张张绿色的钞票。

一个年仅7岁的孩子竟能想出卖火鸡赚大钱的主意,实在令人惊叹!

他的父亲和母亲对长子行为的反应截然相反。

笃信宗教、心地善良的母亲对此又气又恼,狠狠地把他揍了一顿。可是颇有眼光的父亲却说:"哎呀,爱丽莎,你何必呢!这个国家现在最重要的就是钱、钱、钱!"他对儿子的行为大加赞赏,满心欢喜。约翰·洛克菲勒就是由这样一个相信《圣经》上所写的一言一语、敬畏上帝的基督教徒的母亲抚养大,而由父亲的现实处世之道教育成人的。

在摩拉维亚安下家以后,父亲雇用长工耕作他家的土地,他自己则改行做了木材生意。人们喜欢称他父亲为"大比尔"。大比尔工作勤奋,常常受到赞扬,此外他还热心社会公益事业,诸如为教会和学校募捐等,甚至参加了禁酒运动,一度戒掉了他特别喜爱的杯中之物。

大比尔在做木材生意的同时,不时向小约翰传授这方面的经验。

洛克菲勒后来回忆道:"首先,父亲派我翻山越岭去买成捆的薪材以便家里使用,我知道了什么是上好的硬山毛榉和槭木;其次,父亲告诉我只选坚硬而笔直的木材,不要任何大树或'朽'木,这对我是个很好的训练。"

洛克菲勒年幼时就显示出经商的天赋。在和父亲的一次谈话中,大比尔问他:

"你的存钱罐,大概存了不少钱吧?"

"我贷了50元给附近的农民。"儿子满脸的得意神情。

"是吗?50元?"父亲很是惊讶。因为在那个时代,50美元是个不小的数目。

"利息是7.5%,到了明年就能拿到3.75元的利息。另外我在你的马铃薯地里帮你干活,工资每小时0.37元,明天我把记账本拿给你看。其实,这样出卖劳动力很不划算。"洛克菲勒滔滔不绝、很是在行地说着,毫不理会父亲的惊讶表情。

父亲望着刚刚12岁就懂得贷款赚钱的儿子,喜爱之情溢于言表,儿子的精明不在自己之下,将来一定会大有出息的。

智慧·感悟·启迪

财富的积累需要储蓄,但如果一直储蓄,不思投资,那么钱就会成为死钱。你虽然不会为没钱生活而忧虑,但你也永远不能成为亿万富翁。钱就像水一样,只有流动起来了,才能创造更多的价值。

空手套白狼

有着大学学历的王仁昌,"文化大革命"期间被打成"反革命",被判刑10年,1981年才获释。出狱时摆在他面前的首要问题是如何生存。当时,中共十一届三中全会刚刚开过,头脑聪明、嗅觉灵敏的王仁昌立即抓住这个时机,用妹妹从别人手里借来的260元钱,在汉正街开始了经商生涯。此时的武汉三镇日渐繁荣，汉正街车水马龙、人流如潮。王仁昌的百货摊他一个人忙不过来，弟弟王仁忠便来帮忙。

1981年春节之后，别人还蒙在鼓里，王氏兄弟就开始悄悄赊销武汉制伞厂的老式雨伞。3.7元一把进，3.9元往外批发，每把伞可净赚0.2元，下一次进货时结清上次赊的货款，一月可周转2～3次。勤干苦做3个月后，王氏兄弟的能耐和信誉在汉正街已是有口皆碑。不久，便有近10家商贩醒悟过来，以相同方式卖伞，而且批零兼营。竞争日益激烈，商贩间相互抓信息、抢速度和钩心斗角，同拥挤热闹的汉正街一样紧张忙碌。

哥哥的知识智慧加上弟弟的实践经验，两兄弟很快就发现一种广州产的新式折叠伞款式新颖、小巧玲珑，且色彩鲜艳，销路肯定会更好。必须抢在别人前面抓住机会！但手里的钱远远不够，赊销别人不干。此时，两兄弟因信誉好，同伞厂的合同已改为一月一结，正好一个月的周期里把赊货赚来的钱拿去广州进货，卖完了再结武汉伞厂的钱。为了尽快在月初将赊货变成现金，兄弟俩一咬牙，决定每把伞以比进价还低1毛的价格批发。“王仁昌的伞3.6元一把！”一时间，两兄弟的伞被里三层外三层的商贩疯狂抢购，而别人的伞堆积如山却无人问津。

两天之后，兄弟俩冒着倾家荡产的风险，爬上南下的列车，在肮脏的硬座椅底下一躺就是十几个小时。从广州发回的货，异常畅销，8元进价卖9.5元，每天销500把伞，而且每周可周转4～6次，这意味着王氏兄弟卖广州货比卖武汉货每月可多赚10倍以上。王氏兄弟不投分文，却凭着自己精明的头脑，用别人的钱一次又一次得心应手地玩着“空手道”的游戏。

1985年，兄弟俩抓住了一个机会，并再次以其出色的才智，在20天内，以1万元资本做成一笔370万元的生意，净赚60万元，至今仍令武汉三镇的批发商叹为观止。

当时，武汉针棉织品批发公司准备将仓库里积压的价值370万元的手套、袜子、内衣、内裤一次性5折出手。汉正街很多人都知道这消息，可谁有本钱和胆量去一次吃进185万元的货？就在别人摇头叹息之时，王氏兄弟俩却在家里密谋策划，设计了一个使“自己的风险最小化，所获的利润最大化”的方案。

第二天，兄弟俩找到武汉粮食局百货经营部，提出两家联手吃下这一笔生意。实施步骤是：王氏兄弟俩以1万元现金交给粮食局作为抵押金，由粮食局作保并开具一张为期1月、数字为185万元的远期支票给针棉织品批发公司，让针棉织品公司出货。王氏兄弟负责1个月内将货销完并付清支票款。兄弟俩进一步开出双方合作条件：利润二八分成，粮食局二，王家兄弟八。

如果王氏兄弟1个月内不能销完货，将按支票额的20%向粮食局赔款。这时双方打着相同的小九九：粮食局有钱，但无经营才能，吃得下货却怕销不动；王氏兄弟没钱，但有经营才能，销得出货却吃不下货。双方一拍即合。

很快，这一优势互补的合作水到渠成。王氏兄弟将这批货按质量好坏和不同样式，照一定比例搭配成3万元至5万元一份，以原价的7.5折批发给了汉正街各批发商，一时间人人争相提货。

其间，两兄弟又动脑筋：将市场细分，对症下药。按各批发商不同的经营风格和性格进行货物分配。比如老年人经营求稳求慢，周期较长，两兄弟就将质差价低的“死货”销给他们；而对性子急、周转快的年轻商贩，就发给紧俏的货，以加快周转速度。就这样，仅20天，针棉织品批发公司积压多年的产品就被兄弟俩销售一空！最后，两人以1万元的本钱净赚60万元。

智慧·感悟·启迪

“空手套白狼”是高明的投资者善于使用的一种手段。在发财的机遇面前，巧妙地运用智慧，将资金灵活运用，这样往往会带来一本甚至无本万利的收益。

倾听为你的交际魅力加分

连平是罗宾见到的最受欢迎的人士之一。他总能受到邀请，经常有人请他参加聚会、共进午餐、打高尔夫球或网球、担任基瓦尼斯国际的客座发言人。

一天晚上，罗宾碰巧到一个朋友家参加一次小型社交活动。他发现连平和一个漂亮女孩坐在一个角落里。出于好奇，罗宾远远地注意了他们一段时间。罗宾发现那女孩一直在说，而连平好像一句话也没说。他只是有时笑一笑、点一点头，仅此而已。几个小时后，他们起身，谢过男女主人，走了。

第二天，罗宾见到连平时不禁问道：“昨天晚上我在斯旺森家看见你和最迷人的女孩在一起。她好像完全被你吸引住了。你是怎么抓住她的注意力的？”

“很简单。”连平说，“斯旺森太太把苏珊介绍给我，我只对她说：‘你的皮肤晒得真漂亮，在冬季也这么漂亮，是怎么做的？你去哪儿了呢？阿卡普尔科还是夏威夷？’

“‘夏威夷。’她说，‘夏威夷永远都风景如画。’

“‘你能把一切都告诉我吗？’我说。

“‘当然。’她回答。我们就找了个安静的角落，接下去的两个小时她一直在谈夏威夷。

“今天早晨苏珊打电话给我，说她很喜欢我陪她。她说很想再见到我，因为我是最有意思的谈伴。但说实话，我整个晚上没说几句话。”

看出连平受欢迎的秘诀了吗？很简单，连平只是让苏珊谈自己。他对每个人都这样——对他人说：“请告诉我这一切。”这足以让一般人激动好几个小时。人们喜欢连平就是因为他注意他们。

学会倾听，是突破交往障碍的一个有效行动。当你走出自己的小天地，试着站在别人的立场上，做一个好的听众，你就能够成为一个广受欢迎的交际高手，为自己赢得众多的朋友。

智慧·感悟·启迪

倾听是美丽的，善于倾听的人则是迷人的。倾听是人际交往中最动听的音符，学会倾听、多多倾听，走近他人其实并不难。

鞋子的发明

有一个国家,因为当时还没有发明鞋子,所以人们都赤着脚,即使是冰天雪地也不例外。国王喜欢打猎,他经常出去打猎,但是他进出都骑马,从来不徒步行走。

有一回他在打猎时偶尔走了一段路,可是真倒霉,他的脚让一根刺扎了。他痛得“哇哇”直叫,把身边的侍从大骂了一顿。第二天,他向一个大臣下令:7天之内,必须给城里的大街小巷通通铺上毛皮。如果不能如期完工,就要把大臣处死。一听到国王的命令,那个大臣十分害怕。可是国王的命令怎么能不执行呢?他只得全力照办。大臣向自己的下属官吏下达命令,官吏们又向下面的工匠下达命令。很快,往街上铺毛皮的工作就开始了,声势十分浩大。

铺着铺着就出现了问题,所有的毛皮很快就用完了。于是,不得不每天宰杀牲口。一连杀了成千上万的牲口,可是铺好的街道还不到百分之一。

离限期只有两天了,急得大臣消瘦了许多。大臣有一个女儿,非常聪明。她对父亲说:“这件事由我来办。”

大臣苦笑了几声,没有说话,可是女儿坚持要帮父亲解决难题。她向父亲讨了两块皮,按照脚的形状做了两只皮口袋。

第二天,姑娘让父亲带她去见国王。来到王宫,姑娘先向国王请安,然后说:“大王,您下达的任务,我们都完成了。您把这两只皮口袋穿在脚上,走到哪儿去都行。别说小刺,就是钉子也扎不到您的脚!”

国王把两只皮口袋穿在脚上,然后在地上走了走。他为姑娘的聪明而感到惊奇,因为穿上这两只口袋走路舒服极了。

国王下令把铺在街上的毛皮全部揭起来。很快,揭起来的毛皮堆成了一大堆,人们用它们做了成千上万双鞋子。

大臣的女儿不但得到了国王的奖赏,而且受到全国老百姓的尊敬。此后,人们开始穿鞋子,并想出了各种不同的样式。

智慧·感悟·启迪

一条路,当我们清楚地看到它的前方已经山穷水尽时,不妨试着转个身,也许柳暗花明的惊喜就在眼前。养成逆向思维的好习惯,可以提高解决问题的能力,也能够激发大家的创造力。

高明的求职策略

在京城有一家非常有名的中外合资公司,前往求职的人多得可谓摩肩接踵,但其用人条件极为苛刻,有幸被录用的比例很小。

那年，从某名牌高校毕业的他，非常渴望进入该公司。于是，他给公司总经理寄去一封短笺。很快他就被录用了，原来打动该公司老总的不是他的学历，而是他那特别的求职条件——请求公司随便给他安排一份工作，无论多苦多累，他只拿做同样工作的其他员工 4/5 的薪水，但保证工作做得比别人还要优秀。

进入公司后，他果然干得很出色，公司主动提出给他满薪，他却始终坚持最初的承诺，比做同样工作的员工少拿 1/5 的薪水。

后来，因受所隶属的集团经营决策失误的影响，公司要裁减部分员工，很多员工无奈地失业了，他非但没有下岗，反而被提升为部门的经理。这时，他仍主动提出少拿 1/5 的薪水，但工作依然兢兢业业，成为公司业绩最突出的部门经理。

后来，公司准备给他升职，并明确表示不会让他再少拿部分薪水，还允诺给他相当诱人的奖金。面对如此优厚的待遇，他没有受宠若惊，反而出人意料地提交了辞呈，转而加盟了各方面条件均很一般的另一家公司。

很快，他就凭着自己非凡的经营才干，赢得了新加盟的公司上下一致信赖，被推选为公司总经理，当之无愧地拿到一份远远高于那家合资公司给的报酬。

当有人追问他当年为何坚持少拿 1/5 的薪水时，他微笑着说道："其实我并没有少拿一分的薪水，我只不过是先付了一点儿学费而已。我今天的成功，很大程度上取决于在那家公司里学到的经验。"

智慧·感悟·启迪

放长线才能钓大鱼。这位成功人士的经历告诉我们：为日后更大的收获，果断地舍弃眼前的一些小利，的确不失为一条智慧的成功之路。

别出心裁的减肥广告

减肥中心自从开张以来没有一点生意，在资金不足的情况下，又不能像大型减肥美容公司一般做电视、报纸广告。女老板眼看着每日如流水般的各项支出，却见不到有多少进账可以平衡这些开销，急得不知怎么办才好。

忽然一个念头跃进了她的脑海里。

隔了两个星期，报纸上登了一则广告："在本减肥中心的大门口，您绝对见不到一个胖子走出来，如发现有胖子由大门走出者，中心赠奖金 10 万元。"

此广告不仅被刊登在报纸上，而且还被印在宣传单上四处散发。这个奇特的广告吸引了许多群众围观。人们发现，每天从减肥中心大门走出来的果然都是瘦子，见不到一个胖子。

有几个胖子心里想："我就要进去，再马上走出来，看你有什么话说。"但是即使有人故意找碴儿，还是不见一个胖子由大门出来，这是怎么一回事呢？

原来女老板把大门改装成两个不同的出入口。从外面看起来这两个出入口的大小形状都一样，可是，她特别在出口的内侧，加装了两道很粗的钢管，人必须侧身由这两道钢管的中间通过，才能抵达出口大门，而且空隙只容得下一个侧过身的瘦子穿过去。

那么胖子怎么办呢？当然只能由减肥中心后面的小门走出去！

人们在门口看不到胖子，必定好奇地进入里面，当他想出来时，能走出来的瘦子自然得意，而必须走后门的那些富态一点的人一定愧疚地想："哇！不得了，我被列入胖子群，该减肥了！"于是就不由自主地坐下来听宣传人员的解说。

减肥中心从此生意好得不得了。

智慧·感悟·启迪

面对日新月异的信息时代，只有标新立异、与众不同，才能在激烈的竞争中立于不败之地，才能不断地延伸成功，才能更好地生存与发展，才能在创业的道路上走得更远。

把防毒面具卖给驼鹿

有个推销员自称是世界上最伟大的推销员。他曾经卖给牙医一支牙刷，卖给瞎子一台电视机。但朋友对他说："只有卖给驼鹿一个防毒面具，你才算是一个最伟大的推销员。"

于是，推销员来到一片森林。"您好！"他对遇到的第一只驼鹿说，"您一定需要一个防毒面具。"

"这里的空气这么清新，我要它干什么！"驼鹿说。

"你要想在这个森林里生存下去就得有一个防毒面具。"

"对不起，我真的不需要。"

推销员自信地说："您很快就会需要一个了。"说着他便开始在驼鹿居住的森林中央建造一座工厂。

"你真是发疯了！"朋友说。

"我没有疯。我只是想卖给驼鹿一个防毒面具。"推销员认真地说。

当工厂建成后，许多有毒的废气从大烟囱中滚滚而出，不久，驼鹿就找到推销员说："现在我需要一个防毒面具了。"

"这正是我想的。"推销员说着便卖给了驼鹿一个防毒面具。

驼鹿说："别的驼鹿现在也需要防毒面具，你还有吗？"

"我真走运，我还有成千上万个。"

"可是你的工厂里生产什么呢？"驼鹿好奇地问。

"防毒面具。"推销员骄傲地回答。

智慧·感悟·启迪

置身于日新月异的当代社会之中，我们每个人都要做好应对各种变化的准备，我们要随时随地开动脑筋，于不断开拓中，积极寻找解决问题的新思路、新方法，这样我们才能在社会上立于不败之地。

追求卓越才能成为核心人物

推销员戴尔做了一年半的业务，看到许多比他后进公司的人都晋升了职位，而且薪水也比他高许多，他百思不得其解。想想自己来了这么长时间，客户也没少联系，薪水也还凑合够自己开支，可就是没有大的订单让他在业务上有所起色。

有一天，戴尔像往常一样回家就打开电视若无其事地看起来，突然有一个名为“如何使生命增值”的专题采访节目引起了他的关注。

心理学专家回答记者说：“我们无法控制生命的长度，但我们完全可以把握生命的深度！其实每个人都拥有超出自己想象10倍以上的力量。要使生命增值，唯一的方法就是在职业领域中努力地追求卓越！”

戴尔听完这段话后，信心大增。他立即关掉电视，拿出纸和笔，严格地制订了半年内的工作计划，并落实到每一天的工作中……

两个月后，戴尔的业绩明显大增。9个月后，他已为公司赚取了2500万美元的利润，年底他当上了公司的销售总监。

如今，戴尔已拥有了自己的公司。他每次培训员工时，都不忘记说：“我相信你们会一天比一天更优秀，因为你们拥有这样的能力！”于是员工信心倍增，公司的利润也飞速增长。

智慧·感悟·启迪

在人生历程中，每个人都迫切希望自己能成为众人中的焦点，成为聚光灯的中心，事实上，这并不是什么困难的事，只要你拥有一颗追求卓越的心。

在平凡中追求卓越

阿穆耳饲料厂的厂长麦克道尔之所以能够从一个速记员一步一步往上升，就是因为他在工作中总是追求尽善尽美。

他最初在一个懒惰的经理手下做事，那个经理习惯于把事情推给下面的职员去做。有一次，他吩咐麦克道尔编写一本总经理阿穆耳先生前往欧洲时需要的密码电报书。如果是一般人来做这个工作,恐怕只会简单地把电码编在几张纸片上敷衍了事,但麦克道尔可不是这样玩忽职守的人。他利用下班的空余时间,把这些电码编成了一本漂亮的小书,并用打字机打印出来,然后再装订好。完成之后,经理便把电报本交给了阿穆耳先生。

“这大概不是你做的吧?”阿穆耳先生问。

“不……是。”那经理不自然地回答。

“那是谁做的呢?”

“我的速记员麦克道尔做的。”

“你叫他到我这里来。”

阿穆耳对麦克道尔亲切地说:“小伙子,你怎么想到把我的电码书做成这个样子呢?”

“我想这样用起来会方便些。”

“你什么时候做的呢?”

“我是晚上在家里做的。”

“是吗? 我特别喜欢它。”

这次谈话后没几天,麦克道尔便坐到了前面办公室的一张写字台前。没过多久,他便取代了以前那个经理的位置。

智慧·感悟·启迪

卓越是细节完美的具体表现,卓越并非高不可攀,只要我们认真地从自己做起,从日常的每一件小事做起,并把它做细致,就算是在平凡的岗位上也能创造卓越。

茶文化的精神

一个女孩子非常向往记者的工作。大学毕业后,她被一家新闻单位聘用了。但是,由于当时没有记者的空缺,经理便让她暂时做一些为同事泡茶的工作。虽然她对这种安排非常失望,但又想到将来会有做记者的机会,于是就静下心来,每天为同事泡茶。

3 个月过去后,她开始沉不住气了,心里开始抱怨这份不喜欢的工作,她泡出来的茶,味道也一天不如一天,但她并未察觉。

有一天,她泡好茶端给经理,经理只喝了一口就大骂起来:“这茶是怎么泡的,难喝得要命!亏你还是大学毕业生呢,连泡杯茶都不会!”她气坏了,几乎哭出声来。于是她打算当场就辞职,可正好来了一位重要访客,必须好好招待。她想:反正也要离开了,那就好好泡一壶茶吧! 于是,她把心里的不愉快暂时抛开,认真地泡好茶,把茶端进去。当她转身刚要离开时,却听见客人由衷地赞叹道:“哇! 这茶泡得真好!”那位骂她的经理也喝了一口,情不自禁地夸赞道:“这壶茶真的特别好喝!”

她惊呆了! 突然发现,只是小小的一杯茶而已,竟然会造成那么大的差异,或挨骂,或被赞美,截然相反。这茶里显然有很深奥的学问,值得好好研究。从此以后,她不但对水温、茶叶、茶量都悉心琢磨,就连同事的喜好、心情也细心地体会,甚至连自己泡茶时的心情、状态会带来的结果也了如指掌。很快,她成为公司的灵魂人物。几年后,她就被升为经理了。

智慧·感悟·启迪

茶道是人道,同时也是做事之道。悟透了茶道,就一定能悟透工作之道!因为茶道中对每一个细节都有严格的要求,实际上已融入了茶文化的精神。在这一点上,正与做好小事所彰显出来的精神,达到了高度的一致!

万事皆因小事起

被称为世间最睿智的国王所罗门说过:“万事皆因小事起。”历史上几个著名的事件正是这句名言的有力例证。

1853年爆发的克里米亚战争造成了巨大的人员伤亡和财产损失。欧洲的四大强国英国、法国、土耳其和俄国都被牵连了进来,而战争最初却是因一把钥匙而起。

土耳其宣称,耶路撒冷圣墓中的一个神龛归土耳其的基督教会所有。于是土耳其就把神龛锁了起来,并且拒绝交出钥匙。这一行为使得希腊的教会很恼火。后来,争端不断升级。于是,俄国作为希腊的保护国,法国作为拉丁教会的代表也参加了进来。形势开始变得复杂起来。俄国要求土耳其对希腊的教会进行补偿,但土耳其拒绝这一要求。由于英国传统上就有保护土耳其人的习惯,在这场纠纷中他们理所当然地站在土耳其人的一边,同他们结成联盟共同反对法国和俄国。就是这样一件芝麻粒大小的事情,引发了这场巨大的纠纷。

法国历史被篡改,一个强大的王朝被推翻,而它的起因却是几杯酒。

奥尔良公爵是国王路易·菲利普的儿子。有一次同朋友一起喝酒时,奥尔良公爵在朋友们的力劝之下多喝了几杯。聚会结束后,大家将要离去时,他上了一辆马车。可是这匹马受惊了,把他掀倒在地上,由于失去了平衡,他脚下踩空,头朝下摔倒在人行道上,不省人事。如果不是那几杯酒,他可能不至于会坐不稳而摔下来;或者,即使摔倒在地,他自己也许还能站起来。但他再也没有站起来。几杯酒使得这个王位继承人丢了性命,而他的全家后来也遭到了流放,他们家族的巨额财产也全部被充公。

智慧·感悟·启迪

“千里之堤,溃于蚁穴。”日常的工作生活中,我们无论做什么事情,都万万不可忽视小事,否则我们就有可能付出惨痛的代价。

跳蚤的潜力

每个人身上都蕴藏着惊人的潜力，成功者的秘密在于发掘了这些潜力，而失败者却忽视了这些潜力。

在昆虫世界中，跳蚤算是最善于跳跃的一种了，它的身长只有0.5～3.0毫米，体重仅有200毫克左右，但是它上跳的高度却可以达到约350毫米。这也就是说，跳蚤的跳跃高度可以达到其身长的一百多倍。从身高与跳跃高度的比例上来看，跳蚤无疑是世界上首屈一指的跳跃健将了。跳蚤怎么会有这么强的跳跃能力呢？为了解决这一问题，一位大学教授决定对跳蚤进行一番研究。

经过整整一天的研究，教授没有找到问题的答案。到了下班的时候，教授就用一个300毫米高的玻璃罩把跳蚤罩住，以防止它逃跑。果然不出教授所料，不安分的跳蚤在当天夜里进行了无数次逃跑的尝试，但是每每跳到300毫米高的时候都会被玻璃罩狠狠地挡下来，渐渐地跳蚤开始怀疑自己的能力了，它不再做无谓的尝试，接受了自己只能跳300毫米高的现实。第二天一大早，教授发现了一个奇怪的现象：我们的跳跃健将的跳跃水平突然下降了，它至多只能跳300毫米高了。

这个变化引起了教授的兴致，于是教授决定和跳蚤开一个小玩笑。第二天下班的时候，教授用一个150毫米高的玻璃罩罩住跳蚤。经历了和昨晚差不多的尝试，跳蚤的信心又一次遭到了严重的打击。于是第三天的时候，教授发现跳蚤已经不能突破150毫米的高度了，晚上教授又用了一个50毫米高的玻璃罩罩住跳蚤，不出所料，跳蚤的跳跃水平又降低到了50毫米。最后，教授干脆用一个玻璃板压住跳蚤，让跳蚤只能在玻璃板下爬行，结果拿掉玻璃板的时候，我们曾经的跳跃健将居然不知道怎样跳跃了，只能在桌面上爬行。

教授对不能跳跃的跳蚤失去了兴趣，转而去做其他的实验了。一次，教授在做实验的时候，失手打翻了桌子上的酒精灯，酒精在桌面流淌，火苗也随之蔓延开来。这个小小的事故对于跳蚤来说无疑是一场灭顶之灾，它拼命地在桌子上爬行，但是火苗的速度比它更快，就在火苗将要烧到跳蚤的时候，奇迹发生了，我们的跳跃健将猛地跳起，高度甚至超过了它以前的水平。恢复了健将本色的跳蚤，成功地逃脱了“火灾”。

这一切都被教授看在眼里，他意识到跳蚤的潜力从来都没有失去过，一旦发挥出来，就将令人感到震惊！

智慧·感悟·启迪

在屡遭挫折的情况下，很多人对自己的能力失去了信心，不敢相信自己还有什么潜力。事实上，每个人身上都蕴藏着巨大的潜力，这种潜力一旦被发掘出来，将会爆发出惊人的能量。

哲学家的最后一课

有一位哲学家将自己的学生带到郊外的一片草地上，要在那里给他们讲最后一课。在草地上，他对学生们说："十年苦读，你们都已是饱学之士，现在学业就要结束了，我们上最后一课吧！"

弟子们围着哲学家坐了下来。哲学家问："现在我们坐在什么地方？"

弟子们答："现在我们坐在旷野里。"

哲学家又问："旷野里长着什么？"

弟子们说："旷野里长满杂草。"

哲学家说："对，旷野里长满杂草。现在我想知道的是如何除掉这些杂草。"弟子们非常惊愕，他们都没有想到，一直在探讨人生奥妙的哲学家，最后一课问的竟是这么简单的一个问题。

一个弟子首先开口，说："老师，只要有铲子就够了。"哲学家点点头。

另一个弟子接着说："用火烧也是很好的一种办法。"哲学家微笑了一下，示意下一位。

第三个弟子说："撒上石灰就可以除掉所有的杂草。"

接着讲的是第四个弟子，他说："斩草除根，只要把根挖出来就行了。"

等弟子们都讲完了，哲学家站了起来，说："课就上到这里了。你们回去后，按照各自的方法除去一片杂草，没除掉的，一年后再来相聚。"

一年后，他们都来了，不过原来相聚的地方已不再是杂草丛生，它变成了一片长满谷子的庄稼地。弟子们围坐在谷地边，等待哲学家的到来，可是哲学家始终没有来。

数年后，哲学家去世了，弟子们在整理他的言论时，私自在书的最后补了一章：要想除掉旷野里的杂草，方法只有一种，那就是在上面种上庄稼。

智慧·感悟·启迪

若要获得心灵自由，就要忘掉猜疑、仇恨等困扰心灵的痛苦。忘掉痛苦的最好办法就是在内心重新种下幸福与欢乐的种子，就像在杂草地种上庄稼一样。

事已如此，别无选择

一位很有名气的心理学教师，在给学生上课时拿出一只十分精美的咖啡杯。当学生们正在赞美这只杯子的独特造型时，教师突然故意装出失手的样子，咖啡杯掉在水泥地上摔成了碎片，这时学生们不断发出惋惜声。教师指着咖啡杯的碎片说："你们一定对这只杯子感到惋惜，可是这种惋惜也无法使咖啡杯再恢复原形。今后在你们的生活中若发生了无可挽回的事情时，请记住这破碎的咖啡杯。”

这是一堂很成功的素质教育课，学生们通过摔碎的咖啡杯懂得了：人在无法改变失败和不幸的厄运时，要学会接受它、适应它。

智慧·感悟·启迪

生活中总是充满了不可捉摸的变数，如果它给我们带来了快乐，当然是很好的，我们也很容易接受。但事情却往往并非如此，有时，它带给我们的会是可怕的灾难，这时如果我们不能学会接受它，如果让灾难主宰了我们的心灵，那么生活就会永远地失去幸福。

从修车工到汽车大王

当亨利·福特还是一个修车工人的时候，并没有想过自己以后要成为一个叱咤风云的大人物。有一次刚领了薪水，他兴致勃勃地到公司附近的一家高档餐厅去吃饭。然而他在餐厅里坐了很长时间却没有一个服务生来招呼他。最后，还是餐厅里的一个服务生看到亨利·福特独自一人坐了那么久，才勉强走到桌边，问他是不是要点菜。

亨利·福特满脸堆笑，点头称是，服务员却一脸不屑地将菜单丢在他的桌子上。亨利·福特刚打开菜单，看了几行，就听见服务生用轻蔑的语气说道：“菜单不用看得太详细，你只适合看右边的部分（指价格），左边的部分（指菜式），你就不必费神去看了！”

亨利·福特惊愕地抬起头来，目光正好看到服务生脸上不耐烦的表情，这让福特感到十分生气。恼怒之余，他不由自主地便想点最贵的大餐，但转念又想起口袋中那一点点可怜微薄的薪水。不得已，咬了咬牙，亨利·福特只点了一个汉堡。服务生从鼻孔中“哼”了一声，傲慢地收回亨利·福特手中的菜单。

在服务生离去之后，亨利·福特并没有因为花钱受气而继续恼恨不休。他反倒冷静下来，仔细思考，为什么自己总是只能点自己吃得起的食物，而不能点自己真正想吃的大餐。

从此以后，亨利·福特立志要成为社会中顶尖的人物。在这种信念的激发下，最后，亨利·福特终于由一个普通的修车工变成世人皆知的汽车大王。

智慧·感悟·启迪

生活中我们常常会遭遇一些白眼和冷遇，面对这些冷遇，与人争一时之气是幼稚的行为。明智的做法是将心中的不满化为奋发向上的动力，以实际的成就击败他人的轻视。

放低心态才能走稳脚下路

孙兴是一个名牌大学的毕业生,他到一家大公司去应聘,结果被录用了。而后,他主动找到公司人事主管,说自己不怕苦,只是希望能到挣钱多的岗位上工作,原因是,他是农村来的大学生,几年大学读下来,不但已经花光了家里的所有积蓄,还欠着外债。人事主管很同情他,把他分配到了营销部当推销员。因为这家公司生产的健身器材很畅销,推销员都是按销售业绩计算收入,因此尽管孙兴是个新手,但他吃苦耐劳、聪颖好学,一年下来,得到的薪金倒比其他部门的员工多出好几倍,因此,他也就下定决心在营销部干下去。

时间长了,他渐渐发现了营销部里一些工作上的疏漏,管理也不规范,于是他除了不断加强与客户的联系外,还把心思用到了营销部的管理上,经常向经理提出一些意见,希望凭借自己的建议得到上司的赏识。对此,经理总是回答说:“你提出的意见很好,可我现在实在太忙了,抽不开身,等改进工作之后再慢慢来吧。”经过几次和经理的谈话,孙兴发现一个秘密,那就是营销部墙上的组织结构图表中有副经理一名,可他到营销部已近半年,却从未见过副经理,难怪部里有些工作无人管理呢。

随后,孙兴通过打听了解到,营销部经理的薪金有时高过公司副总经理,副经理的薪金也高过推销员的几倍,于是,他萌发了竞争营销部副经理一职的想法。想到就要干,“初生牛犊不怕虎”嘛,有抱负又何惧众所周知?于是在一次营销部全体员工会议上,他坦陈了自己的想法,经理当众表扬并肯定了他。可没想到,自那次会议后,孙兴的处境却越来越被动了。他初来乍到,并不知道那个副经理之职,已有许多人在暗中等待和争夺,迟迟没有定下来的原因就在于此。而孙兴的到来,开始并未引起人们的关注,认为他只是个新人,羽翼未丰,不足为患,但时间一长,见他频频过问此事,又加上他有学历,人们便感到他的威胁了。这次他又公然表示要竞争这个职位,无疑是捅了马蜂窝,大家越看他越可恶。一时间,控告他的材料堆满了经理的办公桌,诸如什么“孙兴不遵守内部规定踩了我客户的点”、“他泄漏了我们的价格底线”、“他抢了我正在谈判中的生意”。这些控告中的任何一项都是一个推销员承受不了的。于是,为了安定营销部人员的情绪,不致影响营销任务,经理特别与人事部门讨论了此事。不久,一纸通牒,令孙兴“心不甘、情不愿”地离开了该公司。

智慧·感悟·启迪

做人怀有远大的志向原本是一件可喜可贺的事,但是,如果自恃有远大抱负,就目空一切、咄咄逼人,那只会招来他人的厌恶、鄙视和攻击。失去了别人的支持和帮助,再大的志向、再高的才能又有什么用呢?倒不如把这些高远的志向埋在心里,放低心态,平和行事,这样既避免了纷争,又利于立身、处世,实在是两全其美的事。

自负是愚蠢的孪生兄弟

比尔·盖茨曾说过："如果我们有了一点成功便觉得了不起，这是很不好的。但是假如在我们为自己的成功自鸣得意时，有一个人来教训我们一番，那我们就很幸运了。"

富兰克林自负时没有人提醒他，所以早年他那种过分自负的态度常使别人看不顺眼。有一天，有一个朋友会的会友把他叫到一旁劝告了他一番，这一番劝告改变了他的一生。

"富兰克林，像你这样是不行的，"那个朋友说，"当别人与你的意见不同时，你总是表现出一副强硬而自以为是的样子。你这种态度令人觉得很难堪，以致别人懒得再听你的意见了。你的朋友们不同你在一处时，还觉得自在些。你好像无所不知无所不晓，别人对你无话可讲了。的确，人人都懒得和你谈话，因为他们费了许多气力，反而觉得不愉快。你以这种态度来和别人交往，不虚心听取别人的见解，这样对你自己根本没有任何好处。你从别人那儿根本学不到一点东西，但是实际上你现在所知道的却很有限。"

富兰克林听了之后讪讪地站起来，一边拍着身上的灰尘，一边说："我很惭愧。不过，我实在也是很想进步的。"

"那么，你现在要明白的第一件事就是，你已经太蠢了，而且是愚蠢得没有自尊了。"他又受到了打击，不过他站起来的时候，他已经下决心把一切骄傲都抛在地下。他所需要做的第二步，便是与自己私自进行一次谈话。这一点他马上实行起来了，他现在要研究一个新的题目，那便是他自己。他曾经在印刷工厂学过制版，现在他要从一些似乎毫无希望的材料中，制造出一个新人来。

富兰克林起初只是一个自负的人，后来他却成了一个了不起的人物，许多人都喜欢他。他不仅为同代人做了许多具有建设性的工作，而且对后代也有很大的影响。

如果那个朋友不对他来进行一番严厉的说教，促使他变得谦卑起来，那么他后来的结果怎样，我们不得而知。不过从那次以后，他完全变成另一个人了。以前他总是骄傲，总是炫耀他的才能；现在他却更关注于展望他的将来，努力把自己造就成一个有用的人。

富兰克林对于自己的这种改造并不是一件难事，凡是像他这样自负的人，也可同样地加以改造。最重要的一点是要明白一个道理，那就是谦卑是做人所必需的条件，自负则会妨碍人的进步。

智慧·感悟·启迪

你将要做的事，比你已经做了的事要重要得多。过去的价值，就是在于它能帮助你将来做什么。如果你把你一生的事都做完了，别人就会听你讲过去的事。他们之所以听你说，或是对你表示同情，或是想从你的经历中得到一些经验。除此之外，他们不大会关心你所做的事。如果你总是谈论你的成就，他们不但不会觉得有趣，反而会觉得很讨厌。

自省照亮灵魂

陈子昂是我国初唐著名诗人。他的老家是梓州射洪（现在的四川省射洪县），幼年时他就随父亲一起来到了京城长安。由于父母平时对他非常娇惯，所以他长到十几岁时仍然不爱读书，每天只知道跟他的朋友出城打猎、游玩，要不就是四处找人斗鸡赌钱。

随着时间的流逝，陈子昂渐渐长大了，这时他的父母才发现自己的宝贝儿子不学无术，一无所长，并开始为他的前途担忧。父母对他平日里的行为再也看不下去了，多次劝他除掉身上的恶习，潜心攻读。可陈子昂早就游荡惯了，哪里听得进去。

有一天，他在游玩途中路过一个私塾，在窗外无意中听到老师在说这样一段话："一个人是否能够享有荣誉或蒙受耻辱，完全取决于他本人的品德。品德好的人，自然会享受荣誉；品德坏的人，也自然会蒙受耻辱。一个人如果放任自流，行为举止傲慢，身上具有邪恶污秽的东西，就无法得到他人的尊敬。要想成为一名君子，就要让自己博学多才，还要经常用学来的道理对照自身进行检点。如果坚持这样做下去，你的学问和知识就会越来越多，行为上也很难有什么过失了。俗话说得好：'少壮不努力，老大徒伤悲。'在生活中，我们看到别人能做一番大事业时总是非常羡慕人家，可是你哪里知道，人家之所以能够取得成功，是下了一番苦工夫的！不经过自身的努力就想得到学问，那就如同缘木求鱼一样幼稚得可笑。"

无意中听到的这一番话，使陈子昂的内心受到很大的触动。他忘记了游玩，马上赶回家，在自己的屋中反思起来，回想自己以前做过的荒唐的事情，心里追悔莫及。从那一天起，陈子昂毅然跟原来那些朋友断绝了来往，把在家中饲养的各种小动物也都放掉了，从此和书本成了朋友，每天书不离手，勤奋刻苦地学习，直至最后成为一位伟大的诗人。

自省对一个人的成长有着至关重要的作用，进而使人学会自制。但是在生活中，我们不一定都像陈子昂那么幸运，能够遇到一位老师，说出一些足以打动我们内心的话。但如果我们能够及时反思，也会收到很好的效果。司马光的故事深刻地说明了这个道理。

司马光是北宋著名的政治家和史学家，从小就非常聪明，学什么会什么，因此很多人都称他为小神童。司马光也很得意，觉得自己很了不起。

有一天，小司马光路过厨房时，一股香味迎面扑来，走进厨房一看，原来仆人正忙着做司马光最爱吃的八宝饭。司马光一见，立即嚷着要吃。可是，八宝饭还没有做好，怎么吃呢！一个机灵的仆人笑着逗司马光说："看到这些青核桃仁了吗？如果你能把核桃仁上的这层青皮剥掉，马上就可以吃到香喷喷的八宝饭了！"

司马光一听就乐了："这好办，你们等着，我很快就可以剥掉！"说完，他跑出厨房，坐在院子里，认真地剥起核桃仁来。没想到，这层青皮虽然很薄，但是要想剥下来却并不容易。

一开始，司马光用指甲一点点地抠，可是，抠了半天，不但没有剥出几个，反而捏碎了不少。就在小司马光急得抓耳挠腮的时候，一个丫环走过来，悄悄告诉他："公子，你只要把核桃仁放进开水里泡一下，就好剥了。"司马光试了一下，果然很灵，所以没一会儿工夫就把一大盆核桃仁都剥出来了。

看着白嫩嫩的核桃仁，司马光高兴极了，急忙拿去给姐姐看。姐姐惊奇地问："这都是你自己剥的吗?”司马光本来想说这是丫环教他的,可又怕丢面子,就说:“当然啦。”

司马光话音刚落,父亲就从旁边走过来,非常严肃地说:“光儿,我刚才明明看到是丫环教你剥的,你怎么不肯承认?”被父亲一批评,小司马光的脸顿时红了。

这时,母亲走过来说:“光儿,你父亲说得对,是别人教你的就是别人教你的,来不得半点虚假,怎么可以撒谎呢!你应该好好地反省一下自己,做人可一定要谦虚呀。”那天晚上,司马光就一直在房间里认真地进行反思。从那以后,他总是每隔一段时间就进行自我反省,看看自己哪些事情做得对、哪些事情做得不对,并且在遇到问题的时候虚心向别人请教,终于成为著名的历史学家和政治家。

智慧·感悟·启迪

心中常留一面反省的镜子,照照自己身上的缺点或者陋习,有则改之,无则加勉。自我反省就是心里的一块明镜,照亮你心中每个阴暗的角落,让阳光折射进来的同时,也照亮了灵魂。

所拥有的都是财富

有个人开了一间杂货店,但两年后,他不但没有挣到钱,反而把所有的储蓄都亏掉了,甚至还背负了需要七年才能还清的债务。走出那间杂货店后,他已经失去了一切信念和斗志,走起路来像是一个受过严重打击的人。

他开始和许多人一样满街去找工作,然而却处处被人拒绝。

他漫无目的地走着,想到了自杀,因为他觉得只有那样才能从现在的困境中挣扎出来。坐在路边的长椅上,他扫视着自己熟悉的一切。心中想到再过一会儿就将与这个世界永别了,他不由得鼻子一酸。

突然,他看见一个没有腿的人走在路上——那怎么能算是走呢?那个人坐在一个木制的装有轮子的盘内,双手撑着木棒,沿街推行。

那个人向他微笑着:“您早,先生,多好的天气啊。”

坐在长椅上的他也努力地朝着那个人微笑着,顺应着那个人的问候回答着:“好啊,天气真的很好啊!”

说完这句话的时候,他的心一震:是啊,多么好的天气啊!再看一眼那个人,他感觉到自己是多么的富有——“我有两条腿,但却只因受到一点打击而失去了快乐;而那个没腿的人不会走,却活得那么快乐。”

突然间,他感到自己的胸怀开阔了起来。现在,他已经有勇气去面对失败了,并相信自己能找到一份满意的工作。最后,他真的找到了工作,并且从银行贷款又开始了他的事业。

后来,他写下了两行字:

我忧郁,因为我没有鞋。

直到上街我遇见一个人,他没有脚!

智慧·感悟·启迪

在生活中,很多人觉得自己很可怜,认为别人山珍海味,而自己粗茶淡饭;别人事业有成,而自己碌碌无为;别人事事顺利,而自己颠沛流离……巨大的反差让他们总是哀叹命运的不公、总是垂头丧气,甚至让他们失去了生活的信念和斗志,导致了他们的继续沉沦。

其实在这个世界上,自己才是最重要的,真正的救世主就是自己。要想让自己生活得好,就得自己掌握自己的命运。

对于任何一个人来说,他都不是一无所有的,都有一笔无形的财富。只要他珍惜自己的财富,那么他就有创造奇迹的可能。

模仿是成功的捷径

日本某家电子公司的经理来到美国,想了解竞争对手的先进技术。但是如果他向对方说明来意,肯定会吃个闭门羹。他冥思苦想,终于想出了一个办法。

有一天,那个日本人守在公司的门口,看到美国公司的总经理乘车外出。他看准时机走到马路中央,假装被汽车撞倒,而且似乎还伤得不轻。总经理非常内疚,想给他一些钱作为补偿。于是日本人趁机说:“我没有工作,您给我钱用完就没有了。如果您真想帮我,我希望能在贵公司工作。我知道一些电子方面的技术。”总经理一口答应下来。

于是,这个日本人进入竞争对手的公司做卧底,并学到了他想要的东西。一年后,日本人突然消失,同时世界上最先进的电子技术出现在日本。

智慧·感悟·启迪

成功学大师安东尼·罗宾说:“如果你想成功,你只要能找出一种方式去模仿那些成功者,就能如愿。”

模仿是一条安全而高效的成功捷径。既然别人用那种方法可以成功,你就参照他们的做法,借鉴使他们成功的经验。这样,不用花费像他们那样多的时间和精力,你就可以达到像他们那样的成就了。

为这条铁路而工作

几年以前的一个炎热的夏天,一群人正在铁路的路基上工作,这时,一列缓缓开来的火车打断了他们的工作。火车停了下来,最后一节特制车厢的窗户被人打开了,一个低沉、友好的声音问道:“大卫,是你吗?”

大卫·安德森——这群人的负责人回答说:“是我,吉姆,见到你真高兴。”

于是,大卫·安德森和吉姆·墨菲——铁路的总裁,进行了愉快的交谈。在长达一个多小时的愉快交谈之后,两人热情地握手道别。

大卫·安德森的下属立刻包围了他,他们对于他是墨菲铁路总裁的朋友这一点感到非常震惊。大卫解释说,20多年以前他和吉姆·墨菲是在同一天开始为这条铁路工作的。

其中一个人半认真半开玩笑地问大卫,为什么他现在仍在骄阳下工作,而吉姆·墨菲却成了总裁。

大卫非常惆怅地说:“23年前我为1小时1.75美元的薪水而工作,而吉姆·墨菲却是为这条铁路而工作。”

智慧·感悟·启迪

在一定程度上,目标越高,动力越足,成就越大。在为自己制定人生目标的时候,要注意一个重要的原则,那就是目标要适当高些。

一个简单的算式

一位著名的数学家到一所著名的大学,给数学系学生上课。

数学家一站上讲台,什么话也没说。“刷刷”几笔,他先在黑板上写上了:“2+2=?”这样一个算式,并问这群满怀虔诚心情来听课的学生:“谁能告诉我答案?”

这些演算过无数复杂算式的研究生们面面相觑,不知数学家有什么高明之举,大家你看我,我看你,不敢轻易回答。他们想,这一定是一个表面简单,实际深奥无比的算式。

这时候从角落里站出一位戴眼镜的学生,同学马上认出了,他正是奥特。奥特怯生生地回答说:“2加2等于4呀!”

“哈哈!”奥特的回答引来满堂哄笑,因为这个答案是幼儿园小朋友也能回答的。

可数学家对奥特的回答非常满意,他严肃地给学生们上了第一堂课:“幼儿园小朋友能回答的问题,你们这些大学生却不敢回答,你们是被你们自己吓倒的呀!”

智慧·感悟·启迪

谁敢说自己在生活中不曾被非常简单的问题吓倒过?在生活中难倒我们的许多问题,我们本来是有能力解决的。

称出地球质量的人

现在我们知道地球的质量是597600亿亿吨。然而,在二三百年前,人类还不知道自己居住的地球质量有多大。

17世纪的权威人士断言:人类永远不会知道地球的质量。因为在当时的条件下,要知道地球的质量必须用体积和密度相乘计算出来,而地球的构成相当复杂,各部的密度差异很大,无法求出它的平均密度,所以无法得出地球的质量。

到17世纪末,物理学家牛顿发现了万有引力定律。他想用测定引力的办法来计算地球的质量,但最终没能成功。

1731年出生的英国物理学家卡文迪许,发现英国剑桥大学知名科学家约翰·米歇尔用石英丝横吊磁铁的扭转,来观察磁引力,但靠肉眼看不到石英丝的变化。一天,他看到一群孩子拿着小镜子,用来反射太阳光玩。小镜子微微一动,远处的光点会发生很大的移动。这个游戏给卡文迪许以极大的启发,他在石英丝上固定一面小镜子,用一束光线去照射它,结果,石英丝极小的扭转被放大了,提高了实验的灵敏度。卡文迪许用了几十年时间,一直到1798年,才通过测量计算出了地球的平均密度,算出了地球的质量,他也因此被誉为"第一个称出地球质量的人"。

智慧·感悟·启迪

爱因斯坦说:"整个科学不过是日常思维的一种提炼。"在生活中要努力保持开阔的思路,摆脱习惯性思维,创造性地解决问题。

戈迪亚斯打的结

公元前223年冬天,马其顿亚历山大大帝进兵亚细亚。当他到达亚细亚的弗尼吉亚城时,听说城里有个著名的预言:几百年前,弗尼吉亚的戈迪亚斯王在其牛车上系了一个复杂的绳结,并宣告谁能解开它,谁就会成为亚细亚王。自此以后,每年都有很多人来看戈迪亚斯打的结。各国的武士和王子都来试解这个结,可总是连绳头都找不到,他们甚至不知道从何处着手,大多数人只是看看而已,从没有一个人静下心来想方设法解开这个难解之结。亚历山大对这个预言非常感兴趣,命人带他去看这个神秘之结。幸好这个结尚完好地保存在朱庇特神庙里。

亚历山大仔细观察着这个结,许久许久,始终连绳头都找不着,亚历山大不得不佩服戈迪亚斯王。这时,他突然想:为什么不用自己的行动规则来解开这个绳结呢?!

于是,亚历山大拔出剑来,对准绳结,狠狠地一剑把绳结劈成了两半,这个保留了数百载的难解之结,就这样轻易地被解开了。

智慧·感悟·启迪

在遇到问题的时候不要墨守成规,一旦找准目标,就要开阔思路,敢于突破和创新,采取积极有效的行动。

别把法宝当包袱

弟子快要学成下山的时候，师父给他出了一系列难题。

他要让弟子经过九九八十一关的艰难考验。

上路前，他给了弟子一个法宝，告诉他："这个法宝用处特别大，走到哪里都要带上，它可以保佑你逢凶化吉、遇难成祥。"

弟子恭敬地谢过师父，然后下山出发了。

这个法宝果然名不虚传。

多亏了它，他得以安全渡过大河，顺利越过沙漠，他还靠它战胜了严寒，打败了酷暑。

用这法宝，弟子顺利地渡过了前面的八十个难关。

第八十一关是一座险峻的大山，弟子希望这个法宝能给他一身轻功，让他轻松地爬到山顶。

起初法宝似乎还有用。

但是爬到半山腰，他遇到一个悬崖，这悬崖比他高几头，无论他怎样使劲儿都爬不上去，有几次差点要上去了，但是由于身上的法宝太沉重，反而妨碍了他行动。

整整三天三夜，他都在悬崖下面徘徊，心中不由得对师父产生了怀疑。

正在这时，师父出现了。

师父问他有何难处，弟子说法宝不灵了。

师父笑着说："看来你还没有完全学会我的奥妙啊。法宝法宝，能大能小，就说今天吧，你为什么不用它当垫脚石，却把它当包袱背呢？"

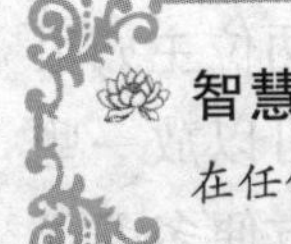

智慧·感悟·启迪

在任何时候，都要开动脑筋，充分利用一切可以利用的资源，而不要让它们成为我们前进途中的障碍。

谁能得到诺贝尔奖

1930 年，20 岁出头的约翰太太养育了 3 个孩子和一群鸡鸭。那年，一窝鸡蛋孵到只剩两天出壳，母鸡却意外身亡。约翰太太只好把鸡蛋移至灶头人工孵化。在约翰太太将新母鸡物色好之前，有 4 只性急的鸡仔先出壳了。这 4 只第一眼认错了妈妈的小鸡仔在此后的日子里总是跟在约翰太太的身前脚后，而对"继母"感情淡薄。后来，这 4 只小鸡仔因为缺少母鸡的庇护先后夭折。

在此之前，约翰太太及她的前辈们就明白一个理：小鸡小鸭总是把它出生后看到的第一个在眼前晃动的事物当做妈妈，而且以后很难改变。

在约翰太太孵鸡的同时，万里之遥的奥地利，一位名叫洛伦兹的小伙子正在观察一群小动物。洛伦兹从医学院毕业后回到了位于奥地利北部的家乡，承继祖业行医治病，同时从事动物学研究。1935 年春天，洛伦兹偶然发现一只刚出世的小鹅总是追随着自己，几经分析，他推测这是因为这只小鹅出世后第一眼看见的是人，所以把人当做了它的母亲。进一步的实验证实了这一推测。继而，洛伦兹总结出“铭记现象”，又称“认母现象”，并提出动物行为模式理论，认为大多数动物在生命的开始阶段，都会无须强化而本能地形成一种行为模式，且这种模式一旦形成就极难改变。这一理论成为后来“狼孩”研究中最站得住脚的答案之一。如今我们生活中正着力推广的“母婴同室”、“早期教育（也叫关键期教育）”都源于这一理论。洛伦兹借此成为现代动物行为学的创始人，并于 1953 年获得诺贝尔医学生理学奖。

约翰太太在洛伦兹之前就知道鸡鸭有这种被称为“认母行为”的现象，但她不能将此推广至所有的动物，更不能提出一套理论，建立一门学科，所以她与诺贝尔奖无缘，尽管约翰太太曾与 1953 年的诺贝尔医学生理学奖如此接近。

智慧·感悟·启迪

在生活中，许多人都能够有所发现。但是，要让这种发现产生价值和被别人承认，需要深厚的基础知识和相应的能力支撑。

购买“设想”

那是一个晴朗的星期天，日本冈田屋百货公司又迎来了一批批顾客。老板冈田先生处理完手中的事务，便到各个柜台巡视一圈，顺便可以了解一下各部门的销售情况。这时，两位主妇很有礼貌地对他说：“我们觉得这种切菜板不太实用，如果能在旁边安一个抽屉，这样可以放一些小工具，省得切菜时还得现找。另外，这个盒子底部要是有一个活塞开孔，清洗时就方便多了。”

冈田先生认真地听完后，心想：这两位主妇对厨具有如此的设想，那么，其他主妇在购物时说不定也会对其他商品有许多新颖的想法。如果能把这些想法收集起来反馈给厂家，改进生产，那样百货公司一定会吸引更多的顾客。如此一想，冈田先生顿时兴奋异常。

不久，冈田屋百货公司别出心裁地举办了一次“向太太们购买设想”的活动。凡参加活动的入选者，公司奖励 1 万日元的购物券。此项活动深得家庭主妇们的欢迎和响应，冈田屋百货公司借此收集到许多“设想”，那些实用而有新意的设想为公司带来了数亿元的效益。

智慧·感悟·启迪

“众人拾柴火焰高。”一个人的智慧毕竟是有限的，想办法多听听别人的看法，一定会使你的思路更加开阔。

不花钱买两匹马

从前有个商贩,在集市上卖马,每匹马要价五百块钱。他吹嘘自己是个养马能手,他驯养的马,跑起来四蹄腾空,快如闪电。无论跟什么马比赛,他的马总是获胜。如果试下来不是这样,他愿意倒贴五百块钱。

一个驭手经过这里,听了他的话,接口说:“你这马真是太好了,我要买下来。不过先得让我试一试它的脚力。”

“行,行!”商贩连声答应,驭手把马牵走了。

过了一会儿,驭手又经过这儿,见到这人又在为他的另一匹马吹嘘,说的话跟刚才一模一样。

驭手二话没说,又牵走了第二匹马。

又过了一会儿,商贩找到驭手,要他支付两匹马的价款。

驭手说:“我已经跟你结清了账,一分钱也不欠你了。”

商贩一听,急得跳了起来,说:“第一匹马是五百块钱,第二匹马也是五百块钱,你一分钱也没给我,怎么说不欠我钱呢?”

“有意思!”驭手撇撇嘴,说,“我让你的两匹马比试一下,结果是一匹在前,一匹在后。在前面的,我应该付给你五百块钱;在后面的,你应该倒贴我五百块钱。这样一来一去,我们的账不是算清了吗?我还欠你什么钱呢?”

商贩目瞪口呆,答不出一句话来。

智慧·感悟·启迪

思路灵活的人,能够少花钱甚至不花钱,办好更多的事。我们一方面要多用脑筋解决问题,另一方面要防止别人钻空子。

身无分文盖大楼

日本冈山市有一栋非常漂亮气派的5层钢筋水泥大楼。这栋大楼就是条井正雄所拥有的冈山大饭店。然而,谁也没想到,这位条井当年身无分文却盖起了这栋大楼。

条井以前是一个银行的贷款股长,一直负责办理饭店、旅馆业贷款的工作。十年的工作,使他不知不觉成了一个对旅馆经营知识十分丰富的人,这时他心里自然也产生了经营旅馆的欲望。为了求得更完善的方案,他实地做过精密的调查,调查结果是来冈山市的旅客,有97%是为商务而来的。然后,他又在公路边站了三个月,调查汽车来往的情况,得出每天汽车流量有900辆,每辆车约坐2.7人。然而当时,冈山市的旅馆却没有一家有像样的停车设施。他想,将来新盖的饭店，必须具有商业风格，而且附设广阔的停车场，以此来吸引旅客。他又花费1年时间，制作出几张十分阔气的饭店设计图纸和一份经营计划书，抱着试试看的心情到冈山市最大的建筑公司碰运气。一位主管看了他的设计后，问条井：

“你准备多少资金来盖这栋大楼?”

“我一分钱也没有。我想，先请你们帮我盖这栋大楼，至于建筑费等我开业之后，分期付给你们。”条井泰然自若地回答。

“你简直是在做白日梦，真是太天真啦，请你把这设计图拿回去吧!”

“这几张图纸和计划书是我花了两年时间搞成的，我认为很完整。请你们详细研究，我以后再来讨教!”条井没有说更多的话，把设计图丢在那里，转身就走。

半个月后，奇迹发生了，这个建筑公司约他去面谈。该公司的董事和经理济济一堂，从上午8点到下午4点，一个接一个地问话，提出各式各样的问题，那种场面真令人心惊肉跳。然而，难以令人置信的事终于发生了：建筑公司决定花2亿日元替这位身无分文的先生盖饭店。

一年后饭店落成了，条井成了老板。这就是创意所带来的巨大成功。

智慧·感悟·启迪

创造力是一种找出问题、改进方法的能为。创造力的发挥并不仅仅局限于艺术领地，在生活中，各项事业的成功都需要创造力的充分运用。

25年特权换来的“尖端技术”

第一次世界大战期间，英、法、德三国各自垄断了制造光学玻璃的技术，光学玻璃是国防工业上的重要材料，缺了它，潜水艇、飞机就都成了瞎子。

1916年春，俄罗斯的一只小船悄悄地驶进了英国港口。几个俄国科学家下船后拜访了英国负责军火生产的大臣，要求对方传授光学玻璃制造技术。好说歹说，一直到他们答应给予英国光学玻璃制造商谦斯25年特权，才终于得到了制造光学玻璃的技术：熬熔玻璃时须不停地搅拌。

没想到用25年特权换来的“尖端技术”竟然如此简单！几位科学家面面相觑，哭笑不得。

这样的交换条件对几个俄国科学家当然很不公平。但是，从乘船赴英寻求他们眼中的尖端技术的那一刻开始，他们就不是科学家，而是俄国商人，经过一番讨价还价，最后拍板成交，做成了一桩亏本的买卖。在整个交易过程中没有人逼迫他们，他们无权指责对方，也无法辩解和寻找借口，既成的事实不会因为辩解和借口而改变，他们必须为此买单。

智慧·感悟·启迪

发明和创新往往就像捅破蒙在眼前的一张窗户纸一样简单，但是，不适时地捅破它，你就什么都看不到。

只赚不赔的保险

1992 年，第 25 届奥运会在西班牙巴塞罗那举行。该市一家电器商店的老板，在奥运会召开前向巴塞罗那全体市民宣称："如果西班牙运动员在本届奥运会上得到的金牌总数超过 10 枚，那么顾客自 6 月 3 日到 7 月 24 日，凡在本商店购买电器的，就都可以得到退还的全额货款。"

这个消息轰动了巴塞罗那全市，甚至西班牙各地都知道了这件事。显而易见，大家此时在这家电器商店买电器，就等于抓住了一次可能得到全额退款的机会。于是，人们争先恐后地到那里购买电器。一时间顾客云集，尽管店里的电器价格较贵，但商店的销售量还是大幅度地猛增。

然而出人意料的事情发生了，才到 7 月 4 日，西班牙的运动员就获得了 10 金 1 银，正好超过了该商店老板承诺的退款底线。此时距 7 月 24 日还有 20 天的时间。如果以前购买电器的退款已成定局，那么在后 20 天内购买的电器无疑也得退款，于是人们比以前更加卖力地抢购电器。

据估计，电器商店的退款将达到 100 万美元，看来老板是非破产不可了！当顾客纷纷询问商店什么时候履约时，老板却出人意料，从容不迫地说："从 9 月份开始兑现退款。"

"这是为什么？他能退得起吗？"人们的心里难免有类似的疑问。

原来老板早做了巧妙的安排。在发布广告之前，他先去保险公司投了专项保险。保险公司的体育专家仔细分析了西班牙可能得到的金牌数，一致认为不可能超过 10 枚金牌。因为往届奥运会，西班牙得到的金牌数最多也没超过 5 枚，于是保险公司接受了这个保险。

可对于电器老板来说，却得到了一个旱涝保收、只赚不赔的保险。如果西班牙运动员在本届奥运会上得到的金牌总数不超过 10 枚，那么电器商店显然发了一笔大财，保险公司也无须赔偿，结局是双赢；反之，如果西班牙运动员在本届奥运会上得到的金牌总数超过了 10 枚，那么电器商店要退的货款，届时这笔货款将全部由保险公司赔偿，而与电器商店毫无关系，那么电器商店无疑发了更大一笔财。不管得到多少块金牌，电器商店的老板都是只赚不赔。

智慧·感悟·启迪

在生活的各个领域，善于思考的人都容易成为优胜者。最能干的人，不是等待机会的人，而是善于获取机会、运用机会、驾驭机会为自己服务的人。

幻想也是财富

越战期间，美国好莱坞曾经举办过一场募捐晚会，由于当时的反战情绪比较强烈，募捐晚会以 1 美元的收获而收场。在这次晚会上，一个叫卡塞尔的小伙子一举成名，他是苏富比拍卖行的拍卖师,这唯一的1美元就是他募得的。在晚会现场,他让大家选出一位漂亮姑娘,然后由他来拍卖这位姑娘的吻,最后,他终于募到难得的1美元。当好莱坞把这1美元寄往越南前线的时候,美国的各家报纸都进行了报道。

这无疑是对战争的嘲讽,多数人也都把它当做一个笑料。然而德国的猎头公司却发现了这位天才,他们认为卡塞尔是棵摇钱树,谁能运用他的头脑,必将财源滚滚,于是建议日渐衰落的奥格斯堡啤酒厂重金聘请他为顾问。1972年,卡塞尔移民德国,受聘于奥格斯堡啤酒厂。在那里,他果然不断地有奇思妙想,他甚至开发出美容啤酒和沐浴用啤酒,这使奥格斯堡一夜之间成了全球销量最大的啤酒厂。

而卡塞尔最引人注目的举动是,1990年他以德国政府顾问的身份主持拆除柏林墙。这一次,他让柏林墙的每一块砖都变成了收藏品,进入全世界200多万个家庭和公司,创造了城墙售价的世界纪录。

智慧·感悟·启迪

千万不要轻视和嘲笑你身边那些耽于幻想的人,说不定哪一天,他的异想天开会变成摇钱树,让你目瞪口呆。

成为一名优秀的律师

在某名校的课堂上,一位同学向著名的法学教授提出了一个很普通的问题:怎样才能成为一个优秀的律师?

教授回答道:"咱们先别着急讨论这个问题,让我先给你讲一个故事。我上大学的时候有两个很好的朋友,一个毕业以后就去了律师事务所工作,而另外一个则选择继续学习深造。他们毕业的时候,才23岁。转眼10年过去了,那个参加工作的同学已经成了鼎鼎有名的大律师,而继续深造的另一个同学也结束了学习生涯,跨入了律师的行业。到他们都是35岁的时候,这位33岁才成为律师的同学已经和做了12年律师的另一位同学做得一样好,一样有名。可是到了43岁,也就是他们毕业后20年,后参加工作者由于10年深造积累的知识不断地派上用场,生意越做越好;而先工作者却由于自己的知识所限,跟不上时代的潮流而日渐沉寂下来。现在不用我说,你们大家都知道如何才能成为一个优秀的律师了吧?"

有人曾说,世上只有两种人,用一个简单的实验就可以把他们区分开来。假设给他们同样的一碗小麦,一种人会首先留下一部分用于播种然后再考虑其他问题;而另一种人则不管三七二十一把小麦全部磨成面,做成馒头吃掉。

我们每个人都想做一个成功的人、优秀的人,只不过在馒头的引诱下,我们失去了忍耐的性子。成功是要讲究储备的,仓库里的东西越充足,成功的机会就越大,也才可能走得更远。成功的路是那样的遥远与艰辛,路边倒毙的每一具尸体都曾是一个在起点上充满信心、跃跃欲试的活生生的年轻人,对这路的尽头有无限的憧憬。口袋里的馒头固然可以令他们在起程以后跑得飞快,不过吃了眼前的,恐怕就没法指望下一顿了。馒头中的卡路里终究有一天会消耗殆尽,没有播种我们就没有支持,没有粮食的保证,我们将过早地衰竭。

智慧·感悟·启迪

人生的成功之路更像一场马拉松赛跑而不是百米冲刺,前100米领先者不一定就能成为全程的优秀者,甚至都不可能跑完全程。在这遥远的征途上,基础的积累将会起到决定性的作用。

心态是命运的转折点

在福建某贫穷的乡村里,住着兄弟两人。他们为了摆脱穷困,决定离开家乡,到海外去谋发展。大哥被奴隶主卖到了富庶的旧金山,弟弟被卖到比中国更穷困的菲律宾。

40年后,兄弟俩又幸运地聚在一起。现在的他们,已今非昔比。哥哥当了旧金山的侨领,拥有两间餐馆、两间洗衣店和一间杂货铺,而且子孙满堂,子孙们也都事业有成。

弟弟居然成了一位享誉世界的银行家,拥有东南亚相当分量的山林、橡胶园和银行。经过几十年的努力,他们都成功了。但为什么兄弟两人在事业上的成就,却有如此大的差别呢?

哥哥说:“我们中国人到白人的社会,既然没有什么特别的才干,唯有用一双手煮饭给白人吃,为他们洗衣服。总之,白人不肯做的工作,我们华人通通顶上了,生活是没有问题,但事业却不敢奢望了。例如我的子孙,书虽然读了不少,也不敢妄想,唯有安安分分地去担当一些中层的技术性工作来谋生。”

看见弟弟这般成功,哥哥不免羡慕弟弟的幸运。弟弟却说:“幸运是没有的。初来菲律宾的时候,我担任些低贱的工作,但发现当地的人有些是比较懒惰的,于是便拾起他们放弃的事业,慢慢地不断收购和扩张,生意便逐渐做大了。”

兄弟两人尽管都成功了,但他们各自不同的心态却告诉我们:影响人生的绝不仅仅是环境,个人的心态决定了行动和思想,也决定了自己的视野和事业。

智慧·感悟·启迪

成功人士与失败者之间的差别是:成功人士始终用最积极的思考、最乐观的精神和最辉煌的经验支配和控制自己的人生。失败者则刚好相反,他们的人生受过去的种种失败与疑虑引导、支配。在人的一生中,任何人都决定不了自己的父母和出生地,但是,每个人都可以决定自己的心态和选择。

当你与机会擦肩而过

明代有一位茶商，他的家族世代以经营茶叶为主，因此他从小跟着祖辈，积累了丰富的茶叶经销经验。对他来说，把握经销茶叶的机会是驾轻就熟的事。可是，偏偏有一次他被机会拒之门外。

这一年，他到南方某茶叶产地去采购茶叶，不料途中的运输十分不顺利，耽搁了很长时间，等他赶到目的地时，当地的茶市已经接近了尾声，早就没他的份儿了。怎么办？难道就这样眼睁睁地看着茶店向他紧闭大门，大费周章地白跑一趟吗？

他不愧是一个经验丰富的茶商，经过一番苦苦思考，又把目光投向了其他行业，要在似乎没有生意可做的地方找出生意机会来。于是，他没有急着赶回家，而是放松心情来到街上闲逛，其实是在搜寻着生意机会。忽然，他发现一个茶农挑着箩筐，沿街卖茶，他略有所思，过了一会儿，不禁兴奋地大喊一声："天不负我，再赐我良机。"

他马上赶回了客栈，派人将当地所有盛茶的箩筐全部买下，储存起来。三天过去了，当早去的茶叶商人已经采购了大量茶叶，准备将茶运送回家时，忽然发现当地街市没有箩筐可买，只有那位茶商在客栈门口笑呵呵地卖着箩筐，茶商们为了抢时间，不得不出高价向他求购箩筐。此时出产的茶叶是一年中最多的时候，茶商们所需要的箩筐合起来是一个很大的数目。人们这才发现那位茶商真的找到了一个比卖茶叶还要好的机会。

这位被茶市拒之门外的商人，没有放弃希望，而是积极在外面的世界中寻找机会，结果却找到了更大的机会，收到了意想不到的回报。

智慧·感悟·启迪

古语有云："失之东隅，收之桑榆。"意思是说，一个人虽然在这一方面失败了，最后却在另一方面取得了成功。被机会拒之门外是一件痛苦的事，可是明智的人绝不能就此消沉，他们会积极地投入到门外的世界。只要你思路开阔、目光敏锐，迟早会找到一个更新、更好的机会。亡羊补牢，犹未为晚，命运女神只垂青那些有准备的头脑。

苦难是笔财富

俄罗斯化学家门捷列夫出生于一个有着十七个子女的中学校长之家。出生刚几个月，他的父亲突然双目失明，接着丢掉了校长的职务。微薄的退休金难以维持生计，全家只好搬进附近一个村子里，因为孩子们的舅舅在那里经营着一个小型玻璃厂。

1841 年秋，还不到 7 岁的门捷列夫考进了市中学，在当地轰动一时。入学后，他努力学习，成绩优秀。升入高年级后,他的成绩更加显著,这使妈妈非常高兴,她省吃俭用坚持让儿子读完中学。

可是,不幸总爱跟随着贫苦人家。门捷列夫 13 岁时,他的父亲去世了;14 岁时,舅舅的工厂在火灾中化为灰烬。母亲只好再次搬家,将成年的女儿们嫁出去,让两个儿子参加工作。1849 年春,门捷列夫中学毕业,母亲希望儿子能够进入大学深造,变卖了仅有的一点财产,带着儿女四处奔波。终于,在父亲朋友的帮助下,门捷列夫进入彼得堡师范学院物理系。

门捷列夫上大学了。但长期的奔波劳碌,使妈妈心力交瘁,她病倒了。临终前她对守在床边的门捷列夫低声说:"永别了,孩子!你要辛勤地劳动,耐心地寻求科学的真理,一定要成功……"

此后,门捷列夫牢记妈妈的遗训,更加刻苦地学习。紧张学习之余,还撰写科学简评得到少量稿费。这时他已经失去任何经济支持。悲伤的心情、贫苦的生活、紧张的学习影响了这个年轻人的健康,他不得不到校医院看病。老医生诊断后皱起眉头:"小伙子,住院吧,病得可不轻啊。"门捷列夫只得住在了校医院里,一边治病,一边学习。吃的是土豆蘸盐、白开水加面包,住的是校医院窄小阴暗的病室。门捷列夫牢记妈妈的遗言,忘掉一切物质上的困苦,拼命地学习着。

门捷列夫牢固掌握了各门功课,还阅览了各种科学文献。不久,教师们发现他具有非凡的才能,尤其对化学有着独特的见解,便推荐他研究芬兰褐帘石和辉石的化学分析法。门捷列夫也终于没有辜负母亲的厚望,在化学科学研究上取得了喜人的成就。他一步一个脚印地在化学研究的道路上不断前进,在研究前人所得成果的基础上,把化学元素从杂乱无章的迷宫中分门别类地理出了一个头绪,发现了"元素周期律"这个科学史上的重大规律。

门捷列夫终于不但在学业上取得了可喜的成绩,而且为科学攻克了一道道难关,他深信:"成功永远属于不断进取的人。"

智慧·感悟·启迪

苦难是一笔财富。它能砥砺人的钢铁般的意志,是成大器者必经的人生阶段。正如古人所说:天将降大任于斯人也,必先苦其心志,劳其筋骨……人要么被苦难压倒,一蹶不振;要么战胜苦难,坚强如钢。短暂的生活注定我们要经受苦难的洗礼,我们定要坚信:"苦难是一笔财富。"

寒冬腊月梅花开

宋濂(1310～1381 年)是明朝开国元勋,字景濂。他出生在贫苦人家,但是他自幼就十分好学,利用一切条件苦学不辍,曾拜元末古文大家吴莱、柳贯黄等为师。因为家里很穷,他要看书,就只能向有藏书的人家借来看,借来以后,他抓紧时间赶快抄录下来,每天拼命地赶时间,计算着到了日子好还给人家。

有一天,天寒地冻,冰天雪地,刺骨的寒风令人无法忍受,连砚台里的墨都结成了冰。衣衫单薄的宋濂手指冻得都无法自然屈伸了,但他仍然加倍努力学习,不敢有所松懈,因为借来的书必须要赶紧抄完,否则就超过预订的还书日期了。抄完了书,他还要冒着严寒去还书给人家,一点不敢错过约定的还书日期。正因为他固守诚信,许多人都愿意把书借给他看,他也就因此能够博览群书,增加见识,为他以后的成才奠定了基础。

面对贫困、饥饿、寒冷,宋濂不以为苦,努力向学,他所追求的是成大业。成年后,他就更加渴慕向贤达之士学习,常常跑到几百里以外的地方,去找自己同乡中那些已有成就的前辈虚心学习。有一位同乡位尊名旺,他那里来往的名人很多,有不少人赶到他那里学习,他说话的语气很傲慢,一副盛气凌人的样子。宋濂就侍立在他旁边,手拿儒家经典向他请教,经常俯下身子,侧耳倾听,唯恐落下什么没有听明白。有时候这位名气很大的同乡,对宋濂提出的问题不耐烦了,大声指责他,他则脸色更加恭敬,礼节愈加周到,连一句话也不敢说。而一看到老师高兴的时候,宋濂又去向他虚心请教。宋濂还自谦地说:“我虽然很愚笨,但也学到了许多东西。”

后来他觉得这样学习不是长久之计,于是就到学校里拜师学习。他一个人背着书箱,走在深山之中,寒冬的大风,吹得瘦弱的他东倒西歪,数尺深的大雪,把脚下的皮肤都冻裂了,鲜血直流,他也没有知觉。等到了学馆,都快要冻死了,还好学馆中的仆人拿着热水给他全身慢慢地擦热,用被子盖好,他才逐渐有了知觉,暖和过来。

正是宋濂能忍受穷苦,才能成就一番事业。他的那些同学一个个生活得很快乐,但是又有几个人名垂青史了呢?

智慧·感悟·启迪

苦难是什么?苦难是失去自由时的迷茫,是虽然充满苦涩却不能不走的路。从古至今,苦难与人类如影随形。那些在逆境中成才的人们告诉我们:凡成功者,所行之路无一例外是用挫折和磨难的台阶铺就的。苦难是人生最好的学校,经历苦难是人生的一种宝贵的财富。人在欢乐时容易陶醉,而在忍受苦难时才会有深沉的思考。欢乐使人享受人生,苦难使人认识人生。只有在苦难面前的深沉思考,才能使人真正领悟到人生的真谛。

天无绝人之路

有一个飞行员,在一生中遭受过两次惨痛的意外事故。第一次不幸发生在他46岁时,在一次飞机驾驶训练中,发生了一次意外的飞行事故,后果十分严重:他身上65%以上的皮肤都被烧坏了,整个人已经不成人样。在医院,他先后进行了16次手术,原本英俊的脸因为植皮手术而变成了一块“彩色板”;他还从此失去了手指,双腿特别细小,根本无法行动,只能依靠轮椅行动。

谁能想到,就是这样的一副残疾身躯,在6个月后,却又亲自驾驶着飞机上了蓝天!

然而谁也没有料到,仅仅四年后,命运之神似乎再次要把他逼向绝路,又一次把不幸降临到他的身上:他所驾驶的飞机在起飞时突然摔回跑道,他的12块脊椎骨全部被压得粉碎,腰部以下的躯体永远瘫痪了。

但是他没有把这些灾难当做自己消沉的理由,他说:“我瘫痪之前可以做一万种事,现在我还能做9000种,我还可以把注意力和目光放在能做的9000种事上。我的人生遭受过两次重大的挫折,所以,我只能选择不把挫折当成自己放弃努力的借口。”

这位生活的强者,就是米歇尔。正因为永不放弃努力,他最终成为一位百万富翁、公众演说家、企业家,还在政坛上获得一席之地。

智慧·感悟·启迪

若是你承受了重大的打击,是自暴自弃,还是重新站起来?挫折仅仅是对意志的考验,只要没到世界末日,何必要让自己坠入痛苦的深渊?无须惊慌,不必痛苦,拒绝烦恼,学会乐观地吞咽悲伤,坦然面对挫折。遭受打击也许是件幸运事,可以激发你更大的潜能,促使你取得人生更辉煌的成就。这个故事告诉我们:地上没有走不通的路,世上没有征服不了的困难。

有希望在,痛苦并不可怕

有一个女孩,在很小的时候就拥有一个梦想,她想成为一名出色的滑雪运动员,纵横驰骋在广袤无垠的冰雪上,自由地奔驰。然而,她不幸地患了骨癌,为了保住她的生命,医生只好锯掉了她的右脚。祸不单行,后来,由于癌症的肆虐和蔓延,她先后又失去了乳房及子宫。

一而再、再而三的厄运不断地降临到她的头上,她曾哭泣过、悲伤过,但是她从来没有放弃过心中的梦想。正是这个希望一直支撑她日益衰弱的身躯,她一直都告诉自己:“我要为自己的生命负责!我要为自己的梦想,向痛苦挑战,绝不轻言放弃!”

最后,她不但没有被病魔打倒,相反,还凭着顽强的斗志和无比的勇气信心,排除万难,终于实现了梦想,还为自己创下了多项世界纪录,其中包括夺取1988年冬奥会的冠军,并在美国滑雪锦标赛中总共赢得了29枚金牌。甚至后来,她还成为攀登险峰的高手。她就是美国运动史上极具传奇色彩的著名滑雪运动员——戴安娜·高登。

试想,一个失去了右脚的人,竟然能够达到常人无法达到的运动水平,成为世界冠军,这需要克服多么大的痛苦和困难!她又是如何战胜这些困难的?毫无疑问,正是那伟大的梦想和希望给予她力量的。这一直是她的精神支柱,而她整个人已经成了精神的化身、梦想的火炬手。

智慧·感悟·启迪

希望是美好的东西,它能激发力量、激发智慧,它是人生路上的加油站。对任何人来说,生活需要希望,事业需要希望。生命和创造都需要希望。希望能够焕发生命力,激发创造力。无论是怎样的生活道路和艰难困苦,我们心里都要保持有美好的希望。

七百四十三封退稿信

有一位名叫约翰·克里西的作家,年轻时勤奋写作,但是由于种种原因,他屡遭挫折,在十年之中,他不断地写书投稿,在投出743篇稿子之后,共收到743封退稿信。但是他并没有气馁,面对逆境仍不断地给自己打气,他说:"不错,我正在承受人们所不敢相信的大量失败的考验。假如我就此罢休,所有的退稿信都将变得毫无意义,我也有可能成为一个笑柄。但我一旦获得成功,每封退稿信的价值都将重新计算。"所以他一直笔耕不辍,一直坚持他的写作事业。到他逝世时为止,约翰·克里西一共出版了564本书,无数的挫折因他坚持不懈而变成了惊人的成功,他不但没有成为一个笑柄,反而成为年轻人的榜样。

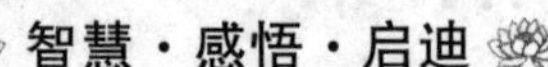

智慧·感悟·启迪

我们可以接受有限的失望,但是一定不要放弃无限的希望。为了把希望变成现实,我们必须坚持。

非走不可的弯路

毛泽东早年从湖南老家来到北京大学,从事最基层的图书管理员工作,但他并未因为工作的卑微而放弃,而是恪尽职守,做得十分出色。他后来回忆说,自己当时作为一名管理员,尽职尽责。那时候经常见到许多著名学者,如胡适、陈独秀等人,即使他们对他这个小小的管理员并不在意,也丝毫不会影响他认真工作、努力进取的劲头。

香港富商李嘉诚之子李泽楷为了不在父辈的保护下失去上进心,毅然离开父亲羽翼的呵护去独立创业。他毕业于斯坦福大学计算机系,在硅谷生活过的他对科技倍加推崇,并将香港如何应对当今世界经济发展的挑战,作为他回到香港后的一个主要思考问题。他于1990年创办了卫星电视,正式踏足科技界,其后将其出售,可以说是李泽楷在创业中做出的第一次非常漂亮的"亮相"。此后,他凭借着自己长期独立打拼的经验,逐渐地度过了默默无闻的阶段,开始在商界崭露头角,被称为"小超人"。试想,当初李泽楷要是选择在父亲的羽翼下养尊处优,最多只能守成,而无法开拓,甚至有可能只是一个纨绔子弟。但是,他却选择走弯路,进而建立起了自己的商业帝国。

智慧·感悟·启迪

古人云:"吃得苦中苦,方为人上人。"对于刚涉足社会的青年人来说,吃几天苦并非是坏事,相反却是一件幸事。走弯路是事业上最痛苦的磨炼之一,但也是我们人生最为难得的经历之一,它对我们人生观的形成起到至关重要的作用。一个成功者不会错过任何一个学习的机会,经过磨炼与洗礼,不管是在为人处世上还是在工作能力、意志品行等方面,你都会有较大的提升。这会为你将来的发展铺平道路。

不管路途多么崎岖

一位熨衣工人住在拖车房屋中,每周的工资只有60美元。他的妻子上夜班。不过即使夫妻俩都工作,那一点工资也只能勉强糊口,更何况他们还要抚养自己的孩子。可是,这位工人希望成为作家,他利用夜晚和周末,只要有空余时间,都不停地写作,打字的声音不绝于耳。他在养家糊口的基础上,把所有的余钱全部用来付邮费,将自己的作品寄给出版商和经纪人。

但他的所有作品毫无例外地都被对方退回了。退稿信均很简短,非常公式化,他甚至不能确定出版商和经纪人究竟有没有真正看过他的作品。

一天,他读到一部小说,令他记起了自己的某部作品,当初他把作品的原稿寄给那部小说的出版商,而他们则把原稿交给了皮尔·汤姆森,一位著名的作家。

几个星期后,他收到汤姆森的一封热诚亲切的回信,说原稿的瑕疵太多,但是,汤姆森认为,他的确具备成为作家的潜质,并鼓励他再试试看。

在此后18个月里,他克服了一切困难,又给编辑寄去两份书稿,但都被退还了。他开始试着写第四部小说,不过由于经济上实在支撑不住了,渐渐地,他开始放弃了希望。一天夜里,他把书稿扔进了垃圾桶。没想到,他的妻子却把它捡起来,说:“你不应该半途而废的,因为我觉得你快要成功了。”

他瞪着那些稿纸发愣。他已不再相信自己,但他妻子却相信他会成功。一位他从未见过面的纽约编辑也相信他会成功。于是,他继续开动起来,又写了一部小说,把小说寄给汤姆森,不过他以为这次准会又失败。

可是他错了。汤姆森的出版公司预付了2500美元给他,从此,史蒂芬·金的经典恐怖小说《嘉莉》诞生了。这本小说后来销售了500万册,并被拍成了电影,成为1976年最卖座的电影之一。

智慧·感悟·启迪

没有人能一步登天。真正使成功者出类拔萃的原因,是他们不管路途多么崎岖,依然坚定信念,不辞劳苦地一步一步往前迈进,直至到达成功的顶点。崎岖的路途把你的脚磨破了,却将你的心磨得无比坚忍,当你再次扬起生活的风帆时,没有什么能够阻挡你前进的脚步。

战胜懦弱

尔尔波特·里贝里是法国一位著名的律师,他为很多受到独裁政权压迫的人士进行辩护,从而获得了非凡的威望,并曾经被提名为诺贝尔和平奖候选人。但是,谁能相信他小时候却是一个懦弱无能的孩子。里贝里出生在外省的一个贫民窟里。他的父亲是一个阿尔及利亚移民,以裁缝为生,收入微薄。小时候,为了家里取暖,里贝里常常拿着一个煤桶,到附近的铁路去拾煤块。里贝里是一个非常爱面子的孩子,但是由于家庭十分困窘,他必须这么做,为此他经常自觉羞辱。为了避免别的孩子们看到他的窘相,他常常从后街溜出溜进,尽管他采取了种种防范措施,还是有一群孩子常常埋伏在里贝里从铁路回家的路上袭击他,甚至夺走他的煤渣撒遍街道。由于受到他们的羞辱,里贝里时常是哭着回家。就这样,里贝里总是生活在或多或少的恐惧和自卑的状态之中。

偶然有一天,里贝里读了一本拿破仑的传记,拿破仑的行为使他受到很大的鼓舞,那种大丈夫气概也给里贝里带来了勇气和力量。整个冬天他都坐在寒冷的厨房里阅读勇敢和成功的故事,不知不觉地培养了积极的心态。在里贝里读了这本传记之后一个星期,他又到铁路上去捡煤渣。隔着一段距离,他看见三个人影在一个房子后面飞奔着。他最初的想法是转身就跑,但很快就记起了他所钦羡的拿破仑的勇敢精神,于是他把煤桶握得更紧,一直向前大步走去,犹如他是荷拉修书中的一个英雄。这是一场恶战,三个男孩一起冲向里贝里。里贝里丢开铁桶,坚强地挥动双臂,进行抵抗,令这三个恃强凌弱的男孩大吃一惊。经过一番搏斗,他居然打跑了这三个大孩子,尽管他也受了一些皮外伤。可以说这是他一生中最重要的一天,因为从这一天开始他已经克服了恐惧。

里贝里并不比前一年强壮多少,那些坏蛋的凶悍也没有收敛多少,不同的是他的心态已经有了改变。他已经学会克服恐惧、不怕危险,要自己来改变自己的命运。他果然做到了。

智慧·感悟·启迪

战胜懦弱,战胜恐惧,就是取得成功的秘诀。

远离名利的居里夫人

居里夫人,一位杰出的女科学家,曾在三年的时间内分别获得了两个不同学科的最高科学桂冠——诺贝尔物理学奖和诺贝尔化学奖,一生中取得的其他科学殊荣更是不计其数。但她对名利非常淡泊,著名科学家爱因斯坦评价她说:“在我认识的所有著名人物里面,居里夫人是唯一不为盛名所颠倒的人。”

有一天,居里夫人的一个朋友到她家做客,发现她的小女儿正在玩一枚金质勋章,那是英国皇家学会刚刚奖给她的。朋友非常吃惊,忙对她说:“能得到一枚英国皇家学会的奖章,这是极高的荣誉,你怎么能让孩子玩呢?”居里夫人笑着说:“我是想让孩子从小就知道,荣誉就像玩具,只能玩玩而已,绝不能永远守着它,否则将一事无成。”正是以淡泊的心态对待名利,把主要精力和心思放在事业上,居里夫人才不断成功,在科学研究上取得了累累硕果。

有一个真实的故事流传甚广。居里夫人是镭的最早发现者,镭的发现不但拓展了化学学科中放射性元素的研究,更极大地推进了癌症的医学治疗进程,从此以后放射性化疗成为医治癌症患者的最佳途径,正因此她获得了诺贝尔化学奖,居里夫人在医学发展史上也名垂千古。然而,淡泊名利的居里夫人并没有将此作为垄断性的商业投机,而是无偿捐献给了学术界和医学界，自己没有捞取分文的好处，所以居里夫人到晚年生活仍是困苦不堪。更糟糕的是，由于长期接触放射性物质，居里夫人不幸患上了癌症，却没钱购买“镭”这种她自己发现的治疗物质。从这件事中，我们看到的是居里夫人一颗淡泊名利、淡泊钱财的心。

智慧·感悟·启迪

淡泊名利，不为蝇头小利、蜗角功名锱铢必较，不为浮名浮利丧失自我、溜须拍马。因为淡泊名利是一种境界，一种修养，一种信仰，一种态度，一种哲学，也是一种选择。

磨难的另一番意义

著名数学家陈景润在“四人帮”横行时，不管酷暑还是严寒，都在六平方米的斗室里，埋头学问，潜心钻研。日常生活中有许多商品他都叫不出名字，被人嘲笑，称为怪人。陈景润经过十多年的辛酸，仅计算的草纸就足足装了几麻袋，终于发表了论文《大偶数表示一个素数及一个不超过2个素数乘积的数之和》（简称“1+2”），这个论题轰动了整个世界，得到世界数学界的高度重视和称赞，并被数学界命名为“陈氏定理”，成为哥德巴赫猜想研究上的里程碑。在那个举国动乱的时代里，陈景润用自己的意志谱写了科学史上的奇迹。

另一个大家熟悉的例子就是贝多芬，他是德国著名作曲家，青年时代就创作了一系列出色的音乐作品，得以在维也纳立足。但自二十几岁开始他的听力就越来越差，并且逐渐加重，最终完全失聪。丧失听觉的痛苦，对于一个音乐家而言是常人根本难以想象的。这件事给予贝多芬不小的打击，他曾一度绝望过，甚至自杀过，留下了著名的《海利根施塔特遗嘱》。然而贝多芬最终还是战胜了自己，他没有屈服于病痛的折磨。凭借坚忍不拔的意志，他依然坚持创作，与病魔的对抗反而提升了他作品的内涵和境界，最终创作出具有崭新风貌、举世闻名的《命运交响曲》。

智慧·感悟·启迪

磨难是一种巨大的精神动力，是成功的良伴。古今中外，许多英雄伟人大都在历尽坎坷和磨难之后，化磨难为动力，从而成就大业、彪炳青史。

“神童”学艺

从前，有个神童非常聪明，村里人都说，这么聪明的孩子不学点知识考个状元真可惜了，于是这个神童的父母就让他焚膏继晷，日夜读书，争取科考一鸣惊人。谁知几天后，村里来了个做风筝的手艺人,在村里住下了,他听说了这个孩子,就去对孩子的父母说,这么聪明的孩子,不跟他学手艺真可惜了,他老了,手艺正愁无人继承呢。小孩的父母想,会了这门手艺,养家糊口不成问题,于是又让神童放弃读书,开始学手艺。一段时间之后,又有一个戏班子来了,班主想教相貌俊美的小神童演戏,于是小神童又放弃学手艺,开始学演戏。后来又经过几次反复的折腾,小神童最终荒废了才智,什么也没学到。

神童和他的父母总是听从别人的意见,自己没有主见,心中无路,所以结果是一事无成。

智慧·感悟·启迪

走自己的路,不能盲从,必须有自己独立的人格和自我意识,否则终会偏离自己的轨道,走上他人之"路"而一事无成。心中必须有路,要有理想的目标和坚定的向往,不能思绪凌乱,茫然四顾。如果心中没有方向,就会为他人的言语所左右,丧失判断力。

三棵树的理想

传说,在一个并不高的山冈上有三棵小树快乐地成长着。一天晚上,它们互相倾诉出了各自长大后的梦想。

第一棵小树长得很挺拔,它仰望长空,看着闪闪发光的繁星。"我要承载财宝,"它说,"要被黄金遮盖,载满宝石。我要成为世上最美丽的藏宝箱!"第二棵小树低头看着流往大海的小溪,"我要成为坚固的船,遨游四海,承载最强大的军队,我将成为世上最坚固的船!"第三棵小树看着山谷上面,以及在市镇里忙碌来往的男女,"我要长得够高大,以致人们抬头看我时,也将仰视天空,想到神的伟大,我将成为世上最高的树!"

不知不觉又过了许多年,经过岁月的洗礼之后,三棵小树皆已成材。一天,伐木者们来到山上。第一位伐木者看到第一棵树说:"这一棵树很美,最合我意。"于是利斧一挥,第一棵树倒下了。"我要成为一只美丽的藏宝箱。"第一棵树想。第二位伐木者看着第二棵树说:"这一棵树很强壮,最合我意。"利斧一挥,第二棵树倒了下来。"现在我将遨游四海。"第二棵树想。当第三位伐木者朝第三棵树看时,它的心顿时下沉,它直立在那里,勇敢地指向天空。但第三位伐木者根本不往上看,利斧一挥,第三棵树倒了下来。

当第一位伐木人把第一棵树带到自己的木匠房里时,树还沉浸在自己的梦想中,但木匠准备做的不是藏宝箱。他那粗糙的双手把第一棵树造成一个给动物喂食的料槽。第二棵树在伐木者把它带到造船厂时还发出微笑,但造成的不是一条坚固的大船,相反,那一度强壮的树干却被做成了一艘简陋的渔船。第三棵树被伐木者砍成一条条坚固的木材,并且放在木材堆场内,它心里困惑不已,却又无可奈何。

残酷的现实使树木们四分五裂,这三棵树几乎忘记了曾经的梦想。然而,奇迹总是会出现在自己不经意的时候。一天晚上,当金色的星光倾注在第一棵树上面,一位少妇把她的婴孩放在料槽里。"我希望能为他造一张摇床。"她的丈夫低声说。"这马槽确实很美。"妻子说道。忽然间,第一棵树知道它承载着世界最大的财宝。同一天晚上,一位疲倦的旅客和他的朋友走上一艘渔船。当第二棵树安静地在湖面航行时，那旅客睡着了。不久风暴开始侵袭，小树摇撼不已，而疲倦的旅人醒来，站立起来向前伸手说："安静下来。"风浪顿时止住如同起初一样。忽然，第二棵树明白过来，它正承载着天地的君王。

但是过了好些日子，第三棵树才从被遗忘的木材堆中拉出来。它被带到一群被押解的人群面前，接着他们把一个男人钉在了它上面，第三棵树彻底失望了。但在第二天早晨，当太阳升起，大地在它之下欢喜震动时，第三棵树才发现自己真的飞上了天。原来被钉死的那个人叫耶稣。

智慧·感悟·启迪

理想和现实有时相隔很远很远，有时甚至让人绝望，但当我们几乎想要放弃的时候，我们应该清醒地再坚持一下，因为奇迹往往会在这个时候发生，但前提是你一直在努力。

折磨让你走向成功

20 世纪 70 年代中期，日本的索尼彩电在日本已经很有名气了，但是在美国却不被顾客所接受，因而索尼在美国市场的销售相当惨淡。但索尼公司没有放弃美国市场，后来，卯木肇担任了索尼国际部部长。上任不久，他被派往芝加哥。当卯木肇风尘仆仆地来到芝加哥时，令他吃惊不已的是，索尼彩电竟然在当地的寄卖商店里布满了灰尘，无人问津。

如何才能改变索尼彩电这种既成的商品印象，改变销售的现状呢？卯木肇陷入了沉思……

一天，他驾车去郊外散心。在归来的路上，他注意到一个牧童正赶着一头大公牛进牛栏，而公牛的脖子上系着一个铃铛，在夕阳的余晖下叮当叮当地响着，后面是一大群牛跟在这头公牛的屁股后面，温驯地鱼贯而入……此情此景令卯木肇一下子茅塞顿开，他一路上吹着口哨，心情格外愉快。想想一群庞然大物居然被一个小孩儿管得服服帖帖的，为什么？还不是因为牧童牵着一头带头牛。索尼要是能在芝加哥找到这样一家"带头牛"商店来率先销售，岂不是很快就能打开局面？卯木肇为自己找到了打开美国市场的钥匙而兴奋不已。

马歇尔公司是芝加哥市最大的一家电器零售商，卯木肇最先想到了它。为了尽快见到马歇尔公司的总经理，卯木肇第二天很早就去求见，但他递进去的名片却被退了回来，原因是经理不在。第三天，他特意选了一个估计经理比较闲的时间去求见，但回答却是"经理外出了"。他第三次登门，经理终于被他的诚心所感动，接见了他，但却拒绝售卖索尼的产品。经理认为索尼的产品降价销售，形象太差。卯木肇非常恭敬地听着经理的意见，并一再地表示要立即着手改变商品形象。

回去后，卯木肇立即从寄卖店取回货品，取消降价销售，在当地报纸上重新刊登大幅广告，重塑索尼形象。

做完了这一切后，卯木肇再次叩响了马歇尔公司经理的门。可听到的反映却是索尼的售后服务太差、无法销售。卯木肇立即成立索尼特约维修部，全面负责产品的售后服务工作；重新刊登广告，并附上特约维修部的电话和地址，并注明 24 小时为顾客服务。

虽然屡次遭到拒绝，卯木肇仍是痴心不改。他规定他的每个员工每天拨5次电话，请马歇尔公司订购索尼彩电。马歇尔公司的员工被接二连三的电话搞得晕头转向，以致误将索尼彩电列入“待交货名单”。这令经理大为恼火，这一次他主动召见了卯木肇，一见面就大骂卯木肇扰乱了公司的正常工作秩序。卯木肇面带微笑，等经理发完火之后，他才晓之以理、动之以情地对经理说：“我几次来见您，一方面是为本公司的利益，但同时也是为了贵公司的利益。在日本国内最畅销的索尼彩电，一定会成为马歇尔公司的摇钱树。”在卯木肇的巧言善辩下，经理终于同意试销两台，不过，条件是：如果一周之内卖不出去，立马搬走。

为了开个好头，卯木肇亲自挑选了两名得力干将，把百万美元的订货重任交给了他们，并要求他们破釜沉舟，如果一周之内这两台彩电卖不出去，就不要再返回公司了……

两人果然不负众望，当天下午4点钟就送来了好消息。马歇尔公司又追加了两台。至此，索尼彩电终于挤进了芝加哥的“带头牛”商店。随后进入家电的销售旺季，短短一个月内，索尼彩电竟卖出700多台。索尼和马歇尔从中获得了双赢。

有了马歇尔这只“带头牛”开路，芝加哥的一百多家商店都对索尼彩电“群起而销之”，不到三年，索尼彩电在芝加哥的市场占有率达到了30%。

智慧·感悟·启迪

如果没有马歇尔公司总经理的折磨，“索尼”在美国的市场也许不会有后来这般规模，正是这种折磨鼓励卯木肇去努力开拓市场，学会了用他自己的意志力和责任感着手解决难解决的问题，让自己真正承担起自己的责任。

第七编 寓言的力量

独眼的鹿

一只鹿在树林边的一块草地上吃草，一支箭冷不防从树林间穿来，正好射在鹿的一只眼睛上。幸亏鹿跑得快，才保住了性命，不过，鹿的一只眼睛再也看不见东西了。一天，这只瞎了一只眼的鹿来到海边，回想起那次令人不寒而栗的危险经历，仍然心有余悸。

“陆地真是一个光怪陆离的地方，到处都充斥着险恶，我一定要吸取上次的教训，对陆地加强警惕！”

这样想着，鹿便回转身子，用那只好眼睛注视着陆地，防备猎人的攻击，而用瞎了的那只眼睛对着大海。“海那边应该不会发生什么危险吧！猎人大多活跃在陆地上！”鹿为自己的小聪明很是得意。

可是，他没有想到的是，一艘渔船从海上经过，捕鱼的人正好看见了这只鹿，而且欣喜地发现这只鹿竟然是瞎子，于是用一根长矛把鹿射倒了。

鹿被这突如其来的灾难惊呆了。最后在将要咽气的时候，鹿自言自语地说：“我真是不幸，我防范着陆地那面，而我所信赖的海这面却给我带来了灾难。”

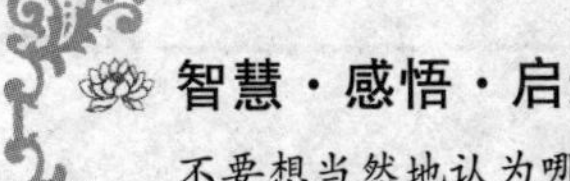

智慧·感悟·启迪

不要想当然地认为哪里是安全的，“想当然”，本身就是一种大危险。

猎狗和野兔赛跑

一只猎狗跟随着牧羊人外出打猎，发现了一只兔子，于是准备扑上去将兔子叼到主人面前邀功领赏。但是，机灵的兔子很快就意识到了自己危险的处境，它拔腿就跑。猎狗一直跟在兔子的后面追赶它,可是追了很久仍未抓到。

猎狗一无所获,垂头丧气地回来了,牧羊人见此情景,讥笑猎狗说:“和兔子相比,你要大而有力得多,但是兔子反倒比你跑得快,你真是没有用,今天的午餐你就不用吃了。”

猎狗听后立即回答说:“主人你有所不知,虽然我们都在跑,但是我和兔子的跑是完全不一样的!我仅仅为了一顿饭而跑,而它却是为性命而跑啊!”

智慧·感悟·启迪

生死攸关的时候往往能激发一个人最大的力量。

鹰与屎壳郎

鹰正在奋力追逐一只兔子。兔子一时无处求助,只好拼命地奔跑。这时,正巧看见一只屎壳郎,兔子便向它求救。屎壳郎一边安慰兔子,一边向追赶上来的鹰恳求不要抓走可怜的兔子。

鹰根本就没有把小小的屎壳郎放在眼里,它说:“你来向我求情还不够资格!”说完就当着屎壳郎的面把兔子吃掉了。屎壳郎为此痛心疾首,并且觉得鹰这样做是有意侮辱自己。从此以后,它便寻找一切可能的机会报复鹰,决定让它断子绝孙。只要鹰生了蛋,它就高高地爬上去,把鹰蛋推下来,将它摔得粉碎。

鹰四处躲避,飞到宙斯那里,请求说:“请你给我一个安全的地方,让我生儿育女吧。”

宙斯说:“既然是这样,那你就到我的膝上来生蛋、孵化小鹰吧!”

屎壳郎知道后,就滚了一个大粪团,高高地爬到宙斯的头上,然后又滚到宙斯的膝上。宙斯立即条件反射般地起身抖掉粪团,全然忘记了鹰的蛋还在自己的膝上。鹰的计划又一次破灭了,从那以后,只要是屎壳郎出现的时节,鹰就放弃孵化小鹰。

智慧·感悟·启迪

不要轻视任何小人物,一旦他们受到了侮辱,就会不顾一切地报复,你会因此遭遇无穷的后患。

做客的狗

一天,有个人大摆酒席,设宴招待亲朋好友。这人家里的狗也高兴地跑去请另一只狗,说:“朋友,快走,主人邀请你和我一起赴宴。”

受邀请的狗兴高采烈,对同伴说:“我受到邀请要去做客啦!”然后它跟着那个狗朋友跑到宴会上。

一进屋它就看到了丰盛的菜肴，它在心里暗自笑道："太好啦！真想不到天底下还有这么多好吃的！让我饱吃一顿，明天都不会肚子饿。"它兴奋地不停地摇着尾巴，十分信任地看着它的朋友，问道："我真的可以享用这些美味吗？"

"你就放心吃吧！"它的狗朋友满不在乎地说，"厨房里的更丰盛呢，什么都有！"于是来做客的狗到了厨房。正在这时，厨师看见它的尾巴在那里四处乱摇，立刻抓住它的腿，说道："哪里来的野狗？滚出去！"说完就把它从窗口丢到外边去了。

那狗被摔得大声叫唤，惊慌地跑了回去。路上别的狗遇见它时，都问它："朋友，宴会怎么样呀？"它回答道："我喝得太多了，已经醉了，所以我记不清回去的路了。"其实它在心里想：以后再也不能信那个狗朋友的话了，它根本就没有能耐招待我，只不过想在我面前显示它自己神通广大而已。

智慧·感悟·启迪

慷他人之慨的人不可信任，实际上他们是出于虚荣或其他目的，你相信他，最终受害的还是自己。

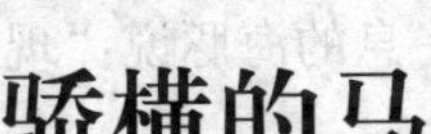

骄横的马

一匹马在路上得意洋洋地炫耀他精美的马饰，对面走来一头满驮着货物的驴子。驴子因货物太重，只能慢慢地让开路。

马傲慢地说："我恨不得用脚踢你。"驴子丝毫不予计较，只是默默地祈求神保佑。

不久，那匹马患了气喘病，被主人送回农庄来。驴子看见拖着粪车的马，便讥笑他说："骄横的东西，你那华丽的马饰现在到哪里去了？你怎么变成这样一副倒霉相了？"

智慧·感悟·启迪

人不能因一时的荣华富贵而不可一世。

青蛙庸医

一只青蛙从洼地里蹦了出来，它走路一瘸一拐的，那是因为它的家太潮湿了。青蛙大声对所有的动物说："我是一个技艺高明、博学多才的医生，不管什么病我都能治！"

一只狐狸在一旁看了青蛙一阵子，便问他："我发现你是一个跛子，还有，你的皮肤都是皱巴巴的，你连自己跛足的姿势和起皱的皮肤都不能治，怎么还吹牛说能给别人治病呢？可见，你是一个不折不扣的庸医，说这些话来骗人罢了。”

青蛙羞愧地又钻回到自己潮湿的家里去了。

智慧·感悟·启迪

判断一个人的知识和才能，光听他怎么说是不够的。仔细观察他本身往往就能发现他话语中的破绽，探察他的深浅。

金枪鱼与海豚

金枪鱼被海豚追逐，发出阵阵声音，在眼看要被海豚捉住的时候，金枪鱼猛然一跳，不料跳得太远，搁浅在岸边了。紧追不舍的海豚也跟着金枪鱼一跳，同样也搁浅在岸边。

这时，金枪鱼回过头去，看着奄奄一息的海豚说：“现在我对死已无所畏惧了，因为我看见那个造成这种结果的家伙也与我一同死去。”

智慧·感悟·启迪

逼人太甚，有时候会反受其害。

青蛙邻居

两只青蛙相邻而居。一只住在远离大路的深水池塘里，另一只却住在大路上小水坑中。

住在池塘里的青蛙友好地劝住水坑的邻居搬到自己那里去，说那将会生活得更好、更安全，可是邻居却说舍不得离开习惯了的地方，不想搬来搬去。结果，他被过路的车子压死了。

智慧·感悟·启迪

很多人随遇而安，没有忧患意识，这是很危险的。

两个人和斧子

两个人一起赶路，一个人捡到一把斧子，高兴地大喊："嘿，我捡到了一把斧子。"另一个却纠正他说："唉，朋友，不是我捡到一把斧子，而应该说我们捡到一把斧子。"

没走多远，丢斧子的人追上了他们，误以为他们偷了他的斧子。捡斧子的人对同伴说："哎呀，我们遇到麻烦了。"另一个人却回答道："嘿，不是我们遇到麻烦了，应该说我遇到麻烦了。"

智慧·感悟·启迪

分担危难的人，才有权分享荣誉和收获。

牧人与野山羊

牧人到牧场放牧他的羊群时，看见有几只野山羊混杂在羊群里。傍晚，他将所有的羊都赶进羊圈。

第二天，暴风雨大作，不能到牧场去放牧，只好在羊圈里饲养。他丢给自己的羊一点点食料，仅限于不致饿死，而为了想把外来的那几只野山羊留下，成为自己的，他却给它们很多食料。雨停后，牧人把所有的羊都赶向牧场，来到山下时，那些野山羊全都逃跑了。牧人指责它们忘恩负义，得到了特殊照顾，却仍要逃走。

野山羊回过头来说："正因如此，我们更要小心谨慎了。因为你特殊照顾我们这些昨天刚来的，而过于冷淡你以前一直饲养的。显而易见，今后再有其他的野山羊来，你一定又会冷落我们去偏爱它们。"

智慧·感悟·启迪

喜新厌旧的人的友谊是不可信的。因为即使同他相交很久，他一有新交，便会冷落旧交。

篱笆与葡萄园

一个愚蠢的年轻人继承了父亲的家业。

他看到篱笆不能结葡萄,就砍掉了葡萄园四周所有的篱笆。篱笆砍掉以后,人和野兽从此便随意侵入葡萄园。没过多久,所有的葡萄架全都被毁坏了。

那蠢家伙见到如此情景,才恍然大悟:虽然篱笆结不出一颗葡萄,但它们能保护葡萄园,它和葡萄架同等重要。

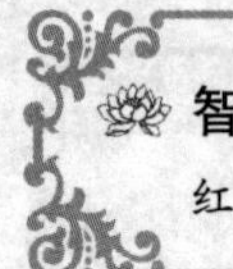

智慧·感悟·启迪

红花虽好,还要绿叶扶持。

天文学家

有位天文学家对星象很有研究,长期以来他养成了一个习惯,就是每天晚上都会出去观察星象。

有一天,他来到郊外聚精会神地观察天空。他一边走一边仰头看天上的星星,因为没有注意到脚下,他一不小心掉进了一口井里。

天文学家大声叫喊起来。附近的人们听到呼叫声后,走过来把他救了上来。人们弄清楚了事情的经过,有人便对他说:“喂,朋友,你用心观察天上的东西,却没有看地上的事情。”

智慧·感悟·启迪

人首先要做好普通的事,才谈得上做高深的事情。

黄鼠狼与爱神

黄鼠狼爱上了一个漂亮的青年,请求爱神将自己变为女人。爱神同情它的热情,将它变成了一个美丽多姿的少女。

于是,那青年人就爱上了少女,带着少女回自己家里去了。当他们喜气洋洋地走进洞房时,爱神想要知道,黄鼠狼改变了外形后,习性会不会改变,因此她把一只老鼠放进了房子里。那女人忘记了自己的身份,立刻跳下床,去追老鼠,想要吃掉它。

爱神见了,十分气愤,又将黄鼠狼变回原来的模样。

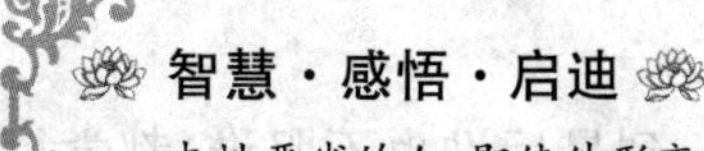

本性恶劣的人,即使外形变了,本性仍难改变。

燕子和莺

在一个古老的小镇上,住着一对漂亮的姐妹,她们不但人长得漂亮,而且心地善良,对每个人都很好,深受大家的喜欢,更重要的是妹妹擅长唱歌,姐姐善于讲故事。妹妹唱的歌,时而快乐,时而悲凄;而姐姐讲的故事也是时而感伤,时而滑稽地触动心灵。

诸神听说了她们俩,就偷偷地观察,果然如大家所说的一样,两个姐妹既善良又多才多艺,于是诸神也经常邀请她们去唱歌、讲故事。时间久了,诸神也越发地宠爱姐妹俩。

有一天,诸神又邀请两姐妹去为他们唱歌、讲故事,姐妹俩欣然前往。当妹妹的歌刚唱完时,有一个人过来说:“请你们到我们那里去好吗?”于是等姐姐讲完了故事,准备要到人类那里时,诸神不悦地说道:“难道你们不能在我们这里多停留一些时间吗?”

“可是那边也有人在等着我们去唱歌、讲故事啊。”妹妹说。诸神有些不高兴了,异口同声地说:“我们今天也是难得这样聚在一起,本来想听你们俩的表演,为什么要我们失望呢?”姐妹俩不得已,又继续唱歌、讲故事。

人们等不到姐妹俩,就走过来看是怎么回事儿,一看是诸神留住了她们,就有些不高兴了。当人一个个地聚集起来,比诸神还多时,就有人高喊:“把姐妹俩带到我们那里去吧。”于是,大家就不顾诸神的反对,硬要把两姐妹拉去他们那边。

诸神很生气,没想到这些人竟敢跟神对抗。必须要让他们知道这么做会有什么后果,于是光神为了呼叫闪电,水神为了呼叫大雨,风神为了呼叫台风,地神为了呼叫地震,纷纷握紧拳头,高高举起双臂。这时姐妹俩大声叫喊:“请住手!拜托请不要为了我们吵架。”

但是,大家都没有理会她们,在没有办法的情况下,姐姐就把自己讲出许多精彩故事的舌头切掉,但她还想要传达什么,于是变成了一只燕子。妹妹则为了让自己哪里都不能去,就把脚砍断,可是为了继续唱歌,便化身为一只夜莺。

诸神被她们感动了,终于住手了。

直至今天,夜莺仍在山与平原的交界处唱歌,燕子则往来于两个不同的世界。

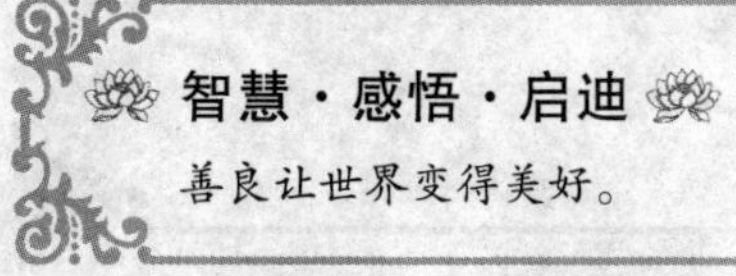

善良让世界变得美好。

北风和太阳

一天,北风与太阳为谁的能量大相互争论不休,理论了大半天,到最后谁也不服谁,都觉得自己了不起。

太阳说:“人们都知道一句话——万物生长靠太阳,还有谁能比得上我取之不尽、用之不竭的能量?”

北风立刻反驳说:“我的作用数不胜数,人们看到我都唯恐避之不及……”最后他们看到路上有个行人,于是,决定利用这个行人来作个断定,谁能使得行人脱下衣服,谁就胜利了。

北风一开始就深吸一口气,憋足了劲,猛烈地刮,路上的行人紧紧裹住自己的衣服。风见此,刮得更猛。行人冷得瑟瑟发抖,便把拿在手上的外套也穿上,紧紧地裹着。风认为自己还没有发挥足够的威力,于是想找个突破口把行人的衣服掀起来。这次,行人把衣服裹得紧贴在自己身上,还戴上了遮风的帽子。

太阳微笑着说:“你这样使再多的蛮劲也没有用,还是看我的吧!我让你输得心服口服。”风停了,太阳最初把温和的阳光洒向行人,行人脱掉了添加的衣服,取下了遮风的帽子。接着太阳把和煦的阳光射向大地,行人开始汗流浃背,最后索性一件件地脱下了裹在身上的衣服,敞开胸膛轻轻松松地走路。

智慧·感悟·启迪

温柔、和蔼往往比严厉、强制更有效。

宙斯与狐狸

宙斯赏识狐狸的聪明和狡诈,赐它做兽类之王。宙斯想知道狐狸随着身份的变化,他贪婪的本性会不会有所收敛。

当狐狸坐轿子过来时,宙斯扔下一只屎壳郎。屎壳郎围绕着轿子不停地飞,狐狸再也忍耐不住了,立即跳下轿子,想捉住他。

宙斯十分气愤,便将狐狸贬回到原来的地位。

智慧·感悟·启迪

即使穿上了最华丽的服装,坏人也不会改变他的本性。

妄自尊大的狼

一只狼在山脚下散步。落日的余晖把他的影子投射得特别长。狼看着自己的影子，得意洋洋地说："我有这么大的身体，几乎有一亩田那样大，为什么还怕狮子？难道我不该被称为百兽之王吗？"正当他沉醉时，一头狮子向他扑来，将他咬得濒临死亡。此时狼悔恨不已，大声喊道："我真不幸啊！是狂妄自大毁了我。"

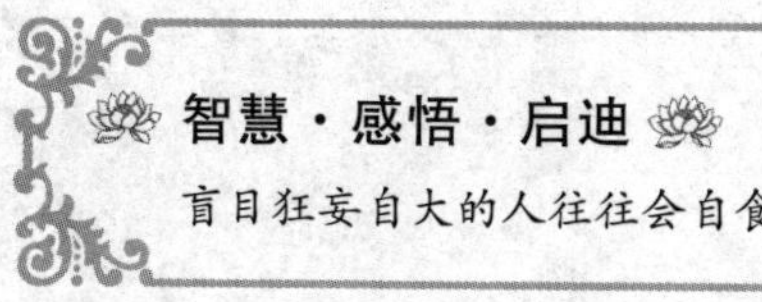

智慧·感悟·启迪

盲目狂妄自大的人往往会自食恶果。

吹嘘的灯

一盏油灯吸足了油脂，点燃后在黑暗中显得特别明亮。

它很是洋洋得意，在一大群客人面前吹嘘着，说它的光芒胜过太阳，赛过月亮，星星更不是他的对手。它以为自己的光比太阳还要亮得多。这时一阵风吹来，灯马上被吹灭了。

当主人重新点着它的时候，悄悄地教训它说："灯啊，好好地亮着，少吹牛！你难道没有注意到，天上的光亮从来都是吹不灭的吗？"

智慧·感悟·启迪

切不可因为取得一点小成绩而盲目自大，沾沾自喜。

橡树和芦苇

河堤上生长着一排橡树，河边有一些零零星星的芦苇。

橡树常常对芦苇说："我真为你们担心，要是刮一阵风，恐怕你们就被连根拔起了！"芦苇说："虽然我很弱小，但是我也有自我保护的方法，并不是一无是处。"

一天，真的刮起了一阵狂风。橡树挺起胸膛拼命抵抗，并鼓励身边的芦苇说："孩子，你一定要顶住，风一会儿就过去了！”

风过了，刮断了橡树，而旁边弱小的芦苇却没受一点损伤。气息奄奄的橡树问芦苇：“为什么我这么粗壮都被风刮断了，而纤细、软弱的你却什么事也没有呢？”

芦苇回答说：“面对强劲的大风，我们感觉到自己软弱无力，没有足够的力量抗衡，便低下头给风让路，这样才避免了狂风的冲击；你们却仗着自己粗壮有力，非要和这种风争个高低，结果自然就被狂风刮断了。”

智慧·感悟·启迪

对那些不必冒的或者无法抵抗的风险，退让回避比死撑硬顶更为有利。

狗和田螺

一对相依为命的老夫妻，养了一只很会下蛋的老母鸡，可是母鸡下的蛋却总是不翼而飞，原来家里有一只贪嘴的狗总是偷吃鸡蛋。

本来主人觉得他看家有功，有时会赏给他一个鸡蛋解解馋，可是这个贪得无厌的家伙，尝到甜头之后，就一发不可收拾。他通常是趁主人不在家的时候，用最快的速度叼出一个鸡蛋来，整个地咽下去。这只贪嘴又机灵的狗总是可以不被主人发现，所以一直没有受到惩罚，因为他的速度实在是太快了。

一天，老夫妻俩又出门办事，这对狗来说可是个绝佳的机会。于是他迫不及待地把门拱开，打算吃个够。谁知主人突然回家了，正好看见狗正贪婪地吃着，一筐鸡蛋已经被他糟蹋得不成样子。主人这才明白为什么最近这只狗总是不吃东西，还以为他生病了，原来是整天偷吃鸡蛋！主人气急了，拎起拐杖把狗暴打一顿，并把他赶出了家门。

狗只好在村子里游荡，可是他又不愿再像其他的同伴一样，吃人类吃剩的食物。他的肚子饿极了，可是再也没有鸡蛋可吃了。他带着瘪瘪的肚子，不知不觉地晃悠到了一条小河边，远远地看见一只圆圆的东西，以为是鸡蛋，就箭一般地窜上去，张开大嘴，一口就把那东西吞下肚去。不一会儿，他就觉得肚子里像是坠了一块大石头，十分难受，便自言自语地说：“我真是鲁莽，把所有圆的都当成了鸡蛋吞下肚。”这次狗终于受到了惩罚，他吃下去的不是一个大鸡蛋，而是一个圆圆的大田螺。

智慧·感悟·启迪

不明就里地冲动行事，往往会让人陷入不能自拔的窘境。

主人和老鼠

主人盖了一间仓库，里面放的全是粮食。为了防止鼠类偷吃，主人派了猫队巡视，打算从此高枕无忧。

本该一切顺利的，不料却出了意外，巡逻队里本就有窃贼混入，监守自盗并非新鲜事。主人本来应该采取防御措施，查出窃贼加以惩处，而对无辜者加以保护。可是愚蠢的主人却下令鞭笞所有的猫。

这一命令实在莫名其妙，无辜的、有罪的，不分青红皂白得到相同的待遇，于是猫儿一个不剩都跑掉了。

主人没有了猫，老鼠正好求之不得。猫一离开，老鼠便钻进了仓库，两三个星期内，就吃光了所有的粮食。

智慧·感悟·启迪

如果失窃又没有抓到贼证，千万别不分青红皂白地诬陷和惩罚所有人，这样既使窃贼逍遥法外，又会逼走善良的人，酿成更大的不幸。

菜农和学问家

春天来了，菜农在自家的菜园里翻地。菜农是一个勤劳的庄稼汉，身强力壮并且充满朝气，仿佛有什么宝物埋在地里，他干得非常卖力。光是种黄瓜的地，他就挖了五十来畦。

菜农的隔壁院子里住着一个学问家，他是园艺爱好者，是所谓的“自然之友”，只会根据书本知识空谈园艺，但他心血来潮，也想种一些黄瓜。

于是学问家嘲笑菜农说：“邻居，别看你干得汗流浃背，等着瞧，我种出的东西会远远超过你。同我的菜园相比，你的菜园将会是一片荒地。老实说，我很奇怪，你的菜种得马马虎虎，你怎么还没有破产？你好像从未念过什么书吧？”

菜农回答说：“我没有工夫去念书，勤劳、熟练和两只手就是我的全部学问，靠它们我就能活下去。”

学问家立即斥责他：“无知的人啊，你竟然敢反对科学！”

菜农不慌不忙地回答道：“不，先生，请别把我的话歪曲，难道现在不应该种地吗？我好歹已经种下一些东西，可您连地也没翻出一畦。”“是的，我没有翻，我一直在查书，想弄清翻地到底用什么最好。时间来得及。”“对你来说也许如此，但是我的时间可不富裕。”说罢，菜农拿起铁锨，告别了邻居，继续干活。

学问家就一直查书、做笔记,好不容易种下一点儿,哪知种子刚发芽,他又从书上看到新的方法和模式,重新种植,重新翻地。

结果怎样呢?菜农得到了大丰收,如愿以偿地赚了不少钱;而学问家连一根黄瓜也没有种出来。

智慧·感悟·启迪

有些人只会照本宣科,一味按照书本上的理论做事而不结合实际,结果只能是一无所获。

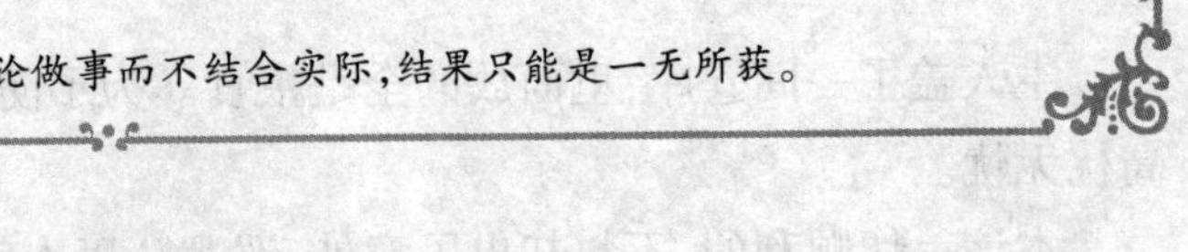

苍蝇和路人

七月流火,在一个酷热的正午,老式的四套马车载着一家贵族,正经过一段满是流沙的上坡路。

马儿此时已经筋疲力尽,车夫尽管想尽办法,也毫无进展,只好让车子停下。车夫跳下车来,和仆人一起用鞭子抽打马,但车子还是一动不动,于是车上的贵族只好都跳下车。马车虽然可以动了,却是慢慢吞吞地往前挪。

正巧一只苍蝇飞过,见人有困难它岂能袖手旁观?于是苍蝇挺身而出,声嘶力竭地嗡嗡叫,绕着马车团团转。它忽而使劲咬马的脑门,忽而在马的鼻子上空盘旋,忽而又坐到马车夫的座位上,忽而离开马车来到人群中,而且逢人便诉苦,埋怨谁也不帮助它,总之是一刻也没有停歇。

此时,仆人们慢吞吞地跟在车后面聊天,家庭教师跟贵族太太交头接耳地窃窃私语,贵族老爷对此不闻不问,借口找些蘑菇就跟侍女钻进了松树林。苍蝇仍在对着大家嗡嗡叫,说为一切操心的就只有它自己。

马儿这时已经休息够了,一步步挣扎着把车子拖上了平坦的大道。

苍蝇这回高兴了:"噢,谢天谢地,请大家各就各位,祝大家一路顺风!至于我可是累得够戗了,让我休息休息吧!"

智慧·感悟·启迪

有些人到处都想露一手,连根本不需要他们的地方,也爱帮忙瞎折腾。

雄鹰和蜘蛛

一只雄鹰展翅高飞,直上高加索山的峰顶,停在一棵百年古松上休息。

雄鹰放眼望去,风光尽在眼前,从这里仿佛能看到大地的尽头,草原上河水弯弯曲曲,林木与草地欣欣向荣,那边是怒涛滚滚的里海,远看就像乌鸦翅膀一般黑油油的。雄鹰激情跌宕,高声呼唤："赞美你，伟大的宙斯，你主宰万物，赐给我如此出色的飞翔本领。世上所有的高度我都无所畏惧，谁还能做到像我这样，从这样的高处俯视人寰。"

突然一只蜘蛛在树枝上开口了："我看你真是一个吹牛家！你瞧瞧，我不是比你站得更高吗？"

雄鹰抬眼一望，果然有一只蜘蛛恰好在它的上方结网，爬来爬去忙个不停，似乎要遮住雄鹰头顶的阳光。

雄鹰感到非常惊奇："你是怎么上来的？许多飞行高手都不敢来到这里，而你既无翅膀，又很弱小，难道你真的能爬到这里？"

蜘蛛得意地回答："我来到这里是靠我的聪明机智——我伏在你的尾巴上，跟着你从地面飞到了这里。现在我不靠你也可以站稳脚跟，所以请不要在我面前骄傲逞强……"

哪知蜘蛛话音还没落，突然刮起一阵旋风，蜘蛛又被吹到了山脚下。

智慧·感悟·启迪

有些人依附权贵，尽管智能低下、不事劳作，但仍然趾高气扬，其实根本就是纸老虎。

特里什卡的外套

特里什卡有一件外套，只可惜袖肘上磨出了窟窿。可这有什么为难的？他不假思索拿起针来就缝，把袖筒截去四分之一在袖肘上打上了补丁。

外套补好了，可是有四分之一的手臂露在外面。这又有什么，无须心烦。可是每个人都为此嘲笑他。

特里什卡说道："我又不是傻瓜，这点小毛病可以补救。我会把短的改长，就能把袖子绷得比原来还长。"

啊，这小伙子的头脑真不简单！为补袖子他剪下一节后襟和下摆，再把两个袖子加长。虽然外套弄得比坎肩还短，可是他穿起来却满面欢颜。

智慧·感悟·启迪

有些人为了弥补自己的过失，拆东墙补西墙，结果只能使事情越来越糟糕。

农夫和强盗

为了添置家当，农夫在集市上购买了一头奶牛和一只奶桶。农夫提着奶桶，牵着奶牛，沿着林间的小径，脚步轻缓地向家里走去。

突然，半路跳出个强盗将他洗劫一空。

农夫开始号啕大哭："啊，全完了，你真要了我的老命！为买这头奶牛，整整一年，我都省吃俭用，好容易盼到今日，一年的辛苦都化为乌有了！"

强盗的怜悯之心被触动了："好啦，别冲着我哭了。这样好了，反正我又不挤奶，你可以收回这只奶桶。"

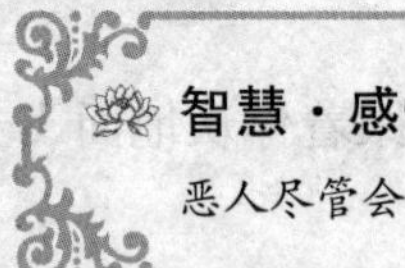

智慧·感悟·启迪

恶人尽管会施行一些小恩小惠，但仍掩盖不了他丑恶的本来面目。

农夫和大河

每逢春水泛滥，小溪与小河都弄得农夫倾家荡产。

农夫们再也无法忍受，便去请求大河主持公道。因为小河与小溪的水都流入了大河里边。它们实在是作恶多端，罪孽深重！它们毁掉了冬季的麦田，冲垮了磨坊，淹死了无数的牲口！

瞧，那条大河的水虽然丰满，河面上却流淌平缓。有许多大城市矗立在河的两岸，农夫们从来没有听说过它造成过类似的灾难。农夫们纷纷私下议论：对，大河一定能管得住小河。

当农夫们走近大河一看，才恍然大悟，他们的半数财物都在大河上漂浮。农夫们只能望着大河叹气，眼睁睁地看着财物漂走。跑来向大河诉苦根本就是浪费时间。

农夫们互相看了一眼，摇了摇头，只好无奈地往家走。离去时，他们愤愤不平地说："我们何必白白浪费时间！既然小溪和小河在这里和大河分赃，大河又怎么会为咱们申冤？"

智慧·感悟·启迪

人们不能因为自己的利益被连带受到损害，而包庇做坏事的人，而应该惩恶扬善，泾渭分明。

潜水者

从前有一位国王，产生了一个奇怪的想法：科学到底是有益还是有害？学习会不会影响身体健康？如果把知识分子全部驱逐出境，是否更为明智呢？

他终日被这个问题所困扰，召集群臣商议都得不到满意的答复，他越来越烦恼。

有一次，国王来到郊外游玩，边走边想着这个问题。突然他看到了前面有一位隐士，手里抱着一本很大的书。隐士的嘴角挂着亲切而慈祥的微笑，额头上的智慧纹路条条清晰，目光严峻却并不忧郁。国王便上前与隐士交谈，发现他的学识果然渊博非凡，便请求隐士为他解决那个难题：科学是利大于弊，还是弊大于利？

年迈的隐士开口了："尊敬的陛下，请允许我用一个故事向您揭示一个我思考多年的问题。"

他稍微想了一下，开始娓娓道来："从前，在印度的海边住着一位渔夫，他那漫长的一生非常贫苦。他死后，留下三个儿子，他们不愿意再走父亲的老路，认为靠打鱼为生免不了要受苦。于是他们决定向大海索取更珍贵的礼物——珍珠。他们既会游泳又会潜水，于是立即开始去寻找这种财富。可是三兄弟的成就却很悬殊。老大最懒，走在海边，生怕水把鞋沾湿，所以只在海边逛来逛去，等海浪给他卷来珍珠。由于如此懒惰，他只能勉强糊口，度日艰难。老二很勤快，善于选择力所能及的近海处，果然采到了许多珍珠，日子过得非常富足。老三利欲熏心，志大才疏，他想：'虽然近海处也能找到珍珠，但怎能比得上海底最深处。如果我能潜水到那里，可能那里的珊瑚、珍珠等宝物堆积如山，我可以信手拈来。'于是他开始实施这个疯狂的想法，纵身入海，直扑旋涡深处。但他还没有到达海底，就被海浪吞噬，一命呜呼了。国王啊，学习的意义正在于此啊。"

智慧·感悟·启迪

学习的好处虽然很多，狂热执迷者也会碰到旋涡，而且他毁灭时往往会殃及许多无辜。

高官和哲人

一位高官闲来无事，跟一位哲人谈古论今。

"先生见多识广，"高官说，"深谙世事，洞察人们的心灵如同看书。有件事我百思不得其解，请您给指点指点吧！无论我们做什么事情，不管是组织法庭还是成立学术团体，事情刚一就绪，一批不学无术的人就早已钻了进来。难道就没有良方能整治他们吗？"

哲人回答道："这是无法防止的。学术团体的遭遇犹如木屋。"

高官很疑惑："怎么讲？"

"是这样的。比如前几天我辛辛苦苦造了一幢木屋，主人还来不及搬进去，但那些蟑螂，早已在里面繁衍生息了。"

智慧·感悟·启迪

任何新生事物的出现，都会受到恶势力的阻挠和破坏。

农夫劈蛇

一条蛇爬到农夫面前,笑容满面地与他谈判说:“亲爱的邻居,让我们从今往后友好相处吧!现在你已不用将我防范。瞧,今年春天我已经把皮更换,变成另一条蛇了。”

但农夫没有上蛇的当,他抡起斧头说:“尽管你已披上新皮,可你的歹毒心肠却一直未变。”说罢挥起斧头,把蛇劈成了两段。

智慧·感悟·启迪

人一旦失去他人的信任,就算乔装打扮,也依然会被人识破,摆脱不了自己的困境。

农夫和死神

隆冬时节,有个老农夫,在树林中砍了一捆柴火。终生的穷困和劳作弄得他骨瘦如柴,他一步步吃力地返回他那烟雾弥漫的小屋。

在柴火的重负下,他气喘吁吁,一面呻吟一面吃力地挪动着脚步。不知走了多久,他终于精疲力竭,就停下脚步,放下柴火,往路边一坐。他叹了口气,想起自己的悲惨命运,自言自语起来:“我怎么会这么穷,我的上帝!一贫如洗,还得养活妻子儿女,还要缴纳各种苛捐杂税,哎,我的命怎么会这么苦啊……什么时候老天爷开眼,难道就不能让我过上一天快活的日子吗?”

陷入巨大苦闷的农夫埋怨着自己的命运,无意间把死神召唤来了。而死神离人们并不遥远,他就在附近。刹那间,死神来到了农夫面前:“你喊我做什么,老头?”

可怜的农夫看到死神狰狞的面孔,吓得魂不附体,慌慌张张地开口:“死神大人,请不要动怒,我喊你来,是想请你帮我背起这捆柴火。”

智慧·感悟·启迪

选择放弃生命是对自己的不负责任,看似能解脱痛苦,实则不然,因为死亡本身都带着痛苦。

孔雀的歌声

从前有一个懵懂先生，不通事理，却很喜欢音乐。有一次他听到夜莺啼鸣。他便想养一只这样的鸟儿，听它唱歌娱情。来到城中，他暗自思忖：

"我未见此鸟，不知它是什么样子，但他的歌声仍萦绕我心，我定要买到这如意鸟儿，这里有鸟市，可以任由我挑选。"这人来到了鸟市，钱袋满满，脑袋空空。看到了孔雀，也看到了夜莺。

他说："这只孔雀我已认定，他的羽毛如此缤纷多彩，唱歌也一定非常动听。这就是我心之所愿，请问它卖多少钱？"

卖主回答说："且慢，先生！论唱歌孔雀并不在行，您该挑选在他旁边的夜莺。"这位先生听了颇为震动，他生怕被卖主欺骗蒙混，他也全然未把这体态瘦小、羽毛不丰的夜莺看重。心想：他哪里能当唱歌的明星！于是他最终还是买了孔雀。

这位先生十分满意，一路上想象着那美妙歌声。回到家，他把鸟儿安置在笼中。为了不辜负主人对他的垂青，那鸟儿果然叫了十来声。但是，那竟是像猫叫一样难听。懵懂先生终于弄懂：看毛色挑嗓音，是很愚蠢的做法。

智慧·感悟·启迪

只看到事物的表面现象，往往会产生错误的认识。

两只桶

街上滚过两只桶，一只桶装满了酒，一只桶什么也没装，肚内空空。

酒桶慢吞吞地滚着，一路上不声不响。空桶则滚得飞快，一路上跳跳蹦蹦，横冲直撞。不仅扬起高高的尘土，而且轰隆轰隆地仿若雷鸣，过路人吓得赶快躲开，因为老远就听见了它的响声。

但无论空桶叫嚷得多么厉害，它的用处却远不如酒桶。

智慧·感悟·启迪

那些喋喋不休地宣扬自己事业的人，其实根本没有什么成绩；而真正实干的人总是深思熟虑，不屑于夸夸其谈、哗众取宠。

鹅卵石和钻石

一颗钻石遗失在路边，后来终于被一个商人发现了。商人将钻石呈献给国王，国王把它买下来镶上金箍，用以装饰王冠，钻石在王冠上闪烁放光。

鹅卵石得知后心情起伏，对钻石的璀璨命运无比艳羡。一天，当看到一个农夫走过时，便向他讲了自己的心愿："亲爱的老乡，请把我带到京城去吧！何苦让我在这里同雨雪和泥泞为伴？听说钻石在那里备受宠爱，我不明白它凭什么突然一步登天，它也是石头，是我的骨肉兄弟，我们一起在这里躺了好多年。带我去吧，说不定我也会在那里崭露头角，也会对什么有益的事作出贡献。"

农夫禁不住鹅卵石的苦苦哀求，就把石头扔上自己的大车，将它带到了京城里面。

躺在车上的石头终于如愿以偿，进了京城。它以为自己即将同钻石平起平坐，哪知同钻石相比，它碰上的完全是另一种机缘，它确实被用来做了有益的事，却是用来铺垫马路。

智慧·感悟·启迪

是金子总会发光，是人才终究有被发掘的一天。

猫的真相

猫听说虎和豹都属于猫的家族，顿时变得得意忘形。他心想：我有这么厉害的亲戚，这次我要好好显显威风了。于是，猫神气地跳到驴的背上。

驴子惊问："你这是要干什么呀？"

"现在我要你听我的命令，驮我到我想去的地方。你知道我的亲戚都是谁吗？"

"谁是你的亲戚？"驴子想知道是谁让他这么威风。

"是谁？说出来别吓坏你，是——老虎和豹子，这可是千真万确的，你如果不信的话，可以去问乌鸦。"

驴子去问乌鸦，果然乌鸦肯定了猫的说法。

这下，猫就更加得意了，他抓住驴的鬃毛高叫道："驮我走！"

"到哪里去？"驴子问道，"是到老虎那里，还是到豹子那里？"

"哦……这……不，不！你把我驮到……还是把我驮到老鼠那里去吧！"

于是，驴子把猫驮到老鼠住的地方去了。

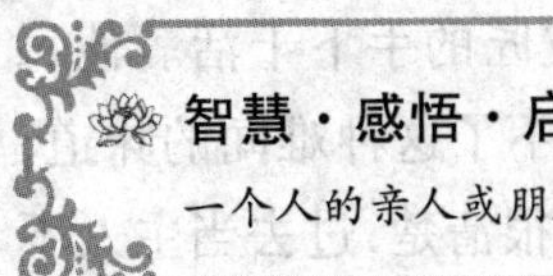

智慧·感悟·启迪

一个人的亲人或朋友有本事,并不代表这个人就有本事。

扬言上吊的狼

狼在丛林里散播消息,说他要上吊自杀了。兔子听说后,冷笑着说:“他要上吊?你等着吧,没影儿的事!”

乌龟说:“是真的,他对这件事表现得很坚决。”

“很可能他又变卦了呢。”刺猬说着把身子缩成了一团。

“不过,听说他连上吊的树都找好了,还在到处找绳子呢……”动物们议论纷纷,有的信以为真,有的则说这肯定是个骗局。

消息传到大狗那里,大狗去找狼,想探清真假。大狗见狼正蹲在杨树下,眼含泪水忧伤地望着那个树杈,善良的大狗忽然有些同情狼,尽管他曾经做过很多坏事。

狗走上前去关切地问:“你怎么了?为什么要上吊自杀呢?”

“我实在活不下去了,动物们不愿和我接近,人们也都憎恨我,甚至在寓言和故事里也都咒骂我、丑化我,其实我所做的一切,只不过是为了生存,迫不得已罢了,为什么人们就给了我那么多的骂名呢?”说着,狼伤心地流下泪来,“我不想活了,我知道你很善良,求你帮帮我,帮我找条绳子吧……你到羊棚子里去找……我想你是可以进去的,人们信任你……”

“那好,我去帮你找。”大狗不假思索地同意了。

“太感谢你了,那顺便……和绳子一起……就捎上只小羊羔吧,我已经很久没吃东西了,请你满足我最后的心愿吧……”

善良的大狗轻信了狼的话,满足了狼的心愿。可最后狼并没有上吊,他改变了主意……

智慧·感悟·启迪

人的本性是很难改变的,因此不要轻信那些道貌岸然的人。

驴子和它的主人

园丁家的驴子向命运女神诉苦,说自己每天天不亮就被主人拉起来干活。

它对女神抱怨说:“公鸡是在清晨打鸣,而我则比它们起得还早,因为我得帮主人把蔬菜早早地运到市集上去,我的睡眠总是得不到满足!”

命运女神被它的诉说打动了，给它换了个新主人，于是它就来到了皮匠的手下干活。他每天的事情就是驮运那些死沉死沉的皮件，皮革散发着强烈的恶臭，它忍受不了这种难闻的味道，很快又不满意这里了："我真后悔，我真不该离开我的第一个主人，我记得很清楚，过去当主人不留神时，我总能轻松地吃到几片嫩菜叶。可是在这里，我什么也得不到，如果说我得到了什么的话，那就是经常挨他的揍。"

很快，它的名字又列入了烧炭人那本登记仆人的名册中，这次它又有了新的牢骚。"你又怎么啦?"命运女神生气地说，"这头驴太让人心烦了，就是一百个国王也没有它提的要求多。它认为只有自己在受委屈，难道这世界上只有它一个需要关心吗?"

智慧·感悟·启迪

当自己的处境比别人差时，抱怨、诉苦是没有用的。我们所能做的就是试图改变这种处境。

第八编 生活到底是什么

张巡用草人

唐朝中叶,安禄山发动叛乱。叛军一路上势如破竹,这一天来到了雍丘。著名将领张巡率领雍丘军民进行了积极的抵抗。守卫战坚持了四十多天,城中的箭都已用完。张巡叫士兵们扎了一千多个草人,给草人穿上黑衣,系上绳子。晚上,叫士兵提着绳子把草人从城墙上慢慢放下去。围城的叛军以为是唐军偷越出城,一阵乱箭射去。等草人身上扎满了箭,士兵们再把草人拉上城来。这样反复好多次,得到了十几万支箭。秘密泄露出去,叛军才知道张巡用了草人借箭的计策。之后有一天夜里,只见又有好多人从城上吊了下去。叛军将士都哈哈大笑,嘲笑张巡愚蠢。有个将领说:"张巡还想用草人来赚我们的箭呀,弟兄们,别上当啦!咱们不理它,让他们等着吧!"

过了一阵子,有人报告城墙上的草人不见了。那个将领说:"咱们不射箭,张巡准是等得不耐烦,把草人收回去了。没事啦,大家都睡觉去吧。"夜深人静的时候,突然跑出一支唐军队伍,直向叛军兵营杀来。城里的唐军也擂鼓呐喊,就要杀出城来。叛军将士早已进入梦乡,遭到这突然袭击,立刻大乱。叛军将领从睡梦中惊醒,以为是唐朝的增援大军杀来了,不敢抵抗,慌忙下令放火,把那些工事壁垒一齐烧毁,然后逃跑了。原来这又是张巡用的计。这次吊下城来的不是草人,而是唐军的敢死队。敢死队下城以后就找地方埋伏起来,到深夜发动突然袭击,城里再呼应助威,好像增援大军从天而降。其实敢死队一共才五百人。等叛军惊慌逃跑时,敢死队和城里的唐军乘胜追杀了十多里,取得巨大胜利,这才收兵回城。

智慧·感悟·启迪

人一旦形成了习惯的思维定势,就会习惯地顺着定势的思维来思考问题。我们一方面要认识到,"思维定势"是"懒汉"的思维方法,要有意识地破除它;另一方面,我们还要充分利用别人可能产生的思维定势,灵活地解决生活中的难题。

奔马的蹄子是否着地

1872年的一天,在美国加利福尼亚的一个酒店里,斯坦福与科恩围绕"马奔跑时蹄子是否着地"发生了争执:斯坦福认为,马奔跑得那么快,在跃起的瞬间四蹄应是腾空的;而科恩认为,马要是四蹄腾空,岂不成了青蛙?应该是始终有一蹄着地。两人各执一词,争得面红耳赤,谁也说服不了谁。于是两人就请英国摄影师麦布里奇做裁判,可麦布里奇也弄不清楚,不过摄影师毕竟是摄影师,点子还是有的。他在一条跑道的一端等距离地放上24个照相机,镜头对准跑道;在跑道另一端的对应点上钉好24个木桩,木桩上系着细线,细线横穿跑道,接上相机快门。

一切准备就绪,麦布里奇让一匹马从跑道的一头飞奔到另一头,马一边跑,一边依次绊断24根细线,相机转动并接连拍下了24张相片,相邻两张相片的差别都很小。相片显示:马奔跑时始终有一蹄着地,科恩赢了。

事后,有人无意识地快速拉动那一长串相片,"奇迹"出现了:各相片中静止的马互相重叠成一匹运动的马,相片"活"了。电影的"雏形"经过艰辛试验终于成熟了。

智慧·感悟·启迪

科学的发展、社会的进步常常是靠争论而推动的。在争论中,双方各执己见,莫衷一是。于是,各自殚精竭虑、想方设法,力图以新的实验方法,拿出有力的科学论据来决一雌雄,击败对方。

巧取无核法

清朝康熙年间,著名文人朱彝尊不仅学识渊博,而且儒雅风流,诙谐滑稽。

他曾经和一位道士交游密切,道士观中有两株枇杷树,远近闻名。每当枇杷成熟,道士总忘不了请彝尊去品尝。这枇杷味道绝佳,而且无核,彝尊早对它怀着浓厚的兴趣。

有一天,彝尊问道士:"这枇杷是什么品种,居然这么好?"

道士机警地回答:"这是仙种。"说完就不再开口了。

朱彝尊知道道士最爱吃蒸猪蹄膀,一天,特意请道士来家吃蒸蹄膀。

道士来到朱家,只见一个仆人提了一只猪腿从身边走过。谁知,过了一会儿热腾腾的蒸蹄膀就上桌了。吃起来又烂又酥,肥而不腻,鲜美可口。这样短的时间便能蒸烂猪蹄膀,道士感到诧异,便向彝尊请教妙法。

彝尊说:"这也不难,就用你的无核枇杷种和我做交换吧!"

道士说:"要种出无核枇杷说来简单,只要在枇杷开花的时候,把花中间的一根花蕊拔去就成了。"

彝尊说："我的蒸蹄膀法更简单，现在吃的这只其实是昨天晚上蒸好的，刚买来的猪蹄膀还没下锅呢！"

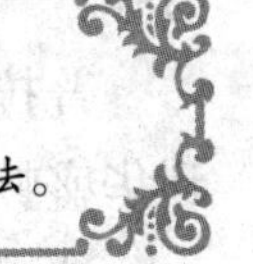

智慧·感悟·启迪

在思索问题、解决问题的时候，不必囿于传统的观念，要"不拘一格"，尽量考虑一切可能的解决方法。

五十颗星的创意

第二次世界大战结束的时候，美国的国旗上只有48颗星，它代表着当时美国联邦政府的48个州。但20世纪世纪50年代后期，两个新的州即将加入联邦政府，这样，有着50个州的美国，再用48颗星的国旗就显得很不合适了。那么谁是新国旗的设计者呢？出人意料的是，50颗星的新国旗的设计者，在当时仅仅是个17岁的高中生，他的家在俄亥俄州的兰开斯特市。

那是1958年春天的一个星期五下午，高中生罗伯特·G. 赫弗特坐着校车回家。他一路上都在思考历史课老师普拉特先生布置的家庭作业。老师要求全班同学各自独立完成一个课题，这个课题要能表达他们对历史这门学科的兴趣。要求是：有可视性，有独创性。作业要在下星期一完成。做什么好呢？

罗伯特所乘坐的校车驶过兰开斯特市的闹市区时，他一眼看见了飘扬在市政厅屋顶上的美国国旗。"就是它了，我要设计一面新的国旗。"他对自己说。

当时，阿拉斯加很快就将成为美国的第49个州，他有一个预感，其时由共和党占统治地位的夏威夷，也一定会在不久的将来，成为美国的第50个州。

回到家，一放下书包，罗伯特便着手设计心目中新的美国国旗。他画出了50个小格子，每一个格子里画上一颗五角星。思路一打开，便一发不可收拾，他一口气将脑海中的图案定格于稿纸上：每行6颗星，一共有5行，另外还有4行，每行5颗星。

第二天早上，他从衣柜里找出家里备用的当时的国旗，在客厅里，用剪刀剪下了蓝底上印有48颗星的那一角。

妈妈看见罗伯特用剪刀剪国旗，着实吓了一跳。她责备罗伯特亵渎神圣的国旗。可罗伯特争辩说，这是在做学校布置的家庭作业。"妈妈，我保证，我不会把国旗给搞糟的。"罗伯特说。

罗伯特骑车到商店买来了一块蓝色的棉布，还有一些补衣服用的白色不干胶胶布。只要用熨斗一熨，这些胶布就会粘在棉布上。他先用硬纸板剪好五角星的样子，然后照着样子在不干胶胶布上画下100颗五角星，剪下来，这样，他就可以在蓝布的两面都各贴上50颗星了。

本来，罗伯特打算请妈妈帮他把做好的这块旗面缝到那面旧国旗上去，但是妈妈不愿意"胡来"。于是，罗伯特只好自己用脚踏缝纫机把这一角缝了上去，连他自己都惊讶，居然自己会无师自通地使用缝纫机。最后，他用熨斗把缝好的新国旗熨烫平整。家庭作业完成了。

但结果并不像罗伯特所希望的那样得到一个"A"。老师普拉特先生仔细看了罗伯特的杰作，摇了摇头说："这不是我们真实的国旗，我们的国旗上哪有50颗星？"尽管罗伯特解释了又解释，但普拉特先生仍坚持只给罗伯特打个“及格”。罗伯特又气又恼，非常扫兴。他据理力争，这还是他第一次为自己的分数与老师争辩：“我认为我的作业应该得到更好的分数。另一个同学做了一幅树叶粘贴画都得了‘A’，我的作业为什么不能？何况我的作业还发挥了一定的想象力呢！”

普拉特先生冷静地看着罗伯特，宣布说：“如果你不喜欢我给你的分数，那你自己把旗帜扛到华盛顿去，看他们能接受不？”

这正是罗伯特心中所希望做的事。他马上骑车去了当地议员沃尔特·莫勒先生的家。敲开议员的家门，罗伯特把他自己设计的、新做的国旗拿给沃尔特·莫勒先生看，并陈述了他为什么要这样设计新国旗的原因。这个稚气未脱的17岁的高中生问议员先生：“您能把我设计的新国旗带到首都华盛顿去吗？如果要举行为50个州的美利坚合众国设计新国旗的比赛，议员先生，您能把这面旗帜推荐去参加比赛吗？”面对这位情绪激动的中学生，莫勒先生显得手足无措，最后终于答应下来。

“也许他是想赶紧把我打发走。”罗伯特后来对人讲起这事时笑着说。

在接下来的两年中，罗伯特一直怀着希望等待着。1959年1月，美国总统艾森豪威尔签署了公告，宣布阿拉斯加成为美国的第49个州。就像其他的州一样，按规定，代表阿拉斯加州的这一颗星，应该在7月4日美国国庆这一天加进国旗里。但是，显而易见，49颗星的美国国旗几乎立即就要过时——因为到这一年的8月，夏威夷就将成为美国的第50个州。这正是罗伯特所预料和期望的。

这时，罗伯特已经高中毕业了，普拉特先生给那次作业判下的可悲分数“及格”仍然记录在登记本里。罗伯特成了一家工业公司的制图员。“我设计的那幅国旗不知怎么样了？”他时常禁不住想到它。他已经听说有成千上万的国旗设计方案交了上去。国会组织了一个专门的委员会负责审查，最后选出5个方案上报给艾森豪威尔总统。

转眼到了那年6月份，一天，罗伯特正在公司的制图室工作，一位秘书上气不接下气地跑来叫他：“有你的电话，是一位国会议员打来的，快去接！”

是莫勒先生，罗伯特一下子就听出了他的声音。“孩子，我为你骄傲，艾森豪威尔总统选择了你的新国旗设计方案。祝贺你！”

罗伯特高兴得跳了起来。他买了机票飞到华盛顿，为的是亲眼去看看自己设计的新国旗被人们挂起来的样子。这是它第一次高高地飘扬在国会大厦的房顶上！那时，虽然还有成千上万的人也提出了类似的设计，但是罗伯特的方案是最先交上去的，而且，它不仅仅是一个草图，它是一面真实的旗帜。这正是罗伯特的方案胜出的优越条件。从此，罗伯特设计的美国新国旗便成了这个国家正式的国旗，它很快插遍全美各地；它在每一个州的议会大厦上高高飘扬，也遍插于美国驻世界各国大使馆的屋顶上。它是美国历史上唯一一面历经多届总统，现在仍然飘扬在白宫上空的国旗。

智慧·感悟·启迪

机遇无处不在，甚至连别人的否定或阻碍也不例外。只要你秉持自己的理想，不轻易放弃或妥协，它就愿意垂顾于你。

猎人、鹦鹉和老鹰

阿尔卑斯山上的小屋里住了一个猎人。猎人养了一只老鹰，帮助他狩猎；也养了只鹦鹉，还教会鹦鹉说话。闲暇时，猎人也喜欢逗弄鹦鹉，消磨时间。

春季某天山下小镇赶集，猎人把腌制好的猎物肉品准备好，打算换一些生活必需品。猎人高高兴兴地带着老鹰和鹦鹉到市集。可是由于匆忙，猎人在途中滑了一跤。滑了一跤不打紧，原本停在他肩上的老鹰受到惊吓，急忙飞起，利爪不小心把猎人抓成大花脸。

猎人难得下山，一年见不了几次朋友，在与朋友见面之前，居然被弄得破相，不禁勃然大怒。猎人不由得和鹦鹉嘀咕，数落老鹰的不是。

鹦鹉说："我平常看老鹰就一脸凶巴巴的样子，虽然他能帮你打猎，但主要还是你出力；我看啊，倒不如养几只鸡，鸡不但温驯，在你打猎时，鸡还能繁殖，真是一举两得。"猎人听了，心里受到鼓动，在市集上就用老鹰换了五只鸡。回到山上，猎人照鹦鹉的方式打猎、养鸡。

阿尔卑斯山区实在太大了，没有老鹰的帮忙，猎人无法掌握猎物的行踪，以致整个夏季秋季都没什么收获。冬天到了，不习惯山区气候的鸡不但未如期繁殖，反而在严冬中一只只倒下。没有收获的猎人自己要过冬已经很难了，根本没办法管到鹦鹉，结果鹦鹉也撑不过严冬。

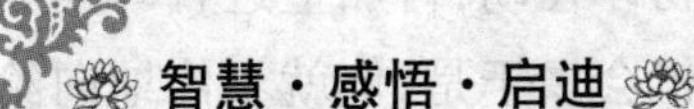

当人们遭遇问题时，不要只征求和你相近的人的意见，为了作出正确的决策，一定要充分听取各方面的意见。

别把乌龟推回河里

格洛丽亚·斯坦姆，是女权主义运动的一位领导者兼作家。学生时代，在一次地理考察中，她上了人生中重要的一课。在史密斯大学演讲时，斯坦姆和听众分享了这次经历："在考察中，在蜿蜒的康涅狄格河畔，我发现了一只巨大的乌龟，它趴在一段路的护堤上。它显然是从河里爬出来的，经过一段土路才到了现在这个地方。它还在继续前进，随时有被汽车轧死的危险。

"同是地球上的生物，我觉得帮助它是责无旁贷的。于是我走上前，连拉带拽，最后总算把这只大乌龟从路障上带回岸边。这期间，它不断愤怒地想咬我一口。

"当我正要把乌龟推回河里时，地理学教授走了过来，并对我说：'你知道，为了在路边的泥里产卵，那只乌龟可能花了一个月的时间才爬上公路，结果你要把它推回河里！'

"唉，我当时真是懊恼极了。不过，在后来的岁月里，我发现那次经历是我人生中最生动的一课……"

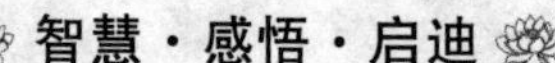

智慧·感悟·启迪

在需要作出可能影响别人的决断时,不要犯主观臆断的错误。不管你是出于多么善良的目的,都要尽可能多地听听当事人的意见。

唐太宗的金丝雀

玄武门之变后,唐太宗李世民坐上了龙椅宝座,开始统治天下。

有一天,风和日丽,唐太宗李世民在百花园中赏鸟散步,他对一只印度国进贡的金丝雀非常喜欢,围在笼子边左看右看总也看不够,这只金丝雀羽毛艳丽,叫声婉转悠扬。唐太宗实在是喜欢得不得了,于是就命人把那只小鸟取了出来,放在自己的手掌上把玩。说也奇怪,这只小鸟经过专门训练后,特别乖巧可人,出了笼也不飞走,只在李世民的手中蹦蹦跳跳,叫人爱不释手。

这时,有人来禀报说丞相魏征有事进谏,唐太宗一听脸色一变,他深知魏征的为人,他最恨朝廷官员玩物丧志,不思进取,就连李世民也惧他三分。

可是,现躲已来不及了,而且把金丝雀放回去也来不及了,因为随着禀报,魏征已经来到了唐太宗面前,唐太宗无奈,只好把那只金丝雀塞进了自己的大袖子里。

魏征给唐太宗见过礼后,瞥了一眼唐太宗,又见他的袖子中有物体在动,再加上近日耳闻唐太宗特别爱鸟,有时甚至贻误国事,心想这正是一个劝谏李世民的机会。于是,他就不停地向给唐太宗禀报事情,弄得唐太宗手心不断出汗。魏征窃喜,又转而与唐太宗谈论起诸葛亮的《出师表》及为人君、为人臣的信条等,不知不觉地就过去了两个时辰。

魏征觉得差不多了,这才起身告辞。等魏征走后,唐太宗赶紧把金丝雀拿出来一看,这只可怜的小鸟早已窒息而死了。

唐太宗长叹一声:“魏征啊!我算是服了你了!”

智慧·感悟·启迪

在战争中讲究的是:“逢强智取,遇弱活擒。”在为人处世中也是如此,面对不好“惹”的人,就得多动动脑筋。

先将大的鹅卵石放进罐子

有一位教授在桌子上放了一个装水的罐子。然后又从桌子下面拿出一些正好可以从罐口放进罐子里的“鹅卵石”。当教授把石块放完后问他的学生道:“你们说这罐子是不是满的?”

“是!”所有的学生异口同声地回答说。

“真的吗?”教授笑着问。然后再从桌底下拿出一袋碎石子,把碎石子从罐口倒下去,摇一摇,再加一些,再问学生:“你们说,这罐子现在是不是满的?”这回他的学生不敢回答得太快。

最后班上有位学生怯生生地细声回答道:“也许没满。”

“很好!”教授说完后,又从桌下拿出一袋沙子,慢慢地倒进罐子里。倒完后,他又问班上的学生:“现在你们再告诉我,这个罐子是满的呢?还是没满?”

“没有满。”全班同学这下学乖了,大家很有信心地回答说。

“好极了!”教授再一次称赞这些“孺子可教”的学生们。称赞完后,教授从桌底下拿出一大瓶水,把水倒在看起来已经被鹅卵石、小碎石、沙子填满了的罐子。

当这些事都做完之后,教授正色问他班上的同学:“我们从上面这些事情学到什么重要的功课?”

班上一阵沉默,然后一位自以为聪明的学生回答说:“无论我们的工作多忙、行程排得多满,如果要逼一下的话,还是可以多做些事的。”这位学生回答完后心中很得意地想:“这门课原来讲的是时间管理啊!”

教授听到这样的回答后,点了点头,微笑道:“答案不错,但这并不是我要告诉你们的重要信息。”说到这里,这位教授故意停顿,用眼睛向全班同学扫了一遍说,“我想告诉各位的最重要的信息是,如果你不先将大的鹅卵石放进罐子里去,你也许以后永远没机会把它们再放进去了。”

智慧·感悟·启迪

每一天我们都在忙碌,但你的忙碌是否值得呢?是否取得了预期的效果呢?你是不是把目前对你来说最重要的事情放在了首位呢?

佛像的毛病

从前有座寺庙,老方丈为了香火更旺盛,特地从京城请来一位著名的手艺人,在正殿上塑起一座八米高的佛祖塑像。

佛像塑好那天,举寺欢庆。方丈问手艺人要多少工钱,手艺人傲慢地说:“今日佛像完工,可见我工艺之高超。不如以三日为限,如果有人在这座大佛身上挑出一处毛病,我分文不取;没有的话,请赏赐黄金百两,作为工钱吧。”

方丈无奈,只得答应了,当晚便召集全寺僧人,宣告了手艺人的话,让众弟子去给佛像挑毛病。第一天,众僧侣纷纷去挑毛病,可看着看着,都不知不觉地夸奖起佛像雕塑得太好了。一天下来,没有一个人能挑出毛病。方丈心里一沉,亲自去看了个遍,竟也没有找出任何毛病,不由得暗暗佩服这位手艺人的手艺。

可是百两黄金毕竟不是个小数目,于是,老方丈又去请附近的村民一同来挑毛病。因为老方丈平时行善积德，人缘颇广，第二天，果然来了不少村民。可是大家看了佛像都交口称赞，别说毛病，连半点批评的话都没有。

第三天到了，这时，老方丈已经不抱什么希望了，只有拼命诵经拜佛，乞求菩萨庇佑。一天很快过去，转眼夕阳西下，大厅里只剩下一位抱着儿子的村妇。方丈闭上眼睛静坐，也没有去搭理那母子二人。母子俩在佛像前看来看去，母亲不住地赞叹，儿子也傻乎乎地盯着大佛。就在母亲抱起儿子准备离去时，儿子突然趴在母亲耳朵旁，说："妈妈，这佛像有个毛病啊。"母亲很惊奇地说："你别瞎说，那么多人都找不出毛病，你怎么能？"

母亲的话让一旁的方丈听到了，他猛地睁开眼睛，看了看那小孩，只不过四五岁模样，牙都没长齐。方丈半信半疑地站起来，上前两步，问道："孩子，你说说吧，这个佛像哪里有毛病？"

小孩子看了看方丈，又看了看他母亲，说："老方丈，那个大佛像的手指有毛病。"方丈被逗乐了，问道："你倒说说看，手指有什么毛病？"小孩说："佛像的手指太粗啦。"他母亲在一旁摇头说："手指粗也算毛病？你这孩子真不懂事！"方丈也叹了口气，准备离去。小孩子见两个大人都不信他，生气地大声说道："佛像的手指就是太粗了啊！它怎么把手指伸进鼻孔挖鼻屎呢？挖耳屎也不行呀。"

方丈和小孩的母亲都被他的话给说愣了。老方丈扭头，仔细看了看那尊佛像，发现手指确实比鼻孔大出好多！他喜出望外，说："啊，这确实是个毛病，还是个大毛病！"他一边谢过母子二人，一边对着佛像感叹道，"这么多大人都挑不出的毛病，竟被一个小孩子给发现了。"

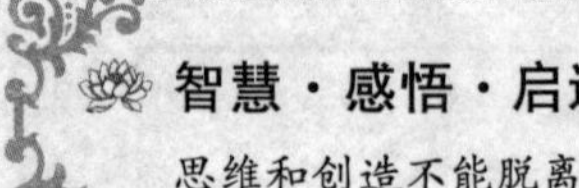

思维和创造不能脱离生活，只要在日常生活中留心，即使智力平平的人，也常常能够有独特的发现。

逆流而上的石兽

从前，沧州南有一座临河寺庙，庙前有两尊面对流水的石兽，据说是"镇水"用的。

有一年暴雨成灾，大庙山门倒塌，将那两尊石兽撞入河中。庙僧一时无计可施，待到十年后募金重修山门，才感到那对石兽不可或缺，于是派人下河寻找。按照他的想法，河水东流，石兽理应顺流东下，谁知一直向下游找了十里地，也不见其踪影。

这时，一位在庙中讲学的先生提出自己的见解："石兽不是木头做的，而是由大石头制成，它们不会被流水冲走，石重沙轻，石兽必然于掉落之处朝下沉，你们往下游找，怎么找得到呢？"

旁人听来，此言有理。不料，一位守河堤的老兵插话："我看不见得。大石落入河中，水急石重，而河床沙松，因此，更可能在上游。"

众人一下子全愣住了："这可能吗？"

老兵解释道："我等长年守护于此，深知河中情势。那石兽很重，而河沙又松，西来的河水冲不动石兽，反而把石兽下面的沙子冲走了，还冲成一个坑，时间一久，石兽势必向西倒去，掉进坑中。如此年复一年地倒,就好像石兽往河水上游翻跟斗一样。"

众人听后,无不佩服。寻找者依照他的指点,果真在河的上游发现并挖出了那两尊石兽。

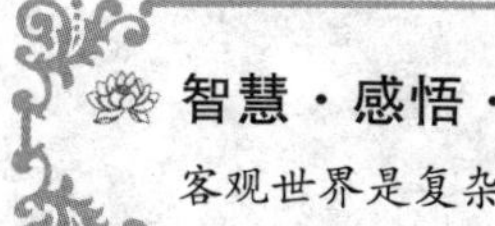

智慧·感悟·启迪

客观世界是复杂的,真知灼见只能出自实践,出自客观存在和理性思考,而不可能出自想当然。

"全国第一"的木匠

在一个远方的国家,有两个非常杰出的木匠,他们的手艺都很好,难以分出高下。

有一天,国王突发奇想:"到底哪一个才是最好的木匠呢?不如我来办一次比赛,然后封胜者为'全国第一'的木匠。"

于是,国王把两位木匠找来,为他们举办了一次比赛,限时三天,看谁刻的老鼠最逼真,谁就是全国第一的木匠,不但可以得到许多奖品,还可以得到册封。

在那三天里,两个木匠都不眠不休地工作。到了第三天,他们把已雕好的老鼠献给国王,国王把大臣全部找来,一起做本次比赛的评审。

第一位木匠刻的老鼠栩栩如生、纤毫毕现,甚至连鼠须也会抽动。

第二位木匠的老鼠则只有老鼠的神态,却没有老鼠的形貌,远看勉强是一只老鼠,近看则只有三分像。

胜负当即分晓,国王和大臣一致认为第一个木匠获胜。

但第二个木匠当场抗议,他说:"国王的评审不公平。"

这个工匠说:"要决定一只老鼠是不是像老鼠,应该由猫来决定,猫看老鼠的眼光比人还锐利呀!"

国王想想也有道理,就叫人到后宫带几只猫来,让猫来决定哪一只老鼠比较逼真。

没有想到,猫一放下来,都不约而同扑向那只看起来并不十分像的"老鼠",啃咬、抢夺;而那只栩栩如生的老鼠却完全被冷落了。

事实摆在面前,国王只好把"全国第一"的称号给了第二个木匠。

事后,国王把第二个木匠找来,问他:"你是用什么方法让猫也以为你刻的是老鼠呢?"

木匠说:"陛下,其实很简单,我只不过是用鱼骨刻了只老鼠罢了!猫在乎的根本不是像与不像,而是腥味呀!"

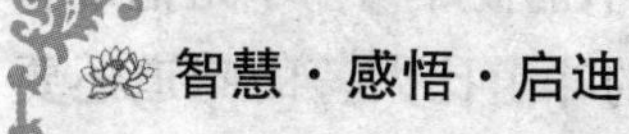

智慧·感悟·启迪

人生的竞赛往往是这样,获胜者往往不是技巧最好的,而是那些最肯动脑筋、想人之所不想的人。

浑浊的米酒变清了

日本的清酒一直是深受百姓欢迎的普及型大众米酒，但日本的米酒在明治之前是比较浑浊的，这是美中不足之处。很多人想了各种办法，却找不到使酒变清的法子。那时候，在大孤有一个名叫鸿池善右卫门的小商人，以制作和经营米酒为生。一天，他与仆人发生了口角，仆人怀恨在心，伺机报复。他在晚间将炉灰倒入做成的米酒桶内，想使这批米酒变成废品，让主人吃亏。干完了小勾当，这个卑劣的仆人便逃之夭夭。

第二天早晨，善右卫门到酒厂查看，发现了一个从未有过的现象，原来浑浊的米酒变得清亮了。再细看一下，桶底有一层炉灰。他敏锐地觉得这炉灰具有过滤浊酒的作用。他立即进行试验、研究。经过无数次的改进之后，终于找到了使浊酒变成清酒的办法，制成了后来畅销日本的清酒。

长期以来，米酒的浑浊一直是身为酒商的善右卫门的一桩心事，他肯定是对此深为遗憾，一心一意惦记着这米酒能变得清纯起来，所以当突然发现自己酒桶中的酒如梦想中那样清澈见底时，他的第一感觉是：洒在酒中的脏东西对酒具有沉淀功能。因而根本来不及思考是谁在搞破坏，就盯住这一巨大发现不放，这才最终酿成清酒。善右卫门制成清酒确属偶然，但这个偶然可以说是对善右卫门长期思索的最终报答，他的灵感乍现，是一颗热烈跳动的心换来的丰厚收获。

智慧·感悟·启迪

“机遇偏爱有准备的头脑。”坚持不懈地付出努力，对追寻难题的答案孜孜以求，这样，当灵感突至的时候，才能在“一念之间”获得成功。

金子与大蒜

传说有一位商人，带着两袋大蒜，骑着骆驼，一路跋涉到了遥远的阿拉伯。那里的人们从没有见过大蒜，更想不到世界上还有味道这么好的东西，因此，他们用当地最热情的方式款待了这位聪明的商人，临别赠给他两袋金子作为酬谢。

另有一位商人听说了这件事后，不禁为之动心，他想：大葱的味道不也很好吗？于是他带着葱来到了那个地方。那里的人们同样没有见过大葱，甚至觉得大葱的味道比大蒜的味道还要好！他们更加盛情地款待了商人，并且一致认为，用金子远不能表达他们对这位远道而来的客人的感激之情，经过再三商讨，他们决定赠给这位朋友两袋大蒜！

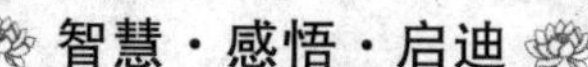

有创意、领先于别人的思路才有价值。生活往往就是这样，你先抢一步，占尽先机，就能得到想要的一切；而你步人后尘，东施效颦，就往往一无所获！

一只小孔钻出奇迹

20 世纪 40 年代，方块糖是用具有防湿性的纸张包装的。但是，密封纸张不管有多厚、不管有多少层，时间长了之后，方块糖仍会因受到空气的侵袭而渐渐变潮，甚至变黄。各家制糖公司动员了不少专家，耗费了不少资金，就是找不到有效的防潮方法。

他是一家制糖公司的普通职员，因为每天都接触方糖，对方糖的性能很熟悉，也常常为方糖受潮变湿而苦恼。工作之余，他就琢磨着怎样才能够找到一个有效的防潮方法。他尝试了很多方法都没有效果。这天，他异想天开地想，能不能反思维尝试一下呢？于是，他在方糖的包装纸上开了一个小孔，空气的对流使得方糖受潮现象一下子迎刃而解，解决了很多专家都头疼的问题。

这个叫科鲁索的人将自己的发明专利出售给制糖公司，得到 100 万美元的回报。

一个小孔 100 万美元，很多人在获悉了科鲁索由一个普通工人成为百万富翁只是缘于一个小孔后，纷纷扼腕，甚至有的人嫉妒得眼睛发红。

智慧·感悟·启迪

这个世界上的智慧从来就没有专家和贫民、大师和百姓之分，敢于创造是成功必不可少的一根羽毛，敢于打破常规模式就能发现更多的机会。

从一个全新的角度解决问题

美国有一家生产牙膏的公司，产品优良，包装精美，深受广大消费者的喜爱，营业额蒸蒸日上。

记录显示，前十年每年的营业增长率为 10%～20%，令董事会雀跃万分。

不过，在随后的几年里，业绩增长却停滞下来，每个月维持同样的数字。

董事会对业绩感到不满，便召开全国经理级高层会议，以商讨对策。

会议中，有位年轻的经理站起来，对董事会说："我手中有张纸，纸里有个建议。若您要使用我的建议，必须另付我 5 万元！"

总裁听了很生气说:“我每个月都支付你薪水,另有分红、奖励。现在叫你来开会讨论,你还要另外要求付5万元。是不是过分了?”

“总裁先生,请别误会。若我的建议行不通,您可以将它丢弃,一分钱也不必付。”年轻的经理解释说。

“好!”总裁接过那张纸后,看完,马上签了一张5万元支票给那位年轻的经理。

那张纸上只写了一句话:将现有的牙膏管口的直径扩大1毫米。

总裁马上下令更换新的包装。

试想,每天早上,每个消费者挤出比原来粗1毫米的牙膏,每天牙膏的消费量将多出多少呢?

这个决定,使该公司随后一年的营业额增加了30%。

智慧·感悟·启迪

努力走出一般人智力与思考的常规范围,能够从另一个角度看问题,见人之所不见,善于突破常规,就能够迎来一片全新的天地。

一定要向海外发展

几年前被《财富》选为亚洲首富的李嘉诚,业务遍及二十多个国家,员工8万人。

七十多岁的李嘉诚,曾这样畅谈学英文的经验:“我的英文就不算好,由ABC开始,都未学到Z,日本仔的飞机就已经到处放炸弹。正规教育我受过很少,但非正规的教育我肯学。”

1939年,日军犯境,当小学校长的父亲带着李嘉诚逃离家乡远赴香港。翌年父亲患上肺病。一个周末的下午,他到医院探父,想逗病危的父亲高兴:“英文也不算难,我读一段给你听。”然而爸爸听罢,却满面哀伤。“因为他知道我很喜欢读书,但当时环境不许可。”李嘉诚哽咽地说。

“我的英文是一个同屋女孩教的,我则教她数学。”父亲临终前一天,发觉没有任何财产可以留下,只好问儿子可有话跟他说。李嘉诚很自信地向父亲许诺说:“我们一家人一定生活得很好。”为了践诺,李嘉诚使出狠劲儿,一边当推销员,一边上夜校学英文。他用报纸练字,一边写满了,又翻过另一边再写,直至整张纸写得皱皱烂烂为止。

22岁时,李嘉诚开了塑胶厂,他深信到26岁,储够钱,凭着恶补的英文,可以考上大学。岂料一个大户破产,毁了他的梦。但苦学的英文为他打开了成功之门。

20世纪50年代在做塑胶花时,他坚持订阅全世界最新的塑胶杂志,第一本是美国杂志《Modem Plastics》(《现代塑料》),他又飞到英美参加塑胶展,掌握最新形势。

在外国杂志中,他留意到一部制造塑胶瓶子的机器,但从外国定制太贵了。于是他凭自学的英文就研制了这部机器。李嘉诚说:“它至少让我赚了几万港币。”他开始请私人老师,每天7时上班前,教他英文。

他的发达和刻苦学习英文是分不开的。

20世纪80年代初的中英会谈期间，不少公司都停留在业务本地化的阶段，但李嘉诚考虑的是，公司要发展得大，就一定要向海外发展。他并没因自己带潮州口音而避讲英语或避请洋人，由开会到接受访问，只要对象是洋人，他一概以英语对答，无须翻译。

但他总嫌自己看英文看得慢，遇有好文章，有时会中译后才看。几年前在剑桥大学领取荣誉博士学位时，他抱憾地说："如果是自己读过来的，我会开心好多！"

智慧·感悟·启迪

勤奋刻苦是取得良好成绩的捷径。只要肯用功，即使是基础比较差，起步比较晚，甚至从零开始，也是很容易学好的。

三次考核

小胡到一家外资公司去应聘。

该公司把前来应聘的人安排在会议室，分三天做三次考核。

第一次考试，小胡便以99分的好成绩排在第一，一位姓李的女孩以95分的成绩排在第二。

第二次考试试卷一发下来，小胡就感到纳闷：当天的试题和第一次的试题完全一样！一开始他认为发错了试卷。但监考人员一再强调，试卷没有发错。既然试卷没有发错，小胡也懒得去想，自信地把笔一挥，还不到考试规定时间的一半，试卷便填满了。小胡把试卷一交，其他应聘的考生也陆陆续续地把试卷交了上去。人人脸上都春风得意，显然，个个都认为自己胜券在握。

第二次考试考分一出来，小胡仍以99分的成绩排在第一。而那位交卷最晚的女孩小李则以98分的成绩排在第二。

第三天准时进行第三次考试。

"这次该不会拿同样的题目给我们考吧？"进考场前，小胡这样想。

试卷一发下来，考场上顿时开了锅，因为试卷和前两次完全一样！

"请安静，安静！大家听我说，这次考题和前两次一样，都是公司的安排。公司怎么要求，我们就怎么执行，如有谁觉得这种考核办法不合理，你可以放下试卷，我们随时放你出考场。"

监考人员把桌子拍得"啪啪"直响。

众人一看招聘人员非常严肃，只好老老实实低下头去答卷。

这次考试更省事了，绝大部分考生同乎根本用不着看考题，"刷刷刷"就直接把前两次的答案照搬上去了。不到半个钟头，整个考场都空了。只有那位小李仍托腮拍脑，绞尽脑汁，冥思苦想，时而修改，时而补充，直到收卷铃响才把答卷交了上去。

第三次考分出来，小胡长长舒了一口气。他仍以99分的成绩排在第一。不过这次没有独占鳌头。小李这次也以99分的好成绩和他并列第一。但小胡一点也不担心被她挤下来。

第四天录用榜一公布，小胡傻眼了：上面只有小李的名字，其他的人全都落选了。

小胡当时就找到人力资源部办公室，他显得异常激动，理直气壮地质问道："我三次都考了99分且排名第一，为什么不录用我，而录用了前两次考分都低于我的考生呢？你们这种考核公平吗?”

人力资源经理笑呵呵地凝视着小胡,直到他心平气和才开口说话:“先生,我们的确很欣赏你的考分。但我们公司并没有向外许诺,谁考最高分就录用谁。考分的高低对我们来说的确是录用职员的一个依据,我们也正是根据考分来录用员工的。不过,虽然你次次都考了最高分,可惜你每次的答案都一模一样、一成未变。如果我们公司也像你答题一样,总用同一种思维模式去经营,能摆脱被淘汰的命运吗?我们需要的职员不仅要有才华,更应该懂得反思,善于反思、善于发现纰漏的人才能够进步,职员有进步公司才能有发展。我们公司之所以三次用同一张试卷对你们进行考核,不仅仅是考你们的知识,也在考你们的反思能力。因此,你未能被选用。”

智慧·感悟·启迪

年轻时,究竟懂得多少并不重要,只要懂得学习,就会获得足够的知识。如果我们不继续学习,我们就无法取得生活和工作需要的知识,无法使自己适应发展变化的时代,我们不仅不能搞好本职工作,反而有被时代淘汰的危险。

为了习艺正道

有一个年轻人经过千山万水的跋涉后,来到森林中的寺院,请求寺院里德高望重的住持收他为徒。住持郑重地告诉他:“如果你真要拜我为师追求真道,那么你必须履行一些义务和责任。”“我必须履行哪些义务和责任呢?”年轻人急切地问。“你每天必须从事扫地、煮饭、劈柴、打水、扛东西、切菜等工作。”“我拜你为师是为了习艺正道,而不是来做琐碎的杂工和无聊的粗活的。”年轻人一脸不悦地丢下这句话,就悻悻然离开了寺院。

智慧·感悟·启迪

正道不是高不可攀或高深莫测的理论,它隐藏在日常的生活琐事及细节中。只要用心去从事,认真去体验,在其过程中自会领悟出一些奥妙及精义。人类的伟大其实就隐藏在很多平凡的小事中,当你为追求崇高而不屑于小事时,你已经将你身上的崇高丢失了。

打水的桶和装水的桶

有两个兄弟,老大家很富有,老二家很穷。

有一天,老二去老大家里借钱,老大答应了,但是提出了一个要求说:“你拿那两只桶去打水,打满一桶水回来就借钱给你。"老二看了看两只桶,打水桶是有底的,装水的桶是没有底的。老二每次打满一桶水,却在装水桶时流个干净。

怎么办呢?老二换了个方式,把装水的桶换成打水的桶。虽然每次都只能打上来一点点,但是终于打满了一桶水。

这时候老大来了,对他说:"你看,打水桶有底,而装水桶没有底,你一辈子也打不满一桶水;而装水桶有底,打水桶没有底,你却能积满一桶。我可以借钱给你,但你自己想想该如何花钱吧。"

智慧·感悟·启迪

不论干什么事,不仅要考虑速度,还要考虑"效果",不能"只管进不管出"。最重要的是,一定要考虑如何巩固工作成果。

生活到底是什么

一位满脸愁容的生意人来到智慧老人的面前。

"先生,我急需您的帮助。虽然我很富有,但人人都对我横眉冷对。生活真像一场充满尔虞我诈的厮杀。"

"那你就停止厮杀呗。"老人回答他。

生意人对这样的告诫感到无所适从,他带着失望离开了老人。在接下来的几个月里,他情绪变得糟糕透了,与身边每一个人争吵斗殴,由此结下了不少冤家。一年以后,他变得心力交瘁,再也无力与人一争长短了。

"唉,先生,现在我不想跟人家斗了。但是,生活还是如此沉重——它真是一副重重的担子呀。"

"那你就把担子卸掉呗。"老人回答。

生意人对这样的回答很气愤,怒气冲冲地走了。在接下来的一年当中,他的生意遭遇了挫折,并最终丧失了所有的家当。妻子带着孩子离他而去,他变得一贫如洗,孤立无援,于是他再一次向这位老人讨教。

"先生,我现在已经两手空空,一无所有,生活里只剩下了悲伤。"

"那就不要悲伤呗。"生意人似乎已经预料到会有这样的回答,这一次他既没有失望也没有生气,而是选择待在老人居住的那个山的一个角落。

有一天,他突然悲从中来,伤心地号啕大哭了起来——几天,几个星期,乃至几个月地流泪。

最后,他的眼泪哭干了。他抬起头,早晨温煦的阳光正普照着大地。他于是又来到了老人那里。

"先生,生活到底是什么呢?"

老人抬头看了看天,微笑着回答道:"一觉醒来又是新的一天、你没看见那每日都照常升起的太阳吗?”

智慧·感悟·启迪

生活不是悠闲的漫步,但是,你可以适当调整自己的心态,以闲适的心情来面对每一天,每一件事。

一个否定的回答

有一天,我到商城去买洗发水。在繁华的商场门前,我看到一个衣衫褴褛、蓬头垢面的小女孩在向一对衣着鲜亮时髦的青年男女乞讨时,被男青年一脚踢破了额头。踢伤小女孩后,青年男女骂骂咧咧地拂袖而去,小女孩额头上的血却没有停止,直流到小女孩昏倒街头。来来往往的行人慢慢地在小女孩的身旁聚成一圈,叹气声、怜惜声、议论声此起彼伏,就是没有人想到为小女孩止血,或送小女孩去医院。在人越围越多的时候,一名路过的医科大学的女大学生挤进人群,抱起小女孩,将其送进了医院。

小女孩得救后,女大学生了解到,小女孩是在被人贩子拐卖的途中逃跑出来,流落到这座城市的。女大学生为了帮助小女孩回家,找到了媒体。在媒体的帮助下,小女孩最后回到了家,回到了父母身旁。女大学生成了媒体追踪的对象。当一名记者问女大学生,当时围观的人那么多,都没有人出手,她却送小女孩去了医院,为什么呢?这名记者一定是希望女大学生会说出慷慨激昂的话语,可女大学生一头雾水的回答却简单得很:“为什么?不为什么啊,那是一个幼小的生命呀!”听了她的回答,记者突然涨红了脸。

智慧·感悟·启迪

真正的善良是一种来自生命的本能,不需要任何理由,做我们觉得对的事情,不要纠缠于“为什么”。

飞走的老鹰

一位农夫住在山脚下,有一天,他进山采药看到猎人的罗网里有一只老鹰,而那只老鹰的翅膀受伤了,正在罗网里伤心地哭泣。农夫见状动了恻隐之心,便对猎人说:“老哥,把这只老鹰卖给我吧,我很喜欢它。”猎人答应了农夫的请求。农夫把老鹰带回家,为它洗净了伤口,包扎好后,还喂了它一些粮食。老鹰在农夫的精心照顾下,伤口好得很快,没多少日子就可以自由地飞了。农夫非常高兴,就把它放在了舍外。

没过多久,农夫从地里干活回来,忽然发现老鹰已不知什么时候从他家里飞走了。农夫很后悔,自言自语地说:“真没良心,我救了它一命,现在连谢谢都没说就飞走了,我以后再也不做好事了。”

某个冬日,农夫正靠着墙根晒太阳,碰巧那堵墙快要倒塌,农夫却没有觉察到。正在这时,天上飞来一只老鹰,用爪子抓走了农夫头上的帽子。农夫起身去追,发现抓走他帽子的正是被他救过一命的老鹰。农夫愤怒至极,他边追边骂:“你这个该死的家伙,我先前救了你一命,你不曾报答,现在又来抢我的帽子……”农夫话还没有说完,突然听到“轰隆”一声,回头一看,刚才自己靠着的那堵墙已倒塌了,而他的帽子也从天空掉到了他的脚跟前。农夫什么也没再说,只是挥了挥捡起来的帽子向远去的老鹰致意……

智慧·感悟·启迪

善恶相因,怀有一颗善良的心、多行善事的人,必会得到好报。受到他人的恩惠,应该牢记在心,在适当的时机给予相应的回报。

转变的回报

有一天,一只被抛弃而流浪街头的小猫,无意间闯进一间四壁镶着玻璃镜的屋子。突然看到很多猫同时出现,它大吃一惊,便龇牙咧嘴,发出阵阵低沉的吼声;而镜子里所有的猫看起来也都十分生气,全露出怒吼的面孔来。这只猫吓坏了,不知所措,开始绕着屋子跑起来,一直跑到体力透支,倒在地上喘息不止。这时它对着镜子友好地摇了几下尾巴,镜子里也传来了友好的信号,这让这只平常备受欺凌的流浪猫惊喜异常。最后,镜子里的猫儿们跟它成了友善的伙伴,它抽空就会来看它们。

同样的离奇故事也发生在一位樵夫身上。一天,樵夫救了一只小熊,母熊对他感激不尽。不久,樵夫迷路来到熊窝,母熊安排他住宿,还拿出丰盛的晚餐款待他。翌日早晨,樵夫对母熊说:“你招待得很好,但我唯一不满意的就是你身上的那股臭味。”母熊心里虽怏怏不乐,但嘴上却说:“作为补偿,你用斧头砍我吧。”樵夫就照母熊的话做了。若干年后,樵夫又遇到母熊,问它头上的伤好了没有。母熊说:“噢,那次痛了一阵子,但伤口愈合后,我就忘记了。不过,那次您救了我的孩子,我一辈子也忘不了。”

智慧·感悟·启迪

善与善连,恶与恶牵,人生应该充满友善。当你对所处的恶劣环境或人们更主动地表达自己心中的善意时,你同样也会得到一份善意的回报。

子发认错

子发是楚国的一位大将军，他对老母非常孝顺。有一次，他带兵与秦国作战，前线断了粮草，他派人向楚王告急，并嘱咐使者顺便去看望一下自己的母亲。使者到达后，老太太问使者："兵士都好吗？"使者回答："还有点豆子，只能一粒一粒分着吃。""你们将军呢？"使者回答道："将军每餐都能吃到肉和米饭，身体很好。"老太太听了，什么也没说就打发使者走了。

经过楚王的粮草补充后，子发率军大破秦军。不久，子发得胜归来，而母亲却紧闭大门不让他进家门，并派人告诉子发："你让士兵饿着肚子打仗，自己却有吃有喝，这样做将军，打了胜仗也不是你的功劳。"母亲又说："越王勾践伐吴的时候，有人献给他一罐酒，越王让人把酒倒在江的上游，叫士兵们一起饮下游的水。虽然大家没尝到酒味，但却鼓舞了全军的士气，提高了战斗力。而你现在却只顾自己不顾士兵，你不是我的儿子，不要进我的门。"

子发听了母亲的批评，向母亲认了错，决心改正。此后，子发十分体恤将士，而他带领下的楚军也越来越强大。

智慧·感悟·启迪

发现错误并改正是需要勇气的。"子不教，父之过。"子女成长的好坏，长辈负有极大的责任。若要孩子成为大器之才，必须在孩子心中植下博爱之心。有了博爱之心，才有施爱于他人的可能。

风声鹤唳、草木皆兵

东晋时候，北方政权前秦皇帝苻坚想荡平东晋，统一天下，于是率八十七万精兵南下，欲一击而灭东晋。东晋大将谢玄率兵于淮河迎战。苻坚自以为兵强马壮，粮草堆积如山，攻打一个弱小的晋朝不费吹灰之力。

在淝水一战中，东晋大将谢玄派精兵八千迅速渡河偷袭秦军，秦军大败溃逃。苻氏部众互相践踏，掉到河里淹死的不可胜数，余众丢盔弃甲，听到风吹声、鹤鸣声就以为是东晋的追兵。苻坚看到八公山上草木迎风摇曳，误以为是晋兵，心惊胆战，导致秦兵士气极度低落，全线崩溃，苻坚也中箭逃窜。

其实，秦军"闻风声鹤唳，皆以为王师已至"，"望八公山上，草木皆类人形"，是心境的作用。他们因吃了败仗而精神紧张，内心极度恐惧，所以才会把自然界平常的风声、鸟叫声也当成了敌人追赶时的异常声响，山上平常的一草一木也被看成了敌人的军队。

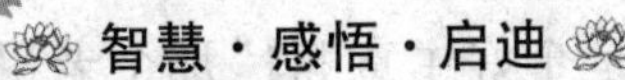

智慧·感悟·启迪

心理的作用不可阻挡,有时候会产生比现实环境更大的力量。人自身的心理素质往往是决定最终胜负的关键。

亚历山大的希望

亚历山大大帝在出发远征波斯之际,将自己所有的财产分给了大臣。长途征伐正是需要巨额资金之时,但他却把全部财产分配光了,大臣庇尔狄迦斯很是奇怪,便问亚历山大大帝:"陛下带什么起程呢?"对此,亚历山大回答说:"我只有一件财宝,那就是'希望'。"亚历山大大帝刚毅的脸上流露着无比的自信。

庇尔狄迦斯听了这个回答,大受震撼,他说:"那么请允许我们也来分享它吧。"于是他谢绝了分配给他的财产,而且大臣中的许多人也仿效了他的做法。就这样,军队的资金问题迎刃而解了。

正是由于亚历山大积极地面对周围的环境,不被暂时的困难吓倒,以一颗坦然面对而又积极进取的心排除万难,因而他最终取得了成功。

智慧·感悟·启迪

信心是每个人最后的避风港,也是每个人最后的加油站,具备了它,终点就不再会那样遥不可及,因为目的地就在有信心的人视野之内,就在脚下。

给猫戴上铃铛

由于没有天敌猫的存在,一群老鼠在一位富翁家里过着无忧无虑的生活,不愁吃喝,安乐自在地繁衍后代。然而,不知是主人担心积存的谷物,还是他的朋友无意送了他一只猫,总之,它们的天敌来了,更糟糕的是,这只猫是捉老鼠的能手。

眼看着老鼠的数目一天一天地减少,老鼠们为此召开了一次全体会议。一只德高望重的老鼠站了起来,严肃地说道:"这是关系我们生死和未来的问题,我们即将面临着死亡!下面大家商讨一下解决的方案吧!"大家都静下来了,死亡的阴影笼罩了整个会议。在智能测试中获得第一名的老鼠站了起来,清了清嗓子说:"我现在想出了一个好办法。大家都知道,所有的威胁都来自那只猫,我们只要躲开它,不被它抓住就行了。我们可以把一个铃铛挂到猫的脖子上,一旦猫向我们靠近,就会发出声音。我们听到铃铛声便躲到洞里不就行了吗?"这只老鼠说完,还用手比画出一个带锁的铃铛圈,狠狠地套在了自己的脖子里。

这只聪明的老鼠一说完,会场里响起热烈的掌声。“对呀,真是个好主意啊!”那个老鼠满面笑容地接受着大家的夸奖,心中暗暗得意。这时,一只老鼠一边往后退,一边胆怯地说:“可是谁去往猫脖子上挂铃铛呢?太可怕了,我可办不到。”瞬间,会场变得寂静无声。这个主意的确绝妙,但是派谁去实现呢?那只聪明绝顶的老鼠,红着脸悄悄地溜走了。

智慧·感悟·启迪

妙计指的是具有可操作性、可行性的计划。我们的认知要符合实际,要经过努力能够实现,否则就是盲目的自信了。

鸟儿的三个忠告

有一位猎人在森林里捕获了一只非常罕见的、会说话的鸟。鸟儿挣扎着说:“你放了我吧,我能说70种语言,非常聪明。只要你放了我,我将给你三个忠告。”猎人想了想说道:“你得先告诉我,我发誓我会放了你。”鸟儿同意了。“第一条忠告是,”鸟儿说道,“自己做的事做完之后,就不要后悔。第二条忠告是:不管什么人告诉你一件事,如果你认为是不可能的就不要相信。第三条忠告是:不要轻易爬高,如果爬不上去千万不要费力去爬。”说完后,鸟儿对猎人说,“我对你的忠告就是这些。该放我走了吧?”猎人听完感觉它的忠告并没什么特别的地方,但想到自己已许下的承诺,不得不松开了手,那只鸟立即飞跑了。

这时那只鸟飞落到了一棵很高的大树上,得意地嘲笑猎人,叫嚷道:“你真愚蠢,你放了我,但你并不知道我为什么这么聪明。我的嘴里有一颗价值连城的大珍珠,正是它让我这样聪明的。”猎人听完后,狠狠地捶了捶自己的脑袋,后悔不迭:自己怎么就没有去想想它聪明的根本原因呢?他想再次捕获这只鸟,于是跑到树跟前往上爬。但是那树实在是太高了,爬到一半时,他不小心一松手就掉了下来,摔断了双腿。鸟儿嘲笑他并向他喊道:“笨蛋!我刚才告诉你的忠告你全忘记了。你把我放了,又后悔,你忘记了第一条;你相信像我这样一只小鸟的嘴里会有一颗很大的珍珠,你忘记了第二条;你不甘心,又爬上树来抓我,你忘记了第三条。你摔断双腿是咎由自取。”鸟儿扑打着翅膀,接着说道,“对聪明人来说,一次教训比蠢人受100次鞭挞还深刻。”说完就飞走了。猎人疼痛得捂住自己的腿,撕掉衣服包扎好伤口,这时他举枪欲射那只鸟,但它已飞远看不见了。

智慧·感悟·启迪

对于别人的话一定要三思而后行,切勿轻信具有诱惑性的甜言蜜语。要做一个有自知之明、更要有自信的人,要相信自己的分析能力。

盲目自信的蛇

有一条蛇觉得自己只能在夏、秋出来活动，而春、冬时期则需要冬眠，而且还要为了食物四处奔波，活得很累。于是它决定搬到人的家里去住。因为人的家里夜晚温暖、白天凉快，而且人的家里还有它最喜欢的老鼠，用不着四处寻找食物，简直如天堂一般。

这条蛇离开原野，搬到了村里的铁匠家。刚到这里，它对所有的东西都感到新奇，满怀着期待的心情，在铁匠家里四处游逛起来。它来到铁匠的桌台上，发现那里躺卧着一条和自己长得很像的“蛇”，可是仔细一瞧，这条“蛇”既没有蜷成一团也不抬起脖子，只是随便地伸展着身子躺着。蛇没有想到会被别人抢先一步，大失所望，但是既然来到这里，它就不想再走回头路了。蛇决心打败眼前的这个家伙，把这里据为己有。

它开始发起攻击，长长的信子忽进忽出，尾部蜷缩了起来，然后高高昂起镰刀形的脖子，露出尖利的牙齿。可是对方却没有任何反应，依然静静地躺在那里。于是，它抢上一步咬住了对方。它一咬再咬，那家伙的鳞片发着乌黑的亮光，却硬得令它难以相信，不管怎么咬，对方都毫无反应。它那对重要的尖牙在一咬再咬的过程中逐渐毁损了，这也难怪，因为对方根本就不是蛇，而是一把蛇形的长条铁锉。没过多久，这条可怜的蛇就把自己的牙齿磨掉了，只好灰溜溜地逃走了。

智慧·感悟·启迪

盲目自信会把自己变得争勇斗狠，更会让自己陷入不必要的危机之中。高估自己会无形中为自己树立一些敌人，结果祸害的还是自己。

阿丁待客的故事

阿丁是一位德高望重的“智者”，他总是按原则办事，既不占别人便宜，也不吃亏。有一天，有个喜爱打猎的朋友前来拜访阿丁。“我刚才在森林里打到了一只兔子，我把它给你送过来，你可以做一顿丰盛的晚餐。”他进门时很骄傲地说道。阿丁开心地烹煮这只兔子，然后他们坐下来享受了一顿美味的大餐。

第二天，有位陌生人来敲阿丁的门。“您是谁？”阿丁问。

“我是昨天带兔子给你的那位猎人的邻居。”他说。

阿丁客气地邀他进门并为他煮了一顿晚餐。

“这是我们炖兔子的剩菜。”阿丁说。

隔天，另一位陌生人来敲阿丁的家门。

“您是谁?”阿丁问。

“我是带兔子给你的那位猎人的邻居的表弟。”他说。

“请进!”阿丁说。他让那人在桌边坐下,并在他面前放了一碗热水。

“这是什么?”陌生人问。

阿丁毫不犹豫地答道:“这是用烹煮兔子的锅煮出来的水,那兔子是我那位猎人朋友,也就是您表兄的邻居送来的。”这个人听着绕口的话,感到非常惭愧,没顾得喝上一口水就离开了。

智慧·感悟·启迪

攀亲戚找关系其实是不自信的表现。在这个世界上,有些人总在寻找人事关系,认为这样自己可以从中牟利,但这种做法的收获其实微乎其微。事实上,人只要自信,他的路就会越走越宽。

20年后的胜利

在一次斗牛比赛的表演中,一位勇敢的斗牛士和一位美丽的姑娘相爱了。他们的约会和拥抱充溢在生活中的每个时刻,甚至就连在斗牛的竞技间隙,两个相爱的人也不会忘记用目光彼此问候。斗牛是一项十分危险的运动,每次他上场,她都要亲吻他的额头,祈望着把幸运给他。

在某一年的万圣节,一场举国瞩目的斗牛竞技开始了。这场比赛的奖金足以让他们举行婚礼,两个人都很兴奋。观众的惊叫声随着他和牛之间的每一次交锋起落着。她站在最前面一排的看台上,心随着竞技场上的每一个细微的变化而跳动着,不停地祷告着他平安平安再平安。然而,灾难还是发生了。当他又一次挥舞着长剑刺向那头已经鲜血淋漓的公牛时,被脚下的一块小石块绊倒在地,愤怒的公牛把他挑向天空,一次、两次、三次……锋利的牛角刺穿了他的心脏。她在人们的尖叫声中晕倒在地……当她醒来时,她的男人已被安葬。

很快20年过去了,又是一个万圣节的庆典来到了。已经成为母亲的她将珍藏了20年的红腰带一点点地缠绕到儿子的腰间,然后,亲了亲儿子的额头,儿子向她点了点头,走向了斗牛竞技场。当她目睹着场上那头毛皮黝黑的公牛在儿子的长剑下倒下去时,泪水迷蒙了双眼。看台上,掌声和欢呼声海啸般响起。她抬起头,看向天宇,喃喃而语:“你的儿子实现了我们的梦想,我们可以完婚了。”当儿子和亲人沉浸在喜悦中的时候,第二天她却安详地去世了。

智慧·感悟·启迪

在执著的人生路上,梦想是可以传递的,那源于一种自信和对梦想的爱。爱的心宛如宝石,灾难、流变乃至岁月都无济于事、束手无策,休想磨蚀去哪怕半点光泽,而只能越发将其打磨得耀眼璀璨。

安排好的节目

某市发生了一起盗窃案：某高档商场被盗，其中有8块金表，每块价值8万余元。

就在案子尚未侦破时，外地的一位商人到此地进货，随身携带了近10万元巨款。早晨下飞机住到酒店后，他先去办理了贵重物品保存手续，将钱存进了酒店的保险柜，此后，稍事休整，他出门去吃早点。

在早点摊上，他听旁边的人正在谈论盗窃案，说被偷了几块金表、案子尚未侦破等。商人吃完饭出去办事，不时听到身边有人在说起金表，但他也没当回事。

中午吃饭时，邻桌又有人在说金表的事，说是听说某人用4万块钱买了两块，倒手就卖了7万，还说要是这事落到自己身上，该有多好。商人听了不禁一乐：哪会有这么好的事？

等到吃晚饭时，金表的话题又在耳边响起，众说纷纭，不一而足。当他吃完饭回到酒店后，就有人神秘地打来电话，说知道他是外地到此做大买卖的有钱人，问他愿不愿意买两块金表带走，本地不好脱手等，并说表的质量可以到附近的珠宝店检测。商人终于动了心，这比自己这趟正经生意赚得还要多啊！于是他答应面谈，最终以9万元买下了据说是被盗8块金表中的3块。

第二天他觉得事情有些不对，再拿出金表请人检验，得知总共价值也就三千余元。

当骗子们落网后，商人才知道，从他一到酒店存钱，骗子们就注意上了他，随后那一整天他听到的所有关于金表的话题，都是专门说给他一人听的。两个骗子先后雇用了十余人来对付他，直到他掏钱买表为止。如果第一天没有奏效，第二天还有安排好的节目。

智慧·感悟·启迪

假话被重复上百遍也不会变成事实。如果我们少些贪婪之心，上当受骗的可能性就会减少许多。

吹牛的方士

赵国有一个方士，好吹牛说大话。有一次赵国大夫艾子故意问他多大岁数，他就说自己也记不清了，只记得还是孩童时，与一群小孩子去看伏羲画八卦，见他人首蛇身受了惊吓，得了惊痫病，后多亏伏羲用草头露水调制的药医治才没死去；接着又说，女娲补天的那个时候，天倾西北，地陷东南，他当时因住在地中央最平稳的地方，所以没受到伤害；神农氏播种五谷的时候，他早已经练成了辟谷不食、长生不老的方术，一粒粮食也没有吃过；蚩尤曾派五个士兵来杀害他，他用一个指头就把他们打得头破血流；仓颉的儿子不识字，来向他请教，他嫌他太笨而不屑于教他；尧的儿子庆都在母腹怀胎十四个月才生下来，尧邀请他参加他家的"汤饼会"；舜受父母虐待，天天哭泣，他亲手为舜擦过眼泪，再三鼓励他，使他后来以孝闻名天下；大禹治水时，从他家门口经过，他曾给他酒喝，但大禹没有喝就走了；孔甲送他一份龙肉做的肉酱，他误食了，至今口中还有腥臭味；成汤布下大网捕捉飞禽走兽，他曾当面笑话他好吃野味；夏桀造酒池，让人牛饮，他也在其中，因不从就遭炮烙大刑，经过七天七夜仍言笑自若，没办法，他们就把他放了；姜太公家的小儿钓得鲜鱼，经常送给他，他都喂了山中的黄鹤；周朝穆天子的瑶池之宴，让他坐了首席，徐偃扬言要发兵相攻，穆天子便乘八骏而返，西王母留他到宴会终了，他因为饮酒过多而醉倒不起，幸亏有王母的侍女董双成和萼绿华两个丫头，扶他回家，结果一直沉醉至今，到现在还没有完全醒过酒来，都不知今夕是何年了。

艾子听这个人吹牛吹得天花乱坠，毫无边际，就装做谦恭的样子走了。后来赵王从马上摔下来伤了腋下，医生说必须用千年干血抹上才能好。赵王下令寻找干血，没有找到。艾子就对赵王说："有个方士，不止几千岁，把他杀了取血治伤，疗效会更好。"赵王大喜，秘密派人抓住方士，准备杀了他取血。方士哭着叩头说："昨天我父母过五十大寿，东邻的老太太带酒来祝贺，我喝多了，不觉吹牛过分，确实没有活过千岁。艾先生最爱说谎，大王千万别信他。"赵王于是训斥一番后把他放了。

智慧·感悟·启迪

说大话可以满足虚荣心，可以抬高身价，可以哗众取宠，可以浑水摸鱼，但大话是经不起实践检验的，说大话终将招致灾祸，自食恶果。真正的保障其实就是提高自己的实力，用自己的能力说话，而不是盲目地自信。

栾大的谎言

汉武帝时的方士栾大曾是一个在当时叱咤风云的大人物。栾大好说大话，面对汉武帝刘彻信口开河，说自己曾经往来海上，见过神仙，还说他的师傅曾说："黄金可成，而河决可塞，不死之药可得，仙人可致也。"点石成金就可解决国库空虚的问题，若能堵塞黄河决口就可解决令人头疼的水患，长生不老更是汉武帝的梦想，武帝听了焉能不喜？加之他在汉武帝面前又利用磁铁同性相斥、异性相吸的规律，表演了点小法术，让两枚棋子时而互相追逐，时而互相排斥，汉武帝大为惊异，对他的话更是深信不疑，于是当即封他为五利将军。

仅仅一个多月的时间，栾大就佩上了天士将军、地士将军、大通将军、天道将军四枚将军金印，还被加封为乐通侯，食邑两千户，赐甲第，童仆千人，车马帷帐器物等充斥其家。汉武帝还把卫长公主下嫁给他，甚至亲临栾大甲第。一时朝廷上下都纷纷向栾大道贺。不仅如此，汉武帝还刻了一方"天道将军"的玉印，派使者穿着"羽衣"立于白茅之上，向栾大授印，表示他是代表天子和神仙沟通。于是栾大天天在家作法，想要请下神仙。后来他又收拾行装，跑至东边的海上，寻找他的师傅。汉武帝派人一路跟踪，发现他并未出海寻师，而是到了泰山祠。过了一段日子栾大回来了，对汉武帝说见到了师傅，但师傅说他的方子用完了，再也没别的办法了。汉武帝勃然大怒，一声令下就把他杀了。

栾大吹牛说大话，虽然一时吹出许多绚丽灿烂的"肥皂泡"，吹出显赫的功名富贵，但没什么真本事，迟早要露馅的。

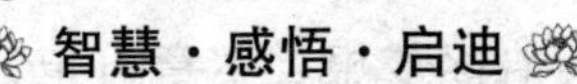

智慧·感悟·启迪

生活中适当地吹吹牛，调侃一下，本无伤大雅，但如果没有真才实学，想靠说大话在工作、事业中蒙混过关，简直是痴人说梦，即便是一时得逞，风光无限，迟早也会落个身败名裂的下场。

伊索的舌头宴

家喻户晓的《伊索寓言》的作者伊索，生活在公元前6世纪的古希腊，年轻时曾经当过奴隶。

有一天，他的主人要他准备最好的酒菜来款待一些赫赫有名的哲学家。当菜端上来时，主人发现满桌子摆的都是各种动物的舌头，简直就是一桌舌头宴。全桌客人议论纷纷，气急败坏的主人将伊索叫来问道："我不是叫你准备一桌最好的酒菜吗？"伊索谦恭有礼地回答："在座的贵客都是知识渊博的哲学家，需要靠舌头讲述高深的学问。我实在想不出还有什么比舌头更好的东西了。"哲学家们听了他的陈述，都觉得有理，便饶有兴趣地吃起了舌头宴。席间那些哲学家们唇枪舌剑地展开了辩论，躲在一旁的伊索却在偷偷地笑。

过了几天，主人把伊索叫过来，郑重其事地要伊索准备一桌最不好的菜，招待另一拨客人。宴会开始后，没想到端上来的还是各式各样的舌头。主人不禁火冒三丈，气冲冲地跑进厨房质问伊索："那天说舌头是最好的菜，怎么这会儿又变成最不好的菜了？"伊索镇静地回答："祸从口出，舌头会为我们带来不幸，所以它也是最不好的东西。"主人哑口无言，觉得伊索说的话也有道理。

智慧·感悟·启迪

任何事物都有两面性，在不同的时间、不同的地点，针对不同的对象，最好的可以变成最坏的，最坏的亦可变成最好的。除了不停地变化是绝对的之外，没有任何事情是绝对的。

脚踩两只船

时间过得真快，一转眼四年的大学生活结束了，王娜拿着自己的大学毕业证高高兴兴地回家去了。这时父母很是为她的工作着急，王娜却一点也不犯愁，她清楚自身的优势：年轻、漂亮、健康、有学历……在家闲玩了两个月后，在姐姐的鼓动下，喜欢尝试新鲜事物的王娜在一家商店租了个柜台，做起了服装买卖。以王娜的聪慧，她每天的纯利润就超过了500元。虽说钱多了，可王娜的心里仍有一丝失落。在一家外企做白领的同学宇来找王娜，说他的公司缺一名业务主管,正适合王娜的专业。王娜心动了,那正是她心中渴望的工作,可王娜又舍不得她每天的高收入。她决定一边雇人照顾柜台,继续做生意赚钱;一边去外企工作,追逐梦想。主意打定,王娜没有听从父母的劝阻,把自己的店扔给一位老大妈就随同学走了。

刚开始的时候,王娜感觉很刺激,很有挑战性。但慢慢地,王娜感到自己每天都在浪费时间,忙碌地奔波在生意和工作之间,常常因为生意而影响了工作,或者因为工作而丧失了做生意的良机。不到半年,王娜瘦了一圈,生意不再赚钱不说,反而还赔了不少。就在她满怀愁绪的时候,因为一单生意的失误,给公司造成了巨大损失,她被公司解雇了。欲哭无泪的王娜不知道自己做错了什么而遭此惩罚。后来,在父母的鼓励支持下,王娜的服装店重新开了起来,而且在她的专心打理下,生意比以前更红火。

智慧·感悟·启迪

一心不可二用,是我们从小就懂得的道理,但一到实际应用中,往往就分不清东西南北了。一个人的精力有限,难以同时做很多事情,要学会放弃,以更充沛的精力、更专注的精神,集中做好一件事。

工作与思考

在英国著名的曼彻斯特大学里,经常可以看到实验室中通宵达旦的工作狂。有一天深夜,现代原子物理学奠基者卢瑟福教授,走进了物理系的实验室,看见一个研究生仍勤奋地在实验台前忙碌着。

卢瑟福关心地问道:“这么晚了,你在做什么?”

研究生回答:“我在工作。”

“那你白天干什么了?”

“也一直在工作。”

“那么,你一整天都在工作吗?”

“是的,导师。”研究生带着谦恭的表情说道,似乎在期待着卢瑟福的夸奖。

卢瑟福稍稍想了一下,然后说:“你很勤奋,整天都在工作,这自然是很难得的。可我不能不问你,你用什么时间来思考呢?”

那位研究生一下子懵在了那里,无言以对。卢瑟福对勤奋的质疑,使研究生明白了用足够的时间来思考的重要性,只有适当的思考与努力的勤奋结合起来才会创造奇迹。

智慧·感悟·启迪

成功是百分之九十九的汗水加上百分之一的天分,二者缺一不可。思考可以避免勤奋的盲目性,天分实质上就是一种恰到好处的思考。

森林里的“消防队”

在一片茂密的森林中，一直以来都没有发生过什么太大的变故，平时也就偶尔有几只老虎、狮子之类的猛兽经过，小动物们都懂得将自己藏匿起来，不至于成为猛兽腹中的食物。所以，小动物大都能够安然地生活在森林中，直到终老。

时间在春夏秋冬中穿梭轮回，突然有一天，空中落下了一道非常刺眼的闪电，电光击中森林中最大的一棵树，受击的树立时燃起熊熊的大火。这场森林大火一发不可收拾，火舌四处飞蹿，席卷了森林中无数树木的枝叶，同时也威胁到所有小动物的生命安全。惊慌的小动物们拼命向森林外奔逃，希望能逃出这场大火造成的劫难。但它们却不知道，当闪电击中那棵大树，大火燃起的同时，在森林四周早已被大火引来无数贪婪的肉食猛兽，它们正张大了口，等候这些逃难的小动物们自己送上门来。

在这片森林的所有动物当中，只有一只小松鼠和其他的动物不同。它非但没有逃难，反而奋不顾身地向着大火冲去。小松鼠见森林中有一个即将被火烤干的水塘，便毫不犹豫地跳进里面，把自己的身体沾湿，然后奋不顾身地冲进火场，拼命抖洒着黏附在身上的水珠，希望能够缓解正在毁灭森林的火势。这件事让一位天神看到了，他想知道这个小松鼠在干什么。

天神下凡到这片着火的森林，变成一只年老的梅花鹿，走过来问小松鼠：“孩子，你这是在干什么？”“我在救火。”小松鼠一边不停地往火堆上洒水珠，一边回答道。天神说道：“难道你不知道，像你这样的做法，对这场大火是无济于事的。”小松鼠仍是卖力地用身体沾水、灭火，百忙中还对天神化身的梅花鹿说：“也许以我的力量不足以灭火，但我相信凭借我的努力，至少可以减少森林中几只小动物的伤亡。”天神觉得应该帮它一把，于是便降雨熄灭了这场大火。森林保住了，小松鼠成了大英雄。第二天，森林里召开了全体动物大会，宣布成立森林消防队，而第一任队长就是小松鼠。

智慧·感悟·启迪

“人人为我、我为人人”是很长时间里人类的道德目标，是我们应该努力达到的境界。在人的一生中会遇到很多坎坷或灾难，但只要人们团结起来一起努力，就能把损失降到最低。

刘邦的过人之处

虽然先前经历了数不清的惨败，但是垓下一战扭转了局势，刘邦终于取得了决定性的胜利，打败项羽，建立了大汉王朝。

为了庆贺胜利，刘邦大摆酒席，宴请群臣，酒酣耳热之际，刘邦向众人问道：“请教各位，我们如何能得天下，而项羽又如何失去天下？”有的大臣恭维说：“陛下获天时、占地利，有上苍保佑，有百姓扶持，想不胜都难呀！”刘邦听了笑而不语。这时又有大臣补充道：“陛下更有人和，有功必赏，有过则罚，赏罚分明，故而众志成城，齐心协力，夺取天下。而项羽却嫉妒有才能的人，谁有本事就怀疑谁，打了胜仗也不记功，得到了土地也不记功，因此，他才会失败。”刘邦稍微点了点头，示意继续讨论。于是众人又你一言我一语发表各自的见解，但多是吹捧刘邦盖世雄才、智谋过人等拍马屁的话。

刘邦最后端起酒与众臣饮了一杯。然后，他感慨地说：“你们的话也对也不对，所谓对者，只知其一，所谓不对则不知其二啊！”此时席间一片寂静，众臣都侧耳细听刘邦的自我评价。“朕一介草民，起事时仅区区一驿亭亭长，斩白蛇、举义旗，屡遭挫折，多次濒临灭亡，但终图大业，获取天下，立朝建国，正是由于我尚有自知之明，并不过分相信自己的才能和运气。要知道，论出谋划策，运筹帷幄，决胜于千里之外，我比不上张良；论治国安民，筹措粮草，我比不上萧何；论指挥军队，统兵作战，攻必克、战必胜，我比不上韩信。我之所以能统一天下，并不是我有什么超人的本领，更不是有什么神灵保佑，只不过是我看到了自己的不足，借用了别人的长处来弥补自己的不足，处处礼待像张良、萧何、韩信这般能人，信任他们，充分发挥他们的才能，所以才得了天下。而项羽却相反，他认为自己了不起，看不见别人的才能，其实他手下也有许多有才能的人，但由于他容不得人，有的跑到我这里来了，有的销声匿迹了，连范增这样有本事的人他都不予重用，所以最后就失去了天下。”

众臣听了刘邦的话，都惭愧地低下了头，有种不可名状的滋味在心头荡漾，也许是重新认识自己的决心吧！

智慧·感悟·启迪

自知之明在常人看来是极容易做到的，也是无关紧要的，但如果一个有着大志向的人想成功的话，那么奋斗的第一步就是要培养自己的自知之明，因为它是你正式认识残酷现实的前提。

管仲救燕

历史上的“管子”，即大名鼎鼎的管仲，在被齐桓公任命为相后，推行了一系列大刀阔斧的改革，使齐国一跃跻身于强国俱乐部，齐桓公更是被各国诸侯推举为“盟主”。

有一年，齐国北面的山戎族突然袭击了齐国盟友燕国，妄图从北面限制齐国势力的扩张。燕国君主亲率两万将士出战，却在一个叫鬼泣谷的地方中了山戎部落的埋伏，几乎全军覆没，燕国急派使者向齐国求援。于是，齐桓公统率5万大军开向燕国，管仲为军师。没多久，先锋将军虎儿斑一连收复了三座燕国失去的城池，但杀到一个叫里岗的地方时，却不敢前进了。他对齐桓公和管仲说：“前面是鬼泣谷。如果山戎布下埋伏，我们就是插翅也休想过去。燕国两万大军就是葬身在那里的！”管仲在路上早就想出了过鬼泣谷的计谋，他对虎儿斑说：“将军既然有所顾虑，那你就跟在大军的最后吧。”管仲说着，拿出令牌：“王子成父、赵川二将！你俩去前军按令牌所指行事，做好准备，明日清晨过鬼泣谷！”王子成父和赵川接令牌驾车而去。但无论是此二将还是虎儿斑都是一头雾水，不知下一步如何。

第二天天还没亮，齐军的大队人马偷偷地朝鬼泣谷方向驶去。战马的嘴被网笼住了；战车的轮子上绑有麻皮，发出的声音很小；战车上站着的将士则披甲握戈，精神抖擞；齐国的战旗在谷风的吹动下发出“呼啦呼啦”的响声。这时，山戎首领举着“令”字小黄旗，出现在鬼泣谷的山头上，见齐军进入了伏击圈，就一挥小黄旗，喊声：“打！”猛然间，箭、石、木齐下，有的击中齐军将士，有的把战车砸得稀巴烂，有的把“齐”字大旗打断了。潮水般的山戎军从山上冲将下来。山戎首领举起狼牙棒对一个中箭不倒的齐军将领的头部狠击一棒，把头盔打掉了，定睛一看，原来里面是披着衣甲的树桩。此刻，鼓声大作，只见齐国骁将王子成父和赵川率兵直扑过来。山戎首领大喝一声，挥舞着狼牙棒迎上去。他见远处有一个身材高大的人站在战车上，在观看两军作战，断定是齐国相国管仲，就径直朝那人扑去。所扑之处，齐兵无人抵挡得住，片刻已杀到管仲面前。说时迟，那时快，战车后数箭齐发。山戎首领应声倒地，大部分士兵被俘。齐国取得了全面胜利，燕国之围也不解自破了。从此，管仲威名远播，成为一代名相。

智慧·感悟·启迪

在优胜劣汰的残酷环境中，要想生存下来必须有独当一面的生存本领，尤其在战争时期，做到“知己知彼”是起码的条件，也是奋斗中步入征途的开始。

外商的临时决定

在长江三角洲地区的一个新兴城镇，来了一位考察投资的欧洲客商。这位外商打算在此地投巨资合营办厂。该市领导对此极为重视，热情接待，悉心备至。经过考察，外商对各方面均感满意。中外双方便进入实质性的谈判。这天，具体细节都基本协定，待一点收尾工作结束后便可以在协议书上签字了。市领导终于松了口气，恰逢中午，便招呼外商一起去进餐。

浩浩荡荡的车队在宽阔的马路上很是威风。外商从车窗往外观赏着路边的风景，但就在这时，外商由谈笑风生变得满脸严肃。中方代表一头雾水，不知所措。回到市里最高级的宾馆后，外商鼓足勇气对市领导说：“对不起，各位，我决定放弃在贵市的投资。刚才在去饭店的路上，各位应该都注意到街道两旁的路灯都亮着。在这条繁华的街道，一个上午走过的人不止千万，只要有一个人打个电话给有关部门，路灯就不会亮一个上午了。很简单的一件事，却没有人去做。我想这不仅仅是管理责任上的问题吧？”外商的话如晴天霹雳一样使偌大的客厅静了下来。外商接着说：“对一个连自己的城市都缺少责任心的市民，我不敢想象他在我的工厂里会负责任，我必须撤资。”望着欧洲客商远去的背影，市领导傻愣愣地站在那里，说不出一句话来……

智慧·感悟·启迪

在很多时候“细节决定成败”，但细节却不是一朝一夕做得到的。生活里，因为忽视甚至不屑于做好一些细微、琐碎的事而让成功与我们擦肩而过的例子实在太多了，而只有具备了责任心才能看到细节，望到成功。

偏执的虚荣心

春秋初期，有个叫客绕闻的人出生在齐国。他从小习武，为人勇敢，喜欢炫耀自己的勇武。他的虚荣心很强，整天打扮成侠客的模样，佩带一口宝剑，在大街上逛来逛去，耀武扬威，人们都躲着他。不过，人们躲着他，并不是因为怕他，而是因为大家都知道他的毛病，又跟他没有什么利害冲突，谁也不愿意招惹他，所以一直到他六十岁时，也没有遇到过向他挑衅的人。因此，客绕闻自我感觉非常好，傲气十足。

这样的日子久了，他就感到十分孤独和压抑。有一天夜里，他暗暗地为自己几十年来没有遇到一个主动向自己挑衅的人而感到遗憾。想着想着，他就睡着了。在睡梦里，他看见一个膀大腰圆的壮士，头戴一顶白绢帽子，帽子上还有一簇红缨，身穿绸衣，脚穿新绢鞋，身佩一口宝剑，剑鞘是黑色的。这个壮士迈着大步向他走来，厉声呵斥他，还往他脸上吐唾沫。忽然，客绕闻被这个噩梦惊醒了。本来只是做梦嘛，这事若是换了别人也就无所谓了，可是客绕闻却觉得自己的自尊心受到了伤害，因此感到很不痛快，后半夜再也没有睡着。天亮以后，他找来朋友，对他们说："你们都知道我的为人。我在年轻时期就学习武艺，崇尚勇敢。现在六十岁了，还没有遇到过任何主动挑衅的人，更没有受到过任何屈辱。昨夜在梦里我不但遇到了挑衅，还遭受侮辱。我发誓去寻找梦中那个模样的仇人，三天之内，如果找到他就羞辱他一番，报梦中的仇怨；如果找不到他，我也没脸再活下去了！"说完，客绕闻拿起自己略带锈迹的剑将自己衣服的一角割下来，以此明志。

他那些已进入花甲之年的朋友们看他如此坚决，也就都答应帮他一起去寻找那个大逆不道的家伙。他们每天从早到晚在十字路口，寻找梦中仇人。路口过往行人很多，客绕闻一一仔细辨认，却没有找到那个梦中仇人。三天过去了，梦中的仇人没有找到，朋友们也都累了，各自回家休息去了。客绕闻无奈只能先回家，但心比天高的他想起那个家伙和自己的誓言，越想越觉得气愤、羞愧，最后一怒之下拔剑自刎了。

智慧·感悟·启迪

人是群居的动物，保持个性是必要的，但偏执的个性就是一把双刃剑了。为正义事业而勇敢献身，是可歌可泣的，但若因为愚昧的虚荣心而逞能，那就是害人害己了。

三个求职者的故事

金融危机发生以后，失业者大增，每一场招聘会就是一场人海大战。在一家跨国公司管理总监的招聘会上，应聘者云集，会场被围了里三层外三层。面试考核异常严格，层层筛选后，最后只剩下三个佼佼者。最后一次考核前，三个应聘者被分别封闭在一间被监控的房间内，房间内各种生活用品、家用电器、卫生间一应俱全，但没有电话，不能上网，三人的手机也都被收走了。考核方没有告知三个人具体要做什么，只是让他们耐心等待试题的送达，不能走出房间一步。之后就再也没有人来告诉这三个人任何信息。

三个人一头雾水，只能等待着有人把试题送来。开始的一天，三个人都在略显兴奋中度过，看看书报，看看电视，听听音乐，只是在做饭的时候，因为都不太擅长，出现了一些小问题，但手忙脚乱后三个人还都快乐地把饭吃到了嘴里。但是到了第二天，情况开始出现了不同。因为迟迟等不到考题，有人开始变得浮躁起来：其中一个人不断地更换着电视频道，把书翻来翻去，甚至连吃饭也草草地应对了事；另一个人不停地在房间里走来走去，眉头紧锁，心事重重，夜里翻来覆去难以入眠。只有第三个人，还跟随着电视情节快乐地笑着，津津有味地看书吃饭，踏踏实实地睡觉。

三天后，考核方终于将三个人请出房间时，那两个焦躁的应聘者已经面容憔悴，只有一个依然神采奕奕、精神饱满。就在三个应聘者凝神静气等待主考官出最后考题时，主考官却说出了考核最终结果，那个能够坚持快乐地生活的人被聘用了。主考官对三个同样诧异的应聘者解释道："快乐是一种能力，能够在任何环境中都保持一颗快乐的心，才会更有把握地走近成功！"另两个人听完以后似有所悟，但为时已晚，他们第二天就重新回到了求职大军中。

智慧·感悟·启迪

很多失败是由浮躁不稳的心态造成的，如果不能坦然面对现实、笑对人生的话，那就注定要为此付出沉重的代价。当我们在坚持中有了快乐，那就已经成功一半了。

兔子的紧急会议

在大森林的常住居民里，兔子的胆小是出了名的，不但经常被大动物欺负还被小动物吓唬。仿佛总是有一把达摩克利斯之剑悬在头上一样，兔子们被压得喘不过气来。

兔子集团决定开会商讨如何改变这一状况。有一天，众多兔子聚集在一起开会，它们都为自己的胆小无能而难过，悲叹自己的生活中充满了危险和恐惧。它们越谈越伤心，就好像已经有许多不幸发生在自己身上。到了这种地步，负面的想象便无止境地涌现出来。它们哀叹自己天生不幸，既没有力气和翅膀，也没有利齿，日子只能在东躲西藏中度过，就连想要抛弃一切大睡一觉，也有什么都听得见的长耳朵的阻挠，赤红的眼睛也就变得更加鲜红了。它们觉得自己的这种生活是毫无意义的，这又成了它们自我厌恶的根源。它们都觉得，与其一生心惊胆战，还不如一死了之。就这样，解决的好办法没形成，反而勾起了它们的绝望之情。

在一番讨论和心理上的挣扎之后，会议结果终于揭晓。它们一致决定从山崖上跳下去了结自己的生命，结束一切烦恼。于是它们一齐奔向山崖，想要投崖自尽。这时，一些青蛙正围在湖边蹲着,听到急促的脚步声,如临大敌,立刻跳到深水里逃命去了。这是兔子每次到池塘边都会看到的情景,但是今天,有一只兔子突然明白了什么,它大声地说:"快停下来,我们不必吓得去寻死觅活了,因为我们现在可以看见,还有比我们更胆小的动物呢!"这么一说,兔子们的心情奇妙地豁然开朗起来了,好像有一股勇气喷涌而出,于是它们欢天喜地回家去了。

从此,兔子们再也没有抱怨过自己胆子小,而是刻苦训练自己的反应能力和短跑速度,成为大森林不可或缺的精灵。

智慧·感悟·启迪

抱怨其实只是逃避现实的借口,是一种对自己不负责的表现。实际上,世界上还有很多比我们更不幸的人仍旧坚强地活着,我们应该以更开放、更乐观的眼光对待发生在身边的每一件事。

换个窗户看问题

在美国西部的一个沿海小城中,有一位勤劳朴实的母亲,她非常重视孩子们的教育。她的三个儿子都获得了巨大成就。这三个兄弟都是博士,并且同在美国太空总署从事太空研究工作。当兄弟三人带着各自的妻儿在母亲家中聚餐完毕后,母亲把餐桌清理干净,他们便在桌上绘制图表,又讨论登陆月球和建立太空站的问题。其中一个儿媳妇在厨房洗碗时说:"他们三人谈个不休,净是我们不能想象的事,听着就会让人觉得自己很笨。"母亲却讲了一段话,使儿媳妇恢复自信。她说:"我起先也觉得自己笨,可是后来想起去年秋天,他们三人花了整个下午才把家里的纱窗装好,我就不再那么想了。"那个儿媳妇听了以后,会心地笑了,专心做起了自己的家务。

换个视角就能发现不同的自己。还有一个小故事也揭示了这个秘密。一个小女孩趴在窗台上,看窗外的人正在埋葬她心爱的小狗,不禁泪流满面,悲恸不已。她的爷爷见状,连忙引她到另一个窗口,让她欣赏他的玫瑰花园。果然,小女孩的愁云为之一扫而空,心中顿时明朗。老人托起孙女的下巴说:"孩子,你开错了窗户。你今后要看的风景线还很长很长,那里有许许多多的窗户,不过你要记得打开朝阳向光的那扇哟。"小女孩点了点头,仿佛明白了什么。

智慧·感悟·启迪

每个人都有专长,也都有弱点,不要被那些唬人的学问吓倒了,你本身的专长在别人眼中也是了不得的本领。转换一个视角我们往往会有惊奇的发现。我们要做的就是选择积极视角,乐观面对人生。

牧师的冠冕

在充满欲望诱惑、尔虞我诈的现代社会，教会感觉自己的力量渐渐地衰落了下去，教士们的信心也大打折扣。

有一天，一位已失去传道热情、准备放弃这个职业的牧师，在夜里做了一个梦，梦到自己被带到天堂，接受他一生为上帝工作的赏赐。刚开始有个天使送来一顶华丽灿烂的冠冕，上面镶满了珍珠宝石，旁边的天使长说："拿错了，这是二十年前为他预备的，那时候他拼命为信仰作见证，可惜不一会儿的工夫，他就冷淡退却了，所以要换一顶次等的冠冕给他。"不一会儿工夫，换来一顶次等的冠冕，虽然没有头一顶那么华丽，但他还是觉得不错。然而天使长又说："还是拿错了，这是十年前为他预备的，不幸的是他被世上的欲望和引诱迷住了，使他成了一顶不冷不热的人，再去换一顶！"于是再换来一顶，上面一粒珠宝都没有，毫无光彩，而旁边站着的则是那些依旧坚持的同事们，他们都戴着第一顶华丽的冠冕。

这时，牧师后悔地扇了自己一记耳光。就是这记耳光使这位牧师突然惊醒过来，才发现原来是做了一场梦。

从此，他勤奋传道，立志要让上帝喜悦。10 年后，这位牧师当上了本地区的大主教，戴上了华丽的冠冕。

智慧·感悟·启迪

人生存的精神支柱就是对生活和工作的热情。回顾过往的岁月，想想现在的光景，趁着还年轻，我们应该矢志不渝，坚持自己的信仰，追求自己的梦想。

木培穆巴效应

一杯冷水和一杯热水同时放入冰箱的冷冻室里，哪一杯水先结冰？很多人会毫不犹豫地回答："当然是冷水先结冰了！"非常遗憾，错了。发现这一错误的是一个非洲中学生木培穆巴。

45 年前的一天，坦桑尼亚马干巴中学初三学生木培穆巴发现：自己放在电冰箱冷冻室里的热牛奶比其他同学的冷牛奶先结冰。这令他大惑不解，便立刻跑去请教老师。老师则认为肯定是木培穆巴搞错了。木培穆巴只好再做一次试验，结果与上次完全相同。

不久，达累斯萨拉姆大学物理系主任奥斯玻恩博士来到马干巴中学，木培穆巴向奥斯玻恩博士提出了自己的疑问。后来，奥斯玻恩博士把木培穆巴的发现列为大学二年级物理课外研究课题。随后，许多新闻媒体把这个非洲中学生发现的物理现象称为"木培穆巴效应"。

很多人认为是正确的,并不一定就真正确。像木培穆巴碰到的这个似乎是常识性的问题,我们稍不小心,便会像木培穆巴的那位老师一样,作出自以为是的错误回答。

智慧·感悟·启迪

不懂就问,是永不过时的学习原则。疑问是打开知识大门的钥匙,错误是正确的先导。提出了正确的问题,往往等于解决了问题的一半。

大危机中的逆向思考

20世纪经济大危机发生的前一年,美国有一个穷困潦倒的年轻人带着他的新婚妻子来到旧金山谋生,他们在这里开了一家冷饮店。事实上,这个店只是在一家面包店内隔开了一角而已,根本不能算是店,只不过是个冷饮摊,而且只卖汽水。由于全球经济衰退,没多久,他们的冷饮店被迫关门。但他们并没有放弃,而是把冷饮摊搬到了附近的一个十字路口。年轻人发现这里来来往往的人很多,不管将来做什么生意,都是很理想的位置。所以后来尽管关门歇业了,他还是照样付房租。

有一天,他路过一家由退休的老夫妻开办的小面包店,那里排着长长的队伍,生意非常红火。回家后他与爱妻商量决定开一家快餐店。他推出的食品有辣椒红豆、墨西哥薄饼、夹烤肉的三明治等,再加上年轻人用心写成的广告标语一渲染,更显得奇妙无比,这正迎合了人们好奇的心理。此外,他还以强调"热"来表现特色。他煮了一大锅玉米汤,不时地掀锅盖,热气从锅里涌出来,缭绕在店面上空,给人一种热气腾腾的感觉。尤其在冬天,这一招特别吸引人。同时,这种小店,炉灶跟店面连在一起,他把炉灶做成白色的,妻子则穿着时髦的衣服,围着条白色围裙,站在炉边烤肉。在夫妇二人齐心合力的经营下,小吃店的生意十分火暴。年轻人一看发展的时机来临了,立即着手准备扩展的计划。他让妻子亲自主持训练厨师,自己则一有空闲就到外面去勘察地点,以备将来增设分店。

正在此时,新一轮的大萧条到来了,豪华的餐厅一家接一家地倒闭,而大众化的小吃店却成为饮食业的一枝独秀。再加上年轻人经营的小吃店别具特色,生意就更加兴隆了。到了1932年,年轻人经营的小吃店已增加到7家。经过近30年的奋斗,曾经的年轻人拥有了大小餐馆近千家,员工3万多人,年营业额在4亿美元左右。

智慧·感悟·启迪

在成功的道路上,没有耐心等待成功的到来,那么你只好用一生的耐心去面对失败。

明天照样会有报纸

人生在世，没有人能逃脱失败的经历。天才也不例外。瑞典电影大师英格玛·伯格曼被世界公认是对现代电影最具影响力的导演之一，同样也有失败的记忆。

读《伯格曼论电影》，书中谈到这样一件事：1947 年，电影《开往印度的船》杀青后，出道不久的伯格曼妄自尊大，自我感觉棒极了，认定这是一部杰作，“不准剪掉其中任何一尺”，甚至连试映都没有进行就匆忙首映。结果可想而知，拷贝出了重大灾情，糟透了！

伯格曼在酒会上喝得不省人事，次日在一幢公寓的台阶上醒来，看着报纸上的影评，惨不堪言。

也就在此时，他的朋友笑容可掬，点到为止地说了一句话。朋友说：“明天照样会有报纸。”

一种标准的西方式幽默。

此话给伯格曼深深安慰。明天照样会有报纸，冷言讥语很快都会过去的，你应该争取在明天的报纸上写下最新最美的内容。伯格曼是幸运的，在他失败的关口，朋友没有喝倒彩，而是用富有哲理而幽默风趣的话给他独到的慰藉力量。

伯格曼从失败中吸取了教训，在下一部电影的制作中，只要有空就去录音部门和冲印厂，学会了与录音、冲片、印片有关的一切，还学会了摄影机与镜头的知识。从此再也没有技术人员可以唬住他，他可以随心所欲地达到自己想要的效果。一代电影大师就这样成长起来了。

（布裙子）

智慧·感悟·启迪

缅怀一次成功将失败一生，铭记一次挫折，将一生成功。

使对方立即说“是”

有一个叫亚力森的推销员，他费了很大的劲儿，才卖了两台发动机给一家大工厂的工程师。他决心要卖给他几百台发动机，因此几天后又去找他。没想到那位工程师说：“亚力森，你们公司的发动机太不理想了。虽然我需要几百台，但我不打算要你们的。”

亚力森大吃一惊，问：“为什么？”

“你们的发动机太热了，热得我的手都不能放上去。”

跟他争辩是不会有好处的，亚力森急忙采用另一种策略。他说：“史密斯先生，我想你说的是对的，发动机太热了，谁都不愿意再买。你要的发动机的热度，不应该超过有关标准，是吗？”

“是的。”

“电器制造公会的规定是:设计适当的发动机可以比室内温度高出华氏72度,是吗?”

“是的。”

“那你的厂房有多热呢?”“大约华氏75度。”

“这么说来,72度加75度一共是147度。把手放在华氏147度的热水塞下面,想必一定很烫手,是吗?”

亚力森得到了第三个“是”。紧接着他提议说:“那么,不把手放在发动机上行吗?”

“嗯,我想你说得不错。”工程师赞赏地笑起来,他马上把秘书叫来,开了一张价值35000美元的订单。

(卡耐基)

智慧·感悟·启迪

成功者就是用别人掷向自己的砖块铺设牢固地基的人。

诚信实验

太太在一所盲校任教,曾跟我说过其实盲人们在一起也有一些娱乐活动,并非如人们所想象的那样无趣。例如下棋,她的学生中有好多都能跟象棋大师吕钦、胡荣华那样下盲棋,在头脑里摆一局棋而用语言指挥相互攻伐;再例如打扑克,在每张扑克上扎出凸起的盲文,就可以分辨出是张什么牌了。

我打断她的话提出疑问:但扑克并不和象棋一样都是十个兵卒四辆车一将一帅平均分给两个人的,而是几副扑克随机分配给每个人,总会出现好牌臭牌的。每个人都不可能知道别人手里有什么牌,那万一有人作弊,拿张小牌当大王出怎么办?总不能每出一张牌,每个人都伸手摸摸到底是什么牌吧?

太太说,你这就不懂他们的心理了。这个游戏完全是建立在诚信的基础上,一旦出现作弊现象就会使每个人都失去娱乐的机会,无论对作弊者还是别的人都是没有任何好处的,那谁还会玩这种损害自身及他人利益的偷梁换柱的把戏呢?

我说麻烦你去实验一下,如果谁赢了可以得到10块钱的奖励,那会怎么样呢?钱由我来出。星期一太太下班回来,说作弊出现了。不过他们随即就想出了办法,来对付偶尔出现的不诚信行为。

我问是做了思想工作,还是拒绝了我提供的奖励?太太说都不是。“他们只是达成了一项约定,一旦谁被发现有作弊行为,将被大家彻底孤立并被罚值日一学期。”

(冬　亥)

智慧·感悟·启迪

许诺通常分为两种:一种如清茶,倒一杯是一杯;一种是啤酒,刚倒半杯,泡沫就开始翻腾。

取舍之间

走了几次花市，跟玉摊老板逐渐相熟。

喜欢他的纯真，不带市侩气。尤其喜欢他的不执著。

他卖的，大部分是出土老玉，几乎都斑驳陆离，也几乎都有撞裂后残缺痕迹的沁纹。他通过一个退伍老兵的渠道购入这些老玉。喜欢的，自己留着欣赏把玩，一段时日后再出售。

他身上经常挂着好多块经他盘养过后的老玉，只要有人喜欢，他都毫不吝惜地让售，也不坚持他自己所定的最低价格。因此，来他玉摊的人整日川流不息，很多都成了他的好朋友，有事没事就去他的摊边闲聊。

问他为什么可以把心爱的东西让给别人，而不觉得不舍，他豁达地笑笑说："人世间的东西，并没有一定的主人，也没有永远的主人，既然如此，那么谁都可以拥有它。而且，有人要买是那人有福气，我能卖，也是我的福气。"

前些日子，他买来三颗天珠，经他盘养后，都已微微泛红。尤其较大的那颗，红润内敛，十分讨人喜欢。他自己也珍爱万分，日日夜夜佩戴它，打坐时不离身，工作时也不离身。有一天，他突发灵感，把三颗天珠配上玛瑙玉石，串成项链挂在胸前，朋友见了，都说好看。

隔日来了一个识货的顾客，一眼看上那颗大天珠，并坚持只要单独买下它。他应允了，一刀剪下大天珠，其余残存的玉石顿时失色。

朋友都为他惋惜，说他不该坏了那串项链，不该坏了整体的美。他笑笑，不以为然地说："残缺，不一定不美；完整，也不一定就美。那人那么喜欢那颗天珠，是他跟它有缘，我成全了他，不也很好吗？"

那天以后，他依然成天佩挂着那串残缺的项链，无憾无悔。

或许他的豁达来自他的不执著，他的不执著又来自他的自我修持。

这两天，我看上一颗他经常把玩的黄玉佛手，有心要他割爱，却因他在那佛手上穿上一粒小小的骷髅，而使我犹豫。

"你怕什么呢？"他点破我说，"终有一天，我们都会变成这样子的。这正可以提醒我们，对世间的情缘，不要过于执著。"

这使我想起小时候看外婆拣菜，看她一朵朵地摘去高丽菜嫩芽上的鲜花，我总为那些娇黄色的嫩花惋惜，向外婆抗议不该摘去它，外婆却淡淡地回答我："那有什么可惜的？那上面有虫。"

而我现在挑拣高丽菜嫩芽时，也往往下意识地就摘去了嫩芽上正盛开着的黄花。是我已失去了少年情怀的憧憬？还是我已被世故所淹没？

应该都不是。对美好的事物，我仍然疼惜。我不仅不忍心看那黄花在加热后，瞬间就失去了它娇嫩的容颜，而且我已明白，事物在取舍之间，自有它一定的分寸。

应该是：得，要先舍；而舍，终必得。

舍不舍，就全看个人造化了。

（冯菊枝）

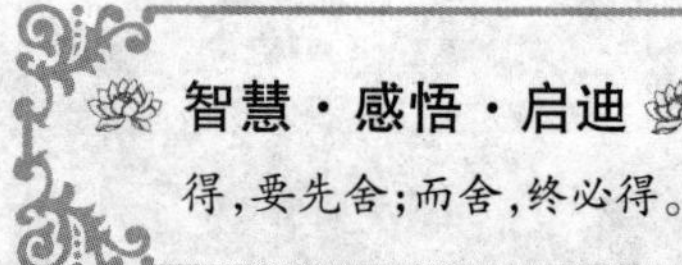

智慧·感悟·启迪

得,要先舍;而舍,终必得。

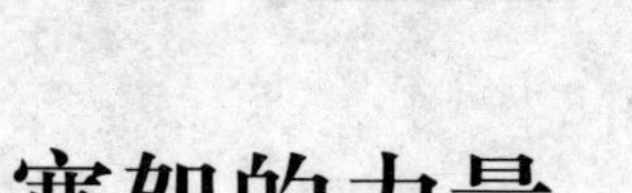

宽恕的力量

在美国南北战争期间,有一个名叫罗斯韦尔·麦金太尔的年轻人被征入骑兵营。由于战争进展不顺,士兵奇缺,在几乎没有接受任何训练的情况下,他就被临时派往战场。在战斗中,年轻的麦金太尔担惊受怕,终于开小差逃跑了。后来,他以临阵脱逃的罪名被军事法庭判处死刑。

当麦金太尔的母亲得知这个消息后,她向当时的总统林肯发出请求。她认为,自己的儿子年纪轻轻,少不更事,他需要第二次机会来证明自己。然而部队的将军们力劝林肯严肃军纪,声称如果开了这个先例,必将削弱整个部队的战斗力。

在此情况下,林肯陷入两难境地。经过一番深思熟虑后,他最终决定宽恕这名年轻人,并说了一句著名的话:“我认为,把一个年轻人枪毙对他本人绝对没有好处。”为此他亲自写了一封信,要求将军们放麦金太尔一马:“本信将确保罗斯韦尔·麦金太尔重返兵营,在服完规定年限后,他将不受临阵脱逃的指控。”

如今,这封退了色的林肯亲笔签名信,被一家著名的图书馆收藏展览。这封信的旁边还附带了一张纸条,上面写着:“罗斯韦尔·麦金太尔牺牲于弗吉尼亚的一次激战中,此信是在他贴身口袋里发现的。”

一旦被给予第二次机会,麦金太尔就由怯懦的逃兵变成了无畏的勇士,并且战斗到自己生命的最后一刻。由此可见,宽恕的力量是何等巨大。由于种种原因,人不可能不犯过失,但只有宽恕才能给人第二次机会,只有第二次机会才有可能弥补先前犯下的过失。

(〔美〕史蒂夫·古迪尔　方柳青/译)

智慧·感悟·启迪

人不可能不犯过失,但只有宽恕才能给人第二次机会,只有第二次机会才有可能弥补先前犯下的过失。

绕过壁垒,成为领跑者

当时之所以选择去美国留学,是因为美国当时的环境是自由经济的典范,有很多机会超出我的想象。

多年之前,我与当时国内演艺界的一些明星私交甚笃,他们从未到过美国,而我正好有这方面的资源，为此我策划了一场演出，并在美国十个大城市进行了大规模的宣传。但就在这些明星要来美国之前的第九天，律师事务所告诉我，美国大使馆给他们拒签了！

不能如期演出赔钱倒没问题，最大的问题是，我将被几千人同时起诉——这在美国是重大的欺诈罪。

我很害怕，但是我不甘心。

美国是一个政治家的社会，但同时，这个民主的社会也重视每一个纳税人的意见。因此我给当时加州的54个众议员、两个参议员，每人写了一封信，告诉他们我正在筹办的中国艺术家演出遇到了怎样的障碍，最重要的是，我郑重地写道："我可以承受我经济上的所有损失，但我不知道如何面对那些每天向我询问的儿童。你们都曾在竞选时承诺，要为了美国的下一代，现在请你告诉我，该如何向他们解释，"而且"如果在三天之内我看不到你们的回复，我会将原文转发给《纽约时报》、《华盛顿邮报》等媒体。"

几天之内，邮件、电话、传真纷至沓来，最重要的是他们通过各自的力量把我的要求传达出去，那几天美国驻中国大使馆突然接到了无数来自移民局、办公厅等部门要求调查这个案件的电话。在如此高压之下，我终于在五天之内拿到了签证。

我用三道EQ题来面试我的秘书，并规定答对一道题月薪1万，两道题2万，完全答对就是年薪36万。

题目很简单，比如：营业员小王错将一台价值2万元的电脑以1万元价格卖给了李先生，你是小王的经理，现在需要你写一封信，把这1万元的差价要回来——这种题简单吗？很简单，会写吗？谁都会写；但写了之后能把钱要回来吗？大多数人肯定要不回来了，但其实是可以要回来的，所以回去想想，应该怎么写。

我的秘书之所以成为我的秘书，并不是因为他有多聪明，他在面试的时候实际上一个问题都没答出来。但关键是，我并不需要一个聪明过人的秘书，我只需要他在一定的环境下能够帮助我协调好周围的资源。果然，他调动身边的一切资源，用了一天的时间，给出了答案，他被录用了。

我还有很多这样的故事，我刚刚所讲的只是我所面对的壁垒中的万分之一。面对这样的壁垒，很多人跑掉了——千万不要跑掉；还有很多人说，我对自己有信心，我跟这些壁垒去对撞——这样的人比跑掉的人更愚蠢，我从来没有看到过一个人与壁垒对撞，最后能够取得成功。所以一个人面对壁垒，应该想尽一切办法绕过它们，一个人的能力会在绕过这些壁垒时体现出来；而且对你而言是壁垒的，对他人而言同样也是，若你能绕过，相当于把一大部分竞争对手挡在了身后，那么最终跑在前面的始终只是那么寥寥几个人。

（唐　骏）

智慧·感悟·启迪

一个人面对壁垒，应该想尽一切办法绕过壁垒，若你能绕过，相当于把一大部分竞争对手挡在了身后，那么最终跑在前面的始终只是那么寥寥几个人。

一家闻名全球的鱼铺

在美国西雅图，有一家腥味四溢的鱼铺，不仅顾客盈门，而且连 500 强的 CEO 与著名政治要人都趋之若鹜，为什么？

因为热情。

这家名叫“派克”的鱼铺，曾和所有其他的鱼铺一样，虽有名字但不出名。自从被老约翰接手之后，他立意要让它改观，不仅要赢利而且要出名。

老约翰首先改变鱼铺里不灰不白的视觉效果，将工作围裙一律改用明艳的大红色，其次改善营业员卖鱼时像鱼一样闷不做声的呆板状态，他发明了“呼叫”销售法，比如员工一边包装称好的鱼一边朗声叫道：

“这条大鲑鱼要和这位漂亮太太回家去啦！”“这 6 只螃蟹要装进这位先生的袋子里啦！”……

顾客多的时候，这些喊声此起彼伏，引诱得过路人也大多要走进来一看，并且不少人由走进来的“一看”变成了走进来的“一买”。

人力资源专家曾为之做过分析，在一个组织里，存在着一种“2∶6∶2”原则，那就是先天富有热情的人与先天性格冷漠的人分别占总人数的十分之二，而占十分之六的大多数人居于中间地带，他们可能被感染成前一个十分之二，也可能被感染成后一个十分之二，而一个企业的凝聚力与竞争力就在这一向前一向后之间拉开了天壤之别。

不少世界 500 强企业的 CEO 专程前往派克鱼铺，以探求这家平均售价每公斤仅几美元的小小鱼货店是何以在 30 平方米大的天地里、在十多年间将利润跃升十多倍的。他们得出的最后结论是——热情。

“在行为科学理论里，职能被分为 5 类，最容易后天训练的职能是专业知识与技术，而其中最难训练的就是热情。”

（金　金）

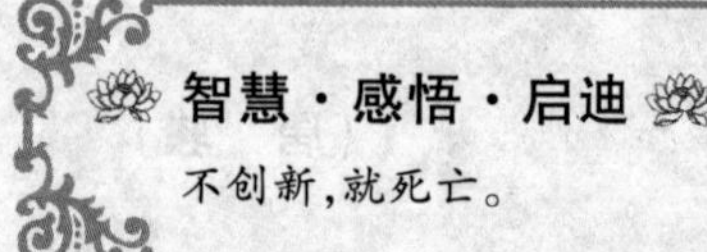

智慧·感悟·启迪

不创新，就死亡。

欲与之先取之

我有一位朋友，以推销装帧图案为业。最初，他在向一家大公司推销装帧图案时，几乎每个星期都要到这家公司跑一次，甚至几次，一跑就是一年多，结果一无所获。这家公司的主管看过图案后，总是遗憾地告诉他："你的图案缺乏创新，对不起……"就在他快失去勇气时，一个偶然的机会下，他受一本心理学著作影响，决定换一种思维方式试试。

朋友这次带着未完成的草图，再次叩开了这家公司的大门。见到主管，他恳切地说："先生，您看，我这里有一些未完成的草图，希望您能在百忙之中抽空给我指点一下，以便我能更好地把这些装帧图案修改完成。"

主管答应看一看。几天以后，这位朋友又去见那位主管，并根据他的意见，把装帧图案修改完成。最后，这批装帧图案全部推销给了这家公司。

朋友又用同样的方法，成功地推销了许多装帧图案。朋友说："我现在明白了以前一直无法成功的原因，因为我强迫别人顺应自己的想法，现在不同了，我请他们提供意见，然后再根据他们的意见将图案修改完成，这样，他们对自己参与创造设计的装帧图案，自然就很满意了。"

是的，如果我们要想与别人合作，最好的办法不是去乞求别人的施舍，或是期盼别人接受，而是设法让别人参与到我们所干的事情中来。古人云，欲取之，必先与之。我们为什么不能改变一下思维定式呢？如果反其道而行之，欲与之必先取之，或许事情就好办多了！

（飞　翔）

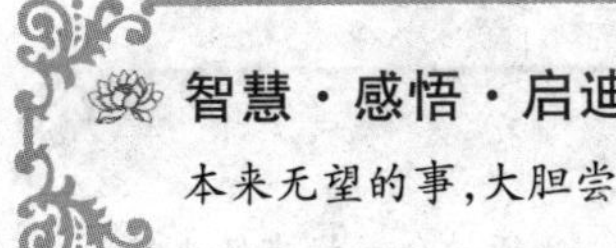

智慧·感悟·启迪

本来无望的事，大胆尝试，往往能成功。

兔子生存法则

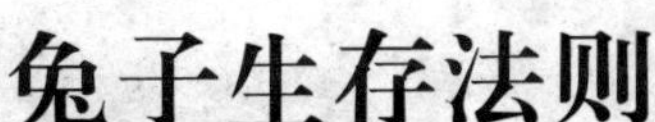

一只狮子发现一只兔子，追了它大半天，最终还是没追上。其他动物嘲笑狮子，狮子无奈地说："我跑只不过是为了一顿晚餐，兔子跑却是为了保住自己的性命，我当然跑不赢它。"

一只狮子遇上一只兔子，奋力向它扑去。兔子自忖最终难逃狮子的魔爪，便撒腿向草地跑。一个追，一个跑，眼看兔子就要被狮子抓住，狮子却放弃了兔子。因为狮子发现兔子把它引到一群绵羊面前。羊与兔比，狮子当然要舍兔而取羊，不为别的，只为羊的肉比兔多。

一只狮子遇上两只兔子，一只在前，一只在后。前面的善跑，后面的不善跑。后兔与前兔打招呼：你得挺住，多跑一会儿，把狮子拖累；等狮子再来追我时，我就能跑赢它了。最终的结果是，狮子徒劳无功，两只兔子安然无恙。要说明的是，后兔事后无偿为前兔供应了一个冬季的松子果。

一只吃饱的狮子在闲逛时发现一只兔子。狮子想吃它，可胃撑得受不了；想放它，一则觉得便宜了它，二则有损森林之王的威严，实在不妥。聪明的兔子看出狮子的心思，说："高贵的狮子先生，我实在不忍心让我那不太嫩也不太美的肉来使您饱胀的胃难受，可我也不忍心您因为不吃我而失去您的尊严。为了报答您，我决定给您'回扣'——发现绵羊一定通知您，而您，只需假惺惺地追一追我，到没人的地方就放了我，就当您活动活动筋骨吧，如何？"狮子眯起眼想了想，果然是个好办法。于是兔子与狮子玩了一次友谊"赛跑"，事后兔子拿了"回扣"给狮子——

它可不敢毁约,因为它知道,明年还得靠那只经常“吃饱”的狮子帮忙才能“生存”。

上面四只狮子碰巧同时遭遇上面的五只兔子,最终的结果是那只为了保住自己性命只知道跑却不知道想其他办法的兔子葬身狮口。因为它也许能跑赢一只狮子,但绝对不可能又跑赢其他的狮子。后来狮口余生的四只兔子碰头后总结“生存法则”,归纳为四点:第一,只靠自身力量绝对不行;第二,必要时可牺牲他人;第三,发挥集体的力量;第四,充分利用物质利益对敌对友的“亲和作用”。这就是“兔子生存法则”。

“兔子生存法则”运用在企业经营中,就是一个企业在做不到行业领头羊的情况下,不要生搬硬套领头羊的各种运筹模式,必须学会寻找市场夹缝。因为市场总是会有缝隙的,它不可能是铁板一块。每一个产品,都可以找到属于自己的市场。

20 世纪中期的几年当中,美国底特律的汽车制造商们一直饶有兴致地加长和降低车身,因此他们生产出的车型一年比一年大方、流畅、美观。可是,出人意料,黑森林中突然就冒出个李逵——“大众甲壳虫”,就车身来说,“大众甲壳虫”的车身是又短又宽,丑陋无比,与底特律的汽车制造商们生产的线型流畅、车身宽长的汽车相比,可谓反差太鲜明了。“你们不是追求车身宽长、流畅美观吗？我就非来个丑陋不堪的‘甲壳虫’。”这就是逆向思维的结果。

(李志敏　王　力)

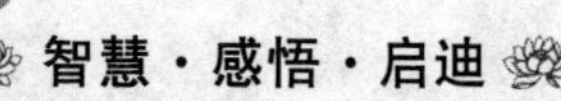

智慧·感悟·启迪

一个企业在做不到行业领头羊的情况下,不要生搬硬套领头羊的各种运筹模式,必须学会寻找市场夹缝。

第九编

花的颜色

跌倒的地方也有风景

连自己的名字都不会写的田中光夫,曾在东京的一所中学当校工。尽管周薪只有50日元,但他十分满足,很认真地干了几十年。就在他快要退休时,新上任的校长以他"连字都不认识,却在校园工作,太不可思议了"为由,将他辞退了。

田中光夫离开了校园。但日子还得过,于是像往常一样,他去为自己的晚餐买半磅香肠,但快到山田太太的食品店门前时,他猛地一拍额头——他忘了,山田太太已经去世了,她的食品店也关门多日了。而不巧的是,附近街区竟然没有第二家卖香肠的。忽然,一个念头在他幽闭的心头闪过:"为什么我不开一家专卖香肠的小店呢?"他很快拿出自己仅有的一点积蓄接手了山田太太的食品店,专门卖起香肠来。

因为田中光夫灵活多变的经营方式,5年后,他成了声名赫赫的熟食加工公司的总裁,他的香肠连锁店遍及了东京的大街小巷,并且是产、供、销"一条龙"服务,颇有名气的"田中光夫香肠制作技术学校"也应运而生。

一天,当年辞退他的校长得知这位著名的董事长只会写不多的字时,便十分敬佩地打来电话称赞他:"田中光夫先生,您没有受过正规的学校教育,却拥有如此成功的事业,实在是太了不起了。"

田中光夫却真诚地回答:"那得感谢您当初辞退了我,让我摔了个跟头,从那之后我才认识到自己还能干更多的事情。否则,我现在肯定还是一位周薪50日元的校工。"

智慧·感悟·启迪

跌倒的地方也有风景,而重要的是在跌倒的地方保持一种积极的心态,因为在跌倒的地方能欣赏到美丽的风景就是胜利的契机。

赞美的魔力

有一次,一位心理教授到一家邮局去寄信,由于寄信的人比较多,邮局的职员似乎有些忙不过来。透过厚厚的玻璃,心理教授无意中注意到柜台里那位小职员,似乎一脸无奈的样子。

心理教授突然心生一念,想使这位小职员高兴起来,不过他告诉自己:“要使他高兴,使他对我产生好感,我一定得说些好听的话来赞美他。”可是他又想:“这人身上究竟有什么值得我赞美,而且是我由衷地想赞美的呢?”

心理教授静静地观察片刻,最后终于找到了。

当这位小职员开始为心理教授办理邮寄业务时,心理教授立即友善地随口说了一句:“真希望哪天我也能有你这样一头漂亮的头发!”

他抬头看了心理教授一眼,先是显得有些惊讶,随即绽放出一抹笑容。

“哪里,我这头发,比起以前可差多了!”他谦虚地说道。听了心理教授称赞自己的这话,他果然心情好转,并热情地跟心理教授聊了好一会儿,最后,还补充一句道:“确实有不少人都很羡慕我这头黑发呢!”

可以想象,那位小职员当天下班时,步伐一定比平常轻快,回家之后,也一定会立即将这得意之事告诉他的太太。每个人都会渴望得到别人的认可和赞美,都希望自己的价值得到别人的肯定,从而能感受到自己的重要性。其实要想得到别人的喜欢很简单,那就是——想办法让对方感受到他自己的重要性。

智慧·感悟·启迪

著名心理学家杰丝·雷耳曾说:“就主动地温暖人类的灵魂而言,赞扬别人就像阳光一样,没有它,我们就无法成长开花。但是,我们大多数的人只是敢于躲避别人的冷言冷语,而我们自己却吝于把赞许的温暖阳光给予别人。”

所以,我们现在就应该去做,去赞美别人。

为别人做自己能做的事

一位老太太退休了,她想趁着身体还硬朗出来逛逛,看看外面的世界。家人为她买了一座度假山庄,山庄里有一间小茶室,还有一个菜园子。正巧,有个名叫约翰的15岁少年在这个山庄附近投海自杀,被警察救起。他是个美国黑人与韩国人的混血儿,愤世嫉俗,自觉已经穷途末路。老太太到警察局要求和少年见面。警察知道老太太的来历,同意她和少年谈谈。

“孩子……”她说话时,约翰扭过头去,像块石头,全然不予理睬,但老太太仍用安详而柔和的语调说下去，“孩子，你可知道，你生来是要为这个世界做些除了你以外没人能办到的事吗？”

她反复说了好几遍，少年突然回过头来，说道：“你说的是像我这样一个黑人？连父母都没有的孤儿？”

老太太不慌不忙地回答：“对！正因为你的肤色是黑的，正因为你没有父母，所以，你能做些了不起的大事。”少年冷笑道：“哼，当然啦！你想我会相信这一套？”

“跟我来，我让你自己瞧。”她说。

老太太征得了警察的同意，把他带回小茶室，让他在菜园里打杂。虽然生活清苦，她对少年却爱护备至。生活在小茶室中，身处在草木苍郁的环境中，约翰慢慢地也心平气和了。

老太太给了他一些生长迅速的萝卜种子，10 天后萝卜发芽生叶，约翰得意地吹着口哨。他又用竹子自制了一支横笛，吹奏自娱，老太太听了称赞道：“除了你没有人为我吹过笛子，约翰，真好听！”少年似乎渐渐有了生气，老太太便把他送到高中念书。

在求学的那 4 年里，他继续在菜园内种菜，也帮老太太做点零活。高中毕业后，约翰白天在地下铁道工地做工，晚上在大学夜间部深造。毕业后，在盲人学校任教，他对那些失明的学生关怀备至。

“现在，我已经相信，真的有别人不能做而只有我才能做的妙事了。”约翰对老太太说。

“你瞧，对吧？”老太太说，“你如果不是黑皮肤，如果不是孤儿，也许就不能领悟盲童的苦楚。只有真正了解别人痛苦的人，才能尽心为别人做美妙的事。你 15 岁时，最需要的就是有人爱惜你，却没有人爱惜你，所以你那时才想死，是吧？你大声呐喊，说你想要的根本就不可能得到、根本就不存在——可是后来，你自己却有了爱心。”

约翰心悦诚服地点点头。

老太太意犹未尽，继续侃侃而谈：“为别人做自己能做的事，不仅会让别人快乐，而且能让自己的生活更有意义。”

智慧·感悟·启迪

真正了解别人的处境，尽心尽力为别人做好事，你就会得到别人的爱，也会领悟到人生的意义。

这条小鱼在乎

有这么一个故事。

在暴风雨后的一个早晨，一个男人来到海边散步。他一边沿着海边走着，一边注意到，在沙滩的浅水洼里，有许多被昨夜的暴风雨卷上岸来的小鱼。它们被困在浅水洼里，回不了大海，即使近在咫尺。被困的小鱼，也许有几百条，甚至几千条。用不了多久，浅水洼里的水就会被沙粒吸干、被太阳蒸干，这些小鱼都会被渴死的。

男人继续朝前走着。他忽然看见前面有一个小男孩，走得很慢，而且不停地在每一个水洼旁弯下腰去——他在捡起水洼里的小鱼，并且用力把它们扔回大海。这个男人停下来，注视着这个小男孩,看着他拯救着小鱼们的生命。

终于,这个男人忍不住走过去:"孩子,这水洼里有几百几千条小鱼,你救不过来的。"

"我知道。"小男孩头也不抬地回答。

"哦?那你为什么还在扔?谁在乎呢?"

"这条小鱼在乎!"男孩儿一边回答,一边继续拾起一条鱼扔进大海,"这条在乎,这条也在乎!还有这一条、这一条、这一条……"

智慧·感悟·启迪

罗曼·罗兰曾经说过:"即使在最丑的孩子身上,也有新鲜的东西、无穷的希望。"大多时候,孩子的行为在大人看来是幼稚和无所谓的,但是,正是孩子单纯的举动,补偿了成年人日渐空虚的灵魂。

花的颜色

一朵鲜艳亮丽的小红花娉娉婷婷地绽放了。整个上午,小女孩伫立在花盆旁边,舍不得离开。

她对着盛开的小红花露出疼惜的微笑。早晨的阳光给她和她的小红花洒满一身灿亮的金光。

含笑的小女孩抬起头对妈妈说:"妈妈,花是红色的,好漂亮,我好喜欢。"

"如果开的是别的颜色的花,你就不喜欢它了吗?"妈妈与孩子开玩笑。

她却想也没想,回答:"妈妈,我一开始并不知道它会开红色的花啊。"

智慧·感悟·启迪

孩子的心灵是最纯洁的,她种花只是因为要花开,不管花是什么颜色的,她都会喜欢。

享受阅读的时光

任何一个大家,你只能继承,不能重复,你在读他的作品时,你应将他拉到你的脚下来读。这不是狂妄,相反,这正是知其长、晓其短,师精神而弃皮毛。

凭借《百年孤独》而获诺贝尔文学奖的马尔克斯,童年时与外祖母、外祖父生活在一起,两位老人都很会讲故事,他们经常给马尔克斯讲述美丽的神话和朴素的民间故事,当地印第安人的历史、地理风俗、方言土语,都通过他们绘声绘色的描述流进了马尔克斯幼小的心灵。所以他从7岁就开始阅读,《天方夜谭》等名著他都读过,这一切丰富了他的文学修养与积累,扩展了他的想象力。

幸运的是,他在12岁那年得到一笔去希帕基拉学习的奖学金,那是在希帕基拉国的首都。在马尔克斯的记忆里,初到这个城市的感觉并不那么美妙。马尔克斯记得自己坐的是下午6点半的火车,火车在这个"僵硬灰暗"的城市停下,进入马尔克斯眼帘的是成千上万的披着斗篷的人在来来往往。听不到自然的声音,看不见家乡美丽的风景,只见有轨电车鱼贯而过,街上行走的是年轻漂亮、衣着考究的小伙子,他们穿着黑色的礼服,手里拿着雨伞,头上戴着圆顶的帽子,蓄着小胡子。这些都是马尔克斯所不熟悉的,没有了家乡那熟悉的感觉,他觉得被抛到了一个孤岛上。他越想越难受,不由得哭了起来,一连哭了几个小时,直到学监来接他。

看着哭得很难受的马尔克斯,学监拍了拍他的肩膀说:"小伙子,不要哭了,来到这里说明了你的进步啊,从今往后就该好好读书,不是每个人都有这样的机会。赶紧擦干眼泪,新的生活快开始了,不要带着眼泪走入新生活啊。"在学监亲切的话语中,小马尔克斯渐渐平静下来,跟着学监走进了自己的宿舍。

在学校里,马尔克斯不像别的孩子那样,一有时间就出去玩,他总是把自己的时间安排得满满的。在宿舍里看书,在教室里看书,在图书馆里看书,喜欢文学的马尔克斯几乎把自己能找到的文学名著都读完了。大量的阅读丰富了马尔克斯的内心世界,扩大了他的知识面,同时马尔克斯在书里也学到了解脱忧伤的方法。

后来,马尔克斯对别人说:"如果没有这些阅读,没有'石头与天空'的诗歌影响,我不敢说自己会成为一个作家。"

智慧·感悟·启迪

书籍可以把我们引入一个神奇、美妙的世界,使我们的生活更加丰富多彩、乐趣无穷,同时,还可以使我们从书中获得人生的经验。因为人生短暂,不可能事事都去亲身体验,书中的间接经验,将有效地补充一个人经历的不足,增添生活的感受。

我们要做到多读书,首先就要明白读书的意义。其次要带着问题读书。在读书的过程中,应先抽出时间,看看我们要看的书,提出一些问题写在纸上,仔细阅读,然后回答问题,这样可以避免囫囵吞枣,我们才能在书中慢慢受益。

工作应当是一种乐趣

有一个印第安土著部落迎来了从法国来的旅游观光团,部落里的人们虽然还没有什么市场观念,可面对这样好的赚钱商机,自然也不会放过。

部落中有一位老人,他正悠闲地坐在一棵大树下面,一边乘凉,一边编织着独特漂亮的印第安草帽,编完的草帽就会放在身前一字排开,供游客们挑选购买。他编织的草帽造型非常别致,而且颜色的搭配也非常巧妙,称得上是巧夺天工了,游客们纷纷驻足购买。

这时候,一位精明的商人看到了老人编织的草帽,他脑袋里立刻盘算开了,他想:"这样精美的草帽如果运到法国去,我敢保证一定能卖个好价钱,至少能够获得5倍的利润。”想到这里,他激动地问老人:“朋友,这种草帽多少钱一顶呀?”“10美元一顶。”老人冲他微笑了一下,继续编织着草帽,他那种闲适的神态,真让人感觉他不是在工作,而是在享受一种美妙的心情。

“天哪,如果我买1万顶草帽运回到国内去销售的话,我一定会发大财的!”商人欣喜若狂,不由得为自己的经商头脑而沾沾自喜。

于是,商人对老人说:“假如我在你这里定做1万顶草帽的话,你每顶草帽给我优惠多少钱呀?”

他本来以为老人一定会高兴万分,可没想到老人却皱着眉头说:“这样的话,那就要100美元一顶了。”

要每顶100美元,这是他从商以来闻所未闻的事情呀!“为什么?”商人冲着老人大叫。老人讲出了他的道理:“在这棵大树下没有负担地编织草帽,对我来说是种享受,可如果要我编1万顶一模一样的草帽,我就不得不夜以继日地工作,不仅疲惫劳累,还成了精神负担。难道你不该多付我些钱吗?”

智慧·感悟·启迪

走上了工作岗位,应当把工作当做一种乐趣,如果让工作本身商业化,它就成了一种负担,自然要给人带来肉体和精神的双重负荷。将工作当做一种享受,在工作中享受快乐,在快乐中完成工作,才是工作与快乐的双赢之道。

不要做一只章鱼

有一位即将步入社会的年轻人对自己未来的生活充满了彷徨和忧虑。有一次他去拜访一位心理医生,向他倾诉了自己长久以来的烦恼:没有考上研究生,不知道自己未来的发展;女朋友将进入一个人才云集的大公司工作,很可能会移情别恋……

心理医生让他把烦恼一个个写在纸上,判断其是否真实,同时将判断结果也记在旁边。

经过实际分析,年轻人发现其实自己真正的困扰很少。他看看自己那张困扰记录,不禁说:“无病呻吟!”心理医生注视着他,微微对他点头。接下来,心理医生启发他说:“你曾看到过章鱼吧?”年轻人茫然地点点头。

“有一只章鱼,在大海中本来可以自由自在地游动,寻找食物,欣赏海底世界的景致,享受生命的丰富情趣。但它却找了个珊瑚礁,然后动弹不得,呐喊着说自己陷入了绝境,你觉得如何?”心理医生用讲故事的方式引导他思考。年轻人沉默了片刻说:“您是说我像那只章鱼?”他又自己接着说,“真的很像。”

于是,心理医生提醒他:“当你陷入烦恼的习惯性反应时,记住你就好比那只章鱼,要松开你的八只手,让它们自由游动。系住章鱼的是自己的手臂,而不是珊瑚礁的枝丫。”

人心很容易被种种烦恼和物欲所捆绑,那都是自己把自己关进去的,是自投罗网的结果,就像章鱼,作茧自缚。

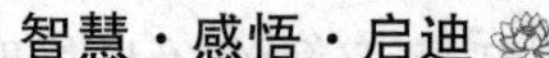

智慧·感悟·启迪

有很多烦恼和压力都是自己通过想象编造出来的，人的心灵也很容易因此而受到困扰和束缚。要摆脱这些困扰心灵的枷锁，就要跳出烦恼的圈子，正视烦恼，这样，它们就会变得不堪一击。

小小的心安草

有一天，一个国王独自到花园里散步，使他万分诧异的是，花园里所有的花草树木都枯萎了，园中一片荒凉。后来国王了解到，橡树由于没有松树那么高大挺拔，因此轻生厌世死了；松树又因自己不能像葡萄那样结许多果子，也死了；葡萄哀叹自己终日匍匐在架上，不能直立，不能像桃树那样开出美丽可爱的花朵，于是也死了；牵牛花也病倒了，因为它叹息自己没有紫丁香那样芬芳；其余的植物也都垂头丧气，没精打采，只有顶细小的心安草在茂盛地生长。

国王问道："小小的心安草啊，别的植物全都枯萎了，为什么你这小草这么勇敢乐观，毫不沮丧呢？"

小草回答说："国王啊，我一点也不灰心失望，因为我知道，如果国王您想要一棵橡树，或者一棵松树、一丛葡萄、一株桃树、一株牵牛花、一棵紫丁香等，您就会叫园丁把它们种上，而我知道您寄希望于我的就是要我安心做小小的心安草。"

智慧·感悟·启迪

我们每一个人都是独一无二的个人。把自己与别人相比是毫无意义的。别人有别人的才干，你有你的才干。

生活中的许多烦恼都源于我们盲目和别人攀比，而定了享受自己的生活。

一只特别精美的金壳怀表

从前，德国有一位很有才华的年轻诗人，写了许多吟风咏月、写景抒情的诗篇。可是他却很苦恼，因为人们都不喜欢读他的诗。这到底是怎么一回事呢？难道是自己的诗写得不好吗？不，这不可能！年轻的诗人向来不怀疑自己在这方面的才能。于是，他去向父亲的朋友——一位老钟表匠请教。

老钟表匠听后一句话也没说，把他领到一间小屋里，里面陈列着各式各样的名贵钟表。这些钟表，诗人从来没有见过。有的外形像飞禽走兽，有的会发出鸟叫声，有的能奏出美妙的音乐……

老人从柜子里拿出一个小盒,把它打开,取出了一只式样特别精美的金壳怀表。这只怀表不仅式样精美,更奇异的是:它能清楚地显示出星象的运行、大海的潮汛,还能准确地标明月份和日期。这简直是一只“魔表”,世上到哪儿去找呀!诗人爱不释手。他很想买下这个“宝贝”,就开口问表的价钱。老人微笑了一下,只要求用这“宝贝”,换下青年手上的那只普普通通的表。

诗人对这块表真是珍爱至极,吃饭、走路、睡觉都戴着它。可是,过了一段时间之后,他渐渐对这块表不满意起来,最后竟跑到老钟表匠那儿要求换回自己原来的那块普通的手表。老钟表匠故作惊奇,问他对这样珍异的怀表还有什么感到不满意。

青年诗人遗憾地说:“它不会指示时间,可表本来就是用来指示时间的。我戴着它却不知道时间,要它还有什么用处呢?有谁会来问我大海的潮汛和星象的运行呢?这表对我实在没有什么实际用处。”

老钟表匠还是微微一笑,把表往桌上一放,拿起这位青年诗人的诗集,意味深长地说:“年轻的朋友,让我们努力干好各自的事业吧。你应该记住——怎样给人们带来用处。”

诗人这时才恍然大悟,从心底里明白了这句话的深刻含义。

智慧·感悟·启迪

与其追求华而不实的东西,不如脚踏实地地干些实事。对社会有用的人才会受到青睐,立足于生活才能实现自己的价值。

渴望目睹天堂鸟

1858年,瑞典的一个富豪人家诞生了一个女儿。然而欢乐并没有持续多久,数年后小女孩突然患了一种无法解释的瘫痪症,丧失了走路的能力。

一年夏天,他们全家人都到海边避暑,住在当地一位船长的家。主人出海航行去了,但是女主人很热心地讲了许多有关她丈夫和他的船的故事给小女孩听。而最令小女孩入迷的,是船长的那只天堂鸟,她真巴不得船长立刻回来,好让她亲眼目睹天堂鸟的模样。小女孩对未曾见过的天堂鸟已经爱得不得了。

船长终于回来了。保姆抱着小女孩上船,她把小女孩留在甲板上,然后自己去找船长。小女孩却耐不住性子等待,她要求船上的服务员立刻带她去看天堂鸟。那个服务员并不知道女孩的腿不能走路,表示愿意带着她一起去看那只美丽的鸟。

奇迹发生了。小女孩因为极度渴望目睹天堂鸟,竟忘我地拉着服务员的手,慢慢地走着。从那天起,小女孩的病便痊愈了。

这个小女孩就是茜尔玛·拉格萝芙,后来她成为瑞典最伟大的作家之一,并于1909年成为第一个荣获诺贝尔文学奖的女性。

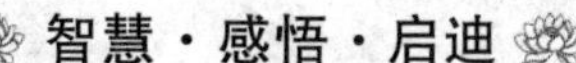

智慧·感悟·启迪

一个人的心情、意志，坚定到任何困难险阻都不足以使他感到怀疑、恐惧，他就能所向无敌了。充分相信自己，常常可以创造奇迹。

施有“法术”的曲子

在一个寒冷的冬天之夜，大风呼啸，漫天飘舞着鹅毛般的雪花。意大利小提琴家尼科罗·帕格尼尼(1782—1840)正乘着四轮马车赶往剧院举行独奏音乐会。剧院里早已坐满了女士和先生们，人们都想亲耳聆听一下这位被称为“魔鬼的儿子”的帕格尼尼那举世无双、神奇美妙的演奏。

到了剧院，帕格尼尼准备就绪，只见他左手挟着小提琴，右手拿着琴谱，走上了舞台。刚走出几步，不料皮鞋里的一颗小钉子从鞋底部顶了出来，戳痛了他的脚板。因此，帕格尼尼只能跛着脚，一拐一拐地走至舞台正中。这一滑稽动作引起了全场哄堂大笑。帕格尼尼却不管这些，他那不露声色、瘦削的面庞上流露出一丝艺术家所特有的严峻。他把琴谱放在谱架上之后即开始演奏。谁知刚演奏了几个乐句，谱架旁边用来照明的蜡烛倒了，将谱子烧起来，一瞬间，只见火苗跳跃，青烟袅袅，全场又发出一阵欷歔声。但是帕格尼尼凭借他那非凡的天才继续演奏着，音乐丝毫没有中断。美妙的音乐如流水般从那双瘦长的、充满魔力的手下奔泻而出，顺着激情的河床，向前驰去，好似在我们面前展现出一幅画：春天的原野上，一片明媚，和煦的阳光慈祥地抚摩大地，春风轻拂着千姿百态的花草……听众们全都沉浸在这美妙的音乐湍流之中，心旷神怡。帕格尼尼正演奏至高潮，突然，小提琴的第二弦(A弦)断了。没有了第二弦，乐曲怎么再继续演奏下去呢？天才的帕格尼尼没有中断演奏，小提琴在继续歌唱着。他运用了高超的技巧，使一场行将失败的音乐会获得了巨大成功。女士、先生们都听得目瞪口呆，惊叹不已。一曲终了，余音绕梁，全场轰动，爆发出狂热的掌声和喝彩声。

在听众的一再要求下，帕格尼尼脱身不得，只好重新登台，再演奏一遍刚才施有“法术”的曲子。只见帕格尼尼一时性起，从口袋里掏出一把小刀，将小提琴上的第三弦与第一弦全都割断了，这样在小提琴上就只剩下了第四弦。第四弦(G弦)的音色本来就是很美的，深厚而富于歌唱性的。帕格尼尼运用了当时尚不为人知的技巧——这就是我们现在学习小提琴时都知道的“人工泛音”——在第四弦上奏出了三根弦上的音。这一遍比第一遍还要动听，使人们如醉如痴。狂热的听众都为帕格尼尼的神奇美妙的演奏而欢声雷动，祝贺他的巨大成功。

智慧·感悟·启迪

一个人的自信能够促进他的技艺的发挥；高超的技艺反过来也能提升一个人的自信，促使他不断地为自己确定新的进取目标。

著名诗人的忠告

托马斯·S. 艾略特是著名诗人,他以 1922 年发表的长诗《荒原》奠定了其在英美诗歌界的地位。该诗是他最重要的作品,也是西方现代诗歌的一个里程碑。他不仅是诗人,也是批评家,他的诗歌创作实践和文艺批评使英美的诗歌风格和批评标准为之一变。他于 1927 年加入英国籍,1948 年获诺贝尔文学奖。

1951 年,一位 22 岁的美国诗人刚刚从哈佛大学毕业,即将起程去牛津。行前,他怀着受宠若惊的心情应邀来看望当时正好在美国的艾略特。当他告辞时,艾略特对他说:"40 年前,我从哈佛去牛津。现在,你也要从哈佛去牛津。我能给你些什么忠告呢?"那年轻诗人毕恭毕敬地听着,准备终生牢记这位前辈诗人对后来者的忠告。艾略特停顿片刻,接着说道:"你带了长内衣吗?"

智慧·感悟·启迪

生活经验可以借鉴别人的,成功的经验则往往需要自己去探索。要相信自己本身就有探索成功的天赋。

无价之宝

有一个非常非常小的镇子,小到在本县地图上都很难见到它可怜的痕迹。外面的人往往将它忽略了,以至于有些人认为它并不存在。

就在这个无名的小镇上,却生活着一位非常受人尊敬的老人。

老人已经很老迈了,他的重孙子都已到了谈婚论嫁的年龄了。冬天天冷的时候,老人倚在墙边晒太阳的样子,能使人想起一根毫无生气的朽得掉渣的树根。

老人很丑,年轻时就是一脸的麻子,不知什么原因又失去一只眼睛,到了年老时,一脸皱纹加上满面沧桑,可以说从形象上没有丝毫魅力可言。

但小镇上所有的人,男男女女老老少少,无论是老实巴交的汉子,还是街头胡闹的浪荡子,都对他毕恭毕敬。就连他倚在墙角眯着眼打盹,人们也要放轻了脚步,对他郑重地行注目礼。

就是这么一个行将就木、外貌丑陋的老人,又凭什么享有神一样的尊严呢?

据说,他拥有这一切得益于一个充满神奇的匣子。他那个外表看去普通的匣子,为他赢得了至高无上的尊严。

关于那个神奇的匣子,有很多传说。

据说那个匣子是老人的爷爷从皇宫里偷来的。老人的爷爷有妙手神偷的绝技,飞檐走壁,出入戒备森严的皇宫如入无人之境。且说那日潜入皇宫之中,满眼奇珍异宝引起了他的兴趣,他翻箱倒柜,从一个极隐秘、极安全的地方发现了这只匣子,作为小偷祖师爷的他自然知道这匣子非同小可,定是价值连城的宝物无疑,便迅速收入怀中,飞身而去。

第二日,许多大内高手便倾巢而出……

至于匣子里面到底藏的是什么无价之宝,除了老人的爷爷,其他所有的人都未见过。老人的爷爷曾留有严训,任何人不得打开它偷看。

那时的他还小,为了能从爷爷的口中套一点秘密出来,用尽了捧哄、哭闹等诸般手段,最后他的爷爷才捋着胡须神秘地对他说:"无价之宝啊!"

老人去世的时候,自己穿戴得很整齐,苍老的麻脸上一片安详。双手定定地抱住放在胸口上的那只宝匣。

终于,禁不住好奇的后辈打开了那只充满传奇色彩的宝匣,展开里面的一卷素绢,只见上书:"王者之业,唯倚自信。"

原来,被皇家当成比珠宝还要珍贵的东西,只是自信。正是因为自信,那个很普通的人才会坐在龙椅之上,被万民口称"万岁"。

智慧·感悟·启迪

自信,是构筑一切的基石,也只有充满坚定自信的人,才能取得巨大的成功。

一支铅笔的用途

纽约里士满区有一所穷人学校,它是贝纳特牧师在经济大萧条时期创办的。1983 年,一位名叫普热罗夫的捷克籍法学博士,在做毕业论文时发现,50 年来,该校出来的学生在纽约警察局的犯罪记录最少。

为延长在美国的居住期,他突发奇想,上书纽约市市长布隆伯格,要求得到一笔市长基金,以便就这一课题深入开展调查。当时布隆伯格正因纽约的犯罪率居高不下而受到选民的责备,于是很快就同意了普热罗夫的请求,给他提供了 1.5 万美元的经费。

普热罗夫凭借这笔钱,展开了漫长的调查活动。从 80 岁的老人到 7 岁的学童,从贝纳特牧师的亲属到在校的老师,总之,凡是在该校学习和工作过的人,只要能打听到他们的住址或信箱,他都要给他们寄去一份调查表,上面提问:圣贝纳特学院教会了你什么? 在将近 6 年的时间里,他共收到 3700 多份答卷。在这些答卷中,有 74% 的人回答,他们知道了一支铅笔有多少种用途。

普热罗夫本来的目的,并不是真的想搞清楚这些没有进过监狱的人到底在该校学了些什么,他的真实意图是以此拖延在美国的时间,以便找一份与法学有关的工作。然而,当他看到这个奇怪的答案时,便再也顾不了那么多了,他决定马上进行研究,哪怕报告出来后被立即赶回捷克。

普热罗夫首先走访了纽约市最大的一家皮货商店的老板,老板说:"是的,贝纳特牧师教会了我们一支铅笔有多少种用途。我们入学的第一篇作文就是这个题目。当初，我认为铅笔只有一种用途，那就是写字。谁知铅笔不仅能用来写字，必要时还能用来当做尺子辅助画线；能作为礼品送人表示友爱；能当商品出售获得利润；铅笔的芯磨成粉后可作为润滑粉；演出时也可临时用于化妆；削下的木屑可以做成装饰画；一支铅笔按相等的比例锯成若干份，可以做成一副象棋、可以当做玩具的轮子；在野外遇到险情时，铅笔抽掉芯还能被当做吸管去喝石缝中的水；在遇到坏人时，削尖的铅笔还能作为自卫的武器……总之，一支铅笔有无数种用途。贝纳特牧师让我们这些穷人的孩子明白，有着眼睛、鼻子、耳朵、大脑和手脚的人更是有无数种用途，并且任何一种用途都足以使我们生存下去。我原来是个电车司机，后来失业了。可现在，你看，我是一位皮货商。”

普热罗夫后来又采访了一些圣·贝纳特学院毕业的学生，发现无论贵贱，他们都有一份职业，并且都生活得非常乐观。而且，他们都能说出一支铅笔的至少 20 种用途。

普热罗夫再也按捺不住这一调查给他带来的兴奋。调查一结束，他就放弃了在美国寻找律师工作的想法，匆匆赶回自己的祖国。目前，他是捷克最大的一家网络公司的总裁。

智慧·感悟·启迪

一支铅笔尚有无数种用途，一个人的发展前途更是广阔和不可限量的。只要善于自我挖掘和开发，就能焕发出无限的潜能。

一点感觉也没有

1837 年曾任美国总统的安德鲁·杰克逊，是美国历史上最出色的政客之一。在他妻子死后，杰克逊对自己的健康状况感到非常担忧，家中已经有好几个人死于瘫痪性中风，杰克逊因此认定他必会死于同样的症状，所以，他一直在这种阴影下极度恐慌地生活着。

一天，他正在朋友家与一位年轻的小姐下棋。突然杰克逊的手垂了下来，整个人看上去非常虚弱，脸色发白，呼吸沉重，他的朋友走到他身边。

“最后还是来了，”杰克逊乏力地说，“我得了中风，我的整个右侧瘫痪了。”

“你是怎么知道的呢？”朋友问。

“因为，”杰克逊答道，“刚才我在右腿上捏了几次，但是一点感觉也没有。”

“可是，先生，”和杰克逊下棋的那位姑娘说道，“你刚才捏的是我的腿啊！”

智慧·感悟·启迪

很多人过于怕死，结果成了活死人。他们不知道只有不怕死才能活得好。真正的可怕的，其实只是害怕本身。恐慌的感觉，会使我们失去本来拥有的一切能力。

一粒糖果的诱惑

一个寂静的午后。美国得克萨斯州的一个镇小学一个班的十几个学生，被老师带到了校长旁边的一间很大的空房里。玻璃窗明晃晃得耀眼，连鸟儿飞过的痕迹也能看得清清楚楚。正当学生们强按住内心的好奇，凝神等待着将要发生的一切时，老师领着一个陌生的中年男子走了进来。

他一脸和蔼地来到孩子们中间，给每个人都发了一粒包装十分精美的糖果，并告诉他们：这糖果属于你的，可以随时吃掉，但如果谁能坚持等我回来以后再吃，就会得到两粒同样的糖果作为奖励。说完，他和老师一起转身离开了这里。

等待是漫长的，许诺是遥远的，而那粒糖果却真真切切地摆在每个孩子的面前。

时间一分一秒地过去了。这粒糖果对孩子们的诱惑也越来越大，伴随着窗外苹果花的芬芳，这种诱惑几乎不可抗拒。

有一个孩子剥掉了精美的糖纸，把糖放进嘴里并发出“啧啧”的声音。受他的影响，有几个孩子忍不住了，纷纷剥开了精美的糖纸。但仍有一半以上的孩子在千方百计地控制着自己，一直等到那陌生人回来。那是一个比暑假还漫长的 40 分钟。但陌生人最终实现了自己的承诺，那些付出等待的孩子得到了应有的奖励。

事实上，这是一次叫做“延迟满足”的心理实验。后来，那个陌生人跟踪观察这些孩子整整 20 年。他发现，能够“延迟满足”的学生，其数学、语文的成绩要比那些熬不住的学生平均高出 20 分。参加工作后，他们从来不在困难面前低头，总是能走出困境获得成功。

智慧·感悟·启迪

在实现宏大目标的途中，一定要“有所为，有所不为”。增强自身的忍耐力，抵御唾手可得的诱惑，肯“放长线”，才能“钓到大鱼”。

攀登了那些高山之后

在英国伦敦，有一位名叫斯尔曼的残疾青年，他的一条腿患上了慢性肌肉萎缩症，走起路来都很困难，可他凭着坚强的毅力和信念，创造了一次又一次令人瞩目的壮举——

19 岁时，他登上了世界最高峰珠穆朗玛峰；21 岁时，他登上了阿尔卑斯山；22 岁时，他登上了乞力马扎罗山；到 28 岁时，他攀登了世界上所有著名的高山……

然而，就在他 28 岁这年的秋天，斯尔曼却突然在寓所里自杀了。

功成名就的他，为什么会选择自杀呢？有记者了解到，在他 11 岁时，他的父母在攀登乞力马扎罗山时不幸遭遇雪崩双双遇难。而父母临行前,留给了年幼的斯尔曼一份遗嘱,希望他能像父母一样,一座接一座地登上世界著名的高山。

年幼的斯尔曼把父母的遗嘱作为他人生奋斗的目标,当他全部实现这些目标的时候,感到了前所未有的无奈和绝望。

在自杀现场,人们看到了斯尔曼留下的痛苦遗言:“这些年来,作为一个残疾人创造了那么多征服世界著名高山的壮举,那都是父母的遗嘱给予我生命的一种信念。如今,当我攀登了那些高山之后,我感到无事可做了……”

斯尔曼因失去人生的目标,便失去了人生的全部。

智慧·感悟·启迪

生命的意义,就在于有崇高的追求。在实现自我价值的过程中,要不断调整和提升人生的目标。充满挑战的人生才会充满意义。

错过了整整一群鹿

一个猎人带儿子去打猎,在林子里活捉了一只小山羊。儿子非常高兴,要求饲养这只小山羊,父亲答应了,将猎物交给儿子,要他先带回家去。

儿子挎着枪,牵着羊,沿着小河回家。中途,羊在喝水的时候忽然挣脱绳子,小猎人紧追慢赶,终于没抓住,到手的猎物就这么飞走了。

小猎人既恼火又伤心,坐在河边一块大石头后哭泣,不知道如何向父亲交代,满腔懊悔之情。

糊里糊涂等到傍晚,看见父亲沿河流走来了。小猎人站起来,告诉父亲失去羊的事。父亲非常惊讶,问:“那你就一直这么坐在大石头后面吗?”

小猎人赶忙为自己辩解:“我没能追赶上它,也四处找了,没有踪影。”

父亲摇摇头,指着河岸泥地上一些凌乱的新鲜脚印:“看,那是什么?”

小猎人仔细察看后,问:“刚刚来过几只鹿吗?”

父亲点点头:“就是!为了那只小山羊,你错过了整整一群鹿啊!”

智慧·感悟·启迪

即使是碰上好运气,遇到了意外情况,若一个人觉得司空见惯,或者思想没有准备,头脑不敏感,或者粗心大意,也会使机遇丧失,错过一次发现、发明的机会。

年久失修的女神像

美国得州有座很大的女神像,因年久失修,当地州政府决定将它推倒,只保留其他建筑。这座女神像历史悠久,许多人都很喜欢,常来参观、照相。推倒后,广场上留下了几百吨的废料:有碎渣、废钢筋、朽木块、烂水泥……既不能就地焚化,也不能挖坑深埋,只能装运到很远的垃圾场去。200 多吨废料,如果每辆车装 4 吨,就需 50 辆次,还要请装运工、清理工……至少得花 25000 美元。没有人为了 25000 美元的劳务费而愿意揽这份苦差事。

斯塔克却独具慧眼,竟然在众人避之唯恐不及的情况下,大胆地将差事揽在自己头上。因为在他看来,这些"废物"才真正是无价之宝。他来到市政有关部门,说愿意承担这件苦差事。他说,政府不必费 25000 美元,只需拿 20000 美元给他就行了。他可以完全按要求处理好这批垃圾。

合同当时就签下来了。斯塔克还得到一个书面保证:不管他如何处理这批废物垃圾,政府都不干涉,不能因为看到有什么成果而来插手。

斯塔克请人将大块废料破成小块,进行分类:把废铜皮改铸成纪念币;把废铅废铝做成纪念尺;把水泥做成小石碑,把神像帽子弄成很好看的小块,标明这是神像的著名桂冠的某部分;把神像嘴唇分成的小块标明是她那可爱的嘴唇……装在一个个十分精美而又便宜的小盒子里。甚至朽木、泥土也用红绸垫上,装在玲珑透明的盒子里。

更为绝妙的是他雇了一批军人,将广场上这些废物围起来,引来了许多好奇的人围观。大家都盯着大木牌上写的字:

"过几天这里将有一件奇妙的事情发生。"

是什么奇妙事?谁也不知道。

有一天晚上,因士兵松懈,有一个人悄悄溜进去偷制成的纪念品,被抓住了。这件事立即传开,于是报纸电台广播纷纷报道,大肆渲染,立即就传遍了全美。斯塔克神秘的举动引起了人们极大的好奇心。

这时,斯塔克就开始推出他的计划。他在盒子上写了一句伤感的话:"美丽的女神已经去了,我只留下她这一块纪念物。我永远爱她。"

斯塔克将这些纪念品出售,小的 1 美元一个,中等的 2.5 美元,大的 10 美元左右。卖得最贵的是女神的嘴唇、桂冠、眼睛、戒指等,150 美元一个,都很快被抢购一空。

斯塔克的做法在全美形成了一股极其伤感的"女神像风潮",他从一堆废弃泥块中净赚了 12.5 万美元。

智慧·感悟·启迪

在大多数人都否定的事物上动脑筋,独具慧眼,见人所未见,便可能取得意外的成功。对于独具慧眼的人来说,赚钱的机会无处不在,关键就在于他们善于发现。

打破砂锅问到底

有一句著名的格言:“真理诞生于一百个问号之后。”这句格言本身也是真理。

综观千百年来的科学技术发展史,那些定理、定律、学说的发现者、创立者,差不多都很善于从细小、司空见惯的自然现象中看出问题,追根求源,终于把“?”拉直,变成“!”,找到了真理。

就拿洗澡来说,这是一件非常普通的事情。洗完澡,把浴缸的塞子一拔,水哗哗地流走……然而,美国麻省理工学院机械工程系的系主任谢皮罗教授,却敏锐地注意到:每次放掉洗澡水时,水的旋涡总是向左旋的,也就是逆时针的!

这是为什么呢?谢皮罗紧紧抓住这个问号不放。他设计了一个碟形容器,里面灌满水,每当拔掉碟底的塞子,碟里的水也总是形成逆时针旋转的旋涡。这证明放洗澡水时旋涡朝左,并非偶然,而是一种有规律的现象。

1962 年,谢皮罗发表了论文,认为这旋涡与地球自转有关。如果地球停止自转的话,拔掉澡盆的塞子,就不会产生旋涡。由于地球不停地自西向东旋转,而美国处于北半球,便使洗澡水朝逆时针方向旋转。

谢皮罗认为,北半球的台风都是逆时针方向旋转,其道理与洗澡水的旋涡是一样的。他断言,如果在南半球则恰好相反,洗澡水将按顺时针形成旋涡;在赤道,则不会形成旋涡!

谢皮罗的论文发表之后,引起各国科学家的莫大兴趣,纷纷在各地进行实验,结果证明谢皮罗的论断完全正确。

谢皮罗教授从洗澡水的旋涡,联想到地球的自转问题,联想到台风的方向问题,并作出了合乎逻辑的推理,这正是他目光敏锐、善于思索的体现。

无独有偶。在近百年前,一位名叫密卡尔逊的生物学家,调查了蚯蚓在地球上的分布情况。他指出,美国东海岸有一种蚯蚓,而欧洲西海岸同纬度地区也有这种蚯蚓,在美国西海岸却没有这种蚯蚓。密卡尔逊无法回答这是为什么?

密卡尔逊的论文,引起了德国地质学家魏格纳的注意。当时,魏格纳正在研究大陆和海洋的起源问题。他认为,那小小的蚯蚓,活动能力很有限,无法跨渡大洋,它的这种分布情况正是说明欧洲大陆与美洲大陆本来是连在一起的,后来裂开了,分为两个洲。他把蚯蚓的地理分布,作为例证之一,写进了他的名著《大陆和海洋的起源》一书。

魏格纳从蚯蚓的分布,推论地球上大陆和海洋的形成,这正说明:他的成功在于从问号中寻求真理。

洗澡水的旋涡和蚯蚓的分布,这些都是很平常的事情。然而,善于“打破砂锅问到底”的人,却从中有所发现,有所发明,有所创造,有所前进。

智慧·感悟·启迪

勤学好问的人会比别人拥有更多的机会。科学并不神秘,科学并不遥远,真理常常就在你的身边,就看你有没有一双敏锐的眼睛,有没有一个善于思考的脑子。

寂寞旅途中的一座小房

有位年轻人乘火车去某地。火车行驶在一片荒无人烟的山野之中，人们一个个百无聊赖地望着窗外。

前面有一个拐弯处，火车减速，一座简陋的平房缓缓地进入他的视野。也就在这时，几乎所有乘客都睁大眼睛“欣赏”起寂寞旅途中这道特别的风景。有的乘客开始窃窃议论起这房子来。

年轻人的心为之一动。返回时，他中途下了车，不辞辛苦地找到了那座房子。主人告诉他，每天，火车都要从门前驶过，噪声实在使他们受不了啦，很想以低价卖掉房屋，但很多年来一直没有人问津。

不久，年轻人用3万元买下了那座平房，他觉得这座房子正好处在拐弯处，火车经过这里时都会减速，疲惫的乘客一看到这座房子就会精神一振，用来做广告是再好不过的了。

很快，他开始和一些大公司联系，推荐房屋正面这道极好的“广告墙”。后来，可口可乐公司看中了这个广告媒体，在3年租期内，支付给这个年轻人18万元租金……

智慧·感悟·启迪

在这个世界上，发现就是成功之门。开阔的思想、远大的眼光是成就宏伟事业的基础。如果你能够随时用敏锐、独到的眼光来洞察周围的环境，财富通常就会像一位好朋友一样不期而至。

阿喀琉斯的脚后跟

古希腊神话中有一位伟大的英雄阿喀琉斯，他有着超乎普通人的神力和刀枪不入的身体，在激烈的特洛伊之战中无往不胜，取得了赫赫战功。但就在阿喀琉斯攻占特洛伊城奋勇作战之际，站在对手一边的太阳神阿波罗却悄悄一箭射中了伟大的阿喀琉斯，在一声悲凉的哀叹中，强大的阿喀琉斯竟然倒下去了。

原来这支箭射中了阿喀琉斯的脚后跟，这是他全身唯一的弱点，只有他的父母和天上的神才知道这个秘密。在他还是婴儿的时候，他的母亲——海洋女神忒提斯，就曾捏着他的右脚后跟，把他浸在神奇的冥河中，被河水浸过的身体变得刀枪不入，近乎于神。可那个被母亲捏着的脚后跟由于没有浸到水，便成了阿喀琉斯全身唯一的弱点。母亲造成的这唯一弱点要了儿子的命！

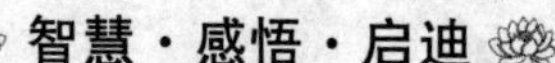

智慧·感悟·启迪

俗话说:“办法总比困难多。”不管多么难的问题,都可能有很多解决的办法。认真思考,找到解决问题的突破口,找到敌人的薄弱环节,就很容易取得胜利。

一种精美甜点的食谱

美国人琳达有一次在保加利亚旅行时,深深地为当地的一位妇女制作的一种精美甜点所折服。为此,对其念念不忘的琳达特意讨要了这种点心的食谱。食谱上称需用10个鸡蛋和一些其他的调料。回家后琳达按照食谱如法炮制,结果竟弄得一塌糊涂。

但琳达并未灰心丧气,在又一次去保加利亚旅行时,她请这位保加利亚妇女再次给她演示了一遍,琳达详细地观看了甜点制作的全过程并做了详尽的记录。可回家后她又一次做砸了。

琳达对此百思不得其解,同样的食谱和方法,为什么会有两种截然不同的结果?

后来,一次烹饪协会举办的聚会上,在琳达准确地描述了制作甜点的过程后,一位友好的烹饪爱好者直截了当地说琳达的配料太软了。他认为可能是鸡蛋放得太多所致:“10个鸡蛋,太软,为什么不尝试减掉几个呢?”

就在那一瞬间,琳达恍然大悟。“为什么不尝试减掉几个呢?”琳达马上想到,保加利亚的鸡蛋普遍较小,更像是美国的中型鸡蛋,而她每次做甜点时都是用10个大个儿的美国鸡蛋。回家后,琳达第三次按照食谱去做时只放了8个大个儿鸡蛋——又美又香的甜点由她首次亲自制作成功了!

智慧·感悟·启迪

理论必须和实践紧密结合,才能发挥积极有效的作用。客观条件发生了变化,就不能再简单、生硬地照搬别人的经验!

让意外变成美好的开端

在古埃及,有一天,一位法老盛宴宾客,这当然是厨师们大显身手的好机会。然而就是这样异常重要的场合,一位厨师竟然不慎将一盆油洒在炭灰里。他一边深深自责,一边将沾满油脂的炭灰捧出去。当他洗手时,意想不到的情况出现了:平时最令他头疼的油污,这一次竟然清洗得又快又干净。聪明的厨师没有让这个机会溜走,他马上叫来其他厨师也用这种炭灰洗手,结果自然洗得又快又干净。人类历史上最早的肥皂竟在一次“失误”中出现了。

也许你会说,这是个美丽的例外,那么我们不妨来看另外一个故事吧——

在国外有一个酒吧,酒吧里有一个叫乔治的年轻伙计。他的工作就是把供酒商送来的酒,按品种倒入相应的大缸里,再卖给客人。他做得很认真很小心,因为这个工作带来的薪水是他和他卧病在床的母亲的唯一经济来源。但是不幸还是出现了。有一次,他因为实在太疲惫了,迷迷糊糊中竟把酒倒错了缸,致使两种酒混在了一起。他醒悟过来后顿时脸色煞白。他非常清楚这种名贵酒的价值,他也清楚现在等待他的只有被炒鱿鱼和罚款。

而就在这时,接班的人来了,并且更巧的是正好有一个顾客来买酒。因此,那位不知情的伙计就把弄混了的酒舀了一杯给他。奇迹就这样出现了:这位顾客喝了这种弄混了的酒后竟然赞不绝口。"为什么不能把不同的酒混在一起,调成另一种别有风味的酒呢?"乔治脑中突然灵光一闪。随后他不断地进行试验和调制,一种口感独特、颜色瑰丽的酒——鸡尾酒,就这样面世了。它一出现便成为顾客们的新宠,乔治也因此成为让人羡慕的富翁。

智慧·感悟·启迪

失误并不可怕。当失误已经成为事实,我们要做的不是懊悔,更不是怨天尤人,而是要勇敢地正视它,从中找到通往成功的机会。

失算的律师

在俄克拉荷马州,一个人被控犯了杀人罪,有足够的证据可以判罪,只是没有找到死者的尸体。被告的律师在要结束他的辩护时,知道他的委托人有可能被判有罪,便把希望寄托在一个花招上面。于是,他说:"陪审团的女士们、先生们,我会让你们所有的人都感到吃惊。"律师看了下手表,"1 分钟内,那个被认定在该案中被杀的受害人将走进法庭。"

他把目光投向法庭入口,所有的陪审员们都被唬住了,也急切地看着入口,1 分钟过去了,什么也没发生。

最后,律师说:"事实上,我虚构了上边这一陈述的内容。但是,所有的陪审员都怀着预期的心态看着法庭大门。这说明,你们对于本案中是否有人被杀,持怀疑态度。因此,我坚持提出对被告做无罪判决。"

陪审团显然困惑了,法官宣布休庭,让陪审员们去商讨。几分钟后,陪审员们返回法庭,宣布了对被告有罪的判决。

"怎么能这样呢?"被告的律师质问,"我看见所有的陪审员都盯着门口,你们都有疑虑。"

陪审团主席说:"哦,是的,我们都看着门口,但是你的委托人没有看门口。"

智慧·感悟·启迪

聪明人的一个特征就是办法多。思路灵活的人,总是能够在山重水复的困境中,找到一条可靠的出路,取得突破性的进展。

用水中的“盐”代称上帝

盖图年满12岁后,被送往老师家学习,一直到24岁为止。完成学业后,盖图满身傲气地回到自己的家。父亲对他说:“我们如何认识那不为我们所见的神?我们怎么知道上帝这位全能者无所不在呢?”

这个男孩开始背诵《圣经》中的经文,但是他的父亲却从中打断:“你背的东西太复杂,难道没有更简单的方式可以习得上帝存在的道理吗?”

“爸爸,据我所知,是没有的。现在我是个有文化的人,我需要从《圣经》文化中找出解释神圣智慧的奥秘。”

父亲抱怨道:“把儿子送到修道院学习,真是浪费时间和金钱。”

于是,父亲将盖图带往厨房,在一个陶罐内注满水,并撒下一点盐。父亲要求盖图:“请从水罐中取出我刚才撒下的盐。”

盖图找不到盐,因为盐都溶解于水中了。

父亲说:“那么,你尝尝水罐里的水,看看味道如何?”

“是咸的。”

“你再尝尝水罐深处的水。”

“同样是咸的。”

父亲说道:“你读了这么多年书,却不懂上帝虽不可见却无所不在的道理。简单地用水中的‘盐’代称上帝,就说明了这个道理。请你还是抛弃你的傲气,做些实实在在的事情吧。”

智慧·感悟·启迪

解决任何问题都可能有多种方法。只要我们勤于动脑、善于思索,就可以找到一种简便有效的办法。

“费米思维”的启示

费米是一位美籍意大利科学家,也是一位善于启发人的教育家。为了开发学生们的智力和才能,费米提出一种处理难题的思维方式。他说,当你听到一个问题,可你对问题的答案丝毫都不知道,你肯定会认为所提供的信息或已知条件太少了,因而无法解决它;但是当这个问题被分解成几个次级问题,每个问题不用求教专家或书本都能解答时,你就接近于得到准确的答案了。

比如,你想知道地球周围的大气质量是多少,这个问题处理起来好像无从下手,但是稍有物理知识的人都知道一个标准大气压约为10千帕,大气有压强完全是因为大气有重力,而地球的半径约为640千米是我们熟悉的物理量，求出地球的表面积后再乘以大气的总重力，进而顺利地得到地球上空气的总质量。

20世纪40年代的一个早晨，世界上第一颗试验原子弹在美国新墨西哥州沙漠上爆炸，40秒钟后，震波传到费米和他的学生们驻扎的基地，费米把一些碎纸屑扔向空中让其随风飘落，然后通过迅速计算，费米向他的学生们宣布爆炸的能量相当于1万吨烈性炸药，学生们非常佩服。

智慧·感悟·启迪

循序渐进，由易至难，独立思考，迅速得到结论，是分析处理问题简单而有效的方式，这种思维方式可以帮助我们解决很多日常问题。

黑石头和白石头

从前，在欠债不还便足以使人入狱的时代，伦敦有位商人欠了一位放高利贷的债主一笔巨款。那个又老又丑的债主，看上了商人青春美丽的女儿，便要求商人用女儿来抵债。

商人和女儿听到这个提议都十分恐慌。狡猾伪善的高利贷债主故作仁慈，建议这件事听从上天的安排。他说，他将在空钱袋里放入一颗黑石子、一颗白石子，然后让商人女儿伸手摸出其一，如果她拣中的是黑石子，她就要成为他的妻子，商人的债务也不用还了；如果她拣中的是白石子，她不但可以回到父亲身边，债务也一笔勾销；但是，假如她拒绝探手一试，她父亲就要入狱。

虽然极不情愿，商人的女儿还是答应试一试。当时，他们正在花园中铺满石子的小径上，协议之后，高利贷的债主随即弯腰拾起两颗小石子，放入袋中。敏锐的少女突然察觉：两颗小石子竟然全是黑的！

如果你是那个不幸的少女，你要怎么办？

故事中的女孩不发一语，冷静地伸手探入袋中，装作漫不经心的样子，眼睛看着别处，摸出一颗石子。突然，她手一松，石子便顺势滚落到路上的石子堆里，分辨不出是哪一颗了。

“噢！看我笨手笨脚的！”女孩呼道，“不过，没关系，现在只需看看袋子里剩下的这颗石子是什么颜色，就可以知道我刚才选的那一颗是黑是白了。”

当然，袋子剩下的石子一定是黑的，恶债主既然不能承认自己使诈，也就只好承认她选中的是白石子。

一场债务风波，有惊无险地落幕了。

智慧·感悟·启迪

不管形势对我们是多么不利，只要你思路灵活，肯动脑筋，总能够逢凶化吉，把最险恶的危机变成最有利的情况。

海鸟和珍珠

从前，有一个海岛，岛上有很多沉积了多年的大颗的珍珠，价值都非常昂贵。可谁也无法接近这个海岛，只有栖息在海岸附近的海鸟能飞行往来于这个岛上。

很多人慕名而来，带着枪支弹药，捕杀飞回岸边的海鸟。因为这种海鸟每到白天都会飞到岛上去吃光如明月的珍珠。

时间长了，海鸟渐渐地灭绝，即使剩下的几只也过得胆战心惊，只要一闻到人的气息、看到人的踪影，就会早早地逃走。

后来，来了一个很有智慧的商人，他在海岸附近买下大片的树林，并在树林周围围上栅栏，不让闲杂人等走进他的树林。同时，他严厉告诫他的仆人，不许在树林里捕捉或驱赶海鸟，更不许放枪。

于是，当海岸其他地方的枪声一响，就会有海鸟在惊慌逃窜中不经意地闯进他的树林。时间一长，海鸟们渐渐地都留在他的树林里栖息。它们也因此不必再为生命安全而战战兢兢。

等海鸟在他的树林里逐渐安定下来的时候，他开始用各种粮食果实等，做成味道鲜美的百味食物，撒给这些海鸟吃。海鸟贪吃百味食物，吃得十分饱了，就把肚中的珍珠全部拉了出来。

日复一日，这个商人就成了百万富翁。

智慧·感悟·启迪

不论干什么事情，都尽量跳出“直来直去”的思维模式，在某些情况下，采取“欲擒故纵”的策略，奉行“得到以前先付出”的原则，可能效果更好。

不俗的海报

有三位著名演员应邀到一个剧场同台演出。他们向剧场经理提出同样一个要求，即在海报上把自己的名字排在前面，否则，他们将退出演出。

三位演员同台献艺的消息早已传出，总不可能改为个人专场演出。何况这几位演员都是走红明星，得罪哪一个都对剧场经营不利，这真是个令人头痛的问题。

不过，剧场经理略经思索之后就满口答应了他们的要求。

到演出那天，三位演员到剧场一看，海报不是一般的纸面形式，而是一个不断转动的大灯笼，三个演员的名字都写在灯笼上，三个名字转着圈轮番出现，谁都可以说自己的名字排在前面，于是三位演员皆大欢喜地参加了演出。

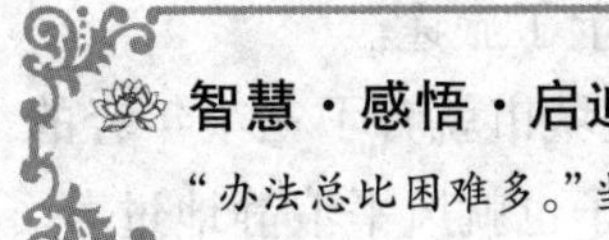

智慧·感悟·启迪

"办法总比困难多。"当我们碰到难题，如果用静态思维不能解决时，不妨改用动态思维试试。

骗人的招牌

从前，有个人开了一家药店，专卖治脚跰的药。他为了招徕顾客，便想了个欺骗的方法，做了一块横匾招牌，上面写着"供御"二字，意在向人炫耀自己的药是供皇帝用的，因为这"御"字即是与帝王有关的称谓。

他这一招还真灵，果然许多长脚跰的人都来买他的药。有一天，来了几个读书人，走到这药店门口，看到这"供御"二字的横匾，觉得很好奇，其中一人径直走到柜台前问："请问卖的什么药？"

那卖药人回答道："治脚跰的药。"

那读书人回头朝同来的几人笑着说："这就奇怪了，皇帝从不自己走路，怎么会长脚跰，又怎么会用他这治脚跰的药呢？"

几个读书人边议论边讥笑这个卖药人的愚蠢把戏，走开了。结果，这家药店的骗人"广告"被戳穿了，那些有脚跰的人也都不来买他的药了。

过了些时候，皇上知道了卖药人打着皇帝招牌行骗的事，便派人来传唤他，并要给他治罪。他一把鼻涕一把泪地哭着说："小的怎敢斗胆欺骗皇上呀！只不过是想借皇上的威光招引顾客罢了！"

皇上这次总算慈悲为怀，考虑到卖药人只不过是为了谋生罢了，于是并未治罪就把他放回去了。

卖药人回家后，立刻把店门上挂的那个横匾摘下来，在原有的"供御"之上，又增加了 4 个字："曾经宣唤"，依然想借此招徕顾客。

智慧·感悟·启迪

思维灵活的人，总是能够千方百计地利用一切可以利用的资源，扩大自己的影响，他们甚至能够从障碍中找到有利的机会。

四颗补鞋钉

在苏格兰一个小镇上，一位年迈的鞋匠决定把补鞋这门本事传给三个年轻人。在老鞋匠的悉心教导下，三个年轻人进步很快。当他们学艺已精，准备去闯荡时，老鞋匠只嘱咐了一句："千万记住,补鞋底只能用四颗钉子。”三个年轻人似懂非懂地点了点头,踏上了旅途。

过了数月,三个年轻人来到了一座大城市各自安家落户,从此,这座城市就有了三个年轻的鞋匠。同一行业必然有竞争,但由于三个年轻人的技艺都不相上下,日子也就风平浪静地过着。

过了些日子后,第一个鞋匠就对老鞋匠那句话感到了苦恼。因为他每次用四颗钉子总不能使鞋底完全修复,可师命不敢违,于是他整天冥思苦想,但无论怎样想他都认为办不到。终于,他不能解脱烦恼,只好扛着锄头回家种田去了。

第二个鞋匠也为四颗钉子苦恼过,可他发现,用四颗钉子衬补好底后,坏鞋的人总要来第二次才能修好,结果来修鞋的人总要付出双倍的钱。第二个鞋匠为此暗喜着,他自认为懂得了老鞋匠最后一句话的真谛。

第三个鞋匠也同样发现了这个秘密,在苦恼过后他发现,其实只要多钉一颗钉子就能一次把鞋补好。第三个鞋匠想了一夜,终于决定加上那一颗钉子,他认为这样能节省顾客的时间和金钱,更重要的是他自己也会安心。

又过了数月,人们渐渐发现了两个鞋匠的不同。于是第二个鞋匠的铺面里越来越冷清,而去第三个鞋匠那儿补鞋的人越来越多。最终,第二个鞋匠铺也关门了。

日子就这样持续下去,第三个鞋匠依然和从前一样兢兢业业地为这个城市的居民服务。当他渐渐老去时,他开始真正懂得了老鞋匠那句嘱咐的含义:要创新,而且不能有贪念,否则必会为社会所淘汰。

又过了几年,鞋匠的确老了,这时又有几个年轻人来学这门手艺,当他们学艺将成时,鞋匠也同样向他们嘱咐了那句话:“千万记住,补鞋底只能用四颗钉子。”

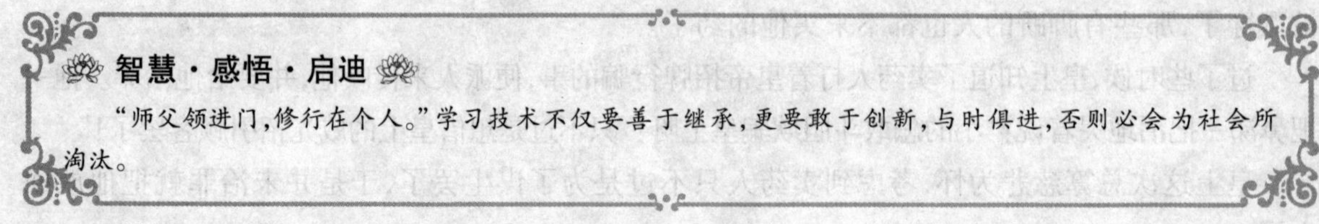

智慧·感悟·启迪

“师父领进门,修行在个人。”学习技术不仅要善于继承,更要敢于创新,与时俱进,否则必会为社会所淘汰。

律师的故事

有名律师买了一盒极为稀有且昂贵的雪茄,还为雪茄投保了火险。结果他在一个月内把这些顶级雪茄抽完了,保险费一毛也还没缴,却提出要保险公司赔偿的要求。

在申诉中,律师说雪茄在“一连串的小火”中受损。保险公司当然不愿意赔偿,理由是:此人是以正常方式抽完雪茄的。结果律师告上法院还赢了这场官司。法官在判决时表示,他同意保险公司的说法,认为此项申诉非常荒谬,但是该律师手上的确有保险公司同意承保的保单,证明保险公司保证赔偿任何火险,且保单中没有明确指出何类“火”不在保险范围内。因此,保险公司必须赔偿。因为难以忍受漫长昂贵的上诉过程,保险公司决定接受这项判决,并且赔偿美金1.5万元的雪茄“火险”。

以下才是最精彩的地方:

律师将支票兑现之后,保险公司马上报警将他逮捕,罪名是涉嫌24起“纵火案”!!!有他自己先前的申诉和证词为据，这名律师立即以“蓄意烧毁已投保之财产”的罪名被定罪，需要入狱服刑 24 个月，并罚美金 2.4 万元。

智慧·感悟·启迪

赚钱的确需要灵活的思路。但是，赚钱更要走正道，千万不要不择手段，误入歧途。

奇怪的梦

这天，小亮做了一个奇怪的梦。

他梦见自己在去阎罗殿的路上，遇见一座金碧辉煌的宫殿，宫殿的主人请求他留下来居住。

小亮说：“我天天忙于看书学习，现在只想吃、想睡，我讨厌学习。”

宫殿的主人答道：“若是这样，那么世界上再也没有比这里更适合你居住的了。我这里有山珍海味，你想吃什么就吃什么，不会有人来阻止你；我这里有舒服的床铺，你想睡多久就睡多久，不会有人来打扰你。而且，我保证没有书给你看，也没有任何作业要你做。”

于是，小亮高高兴兴地住了下来。

开始的一段日子，小亮吃了睡、睡了吃，感到非常快乐。渐渐地，他觉得有点寂寞和空虚，于是就去见宫殿的主人，抱怨道：“这种每天吃吃睡睡的日子过久了也没有意思。我对这种生活已经提不起一点兴趣了。你能否给我找来几本书，给我出几道题？”

宫殿的主人答道：“对不起，我们这里从来就不曾有过作业。”

又过了几个月，小亮实在忍不住了，又去见宫殿的主人：“这种日子我实在受不了了。如果你不给我书、没有作业做，我宁愿去下地狱，也不要再住在这里了。”

宫殿的主人轻蔑地笑了：“你认为这里是天堂吗？这里本来就是地狱啊！”

智慧·感悟·启迪

看书学习虽然累，但它却充满了情趣；只要你以正确的思想看待它，你完全可以把看书学习当做一种消遣。

农夫的蚊帐

一个喜欢读书的大学生来找教授，问：“为什么你总是劝他们多多读书，却总是劝我不要读书？”

教授没有正面回答,而是讲了一个蚊帐的故事。

一个农夫睡觉时被蚊子叮醒了,他气急败坏地打死了一只蚊子以后,恨恨地发誓,明天一定要买个蚊帐回来。

第二天一大早他就去市场,买了一个蚊帐回来。

今晚可以睡一个安稳觉了,他想。

这一夜睡得果然香甜。

但是第二天醒来后他惊奇地发现,帐子里有十来只大蚊子。它们一个个肚子圆鼓鼓的,这一夜,它们从蚊帐的缝隙暗度陈仓,前所未有地美餐了一顿。

对这个故事,学生非常茫然,教授说:“如果说愚昧就是蚊子,那么知识就是蚊帐,蚊帐本来是用来防蚊的,但是假如你使用不当,你反而会遇上更多的蚊子、更多的愚昧。懂得一点一知半解的书本知识、就觉得自己高高在上的人,不都跟这个农夫很相似吗?”

智慧·感悟·启迪

一个人不能为读书而读书,读书的最终目的是为了用。学以致用是非常重要的。知识本来是解决问题的,如果使用不当,会带给你更多的问题。

最后的期望

那是最后一片绿地。

在这个世界上,树木一棵一棵地倒下去,草地一片一片地秃下去。

最后,就真的剩下那最后的一片绿地了。

绿地看了看左边,光秃秃的,是一望无际的荒漠;绿地看了看右边,是越来越厚的沙子。

绿地叹了一口气,重重地。

一只野兔,站在绿地的边上,思索着什么。

那是最后的一只野兔了。在草地一片一片地消失的时候,野兔也一批一批地消失了,网、子弹和越来越少的草地让野兔在绝望中死去了。最后的这只野兔已经好久没有吃东西了,在这个世界上的最后一片草地的边上,野兔守望了好长时间,它不是不想走进那片草地,它太想用那绿草来填充自己的肚子了,可是它却一直没有走进绿地去。

野兔想:那可是最后一片绿地了!我怎么能去吃掉呢?留下那一片绿地,也许慢慢地慢慢地就能繁衍出更大的一片绿地,也许慢慢地慢慢地,绿地就会蔓延出去……这个世界上不能没有草地啊。

想到这儿,野兔笑了。那是这个世界上最后一只野兔的好久以来的唯一一次笑啊。

野兔笑得比哭都难看。

一只狼,在离野兔不远的地方卧着。那也是世界上的最后一只狼了。狼的兄弟姐妹们一只一只地在这个世界上消失了,在某一天,这个世界上就只有这最后一只狼了。

狼在那儿卧着,卧了好长好长时间了,狼久久地看着野兔,然后抬起头来看天。狼好几次站起来,准备向野兔走去,但它最终停下来了。狼听到了自己的肚子咕咕咕咕地叫着的声音。

狼对自己说:我不能吃它啊。它可是这个世界上最后的一只野兔了。让它活下去吧,也许它是一只母兔,也许在它的肚子里还有小兔,就让它繁殖出一批一批的兔子吧。谁能想象到一个没有兔子的世界该是什么样子的。

于是绿地在那儿静静地待着,野兔在那儿静静地站着,狼在那儿静静地卧着。

其实绿地是在期待着什么啊!绿草地多么希望这个世界上的最后一只野兔朝着自己走过来,把自己吃掉。那样至少这个世界上还有野兔存在啊,也许,野兔在吃掉自己以后,会把自己的种子带到其他地方去,随着那些种子们被野兔带到各个地方,慢慢地会长出一片一片的绿草地来。

其实兔子真的希望这个世界上的最后一只狼朝着自己走过来,把自己吃掉。这个世界上叫做狮子的动物、叫做老虎的动物、叫做别的什么什么的动物都已经没有了,眼看着叫做兔子的动物也就只剩下自己了,那么让狼吃掉自己吧,也许狼吃掉自己后,这种叫做狼的动物还不会消失呢。

卧在那儿的狼知道草地在想什么,也知道野兔在想什么。

但狼一直在那儿卧着,狼总想会回到以前的时光,那是它经历过的。在以前的时光里,狼感觉多么幸福啊,可是那一切都不复存在了。狼也想会回到以前的以前的时光去,当然以前的以前的时光它没有经历过,那是它的祖先们经历过的,在回忆往事的时候,狼会陶醉那么一会儿。

狼一直没有朝野兔走过去。卧在那儿,狼突然对死亡产生了强烈的憧憬,而在这以前,狼是多么的害怕死亡啊。狼对自己说,我快快地快快地死掉吧,在我死的时候我就走到那片草地的中央去,让我的尸体慢慢地腐烂,然后让世界上最后的那一片草地旺盛地生长,那可是世界上最后的一片草地了。想到这儿,狼笑了。

狼笑了那么一小会儿,就不笑了,狼知道,自己想的那只能是幻想了。狼摇了摇头。

于是在这个世界上,最后的一片草地、最后的一只野兔和最后的一只狼静静地静静地等待着它们最后的时光。

(侯建臣)

智慧·感悟·启迪

这个世界上最后一片绿草地,最后一只兔子,最后一只狼,它们之间的故事,无论怎么发生、发展、高潮,我们也只能得到一个悲哀而无奈的结局。这是一个悲伤的童话。但是如果我们继续用贪婪来肆虐地球,童话里的故事就不会再是骗人的了,而是会增加一个角色:最后一个人。

蜗牛的下场

有一只很温顺很勤劳的蜗牛,每天都早出晚归地寻找食物来填饱肚子。后来,它跟一只蜻蜓成了好朋友,天天在一起玩耍,一起谈自己的理想和抱负。

可是不幸的是,蜻蜓得了不治之症。蜻蜓在临终前,把它的翅膀送给了蜗牛。蜗牛有了翅膀，就可以到处飞来飞去，彻底摆脱慢吞吞的生活节奏了。

可是蜗牛这时候却动起了歪脑筋："我现在有了翅膀，速度很快了，难道还像过去一样吃那些难咽的树叶吗？不行，我得提高我的生活质量。"可是怎么提高生活质量，它却没有想出好办法来。

有一天，他看到小猫晒在太阳下的鱼片，就以惊人的速度俯冲下去，偷走了一块鱼片，那鱼片真香啊。有了第一次，它便成了惯偷，天天去偷别人的东西吃。有一回，它从蚂蚁博士那儿偷了一粒糖丸，谁知它吃了糖丸，竟然隐身了。"嘿嘿，太好了，别人看不见我，我就再用不着偷偷摸摸，完全可以明目张胆地拿了。"从此，它见了别人好吃的东西，顺手拿了就走，完全成了神偷影无踪。人们被偷怕了，就请来蜘蛛猎手，到处张起了蛛网。有一天，小蜗牛去偷东西时，一不小心撞在网上脱不了身了。一只大蜘蛛看见网在动，就爬过来用蛛丝把它那看不见的身体捆了个结结实实。小蜗牛死了，变成了一只空壳，被扔到了垃圾堆里。

有的人，原本并不坏，可是随着条件的好转，有了本领，就反而会干起坏事来，最后毁掉自己。我们每一个人都应该引以为戒啊！

（吕金华）

智慧·感悟·启迪

蜗牛因为意外的收获，激发了贪欲，最终毁掉了自己。在我们的生命里，随时都有可能收获诱人的机遇。如果我们合理地抓住机遇，就能使梦想实现，使生活更美好；可如果我们被这份幸运冲昏头脑，在机遇的海洋里贪婪地吸吮，终有一天，我们会因为自己的贪欲而丧失一切。

救命半袋米

风高水冷，寒气逼人。1940年的初春来得有些迟。

"鬼子的部队过河了"，这消息像长了翅膀，传遍了县城。那时20岁的爷爷是花家药铺的伙计，花掌柜闻风逃命去了。药铺一关张，爷爷只得背上铺盖卷回家。

爷爷到家的第三天，鬼子的部队耀武扬威地扑进了村。全村男女老幼八十来口人都被明晃晃的刺刀逼到村东头的破庙里关了起来，鬼子说，只有说出八路军在山里的藏身之处，才能放人回家。然后，鬼子大部队抢光了村里所有能吃的东西，带上继续扫荡去了，只留下几个荷枪实弹的鬼子继续留守。

三天时间，乡亲们没有东西吃，肚子饿得咕咕作响，撑不住的孩子们开始嘤嘤地哭。

爷爷坐在地上，也觉得饿，他皱着眉头，从腰间解下一个口袋，那里面装的是大米，由于长时间的抚摸，那纯布口袋变得油光光的，像屠夫揩过手多年未洗的围裙。

爷爷鼻子贴着口袋，贪婪地嗅着米香，旁边的胖婶发现了，像看见了救命稻草，兴奋得两眼放光，他叔，袋子里是米不？俺的娃饿坏了，给点熬粥中不？爷爷知道，因为饥饿和恐慌胖婶没有奶水喂娃儿——按辈分我应该叫胖婶奶奶，叫她的娃儿伯父才对。

听胖婶说要米，爷爷慌了，抓紧了口袋说，是米，是米，这可是救命米，不可以吃的。

胖婶急了，跪着爬过来，抓着爷爷的胳膊，带着哭腔说，他叔，俺娃快不行了，现在正是救命的时候，给一点儿吧！

爷爷仍旧摇头，固执地把口袋死死地搂在怀里，任凭太爷太奶生拉硬拽要拿走米，他就是不肯，拼命地反抗。胖婶痛苦地哭出声来，乡亲们也都投过来鄙视的眼光，像仇恨一头糟蹋庄稼的野猪。

门开了，争吵声惊动了外面的鬼子，他们举着刺刀走进来，乡亲们迅速地搂紧了孩子，胖婶猩红的眼睛迸射出如炬的愤怒，盯着爷爷那张因害怕而苍白的脸——这个自私的家伙要倒霉了。

果然，瘦高个儿鬼子看见爷爷怀里的口袋，就把刺刀顶在了他的鼻尖上，爷爷颤抖着把口袋往身后藏。瘦高个儿不容分说，劈手将口袋夺过去。解开袋嘴儿，他看见了白花花的大米，忙抓出一把，在鼻子上嗅了嗅，又狐疑地望着爷爷，叽里呱啦不知道在说什么。这时，爷爷突然双膝跪倒，抱着瘦高个儿的胳膊去抢米，口中叫着这是半袋救命米，你还我。

瘦高个儿笑了，满意地把口袋往肩上一搭，同时把刺刀横着一挥，刀尖划出一道闪亮的弧线，只听刷的一下，爷爷右手手指被齐刷刷削掉一截，鲜血一下子涌出来。几个鬼子狂笑着转身咕咚咕咚地走了，爷爷疼得呜咽着哭出声来，痛苦地捂着伤口，脸色惨白，可没有人理会他，更没人可怜他，包括太爷太奶——一个给鬼子下跪的人，不值得大家去怜悯。

一会儿工夫，鬼子们支在外面的铁锅飘出了浓浓的饭香。爷爷将身子挪到墙角缩成一团——那时的他孤立无援，一定很痛苦。他抓着疼痛不止的残指，努力吸着缕缕饭香，嘴里絮絮叨叨地说："可惜了这半袋米，求求老天爷保佑他们都多多吃饭吧。"——乡亲们叹气，乡亲们摇头，乡亲们扼腕：这家伙被吓疯了。

天黑下来了，空中飘起了小雨，吵吵闹闹、划拳喝酒的鬼子们吃完了饭，渐渐没了声息，好像全都醉倒了一般。

倚在墙角的爷爷突然吹了一声响亮的口哨，隔了一会儿，他从地上一跃而起，拉着几个年轻人说，走，给鬼子收尸去。

8 个鬼子，龇牙咧嘴，尸体直挺挺的，一个不漏地被拖到一口枯井里埋了……

满脸皱纹的爷爷给我讲这段故事时，总是用少了一截的右手耐心地抚平那个叠得四四方方仍旧油光光的布袋子，他一边抚一边说，这药泡米真灵，鬼子一个都没漏，只是可惜了这半袋大米，整整 8 斤呢，如果你胖奶奶家的大伯活着，该有七十来岁了。

言罢，爷爷老泪纵横。

（美人锥）

智慧·感悟·启迪

半袋米是用来救活一个人，还是用来杀死一群鬼子？爷爷选择了后者。是的，无论是历史上还是生活中，我们都不缺少以小搏大的智慧。而当邪恶和正义交锋时，我们必须要知道孰轻孰重，而且我们更应该坚信，正义会是最终的胜利者。无论是一个人，还是一个国家，智慧而正义的选择，从来不会出错。

维斯瓦河的琴声

这天,芭芭拉偶然看到一条报纸广告:享誉世界的波兰小提琴家多曼斯基,在汉堡寻找一名弟子。芭芭拉不禁怦然心动。

第二天清早,多曼斯基下榻的宾馆门前,应征的小提琴手早就排起了长队,芭芭拉背着小提琴排到了最后。

3 个小时后,终于轮到了芭芭拉。

金色大厅里,一个白发苍苍的老人背对着她,说:"你可以拉琴了!"

芭芭拉紧张地点了点头。很快,老人被悠扬的琴声吸引住了。他回过头,惊喜地说:"孩子,你被录取了。"

芭芭拉有点惊讶:"先生,这是真的吗? 可是,您还没听完整首曲子。"

老人笑了:"孩子,请相信我的耳朵!"

第二天,老人邀请芭芭拉去花园做客。整个上午,老人只是跟芭芭拉漫无边际地聊天。聊完天,老人从黑皮箱里翻出一张琴谱,说:"一个月后,波兰将举行青年小提琴大赛。我已经替你选好了曲子。如果你夺得冠军,我就正式收你为徒!"芭芭拉郑重地接在手里,这是一张破旧的手写琴谱,曲名《维斯瓦河》,看样子,年代十分久远。

然后,老人闭上眼睛,亲自示范了一遍。芭芭拉不禁暗暗赞叹。多曼斯基果然名不虚传,那琴声,让人如临其境。

一曲终了,芭芭拉尴尬地说:"这曲子挺难。"

老人笑了:"所以,只有你才有资格拉!"

芭芭拉鼓足勇气,说:"好,我一定竭尽全力!"

从此,芭芭拉每天勤奋地练琴。一开始,她总是错误百出,但后来越拉越好。那天,芭芭拉演奏完,老人终于露出了微笑。

终于,两人抵达了华沙。

小提琴大赛后天举行,老人决定让芭芭拉最后练一次琴。两人一路攀上了维斯瓦河畔最高的悬崖。脚下是万丈深渊,芭芭拉吓出了一身冷汗。

老人平静地说:"开始吧!"

芭芭拉说:"我怕!"

老人愤怒了:"这是最好的练琴地方。瞧,波兰的维斯瓦河就在你脚下。它是雄伟的,哀伤的。只有在这里,你才能真正领悟曲子的精髓!"

芭芭拉深深吸了口气,终于拉响了琴弦。一开始,琴声低沉哀婉,百转千回;接着,琴声如暴风骤雨,充斥着歇斯底里的绝望;最后,琴声又回到了平和坦然……

芭芭拉的演奏让老人大为惊叹,他呆呆地站在那里,眼中噙满了泪水。芭芭拉拉完最后一个音符,突然心力交瘁,瘫软在地。

在医院,芭芭拉终于苏醒了:"先生,我有话跟你说。"

老人摇摇头:"什么都别说,你先调养好身体,准备参加比赛!"

芭芭拉点了点头。

小提琴比赛如期举行。可惜，芭芭拉名落孙山。

赛后，芭芭拉蹲在走廊里掩面而泣。这时，多曼斯基走了过来："芭芭拉，从今天起，我正式收你为弟子！"

芭芭拉惊呆了："可是，我并没有夺得冠军。"

老人的眼中噙着泪："那都不重要！

芭芭拉低下了头："原来，你早就知道真相。"

老人点了点头："是的，我早就知道。"

事情发生在二战期间。

当时，德军攻占了波兰。芭芭拉的祖父是一名纳粹军官。那天，他带领士兵冲进了一个犹太人的住所。当时，多曼斯基才7岁。老多曼斯基知道大难临头，想用一盒珠宝换回两条性命。但芭芭拉的祖父只要墙上的一把小提琴。原来，他痴迷于乐器收藏，早就看出那把小提琴价值连城。老多曼斯基无奈，只好忍痛割爱。

回去后，芭芭拉的祖父忍不住拉响了小提琴。可是，听到的却只是呜咽，仿佛它的主人痛苦的叹息声。那一刻，他恍然大悟。原来，他永远都不可能真正拥有这把小提琴。

第二天，芭芭拉的祖父决定亲自送还小提琴。谁知，老多曼斯基已经服毒自杀。因为，对于一个小提琴家来说，失去了乐器，便也失去了生命的意义。

后来，多曼斯基被孤儿院收养。长大后，他子承父业，成了世界闻名的小提琴家。可是，他始终无法忘记仇恨。为了完成父亲的遗愿，他以收徒为名四处寻找那把小提琴。直到，芭芭拉的意外出现。

其实，芭芭拉的琴艺并不突出。但是，多曼斯基认出了那把小提琴。在聊天中，又确认了芭芭拉的身世。

芭芭拉的祖父是一个善良的军官。在二战中，他从没亲手杀过一个犹太人。但是，老多曼斯基的死让他惶恐不安。他焚毁了所有珍藏的乐器，然后将这把小提琴深锁在阁楼上，几十年不曾触摸。直到临死前，他才将秘密告诉了芭芭拉。

芭芭拉说："其实，当我看到报纸广告时，就已经认出了你！我知道，你在寻找这把小提琴，也知道，你在寻找我的祖父！"

老人叹了口气，说："是的，当年波兰沦陷。我父亲悲愤交加，在维斯瓦河畔的悬崖上谱写了这首曲子。我将你引到华沙，就是为了亲手杀死你。你既然知道，为什么还跟我来？"

芭芭拉平静地说："因为，我是祖父唯一的孙女，我要替祖父赎罪。可是，你当时为什么不下手呢？"

老人哽咽地说："我早就想对你下手了。但是，我要等到父亲的祭日，然后将你推下悬崖，用鲜血祭奠我父亲的亡灵。你知道，以我的威望，绝对没有人会怀疑我！可是，你的琴声唤醒了我的良知。那一瞬间，我仿佛听到了父亲在拉琴。那种绝望中的无奈，让我心生愧疚。纵然是我，也拉不出那种境界。因为，我的心中只有仇恨……如今，一切都过去了。我终于明白，只有彼此宽容，才能拥有美丽的人生！"

（张春风）

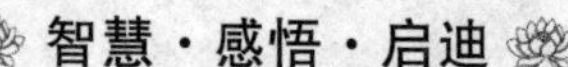

愿意宽恕别人，其实是解开自己心结的办法。否则，仇恨就会变成侵略者，盘烧在我们的心里，和我们斗争、纠缠，时间拖得越久，我们就越受伤。能解除我们仇恨这把心锁的钥匙，就是善良。所以，让我们用宽恕替代报复，用善良战胜仇恨，用美丽战胜丑陋，用温暖战胜寒冷……

借条

吃晚饭的时候，儿子问："爹，听说了没？"

老铁匠一愣："听说啥了？"

儿子吞吞吐吐地说："东沟的老曹，从政府拿了5万块。"

老铁匠的脸一板，顿时像一块生铁。

儿子兀自喃喃说道："老曹的先人给解放军借过钱，老曹拿着解放军打的借条，从政府那里连本带息拿回了5万。"

老铁匠瞄了一眼："人家的先人是提着脑袋支持了革命，现在拿回5万，也没有啥好稀罕的！"

儿子不顾老子黑黑的脸，继续说："爹啊，小喜子考上大学，还差1万的学费呢！"

老铁匠一拍桌子："吃饭！"

儿子继续往下："能想到的办法我都想过了，可是让我到哪里去筹1万啊，我快要给憋死了！"

老铁匠叹了口气："你愁什么，难道一个大活人还能给一口唾沫噎死？"

儿子也叹了口气。

"爹，你不也藏着一张借条吗？我们也去要个5万，不，要1万就够小喜子的学费了！"

老铁匠放下碗筷不说话。

儿子又催道："爹，你倒是说个话啊。"

老铁匠好久才从嘴缝里挤出三个字："我没有！"

"你有！我见过，藏在柜子里，还盖着政府的大红印章呢！"

老铁匠狠狠地擂了一下桌子，碗筷都跳了起来："我说没有就是没有！"

儿子吓了一跳，说："爹，那，可是小喜子的前程啊！"

老铁匠软了下来，又叹了口气："你放心吧，就算把我这把老骨头拆了，我也想办法把钱给筹上！"

开学前两天，老铁匠给儿子送钱去。儿子并不在，只有孙子在。老铁匠一见孙子，板着的黑脸就笑开了花，他问："你爹呢？"

孙子笑着说："他找政府要钱去了！"

老铁匠的心"咯噔"一下，他赶忙回到自己房里，柜子的锁果然被撬开了，那张借条早已不翼而飞。老铁匠一边骂着这该死的畜生一边飞快地跑着，他要把儿子揪回来。快到政府大院时，老铁匠就看见儿子蹲在大门口，看来是警卫没有放他进去。远远的，他就骂道："畜生，你给我回去！"

儿子站起来："我不回去！"

老铁匠骂道："你不回去，老子就打断你的狗腿！"

儿子倔强地说："你就是打断我的腿，我也不回去，"

老铁匠一把揪住儿子的衣领，父子俩纠缠着，正在气喘吁吁、难分难解之际，走出来一个领导模样的人，很有威严地喊了一句："你们这是在干啥呢？"

父子俩住了手，儿子赶紧上前把口袋里的那张借条递给那人，老铁匠伸手去抢但是没有抢到。

"我们是来要钱的，新中国成立前政府向我家借过钱，这个是借条。"

领导看过后，问："你有没有拿错？"

儿子说："没有，那上面还有政府的大印呢！"

领导把借据还回来："你仔细看看，是政府向你们借了钱还是你们向政府借了钱？"

儿子一听，慌了，拿过来一看傻了眼。

老铁匠一巴掌扇过去："没良心的畜生，是解放军把你流浪的爹从国民党的刺刀下救了回来，他们看我可怜，借钱给我开了铁匠铺，这是当年我给解放军打的借条！"

他哆嗦着从口袋里掏出个手绢包，一把握住领导的手说："同志啊，那会儿没有等到我还钱，队伍就开拔到前线去了；他们把我写的借条悄悄塞进我家门缝里，还加了个大印，说我欠的钱一笔勾销了！——同志啊，这是我卖了铁匠铺给孙子筹办的大学学费，我现在把它还给政府！这笔钱，我欠了几十年了，我有愧啊！"

"老哥哥，把这张借条捐给革命历史纪念馆吧！"领导把钱推回去，他握紧老铁匠的手说，"老哥哥啊，你怎么能拿孩子的前程赌气啊，孩子的前程，不就是我们的未来吗？"

（邵孤城）

智慧·感悟·启迪

其实借条不是真正的问题，真正的难题是我们的心。责任和良知，损失和赔偿，它们像两组对手，一直在两代人心中斗争。当然，善良是最好的调解员，因为它能说服所有人。如果我们不能在纷乱中拿定主意，那就抽身事外，让我们的良心来帮我们做出选择，这个选择的结果，无论我们还是别人，都不会失望的。

孤岛上的暗战

杰克和约翰，是深交多年的探险爱好者。在一次意外的漂流途中，两人被冲到了一座荒岛。在此之前，他俩的皮划艇不慎触礁，整个船体被撞得粉碎，唯一幸存的，是一罐不足一升的清水。

小岛气候恶劣，白天炎热难当，到了晚上，又有无数的黑蚂蚁吞噬着他们的鲜血。杰克望着那片广阔的海面发呆。这座小岛，离最近的陆地也有15英里。倘若体力充沛，他们还可能游过去。可是，在这片深邃的海洋里，隐藏着无数凶恶的鲨鱼。只怕还未游出多远，他们便成了鲨鱼嘴里的美餐。

约翰年长几岁，经验颇丰。他一遍遍地叮嘱杰克，要珍惜那罐清水，不到万不得已，绝对不能喝海水，因为那会让他们的肾脏衰竭。小岛寸草不生，唯一的食物是逃到沙滩上的海蟹。可是，那样的机会少之又少。整整三天，两人才用石头捕获一只海蟹。狼吞虎咽之后，仍是饥饿。所幸还有清水，有了这罐清水，生命便有了希望。

一开始，两人觉得那只是一场考验。他们举着破烂的衣衫，朝着大海的远方不停地挥舞，闲暇时开些幽默的玩笑，这的确能扫除内心的阴霾，可是也只是一瞬间。很快，两人就被无尽的绝望包围了。曾经有一次，一架喷气式飞机在3万英尺的高空飞翔。它看起来离小岛那么近，两人爬到岩石高处，撕心裂肺地呐喊，可是毫不奏效。飞机远去了，两人这才真正害怕起来。

杰克已经在打那罐清水的主意了：倘若没有约翰，他起码还能生存十来天。杰克的腰间藏着把匕首，自打滋生了那个念头，杰克便一次次握紧了匕首。杰克曾想，也许，趁晚上约翰睡着的时候可以动手。可是，杰克失算了。他无意中瞥见，约翰的腰间也藏着一把匕首。看刀鞘的长度，似乎比自己的还锋利。在睡觉的时候，约翰十分警觉，一旦杰克有什么动静，约翰便翻过身来，询问他有什么事。杰克的心中满是绝望，他依稀觉得，约翰也已经产生了同样的想法。

罐子里的清水只剩下半升了。杰克决定，事不宜迟，马上就动手。他不能再等了，等的时间越长，自己生存的机会就越小。

那晚，杰克将匕首藏在身下。他强迫自己冷静，焦急地等待良机。不曾想，约翰仿佛完全洞悉了他的想法。他躺下来的同时，便明目张胆地将匕首握在了手里。杰克的额头开始出汗，半夜，他三次回头，每次都与约翰警惕的眼神尴尬地对视。那一晚，两人彻夜无眠。

令人振奋的是，朝阳升起的时候，远处出现了一只皮划艇。那真的是一只皮划艇，与之前他们所认为的鹈鹕(tí hú)不同。10分钟后，他俩得救了。在船上，杰克与约翰尽情地分享了那半升清水。

末了，约翰从腰间解下那把匕首，扬手抛向了大海："嗯，现在用不着它了！"杰克阴着脸问："难道，之前你想到过用它吗？"约翰拍了拍他的肩膀："我知道，你的想法跟我一样，可是，我比你年长，所以要做在你前面。我们是心意相通的伙伴，我不能让你去死。倘若今天再没有船来，我会横刀自尽。那样你便有足够的肉，还有那半升清水……"杰克深情地与约翰拥抱，他的眼中噙着泪。

(张春风)

智慧·感悟·启迪

这场关于生命和良心的暗战，最终真相大白。所幸，悲剧并没有发生，因为奇迹出现了。面对那罐清水，我们能看出人性之恶和善的斗争的结果。赢得最后胜利的是善良。

奇雕

奚老板是一位根雕艺人，没有多少家业，但他人缘好，有能耐，因此新昌人都称他奚老板。

明代的能工巧匠王叔远雕刻的核舟长有八分，高有两厘米，而奚老板能在绿豆般大小的木屑上雕刻出字或图案，仔细辨识，山水草木、白云蓝天、飞禽走兽，男女老少惟妙惟肖，情态万千。因此，他的精湛技艺声名远播，并被誉为人间绝技。

那天，奚老板把家里唯一的那只根坯置于雕桌上，用雕刀细心地剔刮着根丫间的泥土。忽然，翻译带着日本兵闯进来了，翻译说是宫泽羽西大佐要见他。

奚老板到日本队部时，宫泽羽西正在逗狼狗。只见宫泽羽西把掰碎的食品抛向空中，狼狗就腾起两条前爪，直起身子，蹿到空中去接抓食品，逗得宫泽羽西“咿呀咿呀”地乐。

翻译凑上前“叽里咕噜”几句后，宫泽羽西把手中的食品交给一个日本兵，挥挥手示意日本兵把狼狗带走，转过身对奚老板微微一笑，说：“听说你的根雕大大的绝，你给我的雕一尊可好？”宫泽羽西居然会说汉语。奚老板听了宫泽羽西的话，略思片刻后回答道：“现在没有根坯，有根坯时雕一尊送给你。”奚老板的话音一落，宫泽羽西怒气冲冲地骂道：“你的大大的刁民，家中藏有根坯却说没有。”奚老板愤懑地瞪一眼翻译，冷冷地对宫泽羽西说：“家里的那只根坯，根丫太细难以雕刻，还是待我去山上挖一只根坯吧。”宫泽羽西说：“不用挖了，就用你的家中的根坯雕一尊微雕。”

这只根坯，根丫繁多杂乱，粗细多似筷子。奚老板本想用它来雕刻一尊“清明上河图”的，没想到这根坯居然会落入日本人的手里。奚老板既懊悔又恼恨。

奚老板久久地凝视着根坯。心想：我绝不能给日本人雕刻“清明上河图”。蓦然间他想到把这些繁多的根丫雕成一条条毒蛇该多么形象。日本人烧杀抢掠无恶不作，不正是一条条毒蛇吗？

宫泽羽西似幽灵般出现在奚老板的面前，和声细气地问：“你的把它雕成什么？”奚老板故作轻松地说：“这些根丫细长繁多，最宜雕成‘群蛇共舞’。”宫泽羽西听了，摇摇肥硕的头，露出莫测高深的阴笑道：“不雕群蛇共舞，我要你雕一尊中国将士跪地向大日本皇军投降求饶的微雕！”奚老板听了宫泽羽西的话，脑袋“轰”的一声似炸了个响雷。奚老板醒悟过来，毅然拒绝：“不能雕！”宫泽羽西凶蛮地说：“不雕的可以，你的活活地喂狼狗吃。”说完扬长而去。

面对宫泽羽西丧心病狂的无耻要求，奚老板愤愤地把根坯推落于地，他想以死明志，突然，他的眸子闪烁了一下。他想，我不能死。

奚老板重新置放好根坯，“嚓嚓嚓”开始雕刻起来。奚老板的雕技一旦发挥，得心应手，淋漓尽致，快似行云流水。

数日后，一尊绝代奇雕告罄。奚老板检查再三，才把根雕送给宫泽羽西。

宫泽羽西接过微雕，细细地注视着。微雕中那些英姿勃勃、昂然挺立接受跪降者，是日本皇军；匍匐伏地、磕头求饶显得十分窝囊者乃是中国将士。无论跪的中国将士，还是站的日本兵，全是根据根丫的长短大小雕成或高或矮或胖或瘦，有鼻子有眼睛。个个头上戴帽，肩上挎枪，清晰可辨。更绝的是在一个站立的日本兵身边镌有“日本皇军”四字，对威武挺立的“日本皇军”作注脚；跪着的中国将士旁也镌有“中国将士”四字，字的排列自上而下，字迹由大而小，宫泽羽西越看越满意，情不自禁地跷起大拇指啧啧赞叹：“奇雕！奇雕！”

宫泽羽西自得到这尊微雕，日夜观赏，爱不释手。宫泽羽西认为这尊微雕称得上地上绝无，天上少有。霎时间，一个计划在宫泽羽西的脑海中形成了。宫泽羽西知道侵华日军总司令松井石根大将是位搜集古董奇品的行家，如把这尊奇雕献给松井石根，他一定会看重这尊对日本国有特殊意义的奇雕的，到时宫泽羽西的前程也就不可限量了。宫泽羽西为此想尽办法，一级一级地托人呈送了上去。

新昌人知道了奚老板为日本人雕刻了有辱中华民族志气、长日本强盗威风的微雕后，恨不得将他啖而食之。因此,新昌人再也不理睬奚老板了,唯有一双双仇恨的目光鄙夷地射向他,使奚老板有种过街老鼠的滋味。奚老板知道新昌人错怪他了,但他无法解释,只能把自己关进家门。

时过月余,一件骇人听闻的事发生了。侵华日军中五名军官剖腹自刎。军衔最高的是少将,最低的是驻扎新昌的宫泽羽西。接着,一队日本兵气势汹汹地踢开奚老板家的台门,却找不到奚老板,日本兵只好放了一把火,把奚老板的房屋烧成了一堆废墟。

新昌人后来才知道事情的原委。松井石根自得到这尊奇雕,兴奋不已,喜爱至极,每天都要观赏数十次,又一次次地啧啧赞叹奚老板的高超技艺。

一天,松井石根无意间拿着放大镜来观赏,这一看却使松井石根满脸羞怒,暴跳如雷,把那奇雕"嘭"地摔在地上。

原来,那微雕中,威武挺立的"日本皇军"全是头戴八角帽、帽徽上有金光闪闪的五角星,身旁的"日本皇军"四字下还有"的主人"三字,不用放大镜断然识不出。而跪地的投降者,头上也有一帽,帽徽是"狗皮膏药",而"中国将士"四字下还有"的俘虏"三字,意思刚好与宫泽羽西的初衷相反。

新昌人对奚老板的技艺和人品更加钦佩了,并一次次地自责和懊悔当初不该错怪奚老板,同时又深深地惦念着奚老板,关心起奚老板的下落。

(陈国炯)

智慧·感悟·启迪

抗日战争其实有许多战场,枪炮交锋的、刺刀拼杀的、斗智斗勇的,当然也就有借用雕刻起到奇异而意外的效果。由此看来,所有人类的战争,最高的战斗等级不是陆军、海军和空军,而是智慧的斗争。

绝 旅

男孩起价5000元,女孩起价3000元,再有一个孩子就到第50个了,50个一到,她就会立刻收手不干了,她要用卖得的钱买一幢小楼,和老伴一起回江西老家共享天伦之乐。

她躲在一棵树后,看着一个小保姆带一个小男孩来公园玩。小保姆挺年轻,把孩子放在木马前就到长凳上打瞌睡,她的毛衣针落在地上她都没察觉,鹅黄色的毛线团滚在了小男孩的脚下。

小男孩看样子也不过5岁,他的小手抓线团抓了几次都没有成功,线团向足球一样在向着她的方向一点点移动。

她走过去,帮小男孩拾线团,她的大手一下就把线团捉住,然后送礼物一样送到小男孩的怀里。小男孩笑了,有点儿羞涩。这是个漂亮又聪明的孩子,这样的孩子卖好了6000元也不止。

她趁着小男孩高兴,就快速塞进小男孩嘴里一块糖,这是她自制的特殊的奶糖,吃后没一秒钟就昏昏欲睡。小男孩的小舌头起初是拒绝她的,但那只是下意识的一丝反应,接下来他就很安然地把它快意地含在嘴里。

下面的事情就很顺理成章了,小男孩成了她换取钱财的囊中之物。

这一次和她交涉的人是个老奸巨猾的蛇头。他们称自己为蛇帮。蛇头从来都是以盘剥他们的劳动为手段,搞二手批发却比他们第一线的还要挣钱。她看不惯,不想让他坐收渔翁之利,就想以次充好,把一个智力有点差的孩子顶替她这一次截获的聪明的孩子。老伴是反对她的,老伴说她惹不起蛇头。她不信,她这一次专门想和蛇头斗一斗。不管是哪一个蛇头,她都想让自己5年的生涯画上个辉煌的句号。

蛇头居无定所,约会的地点是在七顶山旁。七顶山是风景区,这里人来人往。这是她这一次得手后的第十二天,她还是头一次和一个截获的孩子共度12天。她没生过孩子,不太懂父母和孩子之间的骨肉亲情,所以她每次都出手利落,狠心得手。

只是这个小男孩和别的孩子不同,他来到她家后不哭不闹,很是懂事,他总是在她洗脚的时候给她拿脚巾,总是在她头疼脑热的时候给她拿药片,有一天他还把她特制的奶糖拿给了她。那是她不小心遗落在地的,等她发觉回来取时,小男孩从怀里掏出用纸精心包裹的糖,递到她的手里。那天她感动极了,也就是从那天起她想留下这个孩子。

蛇头是狡诈的人,她注定斗不过蛇头。蛇头在她以5000元的价格付给他一个弱智男孩时和她翻脸了。蛇头的办法是扣押了她,蛇头说他要杀一儆百,不然他的队伍会全军覆没。

蛇头说一不二,她知道这次无挽回余地。老伴看她时,她向老伴交代了自己的事:一是把小男孩养大,二是养大后交给他的父母。老伴流下了眼泪,说,那是何苦呢,交出欢欢满天的云雨就都散了。她说不行,你若交出欢欢,我立马撞死在你面前。老伴知道她说话算数,心事重重地走了。

蛇头的另一面有点儿浪漫,让她选择死亡的地点是一座山,山势陡峭,山石犬牙交错。

这天早晨,蛇帮的各路人马从四面八方汇入七顶山,他们夹杂在来游玩的人流中,没有人发现他们的队伍有什么特别,蛇头像陪老朋友一样陪着她一步步向山上走,蛇头为保险起见,用她的老伴做了人质,她若有一点儿企图,他一个电话过去,她的老伴就会命归九泉。

好在她也不想那么做,有老伴欢欢才能活,有老伴欢欢才能回到他妈妈的怀抱,现在她只剩下一个信念:归还欢欢。

到了七顶山的山顶,面临万丈悬崖,蛇头坐在凉亭中喝茶,眼望着她一步步靠近悬崖护栏。她走近栏杆那一刻心有点儿抖,但是她马上脱下自己的白色上衣。蛇头明白她是想用它蒙住自己的头,蛇头看破她的举动心中一喜,禁不住把手中的水杯悠然地放在茶桌上。

这当儿,她已经飘然落下。蛇头再回头时,只看到她的身体像一只老鹰一样笔直地插入崖底……

半个月以后,欢欢回到了妈妈的怀中。因为公安人员在七顶山崖壁的一棵树上发现了一件女式上衣,衣服的内襟上写着欢欢家的住址和事情的经过,那上衣是白色的,雪白雪白,银光一样耀眼,像一面旗帜宣告着一桩耻辱的结束。

(陈力娇)

智慧·感悟·启迪

人之将死,其言也哀。由此可以看出,人性本是善良的。而孩子的纯净和单纯,更可以照亮人性的善良,提醒人荒唐的错误。人有时会误入歧途,但人性也有被唤醒的时刻,当悔恨和愧疚终于战胜了邪恶之心,我们应该接受他们的浪子回头。因为没有一种景色,比人性的温暖复苏更让我们动容。

神 药

阳都名人赵仲景,系祖传中医。他的绝招主要是配药。只要他说能治好的病,往往用一服药就能治好,所以他配的药被称为“神药”。

有一次,村人孙善化早晨刚起床就发现了可怕的事,遂大叫一声,昏倒在地上。原来床头上有三条长虫——阳都人管蛇叫长虫——在蠕动!家人慌慌张张,掐人中,浇凉水,忙活了半天,孙善化才醒了过来。

这天晚上临睡前,他让家人一次又一次看床,确认没有长虫后才躺下。可一合眼,3 条长虫又在眼前蠕动起来,他又“啊”的一声,吓黄了脸。从此,他只要一闭眼就看见 3 条长虫,竟成了重病。

第二天一早,孙善化在家人的陪同下,到阳都城西南角的诊所找到了赵仲景。

听孙家人叙过病情后,赵仲景一边给孙善化号脉,一边从掉到鼻尖上的眼镜后翻起眼皮,盯着他看,过了半天,眼珠一转,慢声细语道:“此病好治。”

孙善化脸上开朗了一些,家人也高兴起来。

“嗯——不过,今天拿不到药,我得专门配,明天来拿吧。”他又平缓地说。

“行,行,行。”他们答应着但又不放心,“赵大夫,这病真能治好?”

“哼,不信就快走!”赵仲景生气了。

“信!信!”

“那好,明天让病人自己来!”

尽管又是一夜未合眼,孙善化还是拖着疲惫不堪的身子,在天刚蒙蒙亮的时就来到了赵仲景的诊所。

“我给你配了两丸药,回去吃了,病就好了。”赵仲景一边说,一边拿出两个比拳头还大点的外边像打了一层蜡的黄药丸,递过来。

孙善化接到手里,感到沉甸甸、硬邦邦的。

“这药,必须囫囵着把它吃下去,不然的话,你这病就没治了!”赵仲景冷冰冰地说。

“啊,这么大,囫囵、囫囵着怎么吃?”孙善化很是疑惑。

“你的病是从眼入的,回去后,你必须整天瞅着这药丸,一边瞅一边想,到底怎么才能吃下去,瞅出吃法来以后,包你一吃就好。”

听了这话,孙善化笃信不疑,回去后果真按照赵仲景说的瞅了起来。

可他怎么瞅,也瞅不出该怎样才能把这两个丸药囫囵吃下去。一整天过去了,到晚上,他瞅累了,竟然趴在桌子上睡着了。

早晨一醒来,孙善化就觉着饿了,向家人要饭吃。

几天过后,他还是没瞅出吃下这两个丸药的办法来。

这天,他又来到了赵仲景的诊所,愁眉苦脸地说:“赵大夫,我瞅不出来。”

赵仲景意味深长地看着他,问:“这几天吃饭了吗?”

“吃了。”

“睡觉了吗?”

“睡了。”

“不见三条长虫了吗?”

“不见了。”

“我配的这药是神药,不吃也能治病。你是病从眼入,药力已通过你的眼起了作用。你的病不是已经好了吗?”

有一次,家里人不小心,将两丸“神药”碰落在地上,摔碎了,仔细一看,竟是两摊黄土。

后来,当人们再称赵仲景配的药为“神药”时,孙善化全家皆不以为然,总是撇嘴:“他——那是狗屁‘神药’!”

(高　军)

智慧·感悟·启迪

病从眼入,却成心病。心病是没有药能治的,解铃还需系铃人。我们也一样,如果给自己打个死结,是没有人能帮我们的。所以,神医才开出一个奇特的大药丸,而所谓的“神药”不过是黄泥做的,可这病却好了。是医生治好的,还是药治好的?都不是,是自己给自己治好的。

红衣女侠

南拳北腿帮帮主临终前留下遗嘱:新帮主选举取消世袭制,公开摆擂七天七夜。胜者,成为新帮主。

言毕,老帮主命归西天。

当下,南拳北腿帮分成两班人马,一拨料理帮主后事,另一拨则在闹市中心摆开擂台。

依照惯例,由大师兄担任擂主。

帮内一群小师弟,自知武功人品皆不如大师兄武剑,遂死了打擂之心。

谁知,半路杀出程咬金,八师弟鲁夫年轻气盛,艺高人胆大,摩拳擦掌,飞身跃上擂台,双手抱拳:大师兄,得罪了!

武剑亦双手抱拳回敬道:八师弟,请。

霎时,擂鼓停,双方摆开架式,兵刃相见,大战五十回合,鲁夫武功已尽,无还手之力,只有招架之功,遂抱拳认输,灰溜溜走下擂台。

一连六天,再无武林高手敢上擂台。

擂台最后一天,奇迹还是没有出现。武剑好不懊恼,只好靠鼾声消磨时光。

突然,一位红衣女侠一个鹞子翻身从台下跃到台上,站到武剑面前,红衣女侠双脚轻轻一跺,武剑顿时感到地动山摇,马上醒过来。

武剑用鹰一样的双目刺向女侠,不觉倒吸一口凉气:女侠体态臃肿,似身怀六甲之妇。

武剑觉得受了戏弄,勃然大怒:此乃擂台也,并非儿戏场!

红衣女侠脸不改色心不跳:我夫君和孩儿全在台下,他们等着喝我的庆功酒呢!闲话少说,快快开战。

武剑牢记男不同女斗之古训，执意不从，双方僵持不下，台下欷歔不已。

忽然一声响，红衣女侠撕下衣服上雪白的一块布，咬破手指，书写生死状，交与武剑。

事已至此，武剑无话可说，被迫应战。

起先，武剑有意让之，可是，女侠并不领情，反而咄咄逼人，出手凶狠，招招致命，步步杀机，把武剑逼上绝路。武剑大吼一声，使出看家本领，与红衣女侠过招。双方从台上打到台下，又从台下打到台上，一百回合下来，不分胜负。

喘息片刻，继续较量，武剑渐感力不从心。红衣女侠却愈战愈勇，如有神助。

武剑暗叫不好，破釜沉舟，准备使用最后绝招，企图力挽狂澜。武剑且战且退，积聚力量，猛地发功。霎时，口中喷出一团火焰，射向红衣女侠，红衣女侠似乎早就胸有成竹，口中凉水宛如一条白龙淋向武剑。

只听得一声惨叫，武剑倒在擂台上，口吐鲜血而亡。

红衣女侠遂成为首任女帮主。

细心之人很快发现，红衣女侠酷似老帮主，众人这才恍然大悟。

（陈　勇）

智慧·感悟·启迪

若要服人，须得服人心。红衣女侠的胜利遵循了这个规则，而老帮主的智慧安排更是指明了这最正确的方向。其实我们的生活又何尝不是在验证着这个道理？我们的心，处在最重要的位置，心为王，身体就是军队。所以，攻心为上，这永远是最高级、最有效的战术。

感谢真残废

邹太龙在家乡做生意，赚了几万元钱，有个在南方闯世界的同学见了，笑笑说："这点钱，什么年月能跨入小康行列呀。你若是有胆略，投资跟我干。"说完，老同学留下个手机号码，回南方去了。邹太龙让这话说得心里痒得睡不成觉，就一咬牙去了南方，把钱全部投入到老同学口袋里，当起了副总。哪想不到半月，房东催要房租，老同学没了影儿，才知道自己被人骗了！受骗后的邹太龙身无分文，连换几个地方打工，不是被炒就是被骗。小邹恨死了这个世界上所有的人，他想，既然有人骗我，我也骗别人，大家谁也别指望好了。

邹太龙在一家穷人的院子里捡到一根旧拐，把自己的右腿用绳子按跪式绑住，把左胳膊背到身后，也用布条儿紧紧绑牢，然后，套上外衣，拄着拐苦练。这正常人假扮残疾人可不容易，胳膊、腿绑上一半，动弹不得，动不动就摔得鼻青脸肿，邹太龙抱定"不受苦中苦，难为人上人"的信念，练了半个多月，到底让他装成了残了右腿、缺了左胳膊的残废！"开业"第一天，下着濛濛小雨，邹太龙拄着破拐在这个城市选择了一个热闹的地方，当街一跪，什么也不用说，只等着人们往他面前扔钱……可是，刚刚跪下，屁股后就挨了重重的一脚，好半天挣扎着坐起来，一看，哎呀，身后站着好几个横眉立目的壮实乞丐！原来，他当乞丐还得经过这伙人批准，邹太龙没钱孝敬人家，被打得满地乱滚。

邹太龙滚在泥水里，伤痛加上湿衣服，那滋味要多难受就有多难受。他伤心地哭了：这世界为什么单单跟他过不去，好不容易练得像个残废，一分钱没讨着，倒被“同行”暴揍一顿！他艰难地爬起来，挪到一个地铁站口，打算避避雨再说。刚躲到没雨的地方，就听一个苍老的声音说：“爷儿们，这地方不久雨水就会流过来，也待不得了，咱们往下走吧。”邹太龙一听口音，是家乡人呀，低头一看，脚下伏着一个白发苍苍的老汉，这老汉两条腿萎缩得像小孩的腿，就那么跪着绑在两片破轮胎上，靠双手爬着前行。原来这是个真残废，是靠讨饭为生的老乡！

邹太龙心里一哆嗦，老人比自己更可怜。他边拄着拐下移，边遮护着老人，俩人移到一个比较安全的地方，可是，上、下地铁的人多，雨伞、雨衣上的水到处乱甩，很快把他们俩弄成了一对落汤鸡……老人问邹太龙：“年轻人，瞧你这样子，是不是刚刚干这个？”邹太龙点点头。老人又说：“走，到我家歇一会儿，我请你。”

他还有家？邹太龙好奇地跟着老人，很艰难地在雨中行进，好不容易才到了老人的“家”，嘿，这只是个被废弃的破旧水泥涵洞，老人铺上点废纸箱什么的，便絮成了一个“窝”。

“您就住这样的地方？”邹太龙奇怪地问。

“多好啊，雨淋不着，空气又流通，而且不怕地震。”老人倒是自我感觉良好。他边请邹太龙坐，边从那堆破纸箱中扒拉出一个脏兮兮的塑料包，摊开，里面是几样零碎的熟食，又抠出一个瓶子，里面是半瓶白酒。“‘老乡见老乡，两眼泪汪汪’。这是我一点点捡的盘子底儿，换了别人，是舍不得拿出来的。今天，见了老乡，咱们一醉方休！”说着，嘴对嘴喝了一口酒，“哈，神仙的日子……”

神仙就这样生活？他呆呆地瞅着老乞丐“吱”地一口酒，“叭”地一口菜，那个快活劲儿，不禁感到很压抑：“爷儿们，您整天就这样生活？”

“嘿，小老弟，怎么说话呢，像我们这样的残废，不劳而获，能过成这样，再不知足，天理难容。唉，我真羡慕老弟你呀，不管怎么着，你还能站起来，那就比我高出一半来，对不对？哪像我，一辈子仰脸看人……”

“站起来顶啥用，我还不照样是要饭花子。”邹太龙无限感慨。

“那不一样。人不求人一般高哪，年轻人。说不定有朝一日你站起来，并不比别人差；而我，完了，再有钱也永远地完了。我宁愿把所有的钱给你，换一个站起来，哪怕只站1小时，我也不枉到这世间走一回呀……”

听着老人的话，邹太龙仿佛一盆清凉的水从头泼下去，浇得他大脑一片透明。是啊，老人家甘愿付出用他一生的屈辱换得的积蓄，来追求站起来1小时……而自己，明明是四肢健全的人哪。他对老人丢下一句：“老人家，您千万别离开这地方，3年后的今天，我一定来看望您。”就爬出废涵洞，走出几步，将捆绑手脚的绳子解下，连同那破拐往垃圾堆一扔，“去你妈的！”

邹太龙爬出涵洞，变成一个正常人，他永远走出了那次被朋友欺骗的阴影，他耳边一直响着那老人那充满渴望的话……他这才真正理解了作为一个正常健康人的自豪与幸福，他决心混出个人样子来给这个世界看。他白天出苦力，晚上去热闹处卖冷饮，他不放过一丁点时间，不放过哪怕是赚1分钱的机会……一年后，他遇到了一位小乡镇公司的老板，老板对他这种吃苦精神非常赏识，带他去公司协助管理业务；两年后他积攒了5万元钱的资金，那老板又扶持他单独办了家制作内衣的小工厂，三年后，他把厂子命名为太龙公司……他已经拥有了10万元的资产……

经济上小有翻身的邹太龙没有忘记那位点拨他迷津的老人,也没忘掉那个日子,7 月 3 日。这天,他打车来到那个小涵洞附近,巧了,由于地处偏僻,这地方没搞新建筑,那破涵洞仍然在,里面依然是破纸箱子烂被褥,这时,他看见了涵洞的新主人,虽然也是位年老且残废的乞丐,却不是当年点醒梦中人的那位老乡!

"你……是三年前约定到这儿来的那个人吧?"那老人慢吞吞地问。

邹太龙低头看了一眼自己的西装革履,点点头,又摇摇头。

"知道了。"那老人说,"我是接替老大哥等你的。他一眼就看出来你的残废是装的。他说过,你必定能出人头地,他眼力不差呀。"

"他?"

"走了。他没等到你……"老人眼睛湿润了,"他临死前嘱咐我说:'有一个年轻老乡在今天必定要西装革履地来探望我,如果你也坚持不了,请再委托下一个,直到等来他。咱们乞丐,也不能言而无信哪。'"

邹太龙摘下墨镜,默默地冲家乡方向跪了下来。在一片泪光中,他仿佛看见那位残疾的老乡,果然扔掉破轮胎,高高地站了起来……

(顾文显)

智慧·感悟·启迪

身体健全者,千方百计想让自己跪着;身体残废者,却梦想有一天能站起来。是的,这说的是他们的身体,包括灵魂。而在这里,金钱只能限制束缚他们的身体,而灵魂呢,有自己的尊严、方向。所以,我们时刻都要留意自己的灵魂,看它是不是因为物质,而没站直。

紫藤公园的下午茶

我曾是个心高气傲的女孩,大学毕业后,来到了上海的一家台资公司。上班才 3 个月,公司人事部刘部长就找我谈话:"小陈,上面准备把你安排到嘉定的分公司锻炼,为期两年。好好干吧,前途无量。"我一听,心就凉了半截,本来当初拼命要来上海,就是因为这里时尚繁华,现在突然让我去嘉定,我根本没有思想准备。

我愣愣地走出了人事部,不知怎么办才好。所有的关系都转过来了,这家公司很有实力,再离开这家单位几乎是不可能的事,而去嘉定这样的小城市待上两年,我不知我的日子该如何过下去。

第三天,我极不情愿地去了嘉定。虽然距离不远,但心里感觉却是千差万别,这个小城绿化倒是不错,不过整体显得冷清,完全跟上海是不同的风格。

我把行李搬进了公司的宿舍,就倒在床上不想动,情绪极度沮丧。

这时,传来了轻轻的敲门声,一位三十来岁的女人站在门外。她看着我,笑了笑说:"我叫刘思泉,是台湾来的工作人员,是你的工作搭档,来,我们认识一下,以后合作愉快。"我懒懒地起来和她握手,算作认识了。

工作开展起来,我一点热情都没有。开始一门心思寻找关系,找上海的各种朋友,看有没有机会调回本部或寻找别的机会。

嘉定的人口不多,所以显得很安静。越是这样,晚上我越睡不着,想着上海的灯红酒绿,我就心神不定。刘思泉住在我隔壁的房间。一天晚上,我翻来覆去实在睡不着,就走到她房间去聊天。那时,她正冲好凉躺在沙发上看书听音乐,穿着一件宽大的棉睡袍,很惬意的样子。看到我来了,赶紧起身给我倒水。我喝了一口水,问她:"在这个小地方,你不觉得闷吗?""这里像是上海的后花园,离上海不过一小时车程,闹中取静,风景秀美,短时间待在这里,像是度假,有什么不好?"她说着笑了。

5 月的嘉定,阳光灿烂,一天工间休息,刘思泉突然对我说:"走,我带你去一个好地方喝下午茶。"看我一脸的诧异,刘思泉神秘地笑了笑。

我们公司紧邻嘉定的紫藤公园,紫藤公园是个免费的公园,修得颇有日本的田园情调,一大片紫藤架子蔓延开来,小桥流水,还有小块小块的菜地,菜地边是一条长长的小河流淌,很是清静。

我没想到,刘思泉带我来的就是紫藤公园。走进去,阳光暖暖的,小块的雏菊灿烂地开着,我们顺着紫藤架子,漫步到小河边,找到了一块菜地边的空地坐了下来。

刘思泉打开包包拿出了小袋咖啡和保暖杯说:"现在我们开始喝下午茶了。"她麻利地冲好咖啡递给我,又拿出了一小包苏打饼干。喝着香浓的咖啡,嚼着苏打饼干,河边的微风轻轻地吹过,刘思泉开始对我说:"其实,我在台湾一直喝下午茶的,你看,虽然换了一个地方,但是一样可以喝到别致的下午茶啊。女人任何时候都要学会让自己开心。"刘思泉意味深长地看着我,聪明如她,早看出了我内心的不安定。

半个小时后,我们又回到了办公室,那个阳光明媚的下午,我的心情豁然开朗,原来等待的日子是可以这样过的。

刘思泉有时给我谈起她在台湾的生活。她们的下午茶都是在办公室进行的,台湾的工作压力很大,但大家都懂得调节:小小的阳台辟出一个小块空间。同事们纷纷动手把它布置起来,有的带来漂亮的印花桌布,有的带来小巧的咖啡茶具,还有的带来小束的马蹄莲,一位有心的同事带来了迷你音响,这样一块不足 8 平方米的小天地就像模像样了。下午三点钟时,大家纷纷起身,冲上一杯自己喜欢的饮品,把小点心摆上桌,音乐响起,美妙的下午茶就开始了。每天的下午茶成了工作时的一个点缀,大家舒缓心情,调节气氛,同事之间的关系也变得不再那么单一和紧张,而是充满温暖,一杯小小的下午茶原来是一种情怀呀。

刘思泉后来说,其实每个人的日子并没有两样,不同的是有的人被压力和暂时的困境淹没了心情。和刘思泉聊天成了一件很快乐的事,我开始庆幸被暂时安排来嘉定锻炼,认识了这样一位懂生活的朋友。

3 个月后,刘思泉结束工作回了台湾,我也因工作出色被升职,我成了销售部的总负责人,工作开始独当一面。工作压力开始加大,我却学会仍然保持一份好心情。空闲的午后,我带着我的下属去紫藤公园喝下午茶,短短的半小时,并没有耽误工作,大家都很支持我。部门的团队精神很强,总能超额完成任务。

一年后,公司抽调我回本部任职,我的工作业绩和态度获得了上下一致好评。那时,我对嘉定已经恋恋不舍了。回去后,原来的同事都说我改变了很多,的确,我变得更加从容自信和沉静,因为我拥有了喝下午茶的情趣呀。

生活很简单，小小的乐趣便足够；快乐很单纯，小小的热爱就可以。有时，仅仅只是一杯公园里的阳光下午茶。

（苏　拉）

智慧·感悟·启迪

生活很简单，小小的乐趣便足够；快乐很单纯，小小的热爱就可以。

眼高手低

医疗广告行业集体缩水后，林子郁所在的公司也不得不进行“瘦身”，幸好上面研究下来只裁掉一个人，可是林子郁算来算去，自己被裁的可能性最大。

公司宣布了裁员的法则：一个月的期限，业绩位于最后一名将被裁掉。因此无论有没有被裁的可能，同事们瞬间都变得无比勤奋起来，冷漠的硝烟提前弥漫开来。

备战之时，林子郁考虑了一下，自己的人脉网络尚不健全，和其他同事相比完全是弱不禁风。一个月，如果想在广告业务量上拔得头筹无疑是相当艰巨的事，唯一的办法是在其他方面下工夫。

林子郁平时经常接业务电话，久了便发现一个现象，公司的回头客很少，大部分都是新客户。凭借对业务的敏感，林子郁想里面肯定有一个环节出了错，如果自己能够在一个月内去补救的话，公司不仅可以重新获得发展机会，自己留下来也就不再是问题了。

虽然也是每天往外面跑，但和很多同事每天找机会接近老总汇报情况不同的是，林子郁完全是一副低调模样，不少人都以为林子郁已经认命了。

距一个月结束还有3天的时候，有好事的人已经开始暗暗计算业绩排名，一算到后来，果然是林子郁排在最后，在暗吁一口气后，所有人都替林子郁惋惜。

3天后在公司大会上，领导拿出了一本装订整齐的册子，里面是林子郁做的从公司建立4年以来的客户回访记录，通过林子郁的细心回访，很多老客户都开始重新看好林子郁所在的公司。老总语重心长地说：公司再大也需要一个细心的缝衣工，像小林这样细心的女孩儿我们再多也不嫌。

能在公司里做光鲜的事固然好，可是如果在大处不能战胜对手，不妨靠小细节来表现自己，其实把握住了小细节，如果你还具备观察能力的话，蚍蜉撼大树绝对不是什么神话。如果你实力不是很强，不妨使用眼高手低法来巩固自己的职场地位。

智慧·感悟·启迪

最有希望的成功者，并不是才干出众的人，而是那些最善利用每一个时机去发掘开拓的人。

永不停歇的军靴

1988 年夏天,加州北部的富特布里格。作为一名中士,我自愿报名参加部队里最严格的训练之一:为期 6 个月的绿色贝雷帽战士资格培训。这一批参加培训的共有 500 名士兵。其中大部分都是步兵——他们体格强健,个个都像人们通常在健美杂志封面上看到的那些健美明星。他们早已习惯背着沉重的背包长途行军和野外生存。而我却是个例外,我矮矮胖胖,完全不能和他们相比。我是在军事情报部门工作的,成天坐在办公桌前分析情报信息。高中的时候,我曾得过第一名,不过那是在棋类比赛上。

我刚到这里时,周围的人都对我不感兴趣,这我一点不奇怪,本来嘛,谁愿意和一个老是落在最后的人扎堆?

所以,那天,在筋疲力尽的陆地辨别方向考试之后,居然有一位叫约翰·霍尔的中士走上来和我搭话,令我不胜惊讶。头一个漆黑的夜晚,我们按要求各自在不同的地方单独露营,周围全是苍茫的群山和沼泽地,没有一点可以作为参照的物体,当然也不准打手电。我们被折腾了整整一夜,黎明时分才回到营地。约翰,毫无例外是第一名,而我,照例是最后一名。即使这样,我也累得够戗。

"我叫约翰。"他边自我介绍,边伸出手来。约翰看上去二十刚出头。他不仅穿着合身的军装,更引人注目的是他那双军靴,擦得黑里透亮。我知道他对我充满了同情,但我并不需要这种东西。

"我叫狄克逊·希尔,"我说,"你不一定非要和我说话不可,我自己知道他们都不理我的原因。"

我无法改变人们对我的看法,但我清楚自己想干什么——从小我就渴望戴上绿色贝雷帽。我喜欢听父亲讲他二战结束后在菲律宾做维和部队战士的故事。我 18 岁就加入了亚利桑那州国民警卫队,成为一名维和部队的士兵是我一直的梦想。

当然,约翰并不了解这些。但他微笑着对我说话的态度令我放松。"明天你还会来这里的,后天也是,大后天还要来,一直到你毕业为止,对吗?我看出你身上有一种潜能,一定能坚持下去的。你要做的是认准前面的目标,继续做你认定了的下一件正确的事。"他鼓励我说。

训练远比宣传的要艰苦得多。除了体力上的锻炼外,更多的是意志和能力的磨炼。一天,按要求,我们在森林里露营,需要自己动手宰杀家禽家畜并准备好自己两天的食物。我挑的是兔子,想把它烤熟了吃,可是时间不够,我没能完成任务。"你该选鸡,"约翰告诉我,"而且应该煮来吃——煮起来快一些。这是我和老爸外出打猎时他教我的。"他说着返回自己的帐篷,把他的食物分了一部分给我。经他一点拨,我懊悔不已,同时,心里对他充满了感激。

时间越长,半途而废的人越多。有的没能通过战地考试,有的身体受了伤,还有的难以熬过艰苦的训练,疲惫地要求退学。培训时间过去一半的时候,只剩下 175 名士兵。一天,跳伞训练结束后,一个像橄榄球运动员的同伴看见了我,他惊讶地哼了一句:"嘿,你还在这里呀!"

是的,我还在这里,挣扎着。我还是落在后面。一次残酷的山地野营训练中,我顺着一棵树颓然倒下,我累坏了,真想就这样睡上一个星期。这时,约翰走了过来,他坐在我身旁。

“你怎么了?”他问。

“这是我经历过的最艰苦的训练,我不知道我还能不能坚持下去。”

约翰看着我,然后,他拍了拍自己的军靴,“其实我们为了使自己能坚持下来,都用了一点小法宝。”他说,“我的小法宝是这两只军靴。我把它们看作不是为站着不动而设计的,而是为我不断向前行走设计的。特别是在无法忍受的艰难中,我一穿上它们,它们就像总在提醒我不断向着自己既定的方向走,不要停下来。这是我肩上的责任。狄克逊,我想,你要做的也是继续做下一件你认定了的正确的事,只要目标正确,就值得你坚持。”

他的话如醍醐灌顶,我居然又坚持了下来。最难熬的一段时间过去了,我的体力有了明显的提高,我甚至盼着体能考试。训练有了起色,人们开始对我刮目相看,渐渐地,战友们开始来找我一起吃饭、侃大山。我敢肯定,人们开始接受我,我逐渐地融入了这个集体。

我不再落伍,跟上了进度,便常和约翰一起跑步。我们的最后一次考试是背包长跑——背着沉重的背包在山间疾跑1.5英里。规定的完成时间是3个半小时。约翰一直在我前面跑着。一路上,我超过了一些中途累趴下了的人。但即使看见别人掉队,你也无法去帮助他,按规定,你得一直向前跑。不管中途发生了什么事,你都得继续跑下去,直到终点。

离终点只有15英尺了。“就要成功了!”我说。突然,我看见约翰一个趔趄,好像中了枪弹似的,栽倒在地。“我得停下来,我得帮帮他。”我对自己说。但是我想起了部队训练的纪律,我只好越过约翰,向终点冲去。

到了终点,我才回过头来,约翰仍然躺在那里。军医跑过来进行急救。我在心里祈祷着:“快站起来吧,我的好伙计。”

约翰没能苏醒过来,他死于心脏病突发。

我的悲痛变成了负罪感。我的军靴底子可能是约翰眼里所见的最后一样东西。我自责,我当时为什么不停下来?

约翰的遗体被送回了老家。在培训中心教堂,我们为他举行了追悼仪式。我心潮起伏,浮想联翩。要是我当时停下来帮他一把,他是不是就能获救呢?军医说不能。可我仍然不能宽恕自己。

牧师把约翰的军靴——擦得像镜子般闪亮的军靴摆在祭坛上。在它们中间,是约翰的来复枪。一顶绿色的贝雷帽端端正正地摆在来复枪上。部队决定追认他为一名光荣的维和部队士兵。我在心里下定决心,从现在起,只要我活着,我就一定要继续做认定了的下一件正确的事,像约翰生前常鼓励我的那样。

连长站了起来。我们全体立正,开始点名了。“到!”“到!”“到!”士兵们一一回应着。然后:“约翰·霍尔!”

沉默。

连长停顿了一下,继续点下去,“狄克逊·希尔!”

“到!”

点名继续着,直到最后一个名字点完。连长再次问道:“西弗吉尼亚的约翰·霍尔中士?”

下面再次一片沉默。

连长的声音有些颤抖,他叫道:“最后一次!约翰·霍尔中士!”我笔直地站在那里,极力想忍住悲伤的泪水。我的好朋友去了,我还有力气继续坚持下去吗?

这时,我的眼光落在了放在祭坛上的约翰的军靴上,它们反射的光亮如此耀眼,我的眼睛简直不忍离开这双军靴……

斗转星移，转眼15年过去了，我已经从绿色贝雷帽战士的行列退役。我40岁了，才重新踏进大学校园，成为一名大学生，开始学习一门新的职业技能。在学习中遇到了困难，我便会想到我的好战友约翰。有时，我还会把我的军靴从衣柜里翻找出来。它们已经很旧，不能再穿了，有的地方甚至裂了缝。但是它们在这里，在我面前提醒着我：是的，生活、学习和工作有时是艰难的，但坚强的人总能熬过最困难的时期。他们的法宝就是：认准目标，不断向着自己既定的正确方向走，不要停下来，那样，你就一定会成功。

（[美]狄克逊·希尔　陈　明/译）

智慧·感悟·启迪

认准目标，不断向着自己既定的正确方向走，不要停下来，那样，你就一定会成功。

三只老鼠

三只老鼠一同去偷油喝。找到一个油瓶，三只老鼠商量，一只踩着一只的肩膀，轮流上去喝油，于是三只老鼠开始叠罗汉。当最后一只老鼠刚刚爬到另外两只的肩膀上，不知什么原因，油瓶倒了，最后，惊动了人，三只老鼠逃跑了。

回到老鼠窝，大家开会讨论为什么会失败。最上面的老鼠说，我没有喝到油，而且推倒了油瓶，是因为下面第二只老鼠抖动了一下。第二只老鼠说，第三只老鼠抽搐了一下，我才抖动的。第三只老鼠说："我因为听见门外有猫的叫声，怕了才抖的呀。""哦，原来如此呀！"三只老鼠恍然大悟。原来，它们都没有责任。

老鼠的心态在很多企业里都有，比如说企业的绩效考核。在某企业的季度考核会上，营销部经理A说："最近销售做得的确不好，我们有责任。但最主要是因为竞争对手推出的新产品比我们的产品好，所以我们很不好做。研发部门要认真总结。"研发部经理B说："最近推出新产品少的原因是我们的预算太少了，就那么可怜的一点儿预算，也被财务削减了不少！"财务经理C说："我是削减了研发部的预算，因为公司的运行成本一再上升，实在没有多余的钱来给你们。"采购经理D跳了起来："我们的采购成本是上升了百分之十，为什么，你们知道吗？俄罗斯一个生产铬的矿山爆炸了，导致不锈钢价格上升。"A、B、C："哦，原来如此呀，这样说，我们大家都没多少责任了！"人力资源经理F在一旁着急："这样说来，我只好去考核俄罗斯的矿山了！"

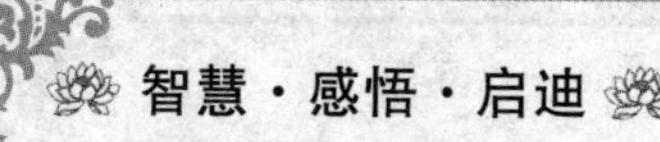

智慧·感悟·启迪

成功者找方法，失败者找借口。

一次只做一件事

世界上，最紧张的地方可能要数只有10平方米的纽约中央车站问询处。每一天，那里都是人潮汹涌，匆匆的旅客都争着询问自己的问题，都希望能够立即得到答案。对于问询处的服务人员来说，工作的紧张与压力可想而知。可柜台后面的那位服务人员看起来一点也不紧张。他身材瘦小，戴着眼镜，一副文弱的样子，显得那么轻松自如、镇定自若。

在他面前的旅客，是一个矮胖的妇人，头上扎着一条丝巾，已被汗水湿透，充满了焦虑与不安。问询处的先生倾斜着上半身，以便能倾听她的声音。"是的，你要问什么？"他把头抬高，集中精神，透过他的厚镜片看着这位妇人，"你要去哪里？"

这时，有位穿着入时，一手提着皮箱，头上戴着昂贵的帽子的男子，试图插话进来。但是，这位服务人员却旁若无人，只是继续和这位妇人说话："你要去哪里？"

"春田。"

"是俄亥俄州的春田吗？"

"不，是马萨诸塞州的春田。"

他根本不需要行车时刻表，就说："那班车是在10分钟之内，在第15号月台出车。你不用跑，时间还多得很。"

"你是说15号月台吗？"

"是的，太太。"

女人转身离开，这位先生立即将注意力转移到下一位客人——戴着帽子的那位身上。但是，没多久，那位太太又回头来问一次月台号码。"你刚才说是15号月台？"这一次，这位服务人员集中精神在下一位旅客身上，不再管这位头上扎丝巾的太太了。

有人请教那位服务人员："能否告诉我，你是如何做到并保持冷静的呢？"

那个人这样回答："我并没有和公众打交道，我只是单纯处理一位旅客。忙完一位，才换下一位，在一整天之中，我一次只服务一位旅客。"

说得多好！"在一整天里，一次只为一位旅客服务。"这话堪称至理。"一次只做一件事"，这可以使我们静下神来，心无旁骛，一心一意，就会把那件事做完做好。倘若我们好高骛远、见异思迁、心浮气躁，什么都想抓，最终就会像猴子掰玉米，掰一个，丢一个，到头来两手空空，一无所获。

（诗　菡）

智慧·感悟·启迪

即使爬到最高的山上，一次也只能脚踏实地地迈一步。

白蝴蝶花

一位多年不见的朋友嫣到家中做客，看到一个精美镜框。她惊奇地发现，里面不是斑斓的油画，不是天然贝壳，也不是脉络清晰的树叶或须爪皆全的昆虫标本，而是一个简简单单的白蝴蝶结，像是用医用纱布结成的，这显然与她见过的所有饰品都不同。

嫣十分诧异地问："这是为了纪念什么用的吧？这里面有什么深刻的含义吗？"我微笑着说，当然！不妨猜猜看。

"你们家庭里有了新医生或者护士，以示对职业的尊敬？"

我摇了摇头。

"知道了！一定是期望你的孩子将来读医科大学！"

我又微笑着摇了摇头。

"是啊，那样的话你满可以挂一个红十字。"嫣想了想，迟疑而同情地缓缓问道，"不会是，你有亲人刚刚去世吧？"

我大笑，哪里！我的双亲都十分健康而且快乐。

嫣长舒一口气，"那么，"她突然兴奋地一拍巴掌，"一定是你得到了医生的精心治疗，为了记住他也纪念你的康复喽！"

我说，是，但不全是，还是让我来告诉你吧！

你可以猜到纱布的来源：我曾经接受过一个手术。

那个手术全然不是我想象中的肃穆、无情，却是在精彩的对话与欢笑中度过的，开心而充满关爱。时间是怎样溜走的，我浑然不知。当医生为我敷好伤口，柔和地示意并帮助我从手术台上下来时，我竟然还沉浸在愉快的氛围里不肯出来，有种看电影到高潮处却要换胶片的感觉。

为避免弄脏衣服也为了让我更舒服点儿，医生特意为我加了块棉垫。

"太丑了，我们的垫子怎么可以这样呢？请换一块。"

我已经习惯了这位医生，整个手术过程都是这样，事事不肯迁就。

望望背后墙上式样简洁的钟——11 时 14 分，我很是替医生着急，手术中听说有位病人一定要等他，已经挂了他的号，也为自己讨厌的病侵占了他的午饭时间而感到内疚，一心盼着一切赶紧结束。

护士在旁侧收拾手术用品。医生亲自为我裹棉垫，之后就可以离开去接待那位病人了。

为把这块漂亮的棉垫固定好，纱布从左腰到右肩，又从右腰到左肩，绕了一圈、一圈，一圈也不肯懈怠。

缠了半天，我想该差不多了吧？

"转——过来！"医生的声音有着诗一般的韵律，又带着点不容置疑。

尽管我们从第一面到现在，接触的时间合起来不到 3 个小时，我还是听出了深深的关切，仿佛还有一点小时候父母才会给的娇宠。于是我乖乖地转过身。

他轻轻地蹲下身，好比我低一点，我俯视着这位医生，身材清瘦，看不清脸庞，只见口罩外专注的眼神。

他惯常拿手术刀的灵巧的手指，把两截纱布头一绕一拉，熟练地打了个结……秀气而小巧，比想象的好得多！我松了口气。一切完满结束，正要离开……

“别动！”医生没有说话，是他的双手告诉我的。

这双手并没有离开，他修长的手指把那个纱布结皱着的四个边角一一舒展开来，整整花了几十秒。他全神贯注，甚至有些慢条斯理，我简直觉得他有点是在浪费时间。

最后，看了眼自己的杰作，他才微笑着抬头，自豪而和蔼地问我：“怎么样，像朵花吧？”

真的，一朵洁白耀眼的蝴蝶花，恰到好处地缀在我右腰间交错的纱布上！

我一下子一个字也说不出来！

我完全有理由相信，我的手术是在一位绝对负责任的医生手里做的，白蝴蝶花为证！

为我做手术的，正是这家医院的院长先生。

如今，这朵端端正正镶在古色镜框里的白蝴蝶花，无时无刻不在诠释着两个字：“极致”。凡事不做则已，做，就一定做到最好。它激励着手术那天连医院都找错过的曾经的小马虎，它给予我的简直比院长先生亲手为我解除病痛的意义还要大。

嫣叹道：“送我一朵吧！如果每个人都做到极致，这世界怕是早就大不相同了！”

智慧·感悟·启迪

凡事不做则已，做，就一定做到最好。

就这么简单

月末的财务部是最忙的，许多报表要赶出来，常常通宵达旦。科长是个女的，部下也全是女的。

科长到了这一天，会在花鸟市场买一大束鲜花，每张桌子放一束。告诉你，这束鲜花可以让报表提前完成一个小时，错误率下降百分之十。

这个故事是这位女科长告诉我的。

去上海某公司，正好下午三点。所有职员几乎同时起立，三三两两步出办公间，进入另一个装着落地窗户的休息室，里面有两位慈眉善目的阿姨，守着一个不锈钢餐柜，柜内有三明治、面包、咖啡、绿豆粥、红茶和冰淇淋，每位职员取一份，找一个位置坐下来，看着落地窗户前的风儿刮过、飞机飞过，还有浦东高耸云端的建筑森林。他们的表情生动而愉快，这不像是在工作，而好像是休闲。

这家公司只有31个人，但创造的财富是三千多万。他们每个人都有私家车。

这些财富是怎样创造出来的？有许多原因，但我看了这3点左右开始的快乐的工作餐，我能想象得出其中的原因了。

还有一个故事发生在一家工厂。一位技术员请了婚假，那天正好是技术员的蜜月第六天。工厂里的一条生产线突然发生故障停了下来。检修人员花了半天的时间去检修，仍然没有找到故障的所在。有人提议还是让技术员来吧。

车间主任说："瞎扯，人家正在度蜜月。"

检修人员于是再查，一直查到当天午夜，故障部位才被找到。那位技术员后来听说此事，感动极了。

这位车间主任后来成为这家工厂的总经理。而那位技术员则成为总工程师，许多公司想出巨资"挖"走他，都被他婉言谢绝。

管理是个极为复杂的过程，但有时候管理就是那样的简单。

（陆勇强）

智慧·感悟·启迪

优秀的管理者不会让员工觉得他在管人。

你吃的是第几只鸭

1582年，法国国王亨利三世的侍从在巴黎开了一家专卖鸭子的"银塔餐厅"。四百多年过去了，餐厅还在卖鸭子，不过此时的鸭子已卖出了国际水平，成了巴黎乃至整个欧洲数一数二的鸭子专卖店。2003年，餐厅举行了一场盛大的"百万庆典"，"你吃的是第几只鸭?"成了红极一时的广告语。

要问"银塔餐厅"的鸭子为什么如此出名，还得从1880年的鸭店老板弗雷德里克·杰列尔身上说起。当时店里的鸭子名声已经很响。同时，市场上也出现了假冒"银塔餐厅"牌子出售的鸭子，为了打假，杰列尔灵机一动，就决定只在"银塔餐厅"出售自己的秘制鸭，同时，对每一只出售的鸭子都进行编号，发展到后来，还把食客的名字一同记入名录里。谁也不曾料到，就是这一个小小的举措，从此改写了"银塔餐厅"的历史。

看一看今天餐厅档案记录就可以知道杰列尔带来的"鸭子革命"：餐厅的墙上，挂满了名人食客的照片，包括法国作家巴尔扎克、德国首相俾斯麦、俄国歌唱家夏里亚宾、英国前首相丘吉尔、美国前总统肯尼迪等；再看"食客名录"及鸭子编号，英国王爱德华七世是最早来吃鸭子的腕级名人，他吃的鸭子编号为328号；喜剧大师卓别林为253652号；影星伊丽莎白·泰勒是579051号……最有意思的是日本天皇裕仁，二战时期他吃的是53211号，50年后又当了一次回头客，吃掉了423900号。到今天，冲着一只美味鸭，更为冲着一个吉祥号，"银塔餐厅"的名声持续看涨，食客络绎不绝。

建立食客名录，一个看似极普通且有点多此一举的举动，为何有着那么大的市场魔力？分析家认为：主要是里面包含了三大市场要素：其一是诚信消费。有了品质保证，食客们自然"酒香不怕巷子深"，餐厅也省下了一大笔运费和管理费。其二是广告效应。那么多政要和名流在餐厅留名、留影，相当于一笔巨大的无形资产。据说，仅日本天皇当"回头客"一事，每年就吸引近万日本顾客前来消费。历任老板根本无须营销策划，把大量的精力用来研制鸭子新配方和口味改良。其三是尊重心理。“顾客就是上帝”这句经营名言，在“银塔餐厅”一百多万食客名录里得到最真实的体现。看到自己的名字与那么多的名人齐名，且被热心的店主精心收藏，顾客的享受不光是口头上，更多是在心里。

如今，在巴黎，“你吃的是第几只鸭？”不仅是一句广告，更是一种诚信、尊重和品牌的象征。它的营销价值和意义，早已超出餐厅遍及经济社会的各个领域。

（蒋　平）

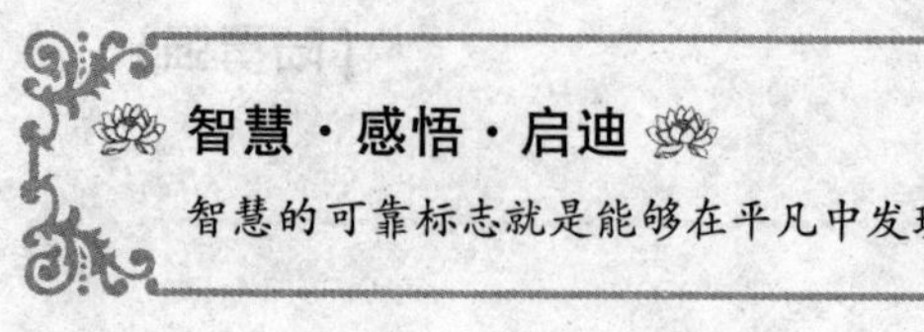

智慧·感悟·启迪

智慧的可靠标志就是能够在平凡中发现奇迹。

我曾经是只土拨鼠

大学毕业那年，我应聘到一家瓷器公司做营销员。主要负责在云梦商场的一个小柜台前卖瓷器。因为瓷业市场疲软，并且我们所在的柜台也不怎么引人注目，所以上柜之初，生意平平，一天只卖出可怜的几件。老板说，能不能成为公司的正式员工，就全看你个人的销售业绩了。那段日子，我心急如焚，可面对如此窘境，却又束手无策。

正当我一筹莫展找不到促销的好办法时，一个绝好的机会却送上门来了。

一天，我的柜台前来了一位苏州男人，人们都说苏州女人特挑剔，可这位苏州男人也毫不逊色，在柜台前老是挑来挑去。上等的瓷器他不要，偏偏要那种朴实便宜的青瓷盘，并且还要一件件地开包挑拣。这位先生看一件说有瑕疵扔下，又拿过一件说花纹不精美又扔下，我不急不恼，泰然处之。他扔下一件，我就随手拾起“啪”的一声将它摔碎，他再扔下一件，我又摔一件，就这样连摔了 3 件。那位先生开口了：“你摔它干啥？我不要你可以卖给别人嘛！”

“不！这是我们公司的规定，绝不把顾客不满意的产品卖给任何一个消费者！”我坚决地回答。

那位苏州先生愣了一下，像是有意要试试这份承诺的可信度到底有多大，于是就旁若无人似的低下头继续挑。我毫不心疼，仍旧是他扔一件我摔一件，就这样连续摔了 28 件青瓷盘。不过在这一过程中，我脸上始终带着微笑。这时，已有许多人纷纷赶来围观了。

“不要再摔了！不要再摔了！

“那算什么毛病？他不要卖给我！

人们开始对这件事发起评论了。冷寂许久的柜台前第一次拥来这么多人顾客们围得里三层外三层，像看一出惊心动魄的大戏一样。当这位先生抓起第 29 件瓷盘时，沸腾的人群发出一声声愤怒的吼叫。

这次那位先生抓起瓷盘后，看都没看便拿上走了。

“我买！我买！”

“给我一件！给我一件！”

人们开始抢购我的瓷器。就这一天，我的柜台空前火爆。当场卖了近400件，第二天卖了600件，是以前上百倍的销量。那天晚上，公司老板重重表扬了我，尽管他没有规定我这么做。

更让人想不到的是，一个星期后，那位苏州先生又来了，不过这次他不是来退货或再来挑毛病的，而是一下子买去了1000件瓷盘，说是拿回去给他的酒店里用。因为这件事，我和这位苏州先生也就成了朋友。在随后的几年里，他和他的朋友先后从我这儿买去了几万件瓷器，为公司增加了上百万的销售额。

今天，我已是这家瓷器公司的总经理了，坐在光洁明亮的办公室里，回想昔日的那一幕，至今仍令我激动不已。据说，北美大陆的土拨鼠在寻食一种坚果的时候，并不把果实全部吃完，哪怕它当时饿得特别厉害。它总要留下一些种子等待来年再发芽、生根、结果，以便使食物链长久地维持下去。

牺牲现在的小利，以换取未来更好的发展，也许，我曾经是生活中的那只土拨鼠。

（川　子）

智慧·感悟·启迪

世上没有一个伟大的业绩是由事事都追求稳操胜券的犹豫不决者创造的。

惩　罚

一个编辑，在县报干了10年，他仍然是个编辑。5年前报社精简人员，他以失败者的身份应聘到省城的一家媒体工作，只是3年，他便成了编辑部主任。

有不同的版本解释他的“发迹”，其中有一种最可信。在县报，编辑如果出了差错，错一个字扣3元，事实性差错扣5元，即使把领导职务排错，最多只扣50元。但在省报错一个字扣50元，事实性差错扣300元，如果出现领导职务排错，那么就不是用钱可以惩罚的了。

在省报担任编辑的两年，他被扣了两千多元，都是些小差错。两年前，他在排一则通稿的时候，不知是“粘贴”时出错，还是排版出错，一则十分重要的新闻中少了一位领导人的名字。报纸第二天发行后，政府部门就把电话打到了老总那儿。

老总立刻把他召到报社，然后是一阵臭骂。接着，政府宣传部门对他本人出示了警告通知。在巨大的压力下，他没有倒下。在此后的新闻编辑过程中，他再也没有出现差错了。据他本人说，只要在新闻中一遭遇名字，他的双手就要冒汗，一直到现在。

而提拔他担任主任一职的原因是，编委会认为他受到了报社创刊以来最严重的警告，而一个人能够承受这样大的压力，非常可贵。

很显然，他是从这次警告中得以涅槃的。假如没有这一次惩罚，他可能仍然继续着那些不大不小的错误。许多时候，一个人如果没有受到过惩罚，那么他的性格就会缺少一种叫做坚强的基因。在一个人的一生中，鼓励和惩罚是两种不同的手段，有时候，惩罚要比鼓励更有效。譬如小麦在开春前把它打伏在地上，再挺直后，其枝秆就更粗壮，在麦穗成熟后就不易被风刮倒。

枣树如果不结果,有经验的老农就会用柴刀使劲砍,来年肯定果实满枝。自然界中的许多现象都寓示着惩罚的力量。

从某种意义上说,一个人的成功并不是无缘无故的,总是伴随着大大小小的惩罚。当他们衣着光鲜、气宇轩昂,以成功者的姿态出现在你面前时,其实你不必嫉妒,他们付出的比你多,承受的也比你多。

(流　沙)

智慧·感悟·启迪

在一个人的一生中,鼓励和惩罚是两种不同的手段,有时候,惩罚要比鼓励更有效。

写在纸尿片上的求职信

我有一个朋友,现在是国际4A公司的创意副总监。说到她的求职经历,直到今天依旧有如传奇一般。

当时她27岁,想应聘广告员,但她在广告这个行业的经验等于零。可她对那些小广告公司却不感兴趣,当她说要进国际排行50强的4A公司时,所有的朋友都认为那是痴人说梦。

但,事实是,她做到了!

她没有用普通的信封投递求职信,而是用一只包裹。她向所有她中意的公司全部投递了这样一只巨大的包裹,并且直达公司总经理。

试想一下,一个包裹,在一堆千篇一律的信封中已经鹤立鸡群,一下就抓住了所有人的好奇视线。打开那只包裹后,里面空空如也,只有一张薄薄的纸尿片,上面写了一句话:“在这个行业里,我只是个婴儿。”背面写了她的联系方式。

几乎所有收到这张纸尿片的广告公司老总都在第一时间内给她打了邀请面试的电话。无一例外,他们问她的第一个问题就是:“为什么你要选择一张纸尿片?”她的回答同样富有创意。她说,我知道我不符合要求,因为我没有任何经验。但我就像这纸尿片一样,愿意学习,吸收性能特别强。并且,没有经验并不等于我是白纸一张,我希望你们能通过这个小小的细节看到我在创意上的能力。

她成功了。

(走　走)

智慧·感悟·启迪

自古成功在尝试。

一块贫瘠的土地

美国一所著名学院的院长，继承了一大块贫瘠的土地。这块土地，没有具有商业价值的木材，没有矿产或其他贵重的附属物，因此，这块土地不但不能为他带来任何收入，反而成为支出的一项来源，因为他必须支付土地税。

州政府建造了一条公路从这块土地上经过。一位"未受教育"的人刚好开车经过，看到了这块贫瘠的土地正好位于一处山顶，可以观赏四周连绵几公里长的美丽景观。他（这个没有知识的人）同时还注意到，这块土地上长满了一层小松树及其他树苗。他以每亩 10 美元的价格，买下这块 50 亩的荒地。在靠近公路的地方，他盖建了一间独特的木造房屋，并附设一间很大的餐厅，在房子附近又建了一处加油站。他又在公路沿线建造了十几间单人木头房屋，以每人每晚 3 元的价格出租给游客。餐厅、加油站及木头房屋，使他在第一年净赚 15 万美元。

第二年，他又大事扩张，增建了另外 50 栋木屋，每一栋木屋有 3 间房间。他现在把这些房子出租给附近城市的居民们，作为避暑别墅，租金为每季度 150 美元。

而这些木屋的建筑材料根本不必花他一毛钱，因为这些木材就长在他的土地上（那位学院院长却认为这块土地毫无价值）。

还有，这些木屋独特的外表正好成为他的扩建计划的最佳广告。一般人如果用如此原始的材料建造房屋，很可能被认为是疯子。

故事还没有结束，在距离这些木屋不到 5 公里处，这个人又买下占地 150 亩的一处古老而荒废的农场，每亩价格 25 美元，而卖主则相信这个价格是最高的了。

这个人马上建造了一座 100 米长的水坝，把一条小溪的流水引进一个占地 15 亩的湖泊，在湖中放养许多鱼，然后把这个农场以建房的价格出售给那些想在湖边避暑的人。这样简单的一转手，使他共赚进了 25 万美元，而且只花了一个夏季的时间。

正是这个有远见及想象力的人，却未受过正规的"教育"。

在提到上面所叙述的那段故事时，那位以 500 美元的价格售出 50 亩"没有价值"土地的学院院长说："想想看，我们大部分人也许都会认为那个人没有知识，但他把他的眼光和 50 亩荒地混合在一起之后，所获得的年收益，却远超过我靠所谓的教育方式所赚取的 5 年总收入。"

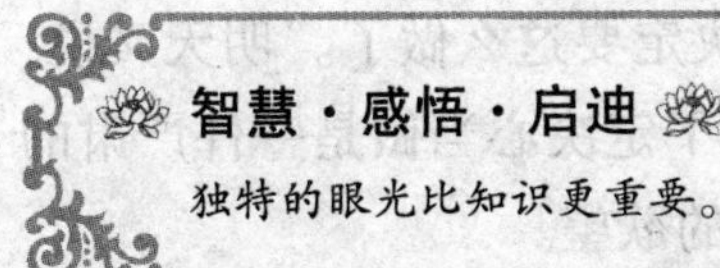

独特的眼光比知识更重要。

就这样成功

我时常告诉学员："成功有三个最重要的秘诀，第一个是下定决心，第二个还是下定决心。"我问他们第三个是什么，他们说："那当然还是下定决心。"很多人问我："杜老师，万一下定决心,可是还不成功怎么办?”我就跟他们说:“这根本是一派胡言,怎么可能下定决心还不成功?假如下定决心了还不能成功,那就表示他不是真正地下定决心,因为如果他真正地下定了决心,那他的决心就一定会帮助他坚持到底,遇到困难也决不放弃,直到成功为止,这才是真正地下定决心。”

我17岁的时候在做推销员,我所有的亲戚朋友,都非常反对我做推销员,所以,我只好做陌生拜访,可是我又不大敢做,因为我害怕敲别人家门或跟陌生人谈论产品的时候,会被他们拒绝,因此业绩一直无法突破。直到有一天,我的经理跑来找我,他说:“你今天跟我去拜访。”于是我就跟他下楼走到马路上。他看到对面走来一个小女孩,就告诉我:“假如我现在走过这条马路没有办法向她推销产品的话,我走回马路时就被车撞死给你看。”他走过马路,开始向这位小女孩推销产品,经过了15分钟之后,他终于把产品卖出去了。隔天我也想如法炮制,我就走下楼,开始向陌生人推销。可是,当我向陌生人开口的时候,头脑里马上想到万一被拒绝怎么办?于是我又打退堂鼓了。后来我回公司里面,找了一位同事并带他下楼,对他说:“你看着,假如我无法向对面那个陌生人推销出产品的话,我走过马路来就被车撞死给你看。”

说完这句话的时候,我脑海里一片空白。我硬着头皮走过去,开始与陌生人交谈,我根本不知道我要说什么,但是我又不能走回头路,因为,我刚刚做过承诺、发过誓了,于是我使出浑身解数向这位陌生人推销产品,经过了20分钟之后,不可思议的事情发生了:他终于买了我的产品。

20岁那年,我上了一个课程,在课堂上老师告诉我:“下一次还有一个课程非常棒,这个课程可以帮助我们激发所有的潜能,让自己能够成为顶尖人物。”我说:“这个课程很好,可我没有钱,等我存够了钱再上。”这时候老师对我说:“你到底是想成功,还是一定要成功?”我说:“我一定要成功。”他又问我:“假如你一定要成功的话,请问你会怎么处理这个事情?”于是我说,我立刻借钱来上课。

当然,上完课之后,我有了很大的成长。于是,老师又告诉我们:“下次还有一个课程,还是相当棒,会教给我们领导与推销方面的知识。”我听了之后非常兴奋,可是我没有钱,我只好等到明年再上。当时老师又问我:“杜云生,你到底是想成功,还是一定要成功?”我又回答:“我当然一定要成功啊!”“你一定要成功,那你要等到什么时候才来上课?你的收入不够,所以你没有钱,你更应该来上课才是,你说是不是呢?”于是,我又借钱来上课,就这样,反反复复,我一共借了十几万来上课。当上完这些课程之后,我的人生产生了一个非常大的改变,我认为这一辈子都是在那几次课程中塑造出来的。

后来我分析,到底我的人生是怎么改变的,发现答案只有四个字,那就是:“下定决心”。“想要”和“一定要”是不一样的,很多事情看起来很困难,可是当你下定决心以后,它就变得非常简单。很多人时常把下定决心挂在嘴边随便说说,今天说:“我决定要这么做了。”明天又说:“我决定要那么做了。”后天又说:“我决定放弃了。”他们都没有把下定决心当做是一件严肃的事情。我认为真正的决心是一种强烈的欲望——不成功决不罢休的欲望。

我有很多学员他们想戒烟,他们想转行,他们想突破自我,可是经过了很多年,尝试了很多次,还是不成功。我将这一种观念告诉他们,结果他们现在都有相当大的转变。所以,各位朋友,千万不要在那儿“想”成功了,你想成功一辈子也不会成功的。不相信你去问在路上的乞丐他们想不想成功?他们可能也想成功;你去问餐厅的服务员,他们想不想月收入10万?他们也想。可他们为什么做不到呢?因为他们都只是“想”而已。

(杜云生)

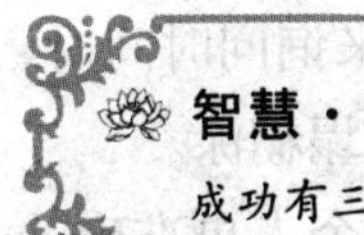

智慧·感悟·启迪

成功有三个最重要的秘诀，第一个是下定决心，第二个是下定决心，第三个还是下定决心。

为什么不养牛

众所周知，麦当劳品牌的创始人是雷·克罗克，他以非凡的经营才能，把麦当劳兄弟的小餐馆变成世界快餐第一品牌，自己也成为美国最有影响的企业家之一。

但是据说，当年从麦当劳兄弟手里买下特许权的除了克罗克之外，还有一个荷兰人。

两人走的是完全不同的经营之路。

相比之下，克罗克比较愚蠢，他只开麦当劳店，加工牛肉、养牛的钱都任由别人赚去了。

而荷兰人非常聪明，他不仅开麦当劳店，而且所有的赚钱机会都不让别人染指。他投资开办了牛肉加工厂，使加工牛肉的钱也流入自己的腰包；后来他想，我干吗买别人的牛，让别人赚走养牛的钱呢？随后他自己办了一个养牛场。

日复一日，年复一年，克罗克把麦当劳开遍了全世界，而那个荷兰人呢？人们找啊找，终于在荷兰的一个农场里找到了他，他什么也没有，就养着200头牛。

（易　敏）

智慧·感悟·启迪

成功之秘诀，在始终不变其目的。

猴子与手表

森林里生活着一群猴子，每天太阳升起的时候它们外出觅食，太阳落山的时候回去休息，日子过得平淡而幸福。

一名游客穿越森林，把手表落在了树下的岩石上，被猴子猛可捡到了。聪明的猛可很快就搞清了手表的用途，于是，猛可成了整个猴群的明星，每只猴子都逐渐地习惯向猛可请教确切的时间，尤其在阴雨天的时候，整个猴群的作息时间也由猛可来规定。猛可逐渐建立起威望，最后当上了猴王。

做了猴王的猛可认识到是手表给自己带来了机遇与好运，于是每天开始加倍努力地在森林里寻找，希望能够得到更多的手表。工夫不负有心人，猛可果然相继得到了第二块、第三块手表。

但出乎猛可的意料，得到了三块手表的猛可有了新麻烦，因为每块手表的时间显示的都不相同，猛可不能确定哪块手表上显示的时间是正确的。群猴也发现，每当有猴子来询问时间时，猛可总是支支吾吾回答不上来。猛可的威望大降，整个猴群的作息时间也变得一塌糊涂。

只有一块手表，可以知道是几点，拥有两块或两块以上的手表并不能告诉一个人更准确的时间，反而会让看表的人失去对准确时间的信心。这就是著名的“手表定律”。

“手表定律”带给我们一种非常直观的启发：对于任何一件事情，不能同时设置两个不同的目标，否则将使这件事情无法完成；对于一个人，也不能同时选择两种不同的价值观，否则，他的行为将陷于混乱。一个人不能由两个以上的人来同时指挥，否则将使这个人无所适从；而对于一个企业，更是不能同时采用两种不同的管理方法，否则将使这个企业无法发展。在这方面美国在线与时代华纳的合并就是一个典型的失败案例。美国在线是一个年轻的互联网公司，企业文化强调操作灵活、决策迅速，要求一切为快速抢占市场的目标服务。而时代华纳的企业文化则强调在长时间的发展过程中建立起诚信之道和创新精神。两家企业合并后，企业高级管理层并没有很好解决两种价值标准的冲突，导致企业员工完全搞不清企业未来的发展方向。最终，时代华纳与美国在线的“世纪联姻”以失败告终。这也充分说明，要搞清时间，有一块走时准确的表就已经足够。

（圆不方）

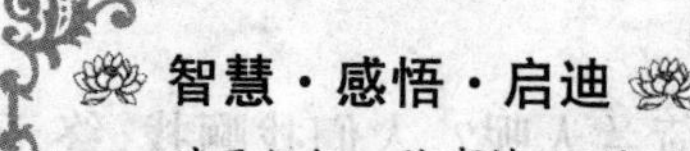

智慧·感悟·启迪

对于任何一件事情，不能同时设置两个不同的目标，否则将使这件事情无法完成。

神奇的格言

保险推销员甘道夫年轻时，拜访过一位很有名气的书商。在他家里，甘道夫看到许多徽章及奖杯。于是，甘道夫问他：

“这些徽章和奖杯是如何得来的？”

“我曾获得美国最佳书商的称号。”

“你是如何成为第一名的？”

“因为我知道神奇的格言。”

“什么神奇的格言？”

“我会向客户说‘我需要你的帮助’，当你诚心诚意地向别人求助时，没有人会说不。”

“你要求什么帮助？”

“我请他给我三个朋友的名字。”

甘道夫知道了这位先生当年成功的秘密，这位先生是向客户索求三个被推荐的名单，为什么是三个？而不是五个、十个呢？根据心理学家分析说，人们习惯性用“三”来思考，此外，很少人有三个以上的好朋友。

一句“我需要你的帮助”的确帮了甘道夫许多忙，在取得客户的三个朋友的名字之后，甘道夫会向客户了解他的朋友的年龄、经济状况，然后在离开之前甘道夫会对客户说：

“你会在下周前与他们见面吗？如果会，你愿不愿意向他们提起我的名字？或者是，你会不会介意我提到你的名字呢？我会用我与你接触的方式，与他们接触。”

“我需要你的帮助”的确是一个好方法。甘道夫牢牢记住这句话，因为很多人都愿意提供这种微不足道的帮助，他的客户群像滚雪球一样扩大，通过真诚的交往和不懈的努力，甘道夫终于成为历史上第一位一年内销售超过10亿美元寿险的成功人士。

有时候，成功就是这样莫名其妙。当你说十遍“我来帮助你”也不见效的时候，不妨说一句“我需要你的帮助”。人人都需要认同，每个人都是生活的强者。当你用低姿态诚恳地求助时，上帝一定会看到你需要的并不是现成的成功，而是获得成功的机会。记住这七个字并且大声说出来：我需要你的帮助！

（庞　凯）

智慧·感悟·启迪

成功的秘诀，在于随时随地把握时机。

推销的秘诀

20年前，特里还是一位初出茅庐的推销员，他的工作就是向人推销各种窗户。他没有一点儿销售经验，“连向自己的祖母推销假牙都不会”，他的竞争对手则个个经验老到，巧舌如簧，“能说动爱斯基摩人买他们的雪”。

上班第一天，老板就交给特里一项重任，让他到富人区向一位对他们产品感兴趣的客户推销一种双层玻璃窗。

特里非常紧张。站在客户门前，他的手脚都在打战。但他还是叩门了。一位上了年纪的妇女打开门，听他结结巴巴地做完自我介绍后，请他进屋。

特里在她那儿待了3个小时。在喝掉几十杯茶、吃下成堆的饼干后，他终于让那位女士在合同上签了字：她买下了价值11000美元的窗户。

在这之前，那位女士已经打发走6位窗户推销员了，而且他们的开价都比特里的低。也就是说这位最没有经验的推销员成功地卖出了标价最高的产品。原因其实很简单，那位女士说：“我喜欢这个小伙子。”

在那3个小时里，特里凭着他的谦恭、礼貌、真诚和可爱赢得了女士的信任，并最终赢得这笔生意。他靠的不是夸夸其谈的口才，而是“人格”与“印象”。特里成功的秘诀是他给客户留下了良好的第一印象。

如果你向潜在客户推销产品或服务，一定要考虑你给他们留下的印象。假如你能吸引他们，就成功了一半。一定要使客户知道你关心的是他们的利益，而不是他们的钱包。

（〔美〕加里·汉利　于　夫/译）

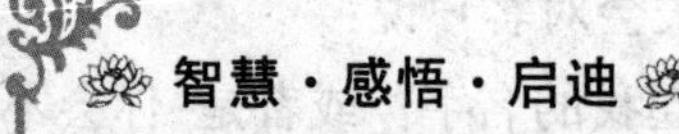

如果你向潜在客户推销产品或服务，一定要考虑你给他们留下的印象。假如你能吸引他们，就成功了一半。

知己知彼

某个犯人被单独监禁。有关当局已经拿走了他的鞋带和腰带，他们不想让他伤害自己（他们要留着他，以后有用）。这个不幸的人用左手提着裤子，在单人牢房里无精打采地走来走去。他提着裤子，不仅是因为他失去了腰带，而且因为他失去了15磅的体重。从铁门下面塞进来的食物是些残羹剩饭，他拒绝吃。但是现在，当他用手摸着自己的肋骨的时候，他嗅到了一种万宝路香烟的香味。他喜欢万宝路这种牌子。

通过门上一个很小的窗口，他看到走廊里那个孤独的卫兵深深地吸了一口烟，然后美滋滋地吐出来。这个囚犯很想要一支香烟，所以，他用他的右手指关节客气地敲了敲门。

卫兵慢慢地走过来，傲慢地哼道："想要什么？"

囚犯回答说："对不起，请给我一根烟……就是你抽的那种：万宝路。"

卫兵错误地认为囚犯是没有权利的，所以，他嘲弄地哼了一声，就转身走开了。

这个囚犯却不这么看待自己的处境。他认为自己有选择权，他愿意冒险检验一下他的判断，所以他又用右手指关节敲了敲门。这一次，他的态度是威严的。

那个卫兵吐出一口烟雾，恼怒地扭过头，问道："你又想要什么？"

囚犯回答道："对不起，请你在30秒之内把你的烟给我一根。否则，我就用头撞这混凝土墙，直到弄得自己血肉模糊、失去知觉为止。如果监狱当局把我从地板上弄起来，让我醒过来，我就发誓说这是你干的。当然，他们绝不会相信我。但是，想一想你必须出席每一次听证会，你必须向每一个听证委员证明你自己是无辜的；想一想你必须填写一式三份的报告；想一想你将卷入的事件吧——所有这些都只是因为你拒绝给我一根劣质的万宝路！就一根烟，我保证不再给你添麻烦了。"

卫兵会从小窗里塞给他一根烟吗？当然给了。他替囚犯点上烟了吗？当然点上了。为什么呢？因为这个卫兵马上明白了事情的得失利弊。

这个囚犯看穿了士兵的立场和禁忌，或者叫弱点，因此满足了自己的要求——获得一根香烟。

松下幸之助先生立刻联想到自己：如果我站在对方的立场看问题，不就可以知道他们在想什么、想得到什么、不想失去什么了吗？

仅仅是转变了一下观念，学会站在对方的立场看问题，松下先生立刻获得了一种快乐——发现一项真理的快乐。后来，他把这条经验教给松下的每一个员工。

站在对方的立场考虑问题，你会发现，你变成了别人肚子里的蛔虫，他的所思所想、所喜所忌，都进入你的视线中。在各种交往中，你都可以从容应对，要么伸出理解的援手，要么防范对方的恶招。对于围棋高手来讲：对方的好点就是我方的好点，一旦知道对方出什么招，大概就胜券在握了。

当然，有太多的人不懂得如何运用这条规则，这是导致他们人生失败的一大原因。可是，也许他们到死都不知道，由于不懂得站在对方的立场考虑问题，他们丧失了许多可以成功的机会，因为没有人教他们。

（常载厚/译）

智慧·感悟·启迪

要想把握成功的机会，一定要学会站在对方的立场看问题。

与你无关

前一阵有一句流行的话“与你无关”。这是我不喜欢的一句话。我觉得这是一句粗鲁、冷漠的话，甚至觉得讲这话的人体内所流的血是冰冷的。

若夸大地说，世上所有的人可能都与我们自己有关。我还在念小学时，听到一则难忘的故事。

一位富家小姐在车内吃香蕉，发现香蕉腐烂不能吃，便随手扔到车窗外面。某贫穷人家的孩子经过那里，拾起那香蕉来吃，结果这孩子吃坏了肚子，发烧了。

当天晚上，富家小姐父亲的工厂发生火灾，全部烧毁。因为当夜值班的警卫临时离开。原因是他的孩子吃了捡拾的香蕉而发烧了。

这则故事使当时正值少女时代的我深深感到人与人之间的关系比我们所想象的更加密切。

当然这是为少男少女而写的故事，因果关系明显。但事实上，我们在日常生活中与人们的关系不也如此紧密吗?

日本的媒体所报道的消息中，没有一天没有车祸消息。车祸的原因很多：与妻子吵架，在气头上开快车，忽然紧急刹车时，幼童已成了轮下牺牲者……这种例子不少。

孩子与生身父母关系密切，但与夺取其性命的陌生人又何尝不是密切到可怕的程度？对爱子的性命被夺取的父母而言，岂能料到会突然出现如此可恨的现象?

想到这些，我们就不能认为与这人不相干、与那人没有关系吧?

那年，我们应台湾的邀请，预定到台湾演讲旅行3周。台湾方面为这次演讲会，作了许多准备。

然而，我的父亲突然因病陷于生命垂危状态，因此，我们不得不取消台湾之行。也许以后还有机会去台湾，而父亲的临终对女儿来说，生涯中只有一次。

在取消台湾之行后没几天，有人来找我们商量事情。我们极为同情地倾听对方的叙述，尽我们所能地予以开导、规劝、安慰。对方终于渐渐情绪稳定下来，找出自己要走的方向，最后他说：

“假使今天没有和二位商量，我本来已经打算要带着孩子，开车从崖上冲下山谷。”

我不由得凛然而栗。

假使我的父亲身体健康，这时候我们正在台湾；假使我们去了台湾，这人想必已带着两个孩子开车冲下山谷了。

这事再度使我感到人与人的关系是何等的紧密。此人和我的父亲只是泛泛之交而已，以他的立场而言，只是一个普通的老人生病，和他没有什么关系，但换个角度说，我父亲的病危救了他一家三口的性命。

那时我深深觉得我们绝不能断言“我是独自活下来的”、“我绝不会麻烦别人”、“我不需要人们的帮忙”。不论对任何人，我们都该抱持谦和诚恳的态度。完全陌生的人也可能突然变成关系密切的人，更何况亲人师友，关系更加深刻、复杂，不是我们所能预知的。人虽微小，但一个人的生活态度也可能影响许多人的命运。

智慧·感悟·启迪

人虽微小，但一个人的生活态度也可能影响许多人的命运。

只差三度

在东亚国家中，日本是一个蜂蜜消费大国，然而，本国的蜂蜜产量却一直上不去，原因是土生土长的日本蜜蜂不善采蜜。为了增大蜂蜜产量，有人引进了采蜜高手欧洲蜜蜂，期待它能创造奇迹。

然而，欧洲蜜蜂引进不久，却遭遇到蜜蜂的天敌——大黄蜂的大举进攻，它们成群结队而来，残忍地杀死所有成年蜜蜂，然后把尚处在幼年的蜂蛹掳去，给它们的幼蜂当美餐。这样，欧洲蜜蜂的引进计划遭到惨败。

虽然引进欧洲蜜蜂失败了，可人们并未因此放弃，他们把注意力重新移向了老朋友——日本蜜蜂。同样是受到大黄蜂的生命威胁，欧洲蜜蜂绝迹了，日本蜜蜂却安然无恙，这一切是为什么呢？

带着巨大的疑问，人们找到了一个日本蜜蜂的蜂巢，细心地观察，终于发现了日本蜜蜂对付大黄蜂的独特办法：大黄蜂对蜜蜂发动袭击时，先派了一个信使出来侦察，想打探好虚实后再集体出动。当大黄蜂的信使飞到日本蜜蜂蜂巢确定方位、标出记号时，蜂巢内的数万只日本蜜蜂发现了这个不速之客！它们很快倾巢而出，飞到大黄蜂的身上，眨眼间就里三层外三层裹紧了它。人们想象着悲壮的一幕：数千只蜜蜂把它们体内的毒刺刺入大黄蜂体内把它毒死，然后自己也随敌人死去！因为蜜蜂的毒刺没有了蜜蜂也就活不长了。

可是，这一幕并没有发生，相反，蜜蜂们不断同时扇动着翅膀，形成巨大的嗡嗡声。过了十几分钟，奇迹发生了：大黄蜂在群蜂的包裹下渐渐失去了活力，不再挣扎，最终死亡！这不禁让围观者目瞪口呆。

原来，蜜蜂虽然弱小，它的生命极限温度却比大黄蜂的高3℃，即49℃，而大黄蜂的为46℃。

当大黄蜂信使来打探时，日本蜜蜂知道只有把它杀死才能避免灭顶之灾，而又不能同对方硬拼，于是采取了最聪明也最危险的一招：它们集体合围大黄蜂，利用扇动翅膀产生的热量使大黄蜂的体温上升，达到46℃，前后过程持续十几分钟，这样，恰好使大黄蜂体液沸腾而被热死，同时又使自己的体温始终保持在49℃以下，从而成功地完成了自救的目标。

日本蜜蜂利用集体的力量和智慧，战胜了大黄蜂，保存了群体。而它们所凭借的，竟是看似微弱的3℃的极限体温优势。与之相比，人类却有着好大喜功和盲目乐观、盲目悲观的天性：看到优势明显就兴高采烈，急躁冒进；优势微弱则陷入悲观，甚至过早放弃；而在面对不太大的困难时，又容易将其夸大，产生畏难心理，使原本充足的信心走向崩溃——对比小小的蜜蜂，我们是否该深刻反省？

即使优势微弱，结局也会完全不同——看了日本蜜蜂的故事后，相信人们对自身会有一个正确的认识。

（郝俊杰）

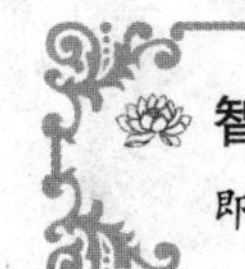

智慧·感悟·启迪

即使优势微弱，结局也会完全不同。

先把泥点晾干

德国军队向来以纪律严明著称。在一本德国老兵的回忆录中，我发现他们有条耐人寻味的军规：一名士兵可以检举同伴的错误，被检举人也有权反驳。但如果长官发现检举和反驳的士兵曾在近期发生过冲突，那么两个人都会受罚。发生过冲突的人至少要等一周，等情绪完全冷静下来后，才可以告对方的状。

读研究生时，我的导师吉纳也经常告诫我们，不要一时冲动，成了情绪的奴隶。有一年圣诞节，她送给我的礼物是一只咖啡杯，上面印着亚里士多德的一句名言："发脾气是值得赞扬的，如果你能做到：在适当的场合，向正确的对象，在合适的时刻，使用恰当的方式，因为公正的理由而发脾气。"

毕业后的一个雨天，我回系里探望吉纳教授，正赶上一名学生有急事要请教她，吉纳让我在外面的小客厅等她一会儿。小客厅和吉纳的办公室只隔了薄薄一道装饰墙，屋里的对话不时传进我的耳朵。那位同学声音激动。原来其他实验室的另一名研究生出言不逊，当众讽刺他理论过时、见解平庸，令他大为恼火。他不知道是该直接找那个学生论个明白，还是应该找对方的教授评理。他这次来，就是要征求吉纳的意见。

"年轻人，"我听见吉纳教授慢条斯理地说，"有时候，别人的言行是很难理解的。如果你不介意，让我给你一个小建议。批评和侮辱，跟泥巴没什么两样。你看，我大衣上的泥点，就是今早过马路时溅上的。如果我当时立即去抹，一定会搞得一团糟。所以我把大衣挂到一边，专心干别的事，等泥巴晾干了再去处理它，就非常容易了。瞧，轻轻掸几下就没事了。"

好恰当的比喻！老教授的处世智慧令人叹服。那个聪明的学生也顿时醒悟，连连道谢。吉纳最后说："我年轻时不善于控制情绪，深受其害。慢慢地我发现，最好的办法是先把让我恼火的事搁在一边，晾一会儿。等我冷静下来后，再去对付它们。如果你现在就去质问他，你会更生气，矛盾会更严重。我建议你等情绪的水分都蒸发掉了，再来想这件事。到那时，如果你还打算讨伐他，请再来找我。不过晾干水分后，你也许会发现那泥点也淡得找不到了！"

（王　悦）

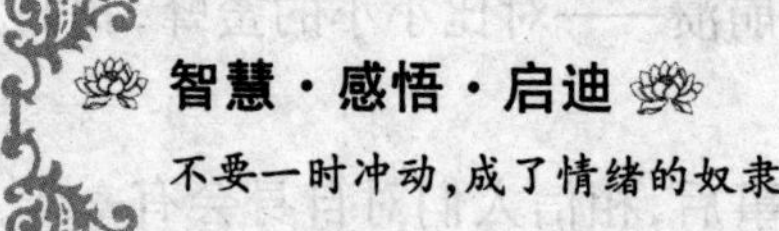

不要一时冲动，成了情绪的奴隶。